FLASH OU LE GRAND VOYAGE

Janvier 1970 : Charles, « le drogué français de Katmandou »,
sauvé in extremis, regagne la France. Les journaux lui consacrent
de nombreux articles. Qui est ce garçon de trente ans ? Qu'a-t-il
fait ?

Un an plus tard, soigné, désintoxiqué, Charles Duchaussois nous
livre lui-même son histoire, qui est un formidable roman d'aventures vécues. Son moteur : un gigantesque appétit de vivre et de
connaître. Son combustible : la drogue, toutes les drogues. Sa
chance : un héros qui sait sauter à la gorge des occasions qui se
présentent, aussi risquées soient-elles.

De Marseille à Beyrouth, d'Istanbul à Bagdad, de Bombay à
Bénarès, en bateau, à pied, en voiture, Charles peu à peu se rapproche de Katmandou, le haut lieu de la drogue et des hippies.
Sa route est jalonnée d'aventures extraordinaires. Au Liban, il
s'associe à des trafiquants d'armes, il participe, dans les montagnes, à la récolte du haschisch. A Koweit, il dirige un night-
club. Au Népal, il devient pendant quelque temps le médecin et
le chirurgien des paysans des contreforts de l'Himalaya. C'est
enfin l'épisode de Katmandou et l'évocation saisissante de l'univers des drogués : l'opium et le haschisch qui font « planer », le
« flash » de la première piqûre, le « grand voyage » du L.S.D.

Marco Polo de la drogue et des temps modernes, Charles
Duchaussois nous fait pénétrer de plain-pied dans les coulisses
d'un monde dont nous ne connaissons que l'hypocrite façade.

Charles Duchaussois est né le 27 janvier 1940 à Montargis.

CHARLES DUCHAUSSOIS

Flash
ou le grand voyage

FAYARD

A Bernard Touchais,
qui m'a arraché cette confession.

PRÉFACE

FLASH, en anglais, cela veut dire : éclair.

Pour un drogué, cela veut dire : spasme.

Le flash, c'est ce qui se passe dans le corps d'un drogué quand, poussée par le piston de la seringue, la drogue entre dans ses veines.

Ça a la violence de l'éclair et l'intensité du spasme amoureux.

J'ai donné un jour à une fille de cette poudre collante, un peu jaune, qui glisse comme à regret dans le creux de la paume, et qui est l'héroïne, le « cheval ».

Cette fille était en manque.

Elle pleurait en se tordant les mains tandis que je lui préparais sa piqûre.

Je l'ai calmée, doucement, avec des mots tendres, tout en remplissant la seringue.

Je l'ai garrottée au bras, j'ai piqué dans sa veine saillante, au pli du coude, j'ai infusé le liquide fait d'un mélange filtré d'eau et de poudre.

Plus le liquide entrait dans sa veine, plus la fille se renversait en arrière, plus ses yeux se voilaient, plus ses joues rosissaient, plus elle haletait.

Enfin, elle s'est laissée aller en gémissant de plaisir sur le lit.

Puis elle a eu l'air de s'endormir, apaisée, heureuse.

Exactement comme après l'amour.

Elle avait eu son flash.

Et maintenant, elle était « partie », elle « voyageait », elle était « défonce ».

Alors, à mon tour, je me suis piqué et à mon tour j'ai eu mon flash, j'ai voyagé et j'ai été défonce.

Il n'y a que la piqûre — la piquouze, le shoot — le fixe, qui donne le flash.

Voilà pourquoi tout vrai drogué, un jour ou l'autre, en arrive fatalement à la piqûre.

Et devient un Junkie.

Un Dieu.

Ou une loque.

Au choix.

PREMIÈRE PARTIE

UNE VALISE DE SABLE

I

Pour moi, le chemin de la drogue a commencé par un éclat d'obus dans l'œil quand je n'étais pas encore conscient. J'avais quatre mois et huit jours, ce matin de juin 1940, quand les avions allemands ont bombardé la gare de triage de Busigny, à côté de Cambrai (Nord).

Mes grands-parents paternels exploitaient là une petite ferme. Ils y avaient recueilli ma mère, mon frère aîné et moi-même, après l'annonce de la capture de mon père, officier, sur la Moselle. Les bombardements, m'a-t-on raconté plus tard, se succédaient à une telle cadence sur la gare depuis quelques jours, que ce matin-là, dès l'aube, mon grand-père a rempli sa voiture de valises et nous sommes entrés dans la longue colonne de réfugiés refluant vers le Sud. Nous venions à peine de partir qu'un chapelet de bombes mal ajustées rasait notre ferme. Puis les stukas ont surgi, toutes sirènes hurlantes. Ils ont fait trois passages avant de repartir vers l'est et il paraît que ma grand-mère priait à haute voix pour remercier le Ciel de nous avoir épargnés, quand ma mère s'est mise à crier. Dans le silence revenu, allongé au fond d'un fossé où l'on nous avait couchés, mon frère et moi, je clamais de toute la puissance de mes poumons.

Le côté gauche de mon visage était en sang. On m'a lavé avec l'eau d'un thermos. Une petite fente nette et propre barrait le globe oculaire en travers. Il n'y avait pas de médecin dans la colonne de réfugiés. Quatre jours après, à notre arrivée à Paris, la plaie était cicatrisée, mais l'œil avait pris une teinte laiteuse qu'il a toujours. Soigné tout de suite, mon œil aurait été sauvé, car l'éclat n'avait fait que l'érafler. Maintenant, il n'y avait plus rien à faire. J'étais borgne.

*

« Borgne », « estropié », ce sont, entre autres, les surnoms qui m'ont accompagné à l'école, dès le primaire et jusqu'au bachot.

Aussi loin que je remonte dans mes souvenirs, je suis à part. Sarcasmes des uns et bontés exaspérantes des autres me font accumuler une solide méfiance envers mon prochain.

Et l'envie me vient, sans cesse grandissante, de ne rien faire comme les autres, puisque je ne suis pas comme les autres.

J'essaie pourtant, sincèrement de m' « intégrer ». Après avoir passé mes deux bachots, j'entre à H.E.C. Sous l'influence de mes parents qui pensent qu'avec mon handicap je ne peux tenir qu'un emploi de bureau, je veux devenir expert-comptable. A vingt ans, tout en préparant ce diplôme, je travaille à la pile Zoé, à Châtillon. Mes parents sont contents de moi : l'enfant, solitaire, dur et renfermé que j'étais, semble guéri. Et mon visage « à part », loin de me desservir, m'assure un grand succès auprès des filles.

C'est l'affaire de mon permis de conduire qui déclenche le volcan dont la dernière éruption m'a jeté, squelettique et brûlant de fièvre, dans un avion d'Air France via Orly, le 10 janvier 1970, rapatrié aux frais de l'ambassade de France de Katmandou.

La scène se passe en avril 1962, sur les boulevards extérieurs de Paris.

Avec mes économies, je viens de m'offrir une voiture. Dès mon permis passé, elle est à moi.

J'aime conduire et je connais mon code sur le bout du doigt. Je ne commets aucune faute.

Sauf celle de tourner la tête en souriant vers l'examinateur à ma droite tandis qu'il remplit à mon nom la feuille rose du permis provisoire.

« Ça change tout, me dit-il en se rembrunissant. Il faut passer une visite médicale. Puis vous reviendrez me voir. »

Et il déchire la feuille rose.

En sortant de la voiture, je hais le monde entier, mais le soir, d'un ton négligent, j'annonce à mes copains que j'ai passé mon permis haut la main. Après tout, c'est vrai.

Quelques jours plus tard, la voiture, une ID 19, est à mon nom, et les clefs dans ma poche.

Je ne laisse pas de suite tout tomber. Il faut mes ennuis de conducteur sans permis pour me décider progressivement à passer de l'autre côté de la barrière.

Bien entendu, je me fais prendre un jour à un contrôle de police. Je me débrouille, j'arrange la chose. Je continue à rouler, mes ennuis recommencent.

Mais, très vite, j'ai un goût formidable à ne pas être en règle. En somme, ce n'est qu'une autre façon d'être borgne...

Puis les choses s'accélèrent. D'abord, je prends

l'habitude d'héberger des complices de virées chez moi. Mon appartement de la rue des Frères-Keller, dans le XVᵉ arrondissement, devient le centre d'une fête perpétuelle. J'accumule des dettes et je fais de mauvaises relations.

En novembre 1962, l'ID m'est définitivement confisquée. Le lundi suivant, je ne vais pas au bureau. Avec 500 F en poche, en jeans, col roulé et blouson, un sac au dos, des lunettes noires sur le nez, je prends le métro pour la porte d'Orléans et je pars en stop vers Marseille. Tout seul.

L'aventure commence...

Après, jusqu'à mon premier shilom de haschisch, à l'*Old Gulhane Hôtel*, dans le vieux quartier d'Istanbul, en janvier 1969, ce sont huit années de truandage : chèques volés, escroqueries à la traite à 90 jours, quelques cambriolages de villas, deux ou trois visites dans des palais de justice pour le trafic des cartes d'identité et autres papiers, des passages d'or en Extrême-Orient, des « coups » un peu partout en Europe et en Afrique. Deux ans de prison aussi, à Toulouse et à Nice.

Mai 1968, à Menton, en passant par la terrasse, je cambriole l'appartement d'un collectionneur. J'y vole quinze statuettes orientales en jade que je revends 4 000 F à un receleur. Soupçonné, je pars pour Marseille et j'y travaille huit jours comme barman chez un ami, Christian (quatre ans plus tôt nous avons joué les Robinson avec une fille, des mois durant, dans le maquis corse), quand Gérard, un autre copain de Nice parti pour le Liban, m'envoie, le 12 juin, un télégramme m'offrant de venir le rejoindre.

En train jusqu'à Vintimille, puis en auto-stop via la Yougoslavie et la Grèce, puis en bateau, j'arrive à Beyrouth début juillet. Gérard m'accueille dans un camping au bord de la mer, à 45 kilomètres de Beyrouth. Il fait beau et chaud, la Méditerranée clapote jour et nuit sur la bande de sable au pied de la falaise. A côté du camping, il y a une luxueuse villa où Mercedes et voitures de sport apportent presque chaque jour des groupes de garçons et de jolies filles. Déjà Gérard est introduit. Je deviens moi aussi un des habitués de la Zouleïlla. Le patron s'appelle Arouache. Marié à Gill, une jolie petite Anglaise rousse, c'est un Arménien de quarante ans au poil noir et dru, solide comme un garde du corps. Il est souvent en voyage et quand il est là, il fait de la pêche sous-marine. J'en ai fait beaucoup à Cassis, près de Marseille. Nous devenons amis. Il fait, entre autres, du trafic d'armes. Un jour, il me propose un travail : je convoierai jusqu'à Tanger un petit cargo qui, là-bas, embarquera des caisses d'armes. Au retour, le bateau stoppera de nuit à quelques enca-blures des côtes libanaises. Appelés par signaux optiques, que nous répétons avec eux à l'avance, des douaniers marrons de Beyrouth viendront avec des vedettes du port et prendront la marchandise. Je toucherai un million, un million et demi d'anciens francs par voyage. Le premier transport est pour début décembre.

Tout marche tellement sur des roulettes que bientôt je me mets à gamberger sérieusement.

Cette affaire de trafic d'armes me donne des idées... Des idées de riche.

C'est au haschisch, bien entendu, que je pense. Le Liban en est un gros producteur, plus ou moins clandestinement sans doute, mais un gros produc-teur quand même.

Pourquoi ne pas multiplier par 20, 30 ou peut-être plus même ce que va me rapporter le trafic d'armes, en achetant avec mes gains du haschisch directement chez le producteur pour le revendre au consommateur avec le minimum d'intermédiaires ? Mon copain Christian par exemple...

Les bénéfices seront énormes. En quelques mois je serai riche à dizaines de millions.

Le premier problème est d'aller chercher le haschisch, de l'acheter et de l'emmagasiner.

Après, je réfléchirai aux moyens de l'écouler. Arouache ne peut pas m'aider. Il ne veut pas tremper dans le trafic du haschisch. Trop risqué, dit-il ! Et son trafic d'armes, alors ?... De toute façon, je ne lui parlerai de rien. Emporté comme il l'est, il est capable de rompre notre projet commun.

Pourtant, au Liban, tout ce qui gravite dans les milieux un peu bizarres, et même dans les autres d'ailleurs, traficote plus ou moins du haschisch.

Rien ne m'est donc plus facile, un soir, dans un bar de Beyrouth, que d'entrer en contact avec un type qui s'occupe de ça.

Il accepte volontiers quelques jours plus tard, une fois que nous avons lié connaissance, de me tuyauter. Le mieux, m'explique-t-il, c'est de monter à Baalbeck, où il me donne l'adresse d'un gros revendeur qui recherche des hommes susceptibles de travailler pour lui. Ce n'est pas mon intention, je veux travailler à mon compte à moi, mais tout ça peut être intéressant.

Au bout de trois jours, je monte donc à Baalbeck chez le revendeur. Un certain M. Fawziad.

Il habite une grosse maison dans l'ancien quartier de la ville ; il est gros et suant, il a un sourire franc à faire fuir un gosse en hurlant à l'ogre, mais il m'ouvre.

Le spectacle me cloue de surprise sur le seuil. Je suis dans une grande pièce rustique, très rustique (le sol est en terre battue) et meublée de vieux bahuts sculptés. Pourtant, le long de tous les murs, il y a d'énormes cubes enveloppés de plastique. Fawziad m'en ouvre un. Une odeur très forte, très entêtante, me monte aux narines. Une odeur d'humus, de cuir fauve, pourrait-on dire.

Et je vois le cube : il est fait d'une pâte rouge foncée, avec des reflets verdâtres, dans laquelle mon doigt s'imprime comme dans de la pâte à modeler.

C'est du haschisch.

Fawziad, à qui notre intermédiaire a fait parvenir des renseignements sur moi, me demande d'emblée si je veux travailler pour lui. Je lui donne mon accord de principe.

Ce qu'il veut de moi, puisque je suis habitué à l'auto-stop et au vagabondage, c'est d'aller flâner dans la haute vallée de Baalbeck. Depuis que les autorités ont obligé les paysans à remplacer la culture du haschisch par celle du tournesol, tout s'est compliqué. La plupart des paysans continuent à cultiver du haschisch. Une rangée de tournesol, une rangée de haschisch, etc. (le tournesol, plus haut, cache le plant de haschisch qui ne monte guère plus de 50 centimètres et le tour est joué). Mais tout ça a bouleversé les habitudes et le marché. Il faut recommencer le recensement des producteurs. D'autant plus qu'il commence à y avoir du tirage là-haut. Les paysans ont fini par flairer qu'on les exploitait. Tout est à reprendre en main.

Et pour ça, il faut d'abord qu'un type débrouillard aille voir sur place, questionne, se renseigne.

C'est le bon moment, la récolte du haschisch va se faire dans quinze jours.

Est-ce que je veux être ce type débrouillard ? J'aurai de l'argent. Seulement, il va falloir que je reste là-haut au moins un mois. D'accord ?

« D'accord », dis-je.

Ça me va très bien. Le trafic d'armes ne doit débuter que début novembre au plus tôt. J'ai largement le temps et je suis libre comme l'air.

Dans les derniers jours de septembre, mon sac sur le dos, mes bottes de marche aux pieds, j'arrive dans les hauts plateaux. Le paysage est grandiose. En bas, la vallée, de l'herbe et des arbres, qui fait penser à une vallée d'Europe. A gauche et à droite, les premières pentes de la montagne, de plus en plus escarpées, de plus en plus arides, avec des cultures en espaliers, en « restanques », comme on dit dans le midi de la France. Et ces cultures sont partout des plants de tournesol avec leurs fleurs énormes, gorgées d'huile, qui pèsent sur leurs tiges en essayant de se tourner vers le soleil. Derrière, les montagnes. Je suis à 500 mètres du dernier village : une trentaine de masures de torchis, avec des toits en terrasses. On se croirait dans un village de l'Atlas marocain.

Pour arriver jusque-là, j'ai dû emprunter une route pierreuse en lacet sur une bonne quinzaine de kilomètres. Quand j'arrive, il est midi... Il fait chaud, mais pas trop, l'altitude diminue l'ardeur du soleil. Nous sommes à plus de 1 000 mètres.

Harassé, je pose mon sac dans la poussière, au bord de la fontaine et je me plonge le visage dans l'eau. Puis je bois, avidement.

Enfin, je me relève et alors seulement, je m'aperçois que je suis entouré d'une dizaine d'Arabes. Djellabas, longues robes blanches, turbans, ils ont l'air de vrais Arabes comme dans les livres. Mais les femmes (il y en a deux) ne sont pas voilées. J'en aurai l'explication plus tard : ces musulmans sont très christianisés. Je suis dans une région qui a

18

longtemps été sous la domination des Croisés et, plus récemment, des Français.

D'ailleurs, un des hommes parle bien français. Un grand type sec, costaud, au poil grisonnant, qui doit avoir environ cinquante ans.

En souriant, il me tend un gobelet et me dit :

« Tiens, bois, voyageur. Tu es à Saliet. C'est le nom de ce village. »

Je n'ai plus soif, mais pour ne pas le décevoir, je bois dans son gobelet.

« Merci beaucoup. La route est dure jusqu'ici... »

Il hoche la tête en souriant et aussitôt :

« Tu vas loin ? »

Je fais un geste vague de la main en montrant les montagnes.

« Je ne sais pas, dis-je. Je marche. Je visite le pays. Je suis un touriste à pied, quoi ! »

Il rit encore. Autour de nous, maintenant, il y a une bonne vingtaine de curieux. Mon ami leur traduit ma réponse et ils me dévorent des yeux.

« Tu as faim ?

— Oh ! oui. J'ai de l'argent, tu sais. »

Il balaie l'air de la main :

« On verra plus tard. Viens chez moi. »

C'est ainsi que je découvre la légendaire hospitalité arabe. Hospitalité que je ne retrouverai jamais plus tard, ni en Afghanistan, ni en Inde, ni au Népal...

Quelques instants après, je suis attablé dans sa maison, assis sur une natte à même le sol, devant une bouilloire à thé et une sorte de brouet de maïs mélangé avec un peu de viande et très fortement épicé.

C'est la femme de mon hôte qui me l'a servi, et maintenant elle s'accroupit en face de moi, à côté de son mari.

Celui-ci me laisse terminer mon repas, et puis :
« Je m'appelle Ali, dit-il, et toi ?

— Charles. »

Alors, il me pose question sur question. J'en reste au personnage que je me suis fixé. Je suis un étudiant en vacances qui visite le Liban. C'est tout.

Ali, lui, est le chef du village. C'est un ancien soldat de l'armée française, du temps où le Liban était sous notre protectorat.

Il a servi sous le général Dentz lors des fameux combats contre les gaullistes.

Il a une fille de quatorze ans, Salima, qui est en ce moment dans un autre village, en visite chez des cousins.

Je sens qu'il se livre sur moi à une véritable enquête. Mais je réponds calmement. Mes réponses semblent le satisfaire car il conclut en me prenant aux épaules :

« Ami, reste ici aussi longtemps que tu le veux si tu as besoin de te reposer. »

Je proteste.

« Si, reste, cela me fait plaisir de voir un Français. Tu es mon invité. »

J'ai beau insister, dire qu'au moins j'entends payer ma part, il ne veut rien savoir.

« Tu es fatigué, repose-toi. Tiens, si tu veux faire la sieste, voici ta natte. »

Il me montre une natte de corde, dans un coin de la pièce.

Il n'y a pratiquement rien dans cette pièce, à part un four en terre pour la cuisine. Rien que des nattes sur le sol. Tout juste un bahut dans un coin et des étagères aménagées pour quelques ustensiles dans un creux du mur.

Je ne me fais pas prier. Je tombe de sommeil. La nuit dernière, à la belle étoile, sous un arbre, j'ai été réveillé sans cesse par des aboiements dans la montagne ; des chacals, j'en suis sûr.

Sitôt allongé sur la natte, la tête sur mon sac, je m'endors.

Au bout de huit jours, je suis toujours là. Ali et moi sommes devenus de véritables amis. Il m'a même un soir, à la lueur d'une chandelle, fait voir sa case et j'ai pu, dès l'entrée, reconnaître l'odeur fauve du haschisch. Mais la case est vide.

« Tu vois, frère, me dit Ali, dans une quinzaine de jours, cette case sera pleine de haschisch, la récolte du village. Je le revendrai. Le marchand viendra de Baalbeck et il emportera tout. »

Il se rembrunit.

« Pour pas bien cher, d'ailleurs, ajoute-t-il. Ils nous volent, mais que pouvons-nous faire ? Je n'ai pas de camion, moi, pour aller le porter moi-même comme ils font la nuit dans les criques d'où partent les bateaux tous feux éteints. Et ils n'aiment pas qu'on essaie de les doubler. Un homme a été trouvé mort pour ça l'année dernière, là-bas dans ce village, de l'autre côté de la vallée. Et en plus, ils se battent entre eux, maintenant, pour mieux nous exploiter !

« Pourtant, pour nous, c'est plus dur qu'avant. On nous a fait arracher tous nos plants et obligés à les remplacer par du tournesol.

« Alors, il a fallu tricher, replanter du haschisch. Je te montrerai demain. »

Le lendemain, Ali m'emmène sur les espaliers. Nous nous approchons d'une plantation de tournesols. Ils ont bien deux mètres de haut et les fleurs sont très grosses.

« Viens », me dit Ali en pénétrant entre deux rangées de tournesols.

21

Et là, je vois, entre les plantes géantes, une rangée d'autres plants, bien cachés. Cela ressemble un peu à des plants de pommes de terre. Au bout de chaque plante, il y a une fleur assez grosse, un peu pareille à une marguerite, avec des pétales blancs.

Ali en caresse une.

« Il sera bientôt mûr. Feras-tu la récolte avec nous ?

— Bien sûr, Ali, je veux tout apprendre. »

Quelques jours plus tard, j'ai un choc.

Je vois arriver une ravissante petite femme de quatorze ans. C'est Salima, la fille d'Ali. Elle est jolie comme un cœur et je tombe tout de suite amoureux d'elle. J'ai rarement vu une petite Arabe d'une telle beauté, avec ses immenses yeux noirs en amande, ses sourcils fins, ses cheveux pas frisés, mais presque bouclés, et sa bouche humide, finement ourlée.

Elle a, sous sa longue robe de lin, un corps souple et ondulant qui m'affole tout de suite. Ses pieds aussi sont extraordinaires. Tout petits, très grecs, avec le deuxième orteil plus long que tous les autres, des ongles roses et nacrés.

Si je n'étais pas l'ami d'Ali, je crois bien que je lui ferais tout de suite la cour ! Mais je ne peux pas trahir Ali. N'empêche, cette nuit-là je rêve longtemps au petit corps de femme de Salima...

En tout cas, nous sommes très vite devenus des copains tous les deux.

Salima m'emmène en promenade, me fait visiter les environs du village. Nous ne parlons pas. Elle ne comprend pas un mot de français ou d'anglais, et moi, mon arabe... Nous nous contentons de nous sourire et de rire aussitôt après aux éclats.

Comme me l'a annoncé Ali, la récolte du haschisch commence bientôt.

Un matin, tout le village s'en va dans les espaliers et le travail démarre.

Je suis, bien entendu, embauché. Je fais équipe avec Salima. C'est elle qui l'a voulu. Je me demande si la petite bonne femme n'est pas un peu devenue amoureuse du grand Européen barbu...

Ali est avec nous. Muni chacun d'une grande jarre plate en terre, nous entrons entre deux rangées de plants de tournesol.

« Tu vois, m'explique Ali, c'est du travail facile. Tu te penches, tu prends la tige de haschisch à deux mains, à la base, en serrant bien, tu te relèves en tirant vers le haut. Tout ce qui vient dans tes mains, feuilles et fleurs, c'est du bon.

« Tu jettes dans la jarre et tu passes au plant suivant. »

Chacun prend une rangée et la cueillette commence... Le deuxième jour, Ali est appelé au village. Un marchand est là, il veut une estimation de la récolte. Ali part donc avec le messager qui est venu le chercher...

Je jure que je ne l'ai pas voulu... Mais, n'est-ce pas, ce que femme veut, Dieu le veut, et Salima, aussi jeune et petite soit-elle, est déjà une femme...

Son père n'est pas parti depuis cinq minutes que je la vois pointer la tête de son rang de plants, entre deux grands tournesols.

Elle me sourit. Je lui réponds de même.

Elle passe entre ses tournesols, vient vers moi, tout doucement. Elle a un drôle d'air. Un air qu'il ne faut pas être futé pour comprendre... Elle s'approche et, en riant, de sa manche, essuie la sueur qui perle à mon front, car je suis accroupi devant ma jarre et je tasse à deux mains ma récolte.

Le haschisch enivre-t-il déjà quand on le cueille ? Je ne sais pas, mais je le crois volontiers.

Dans cette espèce d'abri caché même du soleil, au milieu des longues tiges épaisses de tournesol, l'odeur des petits plants vénéneux est forte et entêtante...

Et Salima est si coquette et câline devant moi...

Le coton de sa longue robe blanche, serrée à la taille par une ceinture de cuir brodé, dessine ses seins petits et durs. Sa hanche est ronde, ses jolis pieds sont tout poussiéreux. Elle a chaud, elle aussi, et son front bombé est moite.

Je m'assieds, trop troublé pour continuer à travailler, et je la regarde...

Alors, Salima s'approche tout près, elle fait une adorable moue, elle hausse un peu les épaules, comme pour dire « Inch Allah » et elle se serre dans mes bras.

Nous nous aimons longtemps et, furieusement. Salima n'est pas vierge. Elle sait terriblement bien aimer. Je suis fou d'elle...

Le soir, au dîner, j'ose pourtant à peine la regarder. Si Ali, son père, savait... Il me chasserait, sans doute. Mais ce n'est pas ça que je redoute. C'est le regard qu'il aurait, le regard de l'ami dont on a abusé la confiance. Sans compter avec le coup de poignard qu'on donne facilement là-bas pour ce genre de trahison !

Quatre ou cinq jours plus tard, la récolte est terminée. Salima et moi n'avons jamais plus eu l'occasion de nous retrouver seuls. Cela vaut mieux d'ailleurs.

Heureusement, l'activité fébrile qui règne dans le village nous aide. Car, à présent, il s'agit de préparer la pâte qui sera, une fois séchée, le haschisch tel qu'on le fume et tel qu'on le mange.

A ce travail, je participe aussi. Il n'est pas difficile à comprendre et à exécuter.

Sur la place du village, les hommes apportent un gros mortier fait de pierres creuses que l'on remplit jusqu'à ras bords de ce mélange de feuilles et de fleurs. Puis, avec des pilons en bois, on frappe le tout jusqu'à ce que ce soit complètement écrasé.

Cela donne une sorte de sciure grossière, molle et suintante, regorgeant de sève, brunâtre, très odorante.

Pendant ce temps, les femmes étalent au soleil de grands draps et chaque fois qu'un mortier est prêt, on le vide sur un drap.

Puis on étale cette pâte et on la laisse au soleil quelques jours.

Quand elle est jugée suffisamment débarrassée de son humidité, vient le travail du malaxage.

Tout le monde, hommes, femmes et même enfants, y prend part.

Chacun attrape à pleines mains ce qui est devenu une pâte onctueuse et lourde, très dense. Longuement, pendant des heures, il faut pétrir cette pâte pour l'affiner.

Le geste est un peu celui du boulanger qui pétrit son pain.

Cela donne un mélange élastique et mou, semblable aux pâtes à bonbons que les confiseurs des foires malaxent et étirent avant de les découper avec leurs grands ciseaux.

Quand la pâte est bien affinée, on la découpe en cubes, en rectangles, en plaques, suivant la commande, on range le tout dans du plastique et on le rentre aussitôt. Le haschisch est prêt. Entre parenthèses, il y a, même au Liban, d'autres manières de le préparer. Par exemple, on peut ne recueillir que la sève. Tout dépend des régions.

Cette année-là, à Saliet, la récolte est d'environ 800 kilos de haschisch.

C'est chez Ali, que le haschisch, avant découpage, a été rentré, en gros blocs de vingt kilos environ, dans sa case.

Dès le lendemain, un camion arrive de Baalbeck. Quatre types à mine patibulaire en descendent. Deux d'entre eux ont le revolver à la ceinture. Ils embarquent le tout, paient le chef du village.

Je les observe, caché dans la maison d'Ali, car il vaut mieux qu'ils ne voient pas un Blanc ici.

Pas de doute, je connais ce genre de tête. Ce sont des têtes de racketters.

« Tu vois, me dit Ali en revenant, le village va vivre pratiquement toute l'année sur la vente de cette récolte, jusqu'à la prochaine. A 50 livres le kilo, ça ne fait pas beaucoup pour chaque habitant. (La livre libanaise valait alors à peu près 1,50 F.)

« Nous sommes environ une centaine. Le calcul est facile à faire. Ça ne fait, en gros, que 400 livres par an. Le prix de huit kilos. »

400 livres libanaises, cela vaut environ 600 F.

600 francs par an et par personne, évidemment, ce n'est pas le Pérou, même si on a son lopin de terre, ses poulets et quelques chèvres...

Mais je fais aussi un autre calcul, pas très fraternel celui-là, il faut bien l'avouer.

50 livres le kilo, cela fait environ 75 F le kilo.

A Paris, le kilo de haschisch se revend cette année-là aux environs de 3 000 F.

Bon Dieu ! Si je pouvais, moi, m'accorder avec Ali et acheter la récolte de son village, même en le payant double du prix des autres, quel bénéfice, mes enfants ! Vingt fois plus ! Oui, le payer double, c'est ça qu'il faut faire.

Et je le pourrai facilement, dès que j'aurai réussi

quelques petites tournées de trafic d'armes à Tanger. Très facilement même.

Ça me fera plaisir de rendre service à ces gens qui sont si hospitaliers avec moi et pour qui j'ai maintenant une réelle amitié. Sans compter tout ce que Salima représente pour moi !

Ensuite, c'est sans doute le seul moyen de les décider à ne plus vendre à leurs marchands habituels.

Ce qui ne sera pas facile, entre nous soit dit. Car ces marchands sont des gens organisés et qui ne reculent devant rien pour tenir leurs marchés bien en main.

Mon projet est très délicat, je m'en rends compte à peine l'ai-je mis en forme. En tout cas, il n'est pas possible de le monter avant l'année prochaine. Mais il n'est jamais trop tôt pour entreprendre quelque chose.

Aussi, un soir, je décide de jouer le tout pour le tout avec Ali.

C'est un homme que j'ai appris à connaître désormais et je sais qu'il est sans préjugés. Et puis, en Orient, trafiquer, vendre ou acheter des armes ou du haschisch, ce n'est pas immoral comme chez nous en Occident. Dans ces pays, tout cela est considéré comme normal.

Je lui dis donc tout : qui je suis, de quoi le trafiquant de Baalbeck m'a chargé et ce que je voudrais faire en réalité.

Et puis, dans un élan de sincérité, je lui avoue aussi que j'aime sa fille et qu'elle m'aime.

Sacré Ali ! Il sourit quand j'ai fini de parler. Et il me dit :

« J'ai vite su que tu n'étais pas un étudiant. J'en ai vu déjà, des étudiants. Ils ont toujours au moins deux ou trois livres dans leurs bagages. Et ça les démange de les sortir et de les lire.

« Toi, tu n'as jamais ouvert un livre.

« Et puis, tu n'as pas l'air d'un étudiant. Ça se voit tout de suite. Les étudiants sont des enfants, de vieux enfants, mais des enfants quand même. Toi, tu es un homme. On voit que tu as vécu et souffert.

« Ne crois pas que je t'en ai voulu de ce petit mensonge. C'est sans importance. Chaque homme a le droit de garder ses secrets pour lui, s'il ne se conduit pas mal à côté.

« Tu t'es bien conduit. Et tu viens encore de me le prouver en me parlant avec confiance.

« Avec courage même. Car j'aurais pu être furieux de ce que tu me dis au sujet de Salima.

« Cela aussi, sans en être certain, tu sais, je m'en doutais un peu.

« Quand une fille est amoureuse, cela se voit dans ses yeux, et Salima a les yeux d'une fille amoureuse depuis quelque temps.

« Seulement, il faut laisser le temps assurer les sentiments. Le temps va rendre son verdict pour Salima et toi. Mais je peux te le dire déjà : je te la donne avec joie pour femme. Tu es Français, tu es un homme solide et expérimenté, tu feras un bon mari pour Salima. »

Les paroles d'Ali me remplissent de joie, de confusion aussi. Saurai-je être à la hauteur de ce sage étonnant ?

D'un geste, je balaie ces doutes.

Le temps, comme dit Ali, rendra son verdict et je saurai dans quelques semaines quelle décision prendre.

« Attends, mon frère, dit Ali, je vais chercher ma femme et Salima. Je veux leur dire devant toi que tu fais désormais partie de la famille.

« Salima, dit Ali, quand sa femme et sa fille sont là, je veux que tu aimes Charles. Es-tu d'accord ? »

Pour toute réponse, Salima, les yeux pleins de larmes, se jette dans mes bras.

Ali se tourne vers sa femme.

« Et toi, Irada, es-tu d'accord ? »

Irada sourit sans répondre et fait oui de la tête.

« Très bien, conclut Ali. A présent, comme vous dites en France, n'est-ce pas, il faut publier les bans.

Une demi-heure plus tard, tout le village est réuni sur la place. Ali nous a mis, Salima et moi, côte à côte, et il parle.

Ce qu'il dit, en arabe, je n'y comprends goutte, et pour cause ! Mais je n'ai pas besoin de traduction.

Des cris de joie et des yous-yous saluent la « publication des bans » et des coups de feu partent en l'air.

« Ce soir, me dit Ali, on fera un beau méchoui. »

C'est ainsi que Salima et moi nous nous sommes fiancés.

Le soir, la fête est somptueuse. On n'a pas tué moins de cinq moutons et les jeunes filles du village ont dansé autour d'un feu de joie.

Après, Salima a eu le droit de venir dormir avec moi.

Pour nous laisser seuls, son père nous a installés dans le garage.

Un tas de foin est notre lit...

Le lendemain, Ali m'emmène marcher sur le chemin qui conduit vers la vallée.

« Charles, me dit-il, j'ai réfléchi cette nuit à ton projet. Je suis d'accord, tu le sais, pour te réserver la production du village, mais nous allons avoir affaire à forte partie, tu t'en doutes.

« Il nous faut des armes. Beaucoup. C'est le seul

moyen de nous faire respecter. Malheureusement, nous n'avons que quelques pétoires ici.

« J'ai pensé à quelque chose. »

Il s'arrête et me prend la main.

« Regarde, là-haut, me dit-il en pointant son doigt vers la montagne. Tu vois, cette haute vallée, là-bas, très haut, avec un piton rocheux sur sa gauche ?

— Oui, je vois.

— Il y a des armes là-bas, cachées au fond d'un tunnel. »

Stupéfait, je m'exclame :

« Des armes ? Dans un tunnel ?

— Tu vas comprendre. Pendant la mauvaise guerre, quand les Français se battaient entre eux, les soldats du général Dentz avaient fortifié cette ligne de crêtes.

« Ils avaient commencé à bâtir des postes, à creuser des tranchées et des abris, à y amasser des munitions, des armes et des canons.

« Mais les combats ont commencé... Tu le sais, Dentz a été battu. Et, ajoute-t-il avec un geste large, tout ça a été abandonné.

« Moi, je n'étais pas ici, j'étais sur les plateaux. Voilà pourquoi je ne sais pas où sont les armes. Mais le chef du village qui m'a précédé le savait, lui.

« Avant de mourir, il me l'a dit. Viens, retournons à Saliet, ma femme va nous préparer de quoi manger pour ce soir et demain. Nous coucherons sur place et nous reviendrons dans la journée. »

Salima a le cœur gros de me laisser partir une nuit, mais son père a ordonné...

Par des sentiers de chèvres, nous commençons l'escalade de la montagne...

Vers quatre heures de l'après-midi, à 1 500 ou 1 600 mètres d'altitude, dans un paysage de cailloux, de rochers et d'arbustes rabougris, semblable à celui des montagnes sèches du sud de la Corse, nous arrivons auprès d'un amas de ruines. On devine encore les ébauches d'une petite fortification, des tranchées à demi remplies par des éboulements.

« C'est là, me dit Ali. Le vieux m'a révélé qu'il y a quelque part là-dessous un abri souterrain, un tunnel, dont les soldats ont fait sauter l'entrée avant de se replier. Et il paraît que dedans se trouve tout un stock de fusils avec leurs munitions, dans des caisses hermétiques.

« Si nous les découvrons, Charles, alors oui, nous pouvons travailler avec toi, nous serons assez forts pour dire non aux marchands de Baalbeck. Et qui sait, notre exemple fera peut-être réfléchir les autres villages, et à leur tour, ils diront non aux salauds qui nous imposent leur loi et nous serrent la gorge. »

Il s'enflamme, il serre le poing.

« Alors, ce sera nous, les paysans, qui imposerons notre loi aux marchands et non eux ! »

Il s'arrête net et éclate de rire.

« Pour l'instant, il faut trouver l'entrée du tunnel. Viens, cherchons. »

Jusqu'à la tombée de la nuit, Ali et moi soulevons des pierres, faisons résonner les rochers à coups de talon. Le soir arrive et nous n'avons rien trouvé. Il fait brusquement frais. Un grand feu nous réchauffe, nous mangeons le repas préparé par Irada et puis, roulés, lui dans une couverture et moi dans mon sac de couchage, nous bâtissons longtemps des châteaux en Espagne avant de nous endormir sous les étoiles.

C'est vers onze heures du matin, le lendemain, qu'Ali pousse soudain un cri. Il a trouvé un rocher qui résonne clair alors que les autres sonnent plein.

Nous le frappons avec une grosse pierre. Pas de doute, ça sonne creux.

C'est sûrement là-dessous. D'ailleurs il est entouré de grosses pierres aux arêtes vives, comme éclatées, tandis que les autres sont plutôt usées par l'érosion.

On a fait sauter une charge de dynamite par ici, c'est certain.

Malheureusement, le rocher qui doit boucher l'entrée est trop lourd pour que nous le soulevions à deux.

Il faut revenir ici en force. Ali décide de mobiliser une équipe faite des hommes les plus robustes de son village, qui viendront avec des pieux et des pics.

Huit jours plus tard, le gros rocher ôté, l'entrée dégagée des rochers qui l'encombrent, Ali et moi, une torche à la main, entrons dans le tunnel.

Victoire !

Au fond, à dix mètres à peine de l'entrée, notre torche éclaire cinq grosses caisses de bois !

Ce sont les armes !

Oui, ce sont elles : les caisses une fois sorties, nous les éventrons et, enveloppées de toiles cirées et de sacs copieusement graissés, nous mettons au jour, un à un, dans des hurlements de joie et des danses de sauvages :

22 fusils Lebel ;
14 fusils M.A.S. 36 ;
4 F.M. ;
7 revolvers d'ordonnance ;
50 grenades défensives.

Deux des caisses sont remplies de munitions adaptées à chaque modèle d'arme.

Ali vient vers moi.

« Mon frère, me dit-il, à toi de jouer, maintenant. Nous sommes forts. »

A moi de jouer, cela veut dire plusieurs choses.

Primo : il faut que je m'occupe du truand de Baalbeck. Je ne sais pas encore ce que je devrai lui raconter. Le mieux, sans doute, est d'essayer de lui placer un baratin quelconque (qui, cela dit, va rester à trouver !) pour l'endormir jusqu'à l'année prochaine.

Secundo : il faut que je mette sérieusement au point le plan de revente du haschisch. Départ du village, gardiennage dans un dépôt, sortie du Liban. Ça ne va pas être facile. Mais j'ai tout de même jusqu'à l'année prochaine pour peaufiner la question.

Tertio : plus que jamais, il est important que le trafic d'armes d'Arouache tienne.

J'explique tout ça à Ali, tandis que nous redescendons vers le village, armés jusqu'aux dents.

Le mieux, à mon avis, est que je descende à Baalbeck pour commencer, histoire de tâter le terrain du côté du marchand.

Salima fait des pieds et des mains, dès qu'elle est au courant, pour obtenir l'autorisation de m'accompagner. Son père finit par y consentir.

Mais le matin du départ, il me confie un revolver d'ordonnance de la cache et une quinzaine de balles.

« Charles, me dit-il, méfie-toi. On ne sait jamais ce qu'il peut arriver. Surtout que tu voyages avec une fille. Les hommes dans la vallée sont des boucs en rut. Les neuf dixièmes d'entre eux sont privés de femmes puisque ce sont les riches qui les accaparent. Sois prudent. Rien ne doit arriver à Salima, ni à toi. »

Nous nous embrassons. Irada pleure. Elle sait que nous n'en avons que pour quelques jours, mais elle est inquiète.

Bientôt, le sac au dos, le gros revolver fourré sous

mon blouson, le canon passé dans la ceinture, tenant Salima par la main, je suis en route vers Baalbeck.

Salima est dans un état de joie indescriptible. Elle gambade à mon côté comme un cabri et chante à tue-tête.

« Moi, heureuse, heureuse ! », répète-t-elle sans arrêt.

Je lui ai appris quelques mots de français et, bien sûr, elle sait aussi dire : « Je t'aime. » Elle me le répète à chaque lacet de la route.

A petites étapes, nous descendons vers la ville. La nuit, nous couchons sous un arbre. Salima est si petite que nous entrons tous les deux à la fois dans mon sac de couchage. En général, à midi, nous déjeunons dans une auberge et le soir nous pique-niquons autour d'un feu.

Enfin, Baalbeck est en vue. Alors, quand nous sommes arrivés aux premières maisons, je m'arrête au bord de la route et je dis à Salima :

« Tu as bien compris ce que ton père a dit ? »

Elle fait oui de la tête. Ce que son père lui a dit, c'est le plan de travail. Il est simple, d'ailleurs : nous allons descendre à l'hôtel. Elle m'y attendra et moi, j'irai chez le marchand. Une journée et une nuit à Baalbeck devraient suffire.

Dans une ruelle du centre, nous trouvons une petite auberge qui ne paie pas de mine, mais qui me paraît convenable. Salima ouvre des yeux gros comme ça : elle n'est encore jamais allée en ville. Une auberge, elle ne savait pas ce que c'était, n'imaginant pas que des gens puissent louer leur maison à des voyageurs.

Je l'y laisse, lui interdisant de sortir de sa chambre. Elle me le promet.

Et je me rends chez Fawziad. Par chance, il est là.

34

« Ah! vous voilà, monsieur Charles! me dit-il, l'air joyeux. Quel rapport avez-vous à me faire ? »

Je m'assieds à côté de lui et je lui explique que les choses sont tout à fait rassurantes. J'ai visité, lui dis-je, plusieurs villages, me faisant passer pour un touriste, un marcheur à pied. Partout, l'atmosphère m'a paru calme. Les murmures dont il me parlait ne sont que des réactions épidermiques sans lendemain.

En fait, les paysans sont heureux. On a tort de croire qu'ils comptent uniquement sur le haschisch pour subsister. Ils vivent très bien sur les produits de leur sol. Inutile de remuer les esprits avec des inspections et des enquêtes hors de propos. Ce serait une grave erreur qui risquerait de mettre aux gens la puce à l'oreille.

Et pour donner à mes affirmations le plus possible d'apparence de vérité, je cite des noms de villages qu'Ali m'a donnés, des noms de chefs de village, de chiffres de récolte, etc.

Mon discours fait son effet sur Fawziad. Il a l'air sincèrement soulagé.

« Ce n'est pas tout, me dit-il, je voudrais vous parler d'autre chose. Est-ce que ça vous intéresserait de travailler vraiment avec moi ? »

Je tends l'oreille :

« C'est-à-dire ? »

J'essaie d'avoir l'air le plus tranquille possible.

« C'est-à-dire que mes services de ramassage du haschisch sont un peu trop anarchiques. Je suis sûr qu'il y a des fuites, des types qui se mettent du haschisch plein les poches au passage.

« Ce qu'il faudrait, c'est quelqu'un d'actif et de sérieux qui supervise tout ça. Le bénéfice pour lui serait gros.

— Je peux toujours essayer de voir si c'est possible, dis-je, mais, pour ça, il faudrait que je voie sur place les filières et les types.

— D'accord, dès que les récoltes en cours de stockage et de revente sont liquidées, dès que tout ça sera un peu calmé, je vous mettrai en rapport avec mes gens.

— Rendez-vous fin décembre, c'est entendu ? »

Parfait. Tout ça me va très bien. D'ici là, j'aurai eu le temps de faire un voyage à Tanger et j'aurai un million et demi en poche. Parfait, parfait.

Je quitte Fawziad très content. Tout devrait marcher sur des roulettes.

Dès que j'arrive à l'auberge, je vois que quelque chose ne va pas.

Salima est assise dans la salle du restaurant, entourée de trois gros types hilares qui ne me disent rien qui vaille.

Je fronce le sourcil.

« Salima ! Je t'avais dit de rester dans ta chambre. Viens ! »

Je comprends ce qui s'est passé. Poussée par la curiosité, elle a voulu descendre, et les trois types lui sont tombés dessus.

L'air penaud, Salima se lève, mais au moment où elle va partir, un des types lui prend le poignet.

« Reste », dit-il.

Il parle arabe, mais j'ai compris quand même ce qu'il veut dire.

En même temps, il se tourne vers moi et en souriant, il me dit, en anglais :

« *She is yours ?* » (Elle est à vous ?)

Je fais oui de la tête.

« Jolie, continue l'autre, l'air d'apprécier, mais sans lâcher Salima. Où allez-vous la faire travailler ? »

Ça alors, il me prend pour un maquereau européen venu acheter une petite Arabe pour la mettre dans un bordel !

« Lâchez-la », dis-je d'un ton mauvais.

Comme à regret, il obtempère et Salima se réfugie dans mes bras.

« Ha ! ha ! explose-t-il. La petite aime bien son protecteur ! Elle va vite déchanter. »

Je serre les poings.

« Taisez-vous ou je vous casse la figure. »

Il continue à rire. Alors, négligemment, j'ouvre mon blouson et mon revolver apparaît.

L'effet est radical, le type stoppe net.

Tranquille, je m'installe à une table pour dîner avec Salima. Elle est dans la joie. Elle n'a jamais vu de fourchettes. Elle ne sait pas s'en servir. J'ai toutes les peines du monde à lui apprendre.

Les trois types n'ont plus bronché et ils sont vite partis. Nous sommes seuls. Je me sens bien. Et je n'ose pas dire à Salima que bientôt il va falloir nous séparer. Car je ne peux évidemment pas l'emmener à Beyrouth. Je suis donc heureux de lui offrir cette petite fête d'un dîner et d'une nuit d'hôtel. Et pour elle, cette petite fête en est une grande !

Quatre ou cinq jours plus tard, nous sommes de retour à Saliet. Je raconte tout à Ali et je lui rends son pistolet. Je n'aime guère ces engins-là. C'est donner un trop beau prétexte à la police pour vous arrêter si, pour une raison ou une autre, vous avez affaire à elle.

Ali comprend très bien qu'il me faille redescendre à Beyrouth.

Mais pas Salima.

C'est un torrent de larmes quand je lui annonce mon départ. Mais, comme adieu, elle m'offre la plus belle des nuits d'amour que nous ayons jamais eues.

Le lendemain, à l'aube, nous nous embrassons encore passionnément. Il faut que je l'arrache à mes bras.

Elle sanglote... Moi-même, j'ai le cœur gros quand, dans la vallée, je ne vois plus Saliet, derrière moi, que comme un petit amas de taches foncées.

Jamais je n'aurais dû revenir à Beyrouth. Tout marchait si bien !

Hélas ! il a fallu que je commette une erreur.

Et elle va provoquer la chute de tous mes espoirs et, de conséquence en conséquence, mon départ vers l'Orient, et ma plongée dans la drogue...

Lorsque j'arrive chez Arouache, il n'est pas là. Il est en voyage quelque part en Europe. Gill, sa femme, est seule.

Un matin, comme nous nous baignons dans la piscine, elle me fait des avances.

Rentré dans le monde occidental, repris par mes habitudes d'autrefois, j'avoue que Salima n'est plus qu'une image un peu effacée, une image belle, douce et tendre, mais elle est si loin...

Et Gill, elle, est là, tout contre moi, qui vient de décider de se baigner nue dans la piscine.

Et elle aussi est belle, douce et tendre...

Je deviens l'amant de Gill.

Un mois durant, nous vivons heureux, sans nous cacher.

C'est notre bêtise, notre folie.

Un matin, début décembre, quelqu'un me secoue tandis que je me dore au soleil sur la plage du camping.

C'est Gérard.

« Tire-toi, vite ! me crie-t-il. Je ne sais pas qui t'a vendu, mais Arouache est revenu fou de rage.

« Il sait que tu lui as piqué sa femme.

« Avec deux de ses sbires, il a débarqué chez lui. Il croit que tu y es. Il fouille toute la maison en criant qu'il va te tuer, et les mecs ont le revolver à la ceinture.

« D'une minute à l'autre, il va rappliquer ici. Grouille-toi, bon Dieu ! File, disparais ! »

En deux minutes, je suis habillé, mon sac sur le dos.

Pas le temps d'aller dire adieu à Gill. Gérard est avec sa voiture. Je saute dedans et il me dépose à Beyrouth avec un peu d'argent, dans un hôtel où je me planquerai quelque temps. Il reviendra demain me tenir au courant.

Le lendemain, quand il revient, il a l'air catastrophé.

Arouache a fichu une trempe maison à sa femme et moi, il a juré de me retrouver. Il a alerté tout son réseau et distribué mon signalement !

Aïe ! cette fois je prends vraiment peur et à midi, sans attendre plus longtemps, je suis dans le car via Baalbeck.

Le mieux c'est d'aller me mettre au vert quelque temps à Saliet.

*

Là-haut, évidemment, si Salima est folle de joie de me revoir, Ali est surpris de mon retour plus tôt que prévu.

Pauvre Ali, comment lui avouer ce qui s'est passé ? Je lui raconte que tout marche très bien et que, fatigué, je suis simplement revenu me reposer auprès d'eux.

« Et de Salima ! » conclut Ali en riant.

Moi, je n'ai guère envie de rire. Je ne vois pas comment je vais pouvoir rattraper le coup.

C'est même pratiquement la fin des haricots...

Fini le trafic d'armes. Fini le trafic de haschisch avec Ali. Ah! je suis trop bête! Et Salima?...

Salima, elle, nage dans le bonheur. Je m'efforce de mon mieux de ne pas paraître soucieux, mais réussirai-je à jouer longtemps la comédie? En fait, il faut que je songe à l'avenir.

D'abord, je vais attendre ici un mois ou deux. Peut-être Arouache va-t-il se calmer. Mais je ne le crois guère. Têtu et impitoyable en affaires, il doit l'être aussi dans ses haines.

Brr... Pourvu qu'il ne retrouve pas ma trace!

Un matin, quelque chose de bizarre se passe : une jeep de la police arrive au village et les policiers entrent chez Ali. J'y suis. C'est à moi qu'ils en veulent. Je dois les suivre tout de suite.

Qu'est-ce que c'est? Je n'y comprends rien. Mais je ne songe pas une seconde à Arouache. Et je monte dans la jeep, au milieu de l'attroupement général.

Alors, le type à côté du conducteur se retourne vers moi et me braque son pistolet sur le nez!

« Allonge-toi dans la jeep, vite », ordonne-t-il en anglais.

Un frisson me parcourt tout entier et je devine d'un coup.

Ce ne sont pas des policiers. Ce sont des types d'Arouache déguisés en flics. Comment ont-ils retrouvé ma trace, ce n'est pas le moment de chercher à le savoir. Ce qui compte maintenant, c'est d'essayer de leur échapper.

Je hurle :

« Ali! Faux policiers! »

Mais je n'aurais même pas eu besoin d'appeler.

En moins de temps qu'il ne faut pour l'écrire, la jeep s'est trouvée cernée par les habitants, et je ne sais comment ils ont pu faire si vite, mais au moins une dizaine d'hommes ont le fusil à la main. Des fusils de la cache des troupes de Dentz.

« Lâchez-le, ordonne Ali, ou vous êtes morts tous les deux. Et partez vite d'ici. »

Les deux types n'insistent pas et la jeep fonce bientôt dans la poussière. Sans moi.

Ouf !

Je me jette dans les bras d'Ali.

« Merci, tu m'as sauvé la vie.

— Qu'est-ce que c'était, fils ? interroge-t-il, soucieux. Des ennuis à cause de nous ?

— Si tu veux, lui dis-je. Notre projet soulève des difficultés. A Beyrouth, la mafia du haschisch s'est inquiétée de me voir commencer à poser des jalons.

« Je ne t'en parlais pas pour ne pas t'inquiéter, souhaitant que tout ça se tasse...

« Mais elle a dû décider de me supprimer. »

J'ai honte de mentir à Ali. Mais puis-je faire autrement ?

« Nous te défendrons, dit Ali. Compte sur nous. »

La nuit, je me tourne et me retourne sur ma couche. Cette fois, les choses ont pris une tournure trop grave. Ma vie est réellement en danger. Je ne peux pas rester ici. Et je n'ai pas le droit de mettre ces braves gens dans le pétrin à cause de moi.

Il vaut mieux que je parte.

Je n'ai pas le courage de le faire au grand jour.

Vérifiant que Salima dort bien, je me lève silencieusement, je boucle mon sac.

Je laisse un mot pour Ali : un mot bref où je lui demande pardon de partir ainsi, lui promettant de revenir dès que tout ça sera calmé. Et j'ajoute ceci, qui balaie ma promesse : « Dis à Salima qu'il faut m'oublier... »

Je prends la route de la montagne, vers le nord-est. Je ne sais pas où je vais aller. Vers la Syrie, en tout cas, d'abord.

Il fait très froid en montagne. Et je souffre beaucoup avant d'arriver en Syrie.

Après avoir passé la frontière syrienne et remonté vers la Turquie, sur les hauts plateaux, peu avant Ankara, je manque mourir de froid.

J'ai commis l'erreur de vouloir faire du stop à la tombée de la nuit, comptant sur un camion qui m'aurait fait faire un long trajet (le plus souvent, avec les voitures, on n'avance qu'à petites étapes).

Malheureusement, aucun camion ne passe et je me retrouve en rase campagne, à un carrefour, battant la semelle dans la neige.

A minuit, je suis toujours là. Il souffle un vent glacial. Je claque des dents. Je me décide enfin à chercher un abri.

Au loin, une lumière. Je marche vers elle. Le vent redouble. Je marche plié en deux : comme de juste, le vent est contre moi.

Bientôt, la lumière s'éteint.

A tâtons, titubant dans la tourmente, je longe le bas-côté de la route et enfin, bien après trois heures du matin, j'arrive devant une masse noire.

C'est la maison.

Je tambourine à la porte en criant. On finit par m'ouvrir.

C'est une auberge. Charitable, le patron réveille tout son monde. On me déshabille, on allume un grand feu, on me frictionne avec des serviettes trempées dans l'alcool.

Il était temps, j'avais déjà les pieds bleus de froid.

Gorgé de soupe et d'alcool, enveloppé dans quatre

couvertures, la peau cette fois rouge comme celle d'une écrevisse, je m'endors devant le feu.

On m'a offert une chambre, mais je n'ai rien voulu savoir : dormir contre le feu, c'est tout ce qu'il me faut. Rien n'est plus doux !

II

Début janvier 1969, j'arrive à Istanbul. Pourquoi Istanbul ? Je n'ai pas d'idée préconçue. Je ne sais pas si je vais rentrer en Europe ou rester en Orient. Simplement, Istanbul est une ville où tout peut arriver et n'est-ce pas ce que j'ai toujours cherché ? Et puis, c'est aussi la ville des trafics de toutes sortes. Je pense qu'il y a certainement quelque chose à y faire pour moi. Dans mon carnet, j'ai noté l'adresse d'un hôtel, que m'a donnée un type, sur la route, en Grèce, à Thessalonique, l'Old Gulhane Hôtel, en me disant : « Ce n'est pas cher, c'est bien et tu peux y faire des rencontres. »

Ça, des rencontres, j'en ai fait à l'Old Gulhane ! C'est même là que la descente aux enfers a pris son départ.

Quand je débarque à Istanbul, il neige. Je traverse le Bosphore sous de gros flocons blancs qui tourbillonnent autour du bac avant de s'amasser en paquets sur mon sac. Il gèle toujours, je ne suis pas gai.

Il ne me reste pas grand-chose sur moi, mais tant pis, je prends un taxi. Dès que je dis au chauffeur le nom de l'hôtel, il a un large sourire : « Hippie ! » s'exclame-t-il et il fonce.

Le chauffeur est un Turc qui parle anglais. Tout en conduisant, il m'explique. L'Old Gulhane Hôtel est situé non loin de la mosquée bleue, de Sainte-Sophie et du Grand Bazar, dans le vieux quartier d'Istanbul, au nord du Gulhane Park (d'où son nom) dans une petite rue donnant dans l'avenue Sultana Meth.

Au bout d'un quart d'heure, le taxi me laisse avec mon baluchon dans une ruelle moyenâgeuse sans trottoir, en terre battue, remplie d'enfants au crâne rasé qui courent et piaillent partout, pieds nus dans la neige qui tombe toujours. Je suis en face d'une maison aux murs de pisé décrépis, très étroite. Je lève le nez et au-dessus d'une petite porte de bois pleine je lis sur un fronton, en lettres noires délavées, fantaisistes et crochues : Gulhane Hôtel. J'y suis.

Je regarde un peu mieux. Il y a trois étages, deux petites fenêtres par étage. Au-dessus, une terrasse cernée de grillages et dont une moitié est recouverte d'un vague toit de tôle ondulée et de carton. Sur l'autre moitié, de la toile.

Je pousse la porte et j'entre dans un couloir noir et sale avec, au bout, une porte qui donne sur un jardinet en friche plein d'ordures entassées. Tout cela sent effroyablement mauvais.

J'appelle. Pas de réponse. A droite, une porte. Je frappe. Je tourne le loquet, en vain. C'est fermé. A gauche, par contre, la porte s'ouvre. C'est un réduit avec un grand baquet de bois posé à même la terre battue. Lui aussi est vide.

Je m'engage dans l'escalier aux vieilles marches craquantes et, au premier, je débouche dans une pièce d'environ quatre mètres sur cinq. Comme taudis, j'ai rarement vu mieux. Au plafond, des poutres toutes noires. Au sol, couvert de poussière et de déchets douteux, un parquet rudimentaire. Les murs, naturellement, sont en pisé. Sur les quatre carreaux de la fenêtre, trois sont manquants et le quatrième est percé par le tuyau d'un poêle à sciure en ferraille. Pas de lits, ni même de châlits. Tout simplement, faisant le tour de la pièce, des paillasses en toile de jute avec sur chacune une couverture arabe crasseuse. Toutes sont bizarrement déchiquetées. Je saurai vite pourquoi. Çà et là, des sacs, des bagages.

L'air sent très fort. Une odeur de sueur sale et d'urine, un peu comme dans un zoo. Et là-dessus un vague fond d'encens et de haschisch.

C'est alors que dans le coin le plus sombre de la pièce, mon regard s'habituant peu à peu à l'obscurité, j'aperçois quelqu'un. Une interminable forme couchée. C'est un garçon, un Européen squelettique, barbu, les cheveux longs et bouclés. Il est pieds nus et ses pieds sont très sales. Aux jambes, il a un pantalon de toile qui a dû être blanc et, au-dessus, une chemise ample, blanche aussi, ras du cou, avec de grandes manches très larges.

Je hasarde un bonjour. Pas de réponse. Je m'approche. Le garçon me jette un regard distrait et me fait un vague sourire. J'ai l'impression qu'il m'a à peine vu. D'ailleurs, il a autre chose à faire. Et j'assiste à une étrange opération.

Se soutenant sur un coude, et toussant d'une toux sèche et rapide, il sort une seringue de son sac, puis une petite boîte de carton, genre produits pharmaceutiques. Il pose la seringue, qui a son aiguille toute prête, par terre, sur le parquet, à côté de lui. Sans se soucier le moins du monde de ma présence, il ouvre la boîte, en sort un tube, le débouche et en fait tomber dans le creux de sa main cinq ou six petits cachets ronds et blancs qu'il pose par terre, à côté de la seringue. Il refouille dans son sac, en sort un bout de papier journal, le pose à côté des cachets qu'il met dessus. Puis il ramasse un verre à moitié ébréché et, à petits coups, pulvérise les cachets un à un, jusqu'à les réduire en fine poussière.

Je le regarde, fasciné. Je me penche un peu et je lis, sur la boîte, ce mot : Méthédrine. C'est, je le sais, un excitant puissant, genre Maxiton.

Mais le drogué, pour la première fois, semble s'apercevoir que je suis là. Il me tend le verre et, dans un anglais parfait, me demande d'y mettre un doigt d'eau.

« Où ça ? dis-je en faisant le tour de la pièce du regard.

— Au robinet, sur le palier », m'explique-t-il.

J'y vais et dans un recoin du palier, à côté d'un trou d'où sort un relent de fosse d'aisance, j'avise un vieux robinet de cuivre taché de vert-de-gris et qui goutte. Je mets le doigt d'eau demandé.

« *Thanks* (merci) », me dit le drogué avec un sourire fugitif.

Habilement, il replie le papier journal en gouttière et fait glisser sa poudre blanche dans le verre. Avec son doigt il remue le mélange un moment. Il prend la seringue et aspire le tout à travers un coton. Puis il sort encore de son sac une ceinture, remonte la manche gauche de sa chemise, enroule la ceinture autour de ce qui lui reste de biceps, juste au-dessus du coude. Et il serre.

Mais il n'y arrive pas. Il me fait signe de l'aider.

« Serre, là, veux-tu ? » me demande-t-il.

Je serre. Les veines saillent, toutes boursouflées de petites hernies, avec des points noirâtres de sang séché un peu partout, et des bleus sous la peau.

Il enfonce l'aiguille tout droit, sans hésiter. Il tire

sur son piston, en arrière. Un peu de sang rougit l'intérieur de la seringue.

L'air satisfait, le type s'injecte alors tout le mélange, range vite ses affaires et se recouche, tourné du côté du mur.

Il ne bouge plus.

Un peu décontenancé, je pose mon sac sur une paillasse qui me paraît inoccupée et je reviens vers lui. Je le secoue.

« Oh ! dis ? Tu es seul ici ? Il n'y a pas de patron ? »

Il tourne la tête vers moi et murmure que si, il doit être en haut, ou dans le jardin, il ne sait pas.

Je suis son conseil et je monte au deuxième. Là aussi, il y a des dortoirs, tous aussi sales, tous aussi puants. Dans l'un, un gros rat me passe entre les jambes. Mais il n'y a personne. Je monte au troisième.

Même décor avec, en plus, un autre type tout pareil à mon drogué du premier étage, tout aussi immobile.

J'arrive sur la terrasse. Là encore, il y a des paillasses, du côté couvert de tôle ondulée. Il neige toujours.

Enfin, je vois une silhouette debout. C'est un grand vieil homme très maigre avec une barbiche et des cheveux gris tout ébouriffés. En bas il a un pantalon turc en toile, très large, des savates aux pieds et en haut, une veste européenne. Il farfouille je ne sais quoi autour d'un tas de détritus. Il tourne vers moi un regard placide en entendant mes bottes sur le sol.

« C'est vous, le patron ? dis-je en anglais.

— *Yes.*

— Heu... Je peux m'installer ?

— Où vous voulez. »

Je hasarde :

« Mais où ? C'est vide. »

Il fait un vague geste de la main.

« Ce soir... répond-il.

— C'est combien ? dis-je.

— Une lira sur la terrasse, deux liras en bas. » (La lira vaut environ 40 à 45 centimes.)

Et il ajoute sans que je lui aie rien demandé :

« On paie quand on veut.

— Manger ? lui dis-je encore. Où peut-on manger ? »

Il me répond par un inintelligible murmure où je crois distinguer le mot pudding et se replonge dans son tas d'ordures.

Bon, il est trois heures de l'après-midi, je n'ai rien mangé depuis l'aube. A moi de me débrouiller tout seul, si je comprends bien. Je m'en vais, après un coup d'œil à mon drogué du premier, lui abandonnant la garde de mon sac, puisque après tout il semble déjà avoir celle des autres, et que le mien ne contient, hélas ! aucun trésor.

Dehors, à cent mètres, je débouche sur une grande avenue bordée d'arbres, l'air presque respectable. Je la traverse, suivant le flot des passants. J'ai vite fait d'arriver à une sorte de grand souk où il m'est facile de trouver un café ouvert. On me sert à manger et, ragaillardi, je m'en vais baguenauder à travers la ville.

« Ce soir », a dit le patron du Gulhane. Ça doit vouloir dire que ce soir il y aura du monde à l'hôtel. Je reviendrai donc ce soir.

Effectivement, quand je rentre vers neuf heures, après avoir fait le touriste à Sainte-Sophie, je ne reconnais pas mon désert.

Cette fois, c'est bourré de monde.

Dans ma chambre, où mon drogué de tout à

l'heure est toujours aussi inerte, ils sont une dizaine assis en rond sur leurs paillasses. Garçons et filles. Tous des hippies. Tenues extravagantes, cheveux longs, colliers, chemises indiennes, pieds nus. Tous jeunes, tous sales, tous pareils.

Moi, avec mes bottes, mon pantalon et mon col roulé noir, je détonne visiblement. Mais personne n'a l'air de me considérer comme un intrus. On se pousse un peu et je m'assieds sur ma paillasse, en tailleur, comme les autres.

On a allumé le poêle et il ronfle. Mais il fume aussi épouvantablement. C'est insupportable. Je me lève, je le règle, le touille un peu. Ça s'arrête. J'ai droit à quelques sourires de remerciement.

Alors, je regarde un peu mieux autour de moi. Et je vois des choses curieuses. A côté de moi, il y a un type tout vêtu de blanc, encore plus maigre peut-être que l'autre dans son coin, auquel personne ne fait attention.

Il a un petit singe sur les épaules.

Et le singe l'épouille méticuleusement. Chaque fois qu'il attrape un pou, il glousse et le donne au type qui se retourne alors vers sa voisine. Celle-ci, une grande blonde, allemande, danoise ou suédoise, est vêtue d'une veste de marin déboutonnée sur sa poitrine nue. Autour du cou, elle a quelque chose d'enroulé. Quelque chose qui, je le vois vite, est un serpent. Un cobra, même.

Elle prend le pou et le donne au cobra qui l'avale vite.

Un autre type entre. Il a une souris à la main, vivante. Il la donne à la fille, qui la donne au cobra lequel l'avale toute ronde.

La fille me sourit et je m'enhardis : je montre le drogué allongé dans la même position que cet après-midi.

« Il est peut-être malade ? » dis-je, toujours en anglais, car tout le monde semble ne parler que l'anglais ici.

La fille hausse les épaules.

« Johnny ? fait-elle en riant. Ça fait trois mois qu'il n'a pas bougé !

— Trois mois !

— Eh oui... »

Ça n'a pas l'air de l'émouvoir. Elle se balance sur les fesses et chantonne en regardant le type :

« Johnny Junkie, Johnny Junkie. »

Je n'ai pas demandé ce que Junkie veut dire. Je ne l'apprendrai que trop vite : c'est le nom qu'on donne aux drogués au dernier degré, ceux qui n'ont plus le choix qu'entre la porte de l'hôpital ou celle du cimetière.

Un nom que j'entendrai moi aussi, chuchoter sur mon passage, une nuit de folie inimaginable à Katmandou...

Mais soudain, une espèce d'agitation se crée. Dans les quintes de toux (j'ai oublié de dire que depuis que je suis revenu, j'entends tousser partout, la même toux courte, sèche, aiguë — la toux des fumeurs de haschisch) une musique assourdie se lève.

Un des types a sorti une guitare de sous sa paillasse et il a commencé à jouer. Une mélopée indienne, acide et douce à la fois, lancinante.

Les autres se resserrent un peu et l'un d'eux fouille dans son sac. Il en sort un paquet de cigarettes américaines, une sorte de cône creux en marbre blanc, long comme la paume de la main et tout culotté à l'intérieur, puis, dans un morceau de plastique, une plaque d'une matière brunâtre, dure et mate, que je reconnais tout de suite. C'est du haschisch.

Il en découpe au couteau un petit morceau, et range soigneusement le reste.

Puis il sort une cigarette de son paquet et, en la tournant entre ses doigts, la vide peu à peu et fait tomber le tabac dans sa paume ouverte. Ensuite, il pique le haschisch à la pointe de son canif, il le chauffe à la flamme d'une allumette, en tournant son canif pendant quinze ou vingt secondes.

Puis il effrite le haschisch, toujours dans sa paume ouverte, un peu repliée, pour faire creux et, du pouce, mélange le tout.

Pendant ce temps, la fille qui est à côté de lui découpe un petit carré du papier argenté de son paquet de cigarettes, fait brûler le papier pour qu'il ne reste que la feuille métallique, roule cette feuille en boule et la place au fond du cône.

Après, elle taille un morceau de la dimension de deux ou trois timbres-poste de la couverture de sa paillasse (je comprends brusquement pourquoi elles sont toutes déchiquetées).

Elle humecte de salive le morceau et l'enveloppe autour de l'extrémité inférieure du cône.

« Passe-moi le shilom », dit le garçon.

Elle lui tend le cône. Shilom, c'est donc le nom de l'objet. J'en aurai vite moi-même une dizaine... Ils ont survécu à toutes mes péripéties. Je les ai rapportés.

Le garçon verse son mélange de tabac et de haschisch dans le shilom, le tasse un peu, craque une allumette, l'enflamme, tasse encore pour que la braise soit bien serrée, puis, renversant la tête en arrière, tenant à deux mains son shilom, les deux mains un peu dans la position qu'on leur donne quand on souffle dedans pour les réchauffer, il aspire par en dessous, la fumée du haschisch.

Il aspire un grand coup, très fort, très profond.

Et il passe le shilom à sa voisine. Elle en fait autant et le passe à son voisin, et ainsi de suite.

Moi, je les regarde comme si j'étais soudain transporté au milieu d'Indiens fumant le calumet de la paix. Mais le shilom se rapproche de moi. Que vont-ils faire ? Sauter mon tour ? Cela me semblerait logique et je ne leur en voudrais pas. Après tout, ils ne me connaissent pas et c'est leur haschisch à eux, pas le mien.

Vont-ils me tendre le shilom ?

Une petite panique me prend. Comment me conduire s'ils me le passent ? Je le sens confusément, mais avec certitude : il ne serait alors pas question de le refuser. Je flaire déjà que ce sont des choses qui ne se font pas. Mais je ne sais pas fumer, moi, ce truc-là !

Ça ne rate pas, mon voisin, après avoir tiré sa bouffée, me passe l'objet. J'ai bien examiné comment ils font tous. Je me jette à l'eau. Le plus naturellement que je peux, l'air de faire ça depuis une éternité, je prends le shilom, je me cale les mains en cornet dessous et je tire une bouffée...

Rien ne pénètre dans mes poumons. Parce que, j'ai eu beau observer avant la manière dont ils s'en servent, je ne l'ai pas pour autant, la manière ! De l'air passe entre mes jointures, s'échappe de la cavité de mes paumes. Bref, je tire à moitié l'air extérieur, à moitié la fumée du shilom. Je serre un peu plus mes doigts, je me contracte. Cette fois, ça va mieux, j'ai une meilleure bouffée. Je passe le shilom à mon voisin et je continue d'étudier, l'œil en coin, comment ils s'y prennent.

Le shilom refait un tour complet, me revient. Cette fois, j'ai mieux pigé le truc. J'aspire presque entièrement de la fumée, mais ce n'est pas facile. Et puis, je n'ose pas tirer aussi fort qu'ils le font. La fumée est très âpre. Il faut vraiment avoir le gosier blindé pour ne pas cracher tripes et boyaux quand ça vous entre dans la gorge. D'ailleurs, je tousse un peu, mais je ne me ridiculise pas trop.

Pendant ce temps, le shilom revient à son point de départ. Cependant, le type qui le reprend ne le remet pas en jeu. Il l'abandonne à côté de lui. Un autre shilom, entre-temps, est parti dans le circuit.

Je comprends que le premier est épuisé. Quand le deuxième m'arrive, je m'enhardis, j'aspire un bon coup. Ça marche, je ne tousse pas et je n'aspire que très peu d'air. Et puis, ça commence à faire son effet. Depuis quelques minutes, je me sens bien. J'ai l'impression de planer. Je ne vois pas de mot plus juste pour décrire cette sensation. Autour de moi tout s'estompe lentement dans une sorte de coton. Si je veux, je peux ne plus rien remarquer ni entendre du monde extérieur. Il suffit de le vouloir et hop ! je suis tout seul au monde. Mais si je veux fixer mon attention sur quelque chose, un objet, un son ou une pensée, c'est facile. Tout de suite, cela vient au premier plan et le reste n'existe plus. Je suis béat, la vie est belle et molle, le monde est parfait et malléable et je vole doucement au-dessus de tout. Il suffit que je m'imagine que je vole pour que je me sente voler vraiment.

Quant aux soucis, adieu ! Je n'ai pratiquement plus un sou sur moi ? Au diable l'argent ! Ça s'arrangera toujours.

Arouache est peut-être le vrai propriétaire du Gulhane Hôtel ? Eh bien, qu'il le soit, ça me fait une belle jambe !

A présent, c'est la cinquième fois que le shilom m'est revenu. Je suis de plus en plus heureux. Le type à la guitare joue toujours les mêmes airs aigres et doux et je n'ai jamais entendu de musique plus belle au monde.

De temps en temps, comme dans un rêve où l'on croit voler, je m'offre un petit retour sur terre. Alors je remarque Johnny le junkie toujours allongé la tête contre le mur et une immense sympathie envers lui m'envahit. Je vois d'ailleurs d'autres types se piquer tout en fumant. A eux aussi je voudrais donner des bourrades d'amitié. Tout à coup, j'ai envie de rire. Je ris. Et stupéfait, je m'entends rire, d'un rire incoercible, comme je n'ai jamais ri de ma vie, franchement, de tout mon cœur, à gorge déployée, par longues roulades à faire éclater ce qui reste de vitres aux fenêtres de la chambre.

Ça me réveille. Je m'arrête, un peu honteux. Je jette un regard en biais aux autres. Mais ils ne m'ont même pas regardé. Du coup, je recommence à rire, car l'envie est là, violente, inexplicable, plus forte que moi.

Mais voici que mon sixième shilom arrive. Alors là, je ne m'en fais plus, je le prends d'autorité. Fièrement, je vide mes poumons le plus possible et j'aspire à fond, comme les autres.

C'était fatal : j'explose.

Les poumons ravagés par une intense brûlure, je tousse à me faire éclater la cage thoracique. Je mets cinq bonnes minutes à m'en remettre et je dois laisser passer un tour de shilom. Mais là non plus, personne n'a prêté attention à moi. Chacun a trop à faire avec son propre envol à lui. Ce qui peut arriver aux autres, quelle importance ? Le shilom repasse encore une fois. Je reste parfaitement conscient, et je me dis que je vais me faire chasser, qu'on va me demander pourquoi je ne sors pas mon haschisch à moi, pourquoi je ne participe pas aux frais. Il est impossible que je ne me fasse pas traiter de resquilleur !

Mais non, personne ne me pose de question, ne me dit rien. Une fois ou deux, on me demande une cigarette ou un bout de papier du paquet, pour mettre au fond du shilom. Mais c'est tout. D'emblée j'ai été admis. C'est une chose d'ailleurs que je remarquerai tout au long de mon voyage au bout de la drogue. Jamais dans un groupe on ne refuse de la drogue à quelqu'un. Tout est en commun. Qui en a, en donne. Qui n'en a pas, en prend. C'est la fraternité la plus totale.

Encore une fois le shilom est entre mes mains. Depuis combien de fois me parvient-il ? Je ne sais plus. Je ne compte plus. Je suis complètement « parti ». Et je n'ai plus aucune envie d'arrêter ça. D'ailleurs, ça ne va pas s'arrêter.

Quand nous cessons de fumer, quand il n'y a plus de haschisch dans le petit sac, il est midi, le lendemain...

J'ai fumé près de quinze heures de suite !

Et je suis merveilleusement bien. Pas fatigué le moins du monde, pas la moindre envie de dormir. Ni gueule de bois, ni tête lourde. Regonflé à bloc, j'ai même faim, une faim à dévorer un bœuf. Il faut absolument que j'aille manger. Je le dis. D'autres sont comme moi. Quelqu'un décide :

« Allons au Pudding Shop. »

Je suis le mouvement et nous voilà, cinq ou six, dehors, sous la neige qui tombe toujours, moi en chandail, les autres en nu-pieds, pantalon et chemise de toile, sans rien d'autre, mais nous n'avons pas froid.

Je regarde la neige qui tombe. Vraiment, oui vraiment, je suis comme l'un de ces flocons qui volètent au vent et que nous essayons d'attraper en courant, secoués d'éclats de rire, dans Sultana Meth, au milieu des voitures qui cornent pour nous éviter.

Au bout de 300 mètres, sur la droite de l'avenue, nous arrivons devant une sorte de salon de thé à façade vitrée, précédé d'une petite place. Il y a beaucoup de monde sur le trottoir malgré la neige et ce sont tous des hippies. Les uns entrent, les autres sortent et restent là, les bras ballants, l'air d'hésiter, ou s'en vont.

Nous entrons. L'intérieur est très chic. Panneaux de bois le long des murs, lampadaires dorés un peu partout. A droite un long comptoir de formica à panneaux bleu, crème et ocre avec en biais une vitrine remplie de tapisseries orientales et européennes. A gauche, toute une rangée de tables entre des glaces murales.

Cela fait vraiment très européen. D'autant plus que c'est rempli de Norvégiens, d'Allemands, de Suédois, d'Africains, d'Anglais, etc.

Une fille parlemente vigoureusement avec un serveur, à la première table. Je comprends qu'elle est là depuis deux heures et n'a toujours pas consommé. Elle doit partir, malgré ses protestations véhémentes. A peine sommes-nous assis à sa table qu'elle revient triomphante avec un billet. On se pousse pour lui rendre sa place. Et comme elle, nous commandons des crèmes chocolat et caramel avec un excellent pudding anglais (bientôt, j'en aurait tellement mangé que je ne pourrai plus le voir !).

Nous payons comptant. C'est plutôt cher. Et pourtant, c'est là, dans ce Pudding Shop où l'on verrait plutôt de vieilles touristes américaines venir goûter, que se trouve le principal rendez-vous des hippies d'Istanbul.

Moi, je suis bien. Le haschisch fait toujours son effet mais en douceur, juste assez pour me tenir parfaitement frais et éveillé. Je commence à sympathiser avec mes compagnons de la nuit, ceux à qui je dois mon initiation à la drogue. Je ne cherche même plus à leur cacher que c'est ma première expérience. D'ailleurs, ils m'avouent en riant qu'ils l'ont vu tout de suite à ma manière de tenir le shilom. Je leur dis d'où je viens, qui je suis. Ça n'a guère l'air de les intéresser. Mais ils me répondent amicalement. Après tout, c'est moi qui ai payé la tournée. Je le leur devais bien !

Puis ils se mettent à parler. Il est question de l'Inde, du Népal, de Katmandou surtout. Peu y sont allés et tous brûlent d'y partir, ou d'y repartir. Il y a aussi des histoires de mandats qui n'arrivent pas, de gens bloqués quelque part, faute d'argent, en Yougoslavie ou en Afghanistan. Et, bien entendu, on parle de drogue, de fournisseurs, de combines, de prix. J'entends pour la première fois des mots qui me deviendront vite familiers. On parle de « trip » et d' « acide », de « grass » et de « joint ». Ça, je comprends, il s'agit du « voyage », du L.S.D. et de la Marijuana. Quant au joint, c'est une cigarette de tabac et haschisch mélangés. Mais il y a bien d'autres mots qui, pour moi, sont encore du chinois. Ce n'est que plus tard que je saurai que « se dropper », cela veut dire prendre du L.S.D. Que le *bread* ce n'est pas le pain, contrairement à ce qu'on pourrait croire, mais l'argent. Que quand on *crasche* c'est qu'on dort (comme, en français, on « écrase »). Que les *downers*, ce sont les tranquillisants. Que « c'est *groovy* », cela veut dire « c'est bath ». Qu'être *stoned*, c'est être sous l'effet de la drogue. Que l'héroïne se dit *smack*. Qu'un policier, c'est un *man*. Qu'un *mike*, c'est un microgramme, mesure de

L.S.D. (une capsule en contient de 250 à 500 en moyenne).

On parle aussi du drogué que j'ai trouvé hier en arrivant. L'un de ceux qui sont là est ennuyé. C'est lui qui est chargé de lui trouver du « crystals » (de la méthédrine) et l'autre le supplie de lui en acheter en ampoules et non plus en comprimés (dont je l'ai vu se servir hier). En ampoules c'est beaucoup plus *nice* (beau, efficace) seulement ça coûte aussi beaucoup plus cher. En outre, le médecin marron qui lui fait les ordonnances indispensables vient de se faire coffrer par les « *men* » (pluriel de *man*, voir plus haut).

Puis on passe au hasch, à la « merde », car c'est comme ça qu'on appelle le haschisch. Pourquoi ? je pense que c'est un terme d'argot inventé pour éviter de se faire « piéger » par des oreilles indiscrètes... ou policières. Dans le groupe, personne n'en a plus. Il est urgent d'en trouver. Pourvu que le « change-money » passe bientôt ! Je comprends vite qu'il s'agit d'un trafiquant turc qui, plus qu'un changeur de monnaie, est un homme à tout faire, un intermédiaire.

Au bout d'une heure, il arrive. C'est un petit Turc au regard fuyant, habillé à l'européenne, la quarantaine fatiguée. Il s'assied avec nous, il sort de sa poche un sac de plastique et dedans, quand il le déplie, je vois une grosse plaque de haschisch regoueâtre, pas du tout le même que celui dont nous nous sommes servis hier soir.

« Tiens, c'est du libanais », dis-je.

Les autres se retournent vers moi, étonnés.

« Tu t'y connais, alors ? »

Ma phrase a fait son petit effet.

Je suis ravi mais je tâche de ne pas trop le montrer. Je poursuis :

« Même que je peux vous dire que celui-ci n'est pas fameux. Il est vieux, il n'a pas loin d'un an. »

Je tape dessus avec l'ongle de l'index.

« Vous voyez, il est dur, il n'a plus de reflet vert. Et il ne sent plus grand-chose.

— Tu as raison, me dit Terry, l'Américain, mais comment sais-tu tout ça ?

— J'ai fait la récolte du haschisch en septembre dans la vallée de Baalbeck, au Liban. »

Terry se tourne vers le change-money qui me lance des regards noirs.

« Bon, tu n'as rien de mieux ? » lui dit-il.

L'autre proteste que non, que les temps sont durs, mais qu'il est prêt à baisser ses prix.

On négocie. Il accepte de ne pas le faire payer le prix habituel, 20 liras (8 à 10 F) le tholla (mesure valant 11 à 12 grammes).

Un kilo faisant donc environ 90 thollas, et permettant de faire 30 cigarettes ou 10 à 15 shiloms, c'est à peu près ce que nous avons fumé cette nuit, ce qui a mis la nuit à moins de 10 F, pour 10, alors qu'à Paris pour la même quantité elle aurait coûté 200 F !

Au lieu de 20 liras le tholla, le change-money descendra donc à 12, mais pas moins.

« 12 liras le tholla de ta vieille pâte de fruits, tu veux rire ! lance Terry. Non, merci. Bye, bye. »

Le change-money grommelle des menaces, mais s'en va.

« On ne risque rien, commente Terry à mon adresse. On ira chez Liener. Il en a toujours, lui. Mais dis-moi, raconte un peu ta récolte de la merde. Ça alors, il faut que j'y aille. »

Je ne me fais pas prier et j'y vais de mon récit. Arouache, Baalbeck, Saliet, Ali, etc.

« Mais je croyais que la culture du haschisch est interdite maintenant au Liban ! s'exclame une fille.

— Oui, on l'a remplacée par celle du tournesol, mais ils se débrouillent. »

Et j'explique l'histoire des petits plants cachés sous les grands, la récolte, le pilonnage, le séchage, etc.

« Dis, tu as vu beaucoup de haschisch, là-bas ? me demande Terry.

— A Baalbeck, chez un revendeur, dans son salon, il y en avait, entassé tout le long d'un mur haut comme moi.

— Et tu n'as pas pensé à en prendre, toi ? »

Je souris un peu gêné.

« Tu sais, à ce moment-là, je ne pensais pas à fumer. »

Ça les laisse muets deux bonnes minutes, comme un bourgeois à qui on raconterait qu'on a allumé un feu dans sa cheminée avec un paquet d'actions.

Mais ce n'est pas tout de rêver, il faut aller trouver du haschisch. Nous repartons. En route, Terry m'explique où on va. Liener est le patron d'un petit restaurant que fréquentent les hippies, tout près du Pudding Shop. C'est une « balance » (un indic) mais il vend du haschisch. Il en fume lui-même d'ailleurs.

Effectivement, très vite, nous arrivons dans une ruelle devant un recoin planté d'un gros arbre à moitié mort. Il y a des tables sur le sol en ciment, mais elles sont vides, à cause de la neige. A droite, un petit escalier mène à une boutique étroite et crasseuse, sans aucune enseigne. Les murs sont tendus de toile à sac grise. Il fait très sombre. Pour tout éclairage il n'y a que deux ou trois faibles ampoules qui pendent, nues, du plafond. A gauche, une grande table et, à droite, deux petites tables à deux places. La pièce ne fait que 6 à 7 mètres de profondeur. Au fond, une étroite cuisine avec une vitrine de patisseries et une autre de plats.

Il est huit heures du soir. C'est bourré de monde, mais nous ne sommes plus que trois, la fille, qui s'apelle Kacha, et Terry, et nous trouvons quand même de la place. Terry commande à manger. On nous apporte à chacun deux assiettes. Dans l'une, des légumes mélangés, courgettes, patates et haricots verts, le tout très épicé, et dans l'autre, un morceau de bœuf bouilli. Comme au Pudding Shop, on paie comptant : 3 liras par personne, plus un thé, 50 kuruchs, soit une demi-lira.

Bientôt, sur un signe de Terry, un gros costaud à moustache, l'air cauteleux, absolument pas franc du collier, s'approche. C'est Liener, le patron. Oui, il a de la merde. Au prix normal. Et de la bonne, qu'il nous montre, très brune, très odorante, pas trop dure.

« Donne-m'en pour 6 thollas », dit Terry.

Liener découpe et pèse dans une petite balance. Cela fait 90 liras.

Je réfléchis vite. Je sens qu'il faut faire un geste si je veux entrer vraiment dans le groupe. Il me reste 400 liras sur moi, pas une de plus.

« C'est pour moi », dis-je.

Et je paie.

Terry et la fille ne protestent pas. J'empoche le haschisch.

« Hé ! doucement, me dit Terry en souriant. On va fumer un peu, non ? »

Je jette un regard autour de moi.

« On ne peut pas ici... dis-je.

— Bien sûr, pas au shilom. Tu as des cigarettes ? »

Je sors un paquet d'américaines.

Terry en prend trois, les roule entre le pouce et l'index pour en faire tomber le tabac. Il mélange celui-ci au hasch et recharge les cigarettes. Elles sont devenues des « joints ».

On finit de dîner et on fume. C'est bien moins fort qu'au shilom, évidemment (puisque avec un tholla on peut faire 30 cigarettes, contre une quinzaine de shiloms seulement), mais on a chacun la sienne. Bientôt ça va au poil, je plane tout à fait.

J'ai le ventre plein, un bon joint à la bouche, je n'ai pas dormi depuis la nuit d'avant, mais je suis formidablement bien, tout à fait « stoned ». Vive la merde !

Vers neuf heures on rentre au Gulhane... et on tombe en pleine descente de police. Il y a des « men » partout, certains revolver au poing. Ils vérifient les papiers de tout le monde. Terry nous retient à temps. « C'est trop bête, dit-il, on ne sait jamais avec eux. Ils nous embarquent pour un rien. Allons dans l'île. On y sera très bien pour la nuit. »

Allons dans l'île ? Allons-y. Quelle île ? Peu importe, on verra bien.

C'est ça la drogue : rien ne compte plus, on est disponible pour tout.

On repart donc tous les trois, Kacha, Terry et moi. On longe le Gulhane Park, on oblique à gauche, passée la gare, et bientôt on est sur le Bosphore. Il neige de plus belle. Nous ne sentons pas le froid. En route, nous nous sommes préparés encore des joints. Nous traversons un bras du Bosphore sur un pont, nous le longeons jusqu'aux faubourgs et enfin Terry trouve un pêcheur qui rentre sa barque. Malgré la nuit et la neige il le convainc, trois liras aidant, de nous conduire dans l'île. Nous montons à bord d'une longue barque avec des bancs en travers et le pêcheur se met à godiller à l'arrière. L'eau est plate sous la neige, des mouettes passent mollement en criant dans la lumière de notre fanal. Un accès de fou rire, comme hier soir, me prend. Je sais maintenant que c'est caractéristique chez les fumeurs débutants, mais je m'en fiche, c'est *nice* de rire !

III

Au bout d'un quart d'heure, la barque heurte un petit embarcadère de bois. En face de nous, je distingue par endroits des lueurs tremblotantes comme celles des bougies.

Terry nous guide, nous arrivons bientôt devant une grotte à flanc de colline. C'est de là que viennent les lueurs.

Je m'avance, je passe sous une voûte de trois à quatre mètres de haut et je débouche dans une grande cavité d'une quinzaine de mètres de profondeur, éclairée d'une lumière fantomatique. De place en place, de grosses chandelles qui fument, des flambeaux et des bougies posées sur des caisses, sur le sol en terre battue. Les parois de la grotte sont en granit. Il y a là cinquante à soixante hippies, garçons et filles, les uns assis, les autres allongés ou rallumant les flambeaux. Tous sont habillés de vêtements aux couleurs criardes, des écharpes autour du cou, des bandeaux ceignant le front. Les filles ont des signes étranges tracés sur le front au rouge à lèvres mais aussi de toutes les couleurs. Beaucoup ont des vestes de peau, à bord frangé, brodées de dessins orientaux. Quelques-uns, comme mon junkie d'hier, sont tout en blanc. Ce sont les plus maigres, ceux qui ont le regard le plus fiévreux. Beaucoup ont des colliers de fleurs ou des fleurs dans les cheveux, surtout les filles. Un genre de grosses marguerites jaunes. Comment, à cette époque de l'année, sous la neige, ont-ils pu trouver ces fleurs ? Je l'ignorerai toujours.

Dans un coin, un guitariste joue en chantonnant. Un peu plus loin, un flûtiste l'accompagne. Il a une flûte bizarre. Longue de 40 à 50 centimètres avec seulement 4 ou 5 trous, elle est brusquement renflée du côté de la bouche. C'est une sorte de petite citrouille séchée, jaune veinée de brun avec, au milieu, un coquillage collé. Terry m'explique que c'est une flûte à charmer les cobras.

Le son est aigrelet, lancinant, très énervant, et je le trouve d'abord tout à fait désagréable, mais je m'y habituerai vite. Terry m'explique encore qu'il y a huit à neuf grottes en tout dans l'île et qu'une centaine de hippies y vivent. Nous nous installons dans un coin et, tout en écoutant le guitariste et le flûtiste, nous recommençons à fumer.

Terry a un shilom sur lui, en terre cuite, tout noirci. Il fait sa préparation et tous les trois nous tirons sur le shilom. Nous ne sommes pas les seuls, mais j'en vois d'autres qui se shootent (se piquent) de-ci, de-là. Personne ne parle, ou très peu. Personne ne mange, ou ne fait quoi que ce soit. Tout simplement on fume ou on se shoote, serrés les uns contre les autres, dans la lumière jaune et rouge qui fait de grandes ombres fantomatiques sur les murs, bercés par les bizarres mélopées du flûtiste et du guitariste.

Pas loin de moi, sous une grosse chandelle qui l'éclaire parfaitement, j'ai remarqué une jolie petite blonde en jeans bleu et pull bleu-vert clair qui a l'air d'être toute seule. Je l'ai remarquée parce qu'elle ressemble à une fille que j'ai connue en France.

Alors, je fixe bien mon attention sur elle. Toutes mes autres pensées s'évanouissent, je ne vois plus qu'elle et je me mets à rêver que c'est la Française d'autrefois. Très vite, mes rêves deviennent précis. Je commence à m'habituer à la drogue, je sais mieux diriger mes rêves. Bon Dieu que c'est agréable !

Au bout d'une heure ou deux, je n'en sais rien, la fille bouge et s'assied.

Je la vois sortir une « shooteuse » (seringue) de son sac, puis trois ampoules remplies d'un liquide incolore. Je chasse mes rêves, je décide de revenir à la réalité.

Ça y est, j'y suis, c'est facile.

J'observe la fille attentivement. Elle casse successivement les trois ampoules et en remplit sa seringue. Puis elle se fait un garrot avec son foulard indien dont elle tient les bouts entre ses dents et elle se shoote au creux du coude.

Elle retire sa seringue et alors, brusquement, elle s'immobilise, la seringue à la main.

Elle bleuit, elle se met à respirer très fort, elle halète de plus en plus.

Deux ou trois hippies qui l'ont vue se lèvent et vont vers elle. On la soutient, on essaie de la faire respirer. Elle a un malaise, c'est certain.

Mais elle étouffe de plus en plus. Elle est maintenant tout à fait bleue.

Soudain, elle se renverse et ses yeux chavirent.

Je prends son pouls. Il ne bat plus.

Il ne s'est pas écoulé plus de trois ou quatre minutes depuis qu'elle s'est piquée. Elle est morte.

Alors dans la grotte on se lève, on vient vers elle. Le silence s'est fait. Chacun, tour à tour, la regarde.

On s'interroge. Qui est-ce ? Qui la connaît ? Personne. On ne sait pas son nom. Elle est arrivée il y a trois jours, elle se pique depuis, c'est tout.

Elle a succombé à un *overdose* (un excès de drogue).

Dans l'assistance, je ne remarque aucune émotion. Rien.

Une fille est morte, là, toute seule, l'air d'une Danoise, d'une Norvégienne, dix-huit, vingt ans, et personne ne semble bouleversé.

Le guitariste s'est arrêté de jouer. Mais pas le flûtiste. Dans le silence général, le bruit aigrelet de sa flûte continue. Il vient même à côté de la fille et il joue toujours, en la regardant tranquillement de temps en temps.

Mais une grande brune s'approche, elle ferme les yeux de la morte, doucement. Puis, aidée d'un garçon, elle l'étend sur son sac de couchage, les bras le long du corps.

Une autre fille vient, enlève son collier de fleurs et le pose sur le cadavre.

Un garçon arrive avec une longue écharpe de soie jaune, avec des dessins noirs sur tout le pourtour et en surimpression au milieu (j'ai su plus tard que c'était une écharpe sacrée de Bénarès). Il étend l'écharpe sur le corps, laissant le visage découvert.

D'autres viennent encore et bientôt la morte est couverte de fleurs.

En même temps, autour du corps, on plante des bâtonnets d'encens. Il y en a bientôt une cinquantaine.

Et la morte reste là, avec, illuminés par le rougeoiement des bâtonnets, son visage tout bleu, tout crispé, ses mains recroquevillées qui dépassent de l'écharpe.

Au bout d'une heure, son visage se détend et commence à pâlir.

Alors, elle redevient très belle...

Autour, la vie a repris.

Chacun est retourné à sa place. Les shiloms ont recommencé à circuler et les seringues à fonctionner.

Le flûtiste joue toujours. Le guitariste le relaie de nouveau.

Enfin, l'aube blanchit l'ouverture et je vois qu'il continue de neiger. Deux garçons vont vers la morte, refont son baluchon, fouillent un petit sac de cuir et en sortent ses papiers.

Puis ils prennent le corps, l'un par les épaules, l'autre par les jambes. On s'écarte, ils sortent. Quelqu'un a dû aller chercher une barque. Elle est là, semblable à la nôtre tout à l'heure. On y dépose le corps en travers des bancs. Les deux garçons qui vont la livrer à la police montent à bord et s'asseyent à côté.

La fille est toujours recouverte de son écharpe et de ses grosses marguerites jaunes.

Le pêcheur, un vieux bonhomme petit et sec, pèse sur sa godille et la barque s'en va vers Istanbul, sous la neige qui tombe, environnée d'un vol de mouettes criantes, dans la lueur laiteuse de l'aube.

IV

Une dizaine de jours plus tard, je suis tout à fait intégré dans la bande des hippies. Intégré est un mot peut-être un peu fort. Admis, serait plus juste. Car en fait, je ne suis pas des leurs. Par le vêtement, d'abord. Je suis habillé en voyageur, en auto-stoppeur classique, moi. Des bottes de cuir, un pantalon, un pull et un blouson normal. Ma seule coquetterie c'est d'être en noir (on m'appellera d'ailleurs vite l'homme en noir). Et je n'ai pas les cheveux longs. Même ce que j'appelle ma tenue de gala est classique. C'est, rangés au fond de mon sac, pour les grandes occasions, un pantalon clair, un blouson clair, une chemise noire avec une cravate rayée noir et blanc et des chaussures de corde. Et puis, la philosophie hippie, ce n'est pas la mienne. Je ne dis pas « *Do your thing* » (Fais ton truc), ce qui est une sorte de proverbe signifiant en gros « Suis ton bon plaisir et rien d'autre ne compte ». Je ne dis pas « C'est de la dynamite » quand quelqu'un fait quelque chose qui sort de l'ordinaire. Je n'ai pas de *gourou* ni d'*Inner space* (espace intérieur psychique). Ma devise n'est pas : « *Plant your seed* » (plante ta graine, autrement dit : répands la philosophie hippie par l'exemple et l'amour universel), je ne cherche pas à tout prix la *White light,* la lumière blanche, découverte du moi intérieur. Je ne m'essaie pas à *zap the cops,* à submerger les flics d'amour. Bref, je suis un *straight,* c'est-à-dire quelqu'un qui est hors de la communauté hippie.

Plus tout à fait cependant. Car on m'accepte, on parle devant moi sans se gêner. On a admis que je suis plutôt un aventurier. C'est mon « truc » à moi, et chaque « truc », après tout, en vaut bien un autre.

A présent, je me suis mis au haschisch franchement, et ça, ça leur plaît. Une nuit, je les ai même beaucoup fait rire. Une fille était venue me tourner autour, une Yougoslave. Elle avait sa crise d'amour. Il fallait absolument qu'elle fasse l'amour avec quelqu'un. Chez les drogués, c'est une situation plutôt embêtante car l'amour, ça n'intéresse pas vraiment. Et voilà que cette fille me saute dessus. Elle est jolie, elle est à moitié nue, mais moi, je suis plutôt *stoned.* Je la repousse gentiment, elle insiste, me traite de tous les noms. Ça me réveille, je l'emmène sur sa paillasse... et on est content tous les deux.

Seulement, voilà qu'au moment crucial elle me plante dans le dos ses ongles et me laboure la peau !

Ça fait un mal affreux, je saute en hurlant comme un loup. Tout le monde est là, autour de moi, riant à gorge déployée entre deux quintes de toux.

« Tu as compris, me dit Terry en m'examinant le dos, pourquoi on se méfie d'elle ? *My God,* elle n'y est pas allée de main morte ! »

Et la vie continue, bercée par les guitaristes, parfumée par la bonne odeur du haschisch qui cuit dans le creuset des shiloms. De temps en temps on se bat avec les rats qui viennent nous mordiller l'oreille quand on dort. On va au Pudding Shop ou chez Liener manger et chercher du haschisch, on se balade au Grand Bazar acheter des bagues et changer des dollars.

Un après-midi, au premier étage du Pudding Shop, des policiers surgissent en bande, foncent sur moi et m'embarquent au poste. Je me débats comme un beau diable. Qu'ai-je fait de mal ? Fumer ? Tout le monde fume. Avoir un shilom sur moi ? Tout le monde en a un. Heureusement la vue de mon passeport les calme tout aussi vite. Ils me libèrent en riant et m'expliquent : ils m'ont pris pour un Américain qui avait tué deux d'entre eux. Tout simplement !

Mais pendant que la vie s'écoule ainsi, douce et tranquille, mon portefeuille, lui, se vide sérieusement.

Il ne me reste plus guère que deux cents lires. Il va falloir que j'avise sérieusement. Après tout, je suis venu à Istanbul flairer s'il n'y avait pas quelque coup à tenter. Il est grand temps de se mettre à chercher. De toute évidence, ça ne peut tourner qu'autour d'une affaire de trafic de drogue. Oui, mais voilà ! laquelle ?

C'est alors que le hasard vient à mon secours et me permet de tenter, et de réussir, un très joli coup qui va décider de tout, par son succès et le joli petit magot qu'il me rapporte :

De la mort de deux garçons de vingt ans, de l'envoi à vie d'un troisième sur un lit d'hôpital et moi, de mon départ pour l'Orient et aussi de ma plongée à grandes brassées, toujours plus profond, dans la drogue, jusqu'au bout de la drogue.

V

UN matin, chez Liener, je trouve en entrant un type tout seul au fond de la boutique. Il a l'air très abattu. Je le regarde un peu mieux et je m'aperçois qu'il pleure.

C'est un garçon d'une vingtaine d'années, habillé en hippie, mais pas très voyant. C'est-à-dire, qu'il a un blue-jean normal, des Clarks aux pieds, et si sa chemise est bariolée, sa veste en peau de mouton aux manches blanches ne porte aucune broderie. Châtain clair, très bouclés, ses cheveux sont longs, sans plus. Il a le visage rose, très jeune. Il est assez grand.

Ça me fait drôle de voir pleurer un gars comme ça. Je vais vers lui et en anglais, je lui demande :

« Quelle chose cloche ? Je peux t'aider ? »

Il lève la tête et comme il a tout de suite compris que j'étais Français, à mon accent, il me répond en français :

« J'ai des ennuis avec mes copains. Ils sont partis en train chercher une voiture à Lyon. Ça fait un mois. Ils devraient être là depuis longtemps. Je n'ai pas de nouvelles, plus de fric, plus rien. »

Et il ajoute en jetant un regard noir vers la cuisine :

« Et Liener qui refuse de me donner à manger... Je suis complètement paumé. »

Il s'appelle René et il me raconte son histoire : ils sont quatre copains, quatre Lyonnais qui viennent depuis longtemps à Istanbul. Cette fois, ils ont décidé de passer le Bosphore et de continuer vers l'Asie. Pour ça, les trois autres : Yvon, Romain et Tarass Boulba sont retournés en train à Lyon acheter une vieille voiture. Depuis, plus de nouvelles.

Je lui paie à manger, je lui avance 50 liras sur ce qui me reste et tout en parlant, voilà que René me sort quelque chose qui fait *tilt* dans mon oreille.

Avant de partir, Yvon, me dit-il, a rencontré un type incroyable. Un Canadien français de trente-cinq ans venu avec les poches bourrées de dollars au *Hilton* d'Istanbul et qui se promène partout en clamant qu'il veut acheter 25 kilos de haschisch à 100 dollars le kilo, plus 500 dollars à l'intermédiaire, soit en tout 3 000 dollars, soit un million et demi et deux millions d'anciens francs !

Il a demandé à Yvon et à René de lui en trouver, mais le coup leur a paru trop gros, ils ont eu peur d'être tombés sur un provocateur et ils ont éludé.

Le Canadien insistait et criait si fort partout qu'il avait l'argent et son billet de retour pour Montréal, que plus il criait moins on le croyait.

Et avec ça, il invitait Yvon, lui payait le restaurant.

Moi, toute cette histoire bouillonne dans ma tête. C'est curieux. Un véritable provocateur, un vrai indic, ne fait pas tout ce bruit. Il se montre plus adroit, plus discret. Je ne sais pas pourquoi, mais je pressens l'affaire à ne pas manquer et le pigeon à plumer.

Je questionne René. Où peut-on trouver le Canadien ailleurs qu'au *Hilton* ?

« Il ne vient plus guère en ce moment. Attends Yvon, il te mettra en rapport avec lui. »

Le surlendemain, un des copains de René, Romain, arrive seul. Il explique tout. A quatre-vingts kilomètres d'Istanbul la voiture, une vieille Frégate commerciale verte, achetée 60 000 anciens francs, a été bloquée par la neige. Yvon et Tarass Boulba sont restés.

Romain, lui, est rentré prévenir René. Dès que la route sera dégagée, la voiture arrivera.

Dans le même tea-shop, il y a aussi un autre Français de vingt-cinq ans, venant de Genève, un petit costaud, les cheveux châtains plaqués en arrière, en manière de casque. Il s'appelle Guy. Il veut, lui, aller en Israël travailler dans un kibboutz, pour réunir l'argent nécessaire à son départ pour l'Inde, qu'il connaît déjà. A Genève, il avait un commerce de voitures qui n'a pas marché. Alors, il a pris la route. Oui, lui aussi a entendu parler du Canadien. Mais il faut attendre Yvon.

Deux jours plus tard, nous sommes au Pudding Shop quand deux des copains, Tarass Boulba et Yvon arrivent. A pied. La voiture est en panne, on ne peut plus passer les vitesses. Laissant la voiture sur place, ils sont venus en stop. Demain, après avoir cherché de quoi réparer dans un garage, ils repartiront.

Tarass Boulba, c'est l'athlète de la bande : vingt-quatre-vingt-cinq ans, les cheveux noirs tout ébouriffés, il a d'énormes moustaches et des grosses pattes drues lui encadrent le visage. Avec en outre ses yeux bleus métalliques, ses paupières en amande, un peu à la chinoise, ses pommettes saillantes et son teint mat, il a l'air d'un vrai sauvage, d'un Hun. Et comme il porte en plus une toque en fourrure russe à oreillettes réunies par-dessus, des bottes de cuir brut avec la fourrure qui ressort, un pantalon de cuir rougeâtre, un gros ceinturon et des gants de cuir fourré, son surnom lui va parfaitement. J'ai oublié : en plus, il a autour du cou une grosse chaîne de ferraille, tordue par lui.

Romain, c'est l'élégant, le racé, l'Aramis de ces Mousquetaires, si Tarass Boulba en est le Porthos. Très beau, assez grand, il est blond avec de belles boucles mi-longues. Ses bottes en cuir rouge font très chic au-dessous de son pantalon de velours noir. Et il a une chemise orange peinte par lui-même, dans le meilleur goût, en style psychédélique. Pour rapière, une guitare, dans sa housse en bandoulière. Elle ne le quitte jamais.

Mais c'est Yvon surtout que j'observe, puisque c'est lui, le « contact » qui doit me conduire au Canadien. Il est très jeune, l'air vraiment d'un môme, dix-sept ans peut-être. Aussi grand que moi, le visage en lame de couteau, il a des pommettes saillantes et, posées sur son grand nez, des lunettes rondes de myope aux verres très épais. La tenue : jean rapiécé, pull déchiré, peau de mouton de pâtre, sans manches, et autour du cou, en guise de foulard, un bout de chiffon.

Du premier coup d'œil, j'ai vu qu'il est influençable et sans grande expérience. Je ne devrais pas avoir trop de mal à le faire parler.

Je lui offre un joint de haschisch, aux autres aussi d'ailleurs. Et tout en fumant, je commence direct à le questionner sur le Canadien.

Il me dit que c'est au Grand Bazar qu'il l'a rencontré. Que l'autre, tout de suite, lui a parlé de ses vingt-cinq kilos de haschisch.

Il a payé à manger plusieurs fois à Yvon, il lui a même offert une belle bague pour l'appâter.

Yvon m'assure qu'il a eu peur.

Je lui réplique que, moi, ça m'intéresse et que, s'il veut m'aider, il aura sa part. Il a l'air ébranlé. Demain, promet-il, il ira au Hilton voir si le Canadien est là, ce dont il ne doute pas.

Le lendemain Tarass Boulba et Romain repartent dépanner la voiture. Yvon lui, va au Hilton.

Il revient avec une bonne nouvelle : il a pu voir le Canadien, lui a dit qu'il connaissait quelqu'un susceptible de lui trouver ce qu'il voulait et que ce quelqu'un était prêt à le rencontrer.

Comme je ne veux pas exhiber le type chez les hippies (on ne sait jamais, un autre peut me le « piquer ») j'ai bien chapitré Yvon. Pas de rendez-vous au Pudding Shop ou chez Liener. C'est trop fréquenté. Qu'il me trouve un petit bistrot inconnu, à l'écart.

C'est ce qu'il fait. Le rendez-vous a été fixé pour le soir même, à huit heures, dans un restaurant de Turcs, du côté du Grand Bazar.

J'y arrive avec Yvon avec vingt minutes de retard. Exprès. Si le Canadien est encore là, c'est qu'il tient vraiment à son affaire.

Il y est et d'emblée, mon intuition se confirme.

C'est un bon gros étoffé, très étoffé, au visage poupin, les cheveux très courts, très blonds. Ses paroles corroborent tout de suite son air de naïf innocent.

Il me répète sa chanson. Il est venu exprès de Montréal à Istanbul pour acheter vingt-cinq kilos de haschisch. Il a de l'argent : 3 000 dollars. Il paie 100 dollars le kilo et si je lui en fournis, je touche 500 dollars à titre d'intermédiaire.

Et aussitôt, la question :

« Avez-vous du haschisch ? »

Je bluffe... Bien sûr que j'en ai à lui proposer ! Pas tout de suite, c'est dur à trouver vingt-cinq kilos d'un coup. Ça se voit rarement, une telle commande (il sourit, assez faraud) mais enfin je vais essayer. Je crois pouvoir l'assurer de lui en trouver au moins vingt.

« Du bon au moins, fait-il du ton de quelqu'un qui s'y connaît.

— De celui-ci, dis-je en sortant une petite plaquette de ma poche. C'est le même et il est bon, crois-moi, je ne fume pas des saloperies. »

Il me le prend, l'examine d'un air entendu, le renifle, le repose.

« Du même ? fait-il.

— Du même. »

Il pose les coudes sur la table et, le sourcil froncé, le regard dur, il me lance :

« Je suis pressé.

— Eh ! doucement, dis-je. Je ne te promets pas ça pour demain, ni même après-demain. Enfin, je vais faire mon possible. »

Je fais une pose et je demande :

« Combien tu le revends dans ton pays ?

— 1 500 - 2 000 dollars, fait-il en se rengorgeant.

— Mince, ça paie, hein ?

— Ça paie bien », dit-il avec une moue modeste.

Nous convenons que dès que j'aurai du nouveau j'irai le voir au Hilton. Mais comme il se lève, je l'arrête.

« Ce n'est pas tout, dis-je, j'ai confiance en toi, mais moi, je veux voir l'argent. On va chez toi. Tu viens, Yvon ? »

Il rougit, se balance sur ses grosses pattes. La phrase a porté. Il faut toujours intimider les clients, ça leur enlève leurs moyens.

« Parfait, dit-il l'air un peu blessé, allons-y. »

Mais aussitôt dans la rue, il retrouve son sourire. Cette fois, il semble tout à fait satisfait de la tournure que prennent les événements.

Il sort une carte de visite et me la tend :

« Voici mon nom et mon adresse, me dit-il. (Il s'appelle O'Brian, drôle de nom pour un Canadien français.) Quand on aura fait affaire et que je serai retourné chez moi, tu m'enverras du haschisch tous les mois. Oh! sois tranquille, je te paierai d'abord. 300 dollars le kilo, ça te va? »

De deux choses l'une, ou ce type est fou, ou il est un peu simple d'esprit. Je ne vois pas d'autres explications à son cas et c'est pour la seconde que je penche. Car j'en suis maintenant tout à fait certain, ce n'est ni un flic, ni un indic. Jamais un flic ou un indic n'oserait me faire la cour avec des ficelles aussi grosses.

Au Hilton, nous montons tout droit dans sa chambre. Belle chambre de luxe avec moquette, salle de bains et tout ce qu'il faut pour vivre à l'aise.

De son armoire, O'Brian sort avec des airs de conspirateur une valise de peau marron, en extrait une pochette, l'ouvre et en tire 3 000 dollars en billets de 100 qu'il compte devant Yvon et moi.

« Bon, ça va, dis-je en essayant de ne pas avoir l'œil trop brillant devant les beaux billets tout neufs qui craquent sous sa main. On se revoit demain, après-midi. D'ici là, j'espère avoir des nouvelles pour toi. »

Nous nous en allons en nous frottant les mains. Les 3 000 dollars seront bientôt dans notre poche... Si tout marche bien!

Car il s'agit maintenant de mettre au point un plan sérieux et impeccable qui nous fasse tomber tout cuit le bel argent dans nos poches.

Pas question en effet de chercher les vingt-cinq kilos de haschisch. Ce qu'il faut, c'est rouler notre homme dans les grandes largeurs.

Oui, mais comment ?

Tout en rentrant vers Sultana Meth, je gamberge de toutes mes forces. Peu à peu, le plan se dessine dans ma tête. Il me faut un intermédiaire, un petit trafiquant que je paierai un peu et que je présenterai à O'Brian comme ayant du haschisch. Puis on prendra un rendez-vous et alors, à moi de jouer.

Au Grand Bazar, j'ai vite fait de trouver Neiman. C'est un change-money à qui nous avons eu souvent affaire. La cinquantaine, bien conservé, il est malin et en plus, il parle un peu le français. Deux qualités importantes pour ce que j'ai à lui demander.

Nous allons boire ensemble un thé et manger des pâtisseries et là, je lui explique le plan qui est maintenant tout dessiné.

Pour commencer, je lui raconte vite l'histoire du Canadien, les vingt-cinq kilos de haschisch à 100 dollars le kilo, la naïveté du « client », etc.

Il est tout de suite d'accord.

« Parfait, lui dis-je. Voici comment je vois le scénario.

« Moi, demain après-midi, je vais voir le Canadien. Je lui dis que j'ai trouvé un revendeur capable de réunir vingt ou vingt-cinq kilos de haschisch, vingt peut-être seulement (parce que la police veille, les temps sont durs, etc.) et que nous avons rendez-vous avec lui en début de soirée, demain toujours.

« A sept heures, nous nous retrouvons tous ici, toi, Yvon, moi et le Canadien.

« Là, il s'agirait à la fois de lui faire peur et de le mettre en confiance, tout ça bien sûr, pour le troubler le plus possible.

« Tu nous emmèneras chez toi, dis-je encore à

Neiman. Chez toi, ce sera une chambre d'hôtel, un petit hôtel du quartier. Mais on s'y rendra en faisant des détours, en surveillant sans cesse à gauche, à droite, derrière, comme si on avait peur d'être suivis.

« Une fois dans la chambre, à toi de jouer.

« D'abord, tu répéteras, que vingt-cinq kilos, c'est dur, très dur à trouver, que tu vas essayer. Que tu risques gros, mais que c'est bien pour moi que tu fais ça, car tu me connais depuis longtemps. D'ailleurs, tu ne veux avoir affaire qu'à moi, tu ne parles qu'à moi. Pas au Canadien. Toi tu ne le connais pas. Tu te méfies. Tout ça pour faire sérieux, tu comprends ? »

Il comprend. Il rit franchement.

Je poursuis :

« Après, tu me demandes à moi comment il veut, lui, son haschisch. En poudre ou en barres ? En combien de paquets ? etc.

« Puis on règle l'histoire du prix.

« Tu me demandes l'argent, à moi, dis-je, mais pas à lui. C'est très important pour la suite.

« Ensuite, tu dis que tu vas te mettre à la recherche des vingt-cinq kilos, que tu vas préparer la valise.

« Et à dix heures du soir, on se retrouve sur la place, au coin de Gulhane Park.

« Toi, tu arrives en taxi, avec ta valise, remplie de sable, ou de sciure, enfin, de ce que tu veux, pourvu que ça pèse lourd. Et on file ensemble vers le lieu du marché, dans le même taxi. »

Puis, de la même manière, nous mettons au point le scénario de la remise du « haschisch ». Elle doit avoir lieu sur une plage déserte. Il faudra avoir l'air inquiet, faire semblant de craindre que des policiers surgissent. Et surtout, détail capital, il faudra toujours que le change-money continue à ne s'adresser qu'à moi. Car c'est moi qui aurai l'argent sur moi, moi qui lui paierai sa commission.

Au bout de deux heures on se quitte. Tout est prévu, cela devrait marcher comme sur des roulettes.

Le choix de Neiman me paraît bon. Il a tout à fait l'air d'être l'homme qu'il me faut.

Le lendemain matin, 27 janvier 1969 (c'est le jour de mon vingt-neuvième anniversaire, je m'en aperçois en partant pour le Hilton), je téléphone à O'Brian sur le coup de onze heures.

Qu'il m'attende, j'arrive tout de suite.

Une demi-heure plus tard, je trouve mon Canadien excité et tremblant comme un fiancé avant sa première entrevue avec beau-papa.

Je le calme et je lui explique qu'il faut garder tout son sang-froid car la partie va être rude à jouer.

Je lui ai trouvé son homme... Nous avons rendez-vous ce soir à sept heures... Tout va se jouer avant minuit...

« Bon, à partir de maintenant, dis-je, il faut que tu fasses exactement tout ce que je te dis. C'est essentiel, le moindre faux pas peut tout faire échouer.

« Pour commencer, laisse-moi parler avec le revendeur. Il me connaît. Nous avons déjà plusieurs fois fait affaire ensemble. Il a confiance en moi. Or, toi, il ne te connaît pas. Il se méfie, c'est normal. Donc, c'est moi qui mènerai la transaction.

« Et comme lui, le revendeur, ne veut avoir affaire qu'à moi, tu comprends bien qu'il n'aura confiance que si c'est moi qui ai l'argent. C'est évident, non ? »

O'Brian fait oui de la tête.

« Bien sûr, dit-il, et après ?

— Eh bien, dis-je, cela veut dire qu'il faut que tu

me donnes l'argent tout de suite, pendant que personne ne nous voit ici. Oh ! ne t'inquiète pas, je ne partirai pas avec ! Tu vas rester avec moi, comme ça tu pourras me surveiller.

— Ça n'est pas la question, dit-il avec un sourire gêné.

— Mais si, mais si, c'est normal. A ta place, j'en ferais autant. Tu as l'argent ? »

Il retourne à sa valise, en sort la pochette et me tend la liasse avec une hésitation.

« Tu vois, je ne vérifie pas si le compte y est, lui dis-je en fourrant les billets dans ma poche. J'ai confiance en toi. »

En faisant cela, je cours le petit risque, bien entendu, que les 3 000 dollars ne soient pas au complet. Mais vraiment un tout petit risque en vérité, connaissant mon homme comme je le connais.

« Parfait, dis-je. Et maintenant, on ne se quitte plus jusqu'à sept heures. Puis, à ce moment-là, on verra le revendeur, et on mettra tout au point en détail. Tu lui diras comment tu veux le haschisch, sous quelle forme, sous quelle présentation, et il ira le chercher.

— Je peux te dire tout de suite ce que je veux exactement, s'exclame-t-il fébrile.

— Non, non, inutile. C'est au revendeur qu'il faudra dire tout cela. »

Et nous sortons, O'Brian, Yvon et moi, car j'ai oublié de le dire, Yvon est toujours avec moi ; il fait partie du coup lui aussi, je lui ai promis 500 dollars de commission.

Exactement ce que m'offre le Canadien pour mon « travail » d'intermédiaire.

De midi à sept heures, nous ne nous quittons pas tous les trois.

O'Brian nous invite à déjeuner, nous nous promenons au Grand Bazar où il offre à Yvon une belle bague en or ancienne avec une pierre dure toute noire, une croix gravée dedans, que nous laissons au bijoutier jusqu'à demain car il faut la sertir à neuf.

Nous allons prendre le thé, nous nous repromenons. Bref, j'occupe mon homme le plus possible, ne cessant de parler de tout, de drogue surtout, d'histoires de types aguerris qui se sont fait piéger comme des enfants et des difficultés de plus en plus grandes du trafic.

Au soir, mon O'Brian est à point. A la fois tremblant de peur et surexcité.

Sept heures. Au coin de Gulhane Park, Neiman est là sous un arbre.

Il jette des regards furtifs de tous les côtés, il a l'air inquiet. Il est parfait !

Je fais rapidement les présentations.

« Voilà le monsieur dont je t'ai parlé, dis-je.

— Très bien, très bien, dit-il, partons vite d'ici. »

Et il nous entraîne dans la vieille ville tous les trois. Au bout de la première ruelle, il tourne à gauche, puis encore à gauche, puis oblique brusquement à droite, nous pousse sous une porte cochère et nous fait signe d'attendre à l'ombre.

Il ressort, va jusqu'aux deux bouts de la rue et revient.

« Ça va, dit-il. Rien à signaler. »

Nous repartons. Pendant un bon quart d'heure, nous marchons dans de petites rues sordides et pouilleuses, Neiman n'arrêtant pas de surveiller de tous les côtés. A un moment, il voit deux policiers. Nous revoilà sous une porte cochère. Neiman se masse la nuque, fronce les sourcils. Il est mieux que parfait. Je trouve même qu'il en fait trop ! Mais non, le Canadien marche à fond. Il est en plein roman policier. Il est pâle, mais il a l'air ravi.

Nous ressortons, nous gagnons une petite place. Neiman nous arrête, se dirige vers un hôtel minable, y entre. Deux minutes plus tard, il en ressort et nous fait signe que la voie est libre. Nous pouvons y aller.

Au troisième étage, au bout d'un escalier raide comme une échelle, nous voilà dans un garni plus sale encore que le Gulhane Hôtel. Neiman ferme derrière lui la porte à double tour et il me fait un sourire de soulagement.

« Bon, lui dis-je. Voilà monsieur qui est Américain. Il voudrait vingt-cinq kilos de haschisch. Tu crois que c'est possible ? »

Neiman coule un œil soupçonneux vers O'Brian. Puis il me regarde l'air interrogatif.

Je souris.

« Tu peux avoir confiance, dis-je, je réponds de lui, c'est un ami.

— Oui, oui, fait O'Brian en agitant la tête avec un sourire de toutes ses dents. Moi, ami ! »

Je reprends :

« Monsieur paie 100 dollars le kilo. Ça va ? »

Neiman hésite un peu, puis comme à regret, fait signe que oui.

« Tu as l'argent ? » me demande-t-il à moi.

Je sors les 3 000 dollars et je les compte devant lui.

Neiman daigne enfin sourire au Canadien mais, très vite, se retourne vers moi.

« Comment tu veux la marchandise ? me demande-t-il.

— Comment tu la veux ? » dis-je au Canadien.

O'Brian se précipite :

« C'est que je compte passer le haschisch dans des poupées. Officiellement, je suis venu à Istanbul acheter des poupées turques.

— Parle moins fort, tu es fou! dis-je l'air très mécontent. Les murs ont peut-être des oreilles. »

Il rougit :

« Pardon. »

Je reprends à l'adresse de Neiman.

« C'est en poudre qu'il le lui faut, tu ne crois pas ?

— Ça va, dit Neiman, mais il le veut en sacs ou en boîtes ?

— Ça n'a pas d'importance, souffle O'Brian. Tout ce qui compte, c'est que le haschisch soit en poudre. »

Il est franchement comique. Cette fois, c'est presque à voix basse qu'il nous a parlé ! Je regarde Yvon. Le gosse se mord les lèvres tellement il a envie de rire. Je lui jette un regard noir avant de m'adresser au change-money.

« Alors, tu crois que tu vas m'avoir tout ça ? »

Le change-money hoche la tête, l'air d'être accablé par toute la misère du monde, exactement suivant le scénario que nous avons dressé hier afin de mettre notre « pigeon » en parfaite condition psychologique pour être plumé.

« 25 kilos, finit-il par dire, je ne sais pas. En ce moment... Mais pour toi, Charles, je vais essayer de faire mon maximum. 25, honnêtement, je ne te promets pas. Mais 20, ça je crois que c'est possible. Oui, je crois que c'est possible.

« Ecoute, on va repartir. Vous, vous allez m'attendre quelque part.

« Moi, je vais chez mon marchand essayer de réunir tout ça. Ah ! ça va être dur... Ton ami ne peut pas attendre quelques jours ?

— Non, non ! s'exclame O'Brian. Je suis pressé. »

Visiblement, tout notre « cinéma » porte. Il commence à avoir très peur.

« Bon, marmonne le change-money, je vais

essayer. Dans deux heures, en principe, je devrais avoir quelque chose. Alors, écoute-moi bien, Charles. »

Il m'a pris les mains et il me parle comme si la vie de ses gosses dépendait de ses paroles.

« Moi, je ne veux pas d'histoires, dit-il. Ça coûte trop cher de se faire prendre. A dix heures vous vous trouvez au coin du Park, là où on s'est rencontré tout à l'heure. Si je ne suis pas là à 10 h 10, vous repartez. Vous revenez à 10 h 30 et ainsi de suite, toutes les demi-heures. »

C'est un formidable acteur. Il récite sa leçon à merveille. O'Brian le regarde, fasciné, sans bouger.

« J'arriverai en taxi, reprend Neiman. Je vous ferai signe et vous monterez vite dans mon taxi. Vous ne direz rien, hein ? C'est moi qui parle au chauffeur et moi seul. Il nous conduira au bord du Bosphore, à un endroit tranquille. Là, on fait affaire et on se sépare, chacun de son côté. Après, on ne s'est jamais vu, on ne se connaît pas. Tu entends, Charles ? »

Je proteste avec le visage de l'ami en qui on n'a pas confiance :

« Ecoute, je ne t'ai jamais trahi jusqu'ici, non ?
— Vrai, vrai, dit Neiman, mais... »

Et il jette encore un regard furtif à O'Brian.

« Je réponds de lui, je te l'ai déjà dit, fais-je d'un ton exaspéré. Bon, tout est d'accord ? Alors on y va ? A tout à l'heure, bonne chance. »

Et Neiman nous fait sortir tous les trois. Lui, il s'en va après.

De huit heures à dix heures, mon Canadien est une pile électrique qui se décharge à toute vitesse.

Au restaurant où Yvon et moi mangeons avec l'appétit du travailleur de force après une bonne journée de labeur, il touche à peine à son assiette. Je le chauffe encore, je l'encourage, je le rassure. Une nouvelle fois, c'est lui qui paie.

10 heures, nous voilà au coin du Gulhane Park.

10 h 10, personne. (Ça aussi, c'est dans le scénario mis au point hier.)

10 h 30. Après avoir marché de l'autre côté de l'avenue, O'Brian, de plus en plus nerveux, nous autres... un peu maintenant, mais pas pour les mêmes raisons, nous sommes de nouveau au lieu du rendez-vous...

10 h 35, un taxi arrive. Un gros taxi noir, genre taxi anglais avec une malle à l'arrière.

Neiman est dedans. Il nous appelle d'un geste furtif de conspirateur et nous nous engouffrons près de lui.

Le taxi repart en direction du Bosphore. Il contourne le Gulhane Park, longe la gare, oblique à gauche et emprunte une longue avenue qui borde la mer.

Neiman a dû donner ses instructions au chauffeur car celui-ci stoppe, sans qu'on lui ait rien dit, au bout de 300 mètres d'avenue, le long d'un vieux quartier.

Vivement, O'Brian sort de l'argent de sa poche, règle le chauffeur qui se confond en remerciements au vu du pourboire et nous voilà tous sur l'avenue, avec Neiman qui plie sous le poids de sa valise.

« Tu es fou, dis-je furieux à O'Brian, de laisser tant de pourboire au chauffeur. Il va se souvenir de nous ! »

Ça porte. Il blêmit un peu.

« Vite, nous dit Neiman, suivez-moi. »

Et il nous entraîne à travers l'avenue vers la plage.

Elle est cernée de rochers et couverte de gros galets ronds sur lesquels nous nous tordons les pieds, car nous ne les avons pas vus : ils sont couverts de neige. Il fait très sombre. Les seules lumières ce sont, assez loin, un réverbère, et le reflet de la mer, qui bat doucement les galets. L'endroit est parfait.

Un instant après, nous nous retrouvons derrière un rocher. Neiman pose la valise par terre.

« Je n'en ai que dix-huit kilos, dit-il précipitamment. Je n'ai pas pu trouver plus. »

Il a vraiment l'air désolé. Il est formidable.

O'Brian tique un peu.

« Tant pis, dit-il les yeux brillants, je prends. »

A présent, c'est à moi de jouer. Il faut agir vite et bien.

« Va faire le guet, dis-je au change-money. »

Ça aussi, bien sûr, c'est dans notre scénario, le change-money a pour rôle d'affoler O'Brian. Il doit faire celui qui a peur.

« Oui, j'y vais, me dit-il. Toi, dépêche-toi, hein ? »

Il s'en va surveiller l'avenue.

Là, il faut savoir que juste avant de descendre du taxi, j'ai pris au fond de ma poche une poignée de haschisch en poudre, et je l'ai gardée soigneusement serrée dans ma main gauche.

Tout va dépendre de cette poignée de haschisch.

De l'autre main, j'ouvre la valise et j'y trouve, comme prévu, des sacs de toile de jute.

« Voilà la marchandise, dis-je. Je vais te la montrer. »

A ce moment-là, du talus, le change-money nous crie à voix étouffée :

« Baissez-vous, baissez-vous ! »

On s'écrase tous dans la neige.

« Dépêchez-vous, il y a trop de voitures ! dit encore Neiman.

— Tu entends ? dis-je à O'Brian qui commence à s'affoler pour de bon. Vérifions vite. »

En même temps, j'ouvre rapidement un des sacs. Je plonge ma main gauche fermée dedans et je la ressors ouverte avec le haschisch que j'ai mis dedans.

« Tiens, dis-je, goutte-le. »

Je lui en colle une pincée sur la langue. Il salive.

« Alors, qu'est-ce que tu en penses ? C'est du bon ? Il te plaît ? Décide-toi vite !

— Oui, oui, ça va », bredouille O'Brian en regardant de tous les côtés.

Derrière nous, Neiman s'impatiente de plus en plus. Je demande à Yvon :

« Qu'est-ce qu'il dit ?

— Je ne sais pas. Il a l'air de raconter qu'il est passé une voiture de flics à l'instant... »

Je me retourne vers O'Brian.

« Attends une seconde. Je vais payer le type puis on va se sauver. Chacun de son côté. »

Je fonce vers le change-money. Je lui mets un billet de 100 dollars dans la main.

Il l'empoche et file en courant. Je crois que cette fois, à force de se faire peur, il a peur pour de bon !

Je reviens vers O'Brian et Yvon.

« Ça y est, il est payé. Déjà parti, le trouillard ! A nous maintenant.

« Toi, O'Brian, tu t'en vas par là avec ton haschisch, tu prends une petite rue et tu montes dans un taxi le plus loin que tu peux. Tu ne nous as jamais vus. Tu ne nous connais pas, hein ? Si tu te fais prendre, à toi de tenir ta langue. Allez, au revoir, on s'écrira quand tu seras rentré chez toi. Salut ! »

Il ne se fait pas prier. Il prend la valise, la soulève et s'en va vers l'avenue, pliant sous la charge.

Alors, il se passe quelque chose qui nous fait crouler de rire, Yvon et moi.

En plein milieu de l'avenue, la poignée de la valise se casse !

Ce pingre de Neiman s'est débrouillé pour lui refiler une valise pourrie !

Un instant, jetant des regards affolés autour de lui, O'Brian la traîne par terre.

Puis il la prend, la met sur son épaule et disparaît en courant au coin de la rue.

Yvon et moi sommes pris d'un fou rire formidable.

« Mais dis-moi, me lance Yvon, quand il peut reprendre souffle, on l'a volé, en plus !

— Quoi ? fais-je interloqué.

— Eh bien, oui, il t'a laissé ses 3 000 dollars. Ça ne fait pas 100 dollars le kilo, mais bien plus, puisqu'il n'y en a que dix-huit ! »

C'est vrai, je n'y ai même pas pensé tout à l'heure dans le feu de l'action. Non seulement O'Brian s'en est allé avec une valise pourrie remplie à craquer de sable ou de je ne sais quoi qu'il prend pour du haschisch, du bon, du pur, mais en plus, dans son affolement, il m'a abandonné la totalité de son argent !

De la vie, je n'ai jamais rencontré un tel pigeon...

Ce n'est pas tout, il faut nous en aller nous aussi. Je donne comme convenu ses 500 dollars à Yvon et nous rentrons à l'hôtel où je compte (quand même !) mes billets. Il y avait bien 3 000 dollars à l'origine et il me reste 2 400 dollars. A peu près un million et demi d'anciens francs, une véritable fortune en Turquie ! Je me suis offert un joli cadeau d'anniversaire !

Quelques instants après, nous retrouvons Guy et René et j'offre à tout le monde une fiesta. Une belle fiesta avec banquet, hasch et tout, qui nous met au lit, ronflant comme des sonneurs, à sept heures du matin.

Le lendemain, coup de théâtre.

La journée a pourtant bien commencé par un petit conseil de guerre... Il faut décider de ce que nous allons faire maintenant. Moi, je dois partir, c'est évident. On ne sait jamais ce que O'Brian a pu décider en découvrant que ses dix-huit kilos de haschisch, ce n'est rien que du sable. Yvon, lui non plus, n'a pas intérêt à trop traîner à Istanbul. Etant donné qu'Yvon et René, c'est comme les deux doigts de la main, René, lui aussi, partira. Quant à Guy, puisqu'il veut s'en aller vers l'Orient, la question ne se pose même pas.

Il ne reste donc plus qu'à attendre le retour de Tarass Boulba et de Romain avec la Frégate.

Dès qu'ils seront là, on s'embarquera tous dedans, et à nous l'Orient et ses paradis !

En attendant, Yvon décide d'aller chercher chez le bijoutier du Grand Bazar la bague du Canadien. Elle doit être prête à l'heure qu'il est.

On y va tous... et sur qui on tombe en plein Grand Bazar, juste après avoir récupéré la bague ?

Sur le Canadien !

Moi, affolé, je veux m'en aller.

J'ai tort.

Le Canadien s'approche, l'air défait.

« Dis, me lance-t-il précipitamment, je crois que nous nous sommes fait rouler ! »

En entendant le pluriel, je comprends tout. L'imbécile ne s'est pas imaginé une seconde que je l'ai roulé, moi ! Mais que nous avons tous les deux été victimes du change-money !

Ça, c'est trop fort ! Il est vraiment encore plus naze que je ne croyais. C'est le summum de la bêtise, ce type. Il met la main dans sa poche et la ressort, consterné.

Elle est pleine de sable.

« Ah ! ça, c'est pas possible ! fais-je compatissant. Ce n'est pas ce que je t'ai montré sur la plage. »

Il lève les bras au ciel.

« Eh non ! On s'est fait rouler. Il t'avait mis le vrai haschisch juste sur le dessus. »

Et il répète sombrement :

« Tout le reste, c'est du sable...

« Mais dis-moi, tu le connaissais bien, le gars ? Tu avais déjà fait des affaires avec lui ? »

J'ai du mal à ne pas lui éclater de rire à la figure.

« Bien sûr que je le connais, dis-je. Ça fait des années que je travaille avec lui. Je ne sais pas ce qu'il lui a pris. Ah ! ça, le salaud, il va me le payer ! »

Maintenant, je suis parfaitement redevenu maître de moi. Puisqu'il est si bête, autant en profiter jusqu'au bout.

« Dis, O'Brian, lui dis-je le sourcil froncé, renversant les rôles, tu ne me joues pas la comédie par hasard ? Tu es bien sûr que tout est de la sciure ? Moi, j'ai bien envie d'aller vérifier ça au Hilton. Parce que, je te le répète, ce serait bien la première fois que mon type me trahirait ! »

O'Brian proteste avec une telle bonne foi que je consens à répondre :

« Bon, je te crois. Mais alors ça ne va pas. Il faut que je récupère la marchandise. Tu l'as payée, tu dois l'avoir. Ne t'inquiète pas, je la retrouverai. Je vais voir le change-money.

— Bon, dit-il. Alors, on y va ensemble ?

— Surtout pas ! laisse-moi faire seul. On se donne rendez-vous dans deux, trois heures au Pudding Shop. D'accord ?

— Comme tu veux, fait-il hésitant. A bientôt, au Pudding Shop. »

Et il s'en va, les épaules basses.

Deux heures plus tard, dans le car roulant en direction d'Edirne (Turquie d'Europe) il y a deux « chargés » de haschisch qui somnolent secoués par les cahots de la route : Yvon et moi.

Nous avons quitté sans perdre une minute Istanbul pour rejoindre Tarass Boulba et René.

Guy et Romain, eux, sont restés à Istanbul. Romain en effet a un problème de passeport à régler et Guy n'a pas voulu le laisser seul.

Avant de partir, nous avons dressé un plan de route, car pour l'instant nous ne savons rien de ce qui se passe avec la voiture. Est-elle réparée ? Ou cela va-t-il prendre longtemps ? Nous avons donc convenu avec Guy et Romain de nous fixer plusieurs rendez-vous sur la route de l'Orient. Le premier à Ismit peu après avoir franchi le Bosphore, le deuxième à Ankara, et ainsi de suite jusqu'à Bagdad. Chaque groupe, celui à pied et celui en voiture, ira, une fois arrivé au point de rendez-vous, à la poste restante où des messages auront été déposés.

Mais l'essentiel est de partir sans tarder. O'Brian est peut-être un imbécile, mais il a un frère aîné, un vrai truand celui-là, qui vient souvent à Istanbul. Il est capable de surgir, appelé par le petit frère. Inutile de prendre ce risque.

Une bonne surprise quand nous retrouvons Tarass Boulba et René : Tarass a lui-même réparé la voiture avec du fil de fer et des clous !

Nous leur racontons notre histoire qui les met en joie et le plus vite possible nous reprenons la route. Le lendemain matin nous traversons le Bosphore sur le bac, sans passer par Istanbul, toujours afin d'éviter O'Brian, et nous fonçons vers Ismit sous la neige qui s'est remise à tomber, et sur le verglas.

Nous sommes en pleine excitation.

Nous avons de l'argent, beaucoup d'argent, chaque tour de roue nous éloigne de O'Brian, l'avenir est à nous.

La catastrophe est pour dans une semaine, en pleine Turquie.

VI

Comme bel équipage, c'est plutôt réussi cette vieille voiture bringuebalante fonçant vers Ankara.

Autour de nous la circulation se faisant de plus en plus rare, la neige s'accumule sans discontinuer et la route n'est plus qu'une plaque de verglas.

Bien entendu nous n'avons pas de chaînes. Mais il nous manque bien d'autres choses aussi ! Le levier de vitesse marche quand il le veut bien. Les freins sont morts, et même l'essuie-glace est en panne. Résultat : il nous faut rouler la vitre ouverte et, sans cesse, le conducteur doit sortir la main pour balayer la neige du pare-brise. Dedans, évidemment, il fait un froid de canard. Nous avons beau être tous les quatre bourrés de haschich, nous gelons. Pour les passagers, cela va encore. Enfoncés dans nos sacs de couchage, nous n'avons que le nez dehors, mais René, qui conduit, tremble de froid malgré les couvertures dont il s'est enveloppé.

Quand nous arrivons à Ismit, à quelques dizaines de kilomètres d'Istanbul, notre premier rendez-vous avec Guy et Romain, nous faisons notre petit effet. Imaginez émergeant d'un bloc de neige monté sur pneus, quatre bonshommes au nez rouge sang se dégageant péniblement de leur sac de couchage pour apparaître... en tenue hippie. A Ismit, ils n'ont jamais vu ça, ou presque. C'est une petite ville, Ismit, le fond de la campagne, une espèce de Romorantin turc. Il faut voir la tête des gosses en particulier. Tandis que nous déambulons en rigolant (nous sommes, je le rappelle, sous effet continuel de haschisch) ils nous suivent comme chez nous les enfants suivent le cirque qui fait sa tournée avant la représentation. Peut-être nous prennent-ils réellement, d'ailleurs, pour l'avant-garde d'un cirque. Tarass Boulba surtout leur fait un effet extraordinaire avec sa tignasse, sa chaîne et ses bottes ahurissantes. Moi, je pense qu'ils doivent me prendre pour le diable, habillé tout en noir, avec ma barbe figée de gouttelettes gelées et mon œil mort. Au bout d'une demi-heure, ils sont bien trente autour de nous, silencieux, la bouche ouverte.

Nous avons fini par trouver un petit hôtel, minable comme de juste, et René est allé voir à la poste restante s'il y a un message de Guy et Romain. Car ils sont peut-être déjà arrivés à Ismit, eux. Mais il n'y a rien. Alors, il laisse la voiture devant la poste, avec l'adresse de l'hôtel sur le pare-brise. Comme cela, ils nous retrouveront facilement dès leur arrivée, aussitôt repérée la voiture qui se voit de loin, sur la place de la poste, comme le nez au milieu de la figure.

Et nous commençons à attendre les autres. Nous tournons en rond, nous fumons sans arrêt. Tarass Boulba fait le pitre partout où il passe et très vite toute la ville croit vraiment qu'un cirque est arrivé. Mais ça ne se passe pas toujours bien avec les jeunes du pays qui nous font escorte du matin au soir. Un après-midi, quelques-uns, jaloux sans doute de nos accoutrements, se mettent à se moquer de nous. Ça ne traîne pas. A grands moulinets de bras, Tarass

Boulba leur fait comprendre que le costaud du cirque, c'est lui. Nous sommes désormais entourés du respect le plus profond.

Mais nous nous enquiquinons ferme. Nous essayons de réparer la voiture, de trouver des chaînes. En vain. Il y a pas de garage à Ismit.

Pendant ce temps, Tarass Boulba, lui, sans doute pour ne pas faire mentir sa réputation, fait l'imbécile de plus belle. Il n'arrête pas de provoquer les gens, prêt à taper dès qu'une tête ne lui revient pas. Bientôt, des commerçants excédés refusent de nous servir. Un après-midi, ça manque de mal tourner.

Tarass entre dans une boutique, ivre de haschisch. Il veut du fromage. On le met dehors. Il revient. Des Turcs viennent aider les servants. Nous accourons. Bagarre générale... qui se termine au bistrot, comme de juste.

Moi, je passe mon temps à la poste, à téléphoner à Istanbul, dans tous les petits hôtels que je connais, en particulier à l'Ahia Sophia, où Guy et Romain doivent être. Rien, pas de nouvelles d'eux. Ils me raconteront plus tard ce qui s'est passé : le lendemain de notre départ à nous, il y a eu des rafles de police dans tous les hôtels et cafés hippies. Le Gulhane a été bouclé, le Pudding Shop aussi, de même que Liener. Une vraie rafle en grande règle.

Je n'ai jamais su ce qui s'était passé au juste mais j'ai toujours été à peu près certain que c'est un coup du Canadien. J'imagine qu'enfin dessillé, il a dû appeler le grand frère à sa rescousse et que celui-ci, ne pouvant évidemment me poursuivre pour le vrai motif, a dû raconter aux policiers quelque escroquerie, avouable celle-là, pour qu'ils l'aident à me mettre la main dessus.

Pour Guy et Romain, nous ne sommes pas trop inquiets. Ils ne sont pas nés de la dernière pluie et sauront bien se débrouiller. Et puis, nous avons fixé avec eux d'autres rendez-vous sur la route de l'Orient. Le prochain est Ankara, puis le suivant Adana, on s'attendra les uns les autres coûte que nous retrouvons ni à Istanbul, ni à Ankara, ni à Adana, on s'attendra les uns les autres coûte que coûte à Bagdad. Ce sera facile, les communautés européennes vont toujours dans les mêmes hôtels, les mêmes postes sur la route des Indes. Il n'y a qu'à suivre le mouvement, on se retrouve toujours.

La vie devenant de plus en plus intenable à Ismit avec Tarass qui débloque de plus belle, nous décidons donc de reprendre la route, bien qu'il se soit remis à neiger et que le verglas se soit épaissi.

En fait, je ne l'ai appris qu'un mois après, quand j'ai enfin retrouvé Guy et Romain par un hasard stupéfiant, à la frontière turco-syrienne, nous les ratons d'une journée. Ils arrivent le lendemain de notre départ d'Ismit, ne trouvent évidemment pas de voiture devant la poste, nous cherchent partout, et réussissent même un coup assez étonnant : ils mobilisent une voiture de la police avec haut-parleur et sillonnent la ville en claironnant nos noms !

A peine sortis d'Ismit, nous trouvons une route épouvantable. Le verglas est de plus en plus mauvais, la neige tombe à gros flocons. A quelques kilomètres d'Ismit, désagréable surprise : la route d'Ankara est bloquée. Elle emprunte une région montagneuse. Il y a des congères partout. Impossible de passer. Que faire ? Attendre que la route soit ouverte pour aller à Ankara ? Griller le rendez-vous d'Ankara ? Nous réfléchissons vite que de toute façon la route sera aussi bloquée pour Guy et Romain. A moins qu'ils ne prennent le train...

Que faire ?

Tarass Boulba sort une pièce de sa poche. Pile, on retourne à Ismit, face, on grille Ankara et on file sur Adana.

C'est face. Nous reprenons la route par une bifurcation qui prend vers le sud.

Ça va tout de suite plutôt mal. Le froid est terrible. Nous tremblons dans nos duvets. Tarass et René, les deux conducteurs, doivent se relayer sans cesse au volant pour ne pas crever de froid. Il y a de moins en moins de voitures. Les rares que nous croisons ont toutes des chaînes et roulent au pas.

Nous, nous fonçons. D'abord, plus vite nous serons à Adana, au sud de la Turquie, moins longtemps nous souffrirons du froid. Puis, la voiture faiblit de plus en plus. Tous les cinquante ou soixante kilomètres, il faut s'arrêter et changer le clou qui permet de passer les vitesses.

Au petit matin, (j'ai oublié de dire que nous avons quitté Ismit en fin d'après-midi et que nous avons roulé toute la nuit) nous quittons la route et nous nous retrouvons dans le fossé. Un camion nous sort de là avec un câble.

Le lendemain de cet incident, à midi, nous avons tellement roulé que nous ne sommes plus très loin d'Adana, en plein Taurus.

A présent, la voiture a des ennuis de batterie. Il nous faut absolument arriver à Adana avant la nuit. Nous fonçons donc encore plus vite.

Vers trois heures de l'après-midi, nous nous arrêtons pour boire un café, afin de nous réchauffer. En partant, Tarass Boulba, qui conduisait, au lieu de reprendre le volant, cède sa place à René.

S'il l'avait gardée, rien ne serait sans doute arrivé, car il conduisait prudemment, tout fou qu'il était...

C'est donc René qui conduit. Lui, c'est un fonceur.

Tout de suite, il appuie sur le champignon de bon cœur et nous voilà repartis.

A côté de lui, Yvon. Derrière lui, moi, et à ma droite Tarass Boulba.

Quelques minutes après, sur une ligne droite, nous tombons sur une nappe de brouillard. René ralentit tout de même un peu. Pas assez...

Soudain l'arrière d'un camion apparaît. René se déporte sur sa gauche pour le doubler.

Et, alors que cela fait des centaines de kilomètres qu'il n'y avait à peu près pas de circulation, voilà qu'un autre camion se présente en face !

Désespérément, René se rabat sur sa droite, freine. En vain.

Et nous nous jetons de plein fouet sur l'arrière du camion qui, lui, roule très doucement.

VII

QUAND je me réveille, je suis allongé sur le verglas.
J'ai du sang partout, j'ai très mal à la tête. Lentement, je bouge bras et jambes, je me soulève sur les
coudes. Je n'ai rien. Je veux m'asseoir. La tête me
tourne, je dois me rallonger. Devant moi, la voiture
est en accordéon, sur ses quatre roues. Elle ne s'est
même pas retournée. Elle a été bloquée pile par le
choc.

Près de moi, je vois René, allongé sur le côté. Il ne
bouge pas. Un peu plus loin, Tarass Boulba, très
blanc, apparemment sans une égratignure.

Des Turcs sont en train de sortir Yvon du tas de
ferraille. Il a le visage et un bras en sang. D'autres
approchent une plate-forme tirée par un tracteur.

Alors, émergeant peu à peu de mon demi-coma, je
vois que les Turcs fouillent nos affaires. En fait, c'est
sans doute pour y chercher nos papiers. Mais moi, je
m'inquiète. Une idée fixe me prend, due au choc que
j'ai reçu, bien sûr : mais après tout pas si bête que
ça. Je me dis : ils fouillent pour voir s'il y a de
l'argent.

Pour mes 2 400 dollars, je ne suis pas inquiet : ils
ne sont pas dans mon sac et ils ne risquent pas de les
trouver dans une poche si je m'évanouis de nou-

veau. Je les ai glissés un à un, soigneusement pliés en long et se chevauchant les uns les autres, sur les deux tiers de leur longueur, roulés dans du plastique, dans le ceinture de mon pantalon. C'est une ceinture creuse, l'air tout à fait normal quand on la regarde, mais qu'une très fine fermeture Eclair referme, côté intérieur, sur toute sa longueur.

Seulement, il y a les 500 dollars d'Yvon. Je sais qu'avant de quitter Istanbul, il les a confiés à René, son copain de toujours, et qu'il estime qu'ils sont plus en sûreté sur lui.

Mais je sais aussi que René, lui, met toujours son argent dans son slip...

Je me traîne aussi vite que je peux vers René. Je le secoue.

« Ça va ? Les 500 dollars, il faut les planquer ! »

René ne répond pas. Il est toujours évanoui. Il a un filet de sang séché à une narine.

Je jette deux ou trois regards prudents autour de moi. En grimaçant de douleur, car j'ai mal partout, surtout à la tête, j'ouvre le pantalon de René, je fouille dans son slip et en sors les 500 dollars d'Yvon. Je les mets aussitôt dans ma poche. Pour l'instant, ils y sont bien. Plus tard, s'il le faut, je les mettrai eux aussi dans ma ceinture.

Je me rallonge. Bientôt, l'un après l'autre, on nous hisse sur la plate-forme. Et nous voilà partis dans le brouillard gelé, traînés par le tracteur, affalés les uns sur les autres, ballottés à chaque tour de roue. Il doit faire dix degrés au-dessous de zéro. Mais je suis le seul à claquer des dents, les autres sont toujours évanouis.

A trois ou quatre kilomètres de là, un village avec une infirmerie.

On nous débarque. Un médecin s'approche. Il a

un haut-le-corps en me voyant. Il m'examine le premier. Il me dit en anglais :

« Vous avez quelque chose à l'œil gauche. »

Je trouve la force de sourire :

« Non, non, c'est un vieux truc. Mais regardez plutôt les autres. Ils sont toujours évanouis. Moi, ça va, je crois. »

Il observe René et lui soulève le bras. Il tâte son pouls. Il se penche, écoute son cœur avec son stéthoscope. Il se relève et se tourne vers moi :

« Il est mort », me dit-il.

Puis il examine Tarass Boulba. Lui au moins, son cœur bat. Mais ça ne doit quand même pas aller bien fort, je le devine à la mine soucieuse du médecin. Car il envoie tout de suite un infirmier téléphoner.

Enfin, il s'occupe d'Yvon. Et là aussi, il hoche la tête l'air très inquiet. Je lui demande :

« Qu'est-ce qu'il a ? C'est grave ?

— Il a un bras très abîmé et un œil crevé. »

Je me rabats en arrière et je me mets à pleurer comme un gosse.

Le soir, Tarass, Yvon et moi, nous prenons la route dans une camionnette taxi (le chauffeur me vole : il me fait payer 300 liras une course qui en vaut 30 ou 40) et nous nous retrouvons à 100 ou 150 kilomètres de là, à l'hôpital de Nigde.

Tarass n'a toujours pas repris connaissance à notre arrivée.

Le soir même, laissant Yvon et Tarass, qu'on a mis dans une chambre à deux lits à l'hôpital, je vais louer une chambre en ville et je commence à remplir toutes les formalités indispensables à la mairie et à la police. Là, je deviens ami avec un officier qui parle très bien le français. Il m'indique le meilleur hôtel de la ville. Je m'y transporte.

Sans arrêt je vais de l'hôpital au chevet d'Yvon et de Tarass, secouant les médecins et les infirmières.

Yvon va un peu mieux. Mais son œil est vraiment perdu et son bras ne vaut guère mieux. Tarass, lui, est toujours dans le coma.

Toutes les infirmières me font une cour effrénée. Ce n'est pas tous les jours qu'elles voient un Européen. Un soir, j'emmène l'une d'entre elles, une jolie petite brune, à mon hôtel...

Je vais à Ankara voir le consul de France (je devrai y aller quatre fois). Il s'agit de rechercher les adresses des familles en France.

Je reviens pour apprendre que Tarass Boulba est mort.

Bientôt les formalités sont réglées pour le rapatriement du corps de René qui a été embaumé.

Pour Tarass Boulba, cela ne marche pas. Nous retrouvons bien une vague fiancée à lui, mais personne en France ne veut se charger des frais de rapatriement. Le corps de Tarass s'en va donc à Ankara. Plus tard, c'est à Istanbul qu'il sera enterré. Il y est toujours sans doute...

Il faut aussi faire rentrer Yvon en France. Ses parents ont envoyé l'argent du billet. Un matin, je l'accompagne au car. Il se traîne sur ses béquilles. Il a le visage barré d'un bandeau en travers, le bras en écharpe. Il pleure. Il fait pitié à voir. Je lui rends sa bague, lui donne 200 liras.

« Bonne chance, Charles, me dit-il. Moi, tout ça, c'est fini. »

Et je regarde le train partir, la gorge serrée.

Pour eux tous, l'aventure, c'est terminé.

Je reste seul...

VIII

ALORS, pour essayer d'oublier, je me mets à faire la fête. Pendant huit jours, cela n'arrête pas. Banquets, dancings, filles, etc. J'ai beau dépenser sans compter, j'entame à peine le contenu de ma ceinture. Mais ça me fait du bien. Moi qui jusqu'à Istanbul ai toujours été tout seul, voyagé seul, fait mes coups seul, je m'étais réellement intégré — pour la première fois — à un groupe et je m'y sentais bien...

Bientôt, je me remets à penser à Guy et à Romain. Qui sait ce qu'ils ont pu devenir, où sont-ils maintenant, que doivent-ils se dire ? Ils sont sans doute à Bagdad en train de nous attendre. Ou peut-être se sont-ils lassés...

Je décide de partir pour Bagdad.

A Adana, je descends dans le meilleur hôtel, vais dans le meilleur restaurant, danse dans les meilleures boîtes. Mais j'ai, pour un temps, cessé de fumer. Tout seul, ça ne m'intéresse plus.

Ça me reprendra vite !...

A Adana, je prends une première couchette dans le train pour Bagdad.

Et me voilà parti, me demandant où je vais bien pouvoir retrouver Guy et Romain.

Cela va se faire très bientôt, et dans des conditions assez étonnantes.

Je suis arrivé à la frontière Turquie-Irak et, dans le train arrêté en gare frontière, attendant, accoudé à la fenêtre, que ce soit mon tour de passer en douane, je regarde distraitement un train qui vient, lui, de Bagdad en sens inverse, et qui s'est arrêté sur la voie en face.

Tout à coup, devant moi, dans l'autre train, à une fenêtre située à deux mètres au plus à ma gauche, je vois Guy et Romain !

Que faire ? J'ai à peine le temps de réfléchir. Leur train peut repartir d'une minute à l'autre. Il faut pourtant absolument que je leur annonce le drame, même si, je le sais, cela va être pour Romain un choc terrible : Tarass Boulba était son copain depuis l'enfance.

« Qu'est-ce qui s'est passé ? me disent-ils. On vous a attendu à Bagdad, on n'a plus un sou, on rentre.

— Ecoutez, dis-je très vite. Je n'ai pas le temps de prendre des gants. Voilà, on a eu un accident.

« Tarass et René sont morts. »

J'ai juste le temps de voir Romain qui s'effondre avant que leur train ne reparte.

Mais il s'arrête un peu plus loin et le mien, lui, recule !

Cette fois, nous ne sommes plus tout à fait en face. Nous courons dans le couloir, Guy de son côté, moi du mien, bousculant tout le monde pour nous rapprocher.

« Allez, venez, lui dis-je. Dépêchez-vous, j'ai de l'argent, on retourne à Bagdad. D'accord ? »

Guy hésite un instant et me lance :

« D'accord, je vais chercher Romain. »

Et nous nous retrouvons tous les trois dans le train de Bagdad, en train de nous débattre avec un contrôleur, car si Guy a un billet (et pas jusqu'à Istanbul) Romain lui, n'en a pas.

Leur raconter l'accident ne prend guère de temps. Mais Romain est long à reprendre le dessus. Heureusement, dans le train, nous sommes tombés sur trois autres hippies français, des vrais de vrais ceux-là, avec la mentalité, le langage, la crasse et tout ce qui va avec. Ils entreprennent Romain, ils lui expliquent qu'il vient d'avoir la preuve que rien n'a vraiment d'importance et que le mieux c'est d'oublier au plus vite. Il commence à être ébranlé, d'autant plus qu'ils le font fumer.

A Bagdad, où nous descendons dans un hôtel hippie, rien d'important à signaler. Il n'y a que des hippies. Le patron est surnommé Salam, parce qu'il répond « *Salam* » (bonjour en arabe. D'où l'expression faire des salamalecs) en se prosternant à tout ce qu'on lui dit. Les rues sont pleines de soldats en armes, car c'est la guerre avec Israël. Nos compagnons de route s'amusent à les provoquer, jouant aux espions, prenant des photos, se faisant arrêter à peu près chaque jour.

Le mieux, c'est de repartir. Mais pour où ? La question vaut d'être débattue. Car en fait, nous ne savons pas exactement ce que nous allons faire. Le gros problème, c'est l'argent. Moi j'en ai, mais Guy et Romain, qui n'en ont plus, sont complexés. Ils veulent aller travailler quelque part. Où ? A Koweit, c'est le mieux. Dans ce petit pays gorgé de pétrole et ultra-riche, il y a sûrement quelque chose à faire. Seulement, il faut avoir un visa. Et Koweit ne les distribue qu'au compte-gouttes. Et encore jamais pour plus d'une semaine.

Nous allons à l'ambassade. Sur le seuil il y a des gens qui attendent depuis des semaines. Nous entrons, nous montrons nos passeports. L'employé nous rit au nez :

« Des visas ? On verra demain. »

Le lendemain, on revient.

« Revenez demain. »

Et cela dure pendant trois jours.

Alors, au bout de trois jours, j'en ai ma claque et je vais directement au domicile de l'ambassadeur.

Quand les sous-fifres vous font des ennuis, allez toujours au plus haut. C'est une technique qui m'a toujours réussi.

Cette fois-là encore.

Je commence par me colleter un peu avec une sentinelle. Le bruit attire un officier. Je lui explique mon cas. Et deux jours plus tard, j'ai mes visas, non seulement le mien et ceux de Guy et Romain mais ceux de nos trois super-hippies. Eux, je n'ai pas osé les montrer, à cause de leurs tignasses. Nous avons fait faire des reproductions des photos de leurs passeports, où leurs cheveux étaient courts, et je les ai directement portées à l'ambassade.

Le lendemain matin, sans attendre plus, nous nous installons tous les six dans l'autocar pour Koweit, au milieu des marmots, des moutons, des poules et des lapins.

A nous l'Orient !

DEUXIÈME PARTIE

LES TOURS DE LA MORT

I

KOWEIT, cela a été une étape assez spéciale dans mon voyage vers Katmandou. Une pause dans la drogue, d'abord, comme si inconsciemment j'avais voulu souffler un peu avant de faire le grand plongeon dans les excitants. Et puis, à Koweit, de tout un mois, la fête n'a pas arrêté. Bacchique. Un vrai délire de soûleries et d'aventures amoureuses. Rien de plus facile dans l'un et l'autre cas, pour un garçon libre comme je l'étais, sans souci, le nez au vent de toutes les occasions. Bref, libre et disponible comme l'air, Koweit, pour des gens comme moi, c'est le paradis. Cette petite principauté rendue richissime par le pétrole dont regorgent son sous-sol et ses côtes, éclate d'argent et de luxe.

Dès que vous arrivez, un certain nombre de détails significatifs vous sautent aux yeux. Les routes sont splendides, pour commencer. Vous qui venez d'être bringuebalé des journées entières sur des pistes défoncées et caillouteuses, vous voilà, sitôt passée la frontière, sur un extraordinaire velours de macadam luisant, large comme nos autoroutes. Autour de vous, il n'y a que des voitures américaines ahurissantes de luxe et de couleurs. La ville : des maisons somptueuses partout.

Dans tout Koweit, je n'ai vu qu'une seule ruine en pisé. Tout le reste est neuf.

Il n'y a pas de pauvres à Koweit. Sur la façade de chaque maison, à la fenêtre de chaque appartement, et parfois à chaque fenêtre, la grille carrée des climatisateurs. Un peu partout, sur tous les toits — ceux des immeubles comme ceux des maisons — de grandes citernes d'eau, toutes barrées, en diagonale, je n'ai jamais su pourquoi, de bandes noires et blanches. La moindre petite maison a sa citerne et ses climatiseurs.

Dans un tel luxe et dans une telle abondance, il est évident qu'on s'amuse. Et on s'amuse ferme à Koweit. Pas tellement peut-être chez les habitants eux-mêmes, surtout à l'époque où nous y arrivons, car c'est le Ramadan, mais dans la colonie européenne. Les femmes des ingénieurs du pétrole sont de vraies dévoreuses à l'affût du voyageur.

Nous nous faisons mettre le grappin dessus le soir même de notre arrivée.

Nous avons vainement cherché un hôtel libre — tous sont bourrés de pèlerins en route vers La Mecque — et nous sommes en train de méditer sur les marches de la poste, résolus à aller demander l'hospitalité à la police (je l'ai fait très souvent en Orient) quand nous voyons arriver deux jeunes femmes.

Ce sont deux Françaises. Elles nous ont entendus parler et elles sont venues, toutes souriantes. Ce sont deux femmes d'ingénieurs. Leurs maris sont depuis huit jours au travail sur les derricks, en mer. Ils ne rentreront pas avant quinze jours. Elles sont seules, elles s'ennuient. Elles nous invitent pour le lendemain, mais elles sont un peu ennuyées car nous sommes trop nombreux.

118

On prend quand même rendez-vous et le soir, nous allons coucher chez les flics, sous un hangar.

Le lendemain matin, très chics, ils nous offrent le petit déjeuner. Puis Guy, Romain et moi expliquons à nos trois super-hippies que nous voulons travailler à Koweit, que nous allons nous faire aider si possible par les deux Françaises. Au mot de travail, ils se rétractent comme des chats jetés à l'eau. On se dispute un peu. C'est ce que nous cherchions pour avoir les mains libres... Et ça marche : ils s'en vont, outragés, de leur côté.

Quelques instants plus tard, nous sommes chez les deux filles. On déjeune avec elles. Elles sont tout à fait charmantes. Françoise est une belle petite brune très bien roulée, très jeune. L'autre, Jacqueline, un peu plus âgée, blonde décolorée, le genre allumeuse. Très vulgaire, ne parlant que de « ça ». Mais, pas une affamée du tout. Bref, elle nous excite pendant tout le déjeuner et nous laisse tomber au moment crucial. Nous restons seuls avec Françoise. Et elle, bonne fille, comme pour se faire pardonner d'avoir une amie aussi impossible, nous ouvre gentiment les bras à tour de rôle à tous les trois. Naturellement, le soir, nous restons.

Le lendemain, Jacqueline revient et nous annonce qu'elle nous a trouvé un appartement, celui d'un célibataire, lui aussi en mer. Un appartement qui est, nous le voyons dès notre entrée, l'entrepôt de whisky de la colonie française. Car à Koweit, l'alcool est prohibé. On n'en boit que chez les particuliers (beaucoup ont même un bar dans leur voiture). Et boire, c'est peu dire. On en engloutit.

Mais il reste le problème des visas. Ils ne sont valables qu'une semaine et c'est vraiment dommage d'être obligé de quitter ce paradis au bout de huit jours. Alors, encore une fois, Jacqueline, si agaçante d'un autre côté avec son bagout incessant d'allumeuse qui se refuse toujours, nous tire d'affaire.

Un matin, elle nous emmène chez le directeur des visas.

Le directeur des visas à Koweit, c'est une grande personnalité. Il nous accueille dans un gigantesque bureau feutré, luxueux. C'est un gros Arabe à moustache fine, diablement imposant au milieu de ses tentures et de ses meubles de style anglais.

Il semble bien connaître Jacqueline. D'ailleurs, elle ne fait ni une ni deux, elle va directement s'asseoir, devant nous, sur ses genoux, elle lui pose la main sur la nuque et se met à le cajoler.

« J'ai là des amis français, minaude-t-elle, qu'il faut aider ab-so-lu-ment !

— Chère madame, susurre-t-il, je suis votre serviteur.

— Eh bien voilà, reprend-elle en le recoiffant tendrement, vous êtes ridicule avec vos visas qui ne durent qu'une semaine. »

Il sursaute un peu, mais Jacqueline est bien trop caressante pour qu'il se vexe et d'ailleurs il est tout rouge, maintenant.

« Comment voulez-vous que ces étudiants aient le temps en huit jours de réunir leurs notes pour leur thèse ? »

Nous voilà étudiants en préparation de thèse, c'est complet !

« Allons, aidez-les, prolongez leurs visas, je vous demande ça pour moi ! » reprend-elle en lui mettant son décolleté sous le nez.

Quelques minutes plus tard, nous avons tous les trois un visa de quinze jours et le gros directeur, lui, en guise de remerciement, a une bise sur le front, mais rien de plus. Sacrée Jacqueline !

Après, nous restons encore quinze jours dans

notre appartement. Quinze jours et quinze nuits de cuites et de surprises-parties. Nous sommes devenus le centre de triage de toutes les Françaises, Anglaises et Américaines du pétrole en rupture de maris. Je ne sais pas comment elles s'arrangent avec leurs maris, mais elles sont diablement adroites. Une seule fois un Anglais vient faire un scandale, et encore, ce n'est pas un mari, c'est un fiancé.

Au bout de quinze jours, Jacqueline retourne s'asseoir sur les genoux de son directeur des visas et notre autorisation de séjour est prolongée de quinze nouveaux jours. Seulement cette fois, il faut quitter l'appartement, le locataire revient. Où aller ? C'est un gros problème, les hôtels sont toujours bondés et nous, nous avons si bien pris l'habitude de nous faire aider que la seule idée de chercher un logement nous fatigue.

En un mois, nous avons eu le temps de faire la connaissance du tout-Koweit et en particulier du consul de France — le seul consul français sympathique (avec celui de Katmandou) — que j'ai jamais vu à l'étranger. Car partout ailleurs, dans la profession, je n'ai rencontré que des peaux de vaches. Je ne suis pas le seul. Tous les gars de la route vous diront la même chose.

Pour commencer, ce consul nous fait refaire trois passeports tout neufs, en vingt-quatre heures et sans nous les faire payer. Puis il prend son téléphone, appelle un ministre Koweiti, je ne sais pas lequel... et nous devenons scouts !

Car un centre immense, tout neuf, ultra-luxueux comme il se doit, vient d'être aménagé pour les scouts de Koweit. On nous y installe en nous bardant la poitrine d'insignes. Il y a là une vingtaine de chambres, salle à manger, salon, etc.

On nous octroie un valet personnel, un scout, et

on nous laisse faire tout ce que nous voulons. Nous restons là quinze jours, mais il faut tout de même prévoir ce qu'on va devenir maintenant.

En faisant du stop, j'ai été pris par le directeur du plus grand night-club. Je vais le trouver et lui demande du travail. Il accepte et à l'occasion va même plus loin : il nous fait renouveler nos visas pour trois mois.

Et nous voilà employés au Gazelle-Club, Guy comme conducteur des vedettes de ski nautique, Romain et moi comme disquaires.

C'est un métier que je connais bien. Je l'ai pratiqué des années durant sur la Côte d'Azur. Aussi, je prends vite les choses en main. Je fais transformer la décoration du club, je convaincs le patron d'installer un karting, des bungalows, je renouvelle la discothèque, je fais mettre des commandes de disques par téléphone sur les plages. Bientôt le Gazelle-Club monopolise toute la clientèle des fêtards de Koweit.

Mais tout marche trop bien. Ksarès, le patron, a une sœur, une vieille pie acariâtre qui voit d'un mauvais œil mes initiatives. Elle me prend en grippe et me mène la vie dure quand son frère n'est pas là, c'est-à-dire souvent, car Ksarès voyage beaucoup. Au bout de deux mois, en avril 1969, j'en ai assez, nous avons une prise de bec et j'écris à Ksarès, qui est à Londres, que rien ne va plus et que je m'en vais.

Guy décide de me suivre. Romain, de rester. Il veut gagner encore assez d'argent pour pouvoir partir tranquille pour les Indes. Et puis, nous ne nous entendons plus trop.

Encore une fois, c'est la route. J'ai rangé, au fond de mon sac, mes affaires de civilisé, repris mes bottes, mes chemises et mon pantalon noir, j'ai vérifié que mon argent (il me reste près de 2 000 dollars sur l'argent du Canadien tant la vie est pour rien, même en faisant des excès, en Orient) est bien rangé dans ma ceinture, j'ai mis mon sac au dos. Et nous commençons à lever le pouce, Guy et moi, au bord du trottoir, en ville même.

Nous n'attendons guère. Deux minutes plus tard, une Cadillac s'arrête (à Koweit, le stop marche partout, même en plein centre) et nous emmène jusqu'à la frontière irakienne.

Là, une aventure peu banale. J'ai dans mon sac des talkies-walkies (à Koweit, zone détaxée, tout, appareils photos, caméras, etc. est pour rien).

Les douaniers irakiens tombent dessus, évidemment. Ils n'ont jamais vu ça. Je leur explique comment ça marche. Ravis, ils me les prennent, l'un d'eux s'en va à un kilomètre dans le désert et ils jouent comme des gosses pendant une bonne heure. Nous commençons à trouver que la plaisanterie dure un peu trop. Ils reviennent, discutent entre eux, et me les rendent sans rien dire. Nous repartons. Juste à la sortie du poste frontière, un automobiliste s'arrête. Nous montons.

Il va à Abadan à 80 kilomètres de là. Le trajet se passe très copain-copain. On écoute la radio, on parle, on boit les whiskies du bar. La voiture est climatisée, tout est parfait. Arrivé à Abadan, le type nous dit :

« Il est tard, je vous invite à dîner.

— D'accord. »

Il stoppe devant un bel immeuble. Nous prenons l'ascenseur. Il sonne à la porte d'un appartement. L'appartement est plein de flics qui nous sautent dessus.

Et nous nous retrouvons en prison, catalogués comme espions. Merci aux talkies-walkies...

Sur le coup, nous n'osons trop rien dire. Parce que nous avons encore du haschisch sur nous. Le plus vite que nous pouvons, nous allons jeter ça au cabinet et alors, je fais un foin du diable. J'utilise l'arme classique, je demande à voir le consul de France et s'il le faut l'ambassadeur. Au bout d'une nuit de palabres, ils nous relâchent et nous repartons.

Là, commence la période des voyages en autocar vers l'Iran. Puis les lignes d'autocars s'arrêtent. Nous nous débrouillons, le long du désert salé, dans des paysages de montagnes fabuleux, sommets neigeux et lacs verts au fond de vallées desséchées par le soleil, pour nous faire transporter par des camionneurs. Des bandits de grand chemin plutôt, toujours prêts à nous voler à la moindre défaillance d'attention. La nuit, Guy et moi devons nous relayer pour faire le quart !

Une nuit, Guy me secoue. Les trois camionneurs rôdent autour de nous. S'ils nous font un mauvais coup ils ne seront pas bredouilles... à condition qu'ils aient l'idée de palper ma ceinture.

Vite, nous sortons nos couteaux scouts, héritage Koweiti.

En les voyant luire au reflet de la lune, les autres sifflotent d'un air distrait, et viennent nous offrir des cigarettes au haschisch.

Nous traversons l'Iran, désert ponctué d'oasis vertes et gazonnées comme la Normandie, et un après-midi, nous arrivons à Zahidan, près de la frontière pakistanaise.

Nous sommes fin avril 1969.

Je vais recommencer à me droguer.

Commencer serait le mot le plus juste. Car avant, en fait, cela n'a été que de la rigolade par rapport aux tord-boyaux qui m'attendent maintenant.

La frontière irano-pakistanaise, après Zahidan, est une ligne de chemin de fer en plein désert. D'un côté l'Iran, de l'autre le Pakistan.

Une fois les formalités remplies, il faut attendre qu'arrive le car venant de Quetta, au Pakistan. Parfois, on attend huit jours, entassés dans une baraque sans étage, terre partout, sol, murs et toit, qui n'a de l'hôtel que le nom, avec un puits à peu près à sec. Ni électricité, ni gaz. Tout juste des chandelles. Et on couche directement par terre. Dans la vermine. Ça grouille de partout. Des cafards en particulier, qui sortent dès que la nuit arrive. Ils montent sur le corps et on doit dormir avec, car l'hôtelier veille à ce qu'on n'y touche pas : ce sont des bêtes sacrées. Emmitouflé dans sa djellaba et ses chiffons sales, il se promène dans le dortoir et nous surveille, souriant mais intraitable.

La seule chose qui l'intéresse, ce sont les petites bêtes. Le trafic de la drogue, il s'en fiche. Car, au Pakistan, la vente de la drogue est tolérée (bien qu'en fait, la loi l'interdise). (En Iran comme en Irak, un trafiquant pris est aussitôt fusillé.) On en trouve partout, exactement comme, en France, on va commander un pastis au café du coin. Tout le monde fume et il faut être un saint — ou un fou — pour ne pas le faire. Autant dire que les quelques dizaines de hippies et autres qui sont là s'en donnent à coeur joie.

Pour certains, les vrais intoxiqués, cette arrivée au Pakistan, c'est la fin d'un long calvaire.

Depuis des jours et des jours ils voyagent à petites étapes, brûlant d'impatience et de fièvre, faisant des prodiges pour se procurer de la drogue et soudain, c'est le paradis.

A des prix défiant toute concurrence, ils se voient offrir tout ce qu'ils veulent, du haschisch à l'héroïne, en passant par le L.S.D., l'opium et tout l'éventail des amphétamines. En somme, c'est le puits d'eau, tout à coup, pour le naufragé du désert qui n'a rien vu couler d'autre que sa sueur depuis des semaines.

A côté de moi, ils sont deux, des Anglais je crois, qui semblent particulièrement en manque. Ils viennent de se procurer de la méthédrine et ils tremblent littéralement de désir en préparant leurs shooteuses.

Je vais assister à une des scènes qui me marqueront le plus.

Après avoir écrasé leurs cachets de méthédrine et avoir vidé la poudre dans un gobelet d'acier, ils cherchent de l'eau pour dissoudre le tout. Il n'y en a pas. Ils sont de plus en plus en manque, ils commencent à haleter, il faut absolument qu'ils trouvent de l'eau.

L'un d'eux finit par apercevoir, en fouillant la pièce du faisceau de sa lampe électrique, un seau contre un mur. Il va le chercher.

Le seau est plein.

L'Anglais, soudain calmé, y plonge le bord du gobelet, récupère un fond d'eau, agite son mélange et, à travers un coton, il remplit sa shooteuse. L'autre en fait autant. Puis ils se mettent au travail pour se piquer.

Mais ils ont beau serrer leur garrot au maximum, s'approcher le plus possible du faisceau de leur lampe, ils ne parviennent pas à trouver la veine. Et puis, ils tremblent trop.

Le premier voit que je les observe. Il me fait signe et me demande de les aider. Je tiendrai la lampe pour les éclairer quand ils se piqueront, le plus près possible du pli du coude, car la lampe est très faible.

Je fais ce qu'ils me demandent et pour mieux

m'installer à côté d'eux, je prends le seau pour le repousser.

Une affreuse odeur d'urine et de pourriture me monte dans le nez tandis que je le bouge.

Le seau est un seau hygiénique !

C'est dedans qu'ils ont pris le liquide qu'ils veulent s'injecter dans les veines !

Un peu secoué, je m'assieds à côté du premier, je dirige la lampe à toucher le pli de son coude.

La chair est couturée, pleine de bleus et de hernies de veines.

Il pique. Il tire sur le piston de la seringue pour voir si le sang remonte (sinon c'est que l'aiguille est dans la chair et la drogue se perdra). Le sang ne remonte pas. Il retire l'aiguille, repique. La veine roule, il s'écorche, le sang coule. Il jure, s'essuie, recommence. Il tremble de plus en plus. Il s'y reprendra à cinq ou six fois avant de réussir à se shooter. Et pour l'autre, dont l'attente a mis les nerfs à vif, c'est pareil.

Enfin, ils l'ont, leur dose, plus ou moins, et ils se recouchent. Ces deux-là passeront une bonne nuit.

Moi aussi d'ailleurs. Quand je reviens à ma place, Guy me tend son shilom qu'il vient d'allumer. J'aspire une longue bouffée, le plaisir vient vite, plus vite encore que la première fois à Istanbul. Nous en rallumons un autre et nous recommençons.

Une bienfaisante lucidité me vient.

Que le monde occidental me paraît loin ! Que ces deux mois passés à Koweit dans le fric, les filles et l'alcool me laissent un goût amer et sale dans la mémoire ! Comme la drogue me semble pure, nette et propre à côté de cette pourriture de la civilisation !

Je n'ai plus envie de boire, le souvenir de tous ces cadavres de bouteilles de whisky jetés aux poubelles par cinq ou six tous les matins me soulève autant le cœur que l'image du seau hygiénique de tout à l'heure.

Tout autour de moi, dans le silence chaud et lourd de la nuit, de petites braises luisent à tour de rôle, au rythme des aspirations. Je suis bien, je suis heureux. J'ai le nez assez fin pour respirer tous les parfums du monde, le regard assez perçant et la bouche assez grande pour voir et manger tous les biens de ce monde. La nature tout entière me semble un paradis terrestre fait pour être dévoré à belles dents, étreint avec tout mon corps.

Demain, je repartirai et l'Orient m'ouvrira ses portes.

Désormais, je ne resterai pas un seul jour, une seule nuit, sans me droguer.

II

Le plus épouvantable des véhicules que j'aie jamais vus, c'est l'autocar pour Quetta, que nous attendons trois jours seulement. Toutes les deux heures, la cargaison humaine descend dans les cris des gosses et les piaillements de la volaille, soit pour faire ses besoins, soit pour faire ses prières. Prières ou besoins, la scène est la même. Comme c'est le désert à perte de vue, inutile de chercher à s'isoler ou même à s'éloigner. Tout le monde s'installe en rond autour du car et s'accroupit en bavardant. Ou bien s'aplatit sur les nattes si c'est pour la prière qu'on s'est arrêté. Puis, on redémarre.

Le voyage dure deux jours.

A Quetta, nous faisons connaissance avec le meilleur thé du monde. Dans les tea-shops, toutes petites pièces avec juste une table et des bancs, on cuit et recuit le thé avec le lait plusieurs fois. C'est délicieux.

Nous hésitons beaucoup à Quetta sur la route à suivre. Quetta c'est un carrefour.

Nous discutons ferme, Guy et moi, et nous tombons d'accord sur un projet : si on faisait le tour du monde ?

Oui, mais par où ?

En commençant par les Indes ? En passant par l'Afghanistan ou en descendant à Karachi prendre le bateau jusqu'à Bombay ?

De toute façon, pour le haschisch, cela n'a aucune importance, on en vend partout désormais !

Le hasard choisit pour nous. Nous faisons connaissance avec des caravaniers qui nous offrent de les accompagner jusqu'à Karachi. Seulement, ils ne partent que dans trois semaines. Qu'importe ! Entre-temps, nous visiterons l'Afghanistan et tant pis pour les visas que nous n'avons pas. Nous passerons par les montagnes.

C'est ainsi que, moitié à pied, moitié en stop, nous arpentons l'Afghanistan, allant par Kandahar jusqu'à Kaboul et Herat.

Nous fumons de plus en plus. Moi, dix shiloms par jour.

Guy, lui, y va beaucoup plus fort.

Jusqu'à vingt shiloms par jour.

Le haschisch est pour rien. Le kilo ne vaut guère que 10 dollars (pour mémoire, le Canadien, à Istanbul, le payait 100 dollars le kilo). Il faut dire que l'Afghanistan est avec le Népal le principal producteur de haschisch du monde. Et c'est un haschisch très réputé, très fort, très frais, très odorant.

La vie est formidable. La drogue nous met dans un état de force et de lucidité extraordinaires. Nous ne sommes jamais fatigués.

Au bout de trois semaines, nous rentrons à Quetta. Nos caravaniers sont là. Nous revêtons comme eux une djellaba blanche et enroulons un turban autour de notre tête. Nous nous perchons chacun sur un chameau et nous voilà partis, à petites étapes, avec mal aux fesses et une vague nausée perpétuelle. Il nous faut trois semaines pour gagner Karachi.

C'est pendant ces trois semaines que j'ai compris pourquoi dans ces régions de l'Orient, tout le monde, ou presque, se drogue. Le climat désertique est tellement éprouvant, exige tellement d'efforts, que pour tenir le coup, il faut être aidé. C'est ce qu'on demande à la drogue. Traverser un désert à dos de chameau si l'on n'a pas, grâce à elle, l'euphorie qui vous permet de supporter le supplice du soleil, de la chaleur et de la sécheresse, c'est un véritable supplice. Sans nos shiloms et notre réserve de haschisch, je crois bien que Guy et moi aurions flanché durant ce voyage. Comme les caravaniers eux-mêmes, d'ailleurs. Quoiqu'ils aient souffert moins que nous, car ils sont habitués au climat.

Je veux parler, bien sûr, de la fatigue du voyage lui-même. Passer des journées entières à se râper les fesses sur la selle dure, balancé abominablement comme dans un bateau soulevé par la houle, c'est déjà très pénible. Mais il y a le soleil. Votre corps et votre tête sont protégés par la djellaba et le turban. Vos pieds, vous les entourez de chiffons. Mais pour les mains, il n'y a rien à faire. Il faut bien les exposer pour se tenir, là-haut, sur la bosse du chameau. Ce qui fait que vos mains sont continuellement brûlées par les rayons.

Les nôtres, au bout de huit jours, ne sont plus qu'une plaie. Au début, nous tenons le coup, gorgés de haschisch comme nous le sommes, mais bientôt, c'est une torture intolérable.

Alors, un jour, nous ayant observés en hochant la tête, le chef des caravaniers va chercher des excréments de chameau et deux paires de moufles. Il remplit les moufles d'excréments frais et il nous les tend :

« Mettez ça », nous dit-il.

Ahuris, nous le regardons sans comprendre.

Il nous explique que c'est un remède excellent. Que nous devons garder ces gants remplis d'excréments aussi longtemps que nos plaies seront à vif. C'est le seul moyen de guérir.

Nous obéissons en surmontant tant bien que mal notre dégoût.

Tous les jours, on change la bouse des moufles. Nous ne sommes pas les seuls d'ailleurs à souffrir des mains. Deux autres caravaniers doivent subir le même traitement. Au bout de huit jours, non seulement les plaies sont guéries, mais nous n'avons attrapé aucune infection.

Le soir, à la halte, nous nous massons le dos les uns les autres. Car le plaisir de monter un chameau vous donne aussi de violents maux de dos. Bref, un vrai voyage de touristes ! Mais le haschisch est là pour nous faire garder notre bonne humeur et grâce à lui, nous arrivons sans avoir flanché, mais complètement crevés, à Karachi.

Nous nous croyons enfin libérés des chameaux. Mais non. De même qu'aux Indes les villes sont pleines de vaches, Karachi est remplie de chameaux. Il y en a partout, à tous les carrefours, en pleine circulation, au milieu des immeubles de verre et d'acier, bloquant les voitures et révolutionnant les feux rouges.

Le plus vite possible, nous nous installons dans un hôtel, pour hippies naturellement. Un assez bel hôtel en fait. Rien à voir avec l'Old Gulhane, beaucoup plus propre. Il a des dortoirs (une roupie la nuit) mais aussi des chambres (deux roupies). Les dortoirs sont réservés aux indigènes. Nous nous installons donc dans une petite chambre assez curieuse sur la terrasse. Toute peinte de dessins psychédéliques. Les autres murs sont ajourés. Ils sont faits de briques alternées qui laissent passer l'air, précaution indispensable pour ne pas mourir de chaleur.

Aussitôt, nous nous jetons sur les lits de sangles et en avant les shiloms. Il nous faut bien ça pour oublier le désert, les chameaux, le mal aux fesses et les brûlures aux mains.

Nous restons là un mois, ne sortant que pour nous nourrir ou nous réapprovisionner en drogue.

De temps en temps nous allons discuter un peu avec Jimmy. C'est un Américain qui vit dans la chambre en face de la nôtre.

C'est le deuxième junkie que j'ai vu et je ne l'oublierai pas parce que, contrairement à tous les junkies, il est propre.

Il est tout blanc. De peau, d'abord, car il ne sort jamais. De vêtements ensuite. Il est impressionnant de sérénité. Toujours souriant et poli. Cinq ou six fois par jour, il sort une poudre blanche toute prête de son sac, en verse dans une seringue, mouille un peu le tout et se shoote, son éternel sourire sur le visage. Ce qu'il prend c'est de l'héroïne, par quantités énormes. Puis il se rallonge et il ne bouge plus. Avec sa longue barbe blonde, ses boucles aux épaules, on dirait alors vraiment Jésus-Christ dans son suaire. Quand il parle, c'est pour dire qu'il va bientôt partir pour l'Afghanistan. Il veut s'installer dans les montagnes. Pour quoi faire ? Pour y finir sa vie, tout simplement. Il n'en fait pas mystère. Il sait qu'il en est à des doses trop importantes et que la mort n'est pas loin. Il y pense avec calme. Il a fait son choix...

Nous, il nous impressionne vivement et je me rappelle qu'en l'observant, je me jure de tout faire pour ne pas arriver au point où il en est.

Serment d' « ivrogne », bien entendu.

A Katmandou, moi aussi je lui ressemblerai, je parlerai d'aller me finir dans les montagnes.

Et j'y partirai, même...

Mais pour l'instant, nous n'en sommes qu'au haschisch. Il ne nous a pas encore enlevé toute curiosité et au bout d'un mois, nous prenons le train pour l'Inde. A la frontière, je goûte pour la première fois au bétel. Sur un petit étalage, à même le sol, un marchand me montre des feuilles d'arbre qui, chacune, correspond à un petit tas de poudre ou de confiture de couleurs différentes. Il me demande si je le veux fort ou pas. Prudent, je dis « moyen ».

Il fait un mélange, enroule le tout dans une feuille, me demande une demi-roupie, me tend le tout. Je porte ça à la bouche, je machouille. C'est épicé, amer, pas désagréable. Très vite, je salive beaucoup et j'ai la bouche toute rouge. J'attends que cela fasse un effet quelconque, car je suis persuadé que c'est une drogue. Mais non. Ce n'est rien d'autre qu'un chewing-gum oriental, rien de plus. Allons, ce n'est pas le bétel que j'inscrirai sur ma liste des expériences étonnantes !

Dans le train, nous déclenchons une fameuse bataille rangée. Nous avons pris des couchettes (car j'ai toujours de l'argent) et, je n'ai jamais compris pourquoi, on nous reproche nos couchettes. Nous protestons. Une dizaine d'Hindous nous admonestent vivement.

D'autres, des sikhs, prennent notre défense.

Nous sentant soutenus et, en plus, en pleine « défonce », nous répliquons.

Et subitement, c'est la bagarre. Tout le wagon, vingt-cinq à trente personnes, se met à cogner. Les bagages volent, les coups pleuvent. Cela dure une heure au moins. Une bonne petite bagarre qui se

termine par l'intrusion d'une armée de contrô-
leurs... qui nous vident, Guy et moi !

Nous arrivons à New Delhi et nous installons en
plein ciel, sur la terrasse de la gare.

A un kilomètre ou deux de là, Connect Place.

C'est le rendez-vous des écureuils de New Delhi. Il
y en a par milliers dans les arbres. Au-dessous,
beaucoup de monde et des hippies. Il faut faire très
attention pour acheter du haschisch, car en Inde la
drogue est interdite et les policiers sont très vigi-
lants.

Tous les Européens se retrouvent dans un
immense café et les Indiens, en particulier des sikhs,
viennent observer les Européens. Ils sont ivres pour
les trois quarts. Et pourtant, l'alcool est interdit en
Inde. Mais sur leurs genoux, ils ont tous leur
bouteille et la vident consciencieusement, tandis
que leur tasse de thé refroidit, intacte, devant eux.

Bientôt, nous en avons assez de dormir à la belle
étoile et nous allons nous installer dans un hôtel. La
propriétaire est une Européenne complètement
folle. Elle se pique depuis des années et elle a
visiblement « flippé », c'est-à-dire qu'elle a son bon
sens considérablement entamé.

Nous le comprenons dès notre arrivée. Quand elle
nous tend le registre de l'hôtel et nous oblige à
écrire, Guy et moi, après nos noms et qualités, cette
phrase : « *I am not hippie* » (je ne suis pas hippie).
C'est un tic qu'elle a. Même le plus hippie des
hippies, le plus chevelu et le plus bariolé, doit écrire
cela sous peine d'être aussitôt expulsé.

A cause de la police ? Mais la police, si elle
descend chez elle, voit bien que tous ces « pas
hippies » ont des têtes de hippie crachées !...

Nous ne restons pas beaucoup à New Delhi. Via

Accra, la « perle » de l'Inde, la ville des plus beaux palais, nous redescendons sur Bombay.

Là, il va nous arriver quelques petites aventures peu banales.

La première me donne l'occasion de manquer me faire saigner d'un coup de couteau. Tout ça pour ne pas avoir voulu suivre la filière et aller dans un hôtel classique d'Européens. Voulant jouer les originaux, Guy et moi décidons de choisir un vrai hôtel pour Indiens, inconnu des Blancs.

Nous en dénichons un, derrière Victoria Station, une gare qui porte non seulement le nom de la célèbre gare londonnienne, mais qui, en plus, en est la réplique exacte.

Notre arrivée provoque la stupéfaction générale. On n'a jamais vu d'Européens entrer là ! Mais on nous accueille comme des rois. Malheureusement, il n'y a plus de chambre libre. Alors, les propriétaires nous donnent leur logement au troisième étage. La nuit, cela va, car ils dorment dans un cagibi. Mais le jour, la femme du propriétaire vient chez elle faire la cuisine. Et Guy, à qui le haschisch fait perdre toute notion du respect qu'on doit à ses hôtes, lui fait une cour aussi effrénée que directe.

Au bout de trois jours, le mari en a assez, tempête et menace. Je raisonne Guy et il se calme. Mais l'histoire a fait du bruit et nous sommes devenus de vraies bêtes curieuses. Pendant ce temps, nous voyons, évidemment, d'autres Européens et bientôt, les hippies rappliquent. Notre logement devient un lieu de rendez-vous, rempli d'Américains, d'Anglais, de Hollandais, de Danois, etc. Bref, un vrai *Old Gulhane* bourré de gens en pleine défonce.

Or, dans une pièce voisine, sur le même palier, il y a un cercle de jeu clandestin. Et les joueurs ont pris l'habitude, entre deux parties, de venir nous regarder sur le seuil de la chambre, car il n'y a pas de porte. Ils restent plantés là, les yeux grands ouverts et commentent dans leur dialecte tout ce que nous faisons.

C'est-à-dire, parfois, l'amour, tout simplement, sans complexes.

Moi, un jour, la rage me prend. Je suis couché avec une fille et nous faisons tout ce qu'un homme et une femme peuvent faire quand ils sont couchés ensemble. Et là, sur le seuil, il y a trois Indiens qui n'en perdent pas une miette. Au bout de dix minutes, je leur crie de s'en aller. Ils restent. Rien n'y fait. Alors je les insulte vraiment.

Et voilà que l'un d'eux, qui a compris mon anglais, sort un couteau et me fonce dessus.

Par chance, mon sac n'est pas trop loin et j'ai le temps de prendre mon poignard avant que l'autre ne m'ait touché.

Nous roulons par terre. Lui tout habillé et moi tout nu, jouant du couteau comme dans le meilleur des films d'aventures. C'est un rapide et j'ai du mal à parer ses coups, car il veut vraiment ma mort, cela se voit à ses yeux injectés de sang. Quant à moi, drogué comme je suis, je ne vaux guère mieux que lui, côté bonne intentions. Heureusement, nous sommes de force à peu près égale et nous ne parvenons qu'à nous faire quelques égratignures.

Au bout de cinq minutes, je commence tout de même à reprendre mon contrôle.

Tout ça est trop bête, il faut arrêter. Guy, à côté de nous, hurle que nous sommes des imbéciles. La chambre est pleine de monde et le patron galope de tous les côtés en appelant à l'aide.

On réussit à nous séparer. Moi, je suis d'acier : qu'il ne remette plus les pieds chez nous et cesse de jouer les voyeurs, c'est tout ce que je demande. Le patron le raisonne. Le type fait oui de la tête, me regarde en biais. Je lui tends la main. Nous nous sourions. C'est fini.

Alors, au moment où je me retourne pour aller chercher mon pantalon, car je me suis soudain aperçu que j'étais toujours tout nu, j'entends Guy qui me crie :

« Attention, Charles ! »

Je m'aplatis... et le type, me passant par-dessus, s'en va rouler contre le mur.

Le salaud ! Je plonge vers lui, mon couteau brandi, mais Guy et le patron m'attrapent tous les deux à bras le corps, tandis que des Indiens ceinturent le type.

Nous restons face à face, haletants.

« Bon, puisque c'est comme ça, dis-je au patron, on s'en va tous, nous autres. Ça ne peut pas durer, un hôtel de voyeurs où en plus on vous saute dessus au couteau ! On va se plaindre au consulat. Vous entendrez parler de nous. »

Le patron blêmit. Visiblement avec son cercle de jeu, il a la terreur d'avoir affaire à des officiels, ce qui ne peut manquer de vouloir dire, à la police.

Tout le monde palabre en Indien.

Nous, les Européens, très dignes, nous nous sommes repliés dans nos appartements en attendant le résultat de la discussion.

Au bout de dix minutes, nous entendons des cris, des bruits dans l'escalier, la porte de l'immeuble qui claque. Et le patron revient. Il marche courbé en deux. Il sourit de toutes ses dents. Il se confond en excuses. Nous pouvons rester. Nous n'avons plus rien à craindre. L'homme au couteau vient d'être mis à la porte.

Et de fait, plus personne ne viendra nous ennuyer. Cette fois, nous sommes vraiment les patrons.

Pour être plus précis, je suis, moi, le patron. Pour les Indiens, d'abord, que ma bagarre a rempli de respect. Mais d'une certaine manière aussi pour les Européens. De ce côté-là, pas tellement à cause de l'affaire au couteau. A cause de ma ceinture à double fond. Car il me reste plus de la moitié de mes 2 400 dollars. 1 400 ou 1 500, si mes souvenirs sont justes. Soit environ l'équivalent de 8 000 F. Inutile de vous dire que dans un pays ou un ouvrier gagne en moyenne une roupie, soit 60 centimes, par jour, c'est une fortune.

Je n'ai, bien entendu, dit à personne ce que j'ai dans ma ceinture et Guy s'est bien gardé de trahir mon secret : j'aurais vite fait d'être assailli comme au coin d'un bois et dévalisé sans façon. Mais tout le monde se rend compte que je paie et l'habitude est vite prise de me laisser payer. Je le fais d'ailleurs de bon cœur. Je n'ai jamais été du genre bas de laine et j'ai toujours trouvé normal, dans un groupe, que celui qui a de l'argent paie.

Ce qui fait que très rapidement, l'hôtel où le Frenchman en noir et qui n'a qu'un œil (cette deuxième partie du surnom, je l'invente, parce que je ne l'ai évidemment jamais entendue moi-même, mais je suppose qu'elle a été réelle) est devenu célèbre dans la communauté hippie. On rapplique de partout. L'appartement du propriétaire est maintenant bourré de vingt-cinq à trente occupants bariolés, munis de cheveux longs et harnachés de flûtes, de magnétophones et de guitares. Les serveurs n'arrêtent pas de monter des plats pleins et de les redescendre vides. Tout le monde boit, mange, dort et se drogue pratiquement sur mon compte. Le propriétaire est ravi, je paie régulièrement et tout un chacun se moque pas mal de savoir d'où sortent les dollars, pourvu qu'ils sortent.

Voilà comment, pour la première fois, je fais vraiment partie d'une communauté hippie. J'entretiens des peintres, des poètes, des musiciens, j'ai une cour de filles ravissantes qui me disent « Je t'aime » dans toutes les langues de l'Occident. Pour mon service personnel, j'ai deux boys que le patron a mis à ma disposition. Un gamin de dix-douze ans, avec un pied bot, mais qui court faire toutes les courses que je lui demande et couche par terre devant mon lit. Et puis un autre, nettement plus âgé, vingt-cinq ans, qui lui est un peintre.

Je suis son dieu vivant. Je lui ai donné quelques trucs pour vendre ses toiles et ça a marché. En outre, il est sûr que je le ramènerai avec moi à Paris. Je n'ose pas lui dire qu'il a peu de chances d'y aller de sitôt, car Guy et moi sommes pour l'instant toujours fermement décidés à faire notre tour du monde. Dans notre esprit, la prochaine étape sera la Malaisie. Nous voulons nous y rendre par mer et allons régulièrement au port tenter notre chance. On nous refoule partout. Nous ne nous décourageons pas et nous montons la nuit à bord des cargos, clandestinement, complètement défoncés, et réveillons les commandants... qui nous chassent l'un après l'autre. En quinze jours, nous sommes connus comme le loup blanc par tous les marins, les douaniers et les policiers du port de Bombay, mais personne ne veut de nous.

Qu'à cela ne tienne, on verra plus tard. Pour l'instant, continuons la grande vie ! Entre nos parties de drogue et d'amour, nos séances musicales un peu spéciales et nos palabres philosophiques, littéraires et artistiques, nous allons rire sous cape en regardant les rues bloquées dans des embouteillages monstres, aux heures de sortie des bureaux, parce qu'une vache sacrée assise au milieu de la chaussée chasse les mouches à grands coups mous de sa queue sacrée, tandis que des dizaines d'Hindous lui font « pschitt » de la main, à distance respectueuse.

Nous allons nous faire chatouiller chez les récureurs d'oreilles, nous allons nous faire masser. Etonnants, les masseurs de Bombay. Ce sont, paraît-il, les meilleurs du monde et je le crois volontiers. Mais j'imagine que leur réputation vient aussi de certains talents un peu particuliers qu'ils n'hésitent jamais à mettre en œuvre sur le client, la décence m'oblige à vous cacher lesquels. Et le soir, quand nous en avons assez d'être enfermés, nous allons tous faire des feux de camp sur la plage et nous prenons de fameux bains de minuit.

Le reste du temps, il y a va-et-vient perpétuel entre notre hôtel et un autre situé à deux kilomètres de là, le Rex Hôtel, un hôtel tout en bois avec des balcons sur une petite cour intérieure, près d'un célèbre arc de triomphe, le Gate Way, au bord de la mer. C'est un autre hôtel de hippies à côté de l'hôtel de l'Armée du Salut et du Sun Rise (Soleil levant), un café qui est le grand rendez-vous des Européens.

Nous faisons continuellement la navette entre leur hôtel et le nôtre. A tel point, qu'à un moment, nous avons un taxi rien que pour nous à un prix forfaitaire. Le chauffeur ne travaille que pour nous. Il reste continuellement en bas de l'hôtel et dans la journée nous faisons facilement dix à quinze fois l'aller et retour. Nous sommes tous sans cesse en défonce et ça va bon train, les soirées inoubliables. Bref, l'aventure perpétuelle, les relations qui se nouent et se dénouent, les histoires, pas de soucis, pas de tracas.

La vie formidable !

Je le crois du moins, parce qu'en fait, je vais

entrer très bientôt dans la deuxième période, celle de l'opium. Et très vite, aussi extraordinaire qu'aura été mon expérience du haschisch, elle ne me laissera plus qu'un souvenir fade et plat. Le haschisch, à côté de l'opium, c'est du bouillon de légumes à côté du cognac.

III

C'est par hasard que je me mets à l'opium. Car, à ce moment-là, songeant toujours à partir pour la Malaisie, je ne suis pas encore véritablement un drogué qui ne pense qu'à la drogue, ne vit que pour la drogue.

Le haschisch me donne des défonces merveilleuses sans doute, mais il n'est encore qu'un accessoire à ma vie, pas l'essentiel.

A partir de l'opium, tout va être différent.

Un matin donc, je sors me ravitailler en « Bombay black », le « Bombay noir ». C'est le nom du haschisch produit à Bombay et il est le meilleur de tous. Très fort, très odorant. C'est le haschisch le plus célèbre. Il est mélangé à un peu d'opium. Il en faut beaucoup moins que des autres pour « partir ». On n'en trouve que dans le quartier chinois. C'est le seul endroit de Bombay où la police ne mette pas son nez (la seule ville en Inde où fumer soit autorisé, c'est Bénarès, et encore, pas le haschisch, mais la « Ganja », bien plus faible).

Le quartier chinois de Bombay, c'est un labyrinthe, un souk incroyable, typiquement chinois, mais sans beaucoup de Chinois. Il y a surtout des Indiens.

Or, le Bombay black se vend dans des fumeries

d'opium. Pour en trouver une, il n'est pas nécessaire d'avoir une adresse. Il suffit de se diriger à l'odeur. Cela se sent de très loin l'opium. Une odeur qui fait penser à du caramel. La comparaison n'est pas de moi, mais je n'en vois pas de plus juste.

Ce jour-là, je me promène donc le nez au vent dans un dédale de ruelles et à un moment, cela sent le caramel violemment...

Je m'arrête, hume l'air, m'avance un peu ; l'odeur se précise. C'est une petite maison moitié bois, moitié torchis, sur la gauche. Elle est semblable à toutes les autres maisons, mais elle, elle sent le caramel.

Je frappe. Personne ne répond. J'ouvre la porte et j'entre dans un long couloir. Au fond, une porte.

Je frappe courageusement. Pas de réponse. J'ouvre. Un escalier descend. Je le prends. J'arrive dans une cave.

Je suis dans une fumerie d'opium du quartier chinois de Bombay.

A première vue, pour l'envie du pittoresque, le coup est rude. Ça n'est pas du tout ce que j'imaginais. Pour moi, comme pour beaucoup de gens en Occident sans doute, une fumerie, cela ressemble à un restaurant chinois, avec des lampes tamisées, des bois sculptés, des tentures sur les murs, etc., en somme une ambiance bien exotique.

Il y en a peut-être qui ressemblent à ce genre de décor, mais la mienne, elle, est plutôt sordide et décevante.

Toute petite, trois mètres sur quatre au plus, elle a des murs crasseux tout autour des bat-flanc. Devant chacun, une petite table avec des instruments et une petite lampe luisante. Cela sent abominablement fort le caramel. Il n'y a ni soupirail ni aération d'aucune sorte et on n'y voit goutte. C'est tout juste si je distingue sur le bat-flanc de droite, un vieillard squelettique assis en tailleur. Il est entouré de coupes. Tout autour de lui, des fumeurs allongés, il y en a cinq ou six, plus un autre homme, accroupi auprès d'un fumeur et qui lui prépare sa pipe. Le vieillard, je le comprends tout de suite, c'est le patron et l'autre, le serveur. Tout le monde est à peu près nu. Et toutes les places sont occupées.

Le patron m'explique qu'il regrette, mais qu'il n'y a plus de place. Il faut que j'attende.

Je lui dis que je viens pour du Bombay black.

Ah ! bon, c'est autre chose. Combien m'en faut-il ? Je précise. On me sert. Je paie.

Et je sors, très déçu. Parce que soudain, une furieuse envie d'essayer l'opium m'est venue. Est-ce parce que j'ai rêvé, adolescent, en lisant des livres qui se passaient en Extrême-Orient (dans un *Tintin et Milou*, je ne sais plus lequel, n'y a-t-il pas une scène qui se passe dans une fumerie ?). Ou bien, est-ce qu'à force de fumer du Bombay black je me suis peu à peu intoxiqué avec l'opium qu'il contient ?

Je crois plutôt que la bonne explication, c'est ça.

Toujours est-il qu'il faut absolument que je fume de l'opium. Je fais quelques pas dans la rue, indécis. Une demi-heure durant, j'hésite.

Au bout d'une demi-heure, je reviens sur mes pas... Impossible de retrouver ma fumerie ! Je me suis perdu dans le dédale des ruelles, des petites places, des couloirs et des courettes.

Je suis furieux et je marche de tous côtés quand soudain, ça y est, cela re-sent le caramel !

Cette fois, l'odeur me conduit jusqu'à une autre maison, pas celle de tout à l'heure. Elle a la façade plus blanche que celle des autres.

J'entre et je reste perplexe. On n'y voit goutte. A tâtons, je parcours un très long couloir, vingt-cinq à trente mètres peut-être, qui est bordé de portes à droite et à gauche. Bon, quelle porte est-ce ?

Les narines grandes ouvertes, je fais le couloir dans les deux sens. C'est la troisième porte à gauche en partant de l'entrée qui me paraît sentir le plus le caramel.

Je l'ouvre...

J'ai gagné. C'est la fumerie, là, directement derrière la porte. Même petitesse, trois mètres sur quatre au plus, même décor sordide, même vieux squelette nu à droite en tailleur sur son bat-flanc, même serveur, mêmes types allongés. Je scrute l'ombre avidement : hourra, il y a une place vide. A moi l'opium !

Je ne suis qu'à moitié inquiet sur la manière dont on le fume. Je l'ai vu faire déjà une fois à Karachi, mais de là à pratiquer soi-même, c'est différent. Je ne m'en tire tout de même pas trop mal.

Une fois allongé, je commence à m'habituer un peu à la pénombre et je vois nettement le serveur qui vient avec sa coupe. Je sais que dedans, il y a de quoi faire quatre pipes environ et que c'est lui qui va me les préparer.

C'est un vieux type tout sec, tout blanc et tandis qu'il me tend un petit tabouret que je mets en guise d'oreiller sous ma tête, je remarque qu'il a tout un côté du corps, le gauche, comme mâché.

La peau est striée — épaule, bras, avant-bras, flanc, cuisse et mollet — de cannelures brunes, profondément incrustées, comme creusées dans la chair.

Fasciné, je me cale de côté contre mon bat-flanc pour me tourner vers lui et je me fais un peu mal au coude. C'est la paille de la natte du bat-flanc qui me rentre dans la chair.

146

Alors, dans un éclair, je comprends : c'est la natte qui a fait ça au serveur !

Combien d'années a-t-il fallu à cette natte pour marquer ainsi le corps ? Je le saurai plus tard, quand je deviendrai ami avec le type et avec le patron, à force de venir et de leur amener des clients : le serveur est là depuis cinquante ans et depuis cinquante ans, quand il fume, il se couche toujours du côté gauche.

Cinquante ans... Nous sommes en 1969. C'est donc en 1919 qu'il a commencé à se coucher là, sur cette natte, du côté gauche. 1919... cinquante ans sur le côté gauche !...

Pour l'instant, il est accroupi près de la tablette où il a posé sa coupe remplie d'une pâte molle brun-vert : l'opium.

Sur la tablette se trouve aussi une lampe à huile, avec un verre cylindrique qui avive la flamme.

Le serveur s'empare d'une longue baguette d'acier, fine, s'en sert pour prendre une petite boulette d'opium et la place sur la flamme. A deux mains, il roule la baguette, pour travailler, malaxer l'opium, pour le cuire à point.

Quand il estime que c'est fait, il prend une pipe.

Le tuyau en est fin et long, long comme l'avant-bras. C'est du bois, de l'ébène, sculpté et incrusté de pierres.

D'un côté, celui où l'on tire, un embout d'ivoire. De l'autre le foyer proprement dit. C'est un cône, mais pas ouvert du côté opposé à la pointe comme une pipe à tabac. De ce côté, il y a seulement un petit trou.

Le serveur y dépose la boulette, la tasse légèrement pour qu'elle fasse un petit bourrelet, puis il reprend sa baguette d'acier et troue la boulette pour que l'air extérieur communique, à travers l'opium, avec le tuyau de la pipe.

Cela fait, il retourne la pipe et me la présente, le culot vers le bas, retourné au-dessus de la flamme.

A moi de jouer.

Je sais en gros comment il faut faire. Il faut vider complètement ses poumons et tirer d'une longue inspiration lente, le plus longtemps possible.

C'est ce que je fais. Une fumée chaude, à la fois âcre et mielleuse, envahit mes poumons. Je tire, je tire. Ça s'arrête, la boulette d'opium est grillée, mes poumons sont pleins. Je me rallonge, un peu anxieux. Le serveur, lui, se met à me préparer une autre pipe, d'autorité.

Il en fait quatre, que je prends les unes après les autres, ratant un peu la troisième, ce qui a l'air de l'agacer, puis je fais signe que ça va. Quand j'en voudrai d'autres, me dit-il, je n'aurai qu'à demander.

On verra ça. Pour l'instant, j'expérimente.

Très vite, je m'envole. Beaucoup plus fort, beaucoup mieux qu'avec le haschisch. C'est vraiment formidable. Bien-être, puissance, lucidité, rêves qui se dirigent et se stoppent à volonté. Comment ai-je pu me contenter jusqu'ici de fumer le haschisch !

Quand je rentre à l'hôtel, c'est décidé, fini le haschisch, je passe à l'opium. J'essaie, cela va de soi, d'emmener Guy avec moi, mais il refuse. Lui, le haschisch lui suffit. Il en est à trente shiloms par jour et s'en trouve très bien, il ne voit pas pourquoi il changerait. Rien n'y fait, il ne veut même pas essayer. Peut-être a-t-il raison, au fond, c'est ce que je me dirai plus tard, quand je serai devenu un junkie, ayant goûté à toutes les drogues, les plus violentes, les plus meurtrières, et sentant que la folie me guette au coin de mon cerveau moi aussi.

Mais pour l'instant, j'en conclus qu'il est timoré. C'est vrai, d'ailleurs, ce sont peut-être les timorés qui ont raison. Ils doivent vivre plus vieux !

Moi, je n'en suis pas, pour mon bonheur dans l'instant, pour mon malheur sans doute pour l'avenir. Inch Allah, on est ce qu'on est !...

J'exagère en tout. Merci à ma carcasse de tenir le coup !

Dès le lendemain, je retourne à ma fumerie... et ne la trouve pas. J'en essaie une autre. Puis le surlendemain une autre encore. Mais c'est celle où j'ai fumé ma première pipe que je veux. Pourquoi ? Je n'en sais rien. Peut-être à cause de deux vieux posters représentant l'un Hong Kong et l'autre Gandhi, et qui m'ont donné prétexte à mes premières rêveries ? C'est possible. Je serais porté à le croire, d'ailleurs, car j'ai fait, quand je l'ai retrouvée, tout ce que j'ai pu pour obtenir du propriétaire, en échange de la publicité que je lui ai apportée, qu'il me les donne. Et il a fini par le faire. Je les ai toujours, et je les regarde souvent, au mur de ma petite chambre, aujourd'hui, à Clamart, en attendant que le hasard me relance et m'emmène sur une nouvelle route capable de me tenter et de m'exciter, ce qui sera dur, car j'ai besoin de poivre et d'épices très, très fortes, depuis que je suis rentré...

Un jour, enfin, je retrouve ma maison blanche au fond du labyrinthe. Et couché sur ma natte, aidé par mon serveur au flanc mâché, je retrouve, plus fort que les autres fois, les sombres délices de ma première pipe.

En sortant, je prends des repères. Mais il me faudra longtemps pour la retrouver toutes les fois sans coup férir, tellement est compliqué le dédale des ruelles du quartier chinois de Bombay. Cinq ou six fois encore, je tremblerai de rage et d'impatience en arpentant les ruelles qui se croisent, qui se recoupent et n'en finissent plus, m'éloignant inexplicablement du petit paradis noir de trois mètres sur quatre où l'opium délicieux m'attend pour deux roupies la coupe.

A la longue, un sixième sens me viendra et je finirai par trouver chaque jour la maison blanche et son couloir sombre dont la troisième porte à gauche s'ouvre en grinçant sur le sourire édenté du serveur marqué auquel je jette vite mon argent en le pressant de me faire ce qu'il faut.

Puis, tandis qu'il malaxe, tourne et retourne la tendre boule du bienfaisant poison, je me déshabille très vite car je sais que tout à l'heure je suerai à grosses gouttes tant l'opium donne chaud.

Je ne garde que mon slip et dans la pénombre où personne ne me voit, seul avec ma frénésie, je commence à tirer, lentement, profondément, sans jamais plus commettre d'erreur, sur le tuyau d'ébène, en serrant l'embout d'ivoire entre mes lèvres.

A présent, j'en suis à dix coupes par jour, soit quarante pipes. Un jour, j'irai même jusqu'à quinze coupes, ce qui est, je le sais, énorme. On me respecte dans la fumerie. Je suis un bon client, je paie toujours et je fume bien. Je m'installe là des journées, des nuits entières. Je me fais apporter à manger et à boire. Je vis là. Je ne vais plus à l'hôtel que pour dormir.

De plus en plus souvent, j'emmène des types et des filles. Et nous prenons ensemble de gigantesques défonces. En sortant, nous faisons n'importe quoi, chantant, débloquant, allant nous baigner dans la mer. Et l'aube, en général, nous trouve en train de faire l'amour sur la plage au bord des vagues de l'océan Indien.

Bientôt, sérieusement sollicitée, ma ceinture ne pèse plus très lourd. Il faut absolument trouver une solution.

Le cinéma est là pour me la donner. Tous les hippies le savent quand ils sont en Inde : c'est le pays qui a la deuxième production cinématographique du monde après le Japon. Bombay est rempli de studios et les cinéastes ont souvent besoin d'Européens pour faire de la figuration, pour des scènes de cabarets en Europe ou pour des rôles de gangsters, etc.

Je ressors donc ma fameuse tenue de gala blanche de mon sac et je me pointe dans un studio. Je n'ai pas de mal à être engagé, avec ma gueule qui se voit de loin, ma taille et mon allure de « mac ».

Guy, lui, a moins de chance. Surtout parce qu'il fait trop l'imbécile. Il ne fume que le haschisch, mais quand il est défoncé, c'est-à-dire tout le temps, il fait les pires bêtises et c'est une grave erreur.

Il faut savoir rester lucide quand c'est nécessaire...

Je suis donc engagé et bientôt, je gagne bien : 40 à 50 roupies par jour. Ce qui est une somme fabuleuse pour un travailleur ordinaire indien qui, je l'ai déjà dit, ne gagne en moyenne qu'une roupie par jour.

Aux studios, je suis vite repéré et je deviens plus qu'un figurant. Il doit y en avoir des films où ma gueule apparaît en gros plan à côté des acteurs principaux !

Cela va sans dire, il est interdit de fumer sur le plateau. Mais nous n'en avons cure et nous trouvons toujours le moyen de nous rouler un joint entre deux prises de vues, car il n'est évidemment pas question de se servir d'un shilom ou à plus forte raison de fumer l'opium.

C'est aux studios que je fais la connaissance de

celle à qui je dois mon départ pour Katmandou, celle qui m'a arraché à mes projets de tour du monde.

Elle s'appelle Agathe.

Avec Agathe, je passe la plus grande période peut-être de bonheur de ma vie. Elle fume l'opium comme moi. Nous prenons vite l'habitude d'aller ensemble à la fumerie. On se promène ensemble des journées, des nuits entières. On ne peut plus se passer l'un de l'autre. Parfois, nous nous prenons comme des bêtes, n'importe où, sous un porche, dans un jardin public, au milieu des dormeurs, ou sur la plage. Parfois, nous sommes très sentimentaux, très doux, très tendres. Tout est à l'extrême, excessif, démentiel. On se déchaîne, on se tape dessus. L'opium nous rend un peu masos. Nous ne sommes plus nous-mêmes, nous ne savons plus ce que nous faisons.

Guy, lui, a des problèmes sentimentaux plus classiques. Dans ce monde de hippies où tout se fait naturellement, où, quand un garçon a envie d'une fille, il le lui dit, ou lui fait signe, plus simplement, et si elle veut, elle se lève et vient, lui, il continue à avoir des manières d'Europe. Il baratine comme on baratine en Europe. Ça fait rire tout le monde et ça rate à tous les coups. Il en est presque à faire du baise-main, monte des systèmes d'approche, machine des sourires et des déclarations. Tout ça, complètement dans les vapes, sans se rendre compte qu'il est ridicule. Pauvre Guy, il ne se fera jamais à l'ambiance.

Et elle est rude !

Dans les studios de cinéma d'abord. Je ne peux jamais me rappeler sans rire les sueurs froides qu'Agathe et moi faisons prendre à Guy pendant les tournages (car j'ai quand même réussi à lui faire

152

obtenir un petit rôle ou deux). Elle et moi, nous avons repéré un petit réduit, à l'écart, et nous en avons vite fait notre repaire. Chaque fois que nous avons un moment de libre entre deux plans, nous y fonçons et en avant la drogue !

Quelques couvertures dans un coin nous servent de lit. Défoncés comme nous le sommes perpétuellement, nous n'arrêtons pas de faire l'amour. Car l'opium, au début, est un excitant formidable. Après, c'est autre chose...

Guy, lui, fait le guet. Il tremble chaque fois que quelqu'un passe dans le couloir. Il nous accable de « Dépêchez-vous ! c'est votre tour ». Quand c'est le moment d'apparaître sur le plateau, nous l'envoyons promener en riant et nous arrivons tranquilles, le nez au vent, sentant la drogue à cent mètres, au dernier moment, juste le temps de faire un peu le guignol devant les caméras pour foncer, aussitôt notre passage terminé, dans notre nid d'amour. Là, quand nous sommes vraiment sur les genoux, nous peignons.

Agathe a apporté des toiles et des pinceaux et nous traçons d'invraisemblables tableaux, complètement déments, la plupart du temps à faire rougir un régiment de légionnaires... Et Guy, lui, à la porte, nous supplie de faire attention, nous répète qu'on va se faire prendre et envoyer en prison.

Bref, la vraie folie érotique, le rêve en action, le délire formidable. Le bonheur !

A l'hôtel, le malheureux Guy n'est pas plus tranquille. Parce que tout le monde se conduit comme nous. Quand il fait la cour à une fille, un autre gars la regarde, elle le regarde. Il vient sur elle, l'embrasse, l'interroge des yeux. Elle fait oui de la tête et ils disparaissent un instant tous les deux, laissant

Guy planté là, avec son baratin de civilisé inutile et sans effet, au milieu de rires.

Un autre phénomène qui « souffle » Guy, c'est la manière dont les drogués, autour de nous, se procurent de l'argent. Pour lui, l'argent, ça se gagne en travaillant. Or, un peu partout, il y a des types qui en trouvent et qui visiblement ne travaillent pas.

Le plus étonnant d'ailleurs, et qui nous intrigue un peu tous, il faut l'avouer, c'est William, un Anglais rouquin qui est à Bombay depuis plusieurs années. C'est un junkie, il a besoin de ses huit à dix piqûres par jour mais, fait remarquable, il est un junkie costaud. Malgré la drogue, il est resté très musclé et c'est vraiment un cas rarissime chez les junkies. Bien entendu, il lui faut beaucoup d'argent, même si la drogue à Bombay est loin d'atteindre les prix pharamineux d'Europe. Alors, le soir il sort, pas longtemps, une heure ou deux et il revient toujours avec ses 30 ou 40 roupies. Où les trouve-t-il ? Nul ne le sait. Il va traîner sur le port. Il doit faire la manche. On n'en sait rien. Mais quand il revient, il a toujours de quoi se payer ses dix ampoules de morphine du lendemain. Si je m'attarde sur lui c'est qu'il va jouer un rôle à un moment dans mon histoire. Et puis, il est marrant car il a une manière peu banale de se droguer.

On l'a surnommé « Pique du nez ». Quand il s'est piqué, il reste toujours là, assis en tailleur sur le bord de son lit, la plupart du temps sans même ôter la seringue de sa veine. Et alors, il se met à dodeliner de la tête. Peu à peu, sa tête tombe. Il se réveille en sursaut et ça recommence. Parfois, il arrive à avoir la tête qui plonge plus bas que le lit tellement il pique du nez. Et il reste là, cassé en deux, immobile, en équilibre, sans tomber.

Tous les huit jours arrive « la silencieuse ». C'est

154

une fille qui habite Goa et, une fois par semaine, elle vient faire sa provision d'opium à Bombay. C'est une petite, genre gitane, avec des cheveux noir de jais, la peau basanée, vêtue de robes multicolores.

C'est chez nous qu'elle se fournit. Le scénario est toujours le même. Une fois sa provision faite, elle se couche sur mon lit, se déshabille complètement. Elle se frotte contre moi, sans jamais dire un mot, me repousse si je veux aller plus loin, dort vaguement et s'en va jusqu'à la semaine prochaine. Je crois qu'elle est au bord de flipper et je ne serais pas étonné d'apprendre qu'elle l'ait fait peu après mon départ de Bombay.

Deux autres « spéciaux » ce sont deux Français de vingt-vingt-deux ans, très blonds, deux gars du Nord, deux Ch'timis. Pas des lumières. Des gars qui n'ont pas inventé le fil à couper le beurre. Grâce à eux, je vais me retrouver un jour en pleine merde, au sens littéral du mot !...

J'ai eu le malheur de les brancher sur une putain indienne. Un numéro incroyable. Un vrai tonneau — c'est d'ailleurs le surnom qu'on lui donne. Une fille énorme. Un ballon de graisse. Pommadée et fardée comme je n'ai jamais vu. Elle en pince dur pour moi. Elle me répète sans arrêt qu'elle veut travailler pour moi. J'avoue que ce ne serait pas pour me gêner dans le principe, mais elle est vraiment trop moche. Quitte à faire travailler une fille, que j'en trouve une potable au moins !

Alors, un jour, pour m'en débarrasser, je la branche sur Jeannot, l'un des deux Ch'timis. Miracle, il lui plaît. Et voilà qu'elle se met à lui rapporter tous les matins son argent de la nuit. Moi, je suis content. Comme cela, au moins, l'autre et son copain cesseront de venir me taper.

Jeannot, lui, est ravi. Le « tonneau » le nourrit, l'habille, lui paie sa drogue.

Il y a quand même le revers de la médaille, il faut qu'il se la fasse tout de même un peu de temps en temps. Et ça, il n'y arrive pas. Il a beau essayer tous les trucs, c'est à peine s'il est arrivé à la rendre heureuse deux ou trois fois en tout.

La fille habite une cagna sous une tôle ondulée, au fond d'un bidonville. C'est là qu'elle s'envoie ses clients. C'est là aussi qu'elle fait ses dévotions comme tous les Indiens. Dans un coin de la cagna, elle a mis un autel sacré, statuettes, bâtonnets, images saintes, etc. A l'heure de la prière, elle se barbouille de poudre et de pétales de fleurs.

Et le monstre se met à prier.

L'effet est irrésistible. Quand je m'ennuie, je vais la voir et je ne me lasse jamais du spectacle.

Il y a souvent du monde au balcon comme moi. En particulier un vieux petit Indien maigre comme un clou, trente-cinq kilos maximum. Il vient avec son copain, toujours le même, un albinos, cheveux tout blancs, yeux tout rouges. Ils s'installent avec la fille et ils prient tous les trois, couverts de poudre et de pétales. Puis ils reviennent avec moi à l'hôtel et ils fument.

Le vieux est très étonnant. Il a une manière de fumer le shilom que je n'ai jamais vue à personne. Maigre comme il est, il a naturellement les joues très creuses et rien que la peau sur les os.

Mais quand il prend son shilom, le pose rituellement sur son front, et se met à faire son bam-bam-bam-bam-boulé ! rituel pour se vider les poumons avant d'aspirer sa fumée, il est unique. Il se vide tellement les poumons qu'il a l'estomac (il est toujours torse nu, ce qui fait qu'on le voit bien) qui se rétrécit tellement que de profil il n'est alors pas plus large que l'épaisseur de sa colonne vertébrale. On pourrait lui prendre la taille entre deux doigts. Quant à ses joues, elles se creusent tellement qu'on dirait qu'il les a avalées. A faire peur !

Puis il aspire. Et alors d'un seul coup, il vide tout le shilom. Je n'ai jamais vu ça. Je ne sais pas où il met sa fumée, mais le fait est là : alors qu'à n'importe qui il faut plusieurs aspirations pour venir à bout d'un shilom, lui, le vieux de trente-cinq kilos, d'une seule, il a tout grillé. C'est terminé, le shilom est bon à refaire.

Et le défilé dans l'hôtel continue. Toutes les nationalités, toutes les races y passent. Je me rappelle entre autres un Vietnamien qui a un singe sur l'épaule. Il lui fait fumer l'opium. Ça rend le singe complètement fou. Il saute partout, cajole tout le monde, caresse les filles. Je crois qu'il est réellement devenu fou, le singe. Et le Vietnamien ne vaut guère mieux.

IV

Un jour, ça barde pour moi.

Je vois arriver un grand Indien furieux, les yeux injectés de sang, qui se plante devant moi et me demande brutalement des comptes.

Il baragouine un anglais épouvantable, mais je finis quand même par comprendre qu'il est le mec de la grosse putain, « le tonneau », dont j'ai parlé tout à l'heure, qu'il rentre de voyage et que la fille lui a annoncé que c'était moi, maintenant, qui m'occupait d'elle !

Il me menace. Non seulement, il m'intime l'ordre de disparaître de la cagna de la fille, mais il exige que je lui paie une amende !

Je lui réponds que sa fille, il peut se la garder, qu'elle est trop moche pour moi et que de toute façon, si quelqu'un s'en est occupé en son absence ce n'est pas à moi qu'il faut s'adresser, mais à Jeannot, le Ch'timi.

Il ne veut pas croire un mot de mes explications. « Le tonneau » lui a parlé de moi (allez savoir pourquoi), c'est à moi qu'il en veut, et pas à un autre.

Ce soir, je dois lui remettre mon amende, 500 roupies.

Ça, c'est trop fort ! Je me lève, je le prends aux

épaules et le fiche dehors en lui disant que je ne veux plus le rencontrer sur mon chemin, sinon... etc.

Il disparaît en grognant des menaces.

Le lendemain matin, je vais dans le bidonville, chez un revendeur d'opium. C'est un Chinois qui habite en bordure du bidonville, pas très loin de la Gate Way et des quartiers chics, en bordure de la mer, ce qui fait que je n'y suis jamais vraiment allé. D'ailleurs, je n'en ai jamais eu envie. Ce que j'en vois, aux premières ruelles, me soulève plutôt le cœur tant c'est crasseux, pourri et pestilentiel.

Je prends donc ma provision d'opium chez mon Chinois, je ressors et alors, qui je vois dans la ruelle, me barrant l'accès de la ville ? Mon Indien qui m'a suivi.

Il a un couteau à la main...

Moi, j'ai, bien sûr, le mien sur moi. Je ne m'en sépare jamais.

Mais je ne suis pas fou. Je n'ai pas envie d'une bagarre imbécile, ni de prendre un mauvais coup pour une grosse putain pour pouilleux.

Je rebrousse donc chemin et je m'enfonce dans le bidonville. Dans mon idée, j'aurai vite fait, profitant du dédale des ruelles, de semer le furieux.

J'avance donc... et je tombe dans la plus ahurissante Cour des Miracles que j'ai jamais vue.

Un vrai tas d'ordures en grand. Les ruelles sont des couloirs. Les couloirs sont des ruelles. Partout cela grouille de loqueteux, de gosses couverts de pustules, d'animaux morts empoisonnés. J'avance, la main sur le nez.

Puis les ruelles et les couloirs disparaissent. Je ne sais plus où aller. Je ne vois même plus le ciel tant il y a, au-dessus de moi, de tentures, de toile, de cartons, de tôles ondulées.

Je patauge dans un cloaque infect. Des rats me

passent entre les jambes. Cela sent partout l'urine, la merde et la mort.

Et derrière moi, l'Indien me suit toujours.

J'enjambe un corps de gosse nu au ventre gonflé avec des mouches butinant sur le nombril. J'oblique à gauche, je me retrouve dans une baraque. Sur un grabat, un vieux râle. Autour de lui, des femmes prient. On entend entre deux râles des gosses qui pleurent. Pour toute lumière, celle, faible et fumeuse, de quelques cierges. On me regarde sans rien dire. Je ressors. Plus d'Indien.

Au moins, je l'ai semé...

Mais ce n'est pas tout, il me reste à retrouver mon chemin. Ça, c'est une autre paire de manches. Je suis complètement perdu.

Alors, je profite d'une petite cour pour lever le nez vers le ciel et repérer où se trouve le soleil. Bon, il est environ dix heures du matin. Le soleil est de ce côté. La mer doit être de l'autre.

Je reprends dans cette direction. Une fois que j'aurai trouvé la mer, je n'aurai qu'à longer le quai, ou la plage, suivant ce qu'il y aura et ce sera bien le diable si je ne retrouve pas mon chemin quelque part. Le bidonville doit tout de même bien avoir une fin !

Effectivement, au bout d'un quart d'heure, j'arrive au bord de la mer, sur une espèce de terre-plein, avec des filets de pêche.

Dès que je suis sur le terre-plein, je manque de vomir.

Partout, par terre, dans les coins, sur les rochers, sur le sable où battent doucement les vagues, il y a de la merde.

Des paquets de merde, des couches épaisses, fumant au soleil.

Et au-dessus, volent les mouches. Des nuages de

mouches bleues qui vrombrissent par milliers tout autour de moi, affolées par l'odeur insoutenable.

Je reste là, j'hésite, décollant péniblement mes bottes de la merde à chaque pas, cherchant comment me sortir de ce cauchemar quand, tout à coup, je reçois dans le dos une formidable poussée.

Je suis projeté en avant, je manque m'affaler dans le cloaque, je me retourne vivement.

Mon Indien est là, l'œil plus mauvais que jamais. Et nous sommes tout seuls !

Vite, je dégaine mon couteau et je l'attends.

Il tourne autour de moi. Il est pieds nus. Je vois ses pieds patauger dans la merde. De temps en temps, du revers de la main il chasse une mouche. Il ne dit rien.

Visiblement, il veut me tuer.

Et la danse commence. Sautant de droite et de gauche, dérapant, tournoyant, nous nous mettons à jouer les escrimeurs.

Ça dure cinq bonnes minutes et je manque deux ou trois fois me faire embrocher quand, soudain, mon bonhomme dérape et s'affale de tout son long. Je me précipite sur lui pour le désarmer. Manque de chance, je glisse à mon tour et je lui tombe en plein dessus.

Nous roulons tous les deux comme des porcs, haletants, bouffant de la merde à pleine bouche.

J'essaie de le désarmer. Mais il est fort et il résiste comme un diable.

Soudain, je ne comprends pas pourquoi, je le sens ramollir. Il pousse un soupir, ses yeux se révulsent, il est agité de tremblements. Il s'immobilise.

Je me relève... Il ne bouge plus. Que s'est-il passé ?

Du pied, je le pousse... Il est mort !

Et tandis que le corps roule un peu de côté, je vois apparaître dans un trou de merde dégagé par une

162

pierre que le type a dû bouger avec son dos, un nid de serpents qui grouillent, tout petits, longs comme le doigt !

Tremblant de dégoût et de nausée, je cours comme un fou jusqu'à la mer et j'y plonge, nageant à grandes brasses vers le large, me grattant, me frottant, crachant, essayant désespérément de faire partir toute cette merde qui me recouvre en entier.

Quand je rentre à l'hôtel, deux heures plus tard, après avoir contourné le bidonville par le bord de la mer, je tremble encore de mal au cœur et de trouille rétrospective.

La chambre est vide. Il n'y a là que Pique du nez, tout seul.

Tout en vérifiant que l'argent de ma ceinture n'a pas été mouillé (mais non, le plastique qui l'entoure l'a bien protégé) je lui raconte mon affaire. Il hoche placidement de la tête, de l'air de quelqu'un qui en a vu d'autres. Et il m'annonce doctement, tandis que je me déshabille pour me laver à grande eau au robinet :

« C'est le moment de fêter ta victoire. Que dirais-tu d'une bonne piquouze à la morphine ? »

Je n'ai encore jamais essayé. Mais il a raison, l'occasion me semble bonne.

Je souris. Au moins, ça va chasser mon envie de vomir.

Pique du nez m'attire à côté de lui sur son grabat. Il prépare sa shooteuse, me fait un garrot...

Et pour la première fois de ma vie, j'ai la petite douleur aiguë de l'aiguille qui entre dans ma veine.

« Attends un peu, me dit Pique du nez en pressant le piston, ça va être extra. »

J'attends. Rien ne vient. J'attends encore...

Et une violente envie de vomir me prend tout à coup !

Il faut que je me lève précipitamment pour aller aux toilettes.

« Ce n'est rien, conclut tranquillement Pique du nez en se shootant à son tour. La prochaine fois ça marchera.

« Tu as eu trop d'émotions, ça n'est pas bon pour la morphine. »

Et je m'endors tandis qu'il se met doucement à piquer du nez.

V

A Bombay, j'ai failli un matin à l'aube, en finir une autre fois pour toujours avec l'aventure, dévoré par une meute de molosses : à cause d'un journaliste anglais.

L'affaire se noue dans un tea-shop enfumé. Nous discutons à une table quand un gars s'assied avec nous. Nous ne sommes pas des gens qui s'embarrassent de présentations. Il nous suffit qu'un type soit jeune, plutôt débraillé et l'air déluré, pour l'accepter. Nous n'avons pas besoin d'autre carte de visite. On se pousse de côté, c'est tout. Le type s'installe, après avoir posé près de lui un petit sac de cuir rigide qu'il porte en bandoulière.

Nous fumons le shilom. Quand son tour vient, il aspire comme les autres. Mais ce n'est pas un habitué. Ça se voit à sa manière de prendre le shilom. D'ailleurs, il fait un nuage de fumée au lieu de tout avaler, et le peu qu'il avale lui suffit pour avoir une quinte de toux.

Sourire général. Mais pas un sourire méchant. La première fois, nous aussi, nous avons toussé comme lui.

Je le prends en main, je lui explique comment faire. Je le guide. Il finit par se débrouiller à peu près correctement. Mais tout à coup, il vomit tripes et boyaux en plein sur la table !

Ce coup-ci, c'est la rigolade générale et nous nous levons tous comme une volée de moineaux pour changer de table, emportant le type par les épaules. Il est vraiment mal en point. Tellement que je lui propose de le reconduire chez lui. Il accepte sans se faire prier et je l'emmène en taxi.

Il habite un petit hôtel pas bien loin du mien. En arrivant devant, il va déjà mieux. Et, confus, pour me remercier, il m'invite à boire un verre au bar de son hôtel.

Là, il m'explique qu'il est journaliste « *Free Lance* », c'est-à-dire qu'il travaille à son compte et vend ses papiers et ses photos aux journaux. Il est venu en Inde faire un reportage sur les hippies. Il compte les suivre jusqu'à Katmandou. Mais il se plaint : il les trouve peu coopératifs et méfiants. Il sent qu'il ne va pas faire grand-chose de bon et qu'il aura mangé ses frais pour rien.

« Ce qu'il me faudrait, me dit-il, c'est un gros coup. Un « *scoop* », une exclusivité. Mais ça, c'est dur à trouver.

« Oh ! il y en aurait bien un à faire, ajoute-t-il, mais j'avoue que j'ai les jetons. Pourtant, ça rapporterait gros... »

Tiens ! tiens ! j'ai les oreilles qui bougent.

« Et c'est quoi, ce coup ? dis-je distraitement.

— C'est un coup de photos, essentiellement. Un coup qui n'a jamais été fait : photographier une tour de la mort. De tout près, en haut. Bien sûr, il y aurait des tas de photos pas publiables à cause de l'horreur. Mais sur le tas, on pourrait en revendre plusieurs, et avec ce reportage, ça rapporterait bien. »

J'ai tout de suite deviné, bien entendu, ce qu'il

veut faire, ou plutôt ce qu'il a peur de faire, et je comprends pourquoi. C'est très, très risqué et effectivement personne ne l'a fait.

Bombay est le haut lieu d'une secte religieuse, les parsis, qui ont pour particularité de traiter leurs morts d'une façon tout à fait spéciale.

Les parsis n'enterrent pas leurs morts, ils ne les brûlent pas sur des bûchers, ils les exposent sur des tours de pierre et les livrent aux vautours.

Cela se passe à la sortie de la ville, sur le terrain d'un monastère ultra-secret. La propriété est bordée de hauts murs. Personne, à part les prêtres, n'a le droit de franchir cette enceinte. Tout ce que l'on sait, c'est que des molosses patrouillent dans les bois entourant la colline où sont dressées deux tours de la mort et qu'il y a, en outre, des pièges à loups.

Et les prêtres tuent sur place quiconque est surpris dans l'enceinte, si les molosses ne l'ont pas déchiqueté auparavant.

Brr !... J'arrondis ma bouche et je pousse un sifflement.

« Eh bien, dis donc, je comprends que tu hésites ! »

Il hoche la tête.

« Oui, c'est risqué. Mais c'est dommage. Un scoop comme celui-là, ça se vendrait bien 1 500 livres sterlings. » (L'équivalent de 20 000 F.)

Mazette, ça fait une belle somme ! Une si belle somme que je reprends, après un silence :

« Une supposition que tu fasses le coup et que ça marche ? Il faudrait que tu retournes chez toi, en Angleterre, pour vendre tes photos et ton article ?

— Non. J'irais ici faire les bureaux des correspondants. Ils téléphoneraient à Londres et je vendrais le tout au plus offrant, payé cash.

— Ça change tout ! dis-je.

— Pourquoi ? »

Je me penche un peu et je le regarde dans les yeux.

« Si on faisait le coup ensemble, on partagerait, *fifty-fifty ?* »

Il éclate de rire :

« Oui, c'est évident, mais plus j'y pense, moins j'ai envie d'essayer. Je tiens à ma peau. »

L'idée m'excite au contraire. Pas tellement pour l'argent à gagner. L'argent j'y pense sérieusement, cela ne fait pas de doute : un million d'AF aux Indes, c'est la fortune. Mais surtout, ma vieille caboche de risque-tout s'est échauffée. Comme toujours, quand il y a un coup à faire que personne n'a fait, c'est plus fort que moi, ça me démange, il faut que je plonge dedans ! Je ne changerai jamais là-dessus. Et j'y laisserai ma peau un jour.

« Ecoute, dis-je à Roy (c'est son nom), ça n'engage à rien d'aller repérer les lieux, histoire de voir s'il n'y a pas une faille dans le système de surveillance. On ne sait jamais. »

Il sourit.

« Boof, si tu veux ! me dit-il. Mais c'est bien pour te faire plaisir. »

Une heure plus tard, après avoir quitté une petite route de terre et marché deux ou trois cents mètres le long d'un sentier à travers une sorte de jungle, nous arrivons au pied d'un mur de pierre. Il est très haut, près de quatre mètres. Les pierres sont de gros blocs cubiques posés les uns sur les autres sans ciment.

En cherchant bien, nous découvrons, à deux mètres du sol, une rainure où on doit pouvoir faire entrer le pied. Une autre est apparente un peu à gauche, à un mètre environ du dernier.

« Monte sur mes épaules », dis-je à Roy.

Il s'exécute. Il est grand, mais mince et donc léger.

Deux fois il rate ses prises et retombe. La troisième fois, il réussit à s'agripper.

Je l'entends pousser un sifflement.

« C'est plus coton que je ne croyais, fait-il. Il y a un autre barrage. Un grillage de fils de fer barbelés. Et le haut se recourbe vers nous. On peut passer le mur, pas le grillage.

— Laisse-moi voir, dis-je. Redescends. »

Il saute à terre, en se laissant pendre du bout des doigts. Je monte à mon tour sur son dos et j'escalade le mur.

Il n'a pas menti. Le grillage de barbelés est impressionnant. Mais tout de suite je remarque les poteaux. Ils sont en bois, bien gros, terminés par une potence qui incline par des bras horizontaux les barbelés vers nous, vers l'extérieur.

Au loin, j'aperçois entre deux arbres, à six cents ou sept cents mètres, une colline, et derrière, le sommet d'une tour de pierre, surmontée d'un vol de vautours. C'est certainement une des deux tours de la mort.

Une corde avec un nœud coulant, voilà ce qu'il nous faut. On serrera le nœud autour de l'extrémité et on montera à la corde en s'aidant des pieds, bien chaussés, sur les barbelés, entre les piquants. Un rétablissement un peu délicat, mais pas trop, sur la potence et, de l'autre côté, on redescendra, les mains autour du poteau et les pieds sur les barbelés. Ça doit pouvoir se faire.

C'est ce que j'explique à Roy. Il admet que c'est possible, mais fait la moue :

« Il reste les tours. Elles sont hautes. Sept ou huit mètres, il paraît.

— Il faut qu'on soit trois, c'est tout.

— D'accord, mais qui ?

— Ne t'inquiète pas, on trouvera.

169

— Bon, je veux bien. Mais il y a des pièges à loups.

— On fera attention.

— Oui, mais tu oublies autre chose : il y a les chiens... Et là, comment faire pour les éviter ? »

Tout à coup, je me rappelle un souvenir d'enfance. Il y avait un chenil dans le village où je passais mes vacances. Et à l'heure où le propriétaire allait nourrir ses chiens, on entendait un sifflement puis un assourdissant concert d'aboiements, auxquels succédaient des grognements sourds, tout le temps que durait le repas des bêtes.

« La seule difficulté, dis-je, ce sont les chiens. Il faut absolument savoir à quelle heure on les nourrit. On les appelle sûrement à ce moment-là, d'une manière ou d'une autre, et crois-moi, j'ai bien connu un chenil, ça gueule, les chiens, quand on les appelle à table et qu'ils rappliquent.

« Bon, raisonnons logiquement. Le jour, les prêtres doivent peut-être patrouiller. La nuit, ils doivent confier la garde exclusivement aux chiens. Quel est le meilleur moyen de rendre ceux-ci plus agressifs et plus méchants ? C'est de les faire patrouiller à jeun. A mon avis, c'est donc le matin qu'ils doivent leur donner à manger.

« Alors, si tu veux, on va se relayer. Il est cinq heures du soir, je reste là à écouter. Tu viens me relever vers une heure du matin. O.K. ?

— O.K. ! Mais si tu veux, je reste et c'est toi qui reviens à une heure.

— D'acc ! A tout à l'heure. Moi, ça me permettra de chercher un type. »

Je m'en vais, pensant que si Roy préfère rester maintenant, c'est qu'il doit avoir peur la nuit, ce qui n'est pas très bon signe. Il est donc capital, s'il y a une défaillance, que je trouve un type sûr. Guy ? Pas question, il n'est pas assez gonflé... L'idéal, ce serait un type comme Hans, un athlétique Suisse de Zurich dont les yeux, comme dirait Alphonse Allais, ignorent la rigueur des basses températures. Je l'ai bien vu un jour de bagarre avec des flics de Bombay.

Oui, il faut que je trouve Hans.

Coup de chance, je tombe sur lui au petit restaurant où il dîne généralement. Il est tout de suite d'accord, enthousiaste.

« Moi aussi je veux y aller, emmenez-moi », supplie Marlène, la fille qui est avec lui.

Je la jauge d'un coup d'œil. C'est une grande Suisse blonde, genre championne olympique de slalom, avec des épaules et des mollets comme ça.

« Guet (Parfait), me dit Hans. On peut la prendre, fais-moi confiance.

— O.K. ! On prendra aussi Marlène. »

A une heure, je retourne sous le mur. Roy n'a entendu que quelques aboiements, rien de ce que nous attendons. Je le relève, je m'installe, assis, le dos au mur, j'allume mon shilom et je commence à attendre.

Le silence de la nuit est impressionnant. De temps à autre, quelques craquements, quelques souffles de bêtes qui chassent. De l'autre côté, rien. Pas le moindre aboiement. Les heures passent. Vers six heures, le ciel blanchit. Quelques oiseaux commencent à crier...

Et tout à coup, un sifflement au loin, très aigu, très long et, aussitôt après, un concert d'aboiements rauques, dont certains éclatent à vingt mètres de moi, derrière le mur.

Diable, à entendre leurs voix, il doit s'agir de drôles de molosses !...

Mais j'ai deviné juste : c'est bien le matin qu'ils les nourrissent.

Il est 6 h 10. Au bout de quelques minutes, à une distance que j'estime, à l'oreille, à un bon kilomètre, j'entends les aboiements se regrouper, et se calmer peu à peu.

Et puis, impossible d'entendre quoi que ce soit plus longtemps car le soleil est apparu et les oiseaux, maintenant, tous réveillés, font un tintamarre du diable.

Je ne sais pas combien de temps dure le repas des chiens, mais je l'estime à une vingtaine ou une trentaine de minutes. Ensuite, ils doivent bien faire une petite sieste digestive. A mon avis, nous aurons environ une heure de tranquillité devant nous.

Rentré à Bombay, je raconte tout à mes complices. Nous décidons de nous retrouver à minuit à mon hôtel. De là, nous irons en taxi jusqu'à la sortie de la ville et nous ferons le reste à pied.

Je prends Roy à part :

« Attention, lui dis-je. Les autres ne savent pas qu'on partage quoi que ce soit. Ils croient que tu tentes un coup, comme ça. Nous, on t'aide en copains, à l'œil, pour le plaisir, c'est tout.

— Pour le plaisir ? murmure-t-il. Drôle de plaisir !

— Dis donc, tu ne vas pas flancher, maintenant que tout est au point !

— Non, non, j'y vais », proteste-t-il, pas très chaud.

Celui-là, il va me lâcher, je le sens venir gros comme une maison. Ça serait le bouquet : c'est lui qui doit prendre les photos !

« Parfait, dis-je l'air détaché. Maintenant allons acheter une corde et une petite barre de fer, pour faire un crochet qui servira à agripper le haut du mur de l'enceinte et celui de la tour. Et toi, n'oublie pas de préparer ton appareil photo. »

A midi, j'ai tout mon matériel et je rentre me coucher. Je tombe de sommeil.

Jour J. Cinq heures du matin. Nous sommes tous les quatre, Hans, Marlène, Roy et moi, sous le mur.

En attendant le concert d'aboiements, nous repérons, avec une petite lampe de poche, les fissures du mur, que nous agrandissons une à une, par une paire de marches rudimentaires, à l'aide du crochet de fer.

Hans, Marlène et moi, gonflés à bloc. Roy, ça a l'air d'aller. Il est un peu muet, mais enfin, notre confiance doit être contagieuse.

Un peu avant six heures, nous aidant les uns les autres, le plus silencieusement possible, nous coinçons le crochet là-haut, entre deux pierres. Ça va, il est bien pris. On montera vite.

Déjà le ciel blanchit. 6 heures... 6 h 05... 6 h 10.

Deux minutes exactement après, le coup de sifflet déchire l'air et le premier aboiement explose, à cinquante mètres de nous !

Quelques minutes plus tard, tous les chiens sont là-bas, le nez dans leur soupe.

« Vite, on y va ! » dis-je.

Hans monte le premier, puis Marlène, puis c'est au tour de Roy. Il agrafe son appareil photo en bandoulière, commence à se hisser, met un pied dans la première fissure... et redescend.

« Je ne peux pas, Charles, me dit-il, la tête basse. Je ne peux pas. »

Je le vois trembler. Ça, c'est le bouquet !

Je grince entre mes dents :

« Ecoute, reprends-toi. Monte ! On est avec toi ! »

Rien à faire. Il reste là, planté, paralysé par la peur. Inutile d'insister je n'en tirerai rien.

« Passe-moi l'appareil. »

Il hésite mais je lui arrache l'appareil des mains.

C'est un Nikon, grand angle. J'en ai eu un comme ça.

« Le réglage, vite !

— Il est réglé. Tout est prêt.

— Ouverture, vitesse ?

— Oui. Tu n'as qu'à appuyer. Regarde. »

Rapidement, il me montre. Ça va. J'ai compris. Je passe l'appareil en bandoulière et je monte à mon tour, le laissant là.

Hans et Marlène ont déjà sauté de l'autre côté. J'annonce, excédé :

« Roy nous lâche. »

Hans hausse les épaules et Marlène ricane.

Le nœud coulant est tout prêt. Au troisième essai, Hans le place et le bloque d'un coup sec. Nous sommes tous en jeans de grosse toile et en bottes. Hans atteint facilement le haut, fait un rétablissement et redescend de l'autre côté, à reculons, comme à une échelle.

« Ça va, souffle-t-il, une fois de l'autre côté. Les barbelés sont assez espacés. »

Marlène le suit. Elle est formidable, cette fille. Une vraie acrobate !

Deux minutes plus tard, nous avançons entre les arbres, l'œil aux aguets. Il ne s'agit pas de tomber sur un prêtre ou de mettre le pied dans un piège à loups.

Pour arriver sous la tour, nous mettons un bon quart d'heure. J'ouvre la marche et les autres placent leurs pas exactement dans les miens. Au passage, nous cassons des branches, à droite et à gauche, pour nous y retrouver au retour. Nous avons le cœur qui bat plutôt vite, mais enfin, le moral est bon. Nous sommes tous les trois gorgés de haschisch. Ça aide.

Enfin, nous voilà au pied de la tour, au milieu d'une sorte d'esplanade dégagée d'arbres.

Une bonne surprise nous attend : elle est moins haute que je ne le croyais : guère plus de cinq mètres. Et les pierres, rudimentaires, grossièrement taillées, sont mal jointes. Ça ne devrait pas être bien difficile.

« Pouah ! Quelle odeur ! » me souffle Hans.

Il a raison. L'air sent épouvantablement mauvais. Une odeur de pourriture, de chair en putréfaction, prend à la gorge abominablement. Nous respirons par la bouche, pour essayer de moins sentir, mais ça reste presque insoutenable.

Au-dessus de nous, des vautours tournoient lentement en silence. De temps en temps l'un d'entre eux se pose sur la tour.

Curieusement, il n'y a presque pas d'oiseaux dans les arbres autour de nous. Est-ce l'odeur qui les éloigne ? Ou plutôt la présence des vautours ?

Au loin, plus très loin, cinq cents mètres peut-être, nous entendons les grognements des chiens qui mangent. Le monastère doit être là, à gauche, dans le creux, derrière la colline. Déjà, les rayons du soleil font briller la cime des arbres. Je prends quelques photos de la tour et du décor. Il est temps de monter.

Je suis le plus grand, je me cale contre les pierres, jambes écartées, et Hans me grimpe dessus. Quand il est debout, les pieds sur mes épaules, les mains agrippées dans les interstices entre les pierres, Marlène m'escalade, puis elle en fait autant avec Hans. Je fléchis un peu sous le poids, mais je tiens bon, les jambes et le dos arqués, les dents serrées. S'il n'y avait pas cette odeur, ça pourrait aller. Je souffle :

« Ça boume ?

« — Oui, répond Marlène, qui a la corde enroulée autour du cou. En tendant le bras et en balançant la corde, j'aurai le sommet. »

Elle doit quand même s'y reprendre à cinq ou six fois avant d'agripper le crochet là-haut.

Je sens un poids de moins. C'est Marlène qui se hisse. La corde flotte et bat entre mes mollets. Ouf, ça commençait à faire lourd...

Hans se détache et grimpe. J'en fais autant et j'entreprends de les rejoindre là-haut.

Au moment où je vais arriver, je vois Marlène qui se penche vers l'extérieur, verte.

Elle vomit presque sur moi.

Elle fait le geste de chasser une mouche de la main.

« Je ne peux plus voir, balbutie-t-elle, je m'en vais. »

Je fais un rétablissement, je m'assieds sur la pierre tandis que Marlène redescend et alors, je comprends tout de suite pourquoi elle a vomi.

Je n'ai jamais rien vu d'aussi atroce. Je n'ai jamais imaginé, même dans les pires cauchemars, spectacle aussi épouvantable.

Là, devant moi, dans une enceinte de quinze mètres de diamètre, un peu en contrebas de la rambarde de pierre qui en fait le tour, il y a, étendus pêle-mêle, les uns sur les autres, reposant sur des tas d'ossements, une vingtaine de morts.

Les uns sont intacts, les autres sont à demi déchiquetés par les vautours. D'autres encore ne sont plus qu'une bouillie de putréfaction.

Il y a du sang partout, sur les vêtements en lambeaux, sur les pierres. Des intestins se déroulent comme d'écœurants serpentins verdâtres. Ce ne sont que ventres ouverts, yeux crevés, jambes et bras écorchés, chairs en lambeaux, thorax défoncés.

176

De l'autre côté, un vautour pique du bec dans un œil et se redresse, me regardant tranquillement, de la cervelle dégoulinant de son bec. Un autre secoue une cuisse en la déchiquetant.

Il tire, arc-bouté sur ses pattes, et le corps suit, doucement, les jambes secouées, pitoyable pantin qui a l'air presque vivant.

Il y a des vieux, des hommes dans la force de l'âge, des jeunes...

Hans me touche le bras. Je tressaille si fort que je manque tomber. Un dixième de seconde, j'ai cru qu'un vautour s'était posé sur moi.

Il est vert, Hans, comme je dois l'être également. Il me montre quelque chose du doigt, à ma droite.

A deux mètres de moi, contre le muret de pierre, qui nous l'avait cachée, une jeune fille est allongée sur le dos, bras et jambes en croix. Elle est nue. Sa tête repose sur des ossements, très droite, un peu relevée.

Le soleil éclaire en plein son visage de sa lumière rasante. Elle a les yeux fermés, elle semble sourire. Le repos de la mort a détendu ses traits. Elle a l'air de dormir. Elle est très belle.

Ses mains et ses pieds sont très menus, très fins.

Elle est intacte. Elle a un ventre doux et poli, des seins menus qui s'écartent un peu, avec des pointes roses.

Soudain, des ailes battent lourdement au-dessus de nous, brassant l'air qui nous soulève un peu les cheveux.

Le vautour s'abat sur la jeune fille. Ses deux pattes, griffes sorties, s'accrochent dans la chair des cuisses.

Epouvantés, nous ne pouvons détacher notre regard de ce qui se passe. Le vautour replie ses ailes, baisse la tête. Le bec monstrueux jaillit en avant et, d'un coup sec, arrache la moitié d'un sein.

Sous le choc, le corps a sursauté, la tête s'est tournée de côté, toujours aussi souriante et paisible.

Le bec du vautour plonge encore une fois.

« Je m'en vais, dit Hans d'une voix blanche.

— Moi aussi. Allez, ça suffit comme ça. »

Alors seulement, je me rappelle que j'ai un appareil photo. Mécaniquement, sans même viser, je mitraille aussi vite que je peux, à droite et à gauche, jusqu'à ce qu'il ne reste plus que trois ou quatre photos à prendre.

Je les garderai pour photographier le grillage, le mur et notre corde.

Je remets l'appareil dans mon blouson. Je décroche la corde, je la lance dans le vide, je me suspens par les bras et je saute.

Un roulé-boulé et je suis debout. Je file derrière Hans et Marlène qui sont déjà partis.

Tout en marchant, je regarde ma montre. Il est sept heures moins le quart.

« Grouillons ! » dis-je à Hans.

Mais, comme de bien entendu, nous ne retrouvons plus notre chemin. Il nous faut donc refaire tout le travail : regarder à chaque pas où nous posons nos pieds ; aux aguets, nous attendant à chaque instant à hurler au claquement d'un piège à loups.

Il est sept heures passées quand nous apercevons enfin, à vingt mètres, la ligne de barbelés. Nous respirons.

Au même moment, un grognement sourd nous cloue sur place. Devant, entre les barbelés et nous, il y a un chien. Un molosse, une bête énorme, au poil ras, avec une gueule comme ça. Il est accroupi, il nous fixe de ses yeux injectés, il gronde, il a les babines qui se retroussent.

Je mets bien vingt secondes à comprendre à la fois pourquoi il est là et non pas au repas du chenil, et pourquoi il ne nous a pas sauté dessus dès qu'il nous a vus.

Entre ses pattes de devant, il tient une bête, une sorte de belette, ou de lapin, je ne sais pas. Et la patte avant de la bête est prise dans un piège.

En fonçant à l'appel du sifflet, le chien a dû lui tomber dessus, et il a préféré cette chair toute fraîche à la soupe des prêtres.

Du geste, je fais signe à Hans : « Contournons-le. »

Lentement, le cœur cognant à rompre dans la poitrine, nous obliquons à droite. Je ferme la marche et je marche de côté, regardant le chien. Je sais qu'il ne faut jamais tourner le dos à un chien de garde.

Mètre par mètre, nous nous approchons du grillage. Bientôt il n'est plus qu'à cinq ou six mètres.

Derrière, le chien, la gueule dégoulinante de sang, nous observe sans bouger, grognant toujours.

Je souffle :
« Chacun son poteau, toi, Marlène, à droite, toi au milieu, Hans. Moi à gauche. On ira plus vite. »

Ça devait arriver... Marchant à reculons comme je le fais, je ne vois pas où je pose mes pieds. Je bute contre un tronc d'arbre, je m'étale de tout mon long.

Je suis à peine relevé que j'entends déjà l'aboiement du chien et le bruit des branches qu'il casse en fonçant.

D'un bond, je suis sur mon poteau. A trois mètres à ma gauche, Marlène et Hans grimpent frénétiquement.

Je m'élance, j'agrippe le poteau, je me hisse,

indifférent aux barbelés qui me déchirent les poignets.

Je me crois déjà sauvé quand une poigne d'hercule me bloque le pied gauche.

Le chien a sauté et a planté ses crocs dans ma botte. Il tire, il secoue, il gronde furieusement. Je sens que je vais lâcher. Les crocs percent déjà presque le cuir de ma botte...

Dans un effort désespéré, je tire, je tire de mon côté.

La botte lâche ! Le chien s'affale en hurlant de rage.

Trois secondes plus tard, je suis de l'autre côté.

Ouf ! trente-six fois ouf !

Le reste n'est plus qu'un jeu d'enfant.

Indifférent aux aboiements assourdissants du chien, qui cette fois ne peut plus rien, je lance la corde, le crochet s'agrippe, nous remontons le mur d'enceinte, nous redescendons, nous appelons Roy qui arrive en courant. Il était à cent mètres au-dessus de nous. Et nous galopons comme des damnés vers la route, en hurlant de rire. Moi, clopinant et grimaçant chaque fois qu'un caillou meurtrit mon pied déchaussé.

A midi, Roy, à qui j'ai rendu son appareil pour qu'il fasse développer les photos au plus vite, m'a amené dans le studio du correspondant local d'un journal anglais. Je reste avec lui pour regarder développer son film.

Il sort le négatif de l'eau, rallume. Nous regardons.

Il n'y a rien. Le film est noir !

« Les salauds, dit Roy. Ils m'ont vendu une pellicule trop vieille ! »

Il en sort une autre de son sac, achetée en même

temps, regarde la date qui marque le délai d'utilisation :

« Septembre 1964. » Voilà ce qui est écrit sur la boîte.

La pellicule est périmée depuis cinq ans...

VI

Sans Agathe et son influence, je me serais sans doute arrêté là. Car, je l'ai dit, pour l'instant, bien que je tire sur le shilom sans arrêt, bien que j'aie poussé très loin l'expérience de l'opium et tâté un soir, avec le succès que l'on sait, de la morphine, je ne suis pas encore véritablement un drogué. Je peux faire machine arrière. Et sans trop de mal. Il suffit que je substitue à la curiosité de la drogue celle du voyage. Et je ne devrais pas avoir de peine à y parvenir. Voyager, cela n'a-t-il pas été depuis toujours mon goût profond, ma vraie passion ?

Justement, j'ai, toujours bien ancré dans le cœur, ce projet de tour du monde. Et j'ai le compagnon qu'il me faut en la personne de Guy.

C'est entendu entre nous : après Bombay, nous partons pour Madras et là, nous nous embarquons vers l'est. Adieu la drogue, merci pour le plaisir et la découverte. Salut à l'expérience et aux rencontres, mais revenons aux choses sérieuses. Valise !

J'ai souvent souri depuis en pensant que moi, l'homme qui se croyait fort et dur, moi qui avais toujours brisé net les aventures quand elles duraient trop, il a suffi d'une fille pour que j'entre dans le cohorte des drogués et devienne en quelques mois le plus junkie des junkies, titubant seul, squelettique, fiévreux, couvert de plaies, dans les montagnes hostiles de l'Asie avec un seul but : en finir une fois pour toutes...

Un jour, Agathe et une de ses copines, Claudia, décident de quitter Bombay et de partir pour Katmandou.

Tout naturellement, Agathe me demande de partir avec elle. Dans son esprit, amants comme nous le sommes, rien de plus normal.

Pour moi, la nouvelle est un choc. Car si j'ai de la curiosité pour Katmandou, j'en ai encore plus pour cette autre moitié du globe, riche en ports, en villes, en routes, en traversées, en aventures, qu'il me reste à parcourir pour boucler mon tour du monde.

Mais, quitter Agathe, voilà le problème. La convaincre de venir avec Guy et moi ? Pas question, on voyage mal avec une fille. Et même l'accepterions-nous, il faudrait prendre aussi Claudia, inséparable d'Agathe depuis quelque temps. Non, impossible.

Alors, ébahi moi-même, je m'entends répondre à Agathe que oui, je viens avec elle à Katmandou, mais pas tout de suite...

Je lui dis qu'elle me prend de court. J'ai quelques affaires à régler avec Guy avant de partir. Qu'elle me laisse son adresse là-bas, je la rejoindrai dans quelques jours.

Elle me donne donc un bout de papier sur lequel elle a écrit ces deux simples mots : Oriental Lodge. C'est un hôtel.

Et elle part.

Là, resté seul, si j'étais aussitôt parti avec Guy pour Madras, je pense que j'aurais vite oublié Agathe comme j'avais déjà oublié Salima et Gill.

Seulement la malchance s'y met. Un type qui

revient de Madras me dit, dégoûté, qu'il a essayé pendant trois semaines de se faire embarquer. En vain. Il vaut mieux chercher autre chose. Moi, j'ai encore de l'argent, je pourrais payer mon billet de bateau, mais Guy, lui, est raide.

Je n'ai guère eu de mal à le convaincre de partir avec moi pour Katmandou. Là-bas, on restera quelque temps, puis on verra.

Et nous voilà dans le train. Nous passons d'abord par Delhi, très vite, sans nous arrêter, et nous arrivons à Bénarès, notre première escale.

Bénarès, pour tous ceux qui l'ont visitée, c'est la ville aux deux mille temples, la ville sainte. Et c'est vrai que c'est une ville vraiment très spéciale. Bénarès, c'est là que converge toute la misère, toute la racaille. Tous les mutilés, tous les malades. Tout ce qui est mal fichu, en Inde, vient là. C'est une ville qui ne paraît pas très grande mais qui est surpeuplée. C'est aussi la ville où passe le Gange, le fleuve sacré. Enfin, c'est la ville où l'on est, et on le sent dès qu'on y arrive, en pleine atmosphère mystique. C'est quelque chose qui est dans l'air.

Partout on sent une espèce de tension, d'électricité mystique. Tout le monde est plus ou moins en prière, même dans les occupations les plus courantes de la vie, que ce soit dans les souks ou dans les grandes artères. Chaque temple sent l'odeur de l'encens qui prend souvent à la gorge. Puis il y a l'odeur animale de la maladie, de la putréfaction et des morts. Morts de faim, morts de choléra, morts d'un coup de couteau dans une ruelle. Et par-dessus tout, une odeur qui plane partout et qu'on sent de plus en plus au fur et à mesure qu'on se rapproche du fleuve : l'odeur des incinérations.

Mais pour moi, au-delà de toutes ces violentes sensations, Bénarès restera à jamais la ville où j'ai assisté à la scène la plus cruelle, la plus barbare, la plus révoltante que j'aie jamais vue.

Cela s'est passé un matin de beau soleil, sur un de ces bateaux amarrés à quai, le long du célèbre marché et qui se balancent doucement dans le flot du fleuve.

La veille, nous avons, Guy et moi, quitté l'hôtel où nous sommes descendus à notre arrivée. Il est trop sale et trop cher pour ce qu'il nous offre.

Un hippie croisé dans un tea-shop nous a signalé qu'on peut louer des lits à bord d'espèces de bateaux-auberges. Ce n'est pas cher du tout, on se trouve au vrai centre de la ville et on y est bien.

Nous voilà donc installés sur une sorte de grosse péniche grouillante de pèlerins. C'est pratiquement pour rien et c'est tout à fait convenable, plutôt même moins sale qu'ailleurs.

Autour de nous, des pèlerins fument une sorte de pipe à eau. Ce n'est pas du haschisch qu'ils y mettent, plutôt une boue séchée ressemblant à du tabac, mais qui visiblement n'en est pas.

J'ai tout de suite compris que c'est de la ganja, autrement dit du kif, la marijuana des Indes. Et à Bénarès, on n'a pas à se cacher, je l'ai déjà dit, je crois, pour fumer comme on doit le faire ailleurs en Inde. A Bénarès la ganja est autorisée.

Je demande à mon voisin où l'on peut s'en procurer. Il baragouine un peu l'anglais. Il m'explique qu'il l'a achetée à un petit revendeur qui « fait » les bateaux. Il ne va pas tarder à passer.

Effectivement, une vingtaine de minutes plus tard, je vois arriver un gosse de sept ou huit ans, habillé de haillons, avec un sac de jute en bandoulière. Il est épouvantablement crasseux, sans cesse il chasse machinalement les mouches de ses yeux, mais il a de très beaux yeux et me décoche un sourire éclatant quand je lui fais signe.

Il s'approche en courant, léger comme un cabri, et s'accroupit devant moi.

« Tu en veux combien, Sahib ? », me dit-il dans un anglais pas trop mauvais.

Je lui fais ouvrir son sac et je choisis l'équivalent d'un paquet de « gris » qu'il me pèse dans une petite balance à plateaux.

Je le règle et il s'en va en dansant.

Quelques instants plus tard, Guy et moi tirons sur une pipe que nous nous sommes fait prêter. C'est très bon, mais très léger. Habitués comme nous le sommes au haschisch, il nous faut comparativement prendre trois fois plus de doses pour commencer à planer vraiment.

Mais une fois partis, on est très bien. Nous nous renversons sur nos sacs de couchage, au soleil, les mains sous la tête, et nous nous laissons aller à nos pensées.

Au bout d'une heure, Guy se remue le premier.

« Si on se baignait ? dit-il.

— Où ?

— Dans le Gange, pardi.

— Tu as regardé l'eau ? »

Guy se penche et regarde. Je regarde avec lui.

L'eau est jaune, terreuse. De loin, si on l'examine en biais, elle donne l'impression d'une boue liquide, très opaque.

Mais là, au-dessous de nous, elle est relativement claire.

Je désigne à Guy le bûcher d'incinération, en amont de notre bateau.

« Tu te rends compte de tout ce qu'ils jettent là-dedans ?

— Bah ! des cendres, me dit-il.

— Des cendres ? Ça ? »

A deux mètres de nous, un bras passe, affreusement calciné, un peu de sang coulant et se diluant dans l'eau. A côté, flottent des épluchures de fruits, puis un chien mort, le ventre à l'air.

« Pouah ! dit Guy avec un hoquet. C'est dégoûtant. »

Mais il me montre, à une vingtaine de mètres de là, des gosses qui nagent, plongeant comme des poissons, riant aux éclats.

« Tiens, me dit-il, c'est notre petit revendeur de ganja, tu vois, là-bas ? »

Il a raison, le gosse est là, au milieu des autres.

« C'est le moment de l'appeler, dit Guy, nous n'avons presque plus de ganja. »

Il fait signe au gosse en criant.

Le petit nous reconnaît, se laisse porter jusqu'à nous par le courant.

« Ganja ? lui dit Guy. Tu en as encore ? »

Il fait signe que non en riant. Ce soir il en aura, il reviendra, il le promet.

Et du geste, en riant, il nous incite à plonger.

Guy et moi, nous nous fixons, un peu effarés. Mais le gosse insiste :

« *Come, come, good...* »

Bah ! ce qu'un gosse fait, nous pouvons le faire, non ?

Nous nous retrouvons bientôt tout nus dans l'eau, à côté du gosse qui rit aux éclats et nage devant nous, écartant tout ce qui flotte pour nous éviter d'y toucher.

Le soir, le gosse ne vient pas.

Nous nous inquiétons auprès des autres habitants du bateau. Eux aussi sont étonnés. D'habitude, il passe tous les soirs. Qu'arrive-t-il ? Au bout de deux ou trois heures, nous pensons qu'il n'a pas dû trouver de ganja, qu'il viendra demain et, après une dernière pipe, nous nous couchons, pas loin de penser que ce gosse est, comme bien des gens en Orient, oublieux des promesses faites, insouciant.

Je regrette encore d'avoir eu cette pensée.

C'est au petit matin que nous découvrons, terrifiés, l'atroce vérité.

Vers six ou sept heures, des hurlements nous réveillent en sursaut.

C'est une voix aiguë, une voix d'enfant qui crie. Et les cris sont affreux, insoutenables.

D'abord stridents, puis se transformant peu à peu en une longue plainte épouvantable, qui vient du fond de la gorge, qui monte, monte, qui s'arrête et reprend, sans arrêt.

« Mais c'est notre gosse ! dis-je. C'est sa voix.

— Tu crois ? répond Guy. Tu es fou...

— Si, je t'assure, écoute. »

Autour de nous d'autres dormeurs se sont réveillés et, relevés sur leur coude, écoutent eux aussi.

Les cris viennent d'amont, de trois ou quatre bateaux au-dessus de nous, semble-t-il.

« C'est par là que le gosse nageait hier, dis-je à Guy.

— Tu as raison, c'est bizarre.

— Allons voir. »

Nous nous retrouvons sur le quai, dans les premiers rayons de soleil. Le plus vite possible, nous remontons la berge du fleuve.

La voix, maintenant assourdie, nous guide. Elle se tait bientôt, dans une sorte de râle. Plus rien...

Mais nous n'avons plus besoin qu'elle nous dirige. Sur le pont du quatrième bateau au-dessus du nôtre, des hommes et des femmes sont attroupés, penchés. Ils sont une dizaine.

C'est certainement là que cela se passe.

Nous sautons sur le pont, nous approchons.

Et alors, au milieu du groupe, nous voyons une scène infernale.

Un homme, un couteau ensanglanté à la main, est penché sur un petit corps couché en travers du pont, à même le plancher.

Deux autres maintiennent le corps bras en croix et un troisième lui fixe solidement les hanches, agenouillé sur la jambe droite.

Le gosse a la tête renversée de côté. Il est blanc comme un linge. Il est évanoui.

C'est notre petit revendeur.

Personne maintenant n'a plus besoin de tenir aussi sa jambe gauche.

Elle est coupée au-dessus du genou...

En deux ou trois mouvements adroits, l'homme achève de tailler les derniers lambeaux de chair qui retiennent le membre à la cuisse, sort un garrot pour arrêter l'hémorragie, trafique dans la plaie, la recouvre d'un chiffon.

Un instant, je m'imagine que le gosse a eu un accident et que c'est pour ça qu'on l'a amputé.

Mais non, la petite jambe coupée posée dans le sang sur le pont est intacte, parfaitement saine.

C'est exprès qu'on a mutilé le gosse !

Oui, voilà ce qu'on peut voir, en Inde, en 1969, en plein XXe siècle...

Guy et moi, effarés, croyant à peine à la réalité de ce spectacle de cauchemar, nous apostrophons un homme et une femme qui sont là, placides, derrière le gosse évanoui, et l'ont abandonné en plein soleil.

Ils nous regardent sans répondre, les yeux vides.

« Qu'est-ce que c'est ? Qu'avez-vous fait ? Pourquoi ? Pourquoi ? »

Je crie, je secoue le bourreau par les pans de sa chemise.

Il me repousse, grommelle une injure et nous menace de son couteau.

Ma rage est telle que je manque bien de lui sauter quand même dessus, mais les autres se rangent à côté de lui, et je vois sortir d'autres couteaux.

Les regards se sont faits mauvais.

Je le sais, à Bénarès, on se fait saigner comme un vulgaire lapin, rien que parce qu'on est Européen et qu'on est supposé avoir un portefeuille bien rempli.

Insister serait de la folie. D'ailleurs Guy, terrorisé, me tire en arrière.

« Viens vite, dit-il, ne fais pas l'idiot. »

Nous reculons, nous remontons à quai.

Avant de partir, je jette un dernier regard au bateau.

Une femme, penchée sur le gosse, le gifle pour le faire revenir à lui.

Le bourreau ramasse la jambe et la jette dans le fleuve où elle s'en va au fil de l'eau.

La jambe de mon petit revendeur du Gange de huit ans qui jamais plus ne courra ni ne dansera.

A notre retour à notre bord, j'ai l'explication par la bouche du patron de notre bateau.

C'est pour le faire mendier qu'on a mutilé le gosse...

Parce qu'un gosse mutilé, ça apitoie plus, ça rapporte plus d'argent. Bien plus qu'à revendre de la ganja, qu'on trouve partout, en tout cas.

Je décris le bourreau au patron. Il le connaît.

C'est le père du gosse.

TROISIÈME PARTIE

16 C.C. DE MORPHINE

I

Nous ne pouvons pas rester plus longtemps à Bénarès, la ville où on mutile les gosses pour les faire mendier. Le soir même, nous sommes dans un tortillard bringuebalant sur la voie ferrée, vers le nord, vers Raxaul.

A notre entrée au Népal, nous prenons une fameuse cuite. Car au Népal, l'alcool, difficile à trouver en Inde, est en vente libre.

Il nous faudra attendre longtemps désormais, avant de recommencer à boire, parce que, si le fumeur de haschisch continue à être tenté par l'alcool, avec les autres drogues, on n'en a plus du tout envie...

De la frontière à Katmandou, il n'y a qu'une seule voie d'accès, la route. Et (à part le car trop cher) que deux seuls moyens de transport : soit trouver une voiture, ce qui est toujours bien problématique, soit prendre un camion. Le voyage coûte 7 à 8 roupies, et il est homérique. Les camions sont bondés. Les Népalais s'agglutinent partout, même sur la bâche. En plus, le camion est toujours chargé de marchandises. Le nôtre est plein de sacs de sucre en poudre, ce qui, ma foi, n'est pas trop désagréable, car la route est très mauvaise.

Nous nous arrangeons donc dans un petit coin...
et Guy commence à être malade ! Il le sera tout le
temps du voyage.

Et ce n'est pas la route qui est faite pour amélio-
rer les choses. Très vite elle monte en lacets en
épingle à cheveux, longeant des précipices.

Partis à sept heures du matin, nous arrivons à
Katmandou vers quatre, cinq heures de l'après-
midi.

Nous sommes le 4 juillet 1969.

Dans six mois, à six jours près exactement, je
serai dans l'avion qui décollera pour Paris. A moitié
mort.

Pour l'instant, en sautant du camion, solide,
confiant, j'ai tous les sens en éveil.

Je suis dans une ville asiatique plate, pas très
grande, à peine différente des autres, c'est-à-dire
qu'elle grouille de monde, qu'on voit partout des
coupoles, des temples. Mais celle-là a quelque chose
de différent : l'air y est extraordinairement léger.
C'est normal, Katmandou est à 1 000 mètres d'altitude et au loin on voit les cimes enneigées de
l'Himalaya. C'est cela, ma première impression, ce
qui m'a tout de suite frappé : la légèreté de l'air. Il
est vivifiant, très oxygéné, revigorant.

Et, ironie, quand je pense aujourd'hui à ce qui
m'est arrivé, je me dis : « Au moins, ici, je vais
m'oxygéner. »

Sans tarder, Guy et moi cherchons l'hôtel où
Agathe et Claudia nous ont donné rendez-vous,
l'Oriental Lodge.

Nous le trouvons non loin de l'office du Tourisme,
dans une petite rue de la vieille ville.

Agathe est là.

Embrassades, cris de joie. Et grand amour...

Pourtant je m'installe avec Guy dans une chambre à trois, sans Agathe, restée avec Claudia, mais avec Michel, un autre Français.

Tout naturellement, c'est moi qui paie. Guy, on le sait, est toujours aussi raide et Michel, lui, a eu une aventure désagréable à New Delhi. Sur la grande place centrale, il s'est fait piquer toutes ses affaires. Le gars qui les lui a fauchées était vraiment très fort : Michel dormait sur le gazon, la tête sur son sac et le sac attaché à un poignet. Ce qui ne l'a pas empêché de se faire prendre son sac, et tout ce qu'il avait dedans évidemment, sans s'apercevoir de rien !

Michel, d'ailleurs, repartira très vite. Il a toujours voulu aller en Afghanistan. J'ai appris par la suite qu'il n'y est jamais arrivé. A Calcutta, il s'est tellement piqué qu'il a flippé. Il est devenu fou. Il s'est fait voler tout son argent. On l'a vu errer quelques jours dans les rues comme un vagabond, hoquetant des paroles sans queue ni tête.

Et puis, un beau soir, il a disparu.

Pour l'instant, l'impression d'arrivée à l'hôtel est favorable.

L'hôtel, tout petit sans doute, avec des plafonds très bas — comme toutes les maisons au Népal, car les Népalais mesurent entre 1,50 m et 1,60 m — a de jolies chambres boisées avec tout le confort, waters et toilettes, sur le palier. Un confort bien rare en Orient. Tout à fait l'hôtel moyen comme on peut en trouver en Europe. Evidemment c'est cher : 5 roupies par jour et par personne. L'hôtel est en plein centre sur une petite rue donnant sur la Place des temples, où se trouve l'office du Tourisme et un temple au balcon duquel apparaît de temps en temps une fillette parée de bijoux et de draperies brodées d'or, avec un air de s'ennuyer formidablement. Elle a dix ou onze ans, c'est la réincarnation d'une déesse et tous les ans, les prêtres la remplacent par une autre.

Le premier jour, comme chaque fois que j'arrive dans une ville nouvelle, je fais d'abord le tour des chambres, pour voir un peu de quoi il retourne au juste, qui vit là ; puis je repère à l'extérieur les points stratégiques : restaurants, boîtes, autres hôtels, emplacement de la poste — très important, quand on voyage, à cause du courrier, des messages — du Tourism Office, de l'ambassade de France, etc.

Bref, je me fais au plus vite ma petite opinion, sans oublier de me renseigner sur les fournisseurs de drogue, cela va de soi, et de commencer à flairer s'il n'y a pas un coup à faire de-ci, de-là.

En quelques jours, le tour est fait et je sais l'essentiel.

Aussi je crois que le mieux, avant d'entreprendre le récit proprement dit de mes aventures à Katmandou, c'est de commencer par mettre le décor en place. Sinon, je crains qu'on ne s'y retrouve pas, tant chaque lieu dont je vais parler, chaque place que je vais décrire, a son importance.

Je commencerai donc par les hôtels, car c'étaient en quelque sorte les « camps de base » de la colonie européenne et hippie de Katmandou.

Bien entendu, il n'y a pas que l'Oriental Lodge. Les hippies se répartissent dans différents autres hôtels, suivant leurs goûts, ou plutôt leurs moyens.

Pas question pour eux, en effet, d'aller vivre dans les deux palaces, le Royal Hôtel et le Soaltie Hôtel.

Ces deux-là, c'est le grand luxe. Seuls les très riches touristes y vont. J'y suis allé, moi aussi d'ailleurs, mais ce n'est pas le moment d'aborder cet épisode de ma vie à Katmandou.

Le Royal Hôtel, très beau, est un ancien palais donné par le roi Mahendra Bir Bikram, il y a plusieurs années, à un aventurier européen nommé Boris. Ce Boris avait tellement réussi à gagner la confiance du roi, et lui avait rendu tellement de services, qu'en remerciement, le roi lui avait fait don de ce palais. Boris l'avait aussitôt transformé en hôtel.

Quant au deuxième palace, le Soaltie Hôtel, c'est un hôtel de la classe des célèbres Hilton internationaux. J'y reviendrai quand j'en serai aussi à l'époque où j'ai fréquenté une étonnante femme écrivain, Eliane M.

Le deuxième hôtel hippie de Katmandou, le plus fameux même, et de loin, c'est le Quo Vadis. Dans le monde entier, je crois bien qu'il n'y a pas un hippie ayant tant soit peu voyagé qui ne connaisse, du moins de réputation, le Quo Vadis.

Le Quo Vadis est situé à cent mètres de l'Oriental Lodge, directement, lui, sur la grande place centrale, la Place des temples.

C'est le plus célèbre, d'abord, parce qu'il a été le premier ouvert aux hippies et aussi par ce qui se passe à l'intérieur. Le propriétaire, qu'on appelle *Uncle*, (oncle, en anglais) est continuellement dans les vapes. Il fume sans cesse.

Son seul commerce, c'est la vente officielle du haschisch et de l'opium. Il ne fait pas payer les chambres. Dans ces conditions, évidemment, l'hôtel est bourré. C'est vraiment la maison du Bon Dieu. Mais beaucoup de hippies n'arrivent quand même pas à se résoudre à y habiter, car il est vraiment très sale.

Du dehors, la façade attire tout de suite l'œil. Très étroite, très resserrée, elle a à chaque étage — cinq en tout — de petits balconnets en bois sculpté très vieux, très jolis, de la vraie dentelle.

A l'intérieur, c'est le taudis. Des chambres qui

n'en ont que le nom. En fait ce sont des pièces sombres, sales, au sol de terre battue le plus souvent, sans lit : juste des paillasses, jetées par terre. Aucune commodité, à part un robinet dans une buanderie au rez-de-chaussée.

Une des chambres est célèbre, pourtant. Elle est au troisième et quand j'arrive à Katmandou, c'est un Allemand nommé Staff qui l'occupe.

Elle est joliment décorée. Des mobiles pendent du plafond. Les murs sont recouverts de peintures psychédéliques faites à la seringue. L'idéal pour « partir » quand on s'est piqué.

Plus que dans n'importe quelle autre chambre du Quo Vadis, ça n'arrête pas de fumer et de se piquer. Vingt-quatre heures sur vingt-quatre. Il y en a dedans qui n'ont pas vu le jour depuis des semaines.

C'est la pièce de Katmandou où il y a eu le plus de flippés. Un nombre impressionnant de garçons et de filles sont sortis fous de cette chambre.

Une nuit même une fille y est morte.

On l'appelle la chambre des flippés.

Une autre raison de la célébrité du Quo Vadis : Uncle, le patron, y organise des drogues-parties.

C'est au Quo Vadis que je passerai vraiment de l'autre côté de la barrière, avec mon premier shoot à la méthédrine.

Le troisième hôtel, celui où, pour ma part, je m'installerai quand la vie à l'Oriental Lodge sera devenue intenable, c'est le Garden Hôtel.

Le Garden est situé à la limite des faubourgs, en plein dans le vieux quartier, à côté de la rivière. La rue est en terre. L'hôtel, en gros semblable aux autres à l'extérieur, a un avantage : il donne sur un grand jardin avec un gazon à demi entretenu.

A l'intérieur, il est un peu plus sale que l'Oriental Lodge mais il a, lui, des douches. En tout une trentaine de chambres, dont, sous les combles, deux grands dortoirs. Lits dans les chambres, paillasses dans les dortoirs.

Après, on tombe dans les hôtels pour les vraies périodes de dèche. Ceux qui n'ont souvent d'hôtel que le nom. Le Jet Sing, le Match Box.

Mais les plus minables, ce sont, pas loin du fleuve, toujours dans la vieille ville, le Paris Hôtel et le Coltrane Hôtel.

Ce sont presque des porcheries, des étables à moutons. Le plafond est si bas que les grands comme moi n'y vivent que pliés en deux. Tout juste un paillasson par terre avec une couverture déchirée, raide de crasse. Là, pas question de chambre particulière. Il n'y a que des dortoirs.

Le Paris Hôtel est assez fréquenté. D'abord parce qu'on y fait marcher des disques européens et ensuite parce qu'on y sert, en bas, dans le restaurant, des plats à base de ganja.

Et puis, deux serveuses sont des prostituées. Les seules, pratiquement, de Katmandou.

Deux petites filles assez mignonnes qui sont prêtes vingt-quatre heures sur vingt-quatre à monter avec le client. Car le restaurant est le seul ouvert jour et nuit à Katmandou. Ce qui ne veut pas dire qu'on se fasse servir facilement la nuit. Il faut réveiller les serveurs qui dorment sur les tables, ou dessous, n'importe où, tellement drogués eux-mêmes qu'il faut insister pour avoir la note, une fois le repas pris. Ils n'ont qu'une envie : se recoucher.

Mais le Paris, à côté du Coltrane, c'est presque un palace.

On ne va au Coltrane que lorsqu'on est complètement fauché. C'est ce qu'il y a de moins cher : 20 à 30 pesas la nuit, soit environ 10 à 15 centimes. Les murs et le sol sont encore plus sales, le plafond plus bas qu'ailleurs. On ne peut monter l'escalier de bois aux marches branlantes que tête baissée. Les chambres : de vraies cages à lapins, il n'y a pas d'autre expression ; tout autour des murs, des cloisons de bois séparant des nattes jetées par terre.

Pour ma part, la première nuit où j'ai couché au Coltrane, j'ai été si dégoûté par la saleté de la chambre que j'ai préféré aller dormir par terre sur le palier.

Bien entendu, beaucoup de ces hôtels servent à manger, mais les hippies ont aussi leurs restaurants.

En tête, le Cabin Restaurant.

Quand j'y arrive, c'est le restaurant à la mode, le rendez-vous, tous les soirs, des hippies.

Il se trouve dans la vieille ville, au bout d'une petite ruelle très sombre. Il faut vraiment savoir qu'il est là. L'intérieur : une pièce en longueur avec la caisse à gauche. Les murs sont noirs (ce n'est que bien plus tard qu'on les couvrira de peintures psychédéliques). De chaque côté, trois tables en marbre et au fond deux piliers avec deux arcades. A côté, une cour intérieure avec des cabinets immondes où la bougie est nécessaire.

Et puis, une cuisine si sale qu'il ne faut jamais y aller, car autrement on n'arrive plus à avaler quoi que ce soit. Le patron est continuellement stoned, les yeux injectés. Car il fume avec tout le monde, outre le shilom qu'il se prépare. C'est le plus gros vendeur de haschisch, plus gros je crois même que les *gouvernements-shops,* les magasins officiels.

Autre raison du succès du Cabin Restaurant : on y joue de la musique européenne et le soir, les drogués viennent y rêver en écoutant les Beatles ou les Rolling Stones.

En plus des hippies, viennent les touristes. C'est la

plus grande attraction de Katmandou, bien plus renommée que les temples. Tous les touristes qui passent à Katmandou veulent aller au Cabin, parce que là, il y a des hippies qui fument, des hippies qui se droguent, et ça c'est quelque chose d'extraordinaire ! J'en suis sûr, quantité de touristes repartent de Katmandou avec des rouleaux de photos des hippies plein les poches, mais sans avoir pris une seule photo de l'Himalaya.

A présent, toute une série de restaurants moins connus que le Cabin, ce qui ne veut pas dire qu'il ne s'y passe rien, bien au contraire.

Tous sont en gros dans le même quartier, la vieille ville, ce qui fait que l'on va de l'un à l'autre à pied, au hasard de l'improvisation et du rendez-vous.

Le Capital, d'abord. C'est un restaurant chinois, le seul abordable. Il est sur la grande rue.

Le Lido, c'est un autre restaurant chinois, mais plus cher celui-là. On n'y va que très rarement et parfois le fou rire nous prend en y entrant : au-dessus d'elle, la patronne a inscrit sur un tableau le plat du jour, en anglais. Juste au-dessus d'elle. Ce qui fait que l'inscription paraît être appliquée à elle. Elle est ainsi, suivant les jours, « canard », « bœuf », ou « porc ».

L'Indirah. Très select et cher. Du temps de l'Oriental, quand j'étais encore relativement riche, je m'y rendais souvent, surtout le matin, pour le breakfast, y déguster du café au chocolat et ce qu'on appelle des *french toasts*, de la mie de pain recouverte d'œufs et passée au four, qui a un peu le goût du pain perdu.

Le Ravi Spot. Tout petit, minable, mais pratique parce qu'il est proche de l'Oriental Lodge.

Le Tashi. Plus minable que le Ravi Spot, mais c'est là qu'on trouve le meilleur dal bat : du riz cuit à l'eau et servi avec un bol de jus de pois cassés (et parfois de légumes) qui est le plat national népalais ; beaucoup ne mangent que cela, toute l'année, matin, midi et soir et c'est tellement entré dans leur habitude que j'ai connu à Katmandou un Népalais qui, ayant obtenu une bourse d'études à Paris pour trois mois, est revenu dans son pays au bout d'un mois, incapable, il me l'a avoué, de se passer plus longtemps de son dal bat !

Autres spécialités du Tashi : des sortes d'aubergines vertes, préparées à toutes les sauces, mais jamais autrement que très épicées, les *bananas fritters* (bananes frites), des *pancakes* et tous les fruits de l'Orient, dattes rouges au goût âpre, petites oranges très parfumées, mangues rouges, filandreuses, amères.

L'Himali Cold Drink. Celui-là, appelé Cold parce que c'est le seul à posséder un frigidaire immense, a aussi beaucoup de succès auprès des drogués car il a une spécialité bien faite pour plaire quand on perd peu à peu l'appétit, à force de drogues, et que viandes, riz et sauces vous dégoûtent : le lassi, préparation de lait caillé, très facile à avaler. Très digestible, présentée dans une terrine. Sa variante, encore plus appréciée, on s'en doute : le bang-lassi, c'est du lassi mélangé avec du haschisch. Un vrai rêve de drogué : on se nourrit et on s'envole en même temps !

Quant au lait proprement dit, c'est toujours du lait de chèvre, tellement fort qu'il est imbuvable autrement que coupé d'eau pour moitié. Les fromages sont tous très faits, très fermentés.

Cela dit, la plupart des restaurants (et c'est étonnant, les premiers jours, à des milliers de kilomètres de l'Europe, dans cette ville qui donne vraiment l'air d'être au bout du monde), partout, même dans les restaurants indigènes, on vous sert des steaks-frites. Frites très huileuses, et steak de buffalo, et non de bœuf. Il n'y a que des buffalos au Népal et leur viande est diablement dure.

De même, partout des spaghetti.

Passons au chapitre boissons. A Katmandou, à part les deux palaces dont j'ai parlé, il est inutile de demander du vin. Cela n'existe pas. Deux seules boissons : l'eau et le thé. Il n'y a que deux sortes d'alcool : un blanc, fait avec des germes de riz et l'autre, qui a la couleur du cognac, mais qui est amer et âpre.

Restent évidemment les tea-shops qui vendent toute une série de pâtisseries, orientales en majorité, sous forme d'une pâte très sucrée, marron-blanche, à base de tous les parfums, principalement l'amande.

Toutes ces précisions sur la nourriture ne valent que pour Katmandou même. Sitôt quitté la ville, on entre en plein Moyen Age, c'est-à-dire dans une misère inimaginable.

Ces villages vivent exclusivement sur leurs ressources. C'est-à-dire que les gens n'y mangent que ce qu'ils récoltent. Par exemple, un village qui cultive la betterave ne mangera que de la betterave et rien d'autre, pendant des mois, en attendant la récolte des courgettes qui le nourriront jusqu'à ce que la betterave revienne, etc. Quelques fruits en plus, un peu de fromage. C'est tout, absolument tout. Il n'y a même pas de thé.

II

Dès le jour de mon arrivée à l'Oriental Lodge, je tombe dans ce que je ne peux pas appeler autrement qu'un monde en folie.

Une folie qui, pour l'instant, m'étonne encore, mais qui deviendra bien vite l'élément normal de mon existence à moi aussi. C'est ce qu'il ne faut jamais oublier, quand on essaie de s'imaginer ce qu'ont été ces quelques mois durant lesquels une colonie d'Européens drogués s'est abattue sur la capitale du Népal avant d'être peu à peu décimée par les flippages, les overdoses, les hépatites et les expulsions : à Katmandou, au temps dont je parle, la vie n'est pas la vie ordinaire. Les actes les plus ahurissants, les conversations les plus démentielles, les excès les plus énormes sont monnaie courante. Nous sommes une petite société qui vit dans une ivresse permanente, celle des dizaines de drogues de toutes sortes que nous fumons, mangeons, prisons, nous distillons dans les veines. Une électricité permanente règle seule nos rapports. Matin, midi, après-midi, soir, nuit, sont des mots qui n'ont plus de sens. Le rythme solaire n'existe plus. Nous mangeons quand nous avons faim, jamais à des heures régulières, nous dormons quand l'envie de dormir se fait plus forte que l'excitation de la drogue. Le normal n'existe plus. C'est l'anormal qui le devient.

Et moi, c'est aujourd'hui, seulement aujourd'hui, que je suis retourné dans le monde normal, que je retrouve dans ma mémoire, stupéfait, cette série d'événements hors du commun dans lesquels j'ai évolué des mois durant, comme un somnambule.

Dès mon arrivée à l'Oriental Lodge, un groupe se forme autour de moi, toujours parce que j'ai de l'argent. Il y a, je l'ai dit, Guy et Michel, Agathe et Claudia, mais aussi Paul, un autre Français, quarante ans, bizarre. Il sort des énormités sur des évidences de la vie courante et, tout de suite après, une réflexion profonde et bien sentie. Il ne quitte jamais un bâton de berger. Et Agnès, une petite frisée qui a des problèmes sexuels.

Et puis, il y a Barbara.

Le soir même de mon arrivée, elle me tombe sur le poil.

Je suis sur mon paillasson, en train de dormir, quand un hurlement me réveille en sursaut.

Devant moi, une fille blonde, pas très grande, complètement nue, agite les bras en se trémoussant dans une vague danse du ventre, une bougie à la main.

Elle me bourre de coups de pied dans les côtes. Elle braille.

« Prends-moi. Prends-moi ! »

Allons bon, voilà autre chose, me dis-je en la repoussant mollement. Je n'ai qu'une envie, c'est de dormir, et cette excitée n'est vraiment pas faite pour me faire changer d'idée.

Mais elle insiste, elle veut coucher avec moi. Elle répète, comme une mélopée, d'une voix stridente :

« Prends-moi !... Prends-moi !... »

Autour de nous, Guy et Michel, évidemment, sont réveillés. Je vois Michel qui rit doucement tandis que, l'ayant saisie aux poignets, je maîtrise la fille qui se tort comme une anguille.

« Ce n'est rien, me dit-il, c'est Barbara.

— Barbara ?

— Oui, tu ne tarderas pas à t'habituer, elle n'est pas dangereuse. Tout juste un peu flippée. »

Je réplique :

« Tu es bon, toi ! Mais je n'ai rien à en faire, de cette fille ! Si elle continue, je vais lui mettre une bonne trempe, ça la calmera.

— Il y a plus simple, me dit Michel. Tu vas voir, je te donne le truc pour la prochaine fois. »

Et doucement, il appelle :

« Barbara... Barbara... »

Au bout d'un moment, la fille commence à se calmer. Elle regarde Michel entre ses mèches qui lui barrent le visage. Elle halète.

« Barbara, lui dit Michel, pense à ton mari... Tu ne peux pas lui faire ça. »

Alors, brusquement, Barbara se détend. Je la lâche, elle se relève, elle se recoiffe.

« C'est vrai, dit-elle, tu as raison. »

Et elle s'en va !

Michel me regarde d'un air de triomphe et il m'explique.

Barbara est une Allemande, de très bonne famille, qui est venue jusqu'ici en 2 CV. Elle s'est beaucoup droguée, tellement qu'elle a flippé. Un jour, elle est tombée amoureuse d'un Autrichien. Et, dans sa folie, elle s'est mis en tête de l'épouser religieusement.

Personne ne sait comment elle s'y est prise, mais elle a réussi à convaincre les lamas du temple des singes, à Soyambonat (un village sacré à une heure de marche de Katmandou) de les marier.

La cérémonie a drainé vers Soyambonat toute la colonie hippie et elle a été l'occasion d'une gigantesque drogue-partie au cours de laquelle il y a eu au moins une dizaine de flippés.

Depuis, l'Autrichien en a eu assez de Barbara et, restée seule, chaque jour un peu plus droguée, elle débloque complètement. Parfois c'est pendant des heures qu'elle psalmodie son cri de chienne en chaleur : « Prends-moi... Prends-moi... »

Un jour, quelqu'un excédé, lui a dit en manière de plaisanterie « Si ton mari t'entendait ! » et ça a stoppé net son accès de folie, comme par miracle. Depuis, chaque fois qu'elle recommence, on lui parle de son mari, et ça la calme.

Eh bien, au même moment, juste comme Michel finit de me raconter l'histoire de Barbara, du fond du couloir, soudain, plus strident que jamais, le cri démentiel reprend :

« Prends-moi... Prends-moi...

— Ça alors ! lâche Michel en hochant la tête d'un air excédé, le truc ne marche plus. »

Il est si comique que j'éclate de rire.

« Bon, essayons de dormir quand même », soupire-t-il.

Mais vraiment, c'est impossible, toutes les minutes le cri remonte, lancinant, aigu :

« Prends-moi... Prends-moi... »

Je tiens un quart d'heure et je me lève.

« Viens, on va la calmer pour de bon. »

Il me suit. Nous sortons dans le couloir.

Barbara, toujours aussi nue, a ouvert en grand la fenêtre donnant sur la rue. Les bras levés au ciel, la tête dodelinant en arrière, elle psalmodie son refrain.

210

Nous arrivons derrière elle en silence et nous lui sautons dessus.

« Tiens-la », dis-je à Michel.

Je la gifle à tour de bras. Elle s'écroule sans un cri, sans une larme. Cette fois, c'est fini.

Alors d'en bas, de la rue, nous entendons un cri général de protestation. Ce sont des voix d'hommes. Interloqués, nous regardons.

Il y a une trentaine de Népalais qui nous montrent le poing, furieux d'avoir été privés du spectacle !

Hélas ! je n'en ai pas fini avec Barbara. J'aurai encore, et souvent, à la supporter.

Et pas seulement elle d'ailleurs, pour en rester au genre strip-teaseuse hurleuse. Elle a une amie, Brigitte, de bonne famille elle aussi, Belge, je crois, qui est au moins aussi dingue qu'elle.

Brigitte ne crie sans doute pas « Prends-moi » pendant des heures, mais sa spécialité est bien aussi enquiquinante.

De temps en temps, quand ça la prend, et plus souvent qu'à son tour, elle se met à poil, elle fonce dans la rue et elle part en gesticulant au milieu des Népalais, poussant des cris sacrés bouddhiques à tort et à travers. Ce qui est très désagréable, primo, parce que ça lui fait proférer des blasphèmes tels que nous devons lui courir derrière et la rattraper avant qu'elle se fasse écharper, et secundo, parce que ça nous fait peu à peu mal voir, nous tous en bloc, les Européens et les hippies.

Une huitaine de jours plus tard, je romps avec Agathe. Il faut dire qu'elle a bien changé depuis son arrivée à Katmandou. Elle se drogue tellement à présent, étant tout de suite passée aux piqûres, aux shoots, que l'amour ne l'intéresse plus guère.

Et pourtant, c'est une crise de jalousie qui déclenche tout.

A cause de Guy.

Un soir, Agathe me prend à part et me met tout net le marché en main :

« Charles, me dit-elle, laisse tomber Guy, prends une chambre avec moi. Je vais t'apprendre à te shooter. On sera heureux, tu verras. »

Je proteste qu'elle y va un peu vite en chemin, que pour l'instant, le haschisch et l'opium me suffisent.

« De toute façon, dis-je encore, je ne peux pas abandonner Guy dans l'état où il est en train de se mettre. »

Et c'est vrai qu'il s'est passé quelque chose d'étonnant.

Depuis qu'il est à l'Oriental Lodge, il ne quitte plus sa chambre, il ne cesse plus de tirer sur le shilom.

Il en est même devenu un vrai spécialiste.

Il est passé maître dans l'art de le préparer. Il n'a pas son pareil pour griller, mélanger, tasser le haschisch juste comme il faut.

C'est, dans notre chambre, un défilé continuel de gars et de filles qui viennent prendre des leçons.

Et Guy ne cesse, pour lui-même, d'allumer shilom sur shilom, nuit et jour, ne mangeant presque plus, dormant à peine.

Je rappelle tout cela à Agathe et lui demande de comprendre la situation : Guy est mon ami depuis Istanbul, un drame terrible nous a unis, nous ne nous sommes pas quittés depuis six mois.

Non, je ne peux pas me séparer de lui.

« Parfait, me répond-elle sèchement, tu l'auras voulu. »

Et elle tourne les talons.

Je hausse les épaules. Cette fille que j'ai tant

aimée à Bombay m'est devenue subitement totalement indifférente.

Et voilà, le chapitre Agathe est tourné piteusement. Nous resterons amis, un certain temps du moins, car un beau jour, elle me poussera à bout.

Mais en attendant, le résultat est que je me retrouve avec une autre fille sur le dos.

Agnès.

Celle-là, c'est une grande Suissesse, à la colle avec un Australien. Ils sont installés dans une chambre particulière, mais dès qu'Agnès voit qu'entre Agathe et moi, c'est fini, elle décide de me mettre le grappin dessus.

Toutes les nuits, quand son Australien, bourré de drogue, a sombré dans le sommeil, elle se lève et elle vient se glisser dans mon lit.

Ce qui, en soi, n'aurait rien de désagréable, au contraire, car elle est très mignonne, seulement Agnès est une fille qui a des fringales. De nourriture, j'entends.

Et jamais aux heures normales.

Dans la journée, au restaurant, elle ne mange rien. Mais la nuit...

Toutes les nuits, c'est radical, à trois heures du matin, elle me secoue :

« Charles, j'ai faim...

— Allons bon, ça recommence !

— Viens, allons manger.

— Mais tu sais bien que tout est fermé (à l'époque j'ignore encore, et elle aussi, l'existence du Paris, l'hôtel-restaurant ouvert tout le temps).

— Ça ne fait rien. On trouvera bien. Allons frapper au Ravi-Spot. »

Mon malheur a été de dire oui la première fois.

En grommelant, je me lève donc et nous voilà descendus dans la rue.

Tout de suite, les chiens sont sur nous. Une bande de chiens hargneux, méchants, galeux, dégueulasses et très gros, qui nous entourent, les babines retroussées, en poussant des hurlements sourds, horripilants.

J'ai un mouvement de recul, au fond je ne suis pas tellement surpris. Je les entends hurler la nuit, toute la nuit, depuis mon arrivée. Les chiens de Katmandou, le seul bruit, constant, incessant qu'on y entende du coucher au lever du soleil...

Et je sais pourquoi les Népalais ne les chassent jamais.

Ils mangent les rats.

Sans eux, la ville en serait envahie.

Je réfléchis. Si je rebrousse chemin et si je remonte, j'aurai Agnès sur le dos à répéter « j'ai faim » jusqu'à l'aube.

Tandis qu'avec un peu de culot, je dois pouvoir arriver jusqu'à la porte du Ravi-Spot, à une vingtaine de mètres en face de l'Oriental Lodge.

Et pendant qu'Agnès frappe pour réveiller les garçons, moi, je devrais bien arriver à tenir les chiens en respect.

Je me mets donc à distribuer des coups de pied dans les gueules à droite et à gauche en les insultant.

Miracle ! Ils s'enfuient tous comme une bande de chenapans qui voient surgir le garde champêtre dans le verger de la mère Michel.

Soit dit en passant, par la suite, je n'ai jamais plus eu d'histoires, la nuit, avec les chiens fous de Katmandou. Une bonne gueulante, une rapide distribution de coups de pied et c'était fini. La bande se dispersait ou, pire, elle me suivait à distance dans mes pérégrinations nocturnes, hurlant sourdement. Il me suffisait de me retourner et de donner de la voix de temps à autre pour être tout à fait tranquille. Car l'essentiel c'est de ne pas se laisser paniquer. Ils le flairent tout de suite et foncent sans pitié. Un Américain s'est fait sérieusement écharper une nuit pour avoir commis la faute de fuir en courant.

Nous nous précipitons donc tous les deux. Agnès cogne à la porte du Ravi-Spot, je chasse d'un coup de pied le dernier chien.

Pendant cinq bonnes minutes, nous secouons la porte. Enfin, on ouvre. Une tête de gosse, ébouriffée, ensommeillée, apparaît.

En même temps, de l'intérieur, une voix d'homme grommelle en népalais quelque chose qui, au ton, doit vouloir dire à peu près : « On ne peut donc vraiment pas dormir tranquille ! »

« Manger, on veut manger », dit Agnès en anglais.

Alors, il y a subitement un remue-ménage à l'intérieur. La lumière s'allume, la porte s'ouvre et nous nous trouvons devant une assemblée de cinq ou six serveurs et de deux ou trois petits boys qui dormaient partout sur les tables, sur les chaises, par terre et que le seul son de la voix d'une fille a suffi à réveiller, souriants de toutes leurs dents.

« Tu vois, conclut Agnès en entrant telle une princesse, il suffit de demander. »

Dix minutes plus tard nous sommes attablés devant une pleine assiette de boulettes de riz, avec à côté une théière fumante.

Puis on nous frit quelques bananes et pour terminer on nous prépare à chacun un bang-lassi, ce fameux lait caillé au haschisch dont j'ai parlé tout à l'heure.

Je ne sais pas si la dose de haschisch est très forte, ou si nous avons exagérément tiré sur le shilom dans la soirée à l'hôtel, mais le bang-lassi a sur nous deux un fameux effet.

Nous voilà en quelques instants complètement envoyés en l'air. Plus question de retourner se coucher.

« On va se promener » décrète Agnès.

Je suis bien de son avis.

Nous sortons, bras dessus, bras dessous, légers comme des plumes, l'impression de frôler le sol et de pouvoir nous envoler, d'un simple coup de talon, comme un plongeur qui remonte du fond.

Pendant une bonne demi-heure nous errons au hasard, sans parler, distribuant de temps en temps des coups de pied aux chiens.

Nous arrivons dans la rue centrale, celle qui mène à la Place des temples. Agnès s'arrête :

« Regarde », me dit-elle en me montrant un porche sur notre gauche. Je m'approche, car la lumière est très faible.

« C'est une chapelle dédiée à l'Amour, me dit Agnès. Tu vois les bas-reliefs ? »

Effectivement, il n'y a pas à s'y tromper. Sculptées dans la pierre devant nous, des figurines, hommes et femmes, dans toutes les positions que l'imagination la plus débordante peut concevoir. Tout l'art d'aimer est représenté là, comme un cours par images.

Nous avançons lentement sous le porche. Au fond, une grille entrouverte et derrière, à l'intérieur, des bougies tremblotent. Nous avançons encore, nous faisons grincer la grille en l'ouvrant tout à fait.

C'est extraordinaire. Nous sommes dans une minuscule chapelle aux murs sculptés de fresques plus échevelées que celles de dehors. Entre les sculptures, partout, au milieu de dizaines et de dizaines de bougies, des fleurs à profusion.

Et dans un brouillard d'encens dont l'odeur nous étouffe un peu, la statue de la Déesse de l'Amour.

« Regarde ça! » me crie soudain Agnès en se serrant contre moi.

A mon tour, le sang glacé, je vois ce qui l'a fait crier.

Une dizaine d'ombres glissent sur la statue.

Ce sont des rats.

Quand nous nous retrouvons dehors, encore tout remués, le jour commence à se lever. Nous reprenons notre chemin, toujours au hasard, mais vers l'ouest, vers la rivière cette fois.

Et nous débouchons sur une petite place aux dalles de pierre, ressemblant un peu à la place Furstenberg, à Paris, mais là s'arrête la ressemblance.

Cette place : les abattoirs de Katmandou.

Devant nous, les pieds entravés, un buffalo attend la mort. Visiblement, il comprend ce qui va se passer. Il roule des yeux épouvantés, ses naseaux fument.

Sournoisement, deux acolytes se glissent derrière lui et, ensemble, du même mouvement d'épaule, ils le poussent.

Le buffalo s'écrase sur le flanc. Il gueule de toute la force de ses poumons. Il s'est certainement cassé quelque chose, au moins les côtes.

Mais déjà le bourreau se penche sur lui et d'un geste rapide, lui tranche la gorge.

Le sang jaillit à gros bouillons et s'en va comme un ruisseau, sur la dalle en pente, vers la ruelle en contrebas. Ça coule, ça n'arrête pas de couler, tandis que la bête s'immobilise peu à peu en râlant.

Le ruisseau de sang qui fume passe devant nos pieds. Déjà un essaim de mouches se rue à l'assaut et se gorge.

D'un coup de pied sur le museau, le bourreau s'assure que le buffalo ne réagit plus. L'animal est bien mort. Alors les aides le couvrent de paille et de fougères séchées, arrosent le tout d'essence et y mettent le feu.

Les flammes jaillissent, la fumée forme de grosses volutes, une intolérable odeur de poils grillés envahit la place.

Au bout d'une vingtaine de minutes, le feu est éteint. Les aides étrillent le corps et se mettent à le dépecer.

Je crois bien que si nous n'étions pas ivres de haschisch, Agnès et moi, nous serions partis depuis longtemps. Mais le haschisch annihile notre volonté. Un effroyable enchantement nous tient là, les yeux rivés sur le corps dont les organes fumants jaillissent sous les coups de couteau.

La boucherie est atroce, l'odeur horrible, mais nous restons. C'est terrible à dire, mais nous sommes avides du spectacle. Ce que nous voyons déclenche en nous un extraordinaire feu d'artifice de sensations violentes, à peine soutenables, qui nous font presque trembler de plaisir.

Nous restons longtemps. Nous assistons à la mise à mort de quatre buffalos. Nous en voyons un trébucher au moment où on l'amène sur la place, tomber dans ses entraves et s'en aller, glissant sur le flanc, dans le sang, par la ruelle en pente, en hurlant à la mort.

Les bouchers, eux, rient en découpant la viande en morceaux qu'ils jettent devant eux, à même le sol, formant une sorte d'étal primitif.

Déjà des ménagères arrivent. Une balance sort d'un coffre ; on aiguise des couteaux, on palabre, on coupe, on donne, on paye.

Je vois, devant moi, une fillette d'une dizaine

d'années s'en retourner chez elle avec dans la main un affreux bout de viande poussiéreux qui fume encore.

Là seulement, l'envie de vomir nous vient.

« Partons, dis-je écœuré à Agnès, allons nous faire un shilom. »

Nous quittons la place, nous nous asseyons sous une porte cochère et nous nous faisons deux bons shiloms qui nous remettent tout à fait d'aplomb.

Si bien que nous n'avons plus aucune envie d'aller nous coucher !

A présent le soleil est levé depuis longtemps et partout dans les rues des Népalais marchent, portant d'énormes hottes d'osier retenues par une courroie de cuir passant sur la hotte et entourant le front du porteur.

Soigneusement, tout en trottinant, ils évitent les vaches sacrées qu'ils croisent.

Certaines hottes sont remplies de bois, d'autres de bouse séchée, d'autres encore de volailles piaillantes. Les femmes portent aussi bien que les hommes.

Ce sont des paysans venus de la montagne vendre au marché.

La plupart ont à la main un chapelet ou un moulin à prières : un cylindre (creux, il contient un parchemin où sont inscrits des textes sacrés) retenu par une ficelle à un manche en bois qu'ils font tourner.

De temps en temps ils s'arrêtent devant un temple ou un stupa, une pyramide de pierres garnie de moulins à prières, fixés, ceux-là, et ils font aussi, d'un geste vif, tourner les autres moulins.

Puis ils repartent, toujours trottinant. La plupart sont nus avec juste un linge noir entre les jambes, laissant les fesses découvertes. Les femmes, en grande robe noire descendant jusqu'aux chevilles, ont de grosses, de très grosses boucles d'oreilles qui percent les lobes et les distendent de leur poids. Certaines ont un anneau perçant une narine, sur le côté.

En général, les hommes ont les cheveux longs. Mais il y en a qui ont le crâne rasé à zéro, sauf une fine mèche, très longue celle-là, pendant du milieu du crâne.

Mais ce qui m'éblouit, ce sont leurs jambes nues.

Elles sont très belles. On sent qu'elles ont été exercées depuis la naissance à la marche dans la montagne sur les petits chemins à flanc de montagne.

Les attaches sont merveilleusement fines et dessinées. Les muscles jouent sous la peau et la peau est en sueur.

Je ne me lasse pas de les regarder passer devant moi et je les trouve aussi belles que les jambes des statues grecques.

Mais Agnès me tire par la manche. Ça vient de la reprendre : elle a encore faim.

Nous suivons les porteurs et nous nous retrouvons en plein marché. En plein souk, dirai-je. Partout des étalages colorés : victuailles, sacs de sucre et de riz, fruits, tissus, écharpes multicolores dans un brouhaha incessant et une cohue indescriptible.

Au milieu, bien sûr, les vaches sacrées se promènent avec des airs de reines, plongeant leur museau dans les sacs de blé sans que le vendeur ose rien dire. Pourtant, je vois l'un d'eux excédé — la vache lui a dévoré le tiers d'un sac — la repousser, respectueusement sans doute, mais fermement.

Est-il fou ? Va-t-il se faire aussitôt lapider comme j'ai vu un Européen manquer l'être à Bombay pour avoir eu le malheur de heurter une vache sacrée sans le vouloir ?

Non, d'autres viennent même l'aider.

Résultat : je note qu'au Népal, elles ne sont donc pas si sacrées que cela, les vaches !

Agnès a trouvé ce qu'il lui fallait : un marchand de fromages.

Elle en choisit un bien fait, un chèvre, évidemment.

« Tu as de l'argent ? » me dit-elle.

J'en ai. Je sors un billet d'une roupie et le tend au marchand.

Il hoche la tête et me fait signe qu'il ne veut pas de mon billet.

Comment cela ? C'est un vrai billet, une bonne roupie népalaise, non mais !

Je proteste en anglais. Il m'écoute, ne comprend rien mais reste intraitable.

Il ne veut pas de mon billet et reprend le fromage des mains d'Agnès.

En même temps, il parle, volubile, en nous montrant du doigt le fond de la place, derrière les deux immenses stupas, du côté des temples.

Que veut-il dire ? Heureusement, Agnès a compris. Elle se tape sur le front.

« C'est vrai ! s'exclame-t-elle. Il faut que tu ailles faire de la monnaie. »

Je la regarde interloqué.

« Viens », me dit-elle.

Nous arrivons devant un groupe de quatre ou cinq marchands qui ont, pour unique marchandise devant eux, d'énormes tas de piécettes, chacun haut d'un bon mètre.

D'autorité, Agnès me prend des mains le billet d'une roupie et le tend au premier commerçant. Puis elle pioche dans les tas de piécettes. Elle en prend cinq de 10 pesas (100 pesas font 1 roupie) cinq de 5 pesas et vingt-cinq d'une pesa. Elle recompte et rend une pesa au bonhomme avant de me déposer le restant dans les mains.

« Une pesa, m'explique-t-elle, c'est sa commission. »

Et nous retournons acheter le fromage, qui vaut huit pesas.

Agnès, tout en mangeant, assise sur la première marche d'une stupa, me met au courant.

Au Népal, les gens gagnent si peu d'argent (50-75 pesas par jour pour un ouvrier agricole, 25 seulement pour un homme qui bitume les routes, par exemple) qu'une roupie, c'est une somme énorme. Et à moins d'aller chez les gros commerçants, les restaurants ou hôtels de luxe, personne n'a jamais la monnaie. D'où l'institution quasi officielle des marchands de monnaie, qui vivent sur la petite commission qu'ils prennent à chaque fois.

Et sur la vente des pipes à haschisch pur, également.

« Tu n'en as jamais fumé ? » me demande Agnès.

Non, jusqu'ici je n'ai fumé le haschisch qu'en shilom, mélangé à du tabac.

« Va donc acheter une pipe, ce n'est pas cher. Et tu essaieras. »

C'est ce que je fais. Pour 30 pesas, j'ai une petite pipe de terre cuite dont le fourneau a juste la taille d'une noisette de haschisch.

Je la bourre, je l'allume, j'aspire. Je ne sais pas si c'est la fatigue de ma nuit blanche ou la force, qui est ici plus grande qu'avec le shilom, de ce que je fume, ou encore le fait que j'ai bien pris une quinzaine de shiloms depuis hier soir, en tout cas je me mets à planer tout de suite très très fort.

« Et moi ? me dit Agnès, tu m'oublies ! »

Elle me prend la pipe des mains, se l'allume et hop, en avant la « planète » à deux, assis là, en plein marché central de Katmandou, sur l'escalier d'une stupa.

A présent, cela fait une bonne heure que nous sommes tous les deux allongés au soleil sur la pierre de la stupa à rêvasser, merveilleusement bien. Tout à coup, j'entends dans mon rêve des voix européennes. On parle en anglais. Non, en américain, l'accent ne trompe pas. Ce sont des voix d'hommes et elles ont un ton rigolard très désagréable. Je comprends même quelques plaisanteries tout à fait pornographiques.

J'ouvre l'œil, je tourne la tête de côté et me soulevant un peu, j'aperçois devant moi un groupe de touristes américains ivres, l'air d'être très excités, qui mitraillent à qui mieux mieux la stupa au-dessus de moi. Certains ont des caméras et filment, l'œil collé à leur objectif. L'un d'eux me regarde même sans vergogne et veut faire un gros plan. Je grommelle :

« Eh là, on ne peut pas avoir la paix, non ? »

Il rit grassement, s'exécute en me montrant ce qu'il a filmé.

« Vous devriez plutôt regarder », me lance-t-il goguenard.

Je regarde et au-dessus de moi, je vois ce qu'il filme et que je n'avais pas remarqué avant : la corniche supérieure de la stupa est une série de bas-reliefs érotiques, semblables à ceux de la chapelle de cette nuit.

Je ris en balayant l'air de ma main d'un geste fatigué et je me recouche.

Mais, un instant plus tard, je rouvre l'œil. Le haschisch dont je suis plein me donne des idées.

« Passe-moi la pipe », dis-je à Agnès.

Je la bourre encore une fois, je la vide d'une seule inspiration.

C'est bien ce que je pensais : tandis que je me recouche, sur le côté cette fois, l'œil fixé sur la frise érotique, je vois tout à coup les personnages s'animer, conclure les gestes qu'ils ébauchaient dans l'immobilité...

Il me suffit même d'un tout petit effort de volonté supplémentaire pour qu'aussitôt, les personnages ne soient plus en bois, ne soient plus Népalais.

Les voilà qui grandissent devant moi, se présentent comme sur une scène. A gauche, agenouillée, c'est une grande fille blonde, maintenant, qui caresse son partenaire. Et celui-ci est un faune antique, avec le front bombé, deux cornes sortant de ses boucles noires, un torse puissant, et des pattes de bouc. Où l'ai-je déjà vu ? Cela me revient très vite. A Londres, il y a longtemps, au mur d'une galerie : des dessins à la pointe sèche de Picasso.

Maintenant, je n'entends plus le bruit du marché, ni les paroles des touristes qui sont de plus en plus nombreux pourtant autour de nous. Je suis seul avec mon cinéma cochon et diablement heureux !

La petite séance dure une heure au moins avant que les personnages, doucement, se figent de nouveau, retournant à leur état inerte et à leur taille de figurines aux yeux bridés, fixés à jamais dans leurs poses d'où j'ai tiré tant d'images.

Je sens la main d'Agnès qui me secoue.

« Tu es bizarre, me dit-elle, intriguée. Tu as un drôle d'air. Ça ne va pas ? »

J'éclate de rire.

« Si, si, ça va. Pour aller, ça va même très bien ! »

Elle hoche la tête. Décidément, elle reste sur ses positions : je ne vais pas bien du tout.

« Tu m'accompagnes à la poste ? finit-elle par me dire après m'avoir observé une bonne minute, j'attends du courrier.

— Allons-y. »

Quand nous y arrivons, la poste est pleine de hippies. Et cela n'a rien d'extraordinaire. Je l'ai déjà dit, pour les gens de la route, la poste est un endroit de toute première importance. Pas tellement parce qu'on y trouve des nouvelles des siens ; rares sont ceux qui se soucient encore de ce qui se passe chez eux, en Europe, ou en Amérique, mais parce que le courrier, cela signifie de l'argent sous toutes ses formes : mandats, travellers-chèques ou simplement billets glissés dans les enveloppes sous papier carbone si possible, pour tromper la curiosité toujours en éveil des postiers orientaux.

Il faut d'ailleurs s'attendre avec le courrier à une moyenne d'environ 50 pour 100 de pertes.

Mais même si votre lettre est arrivée, vous n'en êtes pas autant au bout de vos peines.

Car les postiers de Katmandou savent généralement à peine lire. Et ils classent les lettres dans les casiers par ordre alphabétique au bureau de la poste restante avec une fantaisie consternante.

C'est ainsi que pour ma part, par la suite, j'ai très vite appris à demander à l'employé non seulement de regarder au casier D, première lettre de mon nom propre, ou au casier C, première lettre de mon prénom, mais de jeter aussi un œil au casier M.

Pourquoi ? Parce que M., c'est la première lettre de Monsieur et que c'est à ce casier qu'a attendu une fois pendant plus d'un mois, une lettre à mon nom.

Agnès prend donc son tour dans la file d'attente. Devant nous, au guichet, il y a du remue-ménage. Un Allemand tempête. Il est sûr qu'une lettre est arrivée à son nom.

L'employé lui montre la case correspondant à son nom. Rien.

L'autre, pour la sixième fois, lui demande de regarder dans les autres cases : on ne sait jamais.

Le postier refuse net. Il en a assez. Au suivant.

Alors, nous voyons l'Allemand sauter par-dessus le comptoir et prendre l'employé par le col.

Quinze autres employés arrivent à la rescousse... et au moins vingt hippies sautent à côté de leur camarade.

Petite échauffourée... Puis on se sépare, on se regarde dans le blanc des yeux, on parlemente, tout ça devant les Népalais attroupés, ahuris, autour de nous.

Le directeur de la poste, accouru, finit par accepter (malgré lui et réticent. Il comprend parfaitement que si l'Allemand a raison, c'est le ridicule jeté sur ses services) ce que lui demande l'Allemand, à savoir : regarder à la lettre H (*Herr*, Monsieur en allemand) s'il n'y a pas la lettre qu'il attend.

L'Allemand regarde, fouille... et brandit une lettre en poussant un cri de guerre strident.

Il a gagné. La lettre était là.

Un peu penaud, le directeur le pousse hors du comptoir en marmonnant quelque chose qui doit être l'équivalent en népalais de « Bon, ça va, vous avez gagné, ayez au moins le triomphe discret. »

Mais le triomphe de l'Allemand se mue brutalement en rage.

Il a ouvert sa lettre et dedans, il n'y a rien d'autre qu'une lettre.

« Où est le mal ? demande excédé, en anglais, le directeur.

— Où est le mal ? hurle l'autre avec un formidable accent teuton. Il est que dans cette lettre, ma sœur a mis 25 dollars et qu'ils n'y sont plus ! »

Un petit sourire de triomphe s'esquisse sur les lèvres du directeur.

« Votre lettre a traversé beaucoup de pays, depuis l'Allemagne. Des pays où la poste n'a, semble-t-il, pas la probité des postes népalaises. »

Un ricanement s'élève dans les rangs des hippies.

« Mon œil », lance un Français.

Le directeur reprend, toujours aussi souriant :

« D'ailleurs, monsieur (le qualificatif est à se tordre de rire quand on voit à qui il s'adresse : l'Allemand, pieds nus, vêtu d'un jean crasseux coupé en franges aux genoux, a sur les épaules un boléro de fille, en dentelle rose qui craque aux entournures, et s'ouvre devant, sous une barbe d'un an, sur une toison de poils roux), monsieur, vous n'êtes pas sans savoir que les règlements postaux internationaux interdisent formellement l'envoi de billets sous enveloppe. »

L'autre s'étouffe :

« Mais quand on envoie un mandat, il n'arrive jamais ! Là au moins, il y a une chance qu'il arrive !

— Ce n'était pas votre jour de chance », conclut le directeur dans un demi-sourire avant de se réfugier rapidement derrière son comptoir.

L'Allemand n'est pas un violent. Il a un geste fataliste par-dessus son épaule et s'en va, en secouant de dépit sa crinière.

Agnès n'a pas de chance, elle non plus. Sa lettre n'est pas là.

« Bon, me dit-elle, je n'ai plus qu'une solution. Avance-moi 5 pesas, je vais téléphoner.

— A qui ?

— Eh bien, à mon micheton, quelle question !

— A ton micheton ? »

Elle sourit et me met au courant. Elle couche de temps en temps, contre argent, avec un fonctionnaire de la mission d'aide américaine au Népal.

« Un vieux cochon, me dit-elle, mais c'est très

bien, j'en tire plus. Et puis, il me fait prendre un bain avant. Ça vaut mieux que le lavabo de l'Oriental, non ? »

Elle va téléphoner et revient en faisant la moue.

« Pas avant ce soir, me dit-elle. C'est ennuyeux. Peter va être en manque. Il lui faut sa morphine avant midi. »

Peter, c'est son Australien, je le sais. Que puis-je faire ?

« C'est combien, ta morphine ?

— 5 roupies. Tu me les prêtes ? Merci, tu es chic. Viens, on va à la pharmacie. »

Et là, sans ordonnance, sans rien, elle obtient son flacon.

Nous rentrons. Peter est très énervé sur son paillasson. Il pousse un soupir de soulagement en voyant Agnès.

Aussitôt, elle prépare la morphine, la seringue, l'aiguille, dispose le garrot autour du bras de Peter et, avec des gestes doux et tendres, la langue sortie, l'air d'une écolière appliquée, elle pique.

Au fur et à mesure que le liquide entre dans sa veine, Peter reprend des couleurs ; se détend, se calme.

« Merci », finit-il par dire.

Et il se recouche sur le côté, le nez dans sa paillasse.

III

Au bout d'une semaine, je sais tout de Katmandou. Les endroits où l'on s'amuse, ceux où l'on se fournit en drogue, les secrets des uns et des autres, les combines, les trucs, les histoires.

Pour l'instant, j'en suis toujours au haschisch et je me remets un peu à l'opium, mais je ne me pique pas encore. C'est que j'ai trop à observer, trop à voir, pour être vraiment tenté de franchir un nouveau cap dans la drogue. Cela ne tardera pas, comme on verra...

Depuis qu'Agathe et moi avons pour ainsi dire rompu, je connais une sorte de soulagement. C'est mieux comme ça, je suis plus libre, et n'est-ce pas ce qu'au fond j'ai toujours préféré ? Mes journées passent à fumer le shilom avec Guy, mes soirées à aller écouter de la musique au Quo Vadis ou au Cabin Restaurant, et à explorer la ville.

Je me fais des amis un peu partout. Dans le milieu hippie d'abord, bien sûr, où cela m'est d'autant plus facile qu'on a vite su que j'ai de l'argent.

Alors, je suis un peu exploité, de plus en plus d'ailleurs. A l'Oriental, je finis par payer non seulement pour Guy, Michel et moi, mais aussi pour Agathe et Claudia, Agnès et son Australien. Je me dis que c'est normal, que cela durera tant que j'aurai de l'argent, qu'après on verra bien.

Mais je fréquente aussi du monde ailleurs, du beau monde.

Un jour, au Centre culturel français, où je suis allé feuilleter des journaux et des revues, je fais la connaissance d'un Canadien français. Il s'appelle Pierre, il est diplomate.

Nous parlons, nous sympathisons, il me prête des livres. Il m'invite à dîner à son hôtel, le Royal Hôtel.

J'ai mis mon costume de sortie, je suis propre, présentable.

Je l'intrigue à vivre ainsi au milieu de hippies sans en faire vraiment partie.

Nous nous voyons beaucoup. Comme j'ai de l'argent, je lui rends ses invitations.

Bientôt, nous faisons du cheval ensemble.

Et c'est ainsi que pour la première fois je rencontre Jocelyne.

Ce jour-là, à cheval, nous sommes allés, Pierre et moi, jusqu'à Soyambonat, la cité du temple des singes, au-dessus de Katmandou, sur le premier contrefort de la montagne.

Dans un tournant, nous tombons sur deux filles, deux Européennes, dans un accoutrement invraisemblable, même pour des hippies.

Elles sont en haillons, littéralement. Leurs vêtements sont complètement effilochés (c'est fait exprès, je le saurai plus tard), elles ont l'air de sortir tout droit de la Cour des Miracles.

Et effrontées avec ça ! Elles se jettent à la bride de nos chevaux et nous apostrophent.

En français :

« Dis donc, Christ, dit la première, qui a les cheveux courts, tout en mèches, comme si elle avait eu le crâne rasé un mois avant, dis donc, regarde-moi ces deux-là !

— Hé, Jocelyne, si on leur demandait de nous emmener ? répond Christ.

— C'est ça, reprend Jocelyne en battant des mains. Monsieur (elle s'adresse à moi) tu m'enlèves sur ton beau destrier ?

— Ça va, ça va, calme-toi », dis-je un peu gêné, car je tiens à Pierre et je ne sais pas comment il va prendre ça. Et puis, la fille m'a l'air vraiment trop sale.

Je ne me trompe pas. Pierre de son côté repousse celle qui s'appelle Christ.

« Allez, laisse tomber, dis-je à Jocelyne.

— Bon, bon, fait-elle, on vous fiche la paix. Bye, bye. »

Et joignant ses mains sur la poitrine, elle me lance d'un air ironique :

« Namasté ! »

Namasté, en népalais, ça veut dire tout ce qu'on veut, bonjour, au revoir, merci, mais de toute façon c'est une formule de politesse.

Et on se quitte.

Quinze jours plus tard, Jocelyne sera dans ma chambre...

Et cela après une fameuse soirée au Quo Vadis.

Mais avant, il y a l'épisode Eliane M., cette Française, médecin et écrivain, dont j'ai parlé plus haut. Je fais sa connaissance au Royal Hôtel, au cours d'un dîner avec Pierre.

« C'est mon hippie, dit celui-ci en me présentant.

— Hippie de luxe, à ce que je vois ! » réplique-t-elle.

Elle m'invite à son hôtel le lendemain soir. Nous dînons ensemble.

Elle me raconte qu'elle a à Paris un laboratoire.

Mais elle écrit aussi des livres. Elle en a déjà publié deux. Elle est à Katmandou en reportage.

Nous parlons longtemps. Nous devenons amis. Elle m'invite à prendre un verre au Soaltie Hôtel, le super-palace où elle habite, au bord de la piscine.

Il se passe quelque chose d'étrange avec Eliane : nos conversations prennent vite un tour direct, précis... Bref, nous nous mettons à parler sexualité. C'est un sujet qui la passionne et elle a tenté toutes les expériences.

Nous prenons l'habitude de déjeuner ensemble tous les jours, en tête à tête, à l'Indirah, le restaurant chic surélevé dans New Road, la rue principale de Katmandou.

Et là, face à face, contre la verrière d'où le regard plonge dans la rue, nous passons en revue, des heures durant, les mille et une manières de faire l'amour. Nos discussions sont on ne peut plus précises.

Pour ma part, je suis loin d'être un enfant de chœur, mais j'avoue qu'avec Eliane, parfois je me sens dépassé. Cette femme a vraiment l'érotisme dans le sang !

Nous allons nous promener ensemble en taxi ou en voiture à cheval dans les environs, à Pashi Patinat. Mais nous regardons à peine le paysage ou les temples. Assis l'un à côté de l'autre, nous continuons à disséquer méthodiquement l'art d'aimer.

Un soir, je l'invite au shilom, car elle ne s'est jamais droguée.

Le lendemain, à l'Indirah, nous nous mettons à imaginer de quelle manière nous passerons notre première nuit d'amour.

Eliane se décrit entièrement, m'explique comment elle est, quels sont ses goûts et ses capacités.

232

J'en fais autant de mon côté. Et nous montons le scénario exact, minuté de notre première nuit d'amour.

Elle a lieu peu de temps après d'ailleurs. Un soir, Eliane m'amène chez elle, dans sa chambre luxueuse. J'y reste deux nuits. Nous faisons l'amour... mais pas du tout comme nous l'avions prévu : le plus normalement, le plus banalement du monde !

Mais elle doit bientôt repartir. Nous nous quittons bons amis. Nous échangeons nos adresses à Paris, et je retourne avec mes hippies.

Autant vous dire que j'y ai un gros succès de curiosité. Ce n'est pas tous les jours qu'un gars de la route s'en va crécher dans les palaces et dans le lit d'une bourgeoise !

C'est peu après que je prends un petit boy à mon service, comme je l'avais fait déjà à Bombay.

Mais celui-là, le petit Krishna, ce sera autre chose. Un compagnon fidèle et dévoué, prêt à se faire tuer pour moi. Je ne l'oublierai jamais, mon petit Krishna.

C'est Agathe et Claudia qui me l'ont fait connaître. Elles l'ont pris en charge deux ou trois jours.

Un jour, à l'Oriental, il vient les voir. Je suis là.

Tout de suite, il me sourit. Et tout de suite, je vois que c'est le petit boy qu'il me faut. Son regard ouvert, son sourire franc, ne trompent pas. Il a au plus une dizaine d'années. Ses parents ? Je n'ai jamais très bien su s'il en avait. Je crois plutôt que c'est un gosse abandonné. Il a toujours été très discret sur ce sujet et de toute façon il n'apprendra jamais assez le français pour s'expliquer tout à fait.

Dès que je lui demande s'il veut entrer à mon service, il saute de joie.

Je lui expose, aidé par un hippie qui parle un peu

le népalais, ce que j'attends de lui : qu'il s'occupe de mon linge, me fasse mes courses, me pilote, achète avec moi pour m'éviter de me faire rouler. En échange, je le nourrirai, je lui donnerai un peu d'argent et je l'habillerai.

A cette dernière précision, il bat des mains. Il est en haillons, il supplie que je l'habille tout de suite.

Je l'emmène donc chez un tailleur, je lui achète un beau petit costume bariolé qui le jette dans un accès de joie formidable. Mais ce costume, soit dit en passant, sera complètement déchiré trois jours plus tard, car mon Krishna se roule un peu partout et rien à faire pour l'en empêcher.

Tout de suite, il me rend de gros services. Il me suit partout.

Au restaurant, au début, je n'arrive pas à le faire manger. Il a honte ! Quand je lui montre la carte, il commence par dire qu'il n'a pas faim, puis se laisse tenter, mais choisit toujours ce qu'il y a de moins cher. Je suis presque obligé de le forcer à manger.

Non seulement il ne me revient pas cher, mais il me fait même faire des bénéfices : dès que j'entre dans un magasin, il me précède et discute le prix. Et attention, il discute pied à pied, jusqu'à ce que le commerçant, vaincu, me fasse le rabais qu'exige Krishna, au lieu de m'assener le prix touriste habituel avec les Européens !

Dans ma chambre, il couche à mes pieds. Ne croyez pas que ce soit par cruauté de ma part. C'est pour une raison technique, tout simplement. Krishna fait pipi au lit. Il n'y a rien à faire pour le corriger de cette habitude. Alors, au bout de quelques nuits, désespéré de mouiller continuellement sa paillasse, il décide, de lui-même, de dormir à même la terre battue.

Je l'ai dit, Krishna me suit partout. C'est-à-dire,

bien entendu, la nuit dans mes sorties. Rien à faire, quand je m'en vais, pour le convaincre de rester à dormir. Il pleure tellement que, de guerre lasse, je me suis avoué vaincu et qu'il prend l'habitude d'aller partout où je vais.

Avec moi, il court les restaurants, fait mes promenades et mes courses.

Il va aussi au Cabin Restaurant et j'ai toutes les peines du monde à lui faire servir des plats sans haschisch.

IV

KRISHNA est avec nous ce fameux soir où nous droguons un touriste de force.

Ce jour-là, un avion bourré de touristes américains a atterri à Katmandou. En tout cas, sur le coup de minuit, les voilà qui débarquent en force.

Ils sont une bonne vingtaine, bardés comme il se doit d'appareils-photos et de caméras, et des yeux ronds comme ça.

Les touristes, on le sait, on ne les aime pas beaucoup chez les hippies. C'est vite lassant de jouer les singes du zoo...

Mais ce soir-là, on les accueille avec encore moins d'aménité que d'habitude au Cabin.

C'est que Barbara et Brigitte, les deux excitées, viennent de nous faire un de leurs numéros habituels. Et on dirait vraiment qu'elles ont mangé du lion.

Pendant deux heures, alors que tout le monde n'aspire qu'à une chose, se caler tranquille dans son coin et rêver, qui au shilom, qui au shoot, en écoutant les Rolling Stones, elles nous ont cassé les oreilles à force de hurlements, de yous-yous, et de cris de chattes pincées entre deux portes. Et comme de bien entendu, elles se sont vite mises à poil et en avant la danse du ventre, toujours pareil, toujours à contretemps de la musique et avec des grâces de vaches laitières.

Les hippies, on le sait, ne sont pas gens violents. Aussi ont-elles été supportées patiemment pendant longtemps. Mais à la fin, tout de même, un grand Hollandais s'est levé, les a prises chacune sous le bras et les a jetées dehors.

Puis, charitable, il leur a lancé leurs fringues.

Et, ouf, elles sont parties casser les pieds à d'autres.

Une minute plus tard, c'est le paradis retrouvé. Fumée de shiloms et des joints, lumière tamisée, musique douce et rêvasseries.

Patatras ! la porte s'ouvre et notre fournée de touristes se pointe.

On grogne un peu. Quelqu'un leur explique qu'il faut s'asseoir sagement et ne plus bouger. Ils obtempèrent.

C'est l'heure des danseurs. Et surtout celle d'Eddy eight fingers.

Eddy eight fingers, ainsi appelé parce qu'il lui manque l'index et le pouce de la main gauche, ce qui lui fait donc huit doigts (huit fingers) en tout, c'est la personnalité de Katmandou.

Américain, très grand, dégingandé, la quarantaine, il partage son temps entre Goa, sur la côte occidentale des Indes où il a une maison (ouverte à tous, soit dit en passant), et Katmandou.

Il a la renommée d'être riche, il n'est pas habillé hippie, il se drogue, mais on n'a jamais su à quoi. Moi, j'ai toujours pensé qu'il se shoote à la cocaïne, ou à l'héroïne. Mais personne ne l'a jamais vu se shooter. Il fume, bien sûr, mais peu. Il est continuellement stoned.

On l'adore.

C'est un type qui passe des heures à danser entre les tables. Il danse à merveille, un éternel sourire très doux aux lèvres, avec une grâce parfaite, sans jamais un geste déplacé, sans jamais perdre le rythme.

Le voir danser, c'est un spectacle inoubliable. Il est toujours accompagné d'autres types et de filles qui se relaient à ses côtés — car lui est inépuisable —, mais aussi beaux soient les types, aussi belles les filles, c'est lui qu'on regarde, Eddy, et pas les autres, tellement il domine le lot, tellement il dégage un véritable fluide.

Deux seulement parfois arrivent à sa hauteur : To, un jeune Vietnamien qui ne le quitte jamais et finit par attraper un peu de sa grâce et de son élégance, et un Noir américain splendide, complètement flippé : un déserteur du Vietnam.

Entre parenthèses, c'est To, ce Vietnamien qui m'a offert la boîte à haschisch en argent que j'ai encore aujourd'hui, vide, bien sûr, mais qu'il me suffit d'ouvrir pour que tous mes souvenirs remontent d'un coup à ma conscience.

C'est une petite boîte ouvragée, à l'intérieur de laquelle il y a ces mots gravés : « Je t'aime. »

Mon ami n'a pas destiné ces mots à moi ! Non. C'est une fille qui l'aime qui a gravé ça afin qu'il pense à elle quand il ouvre sa boîte pour fumer.

Et cela a été de la part de To un joli geste. Il me l'offre une nuit pour se faire pardonner de ne pas m'avoir remboursé plusieurs shoots de morphine que je lui ai payés.

Mais au fond du couvercle, elle n'a pas de glace. La plupart des boîtes à haschisch — comme l'autre, en fer, que je me suis achetée — en ont une. Et c'est très important. En effet, quand on fume du haschisch, on aime se regarder longuement. Ça aide à rêver.

Combien de fois, des centaines et des centaines, ai-je moi aussi regardé mon visage dans la petite glace, me jugeant, me jaugeant, me parlant, m'apostrophant...

Bon. Ce soir-là, c'est fête au Cabin. Eddy, To et le Noir dont j'ai oublié le nom, se donnent vraiment à fond.

Pendant un quart d'heure, les touristes se tiennent tranquilles, mais ils finissent par ne pas résister et les flashes des appareils-photos commencent.

Rien n'est plus désagréable quand on est sous l'effet de la drogue que d'avoir des flashes d'appareils qui vous partent dans la rétine. Les nerfs à vif comme on les a, c'est un vrai supplice.

C'est donc un tollé général et les types se calment.

Pas pour très longtemps. Au bout de dix minutes, v'lan! un flash repart.

C'est un gros type blond, la trentaine, machouillant du chewing-gum, le genre texan, gros pétrolier, rouleur et « à qui on ne la fait pas ».

Quelqu'un essaie de le raisonner. Il ne veut rien savoir. Il continue à mitrailler. Résultat, Eddy, To et le Noir s'arrêtent.

« Tu es content maintenant! » lui lance un gars.

L'autre rigole. Il sort une poignée de dollars et la jette entre les tables.

« Allez, dansez, dansez! Je paie, moi! » éructe-t-il.

Visiblement, il est ivre.

Inutile de le dire, ça jette un froid. Eddy n'est pas du genre à se faire payer pour danser. Il ne bouge pas.

« C'est bon, fait l'Américain, je vais danser, moi. »

Et il commence à se trémousser, dans le silence général, braillant des airs vaguement hawaiiens.

Dégoûtés, Eddy et ses danseurs s'en vont.

Sentant que ça va mal tourner, les autres touristes essaient de raisonner l'enquiquineur. Mais il ne veut toujours rien savoir. Il danse. Il fait ce qu'il veut, non ? Il continuera à danser.

Les autres s'en vont après une dernière tentative.

Resté seul, le raseur ne s'émeut pas pour autant. Avisant une fille qui tire sur son shilom, il le lui prend d'office, tire dessus, n'y arrive pas, s'étouffe, tousse et crache en jurant.

« Ah ! ce n'est pas pour les enfants ! » lance une voix.

L'exclamation fait s'arrêter net le type. Il explose. Tout y passe : lui, il est plus fort que la drogue, il n'en a pas besoin, on est tous des lopettes (et j'en passe), il est assez fort pour résister à ça, qu'on essaie un peu et on verra.

Tiens ! tiens ! l'idée peut être amusante. Si on essayait ?

Lui faire fumer un shilom, balourd comme il l'est, on n'y arrivera pas. Ce sera le bide.

Un petit shoot alors ? Oh ! un tout petit, pas méchant... Un fond de morphine par exemple, juste un fond. Bourré comme il l'est, ça suffira à lui ficher sans danger une bonne petite crise de vomissements et de coliques.

« Un petit shoot, Sir ! » lui dit Harry le Canadien.

Le « Sir » roule des yeux de buffle.

« Un petit quoi ?

— Une petite piqûre, juste pour voir. Bonne expérience.

— A raconter quand vous serez rentré à la maison... insiste Harry. Alors, on a peur ?

— Peur ? »

Il s'est redressé, il bombe le torse.

« Pique, mauviette ! » lance-t-il, en retournant sa manche.

Faut-il qu'il soit bourré pour ne pas se rendre compte qu'on lui propose un vrai tour de salaud.

Harry, souriant tranquillement sous l'insulte, prépare un petit, un tout petit shoot, met le garrot, tâte la veine, la nettoie à l'alcool, pique la seringue.

« *All right ?*

— Vas-y », rugit l'autre.

Toujours aussi souriant, Harry enfonce le piston.

« Voilà, ça y est, c'est fini, dit-il. On n'a pas eu mal ? »

L'autre fait mine de lui balancer un retour de manchette, puis, subitement, blêmit.

C'est le flash classique quand le liquide entre.

Mais un flash, quand on a de l'alcool plein les veines, aussi faible soit-il, c'est de la dynamite.

Trois minutes plus tard, le type roule par terre, pleure comme un gosse.

On le laisse un instant tranquille, le temps qu'il se calme. Puis une fille lui fouille les poches. Elle en sort la carte de son hôtel.

Il est à l'Annapurna Hôtel.

Des billets sortent à poignées de ses poches.

« Toujours ça de pris, dit la fille. Avec ce crétin, pas de scrupule à avoir. »

Elle fait disparaître le tout.

« Qu'est-ce qu'on va en faire ? dit Harry en jetant un regard dégoûté au type qui dégueule maintenant en gémissant.

— On s'en débarrasse », dit la fille.

Trois gars le sortent, vont le porter sous un porche

242

à deux cents mètres de là, le laissent vomir tranquille et reviennent.

On rallume les shiloms, on remet la musique et la soirée repart, paisible, entre nous.

Ni le lendemain, ni les jours suivants, on n'entend plus parler du type. Il s'est bien gardé de porter plainte.

Et la vie normale reprend. C'est-à-dire qu'on va du Cabin au Quo Vadis, et du Quo Vadis au Cabin, avec de temps en temps des promenades dans la ville, dans les temples, ou dans ces théâtres de plein air, cernés de tentures où, parfois, le soir, une dizaine de comédiens se donnent en spectacle.

Au Quo Vadis, naturellement, on va beaucoup. C'est là qu'il y a le plus grand grouillement de types et de filles de toutes les nationalités, de tous les genres, chevelus ou le crâne rasé, en saris blancs ou en longhis.

Tout le monde y est continuellement en état second, surtout le soir, quand les gars, drogués eux-mêmes, se mettent à jouer.

Les séances de musique, quotidiennes, et qui durent parfois plusieurs jours de suite sans interruption, sont quelque chose d'incroyable.

Pour le comprendre, il faut essayer de s'imaginer ce que peut être une musique jouée par des types complètement défoncés. Rien à voir avec la musique normale.

C'est quelque chose d'indéfinissable, d'irréel, de jamais entendu. Les tonalités et les accords les plus étranges se succèdent, les rythmes se mélangent, cela va de la mélopée au tam-tam le plus syncopé. Et pendant ce temps, les spectateurs écoutent immobiles, comme envoûtés.

Mais chaque note pince leurs nerfs de vibrations

inouïes, chaque son leur donne des élancements délicieux dans le corps entier. Nous sommes alors tous La Musique, nous sommes des Dieux, nous sommes Le Rythme, nous sommes Le Son.

V

MAIS, pour moi, le Quo Vadis restera à jamais marqué dans mon souvenir par trois choses bien précises, des choses dont il est pénible de se souvenir.

La première, c'est un spectacle affreux, lamentable, qu'il m'a été donné d'y voir.

Celui qui vit à Katmandou est par définition quelqu'un qui a tout vu, tout fait, tout entendu. La dignité humaine, le respect, les principes, tout cela, ce sont des notions oubliées, préhistoriques.

Eh bien, tout aussi endurci que j'aie été, il est quelque chose qui aura quand même réussi à me dégoûter à Katmandou.

Ce quelque chose, c'est une femme.

Une Américaine. Une grosse femme sale d'environ vingt-cinq ans.

La première fois que je la vois, elle a un bébé dans les bras. Le gosse, aussi sale qu'elle, a peut-être sept mois.

C'est son fils.

Jusque-là, rien de bien surprenant. Les colonies hippies sont pleines de gosses que leurs mères promènent partout, et j'en ai côtoyé assez souvent

245

pour ne pas faire outre mesure attention à celui-là et à celle-là.

Seulement pour une nuit, au Quo Vadis, je vois comment sa mère s'y prend pour le nourrir, ce gosse innocent qui n'a pas demandé à être là, qui n'a rien fait pour subir ce qu'on lui fait subir.

Je revois encore la scène.

L'Américaine est assise dans un coin, dodelinant de la tête au rythme de la musique.

Elle a son gosse dans les bras, enroulé dans un tas de chiffons.

Le gosse se met à pleurer. Il a faim.

La mère se lève, le pose là, par terre ; il se met à crier de plus belle.

Quand elle remonte, elle a un biberon entre les mains, qu'elle est allée préparer à la cuisine, avec du lait de chèvre coupé d'eau, je suppose.

Je la regarde tout en faisant des grimaces au gosse qui, malgré sa pâleur et sa crasse, a une bonne petite bouille de lardon sympathique.

Et je vois ceci :

De son balluchon, la mère sort du haschisch, en coupe entre l'ongle de l'index et celui du pouce un petit morceau qu'elle effrite dans le creux de sa main.

Elle verse le tout dans le biberon.

Et elle le donne à boire au gosse !

Celui-ci tire goulûment, fait son rot et, aussitôt s'endort. Epouvanté, je secoue la mère, je lui dis :

« Tu es complètement folle ! Tu vas tuer ton gosse ! »

Elle rigole :

« Mais non, il aime ça. Il ne peut plus s'en passer.

— C'est vrai, me dit une fille assise à côté d'elle. Si elle ne met pas sa merde dans le biberon le gosse entre en manque. »

246

Je répète :

« Tu vas le tuer ! »

Elle hausse les épaules.

« Et alors ? » me lance-t-elle.

Le lendemain, bien décidé à sauver quand même ce gosse coûte que coûte, je vais demander conseil au Centre culturel français. Affolement général. On me conjure de conduire la mère à l'ambassade américaine ou, à défaut, ici.

Je retourne à Quo Vadis en me demandant quels mots je vais bien pouvoir trouver pour raisonner cette folle.

Et j'apprends que, le matin même, elle a été expulsée avec son gosse par les autorités népalaises. Elle n'avait plus de visa et s'est laissée surprendre par un contrôle de police.

A l'heure qu'il est, elle doit se trouver sur un camion avec son gosse drogué, quelque part sur la route qui mène à la frontière des Indes...

Il y a un autre gosse, à Katmandou, auquel je ne peux penser aujourd'hui sans un sentiment diffus de remords, car pas plus que les autres, je n'ai rien fait pour le sauver. Mais l'aurais-je voulu vraiment, qu'aurais-je pu faire ? Nous vivions dans une telle atmosphère de folie...

Je veux parler d'un gosse appelé Wayne, un adorable petit Américain très beau, avec de ravissants cheveux blonds bouclés, déluré, intelligent, drôle.

Il a quatre ans.

Sa mère, une grande fille châtain, enceinte de huit mois, a flippé. Elle est folle, elle vit à Soyambonat.

Wayne a été recueilli par une amie de sa mère, une jolie blonde dont j'ai cru longtemps qu'il en était le fils.

Toujours bien sage, le plus souvent avec un

pantalon brodé, torse nu, une chéchia népalaise posée crânement de côté sur la tête, il va de table en table au Quo Vadis ou au Cabin et monte sur les genoux des gens. Il est copain avec tout le monde et personne ne le repousse.

Wayne fume des Beelee's, ces petits cigares népalais, coniques, longs comme le petit doigt d'une femme et qui sont faits de feuilles de tabac vert.

Ce qui ne l'empêche pas, quand les shiloms tournent, de prendre son tour.

Il faut le voir, Wayne, assis sur les genoux d'un gars et tirant sur son shilom comme un grand. Ah ! ça n'est pas lui qui laisserait sa part au chat !

Souvent, il est stoned. Il y en a que ça écœure, comme moi, et que ça met mal à l'aise, ce gosse de quatre ans qui se met à débloquer.

Mais il y en a beaucoup aussi que ça fait rire aux larmes, qui le font fumer et que ça amuse de l'entendre raconter ses fantasmagories de petit drogué de quatre ans.

Mais il fait tellement partie de la communauté, et nous, nous sommes tellement tous stoned, que nous en arrivons à oublier son âge et à le considérer comme un compagnon égal aux autres, plus petit sans doute, mais pareil à tout le monde.

Aujourd'hui, en pensant aux séquelles que la drogue a dû faire dans ce brave petit garçon de quatre ans, s'il est encore vivant, je préfère chasser tout ça de ma tête et penser à autre chose.

Le troisième souvenir qui compte pour moi, avec le Quo Vadis : c'est dans une de ses chambres que j'ai pour la première fois franchi le cap, irréversible, qui fait d'un homme un vrai drogué.

Je veux parler de mon premier « fixe », ou shoot, comme on voudra. De ma première piqûre de méthédrine.

La méthédrine, c'est la plus connue des amphétamines, les *speeds* (les « rapides ») comme disent les Américains, car leur effet est très rapide.

Je suis venu ce jour-là — environ deux semaines après mon arrivée à Katmandou — m'installer dans une chambre du Quo Vadis. La chambre dite des flippés, je l'apprendrai au bout de quelques jours seulement.

A cause d'une amie d'Agnès, Marie-Claude, une très jolie brune qui m'a tout de suite plu et qui vit au Quo Vadis.

Nous nous retrouvons donc dans la chambre de Marie-Claude avec Agnès et Peter, son Australien, ainsi qu'un grand diable très baraqué, Français lui aussi, Olivier, le fameux Olivier qui jouera par la suite un rôle très important dans mon aventure.

Nous fumons tous le shilom. Peter, lui, en plus, se pique à la morphine. Et Marie-Claude, elle, à la méthédrine.

Elle peint des toiles très colorées, abstraites, du genre art optique.

« Tu veux un shoot ? me dit-elle, j'ai plusieurs ampoules. »

La question ne me surprend pas, en fait. Il y a longtemps que je sens qu'il va falloir passer à plus fort que le haschisch et l'opium, qu'outre les pipes, je mange aussi.

« D'accord, lui dis-je. Fais-moi un shoot de méthédrine. »

Il faut savoir que lorsqu'on passe au stade du shoot, de la piqûre, on se fait toujours aider la première fois. Se shooter tout seul, c'est tout un art qu'on n'attrape pas du premier coup, loin de là.

« Je préfère qu'Olivier te fasse ton shoot, me dit Marie-Claude, il a la main plus douce. D'accord, Olivier ? »

Olivier est d'accord. Il prend l'ampoule que lui tend Marie-Claude.

C'est une ampoule qui contient un centimètre cube et demi d'un liquide incolore.

Tout en sciant l'ampoule et en la vidant dans la seringue, Olivier m'explique :

« Tu vois, l'avantage est double avec la méthédrine en ampoule. D'abord c'est prêt. Et puis comme c'est incolore, tu vois tout de suite si tu es dans la veine. Autre chose : si tu rates la veine, tu n'as pas mal. »

Ce qu'Olivier veut dire, je l'explique, c'est ceci : quand on se shoote, toute la difficulté est de ne pas traverser la veine, sinon on infuse le liquide au-dehors d'elle, dans la chair.

Le seul moyen de vérifier qu'on y est bien, c'est, une fois l'aiguille enfoncée dans la veine, de tirer un peu en arrière sur le piston pour faire remonter une goutte de sang dans la seringue.

On le comprend sans peine : avec un liquide incolore comme la méthédrine, la goutte de sang tranche nettement, se voit très bien.

Ce qui n'est pas le cas avec beaucoup d'autres drogues. L'opium par exemple, très foncé, a, surtout si on opère dans une pièce mal éclairée, ce qui est le cas neuf fois sur dix à Katmandou, la même teinte que le sang.

Quant au problème de la douleur si on se rate, il a lui aussi son importance. La méthédrine est une des rares drogues dont l'infusion, par mégarde, dans la chair ne fait pas très mal. Pour reprendre l'opium, par exemple, il vous fait alors souffrir mille morts.

Olivier me pose le garrot, serre...

« Tu as de bonnes veines », dit-il, l'air connaisseur.

Puis il prend l'aiguille qu'il a stérilisée à la

flamme d'une bougie et alors je le vois faire un geste qui est vraiment typique, caractéristique, qu'ont tous les drogués du monde et qui vous fait reconnaître que vous avez affaire à un vrai drogué, un geste que je ferai, moi aussi, des centaines et des centaines de fois.

Avant de m'enfoncer l'aiguille dans la veine, il la passe, d'un geste vif, entre ses deux lèvres.

Je le sais, c'est un geste qui révolte tous les médecins, qui leur fait dire : « C'est idiot, vous venez de stériliser votre aiguille et vous y remettez tous les germes microbiens que vous avez dans la bouche ! » Je le sais, on estime que ce geste à lui seul est responsable de la bonne moitié des hépatites à virus qui déciment les drogués (rien de tel pour le provoquer, tout le monde le comprendra, que de s'injecter directement dans le sang, au travers du système de protection de l'organisme, des microbes dont le premier souci sera d'aller vous chahuter le foie !).

Eh bien, peu importe, tous les drogués, qu'ils sachent ou non ce qu'ils risquent, sucent leur aiguille.

C'est un rite, une superstition indéracinable.

Doucement, Olivier tire sur le piston de la seringue. Ça va, un peu de sang remonte.

Il me fait un clin d'œil. Je souris, un peu ému quand même.

Et je vois le liquide quitter doucement la seringue sous la pression du piston.

Après, dans les jours, les semaines et les mois qui ont suivi ce premier vrai shoot (celui de Bombay, on se rappelle, n'avait été qu'un échec lamentable), je verrai ainsi des centaines de fois la drogue entrer dans mes veines sous la pression de mes doigts.

Des centaines de fois, à peine la seringue vidée, j'aurai le flash.

Le fameux flash.

Le flash, phénomène de réaction, toujours brutal, vif, profond, de l'organisme à l'intrusion de la drogue.

Il dure quelques dizaines de secondes au plus.

Il est toujours formidable.

C'est l'entrée en fanfare de la bonne drogue, de la chère compagne qui vient dans le lit de vos veines, caressante, prête à toutes les amours que votre imagination réclame, bénéfique, douce, merveilleuse, celle qu'on attendait fébrilement, sans laquelle la vie n'est pas la vie. L'indispensable nourriture qui vous tyrannise adorablement.

Et voici qu'elle est là, en vous, d'un coup et c'est un indicible bonheur, une jouissance à côté de laquelle aucune autre jouissance n'est rien.

Eh bien, sur les centaines et les centaines de flashes que j'ai eus, aucun jamais plus, n'a atteint l'intensité de celui-là, mon premier.

La moitié de la seringue est à peine vidée dans ma veine que déjà le flash est en moi, que quelque chose de très étrange se produit.

Un énorme, un délectable pincement envahit tous les nerfs de mon corps.

En même temps, des picotements m'ont pris. Aux extrémités et aux muqueuses.

Mes doigts de pieds, mes doigts de mains se mettent à me piquer, ainsi que ma bouche et mon anus.

En même temps, j'ai subitement chaud, très chaud.

Cela a duré quelques secondes, une vingtaine peut-être, mais cela me laisse pantelant, la tête qui tourne, une lassitude merveilleuse dans tout le corps.

Olivier retire la seringue. Et je commence à m'envoler.

Je suis assis, le dos au mur. Comme dans un avion qui s'arrache à la pesanteur, on voit, collé à son siège, le sol qui s'enfonce et s'éloigne, je me sens décoller, réellement...

Je suis très léger, je vole. Le mur derrière moi, auquel je suis appuyé, ne me touche plus. Le sol, sur lequel mes mains reposent, est à cent mètres au-dessous de moi. Les murs et le plafond sont des nuages sombres que je traverse à la vitesse d'un chasseur supersonique.

Longtemps je vole, je fais de doux loopings, des chandelles lentes, avant de me sentir redescendre lentement sur terre.

Bientôt, ça y est, je suis revenu à ma place.

Mais pas comme avant. Autour de moi, tout est beau. Agnès reste Agnès, mon amie que je connais, mais je suis ami avec une déesse. Olivier est un dieu grec. Mais il reste Olivier.

Quant à Marie-Claude, c'est la muse de la peinture, ce qu'elle trace est ce que j'ai vu de plus beau, les commentaires que je lui fais sont les plus intelligents qu'un critique de peinture ait pu écrire.

Et nous restons là, à parler, à boire du thé. De temps en temps, nous nous passons un shilom. Olivier me fait une autre piqûre. Reflash, moins fort, mais je redécolle aussi bien, mieux même.

Puis je vois s'en aller Olivier, Agnès et Peter. Je reste seul avec Marie-Claude. Elle s'est arrêtée de peindre, elle est maintenant étendue, nue, sur sa paillasse. Tout naturellement, je vais m'étendre à côté d'elle, et nous nous enlaçons.

Mais nous n'avons aucune envie de faire l'amour.

Etre dans les bras l'un de l'autre, c'est tellement mieux !

Je suis heureux, formidablement.

Nous ne disons rien. Nous restons collés l'un à l'autre, c'est tout.

A un moment, Marie-Claude se lève et va préparer deux autres fixes de méthédrine.

Je me rappelle que je suis un peu inquiet quand elle me fait le mien. C'est mon troisième en quelques heures, après tout.

Mais, au suivant, qu'elle m'apprend à me faire moi-même, je n'ai plus aucune inquiétude.

Quatre autres encore lui succéderont, sans que nous bougions autrement que pour nous les faire.

Et puis, vient un moment où nous nous endormons. Au réveil, je vois qu'il fait jour. Je me lève. Marie-Claude me sourit.

« J'ai faim, lui dis-je, allons manger quelque part. »

Elle a faim elle aussi.

Nous nous habillons, nous sortons. Nous allons au Ravi Spot.

La première personne que nous voyons est Olivier.

Il me regarde bizarrement.

« Qu'est-ce qui se passe ? » dis-je.

Il rit.

« Eh bien, vous deux ! où étiez-vous passés ?

— Nous sommes restés dans la chambre de Marie-Claude... »

Olivier me prend la main et me regarde dans les yeux.

« Tout le temps ?

— Bien sûr, pourquoi ? Toute la nuit. »

Il éclate de rire.

« Toute la nuit ? Sais-tu, mon vieux, qu'il y aura

cet après-midi exactement trois jours que je t'ai fait ton shoot ! »

Et c'est ainsi que, stupéfait, j'apprends que Marie-Claude et moi sommes restés dans les bras l'un de l'autre, sans bouger, deux jours et trois nuits !

Et moi qui croyais qu'elle me piquait toutes les heures ! En fait c'était seulement matin et soir.

« Rien d'étonnant, conclut Olivier, au début, la méthédrine, c'est vraiment formidable. Après on s'habitue, ce n'est plus pareil. »

Comme il a raison, comme on a vite besoin de varier les plaisirs, d'augmenter les doses, de s'intoxiquer peu à peu de plus en plus, de tenter toutes les expériences !

Et comme c'est facile de plonger, à Katmandou, la ville où le problème du manque qui est la hantise, la croix de tous les drogués d'Europe, ne se pose jamais, car jamais on n'y manque d'aucune drogue, quelle qu'elle soit...

VI

Les jours qui suivent, je retourne à l'Oriental Lodge avec Marie-Claude, et aussi To, le Vietnamien, puis un fameux musicien, Larry, un grand spécialiste de la trompette tibétaine, c'est-à-dire de cet instrument si long qu'on doit le poser sur un meuble, ou un banc, loin devant soi, pour pouvoir en jouer.

A l'Oriental, je commence à être vraiment exploité par les autres. Non seulement je paie toujours pour Guy, Agathe, Agnès, Claudia, etc., mais le bruit s'est vite répandu qu'il y a à l'hôtel un vrai pigeon à plumer.

Je n'ai jamais aimé l'argent, je l'ai dit, et au début ça m'amuse plutôt d'entretenir tout ce beau monde qui dîne, couche et se drogue à mes frais.

Mais j'en ai quand même marre à la fin ! D'autant plus que je me drogue à présent vraiment beaucoup. A la morphine, car, bizarrement, mais c'est comme ça, je ne suis pas resté à la méthédrine, je n'y viendrai vraiment que plus tard.

Et puis, c'est l'époque où les Népalais commencent à faire des difficultés pour renouveler les visas.

En effet, quand on entre au Népal, on a un visa pour quinze jours seulement C'est le même tarif pour tout le monde. Ensuite, si on veut rester plus longtemps, il faut aller à l'Immigration Office.

Et c'est là que commencent les ennuis vers la fin juillet 1969.

Car les Népalais en ont désormais un peu assez de ces hippies qu'ils ont pris au début pour des touristes et qui se révèlent être tout à fait autre chose. Ils se mettent à faire des difficultés pour renouveler les visas. Et quand ils s'y mettent, les bougres, ils sont odieux.

Parce qu'il ne faut jamais oublier, et cela c'est valable à peu près partout quand on quitte les pays européens, qu'il y a, disons le mot tout net, un racisme à rebours. Pour ces fonctionnaires, une dizaine en tout, de l'Immigration Office, le sentiment de tenir à leur merci tous ces Blancs venus leur demander de renouveler leur passeport, c'est quelque chose de très enivrant.

Et c'est bien souvent qu'ils commencent à s'amuser, rien que pour le plaisir, à refuser un visa.

A une tête qui leur revient, ils donnent la prolongation. A une tête qui ne leur revient pas, ils la refusent.

Si on leur demande leurs raisons, ils vous répondent, goguenards, que c'est parce que ça leur fait plaisir, un point c'est tout.

Donc, tout le monde, après les premiers quinze jours, doit passer par eux.

Jusqu'en juillet, ils ne font guère d'embrouilles. Après, cela change : le Palais royal a donné des ordres pour qu'on refoule les hippies. Car les Népalais, voyant affluer les touristes, les vrais, ceux au pognon, qui ne venaient pour ainsi dire pas avant, et que les hippies ont attirés, ne veulent plus que des touristes riches. Dès qu'on a une tête vraiment trop hippie, ils refusent. Et c'est là, pour ma part, que je vais voir combien j'ai raison de ne pas avoir les cheveux trop longs et de n'être pas habillé folklorique : je n'ai pas de mal à avoir mon renouvellement. Ils me donnent même des *tricking permits*, c'est-à-dire des visas spéciaux pour avoir le droit de sortie de la vallée de Katmandou proprement dite (le visa donné à New Delhi, à l'ambassade népalaise, c'est valable pour Katmandou seul).

Pour l'instant, ils ne sont pas encore trop méchants. Mais ça viendra vite.

Car c'est dans le courant de ce mois de juillet 1969 que se place un des épisodes les plus extraordinaires de la vie des hippies à Katmandou : la fête de la résidence de l'ambassadeur de France.

Une fête qui, quelques jours plus tard, provoque une intervention directe de notre ambassadeur auprès des autorités népalaises.

Cette histoire, vous n'en avez lu aucun compte rendu dans aucun journal. Elle l'aurait bien mérité pourtant. C'est pour tous les hippies qui y ont participé, un souvenir formidable, fantastique, pantagruélique. Quant à l'ambassadeur... je pense qu'il n'aime pas trop se rappeler ce fameux 14 juillet 1969.

La veille, le 13 juillet, un hippie français dont j'ai oublié le nom, débarque au Quo Vadis, surexcité.

« Savez-vous, les gars, annonce-t-il triomphant, que tous les 14 juillet, il y a une fête à la résidence de l'ambassadeur de France ? »

On tend l'oreille.

« Et savez-vous, reprend-il, ce que c'est qu'une fête chez l'ambassadeur de France ? Ça signifie, bande d'endormis, qu'il y a des tablées de petits fours, de caviar et de saumon fumé ; que le vin, le champagne, la vodka, le whisky et le cognac coulent à flots !

— Mince alors ! lâche une fille.

— Ça signifie encore qu'il y a des Gauloises à gogo. »

Là, c'est le déchaînement général. Du caviar et du saumon fumé, du whisky et du cognac, c'est bien. Mais des Gauloises, ça, c'est formidable !

Nous en sommes tous privés depuis des mois. Or, outre le goût du tabac brun qui nous vient dans la gorge rien que d'y penser, il y a la vue d'une bonne Gauloise qu'on crève et dont on mélange le tabac avec du haschisch. Rien de meilleur qu'un shilom fait avec du tabac brun.

« Alors, on y va ? » lance le type.

Un hourra général lui répond.

C'est d'accord. On ira à la fête en masse, invités ou pas, nous autres les Français. Et qui nous aime nous suive !

En quelques heures, les hippies français de Katmandou sont tous plus ou moins prévenus.

Et le lendemain soir, c'est le grand départ en fanfare.

La résidence de l'ambassadeur est à quatre kilomètres de Katmandou, sur la route de Boutnath. Les riches y vont entassés à sept ou huit en taxi, les fameux taxis de Katmandou avec une tête de tigre peinte sur la carrosserie. Les autres en vélo ou à pied.

Nous nous sommes donné rendez-vous devant les grilles du parc.

Enfin nous sommes réunis, une bonne centaine. Je nous regarde tous et un gigantesque fou rire me prend. Nous sommes vraiment impayables.

Partout, pataugeant dans la boue (c'est la saison des pluies et la mousson s'en est donné à cœur joie toute la journée) ce ne sont que des types hirsutes, les uns torse nu, les reins ceints d'un longhi, les autres affublés de tenues invraisemblables, de toutes les étoffes et de toutes les couleurs, depuis celle de la boue attrapée en chemin, jusqu'aux plus chatoyantes. Les filles sont en saris multicolores, couvertes de bijoux tintants et de colliers de fleurs, le front bariolé de jaune, de rouge, de vert, de brun.

Plusieurs types sont venus avec leurs guitares, leurs cithares et leurs flûtes.

Je suis avec Agathe et Claudia, l'une en sari vert pomme avec une grande ceinture lâche orange, l'autre en sari blanc qu'elle a agrémenté de grandes taches d'encre de toutes les couleurs. Pour ma part, je suis en costume népalais noir brodé d'or, bien cintré, une sorte de chéchia brodée sur la tête, les pieds nus dans mes spartiates. Nous faisons très chic tous les trois.

Devant nous, une double haie de gardes népalais en grande tenue, borde l'allée menant au Palais, à gauche et à droite, jusqu'en haut.

« On y va ?

— On y va. »

Nous avançons.

Regroupement des gardes népalais qui nous bloquent aussitôt le passage.

Protestations, cris.

« Nous sommes Français ! Nous avons le droit d'entrer, nous entrerons. »

Affolés, ne sachant que faire, les gardes hésitent, reculent un peu. Nous en profitons et nous forçons franchement le passage. Débordés, ils nous laissent entrer.

Et nous voilà, toute la cohorte de va-nu-pieds, splendides et bigarrés, qui montons en rigolant entre les deux haies de gardes !

Plus nous montons et plus, devant nous, là-haut, c'est l'affolement. Policiers népalais, attachés d'ambassade et personnel français courent dans tous les sens. Sur la gauche, une grande tente a été dressée (à cause de la mousson) et nous y voyons le gratin des invités. Femmes en robe du soir, diplomates en spencer, hauts dignitaires népalais en costume de cérémonie, nous regardent, effarés. Ils ont l'air que devaient avoir Louis XVI et sa famille quand le peuple a envahi les Tuileries !

Tout à coup, au milieu d'eux, nous reconnaissons le roi et sa femme.

Les cris fusent aussitôt :

« Vive le roi, vive la reine ! longue vie à Leurs Majestés népalaises ! »

Trois mètres en avant, un monsieur très élégant, très XVIe arrondissement, se tient immobile, les épaules voûtées par la consternation, le visage blanc : Son Excellence l'ambassadeur de France en personne. Une montagne lui serait tombée sur la tête qu'il n'aurait pas l'air plus effondré.

« Vive la France ! Vive l'ambassadeur ! Vive de Gaulle ! Vive Pompidou ! Vive Poher ! »

J'entendis même un : « Vive Pétain ! »

Tout y passe.

Mais, en face, ils se sont ressaisis. Les policiers forment maintenant un cordon, au coude à coude, entre le gratin et nous.

Cette fois, nous les sentons nerveux : si nous avançons encore, ce sera la bagarre. Et nous n'en avons pas la moindre envie. Nous venons en amis, en copains, en Français pour sabler le champagne, goûter aux petits fours et fumer, ah ! oui surtout ça, fumer des Gauloises !

Nous le crions. Nous assurons l'ambassadeur de nos bons sentiments. Qu'il nous donne à boire, à manger et à fumer, et nous lui ficherons la paix.

Nous ne voulons rien casser, nous sommes des hippies et nous aimons tout le monde.

En face, ça discute ferme. Que faire ? Nous chasser ? C'est trop risqué. Cela pourrait finir en mêlée générale.

Alors, l'ambassadeur prend la seule décision sage, dans la situation où il se trouve. Il nous envoie le consul, un jeune type très sympa d'ailleurs, en plénipotentiaire (j'aurai personnellement l'occasion dans quelques mois d'ailleurs de m'apercevoir à quel point il est sympa, M. Daniel Omnès, consul de France à Katmandou).

Et celui-ci nous fait des promesses : Nous acceptons d'aller sur la pelouse, un peu en contrebas, pour qu'on ne nous remarque pas trop, et là, on nous servira des rafraîchissements.

« Non, pas des rafraîchissements. Du cognac ! Et des Gauloises !

— Promis, vous aurez tout ça.

— Alors, c'est d'accord ?

— D'accord.

— Hourra ! Vive la France ! »

Et nous voilà émigrant lentement vers la pelouse. On s'y assied en groupes. Nos musiciens se mettent au milieu, dans un cercle, et en avant la musique.

Pendant ce temps, des serveurs apportent des tables et des tréteaux avec tout ce qu'il faut pour nous remplir la panse. Nous nous précipitons. Et valsent les petits fours, les toasts, les coupes et les verres. Une vraie fiesta. Nous nous battons presque pour nous servir les premiers. Des filles se glissent sous les tables et raflent, par-derrière, entre les jambes des serveurs, bouteilles de whisky et de cognac, et cartouches de cigarettes.

Bien entendu, shiloms et joints commencent à

circuler. Nous avons tous notre petit nécessaire avec nous.

Nous crevons les Gauloises, nous nous roulons des joints et nous préparons des shiloms. Ah ! que c'est bon !

Très vite, nous qui avons perdu l'habitude de boire de l'alcool, nous sommes fins soûls. Nous nous roulons par terre, nous nous lançons dans des danses frénétiques.

Tout à coup, Dominique, un étudiant de mai 68, a une riche idée : il se met à entonner le « Ça ira ».

Qu'est-ce qu'il n'a pas fait ?

Nous voilà tous debout, beuglant en chœur :

« *Ça ira, ça ira,*
Les aristocrates, on les aura.
Ça ira, ça ira,
Les aristocrates, à la lanterne ! »

Là-haut, c'est la consternation générale. On leur met leur réception à l'eau. Nous voyons bien un moment deux ou trois petites jeunes filles de bonne famille s'approcher timidement, l'œil envieux, mais elles sont vite ramenées en arrière par la manche.

Au bout d'une heure, le roi s'en va déjà, et nous voyons l'ambassadeur se confondre en excuses.

Le gratin suit peu à peu en nous fusillant du regard.

Ah ! la fameuse soirée ! Nous nous égaillons partout dans les jardins, nous dansons, nous buvons, nous fumons, nous sommes ivres de vin, de haschisch et de ganja. Quel bonheur ! Quelle revanche pour les gens de la route, si souvent injuriés et rejetés !

Mais tout a une fin. Le consul de France vient, vers une heure du matin, nous trouver à nouveau.

« Bon, nous avons tenu notre promesse, nous dit-il. Vous avez eu à boire et à manger. Vous avez eu vos Gauloises. Alors, maintenant, à votre tour d'être réguliers. Vous allez partir. C'est fini. On ferme. »

Comment refuser ce qui est si gentiment demandé ? Et puis c'est vrai, ils ont été réglos. Nous avons eu notre fête à nous. Nous ne sommes pas des voyous, même si nous avons les poches bourrées de boîtes de caviar, de saumon fumé roulé à même le tissu, de cartouches de Gauloises, même si les filles se sont suspendu des bouteilles de cognac et de whisky sous leur robe, entre leurs jambes, avec des ficelles.

« Vive la France ! Merci m'sieur l'ambassadeur ! A la prochaine fois, hein ? A la revoyure !... »

Nous partons, laissant derrière nous une pelouse saccagée.

Et un ambassadeur assis, effondré, la tête entre ses mains.

Le retour vers Katmandou, à pied, est bacchique. Danses, chants, halte buffet et shiloms. Nous entraînons même avec nous des Népalais hilares et ravis de l'aubaine.

Arrivés à Katmandou, nous n'avons pas dessoulé. Nous ameutons toute la ville en la traversant.

Puis, les gens s'égaillent de-ci, de-là. Les uns s'affalent sous un porche pour cuver leur alcool. Les autres vont dans des boîtes terminer la nuit. Le Cabin est pris d'assaut.

Claudia, Agathe, moi et une douzaine d'autres, nous nous retrouvons dans une chambre du Quo Vadis et nous buvons et fumons jusqu'à nous effondrer les uns sur les autres, en tas.

Le jour est levé depuis longtemps.

En fait, cette formidable soirée, aussi réussie qu'elle ait été, est une gaffe énorme de notre part.

Elle nous met l'ambassade de France, jusqu'ici très indulgente à notre égard, complètement à dos.

Quelques jours plus tard, l'ambassadeur intervient personnellement auprès du gouvernement népalais pour qu'un contrôle extrêmement strict des hippies — Français ou pas — soit organisé.

Il nous fait payer cher sa soirée gâchée.

Le 14 juillet 1969 est une date qui marque un tournant à Katmandou.

Avec elle, la période fastueuse de la vie hippie se termine en beauté, mais se termine.

A partir de la mi-juillet commence la période descendante.

Celle de la vraie folie et de la démence.

Ce seront d'abord les difficultés pour obtenir le renouvellement de nos visas, puis le début d'une véritable chasse aux hippies qui, peu à peu, en quelques mois, les fera pratiquement tous expulser du Népal, ne laissant derrière eux, dans le cimetière de Katmandou et un peu partout dans les montagnes, que les corps des flippés, des morts d'overdose, et des junkies...

VII

Très vite, en effet, commencent les disparitions et les expulsions. Les Népalais se mettent à la chasse aux hippies.

La nuit, ils descendent dans nos hôtels, vérifient les passeports et qui n'a pas son visa est mis d'office dans un camion pour la frontière, tel quel, sans bagages, sans rien en poche.

A l'automne d'ailleurs, ils iront plus loin : ils patrouilleront dans les rues, barrant les croisements, raflant partout.

Heureusement, ils se contentent de patrouiller le jour, jamais la nuit. Ce qui fait que beaucoup de hippies prendront l'habitude de ne sortir que la nuit.

Bien entendu, dès qu'on leur résiste, ce sont les coups. Deux des filles que j'ai connues, Claudia et Anna-Lisa (je vous parlerai très bientôt de celle-ci), se feront tabasser par des policiers femmes, avant d'être expulsées, pour s'être enfuies à travers une rizière.

A l'Oriental Lodge, dans le petit groupe dont je suis le portefeuille, le malaise commence à s'installer.

Et les pique-assiettes se multiplient à mes basques.

Alors, un jour, j'en ai par-dessus la tête. Je demande à Krishna d'aller me chercher une chambre chez l'habitant.

Malheureusement, Krishna fait chou blanc. Il trouve bien des chambres, mais trop petites pour moi et mes fidèles.

C'est ainsi que, pour aller dans un hôtel tout de même moins cher, et, à l'époque, moins connu que l'Oriental Lodge, nous émigrons, toute la petite famille, pour le Garden Hôtel. Nous nous y installons, moi, Guy, Michel, Agathe et son nouveau type, un Anglais, Claudia et Anna-Lisa. Ce ne peut être que moins cher.

C'est au Garden que je vais aller au fond de la drogue, tenter toutes les expériences. Quand je le quitterai, le 7 septembre, pour partir dans la montagne, j'aurai tout essayé, tout pris, outre le haschisch (que je fumerai sans cesse tous les jours, jusqu'au bout), l'opium, la morphine, les amphétamines, l'acide (le fameux L.S.D.), la mescaline, l'héroïne. Tout, et sous toutes les formes : fumer, manger, se shooter. La seule chose que je n'ai jamais faite, c'est priser.

Pour le moment, j'en suis surtout à la morphine.

J'ai toujours été excessif, en tout.

Très vite, je deviens un des plus solides piliers de la pharmacie du docteur Makhan.

Makhan, c'est un vieux petit médecin népalais, toujours souriant, à l'abord sympathique, qui officie au premier étage d'un immeuble dans une rue étroite de la vieille ville.

En réalité, son titre et même sa boutique — c'est un peu ce qu'on appelle en France un propharmacien — ne sont que la couverture de ce qui forme l'essentiel de son activité : la vente de la drogue, et aussi son administration aux drogués.

Car on va chez Makhan non seulement pour acheter de la drogue, mais pour se faire shooter par lui. C'est plus pratique, c'est plus prophylactique aussi. Et il le fait très bien.

Pour aller chez lui, on monte deux ou trois marches et on accède à un couloir sombre.

Au fond, un corridor en terre battue qui mène à un escalier branlant.

Là, devant l'escalier, on trouve toujours, dans le corridor, un très vieux bonhomme sale, en loques, cheveux poivre et sel très longs (ce qui est rare chez les Népalais), des mains rabougries, avec des cals, des jointures proéminentes, les doigts tordus.

Il est assis par terre en tailleur, devant un billot de bois, et à sa gauche il y a un gros sac de jute rempli de noisettes, d'une sorte de grosses noisettes, rondes comme des billes, très dures d'écorce, veinées de traînées. Ce sont des fruits que les Népalais mâchouillent ou frottent sur leurs dents, comme ça, pour s'occuper, pour saliver.

Et le travail du vieux consiste, toute la journée à les casser en deux avec un outil en fer.

Moi, chaque fois que je passe, je lui fais un sourire et un petit signe amical de la main.

Il me rend mon salut, découvre en souriant sa bouche édentée (il n'a qu'une dent sur le côté, en bas).

Puis je passe, je monte et j'entre.

Je suis dans la pharmacie proprement dite.

C'est une pièce de plafond bas, longue d'environ dix mètres sur trois mètres de large.

L'entrée est une petite porte basse à deux battants. Au fond, une autre porte.

A droite, le mur qui donne sur la rue avec deux

fenêtres. A gauche, un mur avec une vitrine, genre bibliothèque, remplie de livres et d'une série de médicaments.

Cette espèce d'armoire à pharmacie, c'est l'alibi de Makhan. En fait, il ne s'en sert pratiquement jamais. J'ai vu tout de même, deux ou trois fois, des malades, ordinaires dirai-je, venir le trouver. Mais il les expédie, vraiment pressé de retourner à son activité habituelle, tellement plus rémunératrice : la vente de la drogue.

A côté du bric-à-brac qui s'entasse au fond, un banc avec deux ou trois chaises, devant un bureau.

Makhan est assis derrière son bureau et il vous fait son plus beau sourire.

Derrière lui, une autre vitrine avec ses ampoules, ses flacons et ses seringues.

Quelle que soit l'heure où l'on vient, le matin, à midi ou le soir, il y a toujours du monde sur le banc et sur les chaises, des Européens, évidemment, en train d'attendre leur tour.

Tout le monde discute, papote. Avec énervement ou béatitude, suivant qu'on attend de prendre son shoot ou qu'on vient de le recevoir.

Moi, je fais comme les autres, j'attends mon tour. Quand il est venu, je viens m'asseoir devant le toubib.

J'ai mon argent à la main, bien entendu. C'est 5 roupies le centimètre cube, le C.C. comme on dit. Il faut toujours montrer la monnaie. Car Makhan n'a pas confiance. Il a tant de fois été fait marron !

Il me demande ce que je veux.

« Morphine.

— Combien ?

— Deux C.C. maintenant et un flacon de cinq C.C. à emporter. » (On peut aussi emporter un flacon de dix C.C.)

270

Pendant qu'il se tourne, prend son flacon dans sa vitrine et ouvre le tiroir de son bureau pour y prendre une seringue, je tends mon bras, la manche relevée, en travers du bureau.

Makhan me place une espèce de bottin médical sous le bras. Il me met un garrot (c'est soit un garrot en caoutchouc soit un garrot médical, qui se visse avec une molette. Celle-ci serre une lanière sans pincer la peau).

Il frotte le bras à l'alcool. Il prend son flacon de morphine. C'est un petit flacon blanc avec un bouchon en caoutchouc cerclé de fer, comme on en voit partout dès qu'on est entre les mains des médecins.

Makhan pique à travers le caouchouc avec l'aiguille de sa seringue pour aspirer les deux C.C. demandés et il m'injecte ça, décontracté.

Il encaisse. Et au suivant.

Une chose qu'il n'aime pas trop — ça lui fait perdre du temps —, c'est qu'on traîne sur la chaise.

Ce qu'on fait souvent. A cause du flash, très fort avec la morphine, et puis parce que, forcément, on a les jambes en coton.

Quand ça va mieux, quand on a cessé de se tortiller sur sa chaise et de se gratter le derrière, on se lève, et, généralement, on va s'asseoir sur le banc ou sur une chaise avec les autres, pour récupérer en taillant un petit bout de gras avec le voisin.

Puis on part, avec son flacon à la main, pour, le reste de la journée, se piquer soi-même.

C'est là que les choses se corsent.

Car il y a l'escalier à descendre. Dans le noir. Déjà, parfaitement lucide, ce n'est pas facile avec le plafond qui cogne le crâne et les marches déglinguées qui vacillent sous vos pieds.

Avec deux C.C. de morphine toute fraîche dans les

veines et les jambes en coton, c'est un exploit à ne pas rater.

Combien de fois, arrivant chez le toubib, en ai-je ramassé des gars ou des filles qui avaient raté une marche et déboulé tout l'escalier sur les reins, les quatre fers en l'air ! Combien de fois l'ai-je fait moi-même !

Pour Makhan, je suis un bon client. J'en prends de plus en plus et je repars toujours avec deux ou trois flacons, autant pour moi que pour ma bande de pique-assiettes. Je ne lui achète pas que ça d'ailleurs. Il me fournit aussi en seringues, en aiguilles pour les copains, en méthédrine (avant de m'apercevoir que je peux en trouver tout simplement en pharmacie et, salaud de Makhan ! pour moins cher que chez lui).

Bref, je lui laisse pas mal d'argent.

Par la suite, nous deviendrons, non pas amis, mais complices.

Je reviendrai là-dessus, mais pour avoir de l'argent je me suis mis à faire toute une série de petits trafics : travellers-chèques, appareils de radio, mini-cassettes, caméras, etc. Et je me mets à me servir de Makhan comme receleur.

Il entrepose mes marchandises dans son grenier, au troisième, au-dessus de son appartement (deux pièces et une cuisine, meublées sommairement) dans un invraisemblable bric-à-brac de réserves de drogues, de médicaments et d'ustensiles d'expérimentation.

J'ai dit : nous devenons complices, pas amis. C'est qu'en fait, je n'aime pas Makhan. Plus tard, je jurerai même d'avoir sa peau. Car c'est une vraie vermine.

Il m'en a donné un jour une preuve éclatante. Et odieuse.

272

Ce jour-là, il dépasse vraiment les bornes.

Car il y a quelque temps que ça me déplaît de le voir piquer à tort et à travers sans faire attention si les gars ou les filles sont en état de recevoir leur dose, piquant parfois de vrais gosses, ce qui est absolument criminel. Il se moque complètement que le type soit fragile ou arrive avec, visiblement, les veines déjà chargées. Il pique sans se poser de questions, quelle que soit la dose demandée, ramasse la monnaie. Et au suivant.

Mais ce jour-là, il se montre tout à fait sous son vrai jour.

C'est un matin vers huit heures. A cette époque, pour ne pas avoir à me shooter moi-même, je viens automatiquement chez lui, trois, quatre, cinq fois par jour. Et donc, je commence très tôt. Et je reste souvent longtemps chez lui, d'autant plus que nous avons des affaires en commun.

Nous parlons d'ailleurs affaires quand un grand type blond entre. C'est un Allemand.

Il est « chargé ». Ça se voit, j'ai l'habitude. Et je pense qu'il l'est déjà pas mal : cela fait plusieurs jours que je l'observe et jour après jour, mathématiquement, il augmente ses doses.

Je ne sais pas où il veut aller, mais il force vraiment dur.

Il s'installe devant Makhan.

« Morphine, 2 C.C. », dit-il en tendant son bras.

Le toubib ne fait ni une ni deux, regarde la monnaie, voit si le compte y est, et tac, il lui colle 2 C.C. dans les veines et c'est bon comme ça. Le type s'en va.

Deux heures après, à dix heures, je vois revenir le type.

Il redemande 2 C.C.

Le toubib, sans discuter, lui remet 2 C.C.

Ce qui en fait déjà 4, plus ce qu'il a pris avant. Le gars est bien parti. Il commence à avoir une tête tout à fait bien.

Il s'en va un peu hésitant.

A midi, le revoilà ! Il doit avoir calculé son coup : toutes les deux heures pile, son shoot.

Il redemande 2 C.C.

Là, ça commence à faire vraiment beaucoup.

Mais le toubib n'hésite pas une seconde et crac, il lui enquille dans le bras ses 2 C.C., empoche l'argent. Et au suivant.

A deux heures de l'après-midi, l'Allemand revient ! Plein. Il a vraiment déjà sa dose. 3 fois 2 C.C., ça fait 6 C.C. en tout, plus les deux ou trois C.C. qu'à mon avis il avait déjà de la nuit. Au plus juste, il a 8 C.C. de morphine dans le corps. Vraiment une sacrée dose !

Eh bien, il ne fait ni une ni deux. Il demande 4 C.C. !

Mais 4 C.C. d'un coup, directement dans la même seringue !

Moi, je regarde le gars avec intérêt. Je n'ai jamais vu ça. En même temps, j'observe en coin le toubib. Qu'est-ce qu'il va faire ?

Le toubib, c'est certain, hésite. Je sens que lui aussi fait son compte mentalement, $2 + 2 + 2$ plus maintenant 4, ça va faire 10 C.C. en six heures, ça n'est pas rien. C'est même assez risqué.

« Ça peut aller ? Vous êtes sûr de tenir le coup ? demanda-t-il, un peu crispé, à l'Allemand.

— Allez-y, ça va... ça va aller », bafouille l'autre, complètement stoned.

Ça lui suffit, au toubib, qu'un type au bord du coma lui dise d'y aller. Sa conscience est rassurée.

Il prépare les 4 C.C.

Le type tend son bras.

274

Le toubib lui enquille ses 4 C.C. d'un coup. Tout doucement quand même, en surveillant l'Allemand du coin de l'œil.

Moi, là, le type me fait peur.

Au fur et à mesure que le toubib lui enfonce le piston, on voit le changement sur sa figure.

Il serre les dents de plus en plus. Il ferme les yeux. Il s'accroche à sa chaise. On sent qu'il lutte de toutes ses forces. Car il doit se sentir monter, monter à la vitesse Mach 15. Ça doit vraiment le travailler.

4 C.C. d'un coup sur 6 ou 8 autres, plus ceux d'avant c'est quelque chose, Bon Dieu !

Enfin, il prend ses 4 C.C...

Et il reste là dans la chaise, affalé, la tête pendante, les épaules rondes, en poussant un long soupir guttural. Il reste un bon moment sans bouger.

Je me demande s'il va vraiment pouvoir se relever, s'il ne va pas claquer là d'un coup. Je vois les jointures de ses doigts toutes blanches à force de se crisper sur la chaise.

Enfin, son flash passe. Il réussit à l'encaisser. Ça commence à se dissoudre dans ses veines.

Là, évidemment, il plane très très haut. Il ne doit plus rien entendre, plus rien comprendre. Je ne sais même pas s'il y voit quelque chose.

Le toubib encaisse l'argent posé sur son bureau. Avec un autre gars, je prends l'Allemand sous les épaules et on le traîne sur le banc, pour laisser la place au suivant.

Il reste là une bonne demi-heure avant de récupérer.

Et il réussit à se relever. En titubant, complètement K.O., il réussit à sortir de la pharmacie.

Deux heures après, à quatre heures de l'après-midi, qui ouvre la porte, droit comme un I, les yeux fixes ?

Mon Allemand !

Il s'assied dans la chaise, il tend son bras et il redemande 4 C.C. Froidement.

Cette fois, j'en suis sûr, dans les minutes qui vont suivre, je vais avoir un macchabée devant moi.

Là, le toubib a peur, quand même. Il refuse tout net. Ça doit sans aucun doute lui faire mal au cœur de perdre le prix de 4 C.C., mais le risque est trop gros.

L'Allemand parle mal l'anglais. Et en plus, il a la mâchoire inférieure lourde comme un pavé. Cramponné à la chaise, les yeux mi-clos, il pique du nez en avant.

Il insiste quand même.

« Non, cette fois c'est impossible, lui répond le médecin. Je suis désolé (il l'est vraiment, ce n'est pas une formule de politesse), mais ça ne va pas, vous n'êtes pas en état de supporter plus que ça, vous avez déjà largement dépassé la dose.

— Ecoutez, bafouille le type, si vous ne voulez pas m'injecter les 4 C.C... vous allez me vendre une bouteille de 10 C.C... Ça vous ne pouvez pas me le refuser... Et je vais aller me les faire chez moi. »

A ces mots, je vois le visage du toubib se crisper un peu. Il réfléchit et finit par dire :

« Bon. Je ne vais pas vous vendre une bouteille. Dans l'état où vous êtes vous risquez de faire des bêtises. Je préfère vous faire vos 4 C.C. moi-même. »

Le salaud !

Il prépare, on ne sait jamais, une ampoule d'un quelconque toni-cardiaque sur son bureau. Il met le garrot, il enfonce l'aiguille, il retire le garrot, il branche la seringue avec ses 4 C.C. dedans et il commence à enfoncer le piston.

Inutile de vous dire que tous les témoins ont les yeux rivés sur le gars et sur le toubib.

Nous voyons nettement le type changer de couleur. Au fur et à mesure que les 4 C.C. lui entrent dans les veines, il devient réellement blanc. C'est autre chose que de pâlir. Il devient blanc comme une feuille de papier.

Il se crispe, se tend, se cabre.

Ça doit être vraiment intenable pour lui.

Son flash doit être terrifiant.

Puis il s'affaisse, il se tasse dans sa chaise, il se fait tout petit, il se recroqueville. Il a, au bas mot, depuis le matin, 16 C.C. de morphine dans le corps.

Quand le toubib retire l'aiguille, l'Allemand reste là, cassé en deux, tout fripé, immobile, les yeux fermés, les mâchoires serrées.

Le toubib, une autre seringue prête à la main, se penche sur lui, lui soulève la paupière. Le type est toujours inerte.

Alors, à deux, on le soulève et on l'allonge sur le banc.

Quand je reviens, le lendemain, il y est toujours, immobile.

Il n'émerge que le lendemain soir, 24 heures après.

Il est resté 24 heures dans le coma, devant le toubib qui a continué à piquer tranquillement les autres, encaissant la monnaie et passant au suivant !...

Il est d'autant plus dégueulasse, Makhan, que, il me l'avoua un jour, il s'est piqué lui-même autrefois. Il a stoppé depuis et ne fait plus que fumer. Il sait donc parfaitement ce qu'il fait, l'ordure !

VIII

A PRÉSENT, je sens la nécessité de faire un arrêt dans le récit proprement dit de mes aventures. Le moment est venu de répondre à des questions que le lecteur doit certainement se poser. Qu'est-ce que c'est au juste que la drogue ? Quelles sont les différentes drogues et leur effet particulier ? Pourquoi passe-t-on de l'une à l'autre ? Etc.

Ces questions, sans doute, on peut penser qu'on en trouvera la réponse dans tous les livres déjà parus sur la drogue. Pour ma part, je dis : non. J'ai lu, on s'en doute, tout ce qui a pu s'écrire sur le sujet et à ma grande déception, je n'ai jamais trouvé ce que j'attendais.

D'un côté, vous avez les ouvrages techniques des médecins qui vous dissèquent le sujet scientifiquement, vous donnent sans doute des définitions justes et intéressantes. Mais ça n'est pas ça. Il leur manque l'essentiel : l'expérience directe, la force du témoignage de celui qui a vécu, vraiment, la chose. Alors, ils passent à côté, la plupart du temps.

Bien sûr, vous avez les confessions des drogués eux-mêmes.

Seulement, elles ont toutes un point commun : elles sont faites sur le ton honteux. Elles vous disent toutes : Ne faites pas ce que j'ai fait, regardez où ça mène ?

Et de vous décrire de long en large leur déchéance.

Pitoyable...

C'est vrai, et je serais fou de nier que moi aussi je suis tombé bien bas.

Seulement, ça n'est pas parler de la drogue, ça ! Ça n'est pas faire le tour complet du sujet, aller au fond des choses.

Il faut être plus sincère, ne pas hésiter à tout dire.

Et c'est ce que je veux faire, car j'ai décidé de ne rien cacher.

D'abord, à la question : Pourquoi se drogue-t-on ? je répondrai sans y aller par quatre chemins.

Parce que c'est bon.

Parce que ça vous rend heureux, ça vous permet de mieux supporter la fatigue, ça vous aide à vivre, à supporter vos ennuis, à mieux voir la vérité des choses, ça vous fait deviner des rapports et des associations entre les choses que vous auriez mis des années à trouver tout seul ou que vous ne découvririez peut-être jamais. Parce que, pour être simple, net et précis, ça vous rend plus intelligent.

On me dira :

« Sans doute, mais c'est bon pour le début. Après, c'est bien connu, la drogue épuise, tue lentement. »

C'est vrai, mais croyez-moi, je connais des dizaines de gens qui se droguent « bien ». C'est-à-dire sans excès. Malins, prudents.

La drogue est comme le vin. Elle a ses soûlards qui titubent au comptoir, et ses gourmets qui savent se délecter d'une bonne bouteille.

Alors, pourquoi moi, ai-je plongé ?

Pourquoi ai-je commencé ?

La première fois, classiquement, par curiosité.

Chaque fois qu'une occasion se présente, je la saisis. L'occasion de fumer le haschisch s'est présentée, à Istanbul. Ça n'a fait aucun problème pour moi : j'ai saisi l'occasion.

Après, sur la route, cela a été autre chose.

L'entraînement, l'habitude, sont venus. Vous vous trouvez sur la route des Indes, la route de Katmandou, dans un milieu où tout le monde se drogue. C'est exactement la même chose que de boire un coup ou de manger.

C'est tellement naturel qu'on n'a pas la moindre envie de ne pas suivre le mouvement.

Surtout qu'on est plus libre, plus tranquille. En France, le drogué vit toujours dans la hantise de se faire prendre. Là-bas, non. Aucun souci de ce côté-là. Comme du côté fourniture : il n'y a jamais de manque, même si on n'a pas un radis. C'est l'entraide, générale, je le répète.

Donc, tout le monde fume autour de vous. Pourquoi pas vous ? Vous êtes dans l'ambiance. Pourquoi ne pas faire comme les autres ?

D'ailleurs, si on ne fume pas, c'est là qu'on se sent mal à l'aise. Si on est le seul à ne pas suivre le mouvement, on est gêné. Impossible de se trouver dans une chambre où tout le monde fume le shilom et de rester à regarder, sans fumer. C'est inconcevable. On n'est plus au diapason. On ne peut plus suivre aucune conversation. On reste trop logique, trop terre à terre, trop matérialiste, alors que les autres, eux, sont déjà dans une autre planète. Sur un sujet de conversation donné, ils auront un autre raisonnement, une autre manière de penser.

Il faut donc participer.

Ou partir.

Et puis, on n'aime pas les voyeurs dans la société des drogués (cela dit, même en fumant, on peut observer, étudier, on est même plus lucide, plus vif, plus objectif que si on ne fume pas).

Ensuite, eh bien, le mot a été tellement mis à toutes les sauces, surtout avec la drogue, qu'il n'a plus guère de valeur et qu'il est devenu un peu ridicule, mais il est quand même juste, ensuite, on tente, j'ai tenté « l'expérience ».

En vérité, ça n'en est très vite plus une car on ne sait jamais où on va s'arrêter.

Cela a été ma troisième étape, à Katmandou.

J'ai voulu pousser les choses plus loin et j'ai tenté le maximum.

Par un réflexe personnel surtout, j'ai voulu me prouver à moi-même, comme je l'ai fait dans maintes et maintes occasions, et souvent dangereuses, que j'étais capable de tenir assez loin, d'essayer de connaître ma limite.

Et de voir si j'étais capable de m'arrêter quand je le voudrais.

C'est là que le déclic s'est produit.

Je n'ai pas été le plus fort. J'ai été un peu trop fanfaron. Je me suis cassé la gueule et j'ai plongé.

L'accoutumance et le besoin sont venus.

Si j'étais parti pour Madras, si je m'y étais embarqué pour mon tour du monde, j'aurais sans doute pu, avec de la douleur, m'arracher.

Mais je suis parti retrouver Agathe à Katmandou...

Et Katmandou ce n'était pas l'endroit fait pour revenir en arrière.

Puis, d'autres raisons expliquent ma plongée. Je ne les cite pas à ma décharge, pour me disculper, car j'ai en horreur le mot regret — j'ai tenté, j'ai payé, voilà tout —, mais malgré tout j'ai nettement été influencé par tous les ennuis qui me sont arrivés.

Sans doute, dans mon état normal, avec ma force

et ma volonté normales, je serais parvenu à reprendre le dessus.

Mais il ne faut pas l'oublier : outre qu'elle affaiblit le corps, la drogue s'attaque à la volonté, à la force de caractère. Elle fait dramatiser les choses, elle détraque les réactions.

Voilà pourquoi j'ai pris pour des catastrophes des événements dont en temps ordinaire je n'aurais pas fait des montagnes.

Et ça m'a conduit à la morphine et aux amphétamines.

A partir de ce moment-là, le cercle vicieux a tourné à pleine vitesse : accoutumance, fatigue, shoots pour remonter, etc.

La décadence, le physique déglingué, le moral qui dégringole.

Mais revenons à nos moutons :

Les différentes drogues.

Ce qu'il faut bien savoir avant toute chose, c'est qu'il y a deux sortes de drogues. Pas une, pas trois, pas quatre, pas cinq. Deux exactement.

J'ai entre les mains plusieurs ouvrages scientifiques et j'y lis avec intérêt que les drogues se classent en drogues classiques, qui se fument, se mangent ou s'injectent, ou se prisent. Puis qu'il y a les drogues chimiques, puis les drogues pharmaceutiques, puis les drogues médicales.

C'est exact, tout cela, et c'est faux en même temps. C'est le type même de la classification du savant qui se penche sur une espèce inconnue et l'étudie avec sa logique à lui.

Dans la logique du drogué, les choses sont les mêmes dans un sens, car il est évident que, scientifiquement parlant, toute cette classification est juste, d'accord là-dessus, mais l'important, l'essentiel, est ailleurs.

Pour le drogué, il y a deux sortes de drogues.
Celles qui font planer.

Et celles qui font voyager.

La différence est capitale.

Planer, c'est être dans un état bienheureux, délectable, formidable, mais sans jamais perdre la notion de la réalité.

Elle est sublimée sans doute, mais elle est toujours là.

Un drogué qui plane peut très bien aller dans la rue, travailler, vous parler.

Il peut se conditionner lui-même, diriger ses gestes et ses pensées.

A part quelques signes légers, rougeur, petite nervosité, yeux allumés, etc., vous ne remarquerez rien.

C'est tout différent avec un drogué qui voyage.

Lui, sa position naturelle, c'est la position allongée. Il n'aspire qu'à elle. Au bout de quelques minutes (sorti de chez le toubib Makhan, il fallait se dépêcher de rentrer), il ne peut plus songer, plus parler, ou à peine — et avec un violent effort de volonté — il ne peut plus être « réel ».

Il est ailleurs. Il vit ailleurs. Complètement. Aussi réellement que s'il partait pour Mars ou je ne sais quelle planète du système solaire. Il est à lui tout seul un monde à part.

Capital : il ne se dirige plus. Il est dirigé. Il ne sait jamais où il va.

Une restriction : une fois accoutumé, habitué, on peut de nouveau se diriger, vivre sous morphine, sous amphétamines. C'est ce que je ferai dans la montagne.

Flash : le flash ne se passe qu'avec le voyage. Quand on plane, il n'y a pas de flash.

Les drogues qui font planer ?

Ce sont les drogues d'initiation, les premières que l'on prend généralement (pas toujours toutefois).

Il s'agit d'abord de la marijuana, dite « kif » en Afrique du Nord et ganja aux Indes. A de petites variantes près, c'est la même chose : un dérivé du chanvre indien, sous forme d'une herbe séchée.

En second, il y a le haschisch qui est, lui, le jus tiré de la plante et transformé en pâte (avec diverses préparations). Il est trois ou quatre fois plus fort que la marijuana.

La marijuana est la drogue la moins chère, la plus pratique. C'est ce que fument le plus les autochtones en Orient.

Haschisch et marijuana se fument, se mangent, se boivent, mais ne s'injectent pas (quoique j'aie vu des drogués le faire).

Toujours dans la même catégorie de drogues qui font planer, il y a l'opium, extrait des capsules du pavot. Il se fume, se mange, se boit et, lui, s'injecte aussi.

Avec l'opium, on ne fait que planer.

Et cependant, moi, à Bombay, j'ai atteint de telles doses (cinquante à soixante pipes par jour) qu'il m'est arrivé, une fois ou deux, d'accéder au voyage véritable, avec décollement total, perte de conscience de la réalité, etc.

Je le sais, cela surprendra beaucoup et pourtant c'est la stricte vérité.

Mais j'en viens aux drogues du « voyage » proprement dites.

La plus courante, c'est la morphine. La morphine, cliniquement parlant, c'est tout simplement un alcaloïde de l'opium qui s'extrait du pavot. Il a été découvert au début du XIXe siècle (voir Thomas de Quincey et Charles Baudelaire).

Pour nous, les drogués, c'est la drogue du voyage

la plus courante, la plus employée. Beaucoup ne vont pas plus loin.

Puis, il y a l'héroïne, le « cheval », également un dérivé de l'opium. Elle aussi peut se manger et se boire, mais elle aussi s'injecte surtout. A noter que très peu de hippies s'en servent. Sans doute parce qu'en Orient, elle est moins courante que, par exemple, aux Etats-Unis.

A noter aussi qu'une fois l'accoutumance venue, on retourne en arrière avec la morphine et l'héroïne : on se remet à planer, on ne peut plus voyager.

La cocaïne, la coco. Peu employée.

A présent, il y a les drogues qui font voyager plus fort. Le L.S.D, le fameux L.S.D., et la mescaline.

Enfin, les plus méchantes, celles qui sont une vraie saloperie : les amphétamines, la benzédrine, la dexédrine, et surtout, la fameuse méthédrine, la « M.E.T. » ou le « crystals » (parce qu'elle a un aspect cristallin).

Personnellement, j'ai tout pris.

Quant au problème des réactions à chaque drogue, il est très difficile d'y répondre. Car on ne peut pas généraliser. Il y a des drogues qui seront aphrodisiaques pour les uns et qui en assommeront d'autres, et l'inverse.

Il faut donc être très prudent. Je ne parle que de mon cas personnel. Celui de Jean, Paul ou Jacques peut être totalement différent.

Par exemple, je me rappelle que lorsque j'ai fumé pour la première fois du haschisch, j'ai ressenti d'abord une détente complète. Tous mes nerfs, tous mes muscles se sont détendus. Et quand je me suis levé, j'ai eu l'impression physique de marcher dans du coton. D'autres n'ont pas ressenti les mêmes effets.

Au début, il faut un effort de volonté pour entreprendre quelque chose puis ensuite, cela va tout seul. Tout se passe lentement, calmement. Même si, vu du dehors, les gestes ont l'air de se passer à une vitesse normale.

C'est de là d'ailleurs que vient l'expression « planer ». On a vraiment — je l'ai dit et je le redis — l'impression de planer.

Une particularité du haschisch, en passant : quand on en fume, on s'identifie aux choses que l'on regarde. On devient la fenêtre en face de soi, la branche d'arbre qui se balance dehors. On peut avoir aussi l'impression de se fumer soi-même.

Moralement, les choses sont un peu plus complexes. Comme les gens sont sensibilisés, on ressent, on enregistre plus fortement une image ou un son.

Il arrive qu'on puisse mal réagir à un son désagréable. Par exemple, marcher sur les Grands Boulevards après avoir fumé est souvent pénible. Le mouvement, le bruit, l'agitation sont très gênants pour celui qui vit, lui, au ralenti.

Ce point explique d'ailleurs pourquoi les drogués sont si bien dans les pays arabes, aux Indes et au Népal.

Là-bas, vivre au ralenti est naturel. Les gens, de nature, sont calmes, lents. C'est exactement ce qu'il faut. Et on ne peut vraiment comprendre l'Orient et son charme si on ne sait pas cela : l'Orient est la région du monde où drogue, mysticisme, mènent le rythme.

Tout ceci est vrai également pour l'opium, drogue douce, lente, balancée, molle.

Tout change avec la morphine, l'héroïne, les amphétamines.

Quand on « voyage », on a les nerfs véritablement à vif. La réalité ambiante devient ennemie, hostile, agressive, traumatisante. Ce qu'il faut, c'est qu'elle s'efface le plus possible, se fasse oublier, disparaisse. On n'a plus besoin d'elle, surtout pas.

Moi, par exemple, il y avait une chose qui m'horripilait par-dessus tout et me faisait parfois devenir méchant, c'est qu'on mange devant moi quand je m'étais shooté.

Le simple fait de voir des aliments, qu'on coupe, qu'on porte à la bouche, le simple bruit de la mastication, étaient une agression intolérable à mes sens de la vue, de l'odorat et de l'ouïe.

Non pas que j'aie eu mal au cœur, ou la nausée.

Non, mais la vue de la mastication, l'odeur de l'aliment, le bruit des mâchoires provoquaient dans chaque sens, et entre eux, d'atroces stridences, d'épouvantables dissonances, des fausses notes hurlantes qui me brisaient littéralement les nerfs.

Ceci pour parler des difficultés de bien se droguer.

Parce qu'on comprendra qu'avec une telle sensibilité multipliée par cent ou même mille, à l'intérieur du voyage proprement dit, c'est formidable.

J'ai raconté plus haut comment, sous effet de haschisch, j'ai fait s'animer devant mes yeux, se transformer en personnages de chair, en personnages de ma race, la blanche, les figurines aux yeux bridés d'une stupa de la place du marché de Katmandou.

C'était par volonté que j'y parvenais. Par un phénomène de rêve dirigé.

Sous effet de morphine, d'héroïne ou d'amphétamines, c'est sans le vouloir, sans le rechercher, que le rêve vient.

Cent fois, mille fois plus extraordinaire, d'ailleurs. Mais on n'est que le spectateur fasciné qui se laisse conduire par la main.

Un point capital quand on se pique : il faut être

bien entouré, dans un climat, une ambiance favorable, faite exprès.

C'est pour cela qu'à Katmandou et dans toutes les colonies hippies, on se réunit en groupes pour se droguer.

C'est pour être certain qu'aucune fausse note ne viendra troubler le voyage.

Cette précision en rappelle une autre. En groupes, il faut que tous prennent la même drogue, exactement la même. Afin que tous aient les mêmes réactions et ne risquent pas de se gêner les uns les autres.

Pour avoir négligé d'observer cette règle, j'ai une fois, avec un ami, gâché complètement une soirée à Katmandou.

Dans la chambre, tout le monde était au haschisch. Sauf le type et moi. Nous avons commis la grosse bêtise, nous autres, de prendre des amphétamines.

Or, celles-ci excitent beaucoup. Il faut absolument qu'on bouge, qu'on se défoule, qu'on parle. Les amphétamines font beaucoup parler.

Et les autres, les pauvres, avec leur haschisch, n'aspiraient qu'à une chose, avoir la paix...

On n'a pas arrêté de les enquiquiner toute la nuit !

Mais je voudrais étudier chacune des principales drogues l'une après l'autre d'un point de vue purement technique maintenant.

Comme on s'en doute, chaque drogue a ses particularités d'utilisation, demande des précautions spéciales.

Je ne parlerai pas des méthodes de prise. Cela, je l'ai déjà abordé au cours de mon récit. Mais il y a un certain nombre de règles d'or que seuls les drogués connaissent. Elles sont capitales et, pourtant, peu connues du profane.

Commençons par le haschisch, la seule drogue qui puisse se « marier » avec toutes les autres.

Il y a différentes sortes de haschisch. Le libanais, le turc, l'afghan, le pakistanais et le népalais.

Peu importe la provenance, jugez-vous peut-être. Ce qui compte, c'est d'avoir du haschisch.

Attention ! Il y a du bon haschisch et il y en a du mauvais. Tout dépend du pays producteur et de l'âge du produit. Certains sont bien inférieurs à d'autres et c'est tout de même utile à savoir.

A mon avis, le haschisch le plus faible, le moins bon, c'est le turc. Puis vient le libanais, du moins celui qu'on trouve en France, car celui qu'on trouve sur place est meilleur que celui réservé à la revente.

Après, toujours dans l'ordre croissant de qualité, vient l'afghan, le népalais (surtout celui de Pokhara) et enfin le pakistanais.

Ce dernier est de qualité extraordinaire. On trouve même au Pakistan le meilleur haschisch du monde, dans un petit village appelé Chitral, au nord de Peshawar, tout en haut du Pakistan occidental.

Chitral, c'est La Mecque du haschisch.

Puis, toujours au Pakistan, vous avez le Bombay black (appelé ainsi parce qu'il est très noir).

C'est le haschisch préparé dans le quartier chinois de Bombay.

Il est très spécial. C'est-à-dire qu'il n'est pas pur. C'est un mélange d'opium et de haschisch très fort, de Shrinagar, la capitale du Cachemire indien (on n'en fait pas ailleurs aux Indes).

Le Bombay black est excellent mais très puissant. A cause de l'opium qu'il contient. Aussi, il faut beaucoup se méfier avec lui la première fois qu'on en fume. J'ai vu beaucoup de types en aspirer de grandes goulées, forts de leur expérience avec des haschischs normaux, et s'envoler dans les vapes en moins de deux.

Parfait, me direz-vous, mais comment reconnaître les différents haschischs entre eux ? Comment savoir choisir le meilleur quand on est un drogué ?

C'est assez facile, mais encore faut-il savoir.

Quand on se fait présenter du haschisch sous forme de poudre, dans des sachets en plastique (le plastique conserve mieux l'arôme) c'est à coup sûr qu'il est libanais, ou turc, mais rien d'autre.

Libanais, il sera rouge, en fait plutôt rouille, mais on dit rouge.

Turc, il est marron, presque kaki.

Les autres, ceux qui sont présentés en pâte, sont marron foncé.

Très foncé, presque noir pour l'afghan et tout à fait noir pour le Bombay black.

Encore un point : ce n'est pas parce que le libanais et le turc sont vendus sous forme de poudre qu'ils le sont toujours. Il arrive aussi qu'on en trouve en pâte (au Liban même, en particulier), mais alors c'est leur couleur très caractéristique qui les fait reconnaître.

La forme de la pâte aussi.

Car chaque pays a quand même quelques « tics » de présentation.

Le libanais-pâte est souvent en barres, en forme de briques, si vous voulez. De briques de toutes tailles, depuis celle du sucre (et même plus petit) à celle d'un sac de ciment (et même plus). En somme le détail, le demi-gros et le gros.

Le turc-pâte, lui, est en très fines plaquettes, de toutes tailles également.

Le pakistanais est en cubes ou en baguettes, genre baguettes de riz, qui sont groupées en sorte de faisceaux, ou de « bottes de paille » si l'on préfère.

L'afghan prend aussi toutes les formes que l'on veut, car il y a là-bas, à Kaboul, la capitale, toute une industrie qui fabrique des « objets-caches » pour le transport clandestin. Vous trouvez en vente des valises à double fond, des mallettes truquées, etc. et même des chaussures à semelles creuses, où l'on peut tasser son haschisch.

A noter que certains haschischs portent des cachets dans leur pâte. Ce sont ceux apposés par les services des pays qui produisent officiellement du haschisch : Afghanistan, Pakistan, Népal. Un peu comme la France, producteur de cigarettes, met sur les paquets son cachet S.E.I.T.A.

Mais, en règle générale, la forme du hash-pâte importe peu, car le plus souvent, il a pris dans ses voyages clandestins avant d'arriver en Europe ou ailleurs, toutes les formes que les trafiquants ont jugées commodes pour le passage des frontières.

Reste un autre problème encore plus sérieux que celui de la provenance, c'est le problème de la qualité.

Un drogué débutant se fera 9 fois sur 10 « refiler » du mauvais hasch. Le drogué expérimenté, jamais. Que fait ce dernier ?

Il regarde d'abord la couleur. Plus le hasch est foncé, meilleur il est (rouge foncé pour le libanais, kaki foncé pour le turc, etc.).

Il observe, sa consistance. Le hasch doit être malléable, presque comme du chewing-gum, ou de la pâte à modeler.

S'il est dur, c'est qu'il est vieux, et donc éventé.

De même, son degré de fraîcheur se juge à l'intérieur. Si la surface est lisse, l'intérieur doit toujours être granuleux. Sinon, c'est du vieux hasch.

Mais c'est l'odeur surtout qui permet de juger de la qualité du hasch.

Plus un hasch est frais (donc meilleur) plus son odeur est forte, puissante. Très frais, elle est même entêtante.

Dernier point de repère, mais qu'on a très peu de chance de pouvoir observer en Occident à moins de se faire son haschisch soi-même : quand ils sont très frais, tous les haschischs, quelle que soit leur couleur spécifique, ont dedans un reflet vert, qui disparaît avec le temps.

Donc, malléabilité, odeur puissante, couleur foncée, ce sont les trois signes du bon haschisch.

Reflet vert en plus ? C'est alors du super de super !

Les haschischs qu'on trouve en Occident ? Surtout de l'afghan, du turc et du pakistanais. Un peu de libanais, pas de népalais ni de Bombay black.

Pour ce dernier, cela pourrait bien arriver un jour, car les trafiquants ne tarderont pas à s'apercevoir que vendre à un type du haschisch mélangé d'opium, c'est un excellent moyen de l'intoxiquer à l'opium et donc d'en faire peu à peu un véritable camé.

Le haschisch, je l'ai dit, cela se mange, se fume, s'injecte, mais la meilleure manière de le prendre, c'est de le fumer. Au shilom. Dans une cigarette, il y en a trop peu. Et puis, au shilom, cela va directement dans les poumons, en grosses goulées (souvent à vous en faire tourner la tête) qui font très vite « partir » et « planer ».

Au Népal et au Pakistan, on le fume aussi à la pipe à eau, dans un fourneau, en terre ou en noix de coco, une sorte de narguilé en somme. Mais c'est compliqué. L'emploi du shilom, lui, a l'avantage d'être d'une simplicité enfantine.

Deux seules précautions à prendre : mettre une boule de papier d'argent au fond du foyer, pour éviter d'aspirer toute la chaleur du brasier, tout ce qu'il y a dans le foyer, et mélanger le hasch de tabac. Pur, il emporterait les poumons.

Manger le hasch, c'est possible, mais c'est gâcher la marchandise. Digéré, le hasch perd presque toute sa force. Sans compter que cela fait mal à l'estomac et donne des nausées. Tandis que dans les poumons, il est en contact direct avec le sang.

D'où l'idée, pour augmenter ses effets, idée qu'ont eue bien entendu beaucoup de camés, de se shooter au hasch.

Je dis, moi, que c'est une bêtise, pour ne pas prononcer un autre mot, à éviter à tout prix.

Pas tellement parce que c'est compliqué (il faut cuire le hasch dans de l'eau, le diluer et le filtrer dans du coton) mais parce que c'est très dangereux.

Le hasch est toujours plein de particules, de saletés, d'impuretés.

Aussi bien filtré soit-il à travers du coton, il passera toujours plus ou moins de saletés dans la seringue. C'est l'infection garantie.

En outre, au haschisch, on perd tout ce qui fait le grand plaisir de la « piquouze » : le flash. Jamais de flash au hasch.

Une dernière chose que tous les vrais amateurs de hasch connaissent : il faut alterner les « crus », passer de l'un à l'autre, de l'afghan au pakistanais, au népalais, etc.

Pourquoi ? D'abord pour le plaisir. A fumer toujours le même hasch, le goût s'émousse, se lasse. C'est un peu comme avec les vins. Boiriez-vous toujours uniquement du beaujolais ? Vous finiriez par en avoir assez. En alternant différents crus vous augmentez le plaisir. C'est la même chose avec le hasch. Chaque cru a son « bouquet » différent.

Autre avantage pour ceux qui ne veulent pas se laisser tenter par l'escalade et passer aux drogues dures et dangereuses : en variant les crus, vous faites durer le plaisir, même de fumer du hasch, et pensez moins à autre chose.

Un dernier mot sur le haschisch. Pour moi, le haschisch est une drogue qui a un extraordinaire avantage : il ne crée pratiquement pas d'accoutumance. Quand on en est privé, on s'en passe très bien. Je veux dire que l'organisme n'en « réclame » pas, comme cela se passe avec d'autres drogues. Que l'envie reste, c'est certain. Mais on n'en est pas malade. Exactement comme avec le tabac, en quelque sorte. Le fumeur de tabac, privé subitement, est malheureux, mais il n'est pas vraiment malade. C'est à peu près pareil quand on est privé de haschisch. Pas plus.

Passons à l'opium. L' « OP », comme on dit.

Avec l'OP, on entre dans les choses sérieuses.

L'OP vient de Turquie (de moins en moins : les Etats-Unis exercent de vives pressions sur le gouvernement d'Ankara pour lui faire limiter la production de cette drogue qui trouve son principal débouché aux *States*), de Chine, du Laos et du Siam.

Ni le Népal, ni l'Afghanistan ni le Pakistan n'en produisent assez pour l'exporter, ni même pour leur « marché » intérieur.

L'OP le meilleur, c'est le chinois.

De quoi ça a l'air, l'OP ? C'est une pâte très foncée, presque noire (plus elle est noire, meilleure elle est). Beaucoup plus malléable que le haschisch, l'opium ressemble un peu à de la glu. Il colle sur tout, en particulier sur le tissu.

Il ne faut surtout pas l'envelopper de tissu. Très vite, il « file », s'infiltre à travers la trame.

C'est pour cela qu'il est généralement présenté, lui aussi, dans du plastique. C'est la seule matière sur laquelle on puisse le récupérer, en grattant avec un couteau par exemple. C'est aussi le meilleur emballage pour qu'il perde le moins possible son parfum.

Autre signe de reconnaissance de l'opium : son odeur. Elle est tout à fait caractéristique. Comment la définir ? C'est difficile, mais je vais utiliser une comparaison avec un autre sens que l'odorat : le goût. Vous « voyez » le goût du nougat, du caramel ? Eh bien, imaginez ce goût transformé en odeur. Ça vous donne l'odeur de l'opium.

Odeur qui peut être très violente quand l'opium est très frais. Elle peut même alors donner la nausée tant elle est concentrée. Ça vous noue l'estomac, ça vous met mal à l'aise.

Un jour, j'ai visité dans le Midi une distillerie de lavande. Ça sent bon, c'est agréable, l'odeur de lavande... Quand on a le nez sur de l'essence de lavande pure, telle qu'elle l'est dans une distillerie, c'est tellement concentré que ça vous donne mal au cœur. Avec l'opium (pour une odeur différente, cela va sans dire) c'est pareil.

On s'en doute, les trafiquants cherchent à « couper » l'opium, comme on coupe le lait. Le moyen de s'en apercevoir ? Hélas ! il n'y en a pas comme il y en a pour le haschisch, avant d'acheter. L'odeur peut-être, mais arrivé chez nous, l'opium même pur, a déjà beaucoup perdu de son odeur.

Par contre, on peut savoir, après en avoir acheté à un fournisseur, s'il truque la marchandise ou pas. Mais seulement après.

Il suffit de diluer son opium dans de l'eau.

On secoue. On laisse reposer...

Si l'eau reste, non pas claire, transparente, limpide, mais libre de toute impureté en suspension, c'est que l'opium est pur.

S'il y a des saletés, des débris, aussi minuscules soient-ils, en suspension, c'est, sans aucun doute, que l'opium a été mélangé à du haschisch (le haschisch, vous le savez, est rempli d'impuretés) ou à n'importe quelle autre herbe.

C'est avec l'opium que l'expression « planer » prend toute sa valeur. On va très loin, mais on dirige sa « planète » (sauf en cas de grande intoxication, je l'ai déjà dit, je crois, mais je n'en ferai pas une règle générale, quoique je suppose que les réactions que j'ai eues doivent être celles de bien d'autres grands drogués à l'OP).

L'opium est fait surtout pour être fumé, à l'instar du haschisch, plus que mangé ou injecté.

On peut toutefois le manger avec un certain profit, mais il faut prendre une petite précaution bien simple si on ne veut pas garder dans la bouche une brûlure et même parfois une amertume persistante, et surtout, ne pas avoir des douleurs d'estomac et des nausées.

Il suffit de l'envelopper dans du papier à cigarettes et d'avaler ça tout rond.

On le digère mieux.

Par contre, il n'y a rien à faire contre un inconvénient de la prise par la bouche : ça donne soif. On boit toujours beaucoup.

J'ai dit tout à l'heure les dangers des shoots au haschisch.

Ils sont encore plus grands avec l'opium.

Le shoot à l'opium, c'est la croix et la bannière. Personnellement, je ne l'ai pratiqué que quand je ne pouvais pas faire autrement, quand je n'avais rien d'autre pour me shooter.

Se piquer le bras, pour beaucoup, c'est une opération désagréable et même douloureuse et on fait parfois des bassesses pour y échapper (la fuite, n'est-ce pas quand arrivent les camions du « Don du Sang »...)

Pour un drogué, c'est ce qu'il y a de mieux.

Rien ne vaut le shoot. La fumette, à côté, c'est de la rigolade.

Un vrai drogué préfère le shoot à n'importe quoi d'autre. J'en ai connu qui, manquant de tout, se faisaient des shoots à l'eau (sucrée, ou salée, mais pas pure ; l'eau pure tue), tant ils étaient des intoxiqués de la piquouze. Moi-même, quand je prenais des cachets de méthédrine, je les écrasais et les dissolvais pour me les injecter, sauf impossibilité technique, bien sûr, plutôt que de les avaler tout ronds.

Mais j'ai bonne mine à raconter ça alors que je dis du mal du shoot à l'opium !

C'est que le shoot à l'OP est réellement très dangereux.

Ce n'est pas net, ce n'est pas propre, l'opium. C'est gras, ça encrasse l'aiguille.

Souvent, trop souvent (j'ai dit pourquoi... salauds de revendeurs !) ça contient des impuretés. D'où risques d'abcès très importants.

Et le flash n'est pas agréable. Pas d'envolée fabuleuse, délicieuse, mais une impression désagréable. Des picotements à l'anus, aux lèvres, au bout des doigts. Des bouffées de chaleur qui montent à la tête. Remarquez, il y en a qui aiment ça. Ils sont rares...

Un seul avantage : il n'y a pratiquement pas de risques d'overdose avec les shoots à l'OP. On peut forcer très loin sans peur. Le signal d'alarme vient de lui-même : on perd conscience. C'est tout.

Mais gare au shoot fait à côté de la veine !

Non, le shoot à l'OP, c'est vraiment quand on n'a rien d'autre à se mettre dans le sang.

Mais revenons à l'opium fumé. C'est alors une drogue qui a de grandes qualités.

D'abord l'accoutumance (réelle, c'est malheureusement sûr) est lente. Puis, l'opium est très utile au vrai drogué, celui qui tâte de tout et joue de toute la palette·des drogues.

Il sert à calmer les mauvaises réactions physiques aux autres drogues : douleurs à l'estomac, insomnies, froid aux extrémités (ceci, valable surtout pour la méthédrine).

On prend de l'opium pour calmer tout ça et pour avoir chaud.

Un dernier point avec l'OP :

Drogue favorite de ceux qui aiment diriger leurs « planètes », elle finit, je l'ai dit, par vous faire faire de petites promenades incontrôlées. Eh bien, les opiomanes expérimentés savent corriger ce désagrément.

Dès qu'ils se sentent partir, vite, ils prennent un, ou deux, ou trois cachets de méthédrine. Cet excitant leur rend la lucidité nécessaire pour contrer la mauvaise tendance sans « gommer » les effets de l'OP.

La morphine à présent.

A manier avec précaution. Mais quels voyages !...

Avec la morphine on passe au « voyage » proprement dit : la balade incontrôlée. Vogue la galère et fais-moi des surprises.

C'est la meilleure drogue, la plus décontractée, pour le voyage. Et parmi celles de cette force, c'est elle qui a le moins d'inconvénients.

Elle ne donne pas de nausées. Elle ne coupe ni l'appétit ni le sommeil (sauf en cas de très grande intoxication).

On reste tout à fait lucide, pas dans les vapes du tout, pour suivre ses phantasmes et en profiter.

Et l'overdose est plus rare qu'avec l'héroïne.

La morphine se présente sous une forme principale : un liquide limpide.

A peine une odeur légèrement pharmaceutique.

La morphine liquide est incolore en général. Parfois, elle est un peu jaunâtre, très peu. C'est qu'elle est alors de la meilleure qualité.

On en trouve aussi sous forme de cachets. L'aspect : celui des cachets d'aspirine, ronds, plats, blanc neigeux, mais, de taille, la moitié d'un cachet d'aspirine.

Les cachets peuvent s'avaler (on perd alors une grande partie de l'effet à cause de la digestion). Ils peuvent aussi se diluer, de préférence dans de l'eau distillée, pour être injectés.

La morphine ne se mélange à aucune autre drogue.

Les premières fois, la mise en condition est capitale. Il faut être très décontracté, très calme, très disponible. Si on est nerveux et qu'on guette trop les effets, ils ne viendront pas. C'est ce qui s'est passé pour moi lors de mon premier shoot à la morphine à Bombay, avec « Pique du nez ».

Pour que le voyage dure au maximum, il vaut mieux se faire une piqûre sous-cutanée plutôt qu'intraveineuse.

Mais alors, on risque d'avoir mal.

Et surtout, on se prive du flash.

Le flash à la morphine est le plus formidable qui soit.

Non seulement en intensité, mais aussi en durée. Je m'entends : pas en durée de flash, c'est malheureusement toujours très rapide, mais au bout de six mois, par exemple, le flash se produit toujours à chaque shoot. Aussi intense. Ce n'est pas vrai pour les autres drogues.

J'en arrive à l'héroïne, le fameux « cheval ». La plus dangereuse de toutes les drogues classiques. Celle qui entraîne l'accoutumance la plus rapide et présente le plus grand risque d'overdose.

Mais celle aussi qui fait, parmi toutes les drogues classiques, le mieux voyager.

L'héroïne se présente parfois en gouttes, mais le plus souvent en poudre.

Une poudre sur laquelle les revendeurs s'exercent à toutes sortes de truquages pour la « couper » au maximum.

Le coupage le plus répandu : celui au lactose.

Il y a des salopards qui osent vendre, sous le nom d'héroïne, une poudre qui n'en contient que 5 pour 100 !

Ils ont bien raison, au fond. Les drogués sont trop bêtes. Ils n'ont qu'à se méfier. Ce n'est pas bien sorcier.

Avec ou sans lactose, l'héroïne est blanche.

Mais il y a différents tons de blanc, et c'est là que le drogué doit être vigilant.

La vraie héroïne, l'héroïne pure, est d'un blanc un peu jaune, un peu ocre plutôt.

L'héroïne mélangée à du lactose est d'un blanc plus pur. Plus ce blanc est pur, plus il y a de lactose.

La consistance, à présent.

Si la poudre est granuleuse, il faut se méfier : lactose.

L'héroïne pure n'est pas granuleuse. C'est de la poudre, tout simplement.

Puis, il faut en prendre un peu entre ses doigts, ou mieux dans sa paume, s'il y en a suffisamment, et faire couler.

L'héroïne pure coule mal, un peu comme ces farines qui contiennent encore pas mal de gluten et dont les particules collent un instant entre elles avant de se décider à descendre, un peu comme le sable qui reste aggloméré dans le sablier et, soudain, file par à-coups.

L'héroïne, mélangée de lactose coule sans histoire, platement, uniment, bêtement.

Avec l'héroïne, inutile, quand on se sent trop partir et trop vite, d'essayer de la contrer avec des amphétamines. Ça ne marche pas.

Le flash à l'héroïne est somptueux, royal.

Aussi la prend-on le plus possible en piqûre (diluée dans de l'eau) et en piqûre intraveineuse (jamais de flash — je le rappelle — en sous-cutanée).

Les deux grands problèmes de l'héroïne, ce sont l'accoutumance et le risque d'overdose.

L'accoutumance est très rapide et alors atrocement tyrannique. Il faut augmenter, augmenter sans cesse les doses.

Et c'est jouer avec le feu. Non seulement à cause des ravages physiques qu'elle cause alors, mais à cause du risque d'overdose.

Ce qui l'augmente, c'est que le dosage est très délicat. La quantité à prendre se mesure à des degrés de précision extrêmes.

Et ce n'est guère facile quand on est là, fébrile, haletant, à se préparer son shoot en sentant le manque galoper à toute vitesse dans ses veines !

Le seul moyen de faire gaffe à l'overdose, le seul signal d'alarme : le coup de la pupille.

Devant une glace, on s'examine l'œil. S'il est très brillant et surtout si la pupille est vraiment très dilatée, alors, il vaut mieux réduire beaucoup la dose suivante : l'overdose menace.

D'autres drogués vont faire un tour pour voir où

ils en sont. Voir si leurs réflexes normaux (marche, équilibre, facultés, attention aux choses et aux gens) sont en état.

C'est risqué.

L'héroïne fait perdre la notion de la réalité.

De temps en temps, il est vrai, la lucidité revient. Alors, on sort...

Seulement voilà, la lucidité peut disparaître aussi vite qu'elle est revenue. Sans prévenir.

Combien en ai-je vu des types, à Katmandou ou ailleurs, débarquer au restaurant, l'air normal, s'attabler, commander à manger et puis, soudain, rester là, immobiles, parfois des heures entières, ayant complètement oublié où ils sont et ce qu'ils y font.

Partis ! Repartis dans le « voyage ».

Un jour, j'ai vu un type sortir de notre piaule : « Je vais en face m'acheter des gâteaux », a-t-il dit.

J'étais à la fenêtre. C'était à Bombay. Je l'ai vu sortir de l'immeuble, s'avancer vers le bord du trottoir. La pâtisserie était en face. Il a attendu sur le bord du trottoir que le feu du carrefour arrête le passage des voitures.

Le feu est passé au rouge, la voie s'est trouvée libre.

Mais mon type n'a pas traversé. Il s'est assis et il est resté là.

Son moment de lucidité venait de prendre brusquement fin. Il était de nouveau en voyage.

Moi-même, en haut, trop camé pour avoir envie de faire quoi que ce soit, n'y pensant d'ailleurs même pas, je suis rentré dans la piaule.

Environ cinq heures plus tard, je me suis remis à la fenêtre par hasard.

Mon type était toujours là, assis au bord du trottoir à ras des voitures.

Mais la pire saloperie qui soit, ce sont les amphétamines, ces vacheries qu'on commence à prendre pour « contrer » le mauvais effet des autres, pour se remonter après, auxquelles on s'habitue, et qu'on finit par prendre parce qu'on ne peut plus s'en passer et qu'elles deviennent de véritables drogues.

Pourtant, ça ne fait ni planer, ni voyager vraiment.

Par contre, quand on en prend trop, ça donne des hallucinations. Et quelles hallucinations ! Le bord de la folie. Je m'en apercevrai, et je le paierai cher, à la fin de mon séjour à Katmandou.

En outre, c'est avec les amphétamines que la « descente » la fameuse descente qui termine toujours, inexorablement, le voyage, est spécialement désagréable.

Oh ! la descente des amphés !

L'enfer !...

L'overdose est possible aux amphés, mais il faut aller très loin.

Personnellement, je raconterai plus loin dans quelles conditions j'ai atteint un stade où, à ma connaissance, personne n'est allé.

Et je n'ai pas eu d'overdose.

Le vrai danger est ailleurs : à la longue, ça délabre, ça démolit. Les amphés, ce sont de véritables béliers qui vous fichent un bonhomme en l'air, lui coupent le sommeil, la santé, l'intelligence et l'appétit.

Tous les appétits. Tous...

Pourquoi en prendre, alors ? Eh bien, c'est que c'est moins cher, relativement facile à se procurer et que ça aide à supporter le manque de drogue.

A présent, l'empereur des drogues, le grand, le saint, le formidable L.S.D. — L'acide.

Le L.S.D., c'est plus qu'un flash extraordinaire et un voyage extraordinaire lui aussi.

C'est le flash perpétuel.

La forme la plus courante c'est la pilule, genre pilule d'aspirine, mais en bien plus petit.

Mais il y a aussi le L.S.D. liquide, incolore, insipide, sans odeur, celui dont on met une goutte, une petite, pas plus, jamais deux, sur un buvard ou sur un sucre.

Le L.S.D. se mange ou se boit, uniquement. Ni fumette, ni piquouze.

Il y a six pilules différentes.

Dans l'ordre, la blanche, la rose, l'orange, la marron, la bordeaux foncé et la noire.

A chaque couleur correspond une force en L.S.D., une concentration différente.

La blanche est la moins forte, la noire, la plus forte, avec les couleurs intermédiaires en force croissante.

Le danger du L.S.D., ce n'est pas la mort.

C'est le flippage.

Flipper, c'est devenir fou.

Ça se produit quand la dose a été trop forte, ou quand on a pris du L.S.D. trop souvent, ou même simplement à cause d'un mauvais voyage.

Il est très facile de faire un mauvais voyage. Il suffit de prendre son L.S.D., trop nerveux, trop inquiet, dans un mauvais environnement. C'est pour ça que les drogués s'entraident beaucoup. Quand quelqu'un va faire son premier trip à l'acide, on le met en garde, on ne le laisse pas seul.

Souvent, on se met en condition avec du haschisch, pour se calmer.

Quand on prend du L.S.D. on peut très bien cumuler avec d'autres drogues. C'est une drogue universelle, comme le haschisch.

Jamais d'accoutumance au L.S.D.

Quand on en prend, il vaut mieux être libre le lendemain, car cela fatigue beaucoup à cause de la dépense nerveuse, énorme. Un vrai coup de bambou.

C'est pour ça que la vie normale est impossible pour un camé au L.S.D.

Et encore, il ne peut pas prendre sa pilule ou sa goutte tous les jours. C'est trop épuisant.

La moyenne, et pour des camés déjà avancés, c'est une fois ou deux maximum par semaine.

En général, deux, trois voyages par mois, c'est déjà beaucoup.

Donc, une drogue absolument à part. En quelque sorte, une fête qu'on s'offre de temps en temps, le caviar-vodka ou le foie gras, champagne du drogué !

Fermons le chapitre.

IX

JE voudrais maintenant, répondre à une autre question qu'on se pose certainement.

Comment fait-on pour se procurer de l'argent quand on est sur la route, quand on est hippie, ou assimilé hippie, quand on est à Katmandou ?

Dans mon cas précis, on le sait, j'ai eu longtemps de l'argent à cause de mon fameux coup du Canadien à Istanbul. Bien sûr, cela n'a pas duré toujours, surtout avec la bande de vautours attachés à mes basques, à l'Oriental Lodge et au Garden Hôtel.

Il m'a donc fallu trouver des solutions. J'en ai un peu parlé lors de l'épisode du toubib marron. J'y reviendrai.

Je crois qu'il faut commencer par traiter les moyens classiques des hippies et des gars de la route pour se procurer de l'argent.

Et d'abord une précision importante. Quels que soient ces moyens, très souvent, ce sont les filles qui les emploient. Le hippie est en général un type qui a une fille qui ramène pour lui de l'argent.

Cela s'appelle une « marmite » dans l'argot hippie.

Et la marmite peut aller très loin.

D'abord, il y a la manche. C'est la mendicité, ni plus ni moins.

Personnellement, je ne l'ai pratiquée qu'une seule fois, mais ça n'a pas marché et j'ai vite été dégoûté.

Sans doute je n'avais pas encore le ventre assez creux.

La manche peut se pratiquer d'abord, évidemment, au coin de la rue, en tendant la main aux gens qui passent.

Les filles y réussissent bien mieux que les hommes. D'abord parce que... ce sont des filles et très souvent, le type ne donne que pour engager la conversation, inviter à dîner, etc.

D'autre part, surtout en Europe, et tout particulièrement en France, il vaut mieux ne pas tendre la main à une femme.

Les femmes donnent rarement. Et elles n'ont pas leur pareil pour vous faire la morale, ce qui est bien la dernière chose qu'on a envie d'entendre.

La technique s'apprend. On sait vite qu'il ne faut pas demander de quoi manger.

Généralement, les types vous répondent que si on veut manger, on n'a qu'à travailler comme tout le monde.

Il vaut bien mieux demander de quoi payer son hôtel, par exemple.

Ça marche beaucoup plus facilement.

De même, il ne faut pas fixer soi-même la somme que l'on désire. On a souvent d'heureuses surprises en laissant les gens se dépatouiller eux-mêmes entre leur portefeuille et leur charité.

En Orient, la manche se pratique sur une grande échelle (se rappeler l'histoire du gosse amputé à Bénarès), mais elle est plus délicate pour les filles.

Surtout dans les pays arabes.

Jocelyne, la fameuse Jocelyne de la promenade à

cheval, m'a raconté qu'un jour à Beyrouth elle s'est fait gifler en pleine rue par un Arabe qui, après lui avoir donné de l'argent, ne comprenait pas qu'elle refuse de venir avec lui dans sa chambre.

Car les Arabes, tout particulièrement, s'accrochent aux filles qui font la manche, privés des femmes comme ils le sont, puisque ce sont les riches qui les accaparent.

Les résultats de la manche ?

Bien meilleurs qu'on ne croit !

Jocelyne, toujours, m'a raconté qu'à Beyrouth, elle se faisait couramment 50 à 60 livres libanaises par jour, dans les grandes rues, en faisant un trottoir après l'autre dans chaque sens.

La livre libanaise valant à l'époque (c'était en 1969) environ 1,60 F, faites votre calcul, cela donne plus de 80 F de la journée.

Avouez que ce n'est pas mal.

Mais tendre la main n'est pas la seule manière de pratiquer la manche.

Vous pouvez aussi faire la craie sur le trottoir. On dessine quelque chose par terre, on place une sébile à côté — ou on n'en place pas — et on attend assis par terre, calmement.

Cela aussi rapporte bien.

J'ai beaucoup fait la craie partout en Europe, surtout en Hollande et en France. Je n'ai eu qu'à m'en féliciter.

Une autre technique de la manche qui intéresse les Français, c'est le coup du ticket de métro.

Seule difficulté : il faut avoir une base de départ de 7 F. Le prix d'un carnet complet de seconde classe.

Après, tout marche sur des roulettes.

Vous achetez votre carnet, puis vous vous rendez devant le guichet d'une station très fréquentée. Il y a toujours des gens qui font la queue. Et qui sont pressés.

Vous proposez vos billets au détail.

Tout contents d'aller plus vite, bien des gens vous en achètent.

1 F, le ticket, cela va de soi.

Ce qui fait qu'une fois le carnet écoulé, vous avez gagné 3 F net.

Maintenant, pour les filles, il y a la prostitution.

Très pratiquée, la prostitution. Bien entendu pas professionnellement, cela va sans dire, mais à l'occasion. Agnès avec son fonctionnaire américain à Katmandou est loin d'avoir été une exception.

Sur la route, les filles se vendent énormément, sans vergogne, sans gêne, sans honte.

Certaines le font en grand. C'est-à-dire qu'elles se choisissent un type riche, se font entretenir et se débrouillent, une fois qu'elles ont jugé avoir reçu suffisamment de cadeaux et suffisamment payé de leur personne, pour disparaître un beau matin à la cloche de bois.

A Katmandou, la prostitution était assez pratiquée.

Pas la manche : les Népalais sont trop pauvres.

Il fallait trouver autre chose. Et là, tout dépendait de l'astuce du gars.

Car rares étaient ceux qui recevaient encore de l'argent de leur famille, quand il arrivait !

C'est là que, personnellement, j'ai mis en route le grand jeu.

Travellers-chèques, appareils-photos, radios, etc.

N'importe qui, j'imagine, comprend comment on fait du trafic d'appareils radios ou photos.

Il suffit de les voler — ou de les racheter à bas prix à des types fauchés — et de les revendre chez des commerçants peu scrupuleux, ou à d'autres copains.

Pour les travellers-chèques, par contre, il faut être un peu plus au fait des combines.

Et pourtant ce n'est pas sorcier.

Quand j'étais à Beyrouth, je me suis fait ouvrir un compte travellers dans une grosse banque américaine.

C'est-à-dire que j'ai déposé de l'argent à la caisse — c'était 500 dollars, soit environ 2 500 F, si mes souvenirs sont bons — et qu'en échange, on m'a donné un carnet à dix souches, chacune de 50 dollars (évidemment, en plus, j'avais payé les frais de l'opération, 2 ou 3 dollars environ).

Ce carnet était exactement semblable à un carnet de chèques. C'est-à-dire que sur chaque « traveller-chèque » (chèque-voyageur) mon nom était inscrit à la machine et à côté, il y avait un contretype de ma signature dont l'original était laissé à la banque.

A présent, il ne me restait plus, pour faire des achats au cours de mes voyages, chez les commerçants acceptant les travellers-chèques, qu'à leur donner à chaque achat un chèque, signé de nouveau devant eux pour qu'ils puissent vérifier l'identité des signatures.

Chaque chèque, je le rappelle, a une valeur nominale imprimée (50 dollars dans mon cas) ce qui fait que par exemple pour un achat de 62 dollars on donne son traveller-chèque de 50 dollars et on complète les 12 dollars en monnaie.

Cela, c'est le principe même du traveller-chèque que j'explique pour ceux qui ne connaissent pas bien le mécanisme.

Mais moi, c'est pour une tout autre raison que je m'étais offert ce carnet à souches à Beyrouth.

Mon but : le perdre.

Enfin, faire semblant de le perdre !

Un jour donc, à Bagdad, je suis allé à l'agence locale de ma banque.

Et j'ai fait une déclaration de perte de mon carnet.

Ce carnet que j'avais au fond de ma poche.

On a vérifié mon numéro de compte, ma signature, mon identité.

On m'a dit : « Revenez dans deux jours. »

Deux jours plus tard, je suis revenu et on m'a donné un deuxième carnet à souches identique au premier, mais tout neuf celui-là.

Et je me suis retrouvé avec deux carnets en poche. Deux fois 500 dollars de travellers-chèques. Et donc 1 000 dollars de disponibles, au lieu de 500.

En un tournemain, j'avais donc doublé ma mise.

Facile, non ? Oui, et d'autant plus que c'est toute la base de la publicité de ces banques. Elles proclament que les voyageurs n'ont pas à craindre la perte ou le vol de leur carnet, qu'on les leur remplacera partout dans le monde, dans les délais les plus brefs.

A présent, on s'en doute, j'étais « grillé » dans cette banque et je n'avais pas intérêt, à partir du moment où j'avais dépensé mes deux carnets et fait découvrir la supercherie, à me montrer de nouveau.

Qu'à cela ne tienne. D'autres banques américaines donnent des travellers-chèques.

J'ai donc recommencé ailleurs durant mon voyage, l'opération facile, agréable et plaisante qui consiste à multiplier ses dollars par deux en se faisant dire « Merci monsieur, au revoir monsieur » par l'employé que l'on truande peinardement.

D'ailleurs, on peut aussi, si on est un peu plus culotté, retourner à la même banque et se faire froidement ouvrir un autre compte en y déposant l'argent récupéré sur la première et la deuxième mise (revente des travellers-chèques). Puis reperdre son carnet, etc.

Seulement là, il faut agir sous une autre identité et changer d'agence et même de pays. C'est tout de même plus compliqué, mais quand vous réussissez votre coup, vous avez en quelque temps multiplié vos dollars par trois environ.

Pourquoi pas par quatre ?

Parce que la revente des travellers-chèques se fait toujours à perte.

Les trafiquants à qui vous les revendez ne vous donnent jamais leur valeur totale.

Ils ne les paient jamais plus de 45 pour 100, souvent même 40 pour 100.

C'est faible, sans doute, mais ça vaut le coup quand c'est tout bénéfice pour vous !

Quant à trafiquer de la drogue, je ne l'ai jamais fait là-bas. Qui aurait envie de trafiquer de la drogue à Katmandou ? On en trouvait partout.

En fait, moi, durant toute cette année 1969, à part l'affaire du Canadien à Istanbul, je n'ai pas réalisé de gros coups. Je n'en avais pas besoin. De petites affaires de 200, 300 ou 500 dollars maximum de temps en temps me suffisaient.

Surtout qu'à Koweit j'avais récolté pas mal d'argent en allant chercher clandestinement, par bateau, à Bahrein ou en Iran, des bouteilles d'alcool que je revendais très cher sur place : à Koweit, l'alcool étant prohibé, la bouteille de whisky se revend facilement l'équivalent de 100 F.

Après, avec les trafics des travellers-chèques, je me suis contenté de négocier des appareils-photos, radios et caméras. J'avais des filières sûres, surtout à Katmandou, et quand j'étais à sec, je cravachais quelques jours, pas plus, et je m'arrêtais.

Je n'étais plus du tout le cambrioleur ou le

passeur d'or d'autrefois, vingt kilos cousus dans mes vêtements entre Hong Kong et l'Europe.

Durant ces douze mois, on ne peut pas dire que j'aie été un vrai truand. Tout ce que je me suis permis, comme coup pas très propre, et encore il n'a pas été bien gros, c'est, un jour aux Indes, de tempêter auprès de mon hôtelier en prétendant m'être fait voler un magnétophone dans ma chambre. J'avais un besoin urgent de la somme correspondante et pas le temps d'imaginer autre chose.

J'ai si bien protesté et crié si fort, avec un tel accent de vérité, menaçant de rameuter un bataillon de policiers, que l'hôtelier, sans doute pas très blanc par d'autres côtés, m'a payé cash la valeur du magnétophone fantôme.

Cela dit, aussi petits qu'aient été mes coups, j'ai toujours eu suffisamment d'argent pour vivre aisé, me payer l'hôtel, le restaurant, les boîtes et les drogues, et « traiter » mes amis, tout en me permettant quelques sorties, en solitaire, dans les grands hôtels et les endroits pour touristes.

Sauf à la fin, quand je suis devenu un junkie.

Pour les autres, les malhabiles, les malchanceux, il restait une dernière solution : vendre son sang.

Je ne crois pas exagérer en écrivant que bon nombre de hippies ont payé au moins la moitié de leur voyage jusqu'à Katmandou et une bonne partie de leur séjour là-bas en vendant leur sang.

Dès la France d'ailleurs. C'est une chose qu'on connaît rarement, mais on peut vendre son sang en France. Il existe un institut à Paris, avec deux succursales, à Lyon et à Marseille, qui vous achète 50 F les 300 gr de sang.

Après, tous les gars de la route savent les jalons où l'on peut vendre son sang.

En Italie, cela se fait facilement.

En Yougoslavie aussi, mais rien qu'à Belgrade (à ma connaissance du moins).

En Grèce, surtout à Thessalonique.

A Istanbul, bien sûr, ainsi qu'à Beyrouth.

Mais l'étape de la route où le sang se vend le plus cher, c'est Koweit. On le paie jusqu'à 28 ou 30 dollars le flacon. Il n'y a pas d'autre raison au fait que Koweit a vu défiler tant de hippies.

En Inde et au Pakistan, également — New Delhi, Bombay, Karachi — on vend son sang.

A Katmandou c'est spécial : il n'y a pas de banque de sang. On ne le met pas en conserve. Il faut aller s'inscrire au centre de transfusion, laisser son adresse et attendre qu'on ait besoin de vous et qu'on vous appelle.

Une règle à ne pas oublier : il ne faut surtout pas se présenter avec les bras couverts de marques de shoots : on vous repousse automatiquement. Un drogué peut être un type qui a eu des infections, principalement l'hépatite à virus, et les médecins, on le comprend, redoutent cela par-dessus tout.

C'est pourquoi les types qui donnent leur sang se piquent ailleurs qu'au bras : cou-de-pied, creux du genou, cuisse, etc. Il arrive parfois cependant qu'un médecin méfiant se fasse montrer les jambes...

X

Au Garden Hôtel, de nouveaux compagnons se sont agglutinés à nous. De tous les genres, de toutes les nationalités.

Mais le plus important, celui qui restera avec moi quand tous les autres m'auront abandonné, lorsque je serai devenu une loque, et qui me sauvera *in extremis* de la mort, c'est Olivier.

La première fois que je revois Olivier après le fixe de méthédrine qu'il m'a fait au Quo Vadis, il est allongé sur une paillasse du Garden Hôtel.

Sur le ventre, et il a les fesses à l'air. Elles sont pleines de furoncles qu'il fait sécher.

Je le regarde, amusé.

« J'en ai marre, me dit-il, il faut absolument que ça guérisse. Ah ! si seulement on avait le droit de se promener à poil !

— Attention, ne bouge pas ! » dis-je.

Je viens de voir un petit point noir se promener sur ses fesses. C'est un pou. Il farfouille autour d'un furoncle.

Délicatement, je le saisis entre l'ongle et l'index et je le fais craquer.

« Merci, me dit Olivier, mais tu sais, un de plus, un de moins. »

Il a raison au fond. Dans l'état où nous sommes tous, nous vivons avec des colonies entières de petites bêtes sur nous, puces, poux et morpions.

Nous n'y faisons même plus attention, nous ne nous grattons même plus.

Les Népalais eux-mêmes d'ailleurs, en ont des quantités et c'est un spectacle banal dans les rues que de voir des femmes s'épouiller à tour de rôle leur longue chevelure noire.

Quand même, aussi endurci que je sois, ça m'a fait quelque chose de voir ce pou trafiquer dans un furoncle.

Olivier, fils d'une grande famille française dont je tairai le nom par amitié pour lui, est étudiant en sociologie. Il a pris la route après les événements de mai 68. C'est un type très grand, très robuste, mais c'est un cas.

Il est trouillard. Lui qui pourrait casser la figure à cinq mecs à la fois, il fuit la bataille, s'écrase lamentablement quand une discussion éclate. Au fond c'est un sage. A quoi bon se bagarrer, et qu'est-ce que ça peut faire qu'un imbécile s'en aille en roulant les épaules et s'imagine qu'il vous a maté ?

Moi, je l'adore très vite. Il a un petit défaut charmant : il est mythomane.

Chaque fois que je raconte une anecdote de ma vie, il a vu mieux.

J'ai fait du trafic de fusils tchèques vers les pays arabes ?

Lui, il a convoyé un cargo de mitrailleuses vers l'Indonésie...

Je me suis un jour, en Afrique, battu avec un crocodile.

Lui, a plongé dans un lagon infesté de requins...

C'est devenu un jeu qui nous fait tous pouffer de

rire et auquel il se prête avec une naïveté désarmante.

Souvent, je m'amuse, ou d'autres le font, à raconter des aventures rocambolesques.

Et chaque fois, pan ! Ça ne rate pas.

« Tout ça n'est rien, lance Olivier, qui se trémousse depuis cinq minutes en essayant de nous interrompre, à côté de ce qui m'est arrivé. C'est drôle, un peu pareil, mais bien plus fort. Un jour... »

Et le voilà reparti. Irrésistible.

Il a une espèce d'adoration pour moi. Mon passé le fascine. C'est bien d'un étudiant, ça !

Partout où je vais, il me suit comme un toutou. Krishna en devient jaloux.

Mais comme on n'est jamais complètement heureux, comme il y a toujours quelque chose ou quelqu'un pour tout gâcher, voilà que Daniel vient s'installer avec nous.

Quand il arrive, je fais comme je fais avec tout le monde, je lui dis :

« Tu n'as plus un rond ? Installe-toi, on verra bien. »

Il s'installe.

Bon Dieu, ai-je été mal inspiré ce jour-là !

Très vite je me rends compte que je me suis collé un vampire au portefeuille. Et pas un vampire qui dit merci. Pour Daniel, tout est normal, qu'on l'entretienne, qu'on le nourrisse, qu'on lui paie sa drogue.

Et il lui en faut : 5 ou 6 C.C. de morphine au moins par jour, sans compter bien entendu les shiloms et quelques petits zakouskis de-ci, de-là.

Au début, je ne dis rien. Quand je vais chez le toubib, je prends aussi un flacon pour lui.

Quand je rentre, il est toujours là sur sa paillasse. Avec un petit sourire dans son visage maigre de fouine, il tend la main. J'y mets le flacon et sans même un mot gentil, il commence à se shooter.

Bon, trois fois, quatre fois, cinq fois, je ne dis rien.

Puis, j'en ai marre. Si au moins il était drôle ! Ou jouait bien de la guitare, de la cithare ou du tabla, ou peignait, ou je ne sais quoi qui le rende agréable à fréquenter !

Mais non, il tend la main, prend sa morphine, se pique, et se retourne contre le mur, bye ! bye ! à la prochaine.

Je me sens doucement devenir le vrai pigeon.

D'autant plus que c'est pareil quand nous sortons.

Tout absent et défoncé qu'il est, il a toujours une oreille qui traîne et c'est lui le premier levé quand on part manger.

C'est encore lui qui mange le plus. Et en redemande. Sans jamais payer.

Un jour, il dépasse vraiment les bornes. Nous sommes allés chez Bichnou, un pâtissier népalais, dans une ruelle voisine de la vieille ville, qui a été cuisinier chez un Américain et y a appris à faire des tartes européennes formidables. Succulentes, parfaites, on a du mal, même chez nous, à en manger de meilleures.

Nous sommes donc là plusieurs à nous régaler : Guy, Agathe et Kim, un Anglais.

Et Daniel, qui nous a suivis d'autorité.

Les parts sont chères : 2 roupies. C'est un vrai festin que j'offre. Aussi, nous y allons doucement.

J'offre quand même deux parts à chacun. Je suis dans une époque faste, je viens de faire un bon coup avec des travellers-chèques.

D'ailleurs, je dois suivre l'affaire, j'ai un rendez-vous, je me lève. Comme je n'ai pas de monnaie, je fais mettre la note sur mon compte et je m'en vais.

Tout le monde suit le mouvement. Sauf Daniel.

« Je n'ai pas fini ma tarte », dit-il.

Bon, on s'en va sans lui.

Le lendemain ou le surlendemain je retourne seul chez Bichnou, je lui demande ce que je lui dois pour l'autre jour.

J'ai fait mon calcul de tête : nous étions cinq et nous avons pris chacun deux parts de tarte, ça doit faire à 2 roupies la part : 20 roupies.

« C'est 26 roupies ! me dit Bichnou.

— 26 roupies ?

— Oui, m'explique-t-il, ton ami, celui qui est resté, a repris trois autres tartes, après votre départ. »

Le salaud !... Il s'en est envoyé cinq sur mon compte ! Ah ça ! alors qu'il me doit déjà au moins 300 roupies entre ses fixes, sa paillasse à l'hôtel et ses repas !

Je décide d'écraser pour cette fois. Mais à la prochaine, je ne le rate pas. Je le mets au pied du mur : ou il se débrouille pour trouver de l'argent et me rembourse, ou je le vide.

Le soir, au Linkesar, je ne dis rien, par conséquent quand je vois arriver mon Daniel. Il est tout sourire dehors, comme d'habitude. Il se penche sur moi et me dit :

« Charles, je voudrais te parler. »

Tiens ! tiens !...

On s'installe un peu à l'écart et il commence.

Il est ennuyé. Il se rend compte qu'il me doit beaucoup d'argent. Il a décidé de rembourser sa dette.

Jusque-là, parfait.

« Alors, reprend-il, voilà ce que je vais faire. Je vais acheter un kilo de merde et je vais aller le revendre en Inde. Là-bas, c'est interdit, je ferai un bon bénéfice et au retour, je te rembourserai. »

Je l'observe un peu interloqué.

« Mais tu es fauché ! Avec quoi vas-tu acheter ta merde ? Ça coûte entre 800 et 1 000 roupies, le kilo de merde !

— Je sais bien, dit-il toujours souriant. Mais si tu me prêtes cette somme, je pourrai l'acheter et aller le revendre le double. »

Alors là, moi, je pose mes deux mains sur la table et je siffle un bon coup.

Parce que s'il y a quelque chose qu'il ne faut pas me demander en ce moment, c'est de prêter de l'argent pour monter des combines.

Je sors d'en prendre, ce genre de coups, par deux fois, et je l'ai encore en travers de la gorge.

Il y a quinze jours, une fille appelée Marie-Thérèse et qui fabrique des sacs et des ceintures pour les revendre, m'a eu de 200 roupies dont je n'ai jamais revu la couleur, sous prétexte de lui permettre d'acheter son matériel de base indispensable.

En plus, c'est une fille à qui, par bonté d'âme, j'ai fait gagner 500 à 600 roupies — elle n'avait jamais eu autant d'argent — avec une combine de travellers, sans qu'elle me rende pour autant mes 200 roupies, cela va sans dire.

Et en plus, je me suis fait mal voir à l'Immigration Office (ça me retombera plus tard sur le dos dans un moment difficile) en tempêtant pour lui faire obtenir le renouvellement de son visa.

Ce n'est pas tout. Il y a une semaine, Kim, le mec d'Agathe, m'a eu au sentiment de 200 roupies pour acheter soi-disant de la ganja et la revendre à Bénarès.

Il n'a jamais acheté sa ganja, il n'est jamais allé à Bénarès et il a mangé deux tartes sur mon compte l'autre jour.

Non, pour Daniel, ce n'est vraiment pas le

moment de me demander ça. Tant pis pour lui, il va payer pour tous.

« Tu te fous de moi ? » lui dis-je.

Blessé, il fronce le sourcil.

« Je ne comprends pas...

— Non, mais tu crois vraiment que je vais marcher ? Tu t'imagines vraiment que je vais te croire ? Tu veux que je te dise ce que tu vas faire, oui, si je te donne les 800 ou 1 000 roupies ? Tu vas te les mettre dans la besace et demain matin, plus de Daniel à Katmandou. Pour toujours...

— Charles, tu n'es pas chic, tu n'as pas confiance.

— Ah ! ça non alors ! Ecoute, je vais te dire une bonne chose. Je passe l'éponge sur tout, le restaurant, l'hôtel, la morphine à l'œil, et même sur les cinq parts de tarte... Oui, oui, je suis au courant, tu ne t'imaginais pas le contraire, non ?...

« Mais toi, tu disparais de ma vue. Tu quittes ma chambre. Tu vas où tu veux, mais tu disparais. »

Je dois avoir l'air très méchant car il se lève sans un mot, blanc. Et il file.

Le lendemain au Cabin, je le vois passer devant moi et je l'entends murmurer :

« Dégueulasse, va. »

Je vois rouge. Je me lève, je me l'empoigne, je lui casse la figure et je le pose sur le trottoir.

Après, je le revois, mais chaque fois, il s'esquive. Quand j'entre quelque part, il se lève et s'en va. Ouf ! Débarrassé.

Je me trompe bien. Il ne va pas tarder à me refaire un coup en vache.

Si je raconte tout cela c'est pour qu'on comprenne bien dans quel état d'esprit je suis à cette époque-là, et pourquoi j'en suis arrivé, environ huit jours plus tard, à flipper et à glisser sur la pente à la vitesse grand V. Car c'est le moment, pour moi, où le processus de l'intoxication, assez lent jusque-là, s'est brusquement accéléré.

J'en suis arrivé au point où, continuellement drogué, ma mentalité change, les choses prennent pour moi une importance exagérée.

Je suis peu à peu en train de me rendre compte qu'autour de moi on m'exploite.

En d'autres temps, j'aurais pris ça du bon côté, je me serais fait une sorte de cour de tous ces personnages qui vivaient à mes crochets.

Mais j'en suis à des doses importantes de morphine, 6, 8 C.C. par jour maintenant, sans compter le reste.

Et, tandis que, toute la journée, toute la nuit, assis à la place d'honneur du restaurant, ou sur ma paillasse, dans ma chambre, je régale mon monde, je me mets à les observer et je les juge.

Je me dis qu'ils sont vraiment minables avec leurs afféteries et leurs salamalecs de courtisans. Ils me tournent autour, m'enveloppent de gentillesses hypocrites, ils me câlinent, me ménagent, sont toujours de mon avis. Je n'aime pas cela. Ils commencent à m'agacer sérieusement.

Je n'en montre rien, je les regarde se mettre tous à exagérer.

Agathe la première.

Cela fait deux ou trois jours qu'elle me cajole et m'embrasse dans le cou : « Charles, ah ! comme on était bien à Bombay ! Tu te rappelles ? J'aurais dû t'écouter, rester avec toi, partir pour Madras. Tu sais, Kim, ce n'est pas pareil. Regarde-le, il est vraiment trop camé. »

Moi, ce genre de confidence, ça me met toujours un régiment de puces à l'oreille. D'autant plus qu'avec son Kim, Agathe a l'air aux petits oignons. Au Cabin Restaurant, au Linkesar, au Ravi Spot, ils sont toujours collés à l'écart, juste le bon sourire de temps en temps vers oncle Charles, quand il met la main au portefeuille.

Tout ce cinéma, ça prépare quelque chose.

Un soir, ça démarre. Sans vergogne.

Kim, comme par hasard, est allé dormir dans sa chambre (que je paie toujours, je le signale au passage).

Au Cabin, je vois mon Agathe rappliquer, très féminine.

Elle s'assied sur mon banc, me passe le bras autour de l'épaule.

« Charles, commence-t-elle, il faut que je te parle à cœur ouvert. »

Voilà autre chose...

« Tu sais, hier, j'ai eu un coup dur. Je me suis fait piquer tout mon argent ici. Il y a des types ignobles, vraiment. On laisse toutes notre sac sur la table, non ? Si j'avais cru ça possible. »

Elle se fiche vraiment de ma pomme. Parce que moi je sais parfaitement que son argent (on ne se promène pas avec de grosses sommes sur soi, à Katmandou, c'est trop risqué), elle le planque toujours dans sa chambre, à l'angle du mur, dans un trou qu'elle a creusé dans la terre battue et qu'elle piétine après pour le tasser (je l'ai vue un jour par hasard, sans qu'elle s'en rende compte).

Je sais même combien elle a dans sa cache. Exactement 350 roupies. C'est moi qui suis allé les lui changer, il y a quatre ou cinq jours, car elle n'a plus de visa et ne peut faire les formalités nécessaires.

« Ce n'est vraiment pas de chance, dis-je l'air très ennuyé pour elle. Qu'est-ce que tu vas faire ? »

Je la sens venir comme la taupe qui pousse sa

motte de terre, par à-coups, en plein soleil, avant de montrer le bout de son nez.

« Charlie, reprend-elle en soupirant (elle se serre encore plus contre moi), tu es un malin, toi, tu connais les trucs et les combines, tu as de l'argent. Prête-moi 300 roupies (tant qu'elle y est, elle pourrait aussi bien aller jusqu'aux 350). Kim attend de l'argent de ses parents. Ça va arriver d'un jour à l'autre. »

Je siffle d'un air dépassé.

« 300 roupies !... Tu te rends compte !

— Allez Charlie, un bon mouvement ! »

Je prends l'air de me raviser. Je claque des doigts, je m'exclame :

« Ma belle, attends-moi vingt minutes. Je vais voir chez moi ce que j'ai au juste. D'accord ? »

Son œil s'allume. Je m'en vais.

Vite fait, je file au Garden, je monte, non pas dans ma chambre, mais dans la leur, celle de Kim et d'Agathe. Kim est bien là, sur sa paillasse. Je le secoue, il grommelle un peu sans bouger.

Ça va, il est complètement défonce. Je file au coin du mur où j'ai vu Agathe piétiner un jour, je jette un coup d'œil en coin à Kim et je creuse.

C'est bien ce que je pensais. Les 350 roupies sont là, intactes, que je compte avant de les empocher et de refermer le trou.

Trois minutes plus tard, les billets bien époussetés dans la poche, je suis de retour au Cabin.

« Alors ? me lance Agathe, l'œil brillant.

— Tu es vernie, lui dis-je et je t'aime bien. Tiens, voilà tes 300 roupies. En souvenir de Bombay. »

Et je sors les billets — moins 50 roupies — que je viens de déterrer.

Visiblement, elle ne s'attendait pas à ça. Elle

ouvre des yeux ronds, réprime un sourire de triomphe et me saute au cou.

« Charles, tu es un prince, vraiment, on peut toujours compter sur toi. »

Je proteste, élégant :

« Ça va, ça va, qu'est-ce que je ne ferais pas pour toi... »

Croyez-vous qu'elle ait au moins la décence de me faire encore un brin de conversation ? Pas du tout, elle se lève et elle file.

« Il faut que je dise ça à Kim, s'écrie-t-elle, il va être bouleversé. »

Ça, pour un bouleversement, ça va en être un quand ils vont creuser leur trou pour ranger les 300 roupies à côté des 350 autres... et s'apercevoir qu'il n'y a plus rien !

Je vous assure, j'ai quelques moments de jubilation profonde en imaginant la scène qui doit se dérouler au Garden, pendant que je me prépare un bon petit shilom au Cabin.

La suite vient vite.

Une demi-heure plus tard, je vois rappliquer Agathe. Avec Kim.

Je me mords les lèvres : ils ont tous les deux des têtes longues comme ça. Ils s'affalent sur la table.

J'attaque direct, vicieux.

« Tu sais, Kim, dis-je, ça me gêne beaucoup, c'est vraiment parce que Agathe et moi, tu le sais...

» Promets-moi de me rendre ça vite. Je commence à être grillé ici, pour les combines. »

(Je ne mens pas en fait. Depuis mon arrivée, j'ai fait tellement de coups, aussi petits soient-ils, j'ai tellement fouiné à droite et à gauche, je me suis si bien introduit dans le monde louche des arnaqueurs, des trafiquants, des change-moneys, des gouapes de tous acabits, que, j'en suis certain, je suis fiché et connu comme le loup blanc.)

Je poursuis :

« Alors, jure-moi de me rendre vite ces 300 roupies. Ça va me manquer. Je compte sur toi. »

Il a un sourire contracté qui me ravit.

Je sais très bien qu'ils sont coincés. Même s'ils se doutent (ce qui est très possible) que c'est moi qui leur ai piqué leur fric, comment voulez-vous qu'ils me disent quoi que ce soit : ils sont censés se l'être déjà fait voler !

D'autre part, il est à l'eau, leur vrai projet, celui que je connais car quelqu'un me l'a rapporté : partir pour l'Inde et rentrer en Europe. Je suis bien placé pour le savoir : avec les 650 roupies qu'ils espéraient avoir, ils pouvaient partir et se débrouiller. Avec les 300 qui leur restent maintenant, macache.

« Je te promets, finit par sortir Kim. Je te rendrai ça vite. »

Ils sont à croquer tous les deux.

Mais moi, une heure après, sur ma paillasse, je m'injecte une double dose de morphine.

Après la jubilation, est venue la crise de dépression — classique chez les drogués.

J'ai besoin d'un bon shoot pour encaisser le coup. Cette Agathe est vraiment la salope des salopes. Dire que c'est à cause d'elle que j'en suis là, camé jusqu'aux dents, au lieu de filer bon vent avec Guy vers l'Indonésie et mon tour du monde...

Le lendemain, je décide que ça suffit comme ça. J'ai assez casqué. Désormais, je ne paierai plus les chambres, plus celle de Kim et d'Agathe, plus celle de Claudia et Anna-Lisa. Je ne paierai plus que la mienne, où je vis avec Guy. C'est tout.

Je n'en dis rien, toutefois, à personne. Je leur

réserve la surprise pour le moment où le patron amènera les notes.

C'est alors que je vois débarquer Barbara. La Barbara des strip-teases à la fenêtre, des « Prends-moi, prends-moi » toute la nuit.

Elle arrive, se met directement dans mon lit. Je l'envoie promener.

Elle se couche dans le lit de Guy. Il prend un air excédé. Je rigole. Elle reste.

Et la dinguerie démarre sur les chapeaux de roues. Côté « Prends-moi, prends-moi » elle a l'air calmé. Elle n'en psalmodie plus que deux ou trois de temps en temps et ne se déshabille plus beaucoup.

Mais elle cause ! Elle n'arrête pas. Son dada nouveau, ce sont les fleurs et leurs couleurs. A croire qu'elle a avalé tous les livres d'horticulture du monde et qu'une palette de peinture lui remplace le cerveau.

Les tournesols surtout la travaillent. Elle vous explique des heures entières le mécanisme secret qui leur fait suivre le mouvement du soleil. Je ne comprends pas tout — et je suis vite lassé de la suivre —, mais s'il faut la croire, les tournesols sont des plantes en voie de passer du règne végétal au règne animal. Des muscles leur poussent, leur sève se fait sang peu à peu, la photosynthèse de la lumière fait naître dans les graines de leur fleur autant de cellules nerveuses qui sont l'ébauche d'un cerveau. D'où, allez savoir pourquoi, leur rotation sur leur tige avec le soleil.

Puis il y a les couleurs vives. Elle s'est acheté des craies de toutes les couleurs de l'arc-en-ciel et s'en met partout. Elle se fait les lèvres en jaune, les pommettes en violet et les yeux en blanc. Pour les bouts de seins (en se les fardant, le menton sur sa gorge, elle salive et le jaune de ses lèvres dégouline partout) elle préfère le vert.

« Le lait, explique-t-elle, n'est-il pas fait à partir de l'herbe, et l'herbe n'est-elle pas verte ? Alors, les seins, d'où sort le lait, doivent être verts. »

Est-elle complètement flippée ? Ou se fiche-t-elle carrément de moi ? Je me le demande encore. Je crois qu'il y a un mélange des deux.

Toujours est-il, et j'en reste comme deux ronds de flan à voir ça, qu'elle embobine mon Guy et qu'ils deviennent inséparables !

Ils sont maintenant toujours fourrés ensemble, se fardent ensemble, vont cueillir des fleurs et mettent ensemble des bouquets psychédéliques partout.

De temps en temps, Guy me regarde et me sourit, un peu gêné.

Je hausse les épaules. On aura vraiment tout vu. Même Guy tomber amoureux d'une toquée.

Et d'une toquée qui le bat.

Parce que Madame a ses jours de « bleu ». Ces jours-là, vite, Guy doit effacer tout ce qui n'est pas bleu dans la chambre. Et volent les fleurs par la fenêtre ! Et disparaissent les écharpes jaunes et rouges ! Et on piétine les craies !

Régulièrement, ça finit par des bagarres. Puis mon Guy et ma Barbara se réconcilient sur l'oreiller.

Jusqu'à ce que Barbara ait un coup de « Prends-moi ».

Alors, elle se lève, descend au rez-de-chaussée, fonce sur les boys, des gosses de douze ou treize ans, et se met à leur tripoter le zizi en poussant son cri de guerre.

Guy la prend par le bras, la caresse doucement, la remonte dans la chambre. Il me fait pitié.

Le lendemain, il vient me trouver : Barbara n'a

plus de visa, il faut que je l'aide. Ne serait-ce que pour lui...

Pendant ce temps-là, ma Barbara danse les cuisses à l'air en criant : « Je suis la plus belle ! Je suis la plus grande des amoureuses ! »

Excédé, pour avoir la paix, je vais à l'Immigration Office, et je plaide...

Heureusement, il y a Anna-Lisa. Anna-Lisa, c'est une fille très belle, blonde, un visage de madone, que j'ai connue déjà au temps de Bombay. Elle est avec un Français qui joue magnifiquement de la guitare, qui est parti pour le Pakistan et qu'elle attend.

Bizarrement, je n'ai jamais pensé à flirter avec elle. Peut-être m'intimide-t-elle un peu. J'ai été ami aussi, avec son type. Bref, je l'ai toujours considérée comme une copine, rien de plus.

Et ce n'est pas maintenant que les choses pourraient changer. Camé comme je le suis devenu, inutile de dire que, sexuellement, je suis loin d'être au mieux de mes possibilités.

Aussi, si je raconte cette scène du Blue Tibethan, c'est pour qu'on se rende compte de ce que c'est au juste qu'un flirt entre drogués, entre gens chez qui il ne reste que le sentiment. Mais alors, un sentiment très fort, très violent.

Un jour donc, nous sommes allés tous les deux au restaurant, le Blue Tibethan. Nous sommes face à face à une table.

Défonces tous les deux.

Et tout à coup, une espèce d'électricité unit nos regards. Impossible de lutter. Ni elle, ni moi.

Nous nous regardons dans le blanc des yeux. Sans bouger, nous fascinant littéralement l'un l'autre.

Pas un mot. Rien. Juste deux regards qui se croisent et ne peuvent plus se lâcher.

Anna-Lisa a ses mains sur la table. Je sens, plus que je ne les dirige, mes mains aller vers les siennes, les retourner. Elles soulèvent les siennes. Nos mains se serrent.

Et nous nous caressons doucement les mains, les doigts courant lentement sur les paumes, suivant les veines du dessus, se frôlant.

Je sens, physiquement, comme on sent ses cheveux se dresser dans un orage, l'électricité d'Anna-Lisa qui me pénètre et la mienne qui va vers elle, entre ses doigts, monte dans ses bras et envahit son corps tout entier pour se concentrer dans ses yeux, ses grands yeux dont les pupilles me fixent, immobiles, tout droit, sans que les paupières cillent, et dont le regard me brûle délicieusement la rétine.

Au bout d'une heure, nous sommes toujours là. Et l'électricité ne faiblit pas. Au contraire. Elle devient telle qu'une force irrésistible nous pousse à nous lever, à sortir, à rentrer à l'hôtel.

Nous montons dans la chambre d'Anna-Lisa. Nous nous embrassons, des heures durant peut-être. Nous ne faisons que nous embrasser. Pas sur la bouche. Dans le cou. Et chaque baiser est un feu d'artifice pour les nerfs.

A la fin tout à coup, Anna-Lisa éclate en sanglots et s'assied.

C'est fini, le charme est rompu. Je la console, longuement. Elle se calme, elle me sourit. C'est fini...

Le lendemain je flippe.

XI

Il est deux heures de l'après-midi. Je suis avec Guy au Linkesar. Je lui explique que j'en ai assez de Katmandou, que j'ai un permis de tricking (voyage au Népal, hors de Katmandou) et que je veux en profiter pour partir dans la montagne.

Anna-Lisa, avec qui j'ai parlé le matin même, est d'accord pour m'accompagner, mais elle m'a supplié de ne pas laisser tomber Claudia. Malgré mes réticences, j'ai accepté.

Nous partons donc ce soir, ensemble, avec, pour première étape, Soyambonat.

Je pose la question à Guy :

« Tu viens avec nous, naturellement ? »

Il se tortille, très ennuyé.

Il finit par lâcher :

« Je ne peux pas, Charles. Il faut que je te dise : je veux rester avec Barbara. Nous allons prendre sa 2 CV et partir tous les deux. »

J'insiste mais il le faut : rappelez-vous toujours qu'à partir de maintenant je suis continuellement sous effet de drogue et que mes réactions sont exacerbées, multipliées par cent.

La phrase de Guy me tombe dessus comme un coup de massue.

Quoi ! Il me lâche, lui, mon compagnon de route depuis six mois, mon ami, mon fidèle ami, mon frère !

Ce n'est pas possible, il ne peut pas me faire ça.

Moi, quand Agathe m'a demandé de choisir, Guy ou elle, j'ai choisi Guy !

Comment peut-il ne pas faire comme moi, à présent qu'à son tour il est en face du choix ?

Je lui dis tout ça. Je plaide l'amitié blessée, frappée en plein cœur.

Rien à faire.

Barbara l'a envoûté complètement.

« Je pars avec elle », conclut-il, les dents serrées.

Pleurer, ça n'est pas mon genre.

Je me lève.

« Salut, Guy, bonne chance, mais tu fais une bêtise. »

Et je m'en vais, remué jusqu'au fond des tripes.

En tout cas, cette fois, je suis tout à fait décidé à partir en tricking dans la montagne. Mais avant, il faut que j'aille m'acheter des lunettes noires (les miennes sont cassées) et que je fasse de la monnaie.

Dans la montagne en effet, moins qu'ailleurs, les gens n'ont pas de monnaie et il est vital de s'en munir avant de partir.

Je rentre à l'hôtel et je prends mon vélo.

Evidemment, j'ai tout mon argent sur moi par précaution. Mais depuis quelque temps, plus dans ma ceinture à double fond, car elle se découd. Je l'ai dans mon portefeuille, tout simplement. Il va d'ailleurs falloir que je passe aussi chez un bourrelier, faire recoudre ma ceinture, c'est plus prudent.

Sur la grande rue, j'achète d'abord mes lunettes, puis je vais place du marché, à l'étal d'un marchand de monnaie. Je lui fais changer 300 roupies que j'ai en gros billets, en billets d'une roupie. Ça me sera largement suffisant pour le tricking.

Sur mon vélo, il y a une sacoche à l'avant. J'y range les 300 billets d'une roupie et je garde le reste dans mon portefeuille, enfoncé dans ma poche revolver.

Je repars à la recherche d'un bourrelier. Je mets longtemps à en trouver un, dans une petite rue. Je pose mon vélo devant l'échoppe et, au moment d'entrer, machinalement je tâte ma poche revolver.

Le portefeuille a disparu !

Il y a dedans plusieurs centaines de roupies et 400 dollars !

Tout mon pécule.

Comme un fou je refais le chemin, regardant partout, pendant deux heures, espérant le miracle.

Il y a belle lurette que le portefeuille doit être dans la ceinture d'un gars qui fait la danse du ventre devant sa glace quelque part dans Katmandou !

C'est la catastrophe.

Avec mon portefeuille vient de disparaître mon dernier, mon seul vrai ami.

Je rentre à l'hôtel. Je suis au trente-sixième dessous. Allez, vivement que je parte pour la montagne.

Katmandou, c'est vraiment la pourriture.

Mais il est dit que je suis dans ma journée des pavés dans la figure.

Quand j'arrive à l'hôtel, je tombe en plein drame.

L'hôtelier, le « manager » comme on dit là-bas, hurle à tous les vents qu'il va appeler la police, qu'il en a marre et va faire coffrer tout le monde, à commencer par Claudia et Anna-Lisa.

Elles sont là, la mine penaude, devant la réception.

Anna-Lisa m'explique vite ce qui se passe.

Comme elles faisaient leur paquetage pour préparer leur départ, le patron a présenté la note de leur chambre à Claudia.

Vertement, Claudia a répondu que c'était moi, Charles, qui payais, comme je le faisais depuis toujours.

Or, moi, quelques jours avant, rappelez-vous, j'ai dit au patron que je ne payais plus que ma chambre et qu'il se débrouille désormais avec les autres.

Le patron a beau crier, Claudia reste sur ses positions : Charles paiera.

« Non, je ne paie pas, dis-je à Claudia.

— Salaud ! explose-t-elle, avec tout le fric que tu as !

— Ah ! tu tombes bien. Je viens de perdre les trois quarts de ce que j'avais.

— Tu mens !

— Et toi ? Si tu t'imagines que j'ignore que tu as de l'argent ? Je sais que tu en as. Et j'en ai ma claque de casquer pour toi ! Paie, toi, je ne débourserai plus un sou pour toi ! »

Bref, le scandale, les insultes, la bagarre. Elle dure une bonne heure.

Et elle est telle que Krishna s'enfuit épouvanté. Je ne le reverrai pas avant longtemps !

Il faut que le patron envoie vraiment chercher les flics pour que Claudia, prenant peur, lui fasse rappeler le boy avant qu'il soit trop tard et consente à sortir son argent.

Elle a plus de 600 roupies sur elle, la garce !...

Je suis écœuré. Vraiment, tout me tombe sur le dos à la fois, les saloperies générales autour de moi, Guy qui me plaque, mon portefeuille qui s'envole, Claudia qui jette le masque. J'en ai marre, marre, marre !...

Comme un fou, je monte dans ma chambre quatre

à quatre, je prends tout ce que j'ai de morphine : huit pastilles. (Makhan n'avait plus de flacon ce matin.) J'en aurais quinze, je les prendrais aussi bien toutes les quinze (et je ne serais plus là aujourd'hui pour raconter mes aventures).

En rageant, j'écrase les pilules, je les dilue, je les distille, et je m'injecte le tout, d'un coup, dans un seul shoot.

Ça, pour un flash, c'est un flash. J'ai l'impression d'être attrapé au lasso par la gorge et enlevé brutalement dans les airs. Je monte, je monte et plus je monte, plus j'étouffe. J'ai la gorge étranglée. Ma bouche, mon anus, mes pieds et mes mains me lancent atrocement. Je suis une chaudière qui va éclater. Je vais mourir...

Je me sens redescendre doucement et mes idées s'en vont, je ne peux pas les rattraper, je rame l'air mollement de tous mes bras, je halète comme s'il n'y avait plus d'air.

Et je tombe en plein coma.

Quand je me réveille, une heure après, ou deux, je suis seul dans la chambre, mais je ne reconnais plus du tout la chambre. Je ne sais plus où je suis. Je ne sais plus qui je suis moi-même.

Je cherche, désespérément, mais je ne trouve pas. Je sens que ce que je cherche est là, tout près, comme quand on a un mot sur la langue, et qui ne vient pas, mais rien à faire, les idées, les mots me fuient, à la vitesse des galaxies dans l'Univers.

Autour de moi ce ne sont que hurlements, stridences, explosions de napalm et de bombes à billes, déchirures de shrapnels qui me font éclater en mille morceaux. Je ne suis qu'une plaie, un atome désintégré, et qui a mal, atrocement mal.

J'ai pris une overdose.

J'ai flippé.

Je suis fou.

Je me mets à faire des folies.

J'arrache mes vêtements. Ils sont autant de fers portés au rouge, collés à ma peau.

Je me griffe. Des milliers de poux salivent sur mon visage et plus je les écrase plus il en vient.

Je me mange la langue tellement j'ai soif.

De mes vêtements éparpillés partout, ma sacoche est tombée.

Je la ramasse.

Tout le mal est là-dedans ! Je l'ai découvert ! Enfin ! Je suis sauvé !

Vite, débarrassons-nous de ce démon qui me possédait et se cachait dans son repaire, ma sacoche !

Tiens, démon, tiens, prends ça, et encore ça !...

Je brandis ma sacoche d'une main et de l'autre je la gifle à tour de bras.

Elle se déchire, des centaines de démons en sortent que je prends à pleines poignées et que je jette par la fenêtre en hurlant des cris de triomphe et de victoire.

Puis je titube, je perds mon équilibre, tout tourne, je m'abats le visage sur le sol en sanglotant.

Plus tard, je saurai ce que sont ces démons que j'ai réussi à extirper de leur « repaire ».

Mon passeport.

Et les 300 billets d'une roupie. Tout ce qui me reste.

Je les ai jetés dans le jardin !

En bas, autant vous dire qu'ameutés par mes hurlements de fauve, le patron, les boys et deux ou trois clients de l'hôtel ont surgi.

Guy aussi, qui rentrait avec Barbara dans sa chambre.

Tous les boys se sont mis à plonger sur les billets

qui volaient, se les arrachant des mains, comme des furies.

Guy a toutes les peines du monde pour récupérer une partie de l'argent et il fait mettre ce qu'il a sauvé dans le coffre-fort de l'hôtel avec un reçu.

Pour moi, une nuit démentielle a commencé.

D'abord, je reste une demi-heure à gémir sur ma paillasse.

Puis je me lève, je descends, je me mets à arpenter le jardin en hurlant, je me roule par terre, je sanglote, j'arrache l'herbe à pleines mains.

Je mange l'herbe.

Je remonte, je tape sur les murs de la chambre en bavant.

Il n'y a plus personne, tout le monde a fui, terrorisé.

Je redescends, je prends mon vélo. Je ne sais pas comment j'arrive à tenir dessus. Je m'en vais à travers la ville pédalant comme un forcené, poursuivi par une meute de chiens hurlant à la mort.

Tout ce dont je me souviens, c'est qu'à un moment, je reprends un peu conscience.

Mon vélo renversé à côté de moi, je suis assis sur une grosse pierre et je pleure à chaudes larmes en suppliant qu'on cesse de me torturer, de m'écraser le cœur, que ça ne peut plus durer, que je souffre trop.

Je suis dans une ruelle sombre et voici — et cette fois, c'est réel — ce qu'il y a devant moi sous la lueur blafarde d'une lampe à acétylène pendue à un fil.

Des femmes sont en groupe et elles chantent une mélopée lente et scandée comme par un bruit de tam-tam, en plein milieu de la ruelle.

Autour d'elles, une tenture flotte et bouge dans la lumière fantomatique, qui barre complètement la rue.

Au milieu du demi-cercle qu'elles forment, se trouve un gros pilon de pierre, d'un mètre de large, muni à son extrémité supérieure de trois rayons de bois.

Trois femmes tiennent chacune un rayon sur son épaule. D'autres versent des graines qu'elles ont passées au tamis dans le creuset du pilon.

Et les trois femmes lèvent et lâchent le pilon.

Toutes chantent, et le mouvement du pilon rythme la mélopée.

Je me vois, moi, allongé dans le creuset du pilon, bras et jambes pendant au-dehors, la tête renversée en arrière et hurlant chaque fois que le pilon retombe lourdement sur ma poitrine, m'écrasant peu à peu la cage thoracique, m'écrasant le cœur...

Je hurle :

« Assez, assez, je n'en peux plus, arrêtez ! »

Je crie tellement que trois hommes sortent de derrière la tenture, viennent me gifler pour me calmer. Je me relève, j'essuie mes larmes. Je regarde le pilon.

Je n'y suis plus ! J'ai échappé au supplice !

Je remonte sur mon vélo et je rentre à l'hôtel.

Après, quand un peu de conscience me revient, je suis sur mon lit. Halluciné, incapable de parler.

Je regarde autour de moi. Guy est avec Barbara. Et ils se chamaillent...

Quelqu'un entre — combien de temps après ? — C'est Daniel. Du coup, la parole me revient. Je hurle :

« Va-t'en, va-t'en ! »

Il disparaît.

Puis je vois arriver Claudia. Elle m'observe.

« On part quand même en tricking, dit-elle, Anna-Lisa et moi.

— Faites ce que vous voulez, je m'en fiche. »

Elle me regarde. Je ne peux pas supporter son regard.

Je me cache le visage sous le bras. Je hurle :

« Non, pas de pitié, je ne veux pas de pitié ! »

Elle s'en va, indifférente.

J'ai su plus tard que ça ne leur a pas très bien réussi, ce tricking. Parties cette fois sans un sou, pour de vrai, elles ont voulu se faire inviter dans les villages.

Comme si tout le monde ne sait pas à Katmandou, que l'hospitalité n'existe pas au Népal, surtout dans la montagne !

Elles errent longtemps, affamées, avant de revenir se faire prendre dans une rizière par la police. Elles seront tabassées parce qu'elles ont essayé de résister, et expulsées dans les 24 heures sans un bagage.

Je n'ai plus jamais entendu parler d'elles.

Et ça me fait mal au cœur pour Anna-Lisa, car je l'ai bien aimée, et je ne regarde jamais sans émotion le portrait que j'ai d'elle, peinte avec une jolie guirlande de fleurs sur la bouche...

Anna-Lisa, je la vois arriver, elle aussi, un peu plus tard, avant son départ pour ce tricking.

Elle, je lui souris. Elle s'assied à mes pieds.

Elle me regarde.

Comme l'avant-veille au restaurant, je sens ses yeux qui me transpercent.

Et c'est bon, c'est doux, c'est un réconfort merveilleux.

Enfin, elle s'en va.

Je ne la verrai plus...

Quelques heures après, je vais un peu mieux, je peux me lever, je sors dans le couloir en m'appuyant au mur.

Vers trois ou quatre heures du matin, Agathe vient vers moi.

Elle se serre dans mes bras, l'air de me demander pardon du mal qu'elle m'a fait. Je n'en suis vraiment plus à lui en vouloir.

« Charles, me dit-elle, je pars avec Kim. Sans payer, tu t'en doutes. Adieu. »

Nous nous embrassons. Je la serre si fort que je lui fais mal. Nous avons tous les deux des larmes aux yeux. Malgré tout le reste, Bombay nous unira à jamais...

Elle doit 300 ou 400 roupies à l'hôtelier.

Elle non plus je ne la reverrai plus.

Je reste trois jours dans mon demi-coma, avec de brefs moments de lucidité, avant de me remettre sur pied tout à fait.

A côté de moi, dans la chambre, Guy et Barbara, qui s'engueulent plus que jamais.

Et Christ.

Christ, c'est Christina, l'amie d'enfance de Jocelyne, celle qui voulait faire du cheval avec moi, Jocelyne qui m'a rejoint à Paris et qui m'aide à me rappeler ces mois de folie, Jocelyne, la seule qui me reste de tant de bruits, de cris, de rires et de larmes.

Au moment de mon flippage, Christ vit avec Jocelyne à Soyambonat.

Mais Jocelyne vient d'avoir une hépatite à virus. Elle est malade à crever. Dans un accès, elle a chassé tout le monde, même Christ.

Et celle-ci est descendue chercher refuge à Katmandou, au Garden.

Nous nous connaissons à peine, mais dès qu'elle me voit dans cet état, elle décide de rester et de me soigner. Elle est infirmière de son métier.

Elle voit que j'ai vraiment besoin d'elle.

Pendant deux nuits et trois jours, elle me soigne.

Enfin, je sors de ma crise, je revis, je redeviens moi-même, amaigri, hâve, titubant, mais sauvé.

Je vais à la fenêtre, il fait soleil, les arbres se balancent, l'herbe de la pelouse est tondue et verte, l'air de Katmandou léger, suroxygéné.

Je le respire à grands poumons. Ça y est, je suis sauvé.

Alors seulement, je remarque sur la pelouse, assis à l'ombre, entouré de boys qui le suivent avec déférence, attablé devant un vrai festin, Daniel.

Ça alors, il est devenu riche, celui-là ?

Je n'en reviens pas.

Au même moment, l'hôtelier frappe à ma porte. Il m'a vu à la fenêtre, il a compris que ça va mieux.

Le bougre, il n'a pas perdu son temps.

Il a trois notes à la main.

Ça va, j'ai compris. Il a peur que ça me reprenne et que je débloque tout à fait.

Je prends la première note. C'est celle de ma chambre et de mes repas.

C'est réglo. Je dois payer.

A la deuxième note, je fais un bond.

C'est la note d'Agathe et de Kim.

Non, non et non, pas question que je la paie. Le patron n'a qu'à se débrouiller.

Il doit avoir tenté le coup sans trop y croire car il n'insiste pas.

« Il y a encore celle-ci », dit-il avec un soupir timide.

Il me donne une note de plus de 60 roupies de restaurant.

Je fronce le sourcil :

« Qu'est-ce que c'est que ça ? »

D'un mouvement de tête, il me montre la fenêtre.

« Je ne comprends pas.

— C'est le monsieur qui mange en bas. Il m'a dit

de mettre la note sur votre compte, comme d'habitude. »

C'est trop fort. Tellement, que j'en éclate de rire. Vraiment, ce Daniel est une petite frappe. Pendant que j'étais là en train de crever à moitié, pendant trois jours, il s'est gobergé tranquillement sur mon compte !

« Ecoutez, dis-je au patron. Vous allez trouver ce monsieur, comme vous dites, vous allez lui dire qu'il se débrouille pour vous régler et qu'il quitte l'hôtel tout de suite après.

« Si je le vois encore d'ici une heure, je casse tout dans votre hôtel. »

Epouvanté, l'hôtelier recule. Et il sort.

Tout casser dans l'état où je suis, j'en suis bien incapable, mais j'ai dû avoir une telle lueur de meurtre dans le regard, qu'il a dû me croire.

Une heure après, Daniel a filé.

Par la porte de derrière, sans régler sa note.

Mais le ventre plein pour huit jours.

Je le reverrai à Paris, celui-là, un soir, du côté de la rue Saint-André-des-Arts, le bras gauche paralysé par un shoot loupé qui lui a coupé un nerf.

La crise passée, Christ reste quand même avec moi pendant deux jours, pour me surveiller, pour s'assurer que je suis vraiment tiré d'affaire.

Je change de chambre. Je m'installe sous les combles, dans une petite chambre plus tranquille où je pourrai me remettre tout à fait d'aplomb. Une jolie petite chambre à deux lits — pas des paillasses.

Christ, qui s'ennuie et qui s'inquiète de Jocelyne, me demande de lui apprendre à fumer le shilom. Car, fait incroyable, pour une fille qui a fait toute la route avec Jocelyne, depuis la France, elle n'a jamais rien fumé !

344

Elle y prend si vite goût qu'elle n'arrête pas de fumer pendant deux jours !

Le surlendemain, comme je vais tout à fait bien, elle me dit qu'elle va remonter sur Soyambonat. Elle veut arracher Jocelyne à l'atmosphère pourrie qu'il y a là-haut. Elle me demande si elles peuvent revenir s'installer ici toutes les deux.

Seul, abandonné de tous, je ne demande pas mieux.

Et nous montons à Soyambonat.

Soyambonat, le village sacré, le village du Temple des Singes, au-dessus de Katmandou, à trois quarts d'heure de marche environ.

Au début de la migration hippie au Népal, cela a été le refuge des fauchés. Car on y vit vraiment pour rien.

Depuis que l'Immigration Office renâcle de plus en plus à renouveler les visas, Soyambonat est très peuplé. Quantité de gars et de filles dans l'illégalité sont montés s'y réfugier. Ils y sont tranquilles. Pour l'instant du moins, car vers le mois de septembre, la police ira faire des rafles même là-haut.

A Soyambonat, nous trouvons Jocelyne en piteux état. Elle a eu une hépatite très forte.

Elle vit dans une maison qui est une vraie porcherie.

Vraiment pas l'endroit où elle doit rester si elle veut guérir.

La maison est semblable à toutes celles du village. Petite, basse, avec deux entrées. L'une sur la rue et l'autre derrière, sur la rizière.

Elle est bondée. Une colonie bigarrée, une vraie Cour des Miracles, un essaim de hippies agglutinés avec guitares, cithares, shiloms et seringues dans toutes les pièces, la cour, les combles.

Quand j'arrive, c'est l'heure des feuillées. Car il

n'y a évidemment pas les moindres waters dans la maison.

Presque tout le monde a la dysenterie.

Le spectacle est tellement énorme qu'il en est rabelaisien.

Partout, au coin des rizières, derrière un bosquet ou, tranquillement, le cul à l'air devant tout le monde, filles et garçons sont accroupis.

A la fenêtre du second, je vois même un cul blanc avec au-dessus une tête hilare.

« C'est Roger, pouffe Christ.

— Gaffe là-dessous ! crie Roger, je n'ai pas le temps de descendre. »

Au-dessous, on s'égaille. Juste à temps...

Nous montons. Jocelyne nous montre sa terrasse. Elle en est très fière, c'est là qu'on vient prendre sa douche.

On s'y rend avec une jarre qu'on est allé remplir à la fontaine du village, on se fait aider par un ami, garçon ou fille, peu importe, et on clapote sous l'eau froide en braillant.

Christ a besoin de toute son autorité pour convaincre Jocelyne de descendre à Katmandou. Elle lui explique qu'en bas seulement on trouvera les médicaments dont elle a besoin.

En partant, on tombe sur Olivier qui, j'ai oublié de le dire, a disparu du Garden quelques jours avant mon flippage.

Il me raconte une histoire de fille, hausse les épaules en riant. Il veut redescendre avec nous.

Une heure plus tard, nous voilà installés tous les quatre dans notre petite chambre où on a fait placer deux paillasses supplémentaires.

XII

Et en avant les shiloms et les shoots !

Je commençais à avoir sérieusement besoin de shoots. Et celui-là est le bienvenu.

Béat, je m'abandonne à mon bonheur tout neuf, bien décidé à repartir à zéro, à ne plus me faire rouler, à profiter au maximum.

Hélas ! Je ferais mieux de méditer le sérieux avertissement que je viens d'avoir et de tenter la désescalade...

Mais cette fois, je suis allé trop loin. Pour revenir en arrière, il me faudrait subir une véritable cure de désintoxication. A Katmandou, c'est bien la dernière chose possible, à moins d'aller à l'hôpital.

Au lieu de cela, je force de plus en plus. Je deviens une vraie bénédiction pour le portefeuille de Makhan, le toubib drogueur. Je passe des journées chez lui, à me faire shooter et à monter des coups avec lui.

En huit jours, je suis tout à fait renfloué.

Aussi, à la morphine, j'ajoute la méthédrine. Je combine les doses, je tente des expériences, je passe de la morphine à la méthédrine, revenant un peu à l'opium, tout en fumant à fond le shilom, naturellement.

Bientôt, toutes ces drogues me sont devenues familières. Je sais exactement quel flash me donnera celle-ci, quelles sensations telle autre, les particularités de chacune, les précautions à prendre, les conditions qu'il faut respecter, etc.

Mais fatalement, du même coup, il n'y a plus de nouveauté, plus de surprise. En quelque sorte, je suis comme avec une maîtresse qu'on commence à connaître trop bien et dont on se lasse progressivement, même si on ne peut pas s'en passer.

En fait, le moment est venu d'essayer l'acide, le L.S.D.

L'occasion se présente bientôt, avec un arrivage d'acide à Katmandou (car on n'en trouve pas tout le temps).

Et la pleine lune approche.

Et c'est très important. A Katmandou, la coutume est de profiter de la pleine lune pour faire son premier voyage d'acide. On dit que c'est plus favorable : la nuit est plus belle, plus lumineuse. Puis, il y aurait certains fluides particuliers tout à fait propices...

Je me procure donc une pilule d'acide et, vers dix-onze heures, dans ma chambre, je l'avale.

En agissant de cette manière, seul, je prends un risque. En effet, dans les milieux de drogués, existe une formidable solidarité à propos de l'acide. Dès qu'on sait que quelqu'un va tenter l'expérience pour la première fois, on le prévient, on le met en garde, on lui dit :

« Fais attention, c'est dangereux. Si tu ne t'entoures pas de conditions favorables, calme, tranquillité assurée pour toute la nuit, absence de bruits, de vibrations surtout, présence d'amis autour de toi, tu risques la catastrophe, tu peux devenir fou. »

C'est très délicat en effet, un trip à l'acide. On ne sait jamais dans quelle direction on démarre.

Impossible de se contrôler. C'est la caractéristique principale de l'acide. Alors qu'avec les autres drogues, même les plus dures, on réussit toujours plus ou moins, quand même, à diriger son voyage, rien de tel avec l'acide.

Il vous emmène où il veut, et il faut suivre absolument. Il n'y a rien d'autre à faire.

Voici pourquoi il vaut mieux être accompagné. C'est plus prudent.

Moi, pour ne pas faire comme tout le monde, évidemment, je ne dis rien à personne et je prends ma pilule tout seul, pendant que les autres sont partis dîner.

Tout de suite, un éclatement de mille lumières de toutes les couleurs devant moi. Un éblouissement, un vrai feu d'artifice.

Ensuite, impressions classiques du trip qui commence : légèreté, insouciance, disponibilité, illuminations, etc. J'ai déjà décrit ça.

Mais cette fois c'est bien plus rapide qu'avec les autres drogues et le sentiment de toute-puissance et d'invulnérabilité est bien plus accusé.

Je reste une heure, une heure et demie peut-être sur ma paillasse, puis une irrésistible envie me prend.

Il faut que j'aille à Soyambonat. C'est capital.

Pourquoi ? En réalité, quelque chose est remonté à ma mémoire : les drogués de Katmandou vont souvent prendre leur L.S.D. à Soyambonat, et y attendent le lever du soleil. Sous effet d'acide, l'impression est, paraît-il, extraordinaire.

Sans doute, mais eux montent à Soyambonat avant de prendre leur acide, pas après.

Et alors, ne suis-je pas capable de faire ce que les autres ne font pas ?

Je vais à la fenêtre, je l'ouvre. La nuit est merveilleuse. Les étoiles et la voie lactée dansent avec des lumières scintillantes dans mon regard. La lune, grosse et blanche, fait affectueusement couler sa clarté sur mon visage. Quelle douceur, quelle fraîcheur !

Je descends. Je suis étonnamment maître de mes mouvements, mon équilibre est parfait.

Sous le hangar, du côté du jardin, je vais chercher mon vélo.

Il est minuit environ, je prends la route de Soyambonat. Dans une demi-heure je devrais y être.

Je me mets à pédaler vigoureusement. Le vent me cingle le visage. Les roues tournent follement. Pas d'effort, pas de fatigue, c'est merveilleux. Une côte se présente, je l'avale sans même me mettre en danseuse, sans forcer le moins du monde. Elle est longue, très dure, et pourtant je ne suis même pas essoufflé quand j'arrive en haut. Il y a une demi-heure que je pédale, je ne dois plus être loin, je cherche les temples du regard...

Et je m'aperçois que je me suis trompé de route !

Soyambonat est à au moins quatre kilomètres au nord.

C'est trop bête. J'ai dû me tromper au carrefour en bas, à la sortie de Katmandou, passé le fleuve.

Je redescends donc à fond de train, je retrouve mon carrefour.

J'observe bien les trois routes qui partent vers l'ouest. Bon, je viens de prendre celle-ci. Donc, c'est celle-là la bonne, juste au-dessus.

Je repars, toujours aussi léger, toujours aussi vigoureux.

Au bout de trois quarts d'heure, je me retrouve

pédalant comme Eddy Merckx sur une belle route droite au milieu des rizières qui luisent doucement sous la lune.

Qu'est-ce que je fiche là, Bon Dieu ?

Soyambonat, c'est sur une hauteur ! Me voilà bien !

Je retourne en arrière. Mais là, impossible de retrouver le carrefour. Il a disparu. Et envolée aussi, Katmandou. Je suis en rase campagne, perdu.

C'est trop bête, je vais rater mon lever de soleil.

Je pose mon vélo, je descends dans la rizière, je m'asperge le visage d'eau, je remonte sur la route et je réfléchis.

Bizarrement, j'ai l'impression que mon cerveau est une machine Bull. Je « sens », je « vois » les idées et les raisonnements cliqueter, impeccablement, aller d'un circuit électrique à un autre, déclencher des points lumineux qui clignotent les uns après les autres.

Ça dure un bon moment. Devant moi, les données du problème, exactement semblables à celles qu'on fournit, chiffrées, à une calculatrice, sont digérées par mon cerveau-machine, malaxées, cataloguées, éprouvées, combinées, retournées, regroupées. Un fil directeur se forme, un courant électrique groupe un cocon d'idées, le bat, le malaxe... Et tilt ! Le résultat sort : je le lis. Il dit :

« Tu ne peux être qu'à l'ouest de Katmandou. Or, Soyambonat est à l'ouest de Katmandou, un rien vers le nord. Cherche donc le nord et marche est-est-nord. »

Evidemment.

Mais, comment trouver le nord ?

Je lève mon regard vers les étoiles, tout naturellement.

Et voilà que tout à coup, la carte du ciel me

revient en mémoire, aussi précise et complète que sur les manuels scolaires les plus complets.

Comment ai-je pu savoir tout ça sans m'en rendre compte ? C'était gravé dans mon cerveau et je l'avais oublié...

En deux temps trois mouvements, j'ai identifié la Grande Ourse, fait cinq fois l'empan à partir de la dernière étoile de la branche supérieure.

Pan ! Je suis sur l'étoile Polaire.

Je la tiens au bout du doigt, je descends mon doigt verticalement, je le fais repartir horizontalement vers la droite, vers l'est, de 80 degrés, et qu'est-ce que je vois, bien visible, bien sûr, parfaitement dessiné sous la lumière de la lune à un kilomètre de moi ?

Soyambonat.

Il m'aurait suffi de regarder un peu autour de moi avec le minimum d'attention et je l'aurais trouvé !

J'éclate de rire et je redémarre.

Un quart d'heure plus tard, ayant avalé la côte comme un roi de la montagne, et même mieux, car je ne suis, je le répète, pas le moins du monde essoufflé, je ne sens absolument pas l'effort de mes cuisses et de mes mollets, je suis à Soyambonat.

C'est à ce moment-là seulement, en rangeant mon vélo dans un coin sous les murs du temple, que je m'aperçois que ma roue arrière est crevée.

J'ai roulé à plat sans m'en rendre compte !

Il est quatre heures du matin. Je m'assieds, adossé à une statue du Temple des Singes, le fameux Vajra Yogini, du côté des montagnes.

Un rapide effort d'orientation, toujours mené au cerveau calculateur, me fait décider.

Le soleil va se lever là, entre ces deux montagnes noires. Ces deux-là, et pas d'autres.

Je m'abandonne, bien calé, les mains sur le

ventre, la tête tournée vers mes deux montagnes, et j'attends.

La nuit est divine. Il n'y a pas un souffle de vent, pas un bruit. Le silence total. Les coqs n'ont pas encore commencé à chanter ni les oiseaux à crier.

Je me sens être, comme jamais je ne l'ai senti, un ensemble de molécules formant un corps où est la vie, concentrée autour d'un regard.

Et comme jamais je ne l'ai senti avant, je me sens à la surface, tourmentée, pierreuse, terreuse, feuillue, herbue, mais bloc minéral quand même et surtout, d'une planète appelée Terre par les hommes, mais qui n'est qu'un grain de poussière gravitant dans l'espace intersidéral, dans l'infini des distances, dans l'infini du temps.

Je pointe mon doigt droit devant moi. Une ligne s'en échappe qui fuse, toute droite, vers l'espace.

J'ai lancé un trait qui ne s'arrêtera jamais d'avancer...

Jamais, jamais, jamais !...

La conscience physique du vide de l'espace me prend à la gorge. Où que je tende mon doigt, il n'y aura jamais, jamais, jamais de mur pour arrêter la ligne droite qui en part !...

J'éprouve, comme je ne l'ai jamais éprouvé auparavant, la violence atroce de la phrase de Pascal : « Le silence des espaces infinis m'effraie. »

Oui, c'est bien ça. Une terreur accélérée me monte dans la gorge.

Le secret du monde est là et il est affreux : jamais de fin, jamais de fin, jamais...

Le silence en avant, toujours en avant, de tous les côtés, pour toujours...

C'est un supplice, une torture !

Vite, que montent des murs autour de moi, des voûtes, des tunnels, des grottes, pour me protéger, pour m'empêcher d'éclater, de me dissoudre dans l'espace infini qui m'attire, qui m'arrache, me déchiquette en mille milliards de parcelles qui vont exploser d'un moment à l'autre comme les galaxies désintègrent les novas gigantesques !

Je vais tomber ! Tomber dans l'espace ! J'en suis sûr !

Le ciel au-dessus de moi est un gouffre qui m'attire, m'attire, m'attire, dans le tourbillon lent d'un intolérable vertige, qui m'arrache peu à peu à la surface du globe terrestre, ma terre, ma mère nourricière où je m'accroche maintenant de tous mes ongles en criant !

Le soleil me sauve.

Tout à coup, entre les deux montagnes, exactement celles que j'avais choisies, le ciel a blanchi.

Dans la vallée, un coq a poussé son premier cocorico et moi, j'entends qu'il crie « Katmandou-ou-ou-ou !... »

Des vapeurs voilent les collines, caressent les rizières. La lumière blafarde de la lune s'est réchauffée, jaunie, orangée.

Sous moi, j'ai l'impression que du sang se met à sourdre dans les veines de la terre.

Dans le jour qui monte, les monts et les collines du sol, figés sous la lune, prennent des mouvements d'épaule, de ventre, de seins.

Le gouffre au-dessus se fait plafond, voûte cristalline protectrice, veloutée.

Que je suis bien ! Que je suis au chaud, protégé, en confiance !

Brusquement, c'est la fanfare.

Sans vraiment qu'une aube comme en Europe, longue et progressive, l'ait précédé, le soleil surgit.

Je le regarde en face, rouge comme la gueule d'un

haut fourneau et il irradie un délire assourdissant de symphonies, d'hymnes, de chœurs.

Il monte dans sa majesté comme un Dieu qui s'offre aux hommes. Et plus il monte, plus le sang bat dans mes veines, plus la terre s'irrigue de sang et de sève sous moi, plus l'air se charge de pollens, de parfums, de molécules de vie et de reproduction.

En bas, dans la vallée, les coqs se répondent à tue-tête. Autour de moi, tous les oiseaux hurlent à la fois dans les arbres.

Des larmes de joie coulent de mes yeux. Enfin, la vie est revenue, ressuscitée ! Les fantômes sont chassés, les mauvaises pensées balayées.

Je suis ressuscité, je nais une deuxième fois.

Je me lève et je cours le long du temple, je vais au sud. Là, il y a une grande terrasse avec une balustrade. Je m'y appuie et je regarde Katmandou au-dessous de moi.

La ville s'éveille, les premières fumées montent des toits, des voitures démarrent. J'entends leur bruit dans le silence du matin.

Autour de la ville, les rizières, certaines dans le plat de la vallée, d'autres en escaliers, à flanc de coteau, luisent sous les rayons obliques.

Déjà, les Népalais partent au travail.

Le long des sentiers, des files se forment, comme des fourmis se suivant.

Des fourmis multicolores : je vois les robes aux couleurs vives des hommes, celles, noires, des femmes.

Oui, c'est bien cela, la ville, c'est une fourmilière.

Je la vois, je la sens fourmilière avec ses réserves, ses gardiennes, ses fourmis soldats. Avec ses vices, ses folies, ses trafics et ses horreurs.

Je vois tout cela, net comme je vois ma main.

Et je tremble d'appartenir à cette race jamais en repos, cette race de fourmis sans pitié.

Un singe vient me consoler. Un des milliers de singes du temple qui se réveillent et qui déambulent autour de moi.

Ils sont sauvages. Ils tournent autour de moi, sans s'approcher. Et il ne faut surtout pas essayer de les toucher. Ils mordraient.

Mais j'en vois un se détacher du groupe et s'approcher en sautillant.

Sur mes gardes, je le regarde venir.

Il s'arrête à deux mètres de moi.

Je me prépare à riposter s'il lui vient l'idée de m'attaquer.

Il saute encore, et finit par s'arrêter à cinqante centimètres, là devant moi.

C'est un singe de la taille d'un bébé de deux ans, avec une bonne tête clownesque de singe.

Il me regarde sans bouger. Il ne regarde ni à ma droite ni à ma gauche, ni au-dessus, ni au-dessous, il me regarde droit dans les yeux.

Il a un regard humain.

Je me secoue, je me dis : C'est une hallucination, c'est le L.S.D. Mais non. J'en ai vite la preuve.

Le singe se rapproche et vient s'asseoir sur mes pieds. Les yeux toujours fixés sur moi.

Tout en continuant à me regarder, il se met à me caresser la jambe !

Cela dure dix minutes. Puis il s'en va, se retournant de temps en temps.

Après, eh bien, l'effet du L.S.D. se calme, et je reviens peu à peu à mon état normal.

Une grande lassitude me prend. Je remonte sur mon vélo et je redescends à Katmandou, avec mon pneu crevé déchiqueté qui couine à chaque tour de roue.

XIII

Mon premier trip de L.S.D., c'est le moment où Jocelyne et moi devenons tout à fait inséparables.

Avec elle, pour la première fois, je me sens vraiment bien. Ce n'est pas la fille qui m'exploite, qui abuse de moi. Elle est parfaite, la compagne dont j'ai toujours rêvé et dont je sens que je ne peux pas me passer. Le mot doit être dit : nous nous aimons.

Mais nous nous aimons « à la drogue ». C'est-à-dire que plus nous nous droguons ensemble, plus nous sommes bien ensemble.

Alors, inexorablement, je force encore. Outre mes visites chez le toubib marron, j'écume les pharmacies, je deviens un fou de la méthédrine. J'y laisse de grosses sommes. L'ampoule vaut une roupie et demie et les dix cachets une roupie.

Les effets ne tardent pas à se faire sentir.

Je dépéris jour après jour. Le sommeil me fuit. Je n'ai plus d'appétit. Je ne dors pour ainsi dire plus, sauf quelques heures de temps en temps, quand la fatigue est trop forte. Je ne mange pratiquement plus. Mes os saillent partout.

Fatalement, le moral s'en ressent.

Les bagarres de Guy et de Barbara me jettent dans des crises de dépression terribles.

Le moindre mot un peu plus haut que l'autre m'irrite à un point inimaginable.

Je n'ai plus aucun désir, plus aucune volonté.

Mais une chose me hante : je vois que je suis en pleine déchéance et je ne peux pas supporter l'idée que Jocelyne assiste à ma déchéance.

Ça ne peut pas durer. Il faut que quelque chose se passe.

Les fonctionnaires de l'Immigration Office se chargent de décider pour moi.

Nous sommes fin août 1969 et depuis quelques jours les choses s'aggravent pour les hippies et les gars de la route.

J'en ai déjà un peu parlé plus haut, mais c'est maintenant que cela se passe vraiment. La vraie chasse aux hippies commence. Les rues sont ratissées. Même Soyambonat devient dangereuse.

Un à un, par groupes même, les hippies sont coffrés et expulsés.

Plus question de se faire renouveler son visa, même pour moi. Le mien ne vaut plus guère que pour une dizaine de jours, comme celui d'Olivier.

Ceux de Michel, de Jocelyne et de Christ sont expirés depuis longtemps. Ils ne sortent qu'avec des précautions de Sioux. On n'est tranquille que la nuit : les policiers ne patrouillent pas après le coucher du soleil.

Même Olivier et moi, avec pourtant nos visas encore en règle, devons nous méfier.

Je sors malgré tout, car je n'ai pas l'air d'un hippie. Avec ma fameuse « tenue de gala » que j'ai toujours dans mon sac et que je revêts chaque fois que je quitte le Garden désormais, je peux passer pour un touriste. Un touriste bien maigre, avec ses vêtements qui flottent autour de lui, mais un touriste quand même.

Et je vais chez Makhan ou à la pharmacie, chercher flacons, ampoules et pilules pour tout le monde. Car je viens de réussir un gros coup de travellers-chèques, et je suis tout à fait renfloué.

Le soir, à la nuit tombée, nous pouvons enfin tous sortir.

Nos lieux de rencontre se raréfient.

Le premier, le Quo Vadis, a été fermé par la police. D'autres le sont après lui. Nous nous retrouvons, le dernier carré des drogués de Katmandou, au Cabin Restaurant.

Les soirées sont démentes. Nos goûts se sont épuisés en tout. Nous sommes désormais trop fatigués pour regarder des danseurs ou écouter des types jouer de la musique. Les disques nous suffisent.

Une sélection s'établit. Les Beatles et autres groupes nous paraissent mièvres désormais. Seuls les Rolling Stones tiennent le coup. Formidablement. Nous repassons le même air vingt fois de suite, nous reprenons le même passage inlassablement, faisant crisser l'aiguille du tourne-disque. Alors, des filles entrent en transes, certaines se mettent à pleurer de bonheur.

La folie nous gagne, nous pleurons tout.

Il y a longtemps que nous ne pouvons pratiquement plus avaler de nourriture solide. Nous nous faisons servir des *milk bangs*, mélange de lait et de haschisch.

C'est si raide à avaler que parfois j'ai des hoquets et je recrache tout. Dans l'indifférence générale. Doucement, les garçons viennent essuyer la table. Ils ont l'habitude, ils ne se formalisent pas.

Quand nous sortons dans la ruelle, butant sur les cailloux. Nous allons nous affaler sur les marches des boutiques, défonces. Les Népalais s'approchent, nous observent, et s'en vont en hochant la tête.

Puis, errant, nous nous retrouvons chez les uns, chez les autres, au hasard des envies et des occasions.

Parfois, nous culbutons dans la nuit sur un type allongé. Nous le relevons, le secouons. « Tu crèches où ? » Il balbutie un nom d'hôtel, ou de garni. Quelqu'un qui va dans la même direction le reconduit, pour lui éviter de se faire ramasser par les flics le lendemain matin.

Souvent, en remontant au Garden, je suis si défonce que je n'arrive pas à gravir l'escalier. Je passe parfois vingt minutes à escalader une marche, deux marches, cinq marches, pour me retrouver sur les fesses, dérapant jusqu'en bas et me relevant en jurant pour tenter une nouvelle fois de monter.

Enfin, je suis dans la chambre. Elle est bourrée de types et de filles. Dans un coin, Krishna, qui est revenu, dort roulé en boule. Shiloms et joints recommencent à tourner, ainsi que le thé, du thé au citron. Une mini-cassette se met en marche, le rythme du pop reprend. Filles et garçons se mêlent, couchés n'importe où, chastement. Aucune orgie. Les filles sont des mères qui aiment nous cajoler, nous consoler. Et nous nous laissons faire comme des enfants. La drogue exalte chez les unes le sentiment maternel, chez les autres, une sorte d'infantilisme.

Les filles deviennent des infirmières. Nous avons tous des furoncles consécutifs aux shoots, où un essaim de mouches se bat avec puces, poux et morpions. Bras et jambes en sont farcis. La mousson n'arrange rien et favorise l'éclosion des plaies infectées par la boue dans laquelle nous pataugeons. Les excréments humains et d'animaux vivant en totale liberté dans les rues où nous marchons pieds nus aggravent les infections. Nous n'avons rien pour nous soigner. De temps en temps, nous allons nous faire badigeonner de rouge à l'hôpital, mais il ne faut pas y traîner, sinon les flics vont vite alertés et viennent nous rafler.

En général, nous ne faisons même plus attention aux bêtes qui sont sur nous. Seuls ceux qui se piquent à l'opium se grattent. L'opium provoque des démangeaisons, infectant leurs plaies et ils se grattent de plus belle.

Jour après jour, je me sens baisser. Je ne veux pas que Jocelyne assiste à ça. Pour la première fois je me mets à songer sincèrement à partir me terminer dans la montagne. Au point où j'en suis, je ne peux plus remonter la pente. Surtout en finir. Mais tout seul, sans témoin, en vrai junkie.

Je supplie Jocelyne de partir. Elle ne veut rien entendre. Nous nous battons et sortons brisés de nos disputes.

J'augmente furieusement mes doses de méthédrine. J'arrive à en prendre des quantités effroyables : terminer un shoot pour en préparer un autre aussitôt.

La méthédrine me glace les extrémités. Mes pieds et mes mains sont continuellement gonflés, impossibles à réchauffer.

Pour me donner quand même un peu de chaleur, j'alterne avec l'opium.

Et je répète :

« Jocelyne, pars, pars, il faut que tu partes ! »

Elle pleure et dit non de la tête, des minutes durant, sans un mot.

A la fin, épuisée de résister, elle finit par accepter de partir, mais à une condition : je lui promets de la rejoindre bientôt. Elle m'attendra à New Delhi.

Je promets tout ce qu'elle veut. Et ce faisant, je la regarde en me disant : « Je ne la reverrai jamais. »

Puis elle revient sur ce qu'elle a dit. Deux jours durant, elle dit successivement : « Je pars », puis : « Non, je ne pars pas. »

Elle se décide enfin.

Nous passons toute la nuit à fumer le shilom et à nous piquer.

A l'aube, elle se jette dans mes bras. Nous nous embrassons en pleurant. La drogue nous rend littéralement fous de douleur.

Le propriétaire de l'hôtel est avec nous. Je viens de lui faire un fixe. Il « vit » son flash et, reprenant conscience, nous voit nous embrasser, s'excuse et se lève.

Nous descendons peu après lui dans le jardin, sans un mot, serrés l'un contre l'autre.

A la porte, le visage défait, Jocelyne me dit :

« Si j'étais certaine de te revoir, je partirais.

— Je te reverrai, pars, pars vite ! »

Nous nous embrassons encore ; elle se dégage brutalement et s'en va en courant. Elle se retourne, me regarde longuement.

Krishna court et s'accroche à elle en pleurant.

Je les vois disparaître tous les deux au coin de la rue, je remonte dans ma chambre et je me jette sur mon lit.

Quand Krishna revient, il a les yeux rouges. Il a conduit Jocelyne jusqu'au camion où Christ était déjà montée.

« Tu veilleras sur Charles, tu me le promets ? » lui a dit Jocelyne.

Il a promis. Et il a vu le camion disparaître en cahotant en direction du sud, vers l'Inde.

Si on me disait, tandis que je casse mon ampoule de méthédrine à ce moment-là, que neuf mois plus tard, en mai 1970, je retrouverais Jocelyne, bien vivante, et moi bien vivant, au milieu de voyageurs ensommeillés un matin à sept heures, gare de Lyon, je crois que j'aurais eu un rire de fou furieux. J'en suis certain, Jocelyne a disparu de ma vie pour toujours et ma vie n'en a plus pour longtemps à durer.

Après le départ de Jocelyne, j'ai curieusement un sursaut.

Il faut absolument que je trouve une solution. Je ne peux pas continuer à vivre dans l'illégalité.

Mon visa est expiré depuis trois jours. Et je sais que maintenant on ne me le renouvellera plus. Je suis fiché comme drogué, comme gars de la route.

Si je me présente à l'Immigration Office, je suis fichu. J'aurai les flics sur le dos dans les cinq minutes.

J'ai une ressource, évidemment, c'est de téléphoner à un chef de bureau que je connais bien. Je sais qu'il est vénal. Je n'aurai qu'à lui glisser quelques billets de dix roupies pour qu'il me prolonge mon visa.

Du moins, j'ai une chance sur deux qu'il le fasse, car bêtement, il y a une quinzaine de jours, je me suis disputé avec lui pour une affaire de permis de tricking. J'étais allé lui en demander un pour partir dans la montagne. Je le voulais d'un mois. Il ne voulait pas m'accorder plus d'une semaine. Nous avons eu des mots et je suis parti en claquant la porte.

Il est bien capable, si je retourne le voir, aussi vénal soit-il, de préférer au plaisir de sentir craquer les billets dans sa main, celui de me faire coffrer.

Il me faut donc trouver autre chose. Justement, le patron du Cabin Restaurant a un parent dans un ministère, qui est très influent.

Il me met en rapport avec lui. Je vois le bonhomme. Il accepte de me pistonner, mais il me demande 200 roupies.

D'accord. Rendez-vous fixé au lendemain.

Le lendemain, quand je viens au rendez-vous, le type a changé. Cette fois, il veut 600 roupies pour agir en ma faveur. Il a dû se renseigner et apprendre que j'avais de l'argent.

J'ai toujours eu horreur qu'on se paie ma tête. Je me lève et je m'en vais.

Cette fois, je suis cuit. Je n'ai plus qu'à bien me tenir et à me planquer. Interdiction absolue de sortir le jour.

Krishna, mon dévoué petit Krishna, ira me chercher ma drogue. Je ne peux plus me permettre de le faire moi-même.

Je suis de plus en plus décidé à partir pour la montagne. Ça n'est plus qu'une question d'argent. Ma bourse se vide sérieusement et je ne peux pas partir en tricking sans des provisions : une pharmacie portative et surtout, une réserve de drogue importante.

Je m'en irai, je marcherai au hasard, en me droguant et quand je ne serai vraiment plus qu'une loque, eh bien, adieu Charles, tu t'installeras dans un coin, à l'écart, pour qu'on ne te retrouve pas et tu t'enquilleras une bonne overdose bien tassée...

Pour commencer, en attendant de trouver le moyen de me procurer les 500 ou 600 roupies qui me manquent, il est urgent que j'économise ce qui me reste : 350-400 roupies.

Je change donc d'hôtel et je vais m'établir au Coltrane, du côté du fleuve, le plus minable, le moins cher des hôtels de Katmandou.

La paillasse n'y coûte que l'équivalent de 10 à 15 centimes par nuit.

Je comprends tout de suite pourquoi en y arrivant.

« Voilà, votre place est là », me dit le patron que j'ai suivi jusqu'au troisième étage dans un escalier qui est le plus étroit, le plus petit, le plus branlant que j'aie jamais vu.

Nous sommes dans une grande pièce, cloisonnée le long des murs de sortes de réduits en bois, un peu semblables, en plus petit, à des stalles de chevaux dans une écurie.

Par terre, la paillasse n'en est même pas une : une simple natte.

Ça sent la ménagerie et on n'y voit goutte tant la fenêtre est petite.

Olivier est venu avec moi. Je sens qu'il hésite, il est visiblement dégoûté.

« Allez, lui dis-je, ne te force pas, retourne au Garden si tu veux. Tu auras Krishna pour toi seul. »

En effet, je n'ai pas dit à Krishna où j'allais. Je lui ai raconté que je partais quelques jours et rentrerais bientôt.

Olivier est bouleversé.

« Charles, qu'est-ce que tu vas faire ? J'ai peur pour toi. Tu vas partir pour la montagne, j'en suis sûr. »

Je ricane :

« Eh bien, viens avec moi.

— Non, je ne veux pas me finir, moi !

— Alors, laisse-moi faire ce qui me plaît », dis-je, agacé.

Il se balance d'une jambe sur l'autre.

« Bon, ça va, je retourne au Garden, mais jure-moi que tu ne partiras pas sans me prévenir.

— Ecoute, lui dis-je, tu sais bien que je n'ai pas de quoi partir pour l'instant. Alors, va dormir tranquille sur tes deux oreilles. »

Il m'embrasse et il s'en va. Je jette mon sac sur la paillasse et je regarde autour de moi. C'est vraiment le plus minable des garnis.

Je sors de la chambre et je vais faire une petite visite.

Au deuxième étage je remarque une porte ouverte, je passe la tête et je vois quelque chose d'extraordinaire dans cette misère et cette crasse.

Un grand lit à baldaquin doré, couvert de sculptures, avec un ciel de lit et un rideau tout autour. Magnifique, sublime. Je me demande comment on a pu le monter dans la chambre minuscule, même en pièces détachées.

Sur le lit, un grand type blond aux cheveux longs, vêtu à la Népalaise, me sourit et me dit bonjour avec l'accent américain.

A côté, un autre grand blond, mais lui habillé de loques, très sale, squelettique, qui répond en français à mon bonjour.

Il est assis devant un établi de graveur. Il grave dans le bois des images saintes. Il y en a plein les murs.

A ma gauche, une cuve à imprimer remplie d'encre noire.

Le Français a les bras noirs d'encre. Il en a même sur la figure.

De la musique tibétaine sort d'une minicassette.

Nous parlons un peu, ils me renseignent sur les habitudes de l'endroit. J'apprends qu'il y a même une douche-lavabo-w.-c., tout dans le même réduit.

Je vais prendre une douche. Le couloir est si bas que j'ai la tête continuellement baissée.

En voyant la douche, j'ai un choc : il y a si peu de plafond que je suis obligé, une fois déshabillé, de me mettre à genoux sous la pomme d'arrosoir.

366

Le soir, quand je me couche sur ma natte, je sens quelque chose me monter le long du bras.

D'abord, je ne bouge pas. Il y a longtemps que les poux, ça m'indiffère complètement.

Mais ça court aussi sur mes jambes, puis au creux de mes reins, partout.

Et ça semble plus gros, plus lourd que des poux.

En grommelant, je rallume ma bougie. Ce sont des cafards énormes !

Ah ! ça, je n'aime pas du tout.

Je soulève ma natte : je suis couché sur un trou à cafards. Ils sortent à la queue leu leu, bravement, tandis que je les écrase à coups de poing, écœuré.

Je me relève, ma bougie à la main, je fais les autres stalles une à une pour en trouver une de libre. Pas de chance, elle sont toutes prises.

Je sors, et je vais coucher sur le palier.

Les jours suivants, je réfléchis à tous les moyens possibles de me procurer de l'argent. Reprendre mes trafics, c'est trop risqué. Voler ? Mais voler qui ? Je suis plus riche que tous les gars qui sont autour de moi dans cette piaule !

La chance vient à mon secours et d'une façon peu banale.

En face de mon dortoir, un Indien est installé avec deux jeunes Européens, deux Allemands.

Je ne sais pas pourquoi, mais je me dis que lui a peut-être de l'argent. Il faut que j'aille voir ça de plus près.

J'attends donc que l'hôtel soit pratiquement vide et un jour, vers midi, je sors de mon dortoir, je frappe à la porte en face. Pas de réponse. Je fais doucement tourner le loquet de la porte et j'entre.

L'oreille aux aguets, je me mets à fouiller sous le lit, dans les coins, partout. J'examine les paillasses.

Rien. Ça, c'est extraordinaire ! — Ils sont trois

dans la chambre, ce serait bien étonnant qu'un au moins n'ait pas planqué de l'argent. Mais non, je suis obligé de ressortir bredouille.

Alors, comme ça, l'envie d'aller faire un pipi me prend. Je descends donc dans le lavabo-douche-waters.

Là, machinalement, tout en me déboutonnant à genoux, (je sais par expérience que bien des choses se cachent dans les toilettes, au-dessus d'une chasse d'eau, dans un recoin, sur une solive) je fouille un peu partout.

Et voilà que dans une rainure, entre le haut du mur et le plafond, sous une poutre, mes doigts touchent un objet.

C'est du bois. C'est rond.

Tiens... Je tire l'objet. C'est un petit cylindre en bois. Il est en deux parties. Je tire à deux mains, ma braguette toujours ouverte, et, stupéfait, je m'aperçois que le cylindre est creux, et qu'il est rempli de billets enroulés, serrés les uns sur les autres.

Je compte fébrilement. Il y a là exactement 2 000 roupies indiennes, soit environ 1 000 F. Une vraie petite fortune.

Ça alors ! Cinq minutes avant, je cherche à piquer du fric dans la chambre de trois types, j'en sors bredouille. Sur ce, je vais pisser et je découvre 2 000 roupies indiennes !

Bon, l'argent, ça n'a pas d'odeur. Je me reboutonne, je mets le cylindre dans ma poche, et je retourne dans ma stalle où je m'allonge, commençant déjà à mettre au point mon plan de départ pour la montagne.

Je ne suis pas là depuis dix minutes que j'entends des pas, beaucoup de pas, monter dans l'escalier.

Ça fait déjà un moment d'ailleurs que j'entends

du remue-ménage et des éclats de voix en bas, à la réception.

Ça a dû commencer quand j'étais aux douches.

Inquiet, je regarde la porte ouverte.

Et je vois passer deux flics.

Il ne manquait plus que ça ! S'ils me voient, s'ils me demandent mes papiers, ils vont tout de suite se rendre compte que je n'ai plus de visa, m'embarquer et m'expulser vers l'Inde. Et ça ce serait la catastrophe. Dans l'état d'intoxication où je suis, en Inde, où la drogue est interdite, je suis fichu, je crève tout de suite dans d'horribles souffrances. Et je ne peux même pas espérer monter de coups pour me procurer morphine et méthédrine, je ne suis même plus en état de faire ça.

La panique me prend. Cette fois, pas de doute, ils font une rafle dans l'hôtel. Je suis bon...

Je me rallonge, le cœur battant la chamade, je ferme les yeux et j'attends le cyclone.

Mais c'est curieux ce qui se passe... Un flic entre bien dans le dortoir, me voit bien (je l'observe, blême, entre mes paupières entrouvertes) mais il s'en va aussitôt.

Qu'est-ce que ça peut bien signifier ?

Par contre, ils sont tous réunis maintenant dans la chambre en face, celle de l'Indien.

L'Indien est avec eux et je l'entends bramer en anglais, qu'il s'est fait voler 2 000 roupies et qu'il les avait cachées dans un cylindre en bois cousu dans sa paillasse.

Il hurle que ce sont sûrement les deux Allemands qui l'ont volé.

D'ailleurs, ils ont disparu.

En l'entendant, je me retiens d'éclater de rire tout seul dans ma stalle.

Ça, ce n'est pas banal. J'ai voulu voler ce type. Je

n'y suis pas arrivé. Et l'argent m'est tombé quand même tout chaud dans les mains, par hasard ! Car j'en suis persuadé, ce sont bien les deux Allemands qui ont fait le coup et qui ont planqué le cylindre dans les waters.

Certain que l'affaire ne va pas s'arrêter là, je veux tout de même voir, rien que pour le plaisir, ce qui va se passer quand les deux Allemands vont revenir chercher leur argent. Et je ne bouge pas.

Installé sur ma natte, tranquille, bonhomme, je sors les 2 000 roupies du cylindre, j'ôte ma ceinture à double fond (que j'ai fait réparer depuis mon flippage) j'y glisse, bien pliés en long, un à un, se chevauchant à moitié, les billets, après ceux que j'y ai déjà.

Puis je remets ma ceinture autour de ma taille, je serre le cran et je redescends aux waters remettre le cylindre où je l'ai trouvé, vide cette fois.

Une heure plus tard, j'entends en bas, à la réception, des cris et des bruits de coups.

Je sors dans le couloir, j'écoute un peu mieux.

Un des deux Allemands est revenu. Les flics étaient planqués et lui ont sauté dessus.

Il se défend comme un beau diable, hurle qu'il n'a rien volé et je le comprends : il faut vraiment tomber sur un vicieux de première comme moi pour avoir l'idée de fouiller sous les poutres dans des waters où il faut se mettre à genoux...

« Fouillez-moi ! Fouillez-moi ! crie-t-il. Vous verrez bien que je n'ai rien. »

C'est ce que font les flics. Et comme de bien entendu, ils ne trouvent rien.

Mais ils décident d'attendre l'autre. Il va bien revenir à son tour.

Les heures passent et il ne revient pas.

Je commence à me fatiguer d'attendre et je me dis

qu'à force de s'ennuyer, les flics, on ne sait jamais, vont peut-être se mettre, rien que pour passer le temps, à vérifier le registre de l'hôtel et les passeports des clients.

Qu'on en finisse, que ce type revienne, et barka !

Vers sept ou huit heures du soir, j'entends un craquement au-dessus de moi, sur le toit.

Bizarre... qu'est-ce que ça peut bien être ?

Le craquement avance à l'aplomb du couloir, derrière moi. Je tends l'oreille. Je sais qu'il y a un vasistas à cet endroit-là.

Ce que j'attendais se produit : le vasistas grince et j'entends le bruit étouffé d'un corps qui tombe en souplesse dans le couloir.

Je me coule jusqu'à la porte, le dos au mur, me faisant le plus mince possible.

Une ombre passe à pas feutrés et s'en va vers l'escalier.

J'ai reconnu mon deuxième Allemand.

Inutile qu'on me fasse un dessin, j'ai compris ce qui se passe. En revenant à l'hôtel, il a dû voir du bout de la rue la voiture des flics devant l'hôtel (en France, les flics ne sont quand même pas si bêtes). Il s'est douté de ce qui se passait, il vient en cachette, par la maison d'à côté, récupérer son cylindre pour aller le planquer je ne sais où. Puis, de deux choses l'une suivant l'amitié qu'il a pour son copain : ou il va filer, ou il va revenir.

Quand il a pris l'escalier, je cours pieds nus dans le couloir, je me penche au bout, j'écoute.

La porte des waters, à l'étage au-dessous, grince. Une trentaine de secondes se passent. La porte regrince.

Je refile dans mon dortoir, je me recache derrière le mur.

L'ombre repasse. J'entends le bruit d'une chaise

qu'on déplace, sur laquelle on monte, le soupir d'effort d'un rétablissement. Le vasistas se referme doucement, les craquements sur le toit s'éloignent et disparaissent.

Une heure s'écoule. Puis deux heures...

Et tout à coup, des cris, en bas, m'apprennent que le type vient de revenir.

Ça, chapeau! ce n'est pas un lâcheur et il est gonflé.

Du bout du couloir j'écoute toute la discussion. Le type joue les innocents, comme l'autre. On le fouille, on ne trouve rien.

« Laissez-nous tranquilles, alors! dit l'un d'entre eux. Nous sommes en règle, nous avons nos visas bons pour dix jours encore. »

Ils n'ont pas de chance. Les flics s'en moquent. Visa ou pas, ils les embarquent.

Le lendemain, le patron m'apprend qu'ils ont été expulsés.

On s'étonnera peut-être, ayant lu cette petite aventure, quand je dirai que dès le lendemain je commence à préparer mon départ pour la montagne. On trouvera que je ne suis pas tombé si bas que je le dis, puisque je suis capable d'avoir fait ce petit coup si réussi (moitié par chance, je le reconnais!).

Et pourtant, c'est vrai. Aussi agréable qu'ait été la joie de mener à bien ce petit truandage, parfait comme un coup d'escrime bien porté, ça ne change rien à ma décision d'aller me terminer dans la montagne.

Je me dis simplement : Charles, ton dernier coup aura été joli. Et c'est tout.

La seule énergie qui m'habite encore, la seule volonté qui me pousse, c'est de partir, marcher, me shooter et choisir mon moment.

Alors, je décide, lucidement, de prendre mes risques.

Il faut absolument que je sorte de ma tanière. Et de jour.

Primo : J'ai mon matériel de camping à compléter. Outre le sac de couchage et la couverture que j'ai déjà, il me faut un petit réchaud à alcool (pour les fixes d'opium surtout), une boîte de fer ou deux et quelques petits ustensiles, ficelle, fil à coudre, etc.

Secundo : Il faut que je me monte une pharmacie de campagne. Je le sais, les Népalais dans la montagne sont très inhospitaliers et le seul moyen de les amadouer, c'est de les soigner. Les occasions ne manquent pas, car ils vivent dans un état d'hygiène déplorable. Je dois donc acheter du coton, de la gaze, du désinfectant, des calmants, des sulfamides, des ampoules de pénicilline et de quoi les injecter, de l'alcool, de l'antivenin (c'est plus prudent dans la montagne).

Ce n'est pas la perspective de faire le médecin de brousse qui m'embarrasse. Je l'ai fait souvent déjà, surtout en Afrique.

Tertio : Je dois me monter une sérieuse réserve en drogues. Il me faut bien un kilo de haschisch, une livre d'opium, une bonne centaine de C.C. de morphine, une bonne centaine d'ampoules de méthédrine, du L.S.D., de l'héroïne. Le grand jeu, quoi. Je ne veux me priver de rien avant d'en finir.

Aussi, c'est une espèce de force sombre et sauvage qui me pousse, le lendemain matin, lavé, la barbe taillée, chemise, cravate et beau costume blanc sur le dos.

Je suis tout à fait présentable, presque élégant.

Je n'ai même plus peur de me faire prendre.

Je passe dans la rue à côté des flics, tranquille, souriant.

Je vais d'abord au Garden où je trouve Olivier.

« Je pars, lui dis-je. Tu viens, ou pas ? »

Désespérément, il essaie de me raisonner. D'un geste sec, je coupe court à ses jérémiades.

« Inutile, dis-je, tu te fatigues pour rien. Tu viens, oui ou non ? »

Il a compris que ce n'est pas la peine d'insister. Il baisse la tête.

« Je ne viens pas, dit-il.

— Où est Krishna ?

— Il est allé faire des courses. Il pleure tout le temps, tu sais, il n'arrête pas de te demander. »

J'ai un lâche soulagement à apprendre que Krishna n'est pas là. Lui dire adieu aurait été trop pénible.

« Alors, c'est sûr, tu pars ? » insiste quand même encore une fois Olivier.

J'ai pitié de lui. Je mens :

« Oui, mais ne t'inquiète pas. Je crois que je vais aller vers le Sikkim et le Bhoutan, puis vers la Birmanie. J'ai envie de sortir de Katmandou. Je n'en peux plus. »

Faut-il que la drogue m'ait transformé pour que moi, Charles, qui n'avais jamais peur, j'en sois arrivé, à vingt-neuf ans, à vouloir aller mourir comme un chien dans la montagne...

Olivier se jette dans mes bras. Nous sommes bouleversés tous les deux. Je m'arrache, je m'en vais sans me retourner.

Je l'aimais bien, Olivier...

Toute la matinée, je cours les boutiques après avoir changé mes roupies indiennes. A midi, ma pharmacie et ma réserve de drogues sont au complet, mes affaires de camping réunies.

Chez un pharmacien, je me suis pesé, par une

curiosité morbide : je ne fais plus que 48 kilos — oui, 48... — pour 1,84 m !

Je porte le tout à l'hôtel et je ressors. Il ne me manque plus qu'une chose : quelques ampoules de vaccin antivenin.

Aussi extraordinaire que cela paraisse, c'est pourtant vrai : pas une pharmacie de Katmandou n'en a à vendre !

Je pousse jusqu'à l'hôpital népalais. Pas d'antivenin non plus.

Je vais à l'hôpital américain. Là tout de même on m'en vendra... Il n'y en a pas non plus !

Un pharmacien, désolé de ne pouvoir me servir, m'a dit :

« Allez donc sur la place à côté de la poste. Vous trouverez des marchands d'herbes. Ils ont peut-être, eux, ce qu'il vous faut. »

Je me demande bien ce qu'un marchand d'herbes peut avoir comme antivenin, mais, ne serait-ce que poussé par la curiosité, j'y vais quand même.

Sur la place de la poste, je trouve effectivement des types qui vendent des herbes et un peu de tout dans le genre plantes médicinales.

Me faisant aider par un sikh qui baragouine l'anglais, j'explique au marchand ce que je veux.

Le type me sort un petit morceau de bois, gros comme le pouce, long comme l'index. Un morceau de bois tout ce qu'il y a de plus ordinaire.

Je souris. Je dis au sikh :

« Non, ce n'est pas ça que je veux. Dis-lui que je veux quelque chose contre les piqûres de serpents, une mixture, une préparation. »

Le sikh répète ma question. Ils discutent tous les deux un moment. Le marchand brandit toujours son morceau de bois.

« Il dit que c'est bien ça, finit par me traduire le

sikh. Il dit que si tu es piqué, tu frottes d'abord la morsure avec le morceau de bois puis tu racles le morceau avec ton couteau et, la sciure qui tombe, tu la mets sur la morsure et tu bandes le tout bien serré. Il dit que c'est souverain. »

Bon, admettons. Au point où j'en suis, autant prendre le morceau de bois. Si, après tout, on ne sait jamais, ce charlatan avait raison ?

Je pars donc avec mon morceau de bois magique.

Avant de rentrer au Coltrane Hôtel me préparer, je passe au Cabin Restaurant faire mes adieux au patron. Je lui dis simplement que je vais faire un peu de tricking pour me changer les idées.

Il me regarde fixement. Il ne croit pas un mot de ce que je lui raconte, c'est visible.

Il en a vu tant et tant de types qui, comme moi, drogués à mort, physiquement et moralement au bout du rouleau comme je le suis, lui ont dit, comme moi, qu'ils allaient faire un peu de tricking, et qui sont partis en tirant la jambe.

Et qui ne sont jamais revenus...

Mais il ne me livre rien de ses pensées.

« Tu manges quelque chose ? me dit-il simplement. C'est moi qui offre. »

J'accepte. Je prends ce que je suis devenu à peu près seulement capable d'avaler, un peu de fromage de chèvre, une tarte et un *milk bang*. Un gros *milk bang* plein de haschisch.

Ça me ravigote. Je me sens mieux.

Le patron me donne aussi quelques provisions de route : gâteaux secs, fruits séchés, viande fumée, du thé. Je le remercie. Je lui serre longuement la main.

« A bientôt, lui dis-je.

— Oui, à bientôt... » fait-il en me fixant tristement.

Rentré dans mon dortoir, je me déshabille, je me

fais un shoot de méthédrine, puis, le flash passé (ils sont bien faibles maintenant, bien mous, mes flashes) je plie soigneusement ma tenue de gala, avec mes chaussures de ville, dans leur sac de plastique. Je la range au fond du sac. Par-dessus, je mets ma pharmacie, puis mes ustensiles divers et mon trésor, ma réserve de drogues. Je recouvre le tout de la couverture du sac de couchage et de mes provisions et je boucle les courroies du sac.

Sur moi, j'ai maintenant mon pantalon noir, mon chandail noir, mon blouson noir et mes bottes de marche. Autour de la taille, ma ceinture et dedans ma fortune.

Passé à ma ceinture, remonté sous mon blouson, j'ai mon étui à cartes et mon poignard. Sous la fenêtre transparente : la carte du Népal, à l'est de Katmandou.

Je me jette péniblement le sac sur le dos. Dieu qu'il est lourd ! Je dis au revoir aux gars du dortoir, je passe dire au revoir aussi à l'Américain et au Français.

« *Good luck*, Charles, bonne chance », me disent-ils.

Inutile de leur raconter quoi que ce soit. Ils comprennent. Pour eux aussi, c'est un de plus qui disparaît, que la drogue a eu, voilà tout. Qui sait ? Ils sentent peut-être venir leur tour à eux aussi pour bientôt...

En bas, je paie ma stalle et je vais jusqu'au seuil.

C'est la nuit. Je l'ai attendue exprès. Finis les risques inutiles, maintenant. Plus vite j'aurai quitté Katmandou, mieux ce sera.

Je regarde ma montre. Il est près de minuit.

Je sors.

Les pavés claquent sous mes pas. Puis le bruit s'assourdit. J'ai pris une rue de terre.

Une meute de chiens surgit. Je les chasse à grands coups de pied hargneux. Ils s'enfuient en gémissant.

Je passe les dernières maisons. A la lueur de mon briquet, je regarde une dernière fois la carte des sorties de la ville. Je suis sur le bon chemin, la route des montagnes, vers le nord-est.

Et je repars, les pouces passés dans les courroies de mon sac à dos.

Minuit dix, le 7 septembre 1969.

J'ai vingt-neuf ans et demi, je pèse 48 kilos.

Je suis un junkie qui va se finir dans la montagne.

Je ne suis ni heureux, ni malheureux, ni anxieux ni tourmenté.

J'ai en moi la fatalité des Orientaux.

Je ne me donne pas plus de trois semaines à vivre.

QUATRIÈME PARTIE

LA MORT DE L'AMÉRICAIN

I

A un kilomètre de Katmandou, je suis déjà dans un autre monde : les premiers contreforts de la montagne, c'est l'univers des paysans, l'univers du danger, des rôdeurs, des voleurs. Plus on s'éloigne, plus on quitte la civilisation, plus les risques augmentent. Je le sais : si par aventure j'arrive jusqu'au Bhoutan ou au Sikkim, si je passe la frontière, je risquerai même alors tout simplement ma peau à chaque pas. C'est la guerre avec la Chine, là-bas. On tire à vue sur tout ce qui bouge.

Mais toutes ces sinistres perspectives, tous ces risques, sont le dernier de mes soucis. Je me moque complètement d'être attaqué ou pris dans la ligne de mire d'un soldat.

Car ce qui monte en moi, à présent, au fur et à mesure que j'avance lentement, c'est une sorte de bonheur sauvage.

Je marche péniblement, je suis obligé de m'arrêter de temps en temps pour souffler. Les muscles de mes jambes décharnées, déshabituées de tout effort, sont douloureux. Mais je n'en ai cure.

Je suis libre ! J'ai l'impression de m'être débarrassé de mille chaînes pesantes qui me retenaient. Je ne suis pas parti depuis deux heures que déjà tout est loin, très loin de moi. Katmandou, les hôtels, les boîtes, les restaurants, les gars, les filles, plus rien ni personne n'existe. Agathe, Agnès, Claudia, Barbara, Daniel, Michel, Guy, tout ce petit monde de combines et de lâcheté s'est évanoui.

Seuls, par moments, me reviennent les visages fugitifs d'Olivier, d'Anna-Lisa, de Christ et de Jocelyne, de Jocelyne surtout. Ceux qui ne m'ont pas trahi.

Mais aucun regret, aucune amertume. Même les amis ne sont plus que des souvenirs d'un temps révolu, ce qu'il y a eu de bien dans ces semaines de folie, à côté de ce qu'il y a eu de mal et de vilain. Rien de plus.

Quand l'aube arrive et que le soleil déchire la nuit, je m'assieds au bord du chemin. Je sors mon réchaud à alcool, je me fais du thé, je grignote quelques gâteaux, un fruit ou deux. Je me force, je n'ai pas faim.

Le besoin de méthédrine fourmille en moi.

Je me fais un shoot. Je m'allonge sur le dos, incapable de dormir.

Au bout d'une heure, un martèlement sourd me fait lever la tête. Ce sont les porteurs qui descendent de la montagne.

Ils passent devant moi, les hommes nus, sauf leur longhi passé entre les jambes et qui dégage les fesses. Les femmes tout en noir.

Quel que soit leur sexe, leurs charges sont aussi lourdes.

Je les regarde passer, la nuque tendue sous la traction de la courroie de cuir qui scie leur front, les deux mains en arrière, biceps noués, sous la hotte, pour en soulager le poids.

Ils avancent, distants de deux mètres l'un de l'autre, sautant de pierre en pierre au bord du ravin, sans jamais hésiter, sans jamais se tromper, le pied sûr comme s'ils étaient des chèvres.

Au passage, ils me jettent un coup d'œil, sans animosité, sans amitié non plus, indifférents.

Et je regarde leurs merveilleuses jambes de statues vivantes, musclées, fines, puissantes, élégantes et dont la sueur luit doucement dans les rayons obliques du soleil matinal.

Au bout de cinq minutes, ils ont disparu en contrebas vers Katmandou.

Je tourne mon regard vers la ville au-dessous de moi. Elle est là, très près, à quatre ou cinq kilomètres au plus.

C'est tout ce que j'ai parcouru dans la nuit...

Dans un sursaut de volonté, je me relève, je remets mon sac au dos. Je repars.

Et je marche. Pendant près d'une semaine, je marche, jour et nuit, à petits pas, lentement.

Bientôt, je prends mon rythme, le seul qui me permette d'avancer.

Je marche deux heures, je m'arrête une heure, et je repars. Deux heures de marche. Une heure d'arrêt.

Mes pieds, gelés par la méthédrine, me font beaucoup souffrir. J'avance péniblement, le souffle court, l'œil fixé devant moi, attentif aux pierres qu'il me faut gravir une à une.

Je suis dans des paysages sublimes : vallées encaissées, torrents qui roulent entre des arbres centenaires, et en toile de fond, les neiges éternelles de l'Himalaya.

Mais je ne vois rien. Je me fiche de la beauté du paysage. Le jour et la nuit n'ont plus d'importance pour moi, ni le froid ni la chaleur. Je dors un peu aux haltes, un quart d'heure, une demi-heure, rarement plus. Je me shoote, je grignote quelque chose et je repars.

De temps en temps, je m'arrête devant une ferme, ou une masure. Les chiens aboient à mes basques ; je vois arriver le paysan, soupçonneux, hostile. Je lui montre mon argent. Je lui fais signe que j'ai faim. Une fois sur deux, on me chasse, même à la vue de mes pièces.

Quand on me vend quelque chose, ce sont des aubergines, ou des pommes, ou des épis de maïs. Rien d'autre.

Une fois, une seule, je réussis à me faire vendre trois oeufs. Mais il a fallu un long conciliabule entre l'homme et la femme. Je vois que celle-ci insiste auprès de son mari. De toute évidence, elle a pitié de moi. Je m'en moque. Je prends les œufs, je dis merci et je repars.

Tout m'est égal, à présent, même un regard de pitié. Je marche, et je n'ai qu'une pensée en tête : « Charles, tu as loupé ta vie. La drogue t'a eu. Tu es un junkie comme celui que tu regardais avec tant de curiosité, sans comprendre, à Karachi, rappelle-toi. Tu es fini. Tu es un chat qui sent la mort et va mourir à l'écart. »

Au bout d'une semaine, je suis en pleine montagne.

Un matin, au détour du chemin, je débouche sur une vallée encaissée, verdoyante, pleine d'arbres.

Au fond, deux petites buttes et, construites dessus, une quinzaine de maisons.

Je décide d'essayer de faire halte dans ce village.

Je prends un sentier de chèvres et j'arrive enfin aux premières maisons.

Mais, c'est curieux, le chemin, arrivé au village, entre directement dans une maison ! Impossible d'aller dans celle d'à côté. Comme si seule la première maison avait droit à un chemin.

Je passe sous le porche, je débouche dans une cour, qui donne sur un autre porche et ainsi de suite.

Et j'avance, de cette manière, à travers cet étrange village où il n'y a ni rues ni places, où les maisons se touchent toutes et qu'il faut traverser une à une pour aller où l'on veut.

Ce que je désire, c'est faire étape ici, me reposer un peu. J'en ai besoin. Je suis encore trop près de Katmandou. Je veux tenir jusqu'à la vraie montagne.

Une idée m'est venue depuis hier. Je veux aller jusqu'aux neiges éternelles, maintenant. Je veux me faire mon dernier shoot en altitude, dans la neige, en plein Himalaya. Je dois coûte que coûte tenir jusque-là.

Apparemment, personne n'a jamais vu d'Européens dans ce village. Ou bien je suis effrayant, tout en noir, avec ma barbe, mon sac et mes lunettes noires sur les yeux.

Un à un, les villageois s'approchent. Ils sont bientôt une vingtaine à m'observer, sur leurs gardes.

Je fais un sourire, je pose mon sac à côté de moi. Je sors mon argent, je le montre et je fais signe que j'ai faim (ce n'est guère vrai !).

Pas de réaction. Ça ne va pas être facile. Je fais une nouvelle tentative, j'essaie d'expliquer en baragouinant les quelques mots de népalais que je connais, que je suis un voyageur qui visite les montagnes. Je viens de loin. Je suis un ami.

On me comprend, c'est certain. Mais on ne bouge pas.

Je décide d'abattre mon ultime carte. Je dénoue

les courroies de mon sac, j'en sors ma pharmacie, je l'étale devant moi, sur ma couverture.

Je montre les ampoules, les flacons, les seringues.

« Médecin, dis-je. Je suis médecin... Je soigne... Je guéris... »

Alors seulement ils se dégèlent. Ils s'approchent à quelques-uns, se penchent, touchent. Je les laisse faire en souriant. Je répète :

« Je soigne, je guéris. Médecin... »

Subitement, c'est une explosion de voix. Tout le monde parle et gesticule. Je sens que c'est gagné.

Du moins la première manche. Car on va sans doute m'amener des malades à présent. Pourvu que ce dont ils souffrent soit dans mes cordes !

Effectivement, arrive un pauvre bougre, un adolescent.

En le voyant, je respire. Bon, je vois ce qu'il a. Je peux faire quelque chose.

Pourtant ce n'est guère ragoûtant. Le type a des plaies purulentes plein une jambe, avec des mouches grouillant dans la chair à vif.

Ses ses plaies, il a, qui se craquèle et se détache par endroits, une croûte brune, graisseuse. C'est une pâte faite sans doute avec des herbes et de l'argile et qu'on lui a pommadée partout.

Souvent j'en verrai d'autres comme lui, avec les mêmes plaies infectées : allant jambes nues, les porteurs se griffent et se blessent souvent et je me demande si ce n'est pas leur infernale pommade qui déclenche l'infection sur des égratignures qui devraient tout de même guérir plus souvent que cela.

Autour de moi, ils sont maintenant une bonne cinquantaine à m'observer. On me surveille, on m'a à l'œil. Mais on commence à me sourire. Les hommes du moins, car les femmes me regardent avec un air de méfiance, pas sympathique du tout.

La première chose à faire, c'est de nettoyer toute cette croûte. Entreprise qui dégoûterait sans doute bien des gens, moi pas. Je me suis toujours dit que j'aurais pu être médecin. J'aime soulager les douleurs d'autrui. Et quand on se penche sur un malade avec ce sentiment-là, rien n'est dégoûtant.

Ce n'est quand même pas joli à voir. Le type a tout l'intérieur du mollet, sur une surface large comme la main, complètement rongé. En outre, l'infection a gagné l'intérieur par points, autour de la plaie centrale.

Si je le gratte à vif, il va hurler comme un damné. Les femmes qui me guettent vont ameuter tout le village et je serai chassé.

Aussi je décide de faire au type une piqûre de calmant. Mais comme je crains que la vue de la seringue et de la piqûre elle-même ne provoque l'affolement général, je préfère leur montrer, sur moi, qu'une piqûre ce n'est rien.

Si je m'en fais une, ils auront confiance.

Justement, je me sens venir le besoin d'un shoot. Je casse une ampoule de méthédrine — tout à fait semblable à celle du calmant — je vide le liquide dans la seringue et par gestes, je leur fais comprendre que je vais piquer le malade, mais qu'avant je vais me piquer moi pour qu'ils aient confiance.

Silence général — visages fermés — yeux rivés sur moi.

En réalité, le shoot que je me prépare ne risque absolument pas de me faire perdre les pédales pour la suite des opérations. Je n'ai plus maintenant que de tout petits flashes et après, c'est plutôt sous effet de méthédrine que je suis moi-même...

J'enfonce donc l'aiguille, à une veine de mon cou

de pied (je ne veux pas qu'ils voient mes bras couverts de marques) et je m'injecte ma dose.

Petit éblouissement, vite passé. Je reprends mes esprits.

Je prends une autre seringue, y verse le calmant, la montre à tout le monde et j'explique, plus par gestes que par mots, que je vais piquer le malade, comme je viens de me piquer moi.

Sourires sur tous les visages. On a compris.

Je pique donc mon type tranquillement.

Quand j'estime que le calmant a commencé à faire son effet, je demande à deux gaillards de tenir quand même la jambe du malade. On ne sait jamais, il peut bouger.

Entre-temps, j'ai aussi demandé qu'on me fasse chauffer de l'eau.

J'y trempe mon coton et je me mets à frotter délicatement la croûte de pommade népalaise. Le type bouge un peu, mais pas trop. Ça va, je peux y aller. Je mets bien dix minutes à nettoyer le tout.

Quand c'est propre, je badigeonne la plaie de mercurochrome, je la saupoudre de sulfamide, je pose une gaze sur le tout, retenue par du sparadrap.

Et je termine la séance par une piqûre de pénicilline dans la fesse.

Après, eh bien, je fais signe que j'ai faim et que je voudrais dormir.

On me sourit et on me conduit dans un réduit sombre d'où jaillissent trois poules en caquetant quand j'y pénètre. On me montre une litière de paille dans un coin.

Ça va, je n'ai besoin de rien d'autre. Je jette mon sac sur la paille et je m'assieds.

Le type qui m'a conduit n'a pas bougé. Il attend. Je comprends vite quoi. Je sors de ma poche une pièce de 5 pesas et je les lui donne. Il les prend, sourit, me fait le geste de manger, d'un air interro-gatif.

Oui, qu'il m'apporte quelque chose.

Il revient avec un bol rempli d'aubergines cuites à l'eau, fortement pimentées, et une tasse de thé infâme. Il pose le tout devant moi et me tend la main encore une fois.

Je lui redonne 5 pesas. Et il part content.

Les vaches ! Est-ce que je leur ai fait payer mes médicaments et mes honoraires, moi ?

Le lendemain, c'est un gosse qu'on m'amène, les yeux infectés de pus. Que puis-je y faire de vraiment sérieux ? Je lui lave les yeux à l'eau bouillie, je lui fais une piqûre de pénicilline. Je dis qu'on me le ramène le soir. Quand il revient, j'ai une inspira-tion : je dissous de la poudre de sulfamide dans de l'eau et je lui en fais des bains d'œil. Je renouvelle le traitement matin et soir, trois jours durant.

Il guérit !

Comme le type à la jambe pourrie, d'ailleurs, je l'avoue non sans fierté. A lui aussi, j'ai fait des applications quotidiennes de sulfamide et des piqû-res de pénicilline.

Quand je m'en vais, le quatrième jour, un peu reposé, je suis entouré comme un roi jusqu'à la sortie du village.

Et je reprends mon chemin, avançant à petits pas, dans un perpétuel vertige, regardant de temps à autre les neiges éternelles, loin devant moi vers le nord.

Les vallées succèdent aux montagnes. J'escalade, je redescends, j'escalade, je redescends. J'ai l'im-pression de m'enfoncer inexorablement dans un enfer de solitude et de douleur. Mes pieds me font de plus en plus mal. Ils commencent à saigner dans mes chaussures. Quand j'ai trop mal, je m'arrête et je me shoote. La drogue ne me sert plus que de calmant et de soutien. Si je cesse d'en prendre, je transpire à force d'avoir mal partout, aux pieds d'abord, mais aussi dans tout le corps et surtout dans les muscles endoloris de mes jambes et de mon dos, sur lequel mon sac, pourtant léger, tire sans cesse.

Mes pensées s'estompent, se rabougrissent peu à peu. Je n'ai plus que de vagues souvenirs d'autrefois. Mon enfance et mon adolescence sont si loin... Ma jeunesse aventureuse, mes cambriolages, mes prisons, que tout cela est ancien, dilué dans le temps, effacé comme une aquarelle que la pluie aurait longuement délavée...

Parfois, c'est le contraire qui se passe. Des scènes me reviennent avec une netteté éblouissante. Je les ressasse pendant des heures, plusieurs fois, comme on remet un disque. Ainsi, je revis toute une journée, vingt fois de suite, par les plus menus détails, un naufrage auquel j'ai échappé par miracle, il y a cinq ou six ans, sur la Côte d'Azur, en yacht.

Le bateau, jeté par le mistral à la côte, démâté — nous n'avions pas de moteur — s'était brisé sur les rochers et je m'étais retrouvé dans l'eau, soulevé par les vagues, projeté sur un rocher où je m'étais agrippé mais d'où les vagues, furieusement, revenaient m'arracher.

A la fin, ayant réussi à me mettre debout sur le rocher, sous une petite falaise, je m'étais accroché à celle-ci, m'arrachant à moitié les ongles, essayant de grimper avec la force du désespoir. Et les vagues revenaient, me cognaient la tête contre la pierre, me tiraient en arrière pour revenir cogner et ainsi de suite.

J'allais lâcher, c'était certain, et mourir là, fracassé.

Alors, dans un dernier sursaut, guettant du coin de l'œil le retour de la vague en arrière, j'avais fait un bond gigantesque et j'avais réussi à m'agripper à une racine, au-dessus de moi.

La vague, revenant en grondant, avait essayé de m'envelopper les jambes, de m'aspirer. La succion avait été formidable, mais j'avais tenu bon et, centimètre par centimètre, en ahanant, j'avais réussi à me hisser à la force du poignet le long de la racine et à gagner le haut de la falaise où je m'étais effondré, à demi évanoui, la tête dans la terre et les pierres qui sentaient bon la vie retrouvée.

Tandis que je marche et que je revis, seconde par seconde, mon naufrage, je serre les dents. Tout est pareil. La fatigue, l'épuisement me tirent les jambes impitoyablement, et je lutte pour avancer, pour monter. Je m'agrippe du regard aux neiges de l'Himalaya, là-haut. Pas à pas, je m'en rapproche.

Non, je ne lâcherai pas !

J'arriverai là-haut ! Je m'affalerai dans le creux d'une moraine, à la limite des derniers herbages, dans la première plaque de neige, et je gorgerai ma seringue de poison, une fois, deux fois, autant de fois qu'il le faudra pour échapper à tout jamais au grondement furieux de cette vie déchaînée et démontée que je ne veux pas quitter avant d'en avoir vaincu les dernières tempêtes.

Huit jours encore, je marche, volant des pommes, cueillant du maïs ou des aubergines.

Un soir, avisant une bergerie abandonnée, je m'y dirige. En approchant, je vois de la fumée s'échapper d'un trou dans le toit. C'est curieux, car je n'entends aucun bêlement de chèvres, je ne vois aucun buffalo. Ce n'est donc pas un berger.

J'entre.

Deux visages hirsutes s'éclairent dans la lumière du soleil couchant qui pénètre dans la bergerie.

Ce sont deux Blancs. Ils m'observent de leurs yeux fiévreux, enfoncés dans leurs orbites.

Ils se chauffent autour d'un feu de bois, au milieu de la pièce. Ils sont pieds nus et leurs pieds, comme les miens, sont bleus.

Ils me font signe d'entrer. Je m'assieds à côté d'eux, j'ôte mes chaussures, je tends mes pieds douloureux à la flamme. C'est bon. Je suis mieux. Je souris.

Je ne les ai jamais vus à Katmandou. Et même si je les ai vus, je peux très bien ne pas les reconnaître. Ils ont l'air de vrais hommes des bois dans leurs haillons. L'un d'eux a une peau de chèvre sur le dos, si mal tannée qu'on y voit des restes de chair. Il a dû abattre la bête et la dépecer lui-même.

Nous ne parlons pas, nous ne nous posons aucune question. A quoi bon ? Nous savons exactement les uns et les autres ce que nous sommes.

Ils m'offrent du thé. Je soigne un furoncle que l'un d'eux a au pli du coude et qui enfle son bras démesurément. Je lui laisse des sulfamides et de la pénicilline. Il saura bien se piquer tout seul, ou son compagnon le fera.

Quand je repars, je ne sais même pas leur nom, ni où ils vont ni leur nationalité.

Les quelques mots que nous avons échangés, nous les avons prononcés en anglais. Ils le parlaient mal. Je crois que c'étaient des Suédois ou des Danois, mais je n'en sais rien, et je m'en fiche. Ils ont leur route, j'ai la mienne, nous nous sommes croisés, c'est tout. Pas de quoi en faire des palabres.

Quelques jours plus tard, je vois un autre village, plus gros celui-là que le précédent. De loin, il est étrange. Tout autour, je remarque, parsemés dans l'herbe de la colline, des points rouges vifs.

Un instant, je crois avoir des hallucinations. Mais non, plus j'approche et plus les points rouges grossissent. Ils se font taches.

Bientôt je vois mieux : des dizaines de linges blancs sont posés dans l'herbe et sur chacun il y a un amas de points rouges.

J'arrive à côté d'un des linges. Ce sont des piments qui sèchent dessus au soleil.

Je gagne le village et j'ai une belle surprise.

A peine suis-je entré que je suis entouré. Les habitants poussent des cris. Des gens surgissent aux fenêtres et battent à leur tour le rappel.

J'ai vite l'explication de cet accueil à pein croyable. Un des villageois parle un peu l'anglais, il a vécu un an à Katmandou.

Une espèce de téléphone arabe a fonctionné dans la montagne depuis que j'ai soigné et guéri le type et le gosse du premier village. Tout le monde sait, à des dizaines de kilomètres à la ronde, qu'un grand étranger barbu, vêtu de noir et qui n'a qu'un œil, soigne les malades et les guérit !

Avec déférence, on me prend par le bras, on me conduit dans un logement.

C'est une bergerie, remplie de moutons et de chèvres.

On m'y met de la paille propre qu'on recouvre d'une natte en osier, on me fait signe que c'est là que je dois m'installer...

... Et on me tend la main !

Avec un soupir, je sors mes 5 pesas habituelles et elles disparaissent dans une ceinture.

L'étable où je suis, fait partie d'une maison très basse qui a, en façade, un vague tea-shop tenu par une femme. Elle vend quelques denrées de première nécessité : du thé, des cigarettes, du sucre, du sel, du piment et, bizarrement, de la moutarde. C'est tout.

Je reste là une dizaine de jours, sans bouger, sans jamais sortir.

Chaque jour, c'est le défilé.

Je soigne au moins cinq ou six malades par jour.

Et jamais aucun d'entre eux ne me fait cadeau de quoi que ce soit.

Mais je ne leur en veux même pas. Rendre service me suffit. Je ne le fais pas pour être remercié ou payé.

Un jour, tout de même, j'hésite. On vient de m'amener un type d'une trentaine d'années qui a l'oreille droite, la joue et toute la base du cou, de ce côté-là, atrocement enflées. Dessus, un morceau de chiffon d'où bave l'éternelle mixture pourrie.

J'enlève le « pansement » et je recule.

C'est très laid. Le type a un abcès purulent à l'intérieur de l'oreille. Et l'abcès déborde sous le lobe, entre la mâchoire et la boîte crânienne. Il y a là une boule énorme marron avec des taches blanchâtres, certaines éclatées, d'où suinte du pus.

A peine je le touche que le type se cabre et gémit.

Il est dans un état dramatique.

Je ne me sens pas capable de le soigner. C'est trop risqué. Il peut me mourir dans les bras pendant que j'opère. Non, je n'ai jamais fait ça. Ce n'est pas possible.

Je l'explique à mon interprète. Il prend l'air catastrophé. Les autres autour de lui (toute la famille du malade est dans la bergerie, des bougies à la main) regardent, muets.

« Sahib, me dit l'interprète, il faut que tu le soignes.

— Mais je te dis que je ne peux pas, je ne suis pas chirurgien. Je n'ai pas ce qu'il faut. »

394

Il insiste :

« Soigne-le... Tu dois le soigner. »

Il se penche vers moi, parlant à voix basse comme si les autres pouvaient le comprendre.

« Si tu ne le soignes pas, ils vont te tuer. »

Je blêmis. D'accord, je veux en finir, mais pas comme ça, saigné dans le noir, dans un trou plein de fumier, non ! Ma mort, je veux qu'elle soit celle que j'ai choisie : en plein soleil, dans la neige, avec les cimes de l'Himalaya devant moi et une dernière orgie formidable de drogue.

J'insiste :

« Dis-leur, toi qui es allé en ville, qui sait mieux. Dis-leur qu'ils sont fous, qu'il y a des limites à ce qu'un homme peut faire. »

Son regard se fait mauvais. Il serre les dents. Il grince.

« Etranger, soigne-le, je te dis. »

Bon, j'ai compris. Je n'ai pas le choix, il faut que j'y passe. En cas de malheur, celui-là au fond, avec son long couteau recourbé dans la ceinture, sera le premier à me frapper.

J'étale donc devant moi ma trousse à pharmacie. Et je commence, toujours pour les mettre en confiance, à me faire mon shoot.

Cette fois, il est vital. J'en ai sacrément besoin pour être le plus possible lucide.

Je commence par la traditionnelle piqûre de pénicilline. Puis je donne au malade un paquet de somnifère.

Au fur et à mesure, j'explique à mon interprète ce que je fais, et il traduit. Les autres hochent la tête à chaque phrase.

Le type est bientôt K.O., presque endormi. Je demande quand même que trois villageois viennent le tenir. Aussi violente soit la dose de somnifère, elle ne remplacera pas la véritable anesthésie dont il aurait besoin.

L'interprète traduit mes phrases : ce que j'ai donné, c'est pour qu'il souffre moins, mais il va quand même crier, très fort, et bouger. Alors, il faut le tenir.

On a compris, on maintient mon bonhomme, la tête sur le côté gauche, calée entre deux pierres.

J'affûte mon couteau le mieux possible, je le passe à la flamme, puis à l'alcool.

Je coupe les cheveux autour de l'oreille, je nettoie à l'alcool, j'inonde de mercurochrome.

Tout est prêt pour l'incision. Je fais signe qu'on le tienne bien. Si j'étais croyant, je ferais bien un signe de croix. Je me contente de penser : pourvu que ça marche !...

Et j'attaque l'abcès.

Pas par-dedans, j'ai trop peur que tout coule dans l'oreille même.

Je tranche, d'un bon coup sec, à vif dans l'abcès derrière l'oreille.

Le type se réveille en hurlant. Il se débat tellement que les trois acolytes qui le maintiennent ne suffisent pas. Deux autres costauds doivent venir. Le malheureux est trempé de sueur, il est agité de tremblements.

Je donne un deuxième coup de couteau, en croix par rapport au premier. Hurlement.

Le pus jaillit, verdâtre, épais, plein de filaments. L'odeur est épouvantable. Je presse autour de l'abcès, le pus gicle toujours. La poche doit être énorme et aller très profond dans la tête, sous le crâne. Le pus n'en finit pas de couler. J'en sors un bon verre.

Et ça coule toujours. Sans aucun doute, il y a un réseau de poches annexes, branchées sur la principale. Il faut les crever elles aussi.

396

Seulement, le type tiendra-t-il le coup ? Ne va-t-il pas avoir une syncope et claquer là ? Ah ! si je disposais d'un toni-cardiaque !

Mais je n'ai pas le choix. Quinze paires d'yeux me guettent, attentives, hostiles. Le type est jeune, il doit avoir le cœur solide. C'est une chance. Je prends donc une allumette, je l'entoure de coton à une extrémité, je l'enfonce dans la poche et je tourne, je creuse, je fouille. Je sens les membranes des poches annexes qui craquent, une à une. Et ça dégorge, sans cesse.

Le type ne bouge plus. Il halète très vite. Il est agité de tremblements sporadiques. Pourvu qu'il tienne !

Pourvu que je tienne moi aussi ! Je transpire, la tête me tourne, j'ai des éblouissements.

Surtout que ça ne va pas. Je me rends compte qu'il y a encore une grosse poche que je ne peux pas atteindre, très profond, du côté de l'oreille interne.

Et ça, c'est grave. Parce que j'ai tout de même assez de connaissances en anatomie pour le savoir : c'est là que se trouve le labyrinthe, avec les organes de l'équilibration. Si je coupe là-dedans, je risque d'atteindre un endroit vital — et même le cerveau, si proche — le type ne sera plus qu'une loque incapable de se tenir debout et même de s'asseoir.

Et alors, moi, mon compte est bon.

Pourtant, il faut que j'incise. Je bourre d'un tampon de coton les poches que j'ai déjà crevées. J'aiguise encore mon couteau, j'enfonce la pointe dans l'oreille, directement. Je pousse.

Le type fait un bond de cinquante centimètres. Heureusement, on lui a bien tenu la tête qui, elle, n'a pas bougé.

Ouf ! ça a marché ! Le pus jaillit.

Mais ce coup-ci, le type, lui est dans les pommes.

J'en profite pour faire sortir le maximum de pus pendant qu'il ne souffre plus.

Malheur ! Tout à coup, du sang jaillit. Une vraie hémorragie.

Ça, c'est la guigne ! Il ne va tout de même pas se saigner là comme un bœuf alors que j'ai presque fini ! Je bourre fébrilement de coton, j'en enfonce des quantités énormes. Le coton rougit. J'en enfonce d'autre... Et ça finit par s'arrêter de couler.

Prudemment, je ressors mes cotons, après avoir attendu dix minutes. Ça ne coule plus ! Je projette dans les poches un flot de sulfamides, que je couvre de coton, je mets une gaze trempée de désinfectant par-dessus. Je fais un bandage, puis une dernière piqûre de sédatif.

Ses amis emportent le corps. Je reste seul, je m'allonge et pour la première fois depuis longtemps, je dors.

Quand je me réveille, il fait nuit. Je me fais un shoot. Je me lève pour sortir.

Mon interprète est là avec deux acolytes qui me barrent la route.

Ils veulent bien me donner à manger, mais pas question que je sorte.

« Tu ne dois pas partir avant qu'il soit guéri », me dit l'interprète.

Je serre les poings. Je rentre. On m'apporte l'éternel épi de maïs bouilli et le bol de courgettes épicées avec un verre de thé. On tend la main. Je paie et je mange en me répétant que je suis vraiment dans un pays de salauds.

Le lendemain matin, on me ramène le type.

Ouf ! il va nettement mieux.

Je change ses pansements, je renouvelle les sulfamides, la pénicilline et les calmants.

Si des médecins me lisent, je vais peut-être les

faire crier au mensonge et pourtant, je jure que c'est la stricte vérité : cinq jours plus tard, le bonhomme est sur pieds.

Alors seulement, on me laisse sortir de ma tanière et je peux reprendre ma route.

Un vrai cortège m'accompagne pendant cinq cents mètres et j'ai quand même une petite satisfaction.

Au moment de nous séparer, mon interprète sort un paquet de sous sa veste et me le tend.

C'est un poulet. Tout cuit.

J'apprécie. Un poulet dans des villages aussi miséreux, c'est quelque chose...

II

LE soir, sous un arbre, quand je mords dans le poulet, je pousse un juron. Il est tellement épicé que la viande me brûle la gorge. Je le fais bouillir, découpé en morceaux, dans ma petite casserole. Là, il est à peu près mangeable. Mais je dois quand même boire deux litres de thé pour étancher la soif qu'il a provoquée.

Maintenant, je suis très haut, près de 2 500 mètres. L'altitude ajoute à mon épuisement. Je me traîne littéralement. Je ne peux presque plus manger.

Je ne marche que parce que la neige immaculée me tire vers elle comme un aimant. Mes pieds vont de plus en plus mal. Je suis devenu un vrai squelette.

A chaque arrêt, je dois me shooter. J'ai remarqué que·ce qui me soutient le plus, c'est l'opium. Alors, je me cache à l'écart du chemin, derrière des broussailles, j'allume un feu de bois (je n'ai plus guère d'alcool). Je fais cuire l'opium dans une cuiller, je le dilue, je le laisse refroidir, je le mets dans la seringue et je me pique.

Si je me cache, c'est parce que, dans cette région,

il y a un défilé continuel de porteurs sur la route. Et ça me gênerait qu'ils me voient.

Eux ne sont pas hostiles, contrairement aux paysans. Comme tous les pauvres bougres du monde, ils sont liants, sympathiques. Souvent nous parlons à l'arrêt, par gestes, quand ils se reposent un instant avant de repartir. Ils se confient.

Ils font parfois 30 à 40 kilomètres et même plus par jour avec leur hotte ou des piles de bois sur le dos.

Ils ne gagnent que l'équivalent de 40 à 50 centimes par jour.

Le plus souvent, quand ils s'arrêtent, ils n'enlèvent même pas leur charge. Elle serait trop pénible à remettre. Ils s'asseyent, ils la calent sur une pierre et soufflent un peu.

Ils me font pitié. Ils sont ce que j'ai vu de plus misérable. Mais une misère qui reste belle. Ces statues vivantes aux yeux bridés me bouleversent.

Un jour, dans un tea-shop où je bois un verre de thé à côté de plusieurs d'entre eux (les tea-shops de la montagne sont un peu pour ces transporteurs, toutes proportions gardées, ce que sont les « routiers » pour les camionneurs chez nous) j'ai une preuve poignante de leur pauvreté.

C'est la première fois que j'entre dans un tea-shop de la montagne.

Deux porteurs arrivent juste comme je viens d'avoir mon verre de thé.

Le premier commande un verre de thé. Le deuxième, rien.

Et je vois ceci : le premier porteur boit la moitié du verre et le tend à l'autre qui le finit.

Puis ils repartent.

Ils n'ont même pas de quoi se payer un verre

chacun ! Et cependant le verre de thé ne coûte que 10 pesas, soit 4 centimes...

Ils ne sont pas l'exception. La plupart en font autant. Un demi-verre par porteur, c'est tout.

Moi, ça me bouleverse tellement qu'un jour, dans un tea-shop où ils sont une dizaine à côté de moi, je sors mon paquet de cigarettes pour leur en offrir.

Je tends le paquet au premier.

Ahuri, il hésite, se met à rire, se décide enfin et en prend une.

J'en offre une au second. Il refuse. Rien à faire.

Je passe au troisième. Il refuse aussi.

Le quatrième prend une cigarette, et un autre encore. C'est tout. Les autres ne veulent pas.

Alors, cette scène incroyable.

Tandis que le premier porteur allume sa cigarette, les deux autres rangent la leur sur eux.

Le premier tire une bouffée, passe la cigarette au second, qui tire une bouffée et la passe au troisième et arrive de suite jusqu'au dixième.

Puis la cigarette repart pour un deuxième tour. Au dixième, elle n'est plus qu'un mégot qui brûle les doigts. Elle est finie.

Chaque porteur n'a eu droit qu'à deux bouffées en tout.

Ils repartent, se confondant en remerciements, gardant les autres cigarettes pour les étapes suivantes.

Parfois, sur la route, je croise des palanquins portés par quatre hommes.

Dessus, de gros poussahs richement vêtus, transpirant comme leurs porteurs, mais pas pour la même raison.

Les équipages avancent en trottinant au bord du précipice — les vallées sont de plus en plus escarpées — ; je vois les pieds des porteurs aller vivement d'une pierre à l'autre sans jamais trébucher, sans que le palanquin bouge. Comment ne jettent-ils pas dans le torrent, d'un coup d'épaule, le salaud qui les exploite ?...

Parfois, à peine croisé un palanquin, je reviens en arrière et je glisse une cigarette ou deux dans la ceinture des porteurs d'arrière, veillant à ne pas être vu du poussah. Les types me remercient d'un sourire, en silence, par-dessus l'épaule, et disparaissent dans le tournant.

Pourquoi donc essaierais-je de continuer à vivre dans un monde où tant de cruauté est permise ? Ce genre de pensée me soutient, me donne la force d'avancer encore, chaque jour un peu plus.

J'ai pourtant atteint un degré d'épuisement terrible. Je suis presque tout le temps secoué de frissons. Je n'arrive pas toujours à mettre un pied devant l'autre.

Car, en outre, mes pieds sont dans un état effroyable, gonflés et gelés par la méthédrine que je prends toujours en même temps que l'opium. Leur peau a éclaté par endroits et le frottement du cuir de mes bottes les a mis en sang.

Un matin, ayant dormi deux heures d'affilée tellement j'étais à bout, je n'arrive même pas à me lever de mon sac de couchage et je dois me traîner jusqu'à mes affaires pour y prendre de la méthédrine et me faire le shoot qui me remontera.

J'essaie de remettre mes bottes. Mes pieds ne veulent pas y entrer. Ils sont violets, doublés de volume et couverts de croûtes sanguinolentes.

Je me rappelle un film vu autrefois dans une cinémathèque.

C'était l'histoire d'un soldat prisonnier quelque part du côté du Tibet. Il s'évade, traversant l'Himalaya à pied. Très vite ses chaussures tombent en morceaux. Alors, il s'enveloppe les pieds de chiffons, il se fabrique ce que le commentateur du film appelle des chaussettes russes, et il reprend sa route.

J'en fais autant, je déchire ma couverture, je m'enroule les lambeaux autour de mes pieds et je repars, mes bottes dans mon sac.

Je marche bien mieux, je suis bien plus léger. Et mes pieds se réchauffent. Je ne veux plus remettre mes bottes.

III

Toute cette époque s'est passée dans un tel nuage d'inconscience et de délire qu'aujourd'hui, je ne sais plus si c'est avant d'adopter les chaussettes russes ou après que je suis arrivé dans le village où un homme, un Américain, un autre junkie, est mort dans mes bras.

Tout ce que je me rappelle, c'est que le village est tout petit et qu'il fait beau quand j'y arrive.

Mais je revois parfaitement le local qu'on me donne quand j'arrive.

Encore une fois, c'est une bergerie. La plus sale que j'aie connue. Il n'y a même pas de séparation entre les moutons et mon tas de paille.

Je mets directement mon sac de couchage sur la paille et la fougère qui couvrent le sol. L'étable ne doit jamais être nettoyée. Au-dessous de moi, c'est une sorte d'humus puant les excréments et l'urine, vingt centimètres de vrai fumier.

Des nuages de mouches vrombissent, des rats et des souris se promènent. Les moutons viennent poser leur museau sur moi, me poussent doucement en bêlant et repartent dans leur coin.

Vu de l'Occident, cela doit sembler ahurissant

qu'on puisse coucher là-dessus, sur un vrai tas de fumier, comme Job de la Bible.

Mais moi, là-bas, dans ce village perdu de l'Himalaya, je n'ai même pas un haut-le-cœur. Je suis habitué. Et la drogue me met dans une telle mentalité d'indifférence générale que je m'allonge là, sur le fumier, tranquille, avec le soulagement d'un marcheur, qui après avoir fait trente kilomètres dans sa journée, se glisse heureux dans ses bons draps frais le soir à l'étape.

Au bout d'un moment, des gosses montrent leur frimousse à la porte de l'étable.

Je suis en train de me shooter.

Ils me regardent faire et se mettent à parler, volubiles. Je ne comprends rien, évidemment. Ils s'expriment alors par gestes. Et je finis par comprendre.

En haut du village, dans une autre maison, il y a un autre homme blanc, comme moi, qui se pique lui aussi les bras et qui est tout le temps allongé. Il est très maigre, il a les cheveux longs, il ne bouge jamais.

Ce doit être un autre junkie, comme ceux que j'ai déjà rencontrés, plus bas. Mais, si loin de Katmandou, si haut et profond dans la montagne, cela m'intrigue. Je me lève et je suis les gosses.

Je n'ai jamais rien vu d'aussi terrible et poignant que ce qui m'attend en haut du village.

La maison est toute petite. Très jolie, contrairement à celles qui l'entourent. Elle est même coquette. Les murs de pisé ne sont pas ventrus mais droits. Les proportions sont belles, le chaume du toit, qui descend très bas, est propre, et lui donne un peu des airs de chaumière normande. Aux petites fenêtres en bois sculpté, ce qui est très rare en montagne, il y a des fleurs. Devant la maison, un pré d'herbes folles. Derrière, des arbres fruitiers. C'est une maison dont on s'attendrait presque à voir sortir une maman, heureuse, jolie, avec des enfants joufflus à la main, envoyant des baisers à son mari qui rentre du travail.

Une maison qui donne des idées de calme et de paix.

Une maison où l'on voudrait se retirer pour finir ses jours, loin des bruits du monde, vieillir doucement dans un bonheur frugal et sans histoires...

Les gosses me conduisent jusqu'à une porte à deux battants. J'entre. A droite un mur. A gauche, une barrière de bois à mi-hauteur avec les moutons et les chèvres sur leur litière de paille.

Au fond, un escalier en bois qui monte au premier étage.

Le mur de droite s'arrête au milieu et repart à angle droit, isolant une pièce indépendante sur la droite.

Dans la pénombre, un peu à tâtons, je suis ce mur, j'arrive au bout et là, à droite de l'escalier, dans un recoin d'une dizaine de mètres carrés éclairé par une petite lucarne, d'où le soleil plonge à pleins flots à l'intérieur, je vois, sur le sol de terre battue, un tableau stupéfiant.

Sur une natte, sortant d'une couverture en plein dans le rayon de soleil, il y a, brutalement éclairés, deux pieds.

Ils sont couverts de traînées de crasse, mais entre elles, la peau est très blanche.

Les pieds sont presque squelettiques.

Ils sont exactement dans le carré de lumière venant de la lucarne que je ne vois pas encore, elle.

La peau colle aux os des doigts.

Je peux suivre du regard le tracé, depuis le cou de

pied, de chacun des os et de chacune des jointures des doigts, les tendons, les veines...

Les deux pieds sont immobiles, abandonnés.

Ils sont très beaux, très purs.

J'avance encore et au-dessus je commence à distinguer la silhouette générale du corps qui est, lui, dans la pénombre.

Ce que j'ai pris pour une couverture est en fait un grand sari blanc, presque propre.

Il dessine l'extraordinaire maigreur du corps. Je me rappelle que je vois les genoux qui pointent sous le tissu et qu'après, à la place où il devrait y avoir le renflement des muscles, le tissu retombe, le long d'une cuisse qui n'est guère plus grosse qu'un pied de table. Plus haut, le ventre fait un trou sombre avec, comme deux anses, les os des hanches.

Sur cette espèce de suaire (c'est la comparaison qui me vient automatiquement à l'esprit) les mains sont croisées; les poignets, dont on voit nettement les deux os, radius et cubitus, avec une ombre en creux entre eux deux, sortant des manches amples de la chemise.

Les mains me font penser à celles de ces gisants des tombeaux d'église, si décharnées qu'elles ne sont plus qu'un squelette dans une enveloppe de peau, sans plus la moindre parcelle de chair.

Enfin, je vois le visage...

Dans le monde des hippies où l'on porte cheveux longs et barbe jamais taillée, bien des garçons, quand il sont blonds et maigres, sont surnommés : Jésus.

Celui qui est devant moi est le seul qui ait le droit de pouvoir être comparé à Jésus.

J'en reste figé de saisissement tant la ressemblance est extraordinaire avec les portraits du Christ.

410

Non seulement, comme lui, il a les cheveux blonds et bouclés, descendant jusqu'aux épaules, la barbe longue et bouclée elle aussi, les traits fins et réguliers, la bouche très belle, le nez droit, les yeux en amande, très allongés, mais il a l'expression même du Christ.

Aussi maigre soit-il, aussi creusées que soient ses orbites et ses joues, une impression d'infinie douceur se dégage de ses traits.

Il a l'air très intelligent, très bon. Il est paisible.

Il a l'air habité par une sorte de feu qui couve, à la fois puissant et doux.

Il a l'air très jeune, vingt ans, vingt-trois ou vingt-cinq au plus. Il est allongé comme un Christ descendu de la croix, à qui on a joint les mains sur la poitrine et qui gît les yeux clos, la tête rejetée en arrière, immense sous son suaire.

Il est très grand, sûrement plus que moi, mais allongé là, de tout son long, il semble n'en plus finir. Et plus j'approche de lui, plus il me donne l'impression de s'étirer.

Un instant, tant il est figé comme un gisant, je crois qu'il est mort.

Mais sa poitrine se soulève à faibles inspirations lentes.

J'arrive à côté de lui. Je me penche.

Tout à coup je vois son visage se contracter. Il serre les dents, très fort. Cela dure quelques dizaines de secondes puis son visage s'apaise, se détend, retrouve son immobilité de statue.

A côté de lui, que je n'avais pas encore remarqués, je vois au fond de la pièce trois femmes et deux hommes qui discutent à voix basse. De lui certainement.

A gauche du gisant, un petit sac népalais presque vide. Et, éparpillé partout, l'attirail du parfait junkie : des aiguilles, des seringues de plusieurs tailles, de plusieurs formes, des petites bouteilles, des sachets. Quelques reliefs de nourriture : débris de galettes et de gâteaux. Un réchaud, des cigarettes. Une boîte à haschisch renversée, ouverte avec sa petite glace sous le couvercle.

Je m'assieds et je pose la main sur son épaule.

Il me sent, il entrouve tout doucement ses paupières, très lentement, au ralenti. Il regarde mon visage penché tout près du sien.

Et je vois dans ses yeux une fugitive lueur de plaisir, de contentement. Ça a l'air de lui faire énormément plaisir de voir un Blanc, un type de sa race.

D'après ce que me diront plus tard les Népalais, cela fait des semaines et des semaines qu'il est là, tout seul.

Il rouvre les yeux, il me regarde encore. Il me sourit.

Je lui demande, en français :

« Comment vas-tu ? »

Il ne répond pas, il referme doucement ses yeux.

Il a seulement un geste, un geste qui me remue jusqu'au ventre.

J'ai dit qu'il a les mains croisées sur la poitrine. Il retourne donc un bras, très lentement, et m'en montre le creux.

En voyant la saignée du coude, j'ai du mal à réprimer un mouvement de recul.

Je n'ai jamais vu ça.

Du poignet jusqu'à l'épaule, il y a une croûte de sang ininterrompue, épaisse, noirâtre, prise dans les poils du bras.

Si je ne savais pas que ce sont les shoots qui ont provoqué ça, je croirais que son bras est entièrement gangréné.

412

Il a dû se shooter des milliers de fois.

Il garde le bras tendu, sans bouger, les yeux fermés. Incapable de parler, je reste là de longues minutes à regarder, à la fois fasciné et épouvanté.

Pourquoi me montre-t-il ça ? Je devine peu à peu. Sans doute, incapable de parler tant il est faible, il veut me faire comprendre dans quel état il est.

Mais je réagis. Il faut que je nettoie ça. J'envoie les deux gosses chercher mon sac, chez moi, et, quand ils me le rapportent, j'en sors ma trousse à pharmacie.

Il a rouvert les yeux. Il voit ce que je fais. Il rétracte son bras et le remet sur sa poitrine. Il ne veut pas que je le touche.

Toujours en français, j'essaie de le raisonner, de lui expliquer qu'il devrait se laisser faire.

Il secoue la tête de droite à gauche et il finit par murmurer très faiblement : *No.*

Je lui demande s'il est français. Il me dit non de la tête. Anglais ? Non plus. Américain ? Oui.

Je lui parle donc en anglais et lui dis que je veux lui faire du bien, le soulager. Il continue à s'y refuser catégoriquement, il se retourne sur le côté et il me montre ses seringues.

J'ai compris, il veut que je lui prépare moi-même un shoot.

Je regarde ce qu'il a. Un peu de tout. Des pilules de L.S.D., de l'héroïne en poudre, une boule d'opium, du haschisch, qu'il doit manger ou boire, de la morphine, des amphétamines. Il a absolument tout ce qu'il faut.

« Tu veux vraiment que je te fasse un fixe ?

— *Yes...* »

Et moitié par gestes, moitié par mots, sans verbes et sans phrases, il m'explique qu'il est trop fatigué pour se piquer lui-même.

Je suis très ennuyé. Si je le pique, comment être sûr que je ne lui injecterai pas trop de drogue ? Ne vais-je pas le tuer ? Je ne veux pas être responsable de sa mort.

Je lui propose plutôt quelque chose à boire et à manger. Je lui montre le haschisch. Car en plus, le piquer dans cette croûte de sang séché, cela me semble pratiquement impossible. Je n'arriverai jamais à trouver une veine. Elles doivent être toutes éclatées, complètement bousillées.

Je suis sous effet de drogue moi-même, bien sûr, comme toujours depuis mon départ, mais je suis quand même assez lucide pour réaliser le danger.

Il refuse le haschisch. Il veut un shoot.

La tête levée douloureusement, il insiste.

Je fais non carrément de la tête. Je ne peux pas me résoudre à le shooter. Il laisse retomber sa tête avec un soupir de désespoir.

Et j'assiste à un spectacle pitoyable.

Doucement, avec des efforts gigantesques, il commence à se retourner sur le côté.

Autour de nous, les papotages ont cessé. Tout le monde regarde ce mort-vivant venu d'un autre continent, échoué dans ce village perdu de l'Himalaya et qui tente de se soulever, qui va peut-être mourir, là, dans un ultime effort.

Enfin, il arrive à se retourner. Il tend lentement le bras vers sa boule d'opium. Les doigts décharnés se resserrent comme des griffes sur la boule. Il respire à petits coups rapides, haletants. Il fait un effort surhumain pour lui.

Ce qu'il y a de plus long, de plus difficile à préparer, de plus douloureux si on le rate, c'est bien un shoot d'opium.

Et c'est un shoot d'opium qu'il veut se faire dans l'état où il est !

Là, j'ai vraiment très pitié de lui. Il voudrait se faire une morphine ou une amphétamine, quelque chose de rapide, qui le ravigoterait ne serait-ce qu'une petite heure, passe encore, je ne dirais rien.

Mais non, comme s'il voulait se faire encore plus mal, s'assommer tout à fait, il veut de l'opium !

Il se roule une petite boulette, allume son minuscule réchaud à alcool en s'y prenant à plusieurs fois avant d'y parvenir, commence à faire chauffer de l'eau dans une cuiller à soupe. Il n'arrive même pas à la faire tenir droite au-dessus de la flamme et le liquide se renverse.

Je lui fais signe. Je lui montre le reste de son attirail, je lui dis :

« Fais-toi autre chose. Une ampoule. C'est plus pratique, je vais te la casser, je vais te la vider dans ta seringue. »

Non, il n'y a rien à faire. Il veut son opium.

Trois fois, il renverse sa cuiller et trois fois, stoïquement, il recommence.

Alors, je n'en peux plus, je lui prends sa boulette d'opium des mains, et je me mets à la faire cuire.

Il me surveille du coin de l'œil, attentif. Il observe si je m'y prends bien, si j'ai l'habitude. Ça a l'air de lui plaire. Il me sourit un peu.

Et je lui prépare son shoot. Mais avant, je nettoie ses seringues. Elles sont toutes très sales, les aiguilles sont bouchées par du sang séché. Je les débouche, je lave tout. Je mets l'opium dans une seringue et je la lui présente.

Il fait oui de la tête.

Je lui présente aussi un coton imbibé d'alcool, dont je compte me servir pour lui nettoyer le bras à un endroit et pouvoir chercher une veine.

Non, il ne veut pas de ça.

Je m'exclame :

« Mais je ne peux pas te piquer à travers la croûte de sang ! »

Si, c'est ce qu'il veut. En même temps, il prend un garrot qu'il arrive tant bien que mal à mettre autour de ce qui lui reste de biceps. Le garrot est en caoutchouc. Il saute et retombe. Le type le reprend, se le remet. Le garrot ressaute.

Il l'abandonne, il ramasse un morceau de ceinture, l'enroule autour de son bras, le passe entre ses dents et tire.

Il n'a même plus la force de tirer. La ceinture glisse de ses dents qu'il ne peut pas serrer assez fort.

Il reprend la ceinture, la met autour de son genou pour se piquer à la jambe et en tirant avec le bras, arriver à le serrer suffisamment.

Je veux l'aider. Mais chaque fois que j'avance la main, il me repousse. Il ne veut pas de mon aide, il veut se shooter tout seul. Il a juste accepté que je lui fasse sa petite cuisine.

Il a trop présumé de ses forces. Il retombe en arrière, abandonnant le garrot. De toute façon, garrot ou pas garrot, les veines n'apparaissent pas.

Il se met à faire avec sa seringue quelque chose qui me bouleverse. Il la prend, et, regardant à peine son bras, il se met à piquer à travers la croûte. L'aiguille s'enfonce tout droit.

Il tire sur le piston.

Une bulle d'air apparaît.

Il sort l'aiguille, il repique ailleurs, retire sur le piston.

Une bulle d'air.

Il repique ailleurs. Une bulle d'air.

Il plante encore à côté. Une bulle d'air.

Huit fois, dix fois. Il n'arrive pas à trouver sa veine.

En fait, je pense qu'il la trouve, car il doit

connaître son bras par cœur, mais il n'arrive pas à contrôler son geste, et il doit traverser la veine de part en part. Car en plus, il ne se rend plus compte qu'il plante mal, trop droit, trop perpendiculairement.

Plus il pique, plus il devient fébrile. Et du sang se met à sourdre un peu partout, s'étalant en nouvelles couches sur la croûte.

C'est atroce, c'est monstrueux. C'est une intolérable boucherie.

Je n'en peux plus, je lui arrache de force la seringue de la main. Je lui dis :

« Je vais essayer, moi. Mais il faut d'abord retirer cette croûte que tu as sur le bras. »

Non, il ne veut pas. Il s'agrippe à mes poignets, il veut reprendre sa seringue.

« Ecoute, lui dis-je. Si tu ne te laisses pas faire, je t'enlève ta seringue et tout. »

Là, il a peur. Et il se laisse faire.

Je lui retourne le bras. Je viens d'avoir l'idée d'essayer de piquer sur le dos de la main, beaucoup moins abîmée. Effectivement, décharnée comme elle l'est, sa main, entre les tendons et les os, m'offre des veines à peu près visibles. Je réussis à en trouver une. Et je lui fais son fixe.

Après, j'ai une violente baisse de tension tandis que lui s'est rallongé calmé, détendu. Je n'en peux plus d'être devant ce tableau horrible. Il faut que j'oublie, que je pense à autre chose. J'ai besoin d'un fixe, d'un gros fixe.

Je prends deux ampoules de morphine qui sont là et je me les injecte coup sur coup.

Aussitôt je vais mieux, je supporte plus facilement le sentiment horrible qui monte en moi.

En plus de la pitié que j'ai pour ce malheureux aux portes de la mort, quelque chose monte en moi et c'est une sorte de terreur. A présent, je ne vois plus seulement l'état de ce junkie. Je vois aussi mon état à moi, dans quelque temps, si je continue à me shooter au rythme où je me shoote, sans arrêt, presque toutes les deux heures.

Jusqu'ici, je ne me suis pas encore fait le tableau de la déchéance qui m'attend. Et voici que je l'ai devant moi, réel. Oui, cet Américain, ce squelette où la vie s'accroche encore un peu, qui n'en a plus que pour quelques jours, quelques heures même peut-être, ce sera moi, bientôt...

La fin, j'avais toujours vu ça plus rapide, plus propre. Je n'avais pas vu toutes les souffrances.

Et il doit souffrir, l'Américain, il doit être torturé de douleurs abominables...

Pour lui, la drogue, ce n'est plus maintenant les voyages, les illuminations, les rêves. C'est fini, tout ça. Il n'a plus que l'affreux côté de la drogue : la misère physiologique, la déchéance moche, le manque et la souffrance.

Je vois, pour la première fois, que l'accoutumance de la drogue dans le corps, c'est ce qu'il y a de plus horrible.

Et puis, mon impuissance à aider ce type me torture. Pour le sauver, il faudrait le transporter tout de suite, sans attendre une heure, dans un hôpital, il faudrait qu'un hélicoptère vienne le chercher. Inutile de rêver, c'est infaisable. Quant à le descendre à Katmandou à dos d'homme, il n'y faut pas songer non plus. Au plus vite, il y en a pour une semaine, avec de bons porteurs. Il sera mort bien avant d'arriver.

L'aider à se désintoxiquer ici ? Impossible. Au point d'accoutumance où il en est, il faut des médecins, des traitements. Et encore... La drogue est devenue aussi vitale pour lui que l'eau et le pain. L'en priver, même lentement, c'est le tuer.

Je ne peux rien faire pour lui, rien d'autre qu'essayer d'adoucir ses derniers instants. Je vais chercher mes affaires en bas, et je m'installe. Je n'ai plus qu'à attendre.

De temps en temps, l'Américain ouvre les yeux, regarde autour de lui, me sourit vaguement. Je ne sais même pas s'il me voit.

Moi même, je suis dans un état de fièvre terrible. Je me shoote sans arrêt. Sans ça, je deviendrais fou à côté de ce mourant.

Les heures passent, interminables. Toutes les heures, toutes les deux heures, ça dépend du temps qu'il reste prostré, il lui faut un fixe.

Parfois même, un quart d'heure seulement après un shoot, il se remet à trembler de tous ses membres. C'est le signe du manque. Il est tellement intoxiqué qu'un quart d'heure maintenant après un shoot à tuer un joueur de rugby, il a déjà une crise de manque !

Tout l'après-midi, toute la nuit, je le veille et je le fixe.

Je sais que plus je le fixe, plus j'accélère sa mort. Mais que faire d'autre ? Le priver de drogue, le sevrer, ce serait une torture effrayante.

Je le pique le plus souvent sur le dos de la main. A la morphine, mais à l'opium surtout. C'est ce qu'il me demande le plus. Et pourtant, l'opium le fait horriblement souffrir. Ses veines sont tellement poreuses, tellement éclatées par endroits, formant ailleurs des boules dures, que même en le piquant bien, même si l'aiguille est bien dans la veine, l'opium fuse partout dans les chairs et lui brûle tout le bras.

Le lendemain, peu avant le lever du soleil, je lui fais encore une piqûre d'opium.

Cinq minutes plus tard, il commence à avoir des hoquets nerveux. Il rejette par à-coups des glaires et des filets de sang.

Puis, sans même qu'il bouge, de la mousse sanguinolente se met à sourdre de sa bouche entrouverte. Je l'essuie continuellement.

Vers six heures du matin, pour le soulager un peu, je le soulève et je le prends dans mes bras.

Ça a l'air de lui faire un peu de bien, il s'assoupit. Epuisé, je sens que j'en fais autant et nous restons là tous les deux enlacés, aussi immobile l'un que l'autre. De sa bouche, ce n'est plus que du sang qui coule maintenant.

Vers sept heures, il se remet à trembler. Je lui reprépare encore un shoot d'opium en le tenant sous les épaules par un bras, sa tête au creux de mon épaule, comme un gosse qui dort dans les bras de sa mère.

Comme il a des soubresauts, je m'allonge contre lui, et je le maintiens d'une jambe serrant les deux siennes.

Je prends son bras et je le pique au poignet. J'enfonce doucement le piston.

Au fur et à mesure que l'opium entre, l'Américain se relâche, se détend...

Je ne comprends pas tout de suite ce qui se passe. Il a sans doute les yeux fermés, mais il les a pour ainsi dire toujours eus fermés et je me dis que l'opium, calmant un instant ses douleurs, le soulage, décontracte ses muscles, apaise ses nerfs.

Je ne comprends vraiment qu'il a terminé son dernier grand voyage que lorsque je le soulève un peu pour l'étendre à côté de moi.

420

Jusqu'à présent, chaque fois que je l'ai fait, il était très léger.

Pour la première fois, il est lourd.

Et sa tête pend en arrière, par-dessus mon bras. Il est mort...

Je le pose sur sa natte et je reste là, sans réaction. J'ai mal, très mal.

Ce mort à mon côté, c'est moi, tel que je serai dans quelque temps, dans la neige, quand je me serai fait mon overdose...

Une haine sourde contre la drogue m'envahit. Mais il est trop tard pour revenir en arrière. J'ai joué, j'ai perdu. Oui, je vais repartir et je me finirai, là-haut, une fois atteintes les premières neiges.

Mais je ne me finirai pas comme lui.

Je me finirai par une décision librement prise, en pleine conscience, à l'heure, au jour et au lieu que j'aurai décidé.

Je reste prostré jusqu'au soir à côté du corps, sans pouvoir répondre aux questions dont les villageois m'accablent sans cesse. Je me suis shooté fortement après la mort de l'Américain et je n'émerge vraiment que vers cinq ou six heures du soir.

Je prends son sac, je le fouille. Il n'y a rien dedans, pas le moindre papier d'identité, pas une lettre, pas un mot permettant de savoir qui il est. Je referme le sac après y avoir mis toutes ses affaires.

C'est un petit sac bien léger, dans lequel seringues et flacons tintent tandis que je marche, le portant à l'épaule derrière les deux Népalais qui traînent le mort hors du village.

Au bout d'un champ d'où on voit toute la vallée, je creuse moi-même le trou avec une bêche qu'on m'a prêtée. Je mets plus d'une heure à creuser tant je suis épuisé.

Puis je pose la natte du mort au fond du trou. Je le

descends dedans, je l'allonge sur le dos, les mains le long du corps. Je le couvre avec deux longhis. Je pose son sac à côté de sa tête. Et je recouvre le corps de terre.

Je ne suis ni croyant ni pratiquant. Mais lui, il l'était peut-être.

Je fabrique donc une croix, je la plante sur la tombe et sans me retourner, la gorge nouée, je retourne au village chercher mes affaires. Je charge mon sac et je repars tout de suite dans la montagne. Je ne me sens pas capable de rester un quart d'heure de plus dans ce village.

Tandis que je gravis à petits pas épuisés le sentier de chèvres qui serpente le long de la montagne, j'essaie de chasser une image qui me poursuit.

Le visage de ce Christ de vingt ans, au fond de sa tombe, ce visage que j'ai enseveli à jamais, sous mes pelletées de terre.

Ce visage que jamais plus personne ne reverra...

Alors, comme une illumination qui vient subitement, surgit un autre visage.

Celui d'une femme, quarante ans, quarante-cinq ou cinquante peut-être, pas plus.

Je ne la connais pas, je ne l'ai jamais vue.

Mais les fils ne ressemblent-ils pas généralement à leur mère ?

Peu à peu, les traits du mort s'adoucissent, deviennent ceux d'une femme.

C'est sa mère que je vois à présent.

Sa mère, inquiète, torturée, qui doit, quelque part en Amérique, se ronger en pensant à ce fils dont elle n'a sans aucun doute, plus de nouvelles depuis longtemps, qu'elle ne reverra jamais, et dont elle ne saura jamais la fin atroce...

Sa mère qui doit se ronger les sangs, comme doit le faire la mienne, elle aussi...

IV

PENDANT trois jours je n'arrête pas de marcher. Je me drogue épouvantablement. Je monte comme un somnambule vers le nord. La nuit et le jour ne se différencient plus que par un changement de couleur et de température. J'avance comme une bête qui a une idée fixe dans sa cervelle : les neiges à atteindre, les neiges éternelles là-haut, à tout prix...

Je croise toujours des porteurs et de temps à autres des riches, des poussahs sous leur palanquin. Je me range au bord du chemin, je les regarde passer. Et de nouveau, quand je le peux, je glisse des cigarettes dans la ceinture des porteurs.

J'arrive dans une région plus peuplée et je me méfie, car j'aperçois de temps à autres des policiers. Il faut que je fasse attention. S'ils me voient, ils vont me demander mon permis de tricking, que je n'ai pas évidemment. Et je vais me retrouver à Katmandou. Là, de deux choses l'une, ou c'est l'hôpital, ou on va me jeter dans un camion pour la frontière de l'Inde.

Je quitte donc les chemins fréquentés, je m'enfonce directement dans la montagne, avançant par des sentiers de chèvres complètement perdus.

Un jour, je débouche sur une route. Une route de pierres, sans goudron, mais une route.

Elle va vers le nord. Je suis si fatigué que la tentation est la plus forte, je prends la route. C'est tellement plus facile de marcher là que dans mes sentiers.

Soudain, dans un bout de route à peu près droit, je croise une jeep de la police. Elle passe à côté de moi. Je détourne la tête. Mais à quoi bon ? Il est si évident que j'ai l'air d'un Européen, ne serait-ce qu'à ma taille. Et pas un Européen, convenable. Hâve et barbu, avec mon sac et mes vêtements lacérés par les broussailles, avec mes chaussettes russes, je suis un vrai vagabond, un clochard, un *tramp*.

La jeep passe à côté de moi, dévalant la pente à toute vitesse. Ils sont deux à bord. Pourvu qu'ils n'aient pas fait attention à moi ! Mon cœur cogne dans ma poitrine. Je n'ose pas me retourner.

Catastrophe. J'entends un crissement de freins. Je me retourne. La jeep a stoppé à cent mètres au-dessous de moi. Les deux types sautent à terre et m'appellent.

C'est trop bête, je ne vais pas me faire prendre là. Je ne suis plus qu'à huit jours de marche des neiges éternelles. Un sursaut de volonté formidable me prend, je trouve, je ne sais comment, la force de courir vers le talus, de le gravir. Après, c'est un taillis de broussailles, un vrai maquis.

Les flics hurlent derrière moi. A quatre pattes maintenant, je me hisse dans les cailloux. Il faut que j'atteigne le maquis, il le faut, il le faut ! Je regarde par-dessus mon épaule. Ils en sont aux sommations. L'un d'eux dégaine son pistolet. Je rentre ma tête dans les épaules, je me hisse, pierre à pierre. Je n'en peux plus, j'ai l'impression de ne pas avancer.

Une fois, deux fois, trois fois, des coups de feu claquent.

424

Ils ont dû tirer les deux premiers en l'air, mais au troisième, la balle fait gicler la terre à un mètre de ma gauche.

Dans une traction désespérée, je franchis le talus, je plonge dans les broussailles et, toujours à quatre pattes, je fonce en avant, déchiré par les épines, par les cailloux, par les branches qui cinglent à mon passage.

Enfin les broussailles se font arbustes, puis arbres. J'avance toujours, avec l'impression que mon cœur éclate. Derrière moi, j'entends les appels des flics. Les voix se taisent... Ils doivent écouter maintenant. Je m'arrête, haletant en silence.

Je veux repartir. Je ne peux pas. Je n'ai plus la force. Tout ce que j'arrive à faire, c'est de me traîner sous un sapin gigantesque, aux racines énormes, noueuses, qui dépassent du sol. Je rampe sur les aiguilles de pins, je m'y enfonce tant leur couche est épaisse. Il doit y avoir cinq cents ans qu'elles s'accumulent, les unes sur les autres, année après année.

Une illumination me vient. Ce sont elles qui vont me sauver !

Je gagne une racine, grosse comme le corps d'un homme. Je creuse sous une espèce de voûte qu'elle fait. Je ne me suis pas trompé. Il y a un mètre d'épaisseur d'aiguilles de pin. Je creuse comme un chien, fébrilement.

Je ne veux pas que les flics me trouvent, je ne veux pas qu'ils me ramènent à Katmandou, je ne veux pas me retrouver à l'hôpital, je ne veux pas qu'on me désintoxique, je ne veux pas qu'on me sauve !...

En deux minutes, mon trou est fait, je m'y glisse, avec mon sac toujours sur le dos, je me recouvre d'aiguilles et je ne bouge plus. Du moins, j'essaie de ne plus bouger, de maîtriser mes halètements et mes tremblements.

Une image me traverse l'esprit. Celle de l'Américain dans sa tombe. Je suis comme lui, enterré, j'ai l'impression que mon cœur va lâcher d'une seconde à l'autre, et alors je resterai là à tout jamais, dans mon tombeau d'aiguilles. Beau destin pour un drogué ! Mourir enveloppé de milliers d'aiguilles !...

Des pas se rapprochent. Je me prends les épaules à deux mains, je serre, je serre. Je ne dois pas bouger, pas bouger, pas bouger...

Les pas contournent l'arbre, s'éloignent, puis reviennent, hésitent. Les voix s'élèvent de nouveau. Je ne comprends pas, mais à l'intonation ce doit être quelque chose comme : « Allez, on rentre, tant pis. »

Trois minutes plus tard, le silence est revenu. Je sors ma tête. Je suis sauvé, sauvé de la guérison et de la vie dont je ne veux pas.

Un shoot, un autre une demi-heure après, et ça va mieux, je peux me relever et repartir. Mais cette fois, plus question de rester dans les parages. Je dois me perdre dans les régions les plus abandonnées.

Je mets six jours à atteindre un village à trente kilomètres derrière la montagne.

Si je n'étais pas tombé, à mi-chemin, sur un champ de pommes de terre (j'en cuit deux ou trois sous la cendre, en faisant un feu sans fumée, comme j'ai appris à faire en Afrique), je serais mort de faim avant d'arriver.

En entrant dans le village, j'ai une surprise à la fois agréable et très enquiquinante.

Je suis accueilli avec des courbettes et des salamalecs.

Encore !

Oui, aussi extraordinaire que cela paraisse, c'est

426

pourtant vrai : les villageois, dès qu'ils me voient, savent qui je suis. Le « téléphone arabe » a fonctionné jusque-là sur l'étranger-médecin.

Hélas ! on sait aussi que la police me cherche...

Et je vois les gens partagés entre la curiosité intéressée et la méfiance.

Pour l'instant, c'est l'intérêt qui l'emporte. Je m'en rends vite compte.

Je ne suis pas là depuis cinq minutes qu'on m'amène un type, porté par deux villageois. Il a le visage presque bleu, la bouche ouverte en grand et il essaie de respirer sans y parvenir.

On m'explique qu'il a quelque chose dans la gorge.

Je commence par lui faire une piqûre de calmant, puis je demande qu'on le tienne bien ferme. Je lui ouvre de force la bouche, je prends un morceau de bois, je l'enfonce, je le retourne pour qu'il cale bien les dents du haut et du bas. J'en prends un autre, une petite tige que je taille avec mon couteau pour en faire une languette, je l'appuie sur la langue et je regarde.

L'intérieur est violet, gonflé. Les chairs se touchent. J'enfonce le doigt. Impossible de le passer. Je me demande comment ce type arrive encore à aspirer ne serait-ce qu'un filet d'air. C'est certain, il va claquer avant la nuit.

Autour de moi, les autres me font des gestes. Je finis par comprendre que le type a dû avaler quelque chose qui s'est bloqué dans sa gorge et a tout infecté.

J'essaie d'enfoncer le doigt. Rien à faire, je ne sens rien.

Il n'y a qu'une solution : lui trouver l'œsophage pour qu'il puisse respirer, bref, lui faire une trachéotomie, et ensuite, chercher l'objet, une arête sans doute.

Si je n'étais pas drogué, jamais je n'oserais tenter une telle opération. C'est vraiment risqué et je ne suis pas un chirurgien. Mais la drogue me donne la confiance en moi nécessaire. Et puis, j'en ai tant fait, désormais. Une de plus, une de moins...

De toute façon, je suis coincé. Si je refuse, c'est certain, ils vont me sauter dessus, me ligoter et me livrer à la police.

Je décide donc d'opérer.

Plus haut, j'ai déjà décrit une opération, celle de l'abcès dans l'oreille. Je ne voudrais donc pas lasser avec le récit détaillé d'une autre opération.

Qu'on me permette simplement de dire comment j'ai pu, une fois planté mon couteau dans l'œsophage, entre deux cartilages, ménager un orifice suffisamment large pour permettre au type de respirer.

J'ai enfoncé dans la plaie un tuyau de plastique rigide, une gaine de fil électrique qu'un villageois est allé me chercher quand j'ai demandé quelque chose qui ressemble à un tuyau. Par quel mystère, dans ce village reculé où il n'y a évidemment pas l'électricité, se trouve du fil électrique, je me le demande encore.

Toujours est-il qu'une fois le tuyau enfoncé et maintenu avec deux petits bouts de sparadrap récupérés dans ma boîte à pharmacie, le type revit. Il ahane comme un nageur à qui on a tenu la tête sous l'eau trois minutes, il reprend ses couleurs, il ressuscite peu à peu.

Je puis enfin commencer l'opération proprement dite.

En dix minutes, elle est terminée. J'ai pu extraire l'objet. C'est plus qu'une arête de poisson : un morceau de colonne vertébrale entier, gros comme le pouce. Comment diable ce type a-t-il pu faire pour avaler ça ?

Je nettoie, je badigeonne, j'asperge de désinfectant et j'ordonne au type de garder son bout de tuyau au moins deux jours.

A force d'injections de pénicilline, toute l'infection est matée en deux jours. La gorge est dégonflée, je peux enlever le tuyau.

Je bouche le trou de mon doigt. Ça va, l'opéré respire normalement. Il s'agit maintenant de reboucher.

Mais je n'ai rien, ni fil, ni aiguille.

A force de palabrer, j'arrive à me faire donner par une femme une épine durcie au feu. Je tire un fil de ma chemise. Et je recouds la peau, par-dessus le trou du cartilage qui, à mon avis, va se refermer tout seul.

J'ai noué le fil autour de l'épine. Ça résiste dur chaque fois que je tire l'aiguille-épine. Et le malade gémit. Mais je finis par y arriver, le trou est rebouché.

Le lendemain, je soigne deux ou trois bricoles, petites plaies classiques aux jambes, furoncles, coupures de-ci, de-là. Le surlendemain aussi.

Le quatrième jour, je fais sauter les fils de mon opéré. C'est fini, la plaie est cicatrisée. Il est guéri. Bravo Charles, tu mérites ton diplôme de médecin de brousse, cette fois !

Je peux partir. Je m'en vais vite d'ailleurs. On ne sait jamais, ces bougres, maintenant qu'ils n'ont plus besoin de moi, peuvent très bien me donner aux flics. Ils en sont tout à fait capables.

Et me revoilà sur la route montant vers l'Himalaya.

Il y a trois semaines maintenant que j'ai quitté Katmandou.

Les huits jours suivants, je m'en souviens comme d'un affreux cauchemar.

Un jour, dans un village, je rencontre un Blanc, un Français converti au bouddhisme et qui vit en mendiant. C'est ce qu'on appelle un Sadou. Il ne se coupe jamais les cheveux ni la barbe, qui lui descendent dans le dos et sur la poitrine. Il ne se lave jamais. Nous échangeons quelques mots. Il me bénit et nous repartons chacun de notre côté, à la poursuite chacun de notre rêve. Ou de notre cauchemar.

Quarante-huit heures plus tard, j'en rencontre un autre, toujours Européen.

Quand je le vois, à l'étable où les villageois me conduisent, il est en train de vomir du sang à gros bouillons.

Je ne saurai jamais ce qui s'est passé, car il est incapable de me parler, bien entendu. Il est agité de hoquets spasmodiques, et chaque fois, le sang jaillit. Assis sur son grabat, il se presse la poitrine à deux mains et il meurt par à-coups. Tous ses vêtements sont inondés de sang, et les mouches bourdonnent furieusement autour de lui.

Une affreuse nausée me prend. Je suis donc poursuivi, cerné par les souffrances et la mort ! Il n'y a donc que mort, sang et douleurs sur cette terre...

Celui-là aussi s'éteint dans mes bras, sans un mot, quand il a fini de se vider et qu'il est devenu tout blanc.

Et lui aussi, je l'enterre moi-même et je plante une croix de bois sur sa tombe.

Il n'a pas plus de papiers que l'Américain. Encore

un vagabond sorti de l'Occident, qui a voulu se fondre, se perdre, dans l'Orient, sans qu'on puisse jamais l'identifier...

Et ma fuite en avant reprend.

V

JE suis maintenant comme un vrai fou.

Quand je m'arrête, toutes les heures, pour me shooter, je sors ma boîte à haschisch en fer, je l'ouvre et je me regarde dans la petite glace.

J'ai un visage à faire peur. Mes cheveux sont devenus longs comme ceux d'un vrai hippie, ma barbe, jamais taillée, me mange le visage. Je suis d'une pâleur effrayante.

Un jour, j'ai un accès de curiosité morbide. J'imagine quelque chose qui est bien un macabre caprice de drogué jusqu'aux dents.

Je place la boîte sur une pierre, bien calée, j'incline le couvercle en biais, je me déshabille. Entièrement.

Je veux voir mon corps, voir où j'en suis exactement.

Voir si le moment est venu de me faire mon overdose.

Car j'ai peur de ne pas arriver jusqu'aux neiges et je ne veux surtout pas tomber, inanimé, incapable de me faire mon shoot, comme l'Américain, et mourir là, d'épuisement, sur les cailloux.

Une fois nu, je me recule, cherchant mon image

dans la glace pas plus grande qu'une boîte d'allumettes.

Quatre fois, cinq fois, je dois revenir régler l'inclinaison de la glace.

Enfin, je me vois, tout entier, silhouette minuscule, un peu floue, dans le soleil.

Je me rappelle, je vois les os de mes hanches, effroyablement saillants, et toutes mes côtes qui apparaissent.

Je suis exactement comme ces déportés qu'ont trouvés les Alliés à leur arrivée dans les camps nazis.

« Mon vieux Charles, me dis-je, à haute voix, c'est fini, tu n'iras pas plus haut. Tant pis pour la mort romantique dans les neiges de l'Himalaya. Tu vas te faire ton overdose ici même. »

Je me rhabille, et je commence mes préparatifs funèbres.

Je suis dans un petit vallon, à deux cents ou trois cents mètres du chemin. Non loin de moi, un filet d'eau descend avec un gargouillis clair. L'herbe est douce, des arbres se balancent dans la brise descendue de la montagne.

« Au moins, me dis-je, tu auras un beau tombeau... »

Je sors mes drogues et mon réchaud. A quoi vais-je me tuer ? Qu'est-ce qui va me donner la mort la plus douce, la plus agréable ? l'opium ? la méthédrine ? la morphine ? le L.S.D. ?

Longuement, je regarde la boule d'opium, les cachets de L.S.D., les ampoules et les pilules de morphine et de méthédrine...

A écrire tout ceci maintenant, je me dis qu'on doit penser que j'étais fou, dément réellement. Et c'est vrai, moi-même, à présent, dans ma chambre près de Paris, tandis que non loin, dans la nuit, le clocher d'une église sonne l'heure, je n'arrive pas à croire que tout ceci ait été vrai, se soit réellement passé.

Et pourtant...

Une rage sauvage me prend en observant mes drogues.

Elles doivent me tuer toutes. Oui, toutes à la fois !

Je vais d'abord me faire un shilom de haschisch, puis je me piquerai à l'opium, puis à la morphine, puis à la méthédrine, et je finirai en avalant tous mes cachets de L.S.D.

Et que le cocktail me fasse exploser !

J'ai déjà vidé mon shilom quand une pensée me vient : vais-je partir sans rien laisser, ni lettre d'adieu, ni message à quiconque ?

Mais à qui écrire ? A Olivier ? A Jocelyne ? Bah ! A quoi bon ?

A mes parents ? Longuement je tourne et retourne ça dans ma tête. Mais que leur écrire ? Quels mots trouver ?

Non, je ne peux pas. Ce n'est pas possible.

Mais si, il le faut, c'est à eux que j'écrirai, que j'expliquerai tout. Eux seuls comprendront.

Au fond de mon sac, j'ai un petit carnet où j'ai autrefois noté des adresses, des prix, des réflexions aussi. Un petit crayon y est attaché.

Je prends mon carnet, j'en arrache quelques feuilles et je commence à écrire.

« Mes chers parents, si jamais vous lisez ces lignes, je voudrais que vous sachiez comment et pourquoi je suis mort... »

Je l'ai dit plus haut : il y a longtemps que je n'ai plus la notion du temps, du jour et de la nuit.

Tandis que je couvre le premier feuillet de mon gribouillis, la nuit arrive, comme toujours sous ces latitudes, subitement.

Et je me retrouve dans le noir avant d'avoir pu écrire le quart de ce que j'ai à dire.

J'allume mon réchaud à alcool. La lumière n'est pas suffisante.

Je fais un feu de bois. Là, j'y vois, je peux continuer.

Et alors, est-ce la chaleur du feu, le doux pétillement des branchages qui craquent en brûlant, la fatigue qui s'abat sur moi ?

Pendant que j'écris, je me mets à piquer du nez. Et je m'endors !

Quand je me réveille, ahuri, ne comprenant rien, il fait jour !

Pour la première fois depuis des semaines et des semaines j'ai dormi toute la nuit.

Je relis ce que j'ai écrit.

Ma nuit de sommeil m'a fait reprendre conscience. Cette confession est trop bête !

Je jette rageusement les feuillets dans les braises qui restent et allument brusquement le papier.

Je me sens mieux. Le sommeil m'a revigoré.

Non, mon heure n'est pas encore venue, je peux essayer de monter encore. Je peux encore atteindre les neiges éternelles !

Ce sommeil dont j'étais déshabitué depuis si longtemps, m'a mis dans un état curieux.

Pour la première fois, j'ai l'impression de reprendre conscience.

Assis dans l'herbe humide de rosée, j'écarquille les yeux, j'essaie de chasser les vapeurs de mon cerveau, de déchirer ce vide noir qui me brouille le regard. Je me secoue comme un chien attaché qui essaie de faire passer sa tête à travers son collier.

Brusquement, j'y réussis. La tête passe, le collier retombe au bout de sa chaîne, le voile noir se déchire, et je vois !

Je vois comme si je voyais pour la première fois, comme si j'étais le premier homme découvrant la beauté originelle du monde.

Une brise légère boucle l'herbe du pré sauvage autour de moi. Un peu plus bas, au-dessus du ruisseau, les branches des saules se ploient doucement au rythme du vent. Des trembles les dominent. Leurs feuilles s'agitent, milliers de facettes d'un vert doux et tendre qui sont autant de miroirs couverts d'une buée cotonneuse où le soleil a des reflets de lune. Derrière, le sol remonte, herbu, puis caillouteux, vers des escarpements rocheux à deux cents mètres au-dessous de moi.

Je me retourne. C'est pareil, herbe fine, cailloutis, puis rochers, très haut découpés sur le ciel. Vers le sud un coude de la vallée me cache le paysage.

Au nord, entre les deux pans d'une gorge qui n'en finit plus, je vois les neiges de la haute altitude.

Enfant, j'avais visité un monastère enfermé au creux d'une vallée d'où l'on ne voyait que le ciel.

C'est pareil. Je suis dans un lieu de recueillement qui est lui aussi le pli, l'aine du monde. Je pourrais être l'ermite qui, après avoir longtemps marché, s'arrête et se dit : « C'est là que je vais construire ma maison et fonder mon monastère. »

Les oiseaux sifflent dans les arbres. Il n'y a qu'eux et moi avec le souffle doux et puissant du vent.

Je marche jusqu'au ruisseau, je m'y lave le visage. Une truite saute dans les bouillons de l'eau. Je cherche à l'attraper à la main, je la rate, je ris. Un petit barrage de terre forme une surface plane, une petite mare lisse où je me regarde.

Je suis Adam, le premier homme qui se regarde dans le premier miroir du monde.

Je suis au Paradis terrestre.

Mais où est mon Dieu ? Qui est-il ? Qui me dirige, me guide et me soutient ?

Je retourne près des braises dont la petite fumée monte pendant deux mètres puis se dilue dans la brise du matin. Je regarde mon attirail de drogué, les ampoules, les pilules, les seringues, la boule d'opium, le réchaud à alcool...

C'est tellement le spectacle de la nuit et des ténèbres tout à coup exposé en pleine lumière du jour que je me mets à genoux et des sanglots me montent dans la gorge.

Je touche, un à un, tous ces objets démoniaques, je les lève devant moi, et les regarde, anodins, quelconques, qui brillent au soleil.

Mes bourreaux !...

Qu'ils ont l'air inoffensifs à la lumière du jour ! Comment croire que ces débris lamentables soient le refuge d'une force démoniaque, d'un déluge apocalyptique qui se déchaîne dès que, l'aiguille plantée dans ma veine, je fais entrer le poison !

Mais tous ces bouillons du diable, c'est la nature qui les a voulus, qui les a créés, qui les recèle en elle, qui les fabrique avec sa sève montant dans les plantes ! Le haschisch, belle marguerite spéciale que le soleil fait éclore, le pavot, où la rosée se pose innocemment, comme sur toutes les fleurs à l'aube, et dont le suc donne pourtant l'opium, la morphine, l'héroïne...

Pourquoi Dieu, s'il existe, se moque-t-il des hommes en mettant l'atroce tentation du péché dans les plus belles fleurs ?

Je suis dans la vallée du Paradis terrestre et ce pré d'herbes candides, je pourrais le remplacer par du haschisch et des pavots, et l'aube divine se lèverait sur ces champs empoisonnés, aussi belle, aussi pure que sur cette herbe grasse, tendre et nourricière...

438

Quelle trahison, quelle imposture ! Pourquoi la nature s'habille-t-elle de parures si belles, pourquoi me coupe-t-elle le souffle d'admiration si les sucs les plus empoisonnés naissent aussi de la terre, de l'eau et du soleil !

Non, la lucidité de cette aube ne me libère pas plus que les phantasmagories de la drogue. Non, je n'ai aucune raison de vivre dans ce monde de mensonges drapé dans d'aussi louches beautés !

Non, je ne veux pas continuer à vivre.

Je me vengerai de Dieu !

Je me tuerai, pour annihiler sa créature.

J'ai compris la vraie signification du monde et son mensonge éhonté. Je suis un vrai hippie. J'ai compris. Dieu ne m'aura plus.

Fiévreusement, je range tout mon barda, je jette mon sac au dos, je reprends ma marche, je monte dans ma vallée, le long du ruisseau, je regarde là-haut les neiges éternelles.

Ce gigantesque champ de neige, si loin, y arrive-rai-je ? Aurai-je la force de l'atteindre ? Je ricane. La neige, dans l'argot des drogués, c'est la cocaïne. L'idée que l'Himalaya tout entier n'est qu'une immense réserve de cocaïne me donne le fou rire.

Oui, je suis fou d'avoir voulu mourir ici, dans l'herbe. C'est là-haut que ma mort sera parfaite, nageant, shooté à mort, dans un matelas de cocaïne blanche comme la neige, en plein soleil !

VI

Peu avant le soir, j'arrive devant un village. Je voudrais l'éviter, le contourner, mais je ne sais pas ce que j'ai, je suis fatigué, fatigué... Je ne l'ai jamais été autant. Je suis en sueur et pourtant l'air est frais. J'ai mal au cœur, la tête me tourne. J'ai l'impression que mon sang bout dans mes veines. Je le sens battre dans ma poitrine, dans mes bras, à mes tempes. Je vacille sur mes jambes.

Je me traîne jusqu'au village. C'est sûr, je suis malade. Il me faut un toit, des murs autour de moi, une couche, et m'allonger.

Au tea-shop, je demande une paillasse, un coin de paille, n'importe quoi, à la patronne, une femme d'une quarantaine d'années qui a l'air de vivre seule avec un gosse de douze-treize ans.

Elle me conduit à la bergerie. Je la paie d'avance. Je ne veux ni nourriture ni rien. Je veux m'allonger. Je tremble trop.

Une nuit, un jour, une nuit, je reste là, malade à crever, trempant mon sac de couchage tellement je transpire. Je délire et de temps en temps, reprenant conscience, je vois, penché sur moi, le visage inquiet de la patronne.

Au matin du troisième jour, je vais un peu mieux.

Je bois à grandes goulées, tout entier, le pichet de thé qu'on a posé à côté de moi et qui a refroidi. C'est si bon que j'en pleure de bonheur.

Que puis-je avoir ? Une crise de paludisme, comme j'en ai parfois depuis l'Afrique ?

Elles n'ont jamais été aussi fortes. Une infection ? Je n'ai aucun abcès, aucun furoncle. Une crainte me prend. Il faut absolument que je vérifie.

Je prends encore une fois ma boîte à haschisch. Je l'ouvre, je me regarde dans le miroir. Je ne vois rien. Je me traîne jusqu'à la porte et là, au jour, je vois :

J'ai le blanc des yeux jaune.

J'ai une hépatite.

Pendant huit jours, je lutte, tout seul, me faisant faire des bouillons par la patronne que j'ai toutes les peines du monde à empêcher de les épicer.

Parfois, l'envie d'abandonner me reprend, si violente que je me rejette en arrière en me disant : « Meurs tout de suite ! Que ce soit fini ! »

Puis, l'image des neiges entrevues depuis la vallée paradisiaque monte devant moi.

C'est là-haut que je veux mourir ! Pas ici, pas sur ce grabat grouillant de vermine, je ne veux pas mourir sur ce tas de fumier !

Non, je ne suis pas arrivé au bout de ma course comme l'Américain !

Je suis à la fois le condamné à mort grièvement blessé que l'on soigne pour le conduire vivant au poteau d'exécution, et le bourreau qui s'affaire à le guérir avec des tendresses effroyables.

Pour la première fois dans un village, un peu d'humanité m'entoure. La patronne me soigne comme une mère. Des visiteurs viennent autour de mon grabat. Je finis par apprendre où je suis.

Le village s'appelle Kalikula. Il est composé de

plusieurs hameaux. Une centaine d'habitants en tout qui s'appellent tous Kalikula.

C'est la même famille et elle a donné son nom au village. Tous sont plus ou moins consanguins. J'en vois qui, nés de sangs trop proches, sont estropiés.

A la tête du village, un vieux patriarche, qui est presque l'aïeul de tout le monde, règne, éternellement rigolard, chauve, sec, avec une grande barbe blanche. Il vient s'asseoir à mon chevet. Il m'aime bien. Il sait que c'est moi l'étranger qui n'a qu'un œil et qui guérit.

Par signes, il me fait comprendre qu'il est étonné que je ne me guérisse pas. Il me montre mes seringues d'un air interrogateur et approuve quand je me shoote, croyant qu'il s'agit d'un de ces médicaments que j'injecte, c'est bien connu, à mes malades. Mais il a confiance, je ne peux pas ne pas guérir, c'est évident, avec toute ma science et tous mes moyens.

Lui, pour l'instant, fume sa pipe à eau qu'il bourre de ganja. Il fume énormément. Il est continuellement stoned.

Enfin, je peux me lever. Je ne suis pas guéri (je sais qu'une hépatite ne se guérit que très lentement et celle-ci me poursuivra pendant des mois), mais ça va mieux. Je vais jusqu'à la porte, l'air frais m'enivre. Je titube, je n'ai plus de jambes. Je regarde vers l'Himalaya. La vue des neiges me ravigote. Allons, j'y arriverai peut-être.

Je rentre et je me rallonge.

Quelques jours plus tard, je peux aller et venir. J'ai recommencé à me shooter régulièrement, car le manque s'est de nouveau fait sentir, très vite. Alors, le vieux, pour fêter ça, m'amène une fille !

Un matin, je le vois arriver avec une jeunesse. J'ai oublié de dire que dans ce village, les femmes vont les seins nus, avec juste un longhi enroulé autour des hanches et entre les jambes, dénudant les fesses.

La fille est dans cette tenue quand elle entre dans ma bergerie. Les mouches vrombissent, comme à leur habitude. La pièce sent fort le fumier, les chèvres et les moutons bêlent... Cette fille est là, à demie nue, avec ses seins pointus qui ont de gros bouts roses sur la peau brune. Et le vieux la pousse en avant...

Par gestes, il me fait comprendre qu'il me l'offre. Puisque je vais mieux, elle est à moi.

De la main, comme un maquignon, il tâte les seins pour me montrer qu'ils sont fermes, retourne la fille et en fait autant avec ses fesses.

Et il la pousse en avant. « Elle est à toi. Prends-la. » C'est ce qu'il me dit, certainement.

Je suis dans un grand embarras. D'abord, je n'ai jamais eu la sensualité exotique. Ensuite, la sensualité toute seule, maintenant, au point d'épuisement et de came où j'en suis, autant ne pas en parler. Mais comment faire pour ne pas vexer le vieux ?

Une idée me vient. Il a sa pipe à ganja dans les bras.

Je la lui montre. Je lui explique que ce qui m'intéresse, ce n'est pas la fille, mais la pipe à ganja.

Il se tape sur le front, il éclate de rire. Oui, il a compris. Il chasse la fille, sans ménagement, s'installe à côté de moi, et en copains, entre hommes, il commence à m'apprendre à m'en servir.

Je l'épate. Aussi mal en point que je sois, j'en fume au moins cinq fois plus que lui ! Evidemment, il n'est pas passé lui, par les shoots. Il ne peut pas imaginer que la ganja, pour moi, c'est du sirop.

Au soir, nous sommes copains comme cochons. Et il me regarde avec une admiration non dissimulée.

La fille ne m'a peut-être pas intéressé, mais je suis un vrai champion de la ganja. Je suis un homme, un vrai !

Il faut pourtant passer aux choses sérieuses : le lendemain matin, le défilé des malades commence.

Quand je repars, trois jours plus tard, j'en ai soigné plus de vingt, venus de toute la vallée !

Le vieux, en grande cérémonie, m'accompagne jusqu'à la sortie du village et m'offre, en cadeau d'adieu, environ 250 grammes de ganja.

J'ai trop présumé de mes forces. J'ai eu tort de me croire un peu rétabli. On ne badine pas avec une hépatite. Après avoir passé deux nuits à la belle étoile, je pousse un soupir de soulagement en apercevant un nouveau village.

Cette fois, ce n'est plus la fièvre qui me donne le sursaut d'énergie qui me pousse jusqu'au village. C'est le désespoir. J'en ai brusquement conscience : jamais je n'arriverai aux neiges éternelles.

Plus j'avance, et plus elles ont l'air de s'éloigner. C'est bien fini, j'ai raté mon grand projet.

Ma défaite est consommée. Je suis un type inutile, un parasite, je suis en trop, je n'ai plus rien à faire sur cette terre. Fini l'orgueil. Que j'en termine, au plus vite, et n'importe où. Adieu les neiges, je n'arriverai pas jusqu'à vous.

J'entre comme un automate dans l'étable habituelle des voyageurs, je m'affale sur mon tas de paille, sans même avoir la force d'ouvrir mon sac de couchage et de me glisser dedans.

Et je me dis que je ne me relèverai plus.

Autour de moi, c'est encore plus minable que la chambre où l'Américain est mort dans mes bras. Mais qu'importe ? Je ne vais pas faire de fioritures.

Allongé de tout mon long, je fais travailler mes souvenirs. Je revois l'Américain gisant comme le

Christ sous son linceul blanc, les pieds dépassant, les mains croisées sur la poitrine...

Mes pieds ne sont pas nus, mais entourés de chiffons. Je ne suis pas en blanc, mais tout en noir.

Je ricane : lui, il était le Christ. Moi, je suis le négatif du Christ, l'Antéchrist, le voyou vaincu par la drogue et qui meurt avec toute la noirceur de sa vie remontant à la surface.

Suis-je bête avec mes comparaisons imbéciles ! Cesserai-je donc d'être romantique !

Une crispation d'énergie me prend. Je me tourne lentement sur ma couche et j'ouvre ma réserve de drogues.

Je n'en ai plus beaucoup. Au rythme de shoots où je suis, dans huit jours, dix au plus, je n'aurai plus de quoi me camer. Alors, la mort dans d'atroces souffrances...

Je prends vingt ampoules de méthédrine et je les mets à part. En ampoules, ce sera plus facile. J'ai une grosse seringue. En trois ou quatre fois, je me serai tout injecté. A condition de résister au premier flash.

Ce sont mes dernières cartouches.

Je les range avec d'infinies précautions.

Puis, je prends ma boulette d'opium, et je me fais ma cuisine.

Un peu de bien-être m'apaise l'âme, tandis que le liquide noir s'enfonce dans mes veines.

Pourquoi ne me laisse-t-on pas mourir en paix ?

Le lendemain, alors que je viens de renvoyer la ratatouille, affreusement épicée et immangeable, de la patronne, je vois débarquer dans ma taverne un vrai régiment.

En tête, mon vieux Kalikula. Et avec lui, six ou sept femmes.

Tout de suite, il fait avancer l'une d'entre elles,

une vieille femme, devant moi et lui, par gestes, lui touchant le ventre et l'entrejambe, me fait comprendre qu'elle a quelque chose qui ne va pas de ce côté-là.

Je ne veux même pas regarder. J'en ai assez.

Il insiste. Il renverse la femme sur la paille, devant moi, lui soulève les jambes.

Et je vois, entre les cuisses, entre le vagin et l'anus, un affreux renflement suppurant.

Non, ce n'est pas possible ! Pas ça, pas ce spectacle ! Arrêtez, partez !

Mais je suis trop faible pour crier et les chasser.

Je fais non de la tête, doucement. Je fais comprendre que je suis épuisé, que je ne suis plus bon à rien.

Le vieux insiste encore. Il plaide, pathétique. Je devine qu'il m'adjure, au nom de notre amitié, de faire quelque chose.

Je reste d'acier.

Il ouvre un paquet. Il en sort quatre épis de ganja (la ganja se présente, je le rappelle, en cylindres enveloppés d'herbes sèches que l'on dépiaute comme on dépiaute les feuilles d'un épi de maïs pour le mettre à nu) et me les montre.

Il y en a un bon kilo.

Je réfléchis. Avec ça, je peux gagner, en fumant à mort, assez fort pour remplacer les shoots, huit jours de vie. Je veux mourir sans doute, mais on ne refuse pas huit jours de plus.

Je dis oui, fatigué, lassé, mais je dis oui.

Pour me donner des forces, je commence par me faire un double shoot. Puis j'examine la femme. Ça n'est pas beau. Elle a dû se blesser, ça s'est envenimé, et comme d'habitude, l'emplâtre d'herbes a tout aggravé.

Je gratte, je dégage la plaie purulente.

Il faut raser tous les poils avant que je puisse faire quelque chose.

Je l'explique au vieux.

Ahurissement. Ce que je demande doit vraiment leur poser un terrible problème car ils se mettent tous à discuter pendant un bon quart d'heure, l'air effaré.

J'insiste. C'est ça, ou je ne soigne pas.

Vaincu, le vieux accepte, mais il a vraiment l'air d'être contraint à quelque chose de très vilain, de sacrilège.

Il appelle la patronne et lui avoue tout. Elle le regarde, affolée. Il lui explique qu'il faut en passer par là, qu'il faut qu'elle lui prête de quoi raser la malade.

On emmène celle-ci.

Attente d'une bonne demi-heure. Enfin la femme revient, rasée impeccablement. Je ne sais pas comment ils s'y sont pris au juste, mais il n'y a plus un seul poil.

Après, eh bien, je fais mon travail habituel. Pénicilline, mercurochrome, nettoyage, grattage et sulfamides sur le tout.

C'est fini. Adieu la tribu Kalikula et merci pour la ganja.

Je me rallonge. Je me shoote. Et j'attends...

VII

Un matin de pluie, alors que je sens une rigole venue du mur de pisé poreux imbiber mon sac, mon ange gardien arrive pour me sauver.

Je suis sur le dos et je ne cherche même pas à essayer de déplacer ma couche pour me mettre au sec quand je devine une ombre qui s'encadre dans la porte. Derrière elle, le scintillement des rigoles d'eau qui dégoulinent du linteau.

Je n'y prête pas attention. C'est sans cesse que des villageois viennent me regarder, comme ils regardaient l'Américain dans l'autre village.

Je referme les yeux. Je suis mal. Le besoin d'un shoot sourd dans mes veines mais je retarde le moment de me le faire.

J'en suis arrivé à un tel état de fatigue que me shooter est, chaque fois, un effort surhumain.

Mais le besoin est le plus fort. Je me soulève sur les coudes, je me penche sur mon nécessaire à opium, je prends une boulette, ma cuiller, j'allume mon réchaud (j'ai trouvé de l'alcool au tea-shop).

Tout en travaillant ma boulette sur la flamme, je jette un regard à la porte.

La forme humaine est toujours là, une épaule contre le mur de droite. C'est curieux : la tête touche le linteau de la porte. L'homme est vraiment grand pour un Népalais...

Mais au fait, ce n'en est sans doute pas un !

Et je reconnais Olivier !

Il est là, aussi grand, aussi costaud que d'habitude, peut-être un peu amaigri. Et il me regarde fixement, sans bouger, l'air de me dire :

« Enfin, je t'ai retrouvé... »

Il s'approche. Il me sourit. Moi, je l'observe sans broncher.

Ah ! non ! Il ne manquait plus que ça ! Pourquoi donc lui aussi ne veut-il pas me laisser mourir en paix ? Qu'il aille au diable ! Qu'il retourne d'où il est venu ! Je ne veux pas le voir.

Sans lui dire un mot, je reprends ma cuisine. Mais je suis tellement énervé que je n'arrive pas à faire tenir mon garrot.

Olivier s'approche. Il n'a toujours rien dit.

Il prend le garrot, le serre. Il me tend l'aiguille pour que je me pique et m'observe, accroupi devant moi, muet.

J'évite de le regarder. Ma décision est prise. Dès que j'aurai eu mon flash et que je me sentirai mieux, je rangerai mes affaires et je m'en irai en lui interdisant de me suivre. Il m'a toujours obéi, il m'obéira une fois de plus.

Mon flash passe, je charge mon sac, je me lève. Je suis faible, faible, mais je serre les dents. Je passe une courroie autour d'une épaule et je me dirige vers la sortie.

« Je t'interdis de me suivre », dis-je dans un murmure en passant près d'Olivier.

Il ne bouge pas.

J'arrive à la porte, je lève la jambe pour en franchir le seuil...

Et je m'effondre de tout mon long, incapable d'aller plus loin.

Avant de m'évanouir, une pensée me traverse à la vitesse de l'éclair : cette fois, c'est fini. La mort que je voulais m'a été volée. J'en suis sûr, je ne sais pas pourquoi, Olivier va me sauver. C'est le destin. J'ai raté mon coup.

Et je m'évanouis.

Quand je reviens à moi, Olivier est à mon chevet. Il me tend du thé bouillant et des blancs de poulets.

Où est-il allé chercher ça ?

Il me parle doucement. Il me raconte qu'inquiet de ne pas me voir revenir au bout de trois semaines, il est parti à ma recherche. Il a refait, à pied lui aussi, le chemin que j'ai suivi. Mais sans bagages, plus vaillant que moi, et de plus, parlant le népalais (le bougre, très doué pour les langues, a appris à le parler presque couramment !) il est allé très vite.

Bientôt, dans un village, on lui a parlé de l'étranger qui n'a qu'un œil et qui guérit. De village en village, il a suivi ma trace et il a fini par me retrouver.

Bouleversé, je l'embrasse. Maintenant, cela me fait un bien extraordinaire de le voir là.

Je ne veux plus mourir !

« Laisse-moi te laver, dit-il. Tu es dans un état ! »

Et il me lave, comme une mère...

Combien de temps Olivier me soigne-t-il ? Je ne le sais plus. Et comme je ne l'ai pas revu après son expulsion de Katmandou, il n'est pas là pour me renseigner. Dans mon souvenir, il me semble que cela a duré des mois. En fait, cela n'a pas dû durer plus d'une dizaine de jours.

Dans le village et les fermes, il se débrouille pour trouver des nourritures saines : œufs, légumes frais, poulets.

Il me force à manger et à dormir, il m'oblige à réduire un peu les doses effroyables auxquelles j'en suis arrivé.

Bientôt, je vais mieux. Je regrossis. Je peux sortir, aller jusqu'à la fontaine, dans la cour, et me laisser couler, longuement, le jet d'eau frais sur la tête. Puis, je vais me promener. Je recommence même à soigner les villageois.

Et le jour où Olivier me propose de retourner à Katmandou, je ne dis pas non. Je ne pense plus aux neiges éternelles. Je suis guéri, sauvé du suicide.

Mais l'idée de refaire à pied le chemin du retour m'affole. Je suis encore trop faible. Jamais je n'y parviendrai.

Et pourtant, il faudrait faire vite : nous n'avons presque plus de drogue. Tout juste pour deux ou trois jours.

Alors, Olivier me révèle ce que j'ignorais jusqu'ici : ironie du sort, moi qui voulais mourir perdu au plus sauvage de la montagne, j'ai abouti dans un village que longe une route carrossable, la seule du nord de Katmandou ! Il me révèle même que cette route, bientôt, va être élargie et travaillée au bulldozer : c'est là que passera la fameuse autoroute Katmandou-Lhassa, au Tibet, dont on parle depuis si longtemps.

Il me propose :

« Descendons par la route. Il n'y en a que pour trois journées de voyage. Demain, c'est le jour de l'autocar hebdomadaire.

— Tu es fou, lui dis-je. Tu sais bien que ni toi ni moi n'avons de visas de tricking et il y a des check-posts (postes de contrôle policier) tout le long de la route !

— On se débrouillera, répond-il.

— Non, c'est trop risqué. Je ne veux pas être

piqué et fourgué à la frontière dans l'état où je suis. »

Comme il faut de la drogue coûte que coûte, Olivier décide de tenter sa chance. Il va descendre à Katmandou, acheter de la drogue et remonter.

Je suis trop faible pour refuser.

Il prend le car le lendemain.

Cent fois, pendant ces deux nuits et ces trois jours d'attente, je me reproche amèrement de l'avoir laissé partir. C'est sûr, il s'est fait prendre, il est expulsé.

Au matin du troisième jour, je n'ai plus qu'une boulette d'opium, quatre ampoules de méthédrine (j'ai même puisé dans mes « dernières cartouches ») et une centaine de grammes de ganja.

Si Olivier ne revient pas ce soir, je suis fichu. Une fin horrible m'attend, dans les tortures du manque.

Je passe la journée dans un état d'anxiété indescriptible.

A la nuit tombante, le car revient : Olivier est dedans !

Avant toute chose, avant de lui dire quoi que ce soit je demande :

« Tu en as ?

— Bien sûr.

— Vite, donne. »

Et je me pique aussitôt. Je m'étais fait mon dernier shoot à midi. Je n'en pouvais plus.

Il me raconte. A bord du car, il a demandé au chauffeur de l'aider. Moyennant 30 roupies, celui-ci a accepté, à chaque check-post, pendant qu'Olivier s'enfonçait dans son siège, de dire aux policiers qu'il n'avait pas d'Européens à bord. (Car il n'y a de contrôles que pour les Européens. Les Népalais, eux, n'ont pas besoin de permis de tricking.)

A Katmandou, il a foncé à la pharmacie et, deux heures après, il était dans l'autocar du retour.

Quelques jours plus tard, ne me sentant toujours pas en état de repartir par les chemins, je décide de risquer le coup moi aussi puisqu'il a réussi à Olivier.

Le chauffeur accepte de nouveau de nous dissimuler, mais cette fois, pour 50 roupies, puisque nous sommes deux.

VIII

Nous arrivons sans encombre à Katmandou.

Un très sérieux problème nous attend. Olivier m'a raconté qu'en mon absence, la chasse aux hippies et aux gars de la route a pris une ampleur terrible. C'est la panique générale. Chaque jour, dix ou vingt hippies se font rafler et sont reconduits à la frontière après une nuit au poste de police. (Pas plus, car les Népalais se sont aperçus qu'en les gardant plus longtemps, ils risquaient de se faire prendre de vitesse par les ambassades. Celles-ci, tout de même, font ça pour nous ; quand l'ambassadeur de France apprend qu'un hippie français est pris, il intervient, se débrouille en général pour l'arracher à la police et s'occupe de son rapatriement dans des conditions décentes.)

Il y a un camion prêt chaque matin, pour une nouvelle cargaison d'expulsés.

Edddy eight fingers lui-même a été expulsé. Les flics sont venus le chercher un jour au Cabin Restaurant. Cela a fait un ramdam du diable. Les hippies présents s'accrochaient aux basques des policiers en hurlant. Non, ils ne voulaient pas qu'on leur enlève leur Eddy ! Son départ, c'était vraiment la fin de Katmandou.

Tout le monde a été embarqué. Il a fallu deux camions le lendemain matin.

Nous devons être donc extrêmement attentifs. Un à un, en surveillant à chaque fois les abords pour vérifier s'il n'y a pas de policiers dans les parages, nous faisons les hôtels habituels.

C'est vrai, les choses ont bien changé... Aucun hôtelier n'accepte de nous prendre sans nous déclarer. Et pourtant c'est impératif : nos noms ne doivent figurer sur aucun registre. C'est par là que les flics commencent leurs rondes.

Au sixième ou septième hôtel (j'ai oublié son nom) le propriétaire nous dit qu'il est d'accord. Pas de noms sur le registre. Nous pouvons monter.

Mais il a un drôle d'air. Un air de faux jeton qui ne trompe pas mon flair de vieil habitué du truandage et de l'illégalité.

Je dis à Olivier, qui m'accompagne dans l'escalier :

« Pendant que je monte inspecter là-haut, reste donc un peu dans ses parages, voir ce qu'il fait. »

Bien m'en prend : à peine Olivier est-il redescendu, qu'il voit le propriétaire sortir. Il le suit de loin jusqu'au coin de la rue...

Et il le voit entrer au commissariat d'à côté !

Olivier revient dare-dare. Nous chargeons tout, nous dévalons l'escalier, nous allons nous planquer sous une porte cochère.

Notre propriétaire revient, encadré par deux flics !

Ouf !

Ça m'a tué. J'ai les jambes en coton. Je dois m'asseoir et me reposer un bon quart d'heure.

Il ne nous reste plus qu'un hôtel à tenter. Le Coltrane, celui que j'ai quitté en partant de Katmandou. Nous y allons. Le propriétaire m'a toujours été sympathique. Chance : il accepte. Et j'ai confiance. Je ne crois pas que lui nous trahira.

Nous nous installons dans la chambre où était l'Indien auquel j'ai volé, sans savoir que c'était à lui, 2 000 roupies indiennes, le mois dernier.

En face, le dortoir est rempli de gars de la route. Ils nous confirment qu'on peut faire confiance au patron. Ce n'est pas un donneur. Quand les flics viennent faire un contrôle, il enferme de l'extérieur les gars à clé dans une chambre. Et les flics, voyant la porte fermée, croient le patron quand il leur dit qu'il n'y a personne, que la chambre est vide.

C'est ce qui se passe d'ailleurs, le soir même. Une ronde surgit. Le propriétaire nous enferme à clé. Mais comme la porte est faite de planches disjointes, nous préférons nous tenir de chaque côté, adossés au mur, quand nous entendons les pas des flics. Biens nous en prend : nous sentons le souffle d'un flic qui se penche pour regarder entre les planches.

Nous pourrions être bien au Coltrane, Olivier et moi... Au fond, tout s'y prête : la tranquillité, dans la journée à l'hôtel, et le soir quand nous allons au Cabin (les flics ne font jamais de rondes de nuit). Puis, je me repose, je remange, je reprends du poids jour après jour.

Mon seul regret serait de ne pas retrouver Krishna. Car il a disparu. Impossible de savoir où il est.

Nous sommes amis, Olivier et moi. Il ne nous reste plus qu'à nous retaper tout à fait et essayer à l'ambassade de France, par les gars influents que je connais, d'obtenir un visa de sortie qui nous permette de partir avec toutes nos affaires au jour et à l'heure que nous aurons choisis. Moi, entre-temps, j'aurai bien trouvé une combine ou deux pour me renflouer. Pour nous renflouer. Car je suis plein d'amitié pour Olivier, le compagnon qui m'a sauvé.

Pourquoi faut-il que son démon de l' « arnaque » le reprenne ? Pourquoi faut-il que moi, mon démon du soupçon et de la méfiance me reprenne ?

Je l'ai dit, déjà, je crois, Olivier est un maniaque de la fauche, une sorte de kleptomane. C'est plus fort que lui, il ne peut pas s'empêcher de voler, à l'occasion. Toujours petit sans doute, mais sans arrêt.

S'il se contentait de voler les autres, je m'en moquerais. Mais il se met à me voler moi-même !

Ça commence par des broutilles. Je l'envoie faire une course, lui donne de l'argent. Quand il revient et me rend la monnaie, je m'aperçois de plus en plus souvent que le compte n'y est pas. Je connais les prix des choses, un rapide calcul me suffit pour que je voie qu'il manque 50 pesas par-ci, 1 roupie par-là.

Au début, je ne dis rien. Mais je m'énerve doucement. Ça commence à m'agacer. Et je n'ai pas encore les nerfs suffisamment rétablis pour prendre la chose du bon côté. Au contraire, je m'exaspère chaque jour un peu plus. Qu'il me demande franchement de l'argent, ça va, je n'ai jamais refusé. Mais qu'il me carotte alors que je continue à payer pour deux, c'est trop désagréable.

Un jour, je lui donne quelques dollars à aller changer, chez un marchand de tissus qui fait aussi ce genre de petite opération.

En revenant, Olivier me dit :

« Le changeur n'avait plus assez de monnaie. Il manque cinq roupies. Il me les rendra la prochaine fois. »

Bon, c'est dans les choses possibles, je ne dis rien.

Et puis, trois jours après, n'y pensant plus, je passe avec Olivier devant la devanture du marchand de tissus. (Nous ressortons depuis quelque temps : les flics ont l'air d'être un peu plus calmes. Et puis, la tentation nous démange.)

« Au fait, lui dis-je, naturellement, sans penser le moins du monde à jouer les enquêteurs, il t'a rendu les cinq roupies ? »

La question a l'air de frapper Olivier au foie. Il pâlit.

« Tiens, c'est vrai, finit-il par dire d'un ton badin, j'ai oublié de les lui redemander.

— C'est l'occasion, non ?

— Ah ! oui... Tu as raison. J'y vais. »

Le marchand est sur le pas de sa porte. De loin, je le vois discuter avec Olivier. Ils entrent. Olivier ressort avec cinq roupies à la main, souriant.

Je les empoche et je n'y pense plus.

Quelques jours plus tard, je suis dans la rue du marchand de tissus, tout seul, quand je vois, au bout, une voiture de la police avec deux flics. Zut ! un contrôle. S'ils me voient, je suis bon.

Je m'engouffre chez le marchand de tissus. L'air négligent, je dis :

« Tiens bonjour, je passais. Une envie de parler... Ça va ? »

Oui, il va bien. Nous discutons un instant. Il me montre un arrivage de tissus qu'il vient de recevoir. Il y en a de très jolis. Au bout d'un moment, le marchand me dit :

« Ce n'est pas que je sois pressé, mais votre ami devait me rendre depuis trois jours les cinq roupies que je lui ai prêtées l'autre soir. Il n'est pas revenu... Comme il m'a dit que c'était pour vous, ça ne vous ennuierait pas de me les rendre ? »

Ça alors, il est gonflé, Olivier ! En une seconde j'ai tout compris : les soi-disant cinq roupies dont le marchand n'avait pas la monnaie, leur soi-disant restitution l'autre soir. L'ordure !...

J'encaisse le coup. Je rembourse les cinq roupies en rageant intérieurement.

Quand les flics sont partis — ça dure bien une heure — je rentre dare-dare à l'hôtel, bien décidé à mettre les choses au point avec Olivier. Je ne peux pas continuer à me faire entuber comme ça.

Dans l'entrée, je vois un type, genre hippie, mais de luxe, ça se remarque tout de suite à de petits détails : jolies sandales à la mode, afféteries des vêtements et de la coiffure. Il parlemente à la réception avec le patron. Je monte. Au premier, à l'étage des meilleures chambres, je vois un sac posé dans le couloir. Un joli sac de cuir brodé avec des franges. Tiens ! tiens ! ça doit appartenir au type. Machinalement — autrefois, au temps où j'étais un voyou, j'aurais dit : professionnellement — j'ouvre le sac et je regarde dedans. Mazette ! Il y a un drôle de bel appareil-photo japonais ! Je referme le sac sans rien toucher. Mais ça me donne une idée.

Dans la chambre, je retrouve Olivier et j'attaque tout de suite :

« Dis donc, toi qui as des problèmes d'argent, j'ai un bon truc pour toi. Dans le couloir, au premier, il y a un sac et dedans un appareil photo japonais. Une belle pièce. Toi qui n'as pas de scrupules, pourquoi n'irais-tu pas le piquer ? Rien de plus facile. Tu ouvres le sac et tu prends... »

Olivier hésite. C'est un peu risqué. Mais c'est vrai, il n'a aucun scrupule, je l'ai vu vingt fois voler les autres. Moi, par exemple, en ce moment !

Il descend donc. Et remonte deux minutes plus tard avec l'appareil caché dans son blouson, l'air assez fier de lui.

Parfait, l'acte I de mon plan est terminé. Passons à l'acte II.

« Bravo, lui dis-je. A présent, il faut vite se débarrasser de ça. Je connais un receleur qui te le reprendra. Je vais avec toi. Je saurai lui faire t'en donner un bon prix. »

Effectivement, le receleur, qui a souvent fait affaire avec moi, ne discute pas. Il prend l'appareil d'Olivier pour 800 roupies. Une somme énorme pour Olivier, lui qui n'a jamais vécu que de petites rapines d'une à cinq roupies maximum.

Il ne se tient pas de joie.

« Tu as vu, hein ? exulte-t-il, tout faraud. C'est un beau coup, non ? »

Cause toujours et attend la suite. L'acte II est joué, passons à l'acte III.

Nous rentrons et là, j'avoue qu'il me souffle, l'Olivier.

Alors que, moi, je compte l'attaquer doucement sur ses dettes envers moi et lui demander ce qu'il pense me rembourser sur ce qu'il me doit (pas mal en fait, plusieurs centaines de roupies, car, outre le logement et la nourriture, c'est papa Charles qui règle aussi les notes de drogue), voilà qu'il commence à s'exécuter.

Agitant ses 800 roupies, il me raconte que c'est formidable, qu'il va enfin pouvoir quitter Katmandou.

D'abord New Delhi, puis Bombay, puis le retour en France. L'expérience hippie, ça lui suffit. Il va rentrer chez lui et reprendre ses études. Bref, il est en plein dans les châteaux en Espagne.

Il conclut :

« Je sors, j'ai quelques adieux à faire avant de partir. Car je pars demain. »

Tout souriant, je fais la moue.

« Mais non, Olivier, ne pars pas comme ça, sans dire vraiment adieu au vieux Charles. Réserve-moi au moins ta soirée. On va se faire un petit dîner d'adieu.

« Tu as tout le temps d'aller voir les autres. Je compte quand même plus pour toi, non ? »

Il est soufflé. Il hésite :

« Mais, Charles...

— Allons, pas d'histoires, tu restes et on se fait une bonne petite soirée à deux. D'accord ?

— D'accord » lâche-t-il, vaincu.

Je me fais donc monter des gâteaux, du bang lassi, du thé, un bon petit souper.

On le mange dans un lourd climat de silence gêné.

Et je finis par demander négligemment :

« Ainsi, tu pars tout seul ? »

Interloqué, il me regarde.

« Bien sûr. 800 roupies, c'est quand même un peu juste. Alors, à deux... »

Ça, il est gonflé ! Je l'ai nourri et drogué pendant des semaines à mes frais. Il me doit des centaines de roupies. Je viens de lui en faire gagner 800 qu'il aurait bien été incapable de trouver tout seul, et maintenant qu'il a de l'argent en poche, *bye bye,* moi je m'en vais, débrouille-toi tout seul !

Je me maîtrise à grand-peine et j'interroge :

« Mais, Olivier, tu me dois de l'argent. Beaucoup, même, tu sais... »

Il fronce les sourcils. Il a l'air très blessé.

« Charles, dit-il. J'ai payé ma dette. Moralement. Ça ne suffit pas ? »

Ah ! c'est donc ça ! Je vois ce qu'il veut dire. Il estime que le fait d'être venu me chercher dans la montagne l'a dégagé de toutes ses dettes !

Et moi qui croyais qu'il avait fait ça par amitié !

Le salaud ! C'était donc intéressé ! Il est donc venu

parce qu'il était paumé! Il n'est donc pas venu sauver Charles, mais chercher papa Charles, pour qu'il continue à l'entretenir! Et pour que lui, Olivier, en plus, puisse continuer à le voler en douce!

Détraqué comme je commence à l'être à force d'excès de drogue, ma colère contre lui prend des proportions invraisemblables.

J'explose. Je le prends au collet. Je le pousse dans un coin de la pièce, je le force à s'asseoir.

Et il est lopette en plus! Il est en pleine santé, je suis encore convalescent, il pourrait m'écraser d'un coup de pouce et il se laisse faire, terrorisé! Faut-il que j'ai l'air méchant!

« Bon, lui dis-je entre mes dents. Tu ne bouges plus et tu m'écoutes. J'en ai pour un moment. »

Et je commence, pour le scier net tout de suite, par l'affaire des cinq roupies du marchand de tissus. Puis je continue avec toutes les escroqueries et les entourloupettes qu'il m'a faites et que j'avais avalées sans rien dire. Les billets qui se volatilisent, les notes d'achat bizarres. Les petites disparitions dans les réserves de drogue, etc.

Je vide mon sac. Rien ne m'arrêtera. J'en ai trop gros sur le cœur.

Olivier encaisse tout, sans bouger, recroquevillé dans son coin, blanc de peur.

A la fin, je lui ordonne de me donner les huit cents roupies. Il obéit sans broncher. J'en prends cent et je lui rejette le reste.

« Ce que je prends, lui dis-je, c'est pour le principe. Et si je te rends le reste, c'est pour que tu aies de quoi déguerpir. Parce que tu vas déguerpir. Et vite. Je ne veux plus te voir. »

Au même moment, je m'aperçois que le ciel blanchit derrière les volets. Je les ouvre. C'est l'aube! J'ai mis toute la nuit à vider mon sac!

Une heure plus tard, Olivier a fini de boucler son sac. Et il s'en va. Nous ne nous sommes pas dit un mot depuis la fin de notre règlement de comptes.

J'en suis sûr, c'en est fini avec Olivier. Pour toujours. Je ne le reverrai plus.

Je me trompe. Car il se passe trois ou quatre heures plus tard quelque chose que je n'arriverai jamais à élucider et qui me laissera toujours un doute pénible dans l'esprit.

Je suis sorti et en revenant à l'hôtel, qu'est-ce que je vois venir vers moi ? Un taxi.

Et dedans, assis entre deux policiers, je reconnais Olivier !

J'ai juste le temps de me cacher.

Olivier s'est fait prendre ! Il va être expulsé.

Le taxi s'arrête devant l'hôtel. Olivier et les flics en descendent et franchissent le seuil.

Ils en ressortent au bout de cinq ou dix minutes, et le taxi repart.

Mais pourquoi Olivier est-il revenu à l'hôtel ? Il avait toutes ses affaires avec lui...

Est-ce à cause de l'affaire de l'appareil photo ? Nous n'avons pas été inquiétés. Le hippie de luxe est reparti sans s'installer. Il n'a même pas dû s'apercevoir de la disparition de son appareil avant d'avoir pris une autre chambre ailleurs.

Alors ? Olivier m'a-t-il donné ?

A-t-il dit aux flics qu'un type du nom de Duchaussois était là sans visa ? A-t-il voulu, par cette trahison, monnayer une expulsion plus humaine ?

Je ne saurai jamais la vérité et encore aujourd'hui, je n'ose pas pencher pour l'affreuse hypothèse qui ferait d'Olivier un donneur...

Pour l'instant, je n'ai pas le temps d'épiloguer. Il faut que je file du Coltrane. Ça sent trop mauvais.

Le taxi parti, je fonce à l'hôtel, je monte dans ma

chambre, je boucle mes affaires, je redescends en trombe. Le patron n'est pas à la réception. Il n'y a qu'un garçon à qui je règle mon dû. Il ne parle que népalais. Inutile de lui poser des questions sur ce qui vient de se passer, je n'en tirerai rien. (Plus tard, je reviendrai questionner le patron, mais, bizarre, je n'en tirerai rien non plus...)

Cinq minutes après, je suis dans la rue.

Cette fois, la situation est plus que délicate. Elle est dramatique. Me balader en plein jour, moi, un Européen en bottes éculées et en tenue défraîchie, avec un sac au dos, dans les rues de Katmandou, c'est de la pure folie.

A chaque instant je m'attends à tomber sur un barrage de police ou à entendre les crissements de freins d'une voiture de la police stoppant à ma hauteur.

Où aller ? Tous les hôtels sont des pièges. Quant à trouver à me cacher chez l'habitant, il n'y faut pas songer.

Pourtant, soudain, un nom me revient : Bichnou, le pâtissier aux tartes européennes. Nous étions très amis...

C'est ma dernière planche de salut. Je fonce chez lui.

Quand j'arrive, il est derrière son comptoir, souriant comme à l'accoutumée. Accolade. Et tout de suite :

« Bichnou, il faut que tu m'aides. Je ne sais plus où aller. Si je me fais prendre maintenant, c'est l'expulsion et je ne tiendrai pas le coup. Planquemoi quelque temps, que je me retourne. Tu es mon dernier espoir. »

Formidable Bichnou ! Il n'hésite pas une seconde :

« Tu peux compter sur moi, me dit-il. Je suis ton ami. Je vais te chercher quelque chose. »

Il se lave les mains, enlève son tablier, abandonne sa pâte à tarte et s'en va. Il revient une demi-heure après.

« J'ai ce qu'il te faut. Tu vas aller chez ma sœur. C'est tout près d'ici. Tu seras bien, tu seras tranquille. Suis-moi. »

A cent mètres de chez lui, dans une ruelle longeant la rivière, il s'arrête devant une petite maison de pisé, aux murs ventrus qui me plaît tout de suite.

Nous entrons. La sœur de Bichnou est là. C'est une petite femme d'une trentaine d'années, avec le même regard direct et le même bon sourire que son frère. D'emblée, je me sens en confiance.

Je la remercie de tout mon cœur.

Je regarde la pièce autour de moi, et j'ai un choc. Je suis dans une salle commune qui est en même temps une chapelle : tout un mur est occupé par un autel. Autour de la statue d'une déesse, des dizaines de bouquets de fleurs, des guirlandes, des draperies brodées d'or. Des bâtons d'encens brûlent partout. C'est extraordinairement beau.

La sœur de Bichnou me fait signe de la suivre.

Dans le coin de la pièce, il y a un escalier, plutôt une échelle tant les marches sont raides.

Nous montons, nous arrivons dans un couloir, au premier. Nous prenons une deuxième échelle. Nous voici au second.

Le plafond est si bas que je dois, comme au Coltrane, garder la tête baissée. La sœur de Bichnou ouvre une porte à droite. Je baisse encore la tête et j'entre.

En cherchant un trou pour me cacher, j'étais prêt à accepter n'importe quoi, même une paillasse au fond d'une étable comme dans la montagne.

C'est un palais qu'on m'offre !

La pièce est très longue, cinq ou six mètres, large de quatre. Au fond, dans une sorte d'alcôve, un lit, un vrai lit ! A gauche, un placard, à droite, dans un recoin, des cabinets à la turque, puis une fenêtre et sur la rambarde, dans l'épaisseur du mur, juste avant les volets, un lavabo sommaire (les murs ont un bon mètre d'épaisseur).

Par terre, non pas de la terre battue, mais du plancher. Dans un coin, des coussins qui forment comme un divan.

A part mes deux nuits à l'hôtel Soaltie de Katmandou avec Eliane M., je n'ai jamais eu une telle chambre depuis mon départ de Koweit.

J'en suis soufflé. Je ne sais comment remercier Bichnou et sa sœur qui regardent en souriant. Je balbutie :

« C'est trop beau, c'est trop beau. »

Bichnou proteste, d'un geste. Je demande :

« Combien te dois-je ?

— Ne t'inquiète pas pour ça, réplique-t-il. Tu as tout le temps de payer. Ce n'est pas pour de l'argent que nous te donnons cette chambre. Tu es notre ami. »

Les braves gens ! Vous ne pouvez pas savoir combien ça réchauffe le cœur quand on est traqué comme un loup de voir quelqu'un vous tendre la main !

Ils ressortent et moi, autant d'épuisement que de bonheur, je me jette sur le lit et je m'endors aussitôt.

IX

LE soir, attablé chez Bichnou, le ventre rempli de tartes, je commence à voir la vie en rose. Ce qui m'arrive est inespéré. A moi de savoir en tirer parti. Dans le bon sens du mot. Mes aventures dans la montagne, mon sauvetage *in extremis* m'ont fait revenir à la réalité, m'ont mis du plomb dans la cervelle. Il s'agit de ne pas gâcher les chances qui me sont offertes. Je vais réduire les shoots. Il faut absolument que je me libère de la drogue. Je suis allé assez loin avec elle pour avoir épuisé toutes les curiosités. Pour moi, la drogue n'est plus maintenant qu'une habitude, tyrannique, mais une habitude, rien de plus. Je suis tout de même capable de réduire mes shoots, non ?

Ce que je dois faire, c'est parvenir à m'en tenir au shilom. Ça, ça n'est pas dangereux. On peut vivre normalement en ne s'en tenant qu'au shilom. Donc, le but est : plus de shoots. Comment y parvenir ? Pour l'instant j'en suis à huit à dix par jour, (j'ai déjà réduit par rapport à la montagne). Je calcule : sur vingt-quatre heures, ça m'en fait un toutes les deux heures, en comptant les quatre à cinq heures de sommeil par nuit auxquelles j'en suis pour l'instant. C'est encore beaucoup trop. Il faut, pour le début, que je ne me shoote pas plus souvent que toutes les trois heures. Si ça ne va pas, shilom. Shilom jusqu'à ce que le manque se fasse moins fort. Et ainsi de suite. A ce rythme, je compte qu'en quinze jours je n'en serai plus qu'à deux ou trois shoots par jour. En un mois, je devrais avoir tout à fait cessé de me shooter. Ce sera dur, mais je sens en moi une volonté solide.

Les deux problèmes les plus délicats sont les suivants : d'abord, comment trouver le sommeil et dormir au moins six à sept heures par nuit pour récupérer et me retaper tout à fait ? Je pense que le mieux est de reprendre des habitudes alimentaires normales. Déjeuner, le plus copieux possible, puis sieste. Dîner copieux aussi et deux ou trois shiloms pour me calmer et m'aider à dormir.

Ensuite, il faut que je m'occupe dans la journée. Sinon, l'envie de me droguer sera trop lancinante. De ce côté-là, ça devrait aller. Je décide d'une part de proposer à Bichnou de l'aider dans son travail et d'autre part, d'aller le plus souvent possible au Centre culturel français où je suis connu, où j'ai des amis. Là, je n'aurai qu'un problème d'aller-retour pour éviter les rafles. Au Centre, les flics ne viendront jamais, c'est une terre française.

Cette idée du Centre m'enthousiasme. Je me dis qu'il faut que je me débrouille à trouver un travail de ce côté ne serait-ce que pour un temps. J'aurai de l'argent et le problème du visa ne sera plus qu'une simple formalité.

J'explique mon plan à Bichnou. Il l'approuve entièrement et accepte de m'employer trois ou quatre heures tous les matins, pour l'aider à préparer sa pâte, faire la plonge, le ménage, etc.

Je commence mon travail dès le lendemain. En échange, il me nourrit. Pour la chambre chez sa sœur il ne veut pour l'instant entendre parler de rien. Quand je partirai, si j'ai de l'argent, je lui en donnerai, sinon, ça n'a pas d'importance.

L'après-midi, je mets ma tenue de gala et je vais au Centre. En route, j'ai des battements de cœur en arrivant sur New Road, la grande rue. Les flics sont postés au carrefour, attentifs aux Européens qui passent.

Je dois être courageux et tenter le tout pour le tout, vérifier si avec ma « tenue de gala » j'ai l'air d'un touriste ou non.

La chance vient à mon aide. Un groupe de touristes américains passe. Je me mêle à eux. Les policiers nous regardent, cherchant une tête hippie. Ils ne sont pas bêtes, ils se méfient du coup des hippies qui se mêlent aux touristes. Nous sommes une dizaine. Ils ont vite fait de scruter toutes nos têtes.

Ça se passe comme une lettre à la poste ! Je marche devant les flics, la tête haute. Ils me regardent... et tournent la tête, jetant un coup d'œil au suivant.

Ouf ! je peux donc passer pour un touriste ! Il faudra que je fignole ça. Les jours suivants, je m'achèterai une vraie veste et une chemise à col ouvert, une vraie chemise de touriste.

Au Centre culturel, je suis accueilli à bras ouverts. « D'où venez-vous ? Que s'est-il passé ? Vous avez mauvaise mine ! »

J'explique que j'ai été malade, sans cacher que je suis allé en montagne. Pendant une heure, je raconte des anecdotes de là-haut, les plus pittoresques. Les histoires du vieux qui me donnait une fille et surtout celles des opérations de fortune passionnent tout le monde.

Quand je les quitte, le soir, je suis l'attraction, le roi du Centre culturel.

Je rentre dîner chez Bichnou, puis je vais faire un tour au Cabin Restaurant. Je rentre tôt. Deux shiloms et je me couche.

Ça va, j'ai réussi à m'en tenir à un shoot seulement toutes les trois heures sans trop de mal. (L'après-midi, au Centre, je suis allé m'en faire un dans les waters.)

J'ai un sommeil entrecoupé de réveils brusques, mais enfin, c'est un progrès. Je reste au lit près de sept heures sans me shooter.

Au bout de quatre jours seulement de ce régime, je sens que je tiens le bon bout. Un shoot toutes les trois heures, pas plus, je ne triche pas. L'appétit revient, je dors mieux. Dans ma glace, je vois que j'ai meilleure mine. Je ne crie pas victoire, je suis encore loin du compte, mais je suis tout de même fier de moi et ça m'encourage.

Et puis, ma tenue « touriste », veste et chemise, que je viens de m'acheter, me donne contenance pour sortir. Je me sens un autre homme.

Un matin, chez Bichnou, je vois arriver Krishna !

Le gosse se jette dans mes bras en pleurant de joie. Il n'a pas un reproche, ne m'en veut pas de l'avoir abandonné. Il a retrouvé ma trace en traînant du côté du Cabin Restaurant. Il a fait tous les hôtels et a vite compris que ce n'était pas de ce côté-là qu'il fallait chercher. Alors, tout seul, en se creusant la cervelle, il en a déduit que le seul endroit où je pouvais être, c'était chez Bichnou ! Pas bête, Krishna !

Il me supplie de le garder avec moi. Ravi, j'accepte. Au fond ce gosse me manquait. Je suis très heureux de le retrouver.

Dans ma chambre, je l'installe sur une natte, au

pied de mon lit, car il fait toujours pipi en dormant. Je lui confie mes affaires à nettoyer, à raccommoder, mes courses à faire. Bref, tout recommence comme avant, à cette différence près que cette fois, je suis seul, sage, et retiré des affaires ! Bien entendu, Krishna vient aussi « bosser » avec moi chez Bichnou, dont la sœur l'adopte comme s'il était son propre enfant.

Au Centre culturel, l'après-midi, je bricole aussi. La période des vacances finie, les étudiants qui y travaillaient sont repartis. Et ce n'est pourtant pas le moment. Il y a de plus en plus de touristes européens à Katmandou et le Centre prend un grand développement. Le manque de personnel se fait cruellement sentir. On se félicite de mon arrivée. Les choses vont même beaucoup plus loin : le directeur du Centre, avec qui j'ai sympathisé, me fait une proposition. Il veut me confier sa succession au Centre. Il me fait même rencontrer l'ambassadeur en personne pour en parler.

Leurs propositions me remplissent de joie. Ce qui m'arrive est extraordinaire. Je vais avoir un vrai travail, qui m'excite beaucoup par avance, un vrai salaire et même, si je le veux, je serai logé au Centre !

Seulement, il y a un hic : mon problème de visa. Je m'en ouvre sincèrement au directeur du Centre. Il va arranger ça. Ce ne sera pas difficile.

Du coup, les idées s'entrechoquent dans ma tête. Et si, après tout, au lieu de quitter Katmandou, j'y restais ? Pourquoi pas ? Il n'y a aucune raison pour que je ne puisse pas m'y établir si j'y ai une fonction et une existence officielle.

Je pourrai même y devenir riche. Car entre-temps, observant le travail de Bichnou, une idée m'est venue. Ce type, avec ses tartes européennes

473

qu'il est le seul à faire à Katmandou, tient sans le savoir entre ses mains une affaire en or. Il suffirait qu'il quitte son quartier perdu pour s'installer sur une rue fréquentée, New Road, par exemple. Et sa nouvelle pâtisserie, bien visible, serait vite célèbre chez les touristes et ne désemplirait pas.

Pourquoi ne m'associerais-je pas avec lui pour organiser cette transformation ?

Je me vois déjà, respecté, à l'aise, dans Katmandou. Et cet avenir souriant multiplie mes forces pour activer ma désintoxication...

Au Centre culturel, pendant ce temps, le directeur m'annonce que mon engagement n'est plus qu'une question administrative. Il a fait une demande à qui de droit à mon sujet. Ses promesses tiennent toujours, je m'occuperai d'organiser des conférences à l'intention des Népalais, en anglais d'abord, puis je leur apprendrai peu à peu le français. A ma charge aussi les commandes d'ouvrages, de revues et de films pour les séances culturelles ou récréatives.

Nourri, logé, blanchi, mon salaire sera de trois cents à quatre cents roupies par mois, environ deux cents francs, un traitement formidable au Népal !

Je nage dans la joie et les bonnes résolutions. Finies enfin les combines, les aventures plus ou moins louches, les vagabondages et les bêtises accumulées. Je vais devenir quelqu'un de bien. Ce n'est pas trop tôt. Ce sera une bonne manière de prendre le tournant de mes trente ans.

Du coup, dans mon enthousiasme, je réussis à ne me droguer que très raisonnablement. Haschisch, bien sûr, tous les jours, mais presque rien de plus !

Plus que jamais, ce n'est pas le moment de me faire prendre par la police. Ce serait vraiment idiot d'être expulsé faute de visa alors que, brusquement, tout est en train de s'arranger pour moi. Le directeur du Centre m'a promis de s'occuper de m'avoir un visa en règle, et prolongé, mais il ne pourra l'obtenir pour moi que lorsque je serai officiellement engagé.

En attendant, je redouble donc de précautions. Je juge que même avec ma tenue touriste, les risques sont trop grands. Je décide de ne plus sortir que le soir, quand les policiers sont couchés, puisqu'ils ne font pas de rondes de nuit.

Au Centre, on prévient le concierge de laisser la clef à ma disposition dans une cache, quand j'arrive. Désormais, après la nuit tombée, je sors de chez moi, laissant Krishna à la famille Bichnou, et je fonce au Centre. Parfois, j'y retrouve le directeur, sa secrétaire et un médecin français du contingent qui fait un stage à Katmandou. Avec eux, des couples de Népalais de la société. Tout ce beau monde papote en buvant du thé, écoute des disques français ou regarde des films. Mais le plus souvent, il n'y a personne, à part le concierge, un Népalais, bien entendu, et le médecin français dans son appartement, au premier étage, à moins qu'il ne soit de soirée en ville.

Je m'installe et je commence à mettre de l'ordre dans ce bureau que le passage des étudiants et des étudiantes, l'été passé, a laissé dans un fichu désordre.

Moi qui n'ai jamais travaillé, je m'y mets avec ardeur et conviction, je suis fier de moi, je m'admire. Si mes parents me voyaient, ils n'en reviendraient pas !

Ainsi, pendant une quinzaine de jours, j'entre peu à peu dans cette « famille » du Centre. J'y deviens ami avec tous et toutes.

M. Français, l'ambassadeur, m'appelle « Monsieur Duchaussois » quand il vient au Centre, et je me lie vraiment avec le consul, un très sympathique garçon de vingt-sept à vingt-huit ans, M. Daniel Omnès (celui de la fête à l'ambassade), installé depuis peu avec sa femme à Katmandou.

Si l'administration française l'avait voulu, je suis sûr que je serais encore à l'heure actuelle à Katmandou, installé, respectable. Racheté... Car j'aspire sincèrement à ce travail auquel je m'habitue peu à peu, qui m'arrache à la drogue.

Mais l'administration est sèche. Je ne peux pas entrer dans ses colonnes de chiffres et dans ses dossiers.

Un soir, le directeur du Centre, véritablement désolé, m'annonce que c'est l'échec. Aucun crédit n'a pu être débloqué. Pour pouvoir m'engager, il faudrait qu'il rogne sur son budget actuel. C'est-à-dire qu'il devrait congédier sa secrétaire. Et je suis le premier à comprendre que c'est hors de question.

L'année prochaine, m'explique-t-il, il parviendra peut-être à faire élargir le budget du Centre culturel de Katmandou, mais il n'en est, hélas ! pas question pour l'instant.

Je suis toujours évidemment le bienvenu au Centre qui continuera à me rester ouvert, nuit et jour, et on ne souhaite qu'une chose, c'est que je vienne toujours y collaborer.

C'est la catastrophe, la tuile...

Car, enfin, même si je peux continuer à venir au Centre, il me faut vivre ! Et moi, je ne sais rien faire d'autre pour avoir de l'argent, que de trafiquer et me livrer à toute une série de combines et de larcins ! Comment faire autrement que de recommencer à voler ? Je n'ai pas d'autre solution.

Rentrer en France ? Je n'ai pas de quoi m'acheter le billet d'avion.

Reprendre la route ? Je ne peux pas le faire sans

avoir en poche un sérieux pécule. Or, mes réserves sont à fond de cale.

Je vais être vite aux abois. Si j'ai réussi jusqu'ici à échapper à la police des visas, la chance va fatalement tourner un jour ou l'autre. Et d'autant plus vite que pour me procurer de l'argent, il va me falloir sortir de ma tanière.

Je demande conseil au consul. Je lui expose mon problème.

Ce formidable garçon sans préjugés me comprend parfaitement, et, me connaissant comme il me connaît maintenant, il est plus à même que n'importe qui de mesurer le risque que mon échec au Centre culturel me fait courir.

Ensemble, nous cherchons des moyens de me sortir honnêtement de ce mauvais pas.

Il n'y en a hélas! aucun en vue. Je suis coincé.

La seule chose que M. Omnès puisse me garantir, c'est d'user de toute son influence auprès de l'ambassadeur pour me faire obtenir un visa de séjour, le temps d'attendre ce problématique déblocage de crédits ou, du moins, de me retourner avant mon départ de Katmandou.

Je lui promets de ne pas faire de bêtises, de ne pas reprendre la mauvaise pente, et, après une chaleureuse poignée de main qui me fait quand même beaucoup de bien, nous nous quittons.

Je rentre chez moi. Et je me jette sur mon lit, désespéré...

CINQUIÈME PARTIE

LES CAVES DE DELLI-BAZAR

I

POUR ce qui va se passer désormais, je ne me cherche aucune excuse, je ne veux pas fuir mes responsabilités. Seule ma faiblesse est la cause de la véritable démence qui préside au déroulement des deux mois qui suivent cet échec de ma tentative de sauvetage moral. Et seul le hasard, tellement aidé, il est vrai, par la générosité et la solidarité humaine de quelques hommes, me permettra de m'en sortir.

Ce fameux soir de novembre 1969, rentrant du Centre culturel où l'on vient de m'apprendre que les budgets ne veulent pas de moi, je défais ma ceinture-portefeuille, l'ouvre en deux rageusement, en sors une poignée de billets et ressors.

Ma direction : l'officine de Makhan, le pharmacien-médecin marron.

Mon projet : me faire piquer jusqu'à en tomber raide.

Je sais qu'on me reprochera de m'être vite laissé abattre par l'adversité. On me dira, qu'au fond, je n'ai guère de volonté et de ténacité. Qu'on ne replonge pas dans la drogue, d'un coup, comme ça, sous prétexte qu'on n'obtient pas tout de suite la place qu'on convoitait. Que si tous les gens qui n'obtiennent pas ce qu'ils veulent se décourageaient aussi facilement, le monde serait peuplé de loques errantes.

D'accord. Mais qui n'est jamais allé se cuiter au bistrot ou chez lui pour oublier un coup dur ? Qui n'a jamais eu de passage à vide ? Qui n'a jamais eu envie de tout laisser tomber ?

Il y a autre chose. La drogue. L'existence de la drogue. La conscience que la drogue existe. Et la faiblesse du drogué à peine rétabli et dont les nerfs, le cerveau et tous les organes restent imprégnés du délicieux souvenir de la drogue. Car, n'est-ce pas, on oublie toujours facilement les moments désagréables et douloureux du passé, les souffrances, les tortures, les ennuis. Mais on n'oublie jamais les moments de bonheur et de plaisir. Ceux-là seuls restent. Et c'est le drame des drogués quand ils ont arrêté : le souvenir de leur calvaire s'est vite estompé, celui de leurs jouissances s'exacerbe sans cesse un peu plus.

Alors, il suffit de peu de chose, d'une contrariété souvent minime, pour qu'aussitôt les barrières de leur volonté craquent et pour qu'ils replongent dans leur vice, exactement comme l'homme qui a cessé de boire recommence le jour où il a des ennuis au bureau. Exactement comme le fumeur se remet à fumer le jour où il s'engueule avec sa femme.

Makhan est en train de fermer sa boutique quand j'arrive. A la vue de mon argent, il ne fait aucune difficulté à se contraindre à quelques minutes supplémentaires de travail.

Pour commencer, je lui demande un fixe de morphine. Un bon fixe. Deux centimètres cubes d'un coup.

Fébrilement, je m'assieds en face de lui le bras dénudé sur les gros livres qu'il a posés sur son bureau.

Une sueur d'impatience me vient au front tandis que je le regarde préparer son flacon et sa seringue. Je n'ai même plus de remords. Je vais d'un coup balayer des semaines d'efforts et de luttes contre la drogue, mais je m'en fiche totalement. Dans mon corps mon sang bout littéralement d'impatience, appelle la drogue de tous ses battements, de tout son flux.

Le garrot étrangle mon biceps et sa dure poigne m'est délicieuse.

Je vois l'aiguille s'avancer. Elle entre dans mes chairs. La pointe fouaille un peu la veine gonflée. Que cette petite douleur aiguë est douce! J'en tremble de bonheur.

Makhan fixe la seringue à l'aiguille et presse le piston, lentement, avec toute l'adresse calme et blasée du professionnel de la piquouze qu'il est devenu.

Renversé sur ma chaise, je ne bouge plus.

Mais en moi, c'est un gigantesque puits artésien qui décharge toute sa pression et sa violence dans mon système sanguin tout entier.

Une bouffée de chaleur jaillit à mon visage. J'ai l'impression que je vais éclater.

Mais c'est bon, c'est bon, c'est indiciblement bon!

Un spasme que je ne peux comparer qu'à celui de l'amour m'électrifie tout entier, je me vendrais à tous les diables de la création pour qu'il dure, encore, encore, encore...

Peu à peu, ça s'apaise, le spasme s'adoucit, une douce joie paisible et bienheureuse lui succède.

C'est fini, mon flash est passé.

Je n'en ai jamais eu d'aussi formidable depuis mon premier.

A moi maintenant les heures de douce envolée, le voyage. Vite, il faut que je rentre tant que je suis encore lucide, ce n'est pas le moment de perdre conscience des choses en pleine rue !

Avant de partir, je refais mon plein de came. Un gros flacon de morphine. De l'opium, de la méthédrine pour mieux diriger mes voyages. Salut, Makhan, à bientôt...

J'ai emporté de quoi me droguer pendant plus de quinze jours.

Je me fixe à un tel rythme dans les jours qui suivent que moins d'une semaine plus tard il faut que j'aille refaire mon plein de came.

J'ai replongé à fond, sans plus aucune retenue ni contrôle. Je pousse sans cesse sur les doses. Je m'effondre parfois, en plein milieu d'une injection et je me réveille une heure, deux heures, ou trois, je ne sais plus, par terre, l'aiguille dans le bras et la seringue au bout de l'aiguille.

Alors, s'il reste encore de la came dedans, je rappuie sur le piston, sans même me relever.

J'ai laissé tomber mon travail chez Bichnou. Je ne sors presque plus, je renvoie qui frappe à la porte.

Krishna lui-même n'a plus le droit d'entrer dans ma chambre que pour m'apporter du lait, du thé, des fruits et des gâteaux. Je ne veux voir personne d'autre que lui.

Bichnou, venu un jour aux nouvelles, se fait rembarrer vertement et je ne le regrette pas. Je me fiche de tout.

Parfois, la nuit, je vais faire un tour. J'erre, injecté de drogue, au hasard des rues. Une espèce d'instinct de conservation m'empêche d'aller trop loin de la maison. Il m'arrive souvent de reprendre conscience brusquement, à un endroit où je n'ai aucun souvenir d'être allé.

Ma seule vraie lucidité : je ne sors jamais plus dans la journée. Pour m'approvisionner en drogues, je vais, le soir, réveiller Makhan. Il ne proteste pas, la raréfaction des hippies l'a rendu doux comme un mouton avec ceux qui restent.

Fréquemment, mes pas me dirigent vers la passerelle suspendue qui enjambe la rivière non loin de chez Bichnou. J'ai une prédilection pour cette passerelle rudimentaire faite de planches posées en travers d'un système de cordages. Quand on marche dessus, elle se balance, elle vibre, elle entre en résonance. J'ai appris à l'école qu'on peut briser un pont suspendu rien qu'avec la cadence d'une troupe de soldats en marche. Je veux forcer le malheur. Je m'essaie, dans la nuit, à faire entrer tout seul cette passerelle en résonance. Bien entendu, je n'y arrive pas. Mais qu'importe, demain je recommencerai...

Un soir, quand même, je reprends un peu le dessus. C'est que la drogue vient de me faire quelque chose de dégueulasse. Elle m'a rendu lâche et méchant. Elle a fait de moi exactement ce que je haïssais autrefois : un type sans honneur et ricanant du malheur d'autrui.

Ça a été vraiment abominable et il me faut prendre sur moi pour le raconter.

Ce soir-là, je suis sorti du quartier pour la première fois depuis longtemps. J'ai eu envie d'aller voir du monde au Cabin Restaurant et j'ai accepté que Krishna m'accompagne.

J'ai pris beaucoup de méthédrine et je ne suis donc pas trop dans les vapes. Du moins, je le crois.

Dès mon arrivée, je m'attable et commande des gâteaux. Il n'y a plus guère de monde de connu au Cabin. Une dizaine de hippies, à peine. Pas mal de touristes, par contre. Oui, Katmandou c'est vraiment la fin. Le Louvre et Notre-Dame avec les voyages organisés, les guides, les interprètes et bientôt les vieilles Anglaises et les cars scolaires !

A la table voisine de la mienne, une fille blonde, guère plus de dix-neuf-vingt ans, est avec des étudiants.

Nous parlons. Je suis toujours entré facilement, et vite, en relation avec les gens. Cela ne traîne pas non plus avec celle-là. Elle est gentille et a l'air intelligent. Elle me plaît bien. Elle m'apprend qu'elle s'appelle Monique L... et qu'elle est belge. Que sa mère lui a payé, fin septembre, avant la rentrée universitaire, un voyage organisé en Inde. Elle a décidé, une fois sur place, de ne pas rentrer. Au lieu de reprendre son avion pour Bruxelles avec son groupe, elle a pris l'avion pour Katmandou. Elle est triste et un peu désemparée. Katmandou n'est plus ce qu'elle croyait mais, fierté ou paresse, elle n'a quand même pas envie de rentrer tout de suite.

Krishna l'amuse beaucoup. Elle lui offre des gâteaux, baragouine avec lui. Bref, nous sommes en train de devenir très copains tous les trois.

Mais elle a promis à des amis d'aller terminer la soirée chez eux. Nous nous fixons rendez-vous le lendemain et elle s'en va avec une partie du groupe de touristes qui l'accompagnent. Les autres restent là et Krishna, à leur demande, s'attable à côté d'eux.

Moi, dans mon coin, j'ai un peu perdu conscience. J'ai un coup de fatigue. Je me laisse aller sur la table, couché entre les tasses et les assiettes que j'ai mollement repoussées du coude et, les bras croisés, la tête sur les avant-bras, j'entre dans un demi-sommeil.

A côté, j'entends vaguement de temps à autre, les rires de Krishna et de ses nouveaux amis. Ils ont l'air de très bien s'entendre... Des visions me reviennent... Je ferme tout à fait les yeux... Je me sens partir, doucement, doucement...

Un brutal éclat de voix me fait sursauter. Que se

passe-t-il ? Où suis-je ? Ah ! oui, je suis au Cabin...
Mais où est Krishna ? Je soulève péniblement mes
paupières et je vois ceci :

Un des touristes, un Français, ou un Belge, ou un
Suisse, enfin il parle français, a pris Krishna à
partie.

Le gosse, tout tremblant, est debout devant la
table du type. Celui-ci l'a attrapé par le poignet et il
hurle :

« Sale petit macaque ! tu vas me rendre ce billet,
oui ou non ? »

Et j'entends Krishna qui répond, d'une voix blanche à peine audible, tellement il est terrorisé.

« Moi pas voler, pas voler...

— Si ! hurle l'autre, tu m'as volé un billet de dix
roupies. Je l'avais dans cette poche, et tu t'es assis
de ce côté-là. Rends-le vite, ou je te fiche une
raclée. »

Krishna, qui ne comprend pratiquement pas un
mot, évidemment, de ces éructations, continue à
répéter, tandis que l'autre le secoue comme un
prunier :

« Moi pas voler, moi pas voler...

— Bon, siffle l'autre, une espèce de gros rougeaud
enrichi, je vais te fouiller. »

Un de ses amis pouffe de rire.

« Ça m'étonnerait que tu trouves quelque chose
sur lui. Ces gosses, c'est de la racaille astucieuse. Tu
ne t'imagines pas qu'il l'a gardé sur lui, ton billet !
Tu n'as pas remarqué qu'il est sorti cinq minutes
tout à l'heure ? Ton billet, mon vieux, il a disparu. »

L'autre, de plus en plus rouge de colère, réplique :

« Possible, mais il l'a peut-être encore sur lui. »

Il empoigne Krishna, le soulève de terre, l'allonge
sur la table et se met à le fouiller sans ménagement.

Moi, je le sais parfaitement, Krishna n'a pas volé

ce billet. Il ne vole jamais. Il est d'une honnêteté scrupuleuse. Tous ceux qui le connaissent le savent.

Qu'est-ce que j'attends, bon Dieu, pour le dire à ce gros rougeaud ! Je ne vais tout de même pas laisser Krishna se faire malmener pour un vol qu'il n'a pas pu commettre. Ce billet a dû glisser de la poche du type. D'ailleurs, il doit être par terre, sous son siège.

Je jette un coup d'œil, comme ça, pour contrôler...

Et je distingue, nettement, un billet plié en deux, un bord un peu relevé, sous la table, du côté du type qui braille.

Mais, oui, bon Dieu, qu'est-ce que j'attends donc pour lancer au type : « Arrêtez de secouer ce gosse et regardez donc plutôt sous votre siège » ?

Qu'est-ce qui me retient d'aider Krishna ?

Non, je ne dis rien ! Je regarde le môme se faire malmener et je ne dis rien, je ne fais pas un geste pour l'aider !

Le gros, maintenant, de rage, le gifle à tour de bras.

« Tu vas me le dire ? Mais, tu vas me le dire, où tu as planqué mon fric, sale gosse ? »

Et je regarde faire ! Et je ricane !

Krishna m'appelle au secours. Et je ne bouge pas !

Tout simplement, je n'ai pas envie de bouger. Je suis bien là, à cuver ma drogue, et ça me distrait de voir un type qui fiche une raclée à un gosse. Et qu'importe que ce gosse soit Krishna, mon fidèle petit compagnon ! Qu'importe qu'il soit innocent du vol dont on l'accuse !

Il n'a qu'à se débrouiller tout seul, après tout : ce sont ses affaires, pas les miennes.

« Charles, Charles ! » appelle toujours Krishna.

Le type se tourne vers moi :

« Vous le connaissez, ce petit salaud ? »

Je fais oui de la tête, je ris :

« Oui, je le connais. Allez-y, c'est une petite frappe. »

Comment puis-je dire de telles horreurs ! Comment expliquer cette ahurissante et abominable attitude !

Je rougis de honte, aujourd'hui encore, quand je me rappelle ça. Voilà ce que la drogue a pu faire de moi... Effroyable ! Moi qui sais me battre, qui ai le coup de poing facile, moi qui adore les gosses et me ferais tuer pour en défendre un, il a suffi de quelques fixes pour faire de moi une espèce de monstre de sadisme et de lâcheté, content de voir un gosse qu'il aime battu sous ses yeux pour rien !...

Je suis dans un tel état de came, au fond de ce restaurant, que je ne réfléchis même pas que Krishna va se faire vraiment tabasser par ce gros porc, que la police va s'en mêler, qu'on va l'embarquer, et peut-être moi avec. Non, j'ai perdu tout contrôle, toute mesure.

Heureusement, le hasard se charge de sauver la situation.

Sous une gifle plus violente que les autres, Krishna roule par terre, sous la table...

Le nez sur le billet !

Entre deux sanglots, il a le temps de le voir. Il le saisit, il se redresse en criant :

« Moi trouver ! Billet trouvé !...

— Ah ! mon petit cochon, c'est donc là que tu l'avais planqué ! siffle l'autre. Enfin, tu as avoué ! Tiens, prends-en encore deux et disparais. »

Secoué par deux gigantesques gifles, Krishna s'en va cogner contre ma table. Son front se met à saigner.

Je serre les poings en racontant ça. Comment ai-je pu ne pas voler dans les plumes de ce salaud qui l'a mis dans cet état-là pour un billet de dix roupies !

Toujours ricanant, je relève Krishna.

« Allez, viens, lui dis-je, on rentre. »

Je le prends par le poignet et je le tire vers la sortie...

Arrivé à la maison, j'ai quand même un sursaut d'humanité. Je prends Krishna dans mes bras, je lui lave la plaie de son front, je tamponne ses pommettes enflées. Secoué de temps à autre d'un gros sanglot, il se blottit contre moi. Il ne m'en veut même pas de l'avoir laissé battre. Que peut-il bien se passer dans cette tête d'enfant ? Tout ce que je fais, bien ou mal, est-ce toujours bien pour lui ?

Pour l'endormir je lui chantonne des bribes de berceuses dont j'ai encore quelques souvenirs de ma jeunesse. Et Krishna finit par s'assoupir...

Alors, en le voyant, si faible, si martyrisé, j'ai tout à coup atrocement honte de moi. Toute la scène affreuse du Cabin Restaurant me revient, nette, devant les yeux. Non, ce n'est pas possible... C'est moi qui suis resté là, assis, sans rien faire, comme un lâche, qui ai ri, qui ai même poussé l'autre salaud à battre Krishna ? La drogue me tient donc tellement sous sa dépendance pour que je sois capable de ça ?

Quand on reprend ses esprits après une affaire aussi lamentable que celle-là, de deux choses l'une. Ou l'horreur de soi-même vous fait jeter par la fenêtre ampoules, flacons, cachets et seringue, et jurer, et vous y tenir, de ne jamais plus toucher à n'importe quelle came, quelle qu'elle soit... Ou vous vous dites : je suis vraiment fichu, je suis une vraie loque, c'est fini. Tant pis. A quoi bon essayer de remonter la pente au point où j'en suis ?...

C'est la deuxième solution que je choisis. Ce qui prouve combien la drogue me tient entre ses griffes. Je n'ai plus qu'une idée : oublier ce dont le souvenir m'est insupportable. Vite, ma shooteuse, mon garrot, mes ampoules! Vite, oublions que je suis une loque, un salaud, une ordure!

Formidable, paradisiaque, le flash de la morphine m'arrache à mes remords et à ma honte. Ça y est, je suis de nouveau calme, apaisé. Plus rien n'a d'importance. Krishna a souffert? C'est la vie qui veut ça... Je suis un lâche? C'est la vie, la force des choses... Au revoir, tout ça! Qu'on me laisse en paix... Comme je suis bien tout seul, avec mon sang qui bout délicieusement...

Le lendemain soir, au Cabin, où je suis retourné seul (Krishna, le visage tuméfié, est resté au lit, soigné par la sœur de Bichnou qui s'affaire autour de lui avec tendresse et pitié) je retrouve Monique. Elle a une requête à me faire. Elle voudrait que je lui apprenne à se fixer. Jusqu'ici, elle n'a fait que fumer des shiloms de haschisch. Elle veut aller plus loin.

Si j'avais quelque chose dans le ventre, je lui crierais:

« N'essaie pas! Observe-moi et réfléchis un peu. Tu veux savoir ce que la drogue fait de quelqu'un?... »

Et je lui raconterais tout: le délabrement physique, nerveux, et sexuel. Je lui raconterais aussi l'épouvantable soirée d'hier, après son départ du Cabin.

Mais la drogue a sucé toute ma volonté, tout mon honneur, tout mon bon sens. Je n'ai plus rien dans le ventre. Je dis:

« D'accord, viens, je vais te faire ça. Tu verras, si tu suis bien mes conseils, ce sera bon. »

Un quart d'heure plus tard, dans ma chambre, à côté de Krishna qui dort en gémissant parfois dans son sommeil, enroulé dans sa couverture, sur des coussins, au pied de mon lit, je fais à Monique son premier fixe de morphine.

J'y mets toute ma science et tout mon talent de drogué. Je suis un merveilleux prosélyte. J'ai à cœur d'être le meilleur professeur de drogue qui soit, d'aider cette fille à éviter toutes les erreurs que j'ai commises moi, à arriver le plus vite possible au bonheur de la came.

Aussi, je commence par apaiser sa petite angoisse, bien normale. Je mets sur ma mini-cassette une bande de musique douce, bien calme, bien tendre. C'est ce qu'il lui faut pour les nerfs. Puis je l'installe sur mon lit, je la cale dans mes coussins, bien allongée, la tête à peine relevée.

« Détends-toi, lui dis-je, ne pense qu'à des choses agréables. Tu n'as plus de problèmes, tu es bien, tu vas voir comme c'est bon. »

En même temps, je lui prépare un shilom de haschisch, je lui explique qu'elle peut en fumer un peu, juste pour se détendre au maximum. Pas trop, juste pour se détendre.

Pendant qu'elle fume, je prépare son shoot au-dessus de mon lavabo. Un petit shoot. Trop important, il la rendrait malade. Et c'est ce qu'il faut surtout éviter.

Je reviens, tenant le garrot et la seringue. Je passe le garrot autour de son bras. Je le serre.

« Voilà, ça y est, tu es prête... Tu as de belles veines, ça va être facile... N'aie pas peur. Voilà, je pique, je retire le garrot... Ça va ? »

Elle fait signe que oui, souriante.

« Maintenant, la morphine... laisse-toi aller, décontracte-toi... Tu vas voir, tu vas sûrement avoir le flash. J'en suis sûr... »

Je n'ai pas sucé l'aiguille avant de piquer. Je ne

veux pas qu'à cause de ce geste rituel sa première piqûre l'infecte et lui donne un abcès.

Lentement, je presse le piston, très lentement, guettant ses réactions

Confiante, elle est abandonnée de tout son long, les yeux mi-clos, respirant à petits coups.

Soudain, sa respiration s'accélère, je vois son visage rosir, elle gémit un peu, mais sans cesser de sourire.

Je presse encore le piston. Goutte à goutte, j'infuse la morphine et je vois, je sens que chaque goutte lui apporte une goutte de ce bonheur indicible que seuls l'amour et la drogue peuvent apporter à un être.

Puis, quand la seringue est vide, je retire délicatement l'aiguille. A l'aide d'un coton, je nettoie avec affection le petit point rouge qui demeure au pli de son coude.

Alors, je retourne à mon lavabo, je prépare un autre fixe, pour moi, celui-ci.

Et je m'allonge à côté de Monique, je me serre contre elle, je la caresse avec sollicitude et amitié. Que puis-je faire d'autre, dans l'état où la drogue me met ?

II

En quelques jours, j'ai tout appris à Monique. Elle est devenue une parfaite camée. Nous vivons comme frère et sœur dans la drogue, moi à des doses invraisemblables, elle plus raisonnablement, mais, neuve comme elle l'est, et pleine de forces encore, elle atteint aux mêmes extases que moi.

Krishna, guéri, et à qui l'idée de rancune est totalement étrangère, n'est même pas jaloux de Monique. Il nous sert tous les deux avec la même déférence, de la dévotion même.

Monique, dont l'organisme ne ressent pas encore les atteintes du poison, m'émerveille par sa santé et sa fraîcheur. Je sais que bientôt tout cela disparaîtra, mais pour l'instant elle est encore pratiquement intacte. Elle mange et surtout elle dort.

Pour ma part, il y a maintenant longtemps que je ne peux à peu près plus fermer l'œil. J'en suis revenu pratiquement à l'état d'épuisement qui était le mien dans la montagne.

Un jour, le consul, M. Omnès, me fait porter un mot, où il s'inquiète de moi. J'ai un sursaut, je veux sortir, aller au rendez-vous qu'il me fixe, chez lui : il m'a invité à dîner. Sa femme, m'assure-t-il, a préparé à mon intention un vrai dîner français.

Monique m'engage à y aller. Je me lave, je me prépare. Je mets ma tenue de gala.

Une demi-heure avant le dîner, je descends.

Dans l'escalier, tout à coup, l'image de ce que peut être un vrai dîner français m'envahit tout entier. Je vois comme s'il était devant moi, un énorme steak-frites, avec des frites bien grasses et bien croustillantes et un steak saisi à point sur lequel un carré de beurre fond mollement au milieu du persil. Une nausée me prend. Je remonte. Je me jette sur mon lit, le cœur au bord des lèvres. L'image de ce steak-frites me poursuit toute la nuit dans un affreux cauchemar de viande rouge et de graisses dégoulinantes.

C'est le lendemain matin que, pour la première fois, la folie, la vraie folie qui me guettait depuis longtemps, commence vraiment.

Soudain, un rayon de soleil sur le mur, en face de moi, me sort de la torpeur où je suis tombé finalement.

La ligne de séparation ombre-lumière coupe en deux le portrait qu'un ami peintre a fait de moi à Bombay et que j'ai épinglé là.

Avec le mouvement du soleil, la ligne ombre-lumière bouge sur mon portrait, en gagne la narine droite, mord sur la pommette droite, illumine l'œil droit, le bon, celui qui voit.

Je me fixe encore une fois, très vite, frissonnant d'aise au moment du flash. Je me rallonge. Il faut absolument que j'étudie le mouvement du soleil. Je regarde, la ligne de lumière avance. Avance. Avance. Elle gagne millimètre après millimètre.

Il faut que je fasse quelque chose pour l'arrêter ! Je me relève. Je la bloque avec mon doigt. J'attends. Elle avance encore. Je recule mon doigt. Elle avance toujours. Je recule mon doigt à nouveau...

Victoire ! le soleil a obéi. La ligne de lumière s'est enfin arrêtée !

D'un trait de crayon sur mon portrait, je prends acte de ma victoire.

Demain à l'aube, on verra si le soleil a toujours envie de lutter avec moi !

Le lendemain, à l'aube, victoire ! Le soleil a reculé ! La ligne de lumière s'est arrêtée deux millimètres avant le trait d'hier.

Et le surlendemain, deux millimètres encore en avant !

En quatre jours, le soleil a reculé devant moi de huit millimètres. Mon index fait peur au soleil ! Je suis plus fort que le soleil !

Le soir même de ce « triomphe », je reprends conscience malgré tout. Voyant ces traits de crayon sur ce portrait que j'aime et que j'ai conservé soigneusement depuis Bombay, j'entre dans une crise de rage contre moi-même. Je suis donc devenu complètement fou ! Comment ai-je pu ne pas me rendre compte d'une évidence aussi énorme : le soleil oriente ses rayons de manière différente, jour après jour, pour la simple et bonne raison que la terre tourne autour du soleil et oscille sur un axe ! Vraiment ça ne va pas du tout ! Je suis au bout de ma résistance nerveuse et mentale !

Allez, vite, un fixe pour oublier que je suis en train de devenir complètement fou !

III

TROIS coups vigoureux assenés à ma porte me tirent de ma léthargie. Je me soulève. Que se passe-t-il ?

« Krishna, va voir... »

Pas de Krishna.

« Monique ? »

Monique elle non plus n'est pas là. Quelle heure est-il ? Neuf heures. Ah ! oui, c'est vrai, c'est l'heure à laquelle ils vont au marché. Le soleil inonde tout le mur du fond, ayant complètement abandonné mon portrait. Qui peut frapper avec tellement d'insistance ?

Péniblement, je me lève, je vais jusqu'à la porte et je l'ouvre.

Deux policiers se précipitent dans ma chambre !

Je suis fait comme un rat.

L'espace d'une seconde, je songe à sauter par la fenêtre, mais je suis nu. Et où irais-je ? Il doit y avoir une voiture de la police en bas. Et puis, je suis vraiment un imbécile : je suis au second étage, je me romprais le cou.

Ça y est, la boucle est bouclée. Je devine ce qui s'est passé. Le flic de l'Immigration Office m'a donné. Lui seul connaît mon adresse. Il est allé trouver ses copains fonctionnaires et ceux-ci n'ont eu aucun mal à venir cueillir au lit le Français qui n'a plus de visa de séjour.

Je suis trop hébété pour réagir. Comme un automate, je m'habille, je prends mes papiers et mon argent et je suis les policiers.

En bas, au milieu de l'attroupement, au premier rang duquel la sœur de Bichnou me regarde, l'air consterné, je repère un Français, le médecin du Centre culturel.

Que peut-il bien faire là, celui-là ? Mais je suis trop épuisé et abasourdi pour me poser plus de questions. Je monte dans la voiture de la police, docilement, sans même essayer de m'enfuir à la course.

Durant le trajet, peu à peu, j'essaie de remettre mes idées en place.

Sans aucun doute, c'est ce qui s'est passé : le type de l'Immigration Office m'a donné. Je vais être expulsé.

Inch Allah !... Ça devait arriver un jour ou l'autre. Tout ce qui compte, c'est que je réussisse à ne pas me faire expulser sans mes affaires. Car, outre mes bagages, j'ai dû laisser à la maison toute ma came. Et ça, je ne peux pas m'en passer sous peine de crever.

Dans les quartiers ouest de Katmandou, la voiture ralentit devant un terrain vague. Elle s'y engage à petite vitesse, s'arrête devant un long bâtiment bas, en terre. C'est le commissariat central de police de Katmandou. Sans ménagement, mes accompagnateurs me poussent dans une pièce sombre où je me trouve enfermé avec des voleurs à la tire.

Quelques bancs. Je m'assieds et j'attends. Je suis sûr de ne pas attendre longtemps. Les expulsions sont rapides à Katmandou, d'autant plus que les policiers népalais, on le sait, veulent vous mettre dehors avant que votre ambassade ait été alertée : à partir de ce moment-là, les choses se compliquent toujours pour eux et ils n'aiment pas ça, c'est compréhensible.

Au bout de deux heures, je suis toujours là et ça commence à ne pas aller du tout pour moi. J'aurais dû prendre un fixe depuis longtemps. Le manque commence à se faire sentir et c'est fort désagréable.

Toutes les dix minutes environ, un policier vient chercher un des prisonniers.

Chacun prend donc son tour. Il y en a encore une dizaine avant moi. Un rapide calcul me fait comprendre que si je passe le dernier — ce qui semble logique puisque je suis arrivé le dernier — j'en ai encore pour près de deux heures à attendre.

Impossible. Il me faut ma came avant, sinon c'est l'enfer.

Je vais jusqu'à la petite fenêtre, je m'agrippe aux barreaux et je regarde dehors, histoire d'essayer de me calmer et de me changer les idées. Des flics vont et viennent. De ces flics népalais débraillés et sales qui seraient la honte de toutes les polices du monde. Leur uniforme : un pantalon kaki tirebouchonné sur les jambes, les uns trop courts, les autres trop longs et retournés du bas. En haut, sur une chemise crasseuse, un chandail kaki qui recouvre le pantalon et qu'entoure un ceinturon sale.

Je frémis. Je sais qu'il n'y a pas grand-chose à tirer de cette véritable racaille, des types qui vivent là comme à la caserne, entre hommes, nourris et logés (paillasse dans un hangar et riz à tous les repas) et qui ne gagnent que 60 roupies par mois. Ils sont réputés être à peu près tous marrons, trafiquants et même drogués (j'en aurai un peu plus tard la preuve et d'une manière fort déplaisante).

Encore une heure d'attente et je n'y tiens plus. J'ai le sang en feu. Je vais à la porte, je la secoue, je crie. En vain, personne ne vient. Je crie de plus belle, la porte finit par s'ouvrir et deux flics entrent qui m'empoignent et me jettent contre le mur. Ils ressortent. A peine la porte est-elle refermée que je reprends mes hurlements de plus belle. Ils reviennent, me rejettent contre le mur. Le petit jeu se répète sept ou huit fois et je commence à avoir quelques bosses. Sans résultat. Il faut que je change de méthode.

Je recommence à hurler, mais j'ai calculé le temps qu'ils mettent à revenir. Cette fois, quand ils ouvrent la porte, je ne suis plus à ma place, mais contre le mur, à ras de l'ouverture.

Ils entrent. Je les bouscule, je fonce dans le couloir et je me précipite contre la porte du fond. Je l'ouvre et j'atterris, par hasard, en plein dans le bureau du commissaire.

C'est ce que je cherchais et, la chance m'a permis d'y parvenir plus vite que prévu.

Celui-là doit sans doute parler anglais. Je l'apostrophe donc, lui demandant ce que je fais là, de quel droit on m'a arrêté, le sommant de me dire ce qu'on me veut au juste, promettant d'ameuter consulat et ambassade et, s'il le faut, la terre entière si on ne règle pas mon cas au plus vite.

En outre, j'exige qu'on me laisse chercher mes affaires chez moi.

Je hurle et je tempête tellement que le commissaire, excédé, fait signe à ses sbires, qui m'ont sauté dessus et tentent de me maîtriser, de me laisser.

Son intervention m'apaise. Haletant, je le regarde et je guette ce qu'il va dire.

« Drogué ? » demande-t-il.

Je fais oui de la tête.

Il hoche la tête à son tour, mais cela veut dire :
« Ah ! je comprends. »

Ce qu'il comprend, c'est que je commence à être
en manque et que si on ne me donne pas de la
drogue d'ici un moment, je vais mettre son commissariat à feu et à sang.

Que je sois en manque ou pas, il s'en moque
certainement comme de sa première chemise. Mais
il n'a pas envie que je lui crée des histoires.

« Bon, me dit-il, on va s'occuper de vous. Je vous
envoie tout de suite à Delli-Bazar. »

Delli-Bazar ? Et pourquoi à Delli-Bazar ? C'est la
Cour de Justice, je le sais. Qu'est-ce que j'ai à y
faire ? Ce n'est pas là, que je sache, qu'on règle les
expulsions ! Décidément, ce qui m'arrive est très
bizarre. Plus vite tout sera éclairci, mieux ce sera.

Je me laisse donc embarquer sans protester dans
la voiture de police.

Delli-Bazar, hors de la ville, est un ancien monastère, une grosse bâtisse carrée avec une cour centrale semée d'herbe jaunie et pelée. Toutes les
affaires judiciaires de Katmandou s'y traitent et
c'est aussi une prison.

A mon arrivée, la cour est pleine de plaideurs,
venus là avec femmes, enfants et parfois bétail. On
me parque dans un coin, sous la garde de deux flics,
et l'attente recommence.

L'un des flics baragouine l'anglais et il répond à
mes protestations, chaque fois, en m'expliquant
qu'il faut attendre, que mon tour viendra.

Mais, bon Dieu ! mon tour, c'est tout de suite que
je veux qu'il vienne !

Alors, puisque ça m'a si bien réussi tout à l'heure,
je recommence à piquer ma crise.

J'y vais de bon cœur. Je me roule dans l'herbe. Je
ramasse des cailloux et j'en jette partout autour de

moi. Je pousse des cris à ameuter une ménagerie. Le vide se fait autour de moi, tout le monde fuit, les deux flics se battent comme de beaux diables pour essayer de me maintenir. Mais la rage et le manque me donnent des forces herculéennes. Je les envoie promener, je me relève en hurlant de plus belle, je fonce vers la sortie. Il faut qu'ils s'y mettent à cinq ou six pour m'arrêter et me maîtriser.

Je suis épuisé, je tremble de tous mes membres, j'étouffe, je suis près de tourner de l'œil mais au moins, cette fois encore, j'arrive à ce que je voulais : on m'annonce que je vais être jugé tout de suite et on me conduit au tribunal.

Drôle de tribunal : une petite pièce sombre, aux murs de pierre suintants d'humidité.

Derrière son bureau, le juge.

Il me laisse debout entre mes deux flics et il commence à m'interroger en mauvais anglais.

Il me demande d'abord des renseignements d'identité, ce que je fais au Népal, etc. L'interrogatoire d'identité classique, auquel je réponds en m'efforçant de rester le plus calme possible. Je m'en tiens à une version : je suis un étudiant venu approfondir les civilisations d'Orient et si je me drogue c'est pour mieux m'imprégner de ces civilisations orientales. (Cette réponse n'est pas faite pour l'étonner car, je le répète encore une fois, il ne faut jamais l'oublier, au Népal, se droguer ce n'est pas un délit.)

Soudain, le ton change.

Alors que je m'attends à ce qu'on me demande pourquoi je n'ai plus de visa de séjour et pourquoi je reste donc au Népal, alors que je crois dur comme fer que le juge va m'annoncer qu'à son grand regret il va devoir me faire expulser, le voilà qui me dit :

« Parlez-moi un peu de ce vol.

504

— De quel vol ? » fais-je interloqué.

Vraiment, je tombe des nues. Des vols, j'en ai commis, à Katmandou, ça c'est vrai, mais il y a bien deux mois que je n'ai rien volé et les petites affaires ou petits trafics d'avant mon départ dans la montagne, c'est du passé. Non, vraiment, je ne sais pas de quoi il veut parler.

A moins que ce soit l'histoire du Coltrane Hôtel, les jours précédant mon départ pour la montagne ? Ou l'une quelconque de ces affaires de travellers ou de caméras du temps du Garden ?... Possible, mais franchement, ça m'étonnerait. Si j'avais dû être poursuivi pour tout cela, ce serait depuis longtemps.

« De quel vol voulez-vous parler ? » dis-je.

Le juge se penche en avant et croise ses mains en me regardant dans les yeux (décidément tous les juges du monde se ressemble).

« Du vol de l'appareil photo du médecin du Centre culturel », dit-il.

Sous la surprise, j'en oublie d'un coup toutes les douleurs et les tremblements que le manque fait monter en moi. C'est comme si une douche glacée m'inondait brutalement.

Je revois le médecin accompagnant les policiers chez Bichnou et je réalise tout.

On lui a volé son appareil photo, un appareil qui vaut très cher et que je connais bien (nous nous en sommes servis ensemble pour prendre des photos lors d'une de ces soirées culturelles au Centre). Et c'est moi qu'on accuse !

Alors que, pour une fois, je n'y suis pour rien !

Ahuri, j'entends le juge me raconter, sur le ton poli mais agacé d'un homme qui vous révèle quelque chose dont il pense que vous êtes parfaitement au courant, que, trois nuits plus tôt au Centre culturel, après la projection d'un film, *Fanfan la Tulipe* (la manière dont il prononce le titre du film me ferait éclater de rire dans d'autres circonstances) je me suis introduit au Centre et j'ai cambriolé l'appartement du médecin où j'ai volé notamment cet appareil photo !

Comme je suis bien placé pour savoir que ce n'est pas moi qui ai fait le coup, j'imagine tout de suite comment les choses, en fait, ont dû se dérouler : à mon avis, ce sont des invités népalais qui ont cambriolé le toubib, profitant du mouvement de la soirée. Sans doute même c'est pendant la projection du film qu'ils ont dû s'éclipser de la salle des conférences, monter dans les étages et « visiter » l'appartement.

C'est ce que j'explique au juge.

Il rit.

« D'abord, sachez, monsieur, réplique-t-il, que toute confiance peut être faite en ces invités de mon pays que le directeur du Centre culturel français a le plaisir de recevoir chez lui.

« Ensuite, nous savons que vous seul avez la clef du Centre à votre disposition la nuit. Je ne vois pas qui d'autre que vous aurait pu s'introduire au Centre. Le médecin est formel : c'est dans la nuit que son appartement a été visité.

« Enfin, et cela seul devrait suffire à vous faire avouer, le photographe de New Road auquel vous avez revendu l'appareil photo a reconnu que c'est vous qui le lui avez apporté.

« Il semble d'ailleurs que vous ne soyez pas un inconnu pour lui, n'est-ce pas ? »

Cette fois, je suis dans un beau pétrin. Je suis même tout à fait coincé. Et pourtant, tout cela — sauf que je connais le photographe — est faux, archifaux ! Je n'ai jamais volé ce toubib, je n'ai jamais revendu son appareil au photographe. La vérité, je la devine avec fureur : cuisiné par la police, il a dû lâcher mon nom. C'était plus facile. Rien à craindre dans le fait de me donner : expulsé après avoir purgé une peine, ce n'est pas moi qui viendrais lui chercher noise. Et il pourra impunément continuer ses trafics habituels.

Dans un vertige, je mesure toute l'étendue de la catastrophe. Au mieux, je n'en ai que pour une quinzaine de jours en prison. Mais rien n'est moins sûr. Au Népal, comme partout en Orient, la notion du temps n'existe pas et je peux tout aussi bien croupir dans un cul de basse-fosse pendant un, cinq ou dix ans s'il prend fantaisie au juge d'oublier mon dossier.

De toute façon, je serai mort bien avant. Dans l'état de manque où je me trouve, un sevrage aussi brutal va me tuer en quelques jours.

Seule chose à faire, si je ne veux pas finir là, bavant comme un chien enragé : avoir de la drogue et faire prévenir mon seul ami, M. Omnès, pour qu'il vienne à mon secours.

Je réfléchis très vite. Si je reste en prison, j'aurais toutes les peines du monde à joindre quelqu'un à l'extérieur. Ce qu'il faut, c'est me faire envoyer à l'hôpital. En plus, j'ai une autre raison à vouloir me faire transporter à l'hôpital : là-bas, j'ai une chance de trouver de la drogue, ou, au moins d'être désintoxiqué normalement, sans danger, et non sevré brutalement, ce qui ne manquera pas de m'arriver.

Finalement, je décide de jouer franc jeu avec le juge. Je lui explique que je suis tellement drogué que je vais devenir fou et peut-être même mourir si on me met en prison, privé de drogue. Je lui demande de me faire envoyer à l'hôpital américain de Katmandou. Là, on me soignera, sous bonne garde s'il le faut, et je serai mieux à même de l'aider à mener son enquête à bout. N'est-ce pas évident ?

Il me regarde et hoche la tête.

« Les voleurs vont en prison, pas à l'hôpital », laisse-t-il tomber.

La rage me monte à la gorge. Je hurle :

« Mais je n'ai pas volé !... Et vous allez me tuer en me mettant en prison !

« Même si j'étais un voleur, on ne punit pas tout de même par la peine de mort, au Népal, quelqu'un qui aurait volé un appareil photo !

« Vous n'avez pas le droit de faire ça. Les lois internationales vous l'interdisent. Je vais alerter mon ambassadeur. La France n'admettra pas ça. Vous aurez des comptes à rendre ! »

La colère a brusquement déclenché en moi un véritable accès. Mes nerfs, écorchés par la crise du manque qui se prépare et s'accroît minute après minute en moi, explosent tout à coup. Les douleurs sourdes qui me tenaient le ventre depuis une heure ou deux se déchaînent. J'ai l'impression d'être un bloc de feu. Une effroyable énergie se diffuse dans mes membres. J'y vois littéralement rouge. Je sens que je vais tout casser, avoir une crise de folie véritable. Et, je me le rappelle, ma dernière pensée, avant d'éclater, c'est celle-ci :

« Cette fois, il va être obligé de m'envoyer à l'hôpital... »

Maintenant, je ne me contrôle plus du tout. Une force démoniaque me pousse. Aurais-je envie de résister, je ne le pourrais pas. Crise de manque, plus rage d'être arrêté pour un vol que je n'ai pas commis : je suis devenu une vraie bête sauvage.

Plus tard seulement, par un policier qui me gardera, j'apprendrai ce que j'ai fait : j'ai cassé le bureau du juge, son fauteuil et l'armoire à dossiers le long du mur. J'ai mis K.O. deux policiers qui m'entouraient et quand on m'a enfin maîtrisé — il n'a, paraît-il, pas fallu moins de cinq ou six types — j'étais en train de secouer le juge à la gorge, comme un arbre qu'on veut arracher.

A mon réveil, ma première impression est une douleur intense. Je suis moulu de partout. Et pas seulement à cause des coups que j'ai dû recevoir ; mes muscles eux-mêmes, épuisés par l'énorme effort que la crise leur a imposé, sont durs comme du bois. J'ai très froid, à en trembler. Mon estomac me brûle atrocement. Vite, que le médecin arrive et me donne un calmant !

Péniblement, j'ouvre les yeux et je regarde autour de moi...

Ce n'est pas possible ! C'est un cauchemar. Une salle d'hôpital, ça ?

Lentement, je m'habitue à l'obscurité et bientôt je découvre, horrifié, la vérité.

Je suis allongé sur un bat-flanc de bois, sans matelas, sans couverture. Au-dessus de moi, une voûte de pierres suintantes. Voûte et bat-flanc sont longs en tout d'environ quinze mètres, sur trois mètres de large : entre le bord du bat-flanc, à mes pieds, et la paroi en face, qui sert de passage d'un bout à l'autre de la cave, il n'y a guère plus d'un mètre.

Nous sommes une dizaine, étendus comme moi. Et certains, deux ou trois, je distingue mal, sont enchaînés au mur.

Au bout, d'un seul côté, un escalier monte vers une porte ouverte qui donne sur une cour intérieure, cernée de hauts murs, avec un peu d'herbe et deux ou trois arbres.

Un policier armé garde l'entrée.

Je ne suis pas à l'hôpital.

Je suis en prison.

Au Népal, je l'apprendrai plus tard, les fous ne sont pas considérés comme des malades, mais comme des criminels qu'il faut enfermer pour les empêcher de nuire. Moyen Age en 1969. J'ai eu une crise de folie, je suis enfermé comme fou.

Le choc est si fort que je reste une bonne heure plongé dans un état d'hébétude tel que le manque se calme un peu. Jamais je n'ai été dans une situation aussi dramatique. Je me sens prêt à sombrer dans le désespoir.

Il faut réagir, absolument ! Mais comment ?

Hagard, j'observe les autres détenus. Pauvres bougres en haillons, maigres et pâles, ils sont affalés sur leur bat-flanc. Les uns dorment enroulés dans des couvertures. D'autres s'épouillent réciproquement. Près de la porte, un détenu fait chauffer de l'eau sur un fourneau rudimentaire dont la fumée emplit la cave, piquant les yeux. C'est du thé qu'il prépare. Ses compagnons viennent, chacun un bol à la main, se faire servir.

Ma gorge sèche me fait très mal. Boire ne serait-ce qu'un peu de thé bouillant me soulagera. Je me lève moi aussi. J'essaie de me lever, du moins. Car mes jambes refusent de me porter. Je dois, progressivement, désankyloser d'abord mes jambes, puis je me soulève lentement, m'accrochant au mur, où pendent des chaînes. Chaîne après chaîne, en me traînant plus que je ne marche, je finis par arriver jusqu'au cuistot.

Et là, stupéfait, je m'aperçois que chaque fois qu'il remplit le bol d'un de ses codétenus, le cuistot tend l'autre main et le fait payer.

Une pièce de dix pesas.

Il faut payer pour boire, dans cette prison !

Je n'ai pas encore songé à voir si on m'avait

fouillé après ma crise, quand j'ai perdu connaissance. Car j'ai dû certainement m'évanouir, puisque je ne me rappelle pas comment je suis arrivé là.

Vivement, je porte d'abord la main à ma taille. Miracle ! On ne m'a pas enlevé ma ceinture. Mon trésor secret est donc toujours sur moi.

Puis je tâte mes poches. C'est vraiment extraordinaire. On ne m'a même pas fouillé ! Tout est là. Mon portefeuille, mon carnet, mon briquet et même une caméra miniature, une « Minox » que j'ai, Dieu sait pourquoi d'ailleurs, au fond d'une poche. Je suis arrêté et accusé du vol d'un appareil-photo et on me laisse sur moi une caméra. Ah ! la police népalaise est vraiment bizarre...

Bon, l'essentiel pour l'instant est que j'ai de quoi payer mon bol de thé. Et c'est important. Ils ont l'air d'être intraitables entre eux, les détenus. Le type qui est devant moi n'a plus un sou et il a beau supplier, le cuistot refuse net de lui servir son bol de thé.

Je paie pour lui. Il me regarde, tellement surpris de mon geste, qu'il ne songe même pas à me remercier. Il doit me croire vraiment fou, lui aussi. Mais il prend quand même son bol et va le vider dans son coin.

Le thé bouillant me fait du bien et quand je retourne m'étendre sur mon bat-flanc, je tremble un peu moins.

Hélas ! l'humidité glaciale de cette cave est telle qu'une demi-heure plus tard, je grelotte de nouveau. Le manque aussi me fait grelotter. Ça ne va vraiment pas. J'ai besoin de ma piqûre, besoin, besoin, vraiment. Il me la faut, ou je vais mourir !

Mais qu'au moins je meure sans avoir froid ! Ces frissons, ces tremblements, c'est atroce, insoutenable. Si au moins, j'avais de quoi me couvrir...

Je rampe sur le bat-flanc à la recherche d'une couverture. J'en trouve une entre deux types, qui a l'air d'être abandonnée. Je m'affale là, je me roule dans la couverture et j'essaie de dormir. Mais rien n'y fait, je tremble de plus en plus. J'entends mes dents claquer.

A demi inconscient, je tire la couverture de mon voisin de droite. Il me la faut, en plus, absolument. Le type se débat, la retient. J'essaie de lui parler. En vain. Les mots ne sortent pas de ma bouche tellement je claque des dents.

Alors, je fouille dans ma poche, j'en tire trois ou quatre roupies je ne sais plus, je les tends au type en lui montrant du doigt sa couverture.

Il a un large sourire et il me la donne en baragouinant quelque chose que je ne comprends pas, évidemment.

Même avec deux couvertures, je tremble toujours autant. Je sens que je commence à délirer tellement je souffre d'être en manque. Une idée fixe s'empare de moi : il me faut toutes les couvertures de la cave, toutes ! J'agrippe celle de mon voisin de gauche, je la tire. Il résiste. Je tire. Le type, en criant, me tombe dessus à bras raccourcis. J'essaie de lui faire comprendre que je vais le payer, je cherche mon argent, mais je ne trouve même plus mes poches.

Je me débats si fort que nous roulons par terre tous les deux, hurlant et faisant un vacarme tel que le policier de garde accourt.

Il nous sépare à coups de pied sauvages. Je roule par terre, haletant, secoué de tremblements incoercibles.

Tous les détenus sont dressés autour de moi et braillent. Je comprends qu'il ne s'agit sans doute pas de gentillesses. Personne n'a l'air de m'aimer beaucoup ici...

Le policier moins que les autres. A grands coups de pied dans les côtes, il me repousse vers le bat-flanc, à l'écart. Je suis trop faible pour résister. Je me laisse faire et je me hisse à ma place, comme une bête.

Après, eh bien, il y a des heures et des heures de trous dans ma mémoire...

Je me rappelle vaguement qu'à un moment je veux aller aux toilettes. Le policier me conduit au fond de la cour dans un réduit si infect que j'y suis pris de vomissements de bile. Je suis si faible en revenant que je dois passer un bras par-dessus ses épaules et il me traîne plus qu'il ne me soutient. Avec notre différence de taille, lui guère plus d'un mètre cinquante ou cinquante-cinq et moi, un mètre quatre-vingt-quatre, nous devons former un bien lamentable attelage !

Un peu plus tard, je commence à avoir un accès de transpiration. Mon corps entier se met à couler l'eau, littéralement. Recroquevillé sur mon bat-flanc, dans la couverture que j'ai quand même récupérée, je ne peux pas réprimer les tremble-ments de mon corps. Sous moi, la sueur tombe goutte à goutte, je dis bien goutte à goutte, sur le bois du bat-flanc. J'ai absolument l'impression d'être une éponge qu'une force invisible presse et qui se vide de toute son eau.

Des douleurs lancinantes me prennent aux reins. Mon estomac n'est qu'un bloc de poivre en feu, ma tête est transpercée de pointes acérées. J'ai froid, affreusement froid aux bras et aux jambes, aux jambes surtout. J'ai l'impression que mes pieds n'existent plus, tant ils sont congelés.

Ma couverture est à tordre. Et ce n'est pas une image encore une fois : elle est mouillée comme si on l'avait trempée dans une baignoire remplie d'eau. Moyennant quatre roupies, mon voisin consent à me donner la sienne, qui est vite transpercée à son tour.

Bien entendu, une soif inextinguible me prend. Comme je suis incapable de me lever, je négocie avec mon voisin, par gestes. En échange de la somme de cinq roupies (une fortune pour lui), il accepte d'aller me chercher un seau d'eau et un bol. Plus un autre bol, de riz celui-là, car le cuistot s'est mis à faire la tambouille.

J'arrive à manger presque tout le riz, infect et à peine cuit et surtout, je bois, je vide plus de la moitié du seau.

Cela me fait énormément de bien et je réussis à m'assoupir quelque temps.

Hélas ! impérieux, impitoyable, le besoin de drogue ne tarde pas à me réveiller par des appels de plus en plus douloureux.

La nuit est tombée. Dans le noir, je me tords sur mon bat-flanc.

Je hurle, incapable de me retenir. De longs hurlements qui doivent percer les tympans à cent mètres à la ronde.

Mes compagnons de prison, furieux, protestent. Je continue. Même si je voulais m'arrêter, je ne le pourrais pas. Ils s'approchent et me bourrent de coups de poing et de coups de pied. Je hurle de plus belle. Je cherche à me défendre, mais je n'arrive qu'à battre l'air mollement. Et les coups pleuvent toujours.

Je hurle si fort que trois policiers accourent. A la cravache, ils dispersent mes assaillants et se plantent devant moi, l'air mauvais.

L'un d'eux élève une sorte de lampe tempête au-dessus de ma tête. Dans mon demi-délire, je les entends qui parlent de moi. Ils discutent ferme.

Celui qui semble être un gradé se penche :

« Toi, silence, baragouine-t-il en mauvais anglais, sinon !... »

Il brandit sa cravache.

Désespérément, je tente de lui expliquer que je suis en état de manque. Il me faut, vite, le plus vite possible, une piqûre de morphine. Qu'il appelle un médecin. Il lui dira que je ne mens pas... Si on me laisse comme ça, je vais crever...

Je ne sais pas où je trouve la force d'argumenter, mais j'arrive à ajouter :

« Si je meurs, l'ambassade de France fera une enquête. Votre pays aura des comptes à rendre. Vous aurez des ennuis. »

Il hausse les épaules.

« Ah ! toi veux drogue ? C'est ça ?... »

Il rit.

« Fallait dire plus tôt. Ah ! Ah ! Ah !... »

Il s'en va, me laissant à la garde des deux autres.

A-t-il vraiment compris ? Va-t-il vraiment me chercher de la drogue ?

Je le regarde partir, je guette l'entrée, rectangle blanc qui luit doucement à la lueur d'une lampe extérieure. J'attends, je ne suis plus qu'une carcasse tendue par l'espoir.

Au bout de cinq minutes, le gradé revient. Je suis parvenu à m'asseoir. Je le dévore du regard.

Il a une seringue dans une main et une ampoule dans l'autre !

Je reconnais une ampoule de morphine de 2 C.C.

Enfin, enfin ! Mon cauchemar est terminé. Enfin, je vais avoir mon shoot ! Vite, qu'il n'attende pas, vite !

Je le lui dis. Je lui crie presque :

« Vite ! Vite ! »

Il rit :

« Eh ! attendre, toi ! Préparation longue ! »

Il fait signe à ses deux compères de me tenir. Ceux-ci sautent sur le bat-flanc et m'agrippent chacun par un bras et une épaule.

Tiens ! pourquoi ? Il n'a rien à craindre. Je ne vais pas la fuir, sa piqûre. Il est curieux, ce type !...

Alors, je vois quelque chose d'infernal qui me fige entre les mains de mes gardiens, incapable d'avoir ne serait-ce qu'un gémissement.

Le policier, à la lueur de la lampe qu'il a suspendue à un clou du mur, retrousse sa manche.

Sa propre manche.

Il entoure son bras gauche du garrot qu'il a apporté.

Il serre. D'une façon experte, qui prouve qu'il a l'habitude de ce geste.

Cloué de stupeur, je le regarde faire.

Il s'approche de moi et presque sous mon nez, il s'enfonce l'aiguille dans la grosse veine saillante au pli de son coude.

Et il s'injecte les deux centimètres cubes de morphine.

Puis il ricane.

« Bon, la drogue, bon !... Non ? *(Good, drug, good ! No ?)* »

Le salaud.

Je n'ai jamais vu ça. Un drogué qui fait subir à un autre drogué le supplice de Tantale. Jamais je n'aurais cru ça possible. Pour la première fois, je vois un drogué rompre, et de la façon la plus sadique qui soit, le pacte tacite d'entraide et de soutien qui unit tous les drogués du monde.

Le salaud.

Maintenant, il a un peu rougi. Il s'assied au bord du bat-flanc. Il est dans son flash. Il se tasse un peu. Comme il doit être bien...

Le salaud.

Moi, mon imagination galope. Je vis, seconde après seconde, tout le déroulement de ses sensations, tandis que la douce drogue s'infuse dans ses veines.

Jamais je n'ai souffert comme ça ! Jamais on n'a imposé un tel supplice à mon organisme qui crève du besoin de la drogue.

Un instant, j'ai une affreuse tentation de lâcheté. Je regarde le flacon vide qui traîne par terre. Qu'au moins, il me le donne, que je le lèche, que je fouille l'intérieur de ma langue, qu'au moins je récupère une larme de morphine !

Le type est maintenant sorti de son flash. Il se relève, un peu titubant. Il se penche vers moi et me tapote la joue de la main.

« *Good boy*, dit-il en riant, sage, maintenant, hein ? »

Une rage d'une violence titanesque me prend. Une crise à côté de laquelle celles de ce matin et de cet après-midi ne sont rien, me donne des forces de catcheur.

Je hurle :

« Salaud ! Salaud ! Salaud ! »

Mes deux jambes, que je ne pouvais pas bouger tout à l'heure, se soulèvent et se détendent avec la vitesse d'une arbalète.

Atteint en plein estomac, le flic s'en va dinguer contre le mur derrière lui et retombe, flasque, par terre, vomissant tout son dîner.

Les deux autres poussent des aboiements de chiens. Mais il n'y a rien à faire, la crise m'a rendu plus fort qu'eux.

J'arrache mes bras à leurs poignes, je les envoie rebondir contre les murs à coups de poing et de pied. Je me précipite en hurlant dans la cour.

Devant moi, un mur de pierres, haut de quatre mètres. Je me jette dessus, mains et jambes en croix.

Mes ongles trouvent des prises, s'accrochent comme des griffes, mes pieds creusent le ciment friable entre les pierres. Je grimpe, ahanant comme un bœuf, centimètre après centimètre.

Une volonté démentielle me dirige. J'ai dans la tête, je me rappelle, une image : mon lit, chez Bichnou, et, posés sur mon lit, des dizaines de flacons et d'ampoules et des cachets de morphine, d'héroïne, de méthédrine, qui m'attendent et que j'appelle de tout mon sang.

De toute ma voix aussi. Car je grimpe en poussant des cris de bête fauve.

Une illumination, soudain, efface cette vision de paradis.

Je sens une terrible douleur à la nuque. Mon visage semble s'incruster violemment dans la pierre du mur.

Je retombe en arrière.

Je m'évanouis.

Plus tard, toujours par un des policiers qui me gardera tout au long des semaines d'internement qui vont suivre, je saurai ce qui s'est passé.

Ameuté par le vacarme général, un soldat du poste de garde a accouru.

Je n'avais guère réussi à grimper qu'à environ un mètre du sol.

Il a pris son fusil par le bout du canon. A deux mains il l'a soulevé. Et han ! Il m'a donné un bon coup de crosse sur la nuque, m'écrasant le visage contre la pierre.

Après, on n'a eu qu'à me ramasser.

Quand je reprends conscience, je suis de nouveau sur mon bat-flanc.

Je veux me soulever. Je n'y arrive pas. On m'a attaché.

Mais qu'est-ce que ce bruit de chaînes quand je bouge ?

Je suis enchaîné !

Mes chevilles sont enchaînées, mes poignets sont enchaînés et j'ai même un collier de fer autour du cou !

Tout ce que je peux faire, c'est me tourner un peu de côté, ou me lever sur les coudes. Je n'ai guère plus de cinquante centimètres de mou aux jambes et aux bras. Les chaînes de jambes sont fixées au pied du bat-flanc. Celles des bras, de chaque côté de mes épaules, au mur. Quant à mon collier, il est relié à un piton scellé dans le mur par une grosse chaîne de quarante centimètres environ.

Le plus pénible, c'est le poids de cette chaîne qui pèse à mon collier. Dès que je n'ai pas la tête absolument couchée sur ma planche, dès que je la lève un tant soit peu, la chaîne pèse très lourd à mon cou et le collier m'étrangle à demi.

De la main, je m'essuie la tempe droite, qui est très douloureuse : j'ai le visage ensanglanté.

Quant à la nuque, elle me fait aussi beaucoup souffrir.

Que m'est-il arrivé ? Je ne le sais, bien entendu, pas encore, mais je n'ai pas beaucoup de mal à approcher, en imagination, de la vérité.

Pour l'instant, ce qui compte, ce n'est pas de chercher le pourquoi et le comment des choses. Une seule question a de l'importance : vais-je pouvoir oui ou non, me libérer de ces chaînes ?

Si j'y parviens, je tâcherai de me glisser hors de la cave sans faire de bruit, sans réveiller personne, sans attirer l'attention du poste de garde, et je recommencerai l'escalade de mon mur. Je me suis aperçu tout à l'heure que ça n'avait guère l'air sorcier.

On me dira que je suis fou d'envisager la possibilité de me désenchaîner et de recommencer ma tentative d'évasion, que tout cela est bien le signe d'un dérèglement du cerveau causé par le manque de drogue.

Pas tellement, en fait. Car tous ceux à qui il est arrivé d'avoir des menottes aux poignets vous le diront : crocheter des menottes, c'est difficile, mais jamais impossible quand on a sur soi un objet métallique pointu.

A plus forte raison, avec des chaînes rudimentaires comme celles que je porte, je dois y parvenir.

Car j'ai ce qu'il faut sur moi : la boucle de ma ceinture a une tige métallique qui devrait bien suffire. Et même si elle se révélait inefficace, j'ai encore ma caméra Minox. Ces objets-là, si on les décortique, sont remplis de ressorts et de pivots d'acier.

Essayons d'abord avec la boucle de ma ceinture.

Horreur ! On me l'a prise !

Fébrilement, je tâte mes poches.

Plus rien. On m'a tout pris !

Je suis fait comme un rat.

Alors, j'ai l'impression que ma raison vacille vraiment. Je ne sais plus ce que je fais.

Je me mets à secouer mes chaînes comme un damné, inlassablement, faisant un boucan du diable.

Les autres prisonniers, réveillés encore une fois, grommellent, puis se lèvent et reviennent me bourrer de coups de pied. Rien n'y fait, je suis insensible aux coups. Tout m'est égal à présent.

Ma nuque est endolorie, mon visage est en sang. J'ai la langue et la bouche dures, réellement dures, comme du bois. Mes reins me font atrocement souffrir, mon estomac me brûle plus que jamais. J'ai recommencé à transpirer comme si j'étais dans un sauna, j'ai soif, soif de drogue.

Des forces insoupçonnables sont encore en moi. Je secoue mes chaînes, je bats l'air de mes bras, je pédale de toute mon énergie, je crie de toute la puissance de mes poumons.

Les autres détenus me tapent dessus. Les policiers de garde m'empoignent et me maintiennent.

J'envoie tout le monde promener dans un formidable tintement de chaînes.

En même temps je braille à me faire claquer les veines :

« L'hôpital, l'hôpital ! Je veux aller à l'hôpital ! »

Au bout d'un quart d'heure de ce cirque, tout ce qui dormait non seulement à la prison, mais aussi dans Delli-Bazar tout entier, est réveillé, sur pieds, courant et galopant à travers les couloirs.

Mais que ça serve à quelque chose, nom de nom ! Je sens que mes forces s'en vont à toute allure. J'ai de plus en plus de mal à secouer mes chaînes, ma voix commence à s'enrouer. Si quelque chose ne se passe pas, je vais finir par sombrer dans un véritable coma et alors, adieu Charles...

Quelque chose se passe !

Du fond de ma cave, je vois, encadré dans la porte d'entrée, une sorte de cortège. Des personnages en pyjama, l'air bouffi et affolé de fonctionnaires tirés du lit en plein sommeil. Tout ce beau monde piaille et gesticule. On les conduit devant moi. Je redouble, dans un effort qui me donne des vertiges et me fait voir des dizaines de points noirs dans mon regard, de hurlements et de bruits de chaînes. Je crie :

« Je veux aller à l'hôpital ! A l'hôpital ! Je suis très malade !... »

Le spectacle que je donne sidère visiblement tous ces personnages qui sont là, leurs lampes tendues à bout de bras et qui me regardent, la mâchoire inférieure pendante. Mais personne n'a envie de rire.

Je suis vraiment très mal en point et je me demande par moments si je ne vais pas réellement mourir.

Après de longues palabres, un des personnages se détache du groupe et s'approche de moi.

« *Mister Duchaussois*, hasarde-t-il, *listen to me* (écoutez-moi). »

Je lui jette un regard en coin et j'ouvre mes oreilles.

« *Listen to me* », répète-t-il.

J'arrête mon vacarme.

« Nous avons demandé un médecin, reprend le type. Prenez patience. Il va arriver. Tout de suite. »

J'explose :

« Enfin ! Ça n'est pas trop tôt ! Il faut faire sauter la baraque chez vous pour être traité comme un être humain ? »

Mes vociférations le font reculer.

« Prenez patience, dit-il encore. Le médecin va arriver.

— Détachez-moi, au moins, bande de sauvages ! »

Du geste, il me calme, prudent, à distance.

« Patience, patience, le docteur arrive. »

Effectivement, dix minutes plus tard, un médecin arrive en courant, à moitié habillé lui aussi, sa sacoche à la main.

Je ne lui laisse pas le temps d'ouvrir la bouche. Je lance méchamment :

« Je veux une piqûre de morphine : 2 C. C. Tout de suite.

— Mais, bredouille-t-il en mauvais anglais, laissez-moi vous examiner.

— Inutile ! Je suis un drogué. Je suis en manque. On me prive de drogue. Je vais vous crever dans les pattes si vous ne me piquez pas. Je suis en manque depuis 24 heures. Ça vous dit quelque chose ?

— C'est que, bafouille-t-il, estomaqué, je n'ai pas de drogue. »

Je désigne d'un geste haineux du menton le policier qui tout à l'heure est venu se piquer devant moi :

« Demandez-en, de la drogue, à celui-là. Il en a ! »

Le gradé que je désigne pâlit, proteste je ne sais quoi et finit par expliquer quelque chose qui doit être du genre : « Oui, j'ai de la drogue, un stock pris sur des hippies. »

De fait, il s'en va et revient avec un flacon de morphine.

A cette vue, je n'y tiens plus.

« Dépêchez-vous, qu'est-ce que vous attendez ? Allez, vite, piquez-moi ! »

Pressé par mes invectives, le médecin a tôt fait de sortir seringue, aiguille et garrot.

Deux minutes plus tard, je reçois dans mes veines la morphine tant attendue comme on reçoit un Dieu.

Ouf ! que c'est bon ! Quel bonheur, quelle résurrection !

Il était temps, je n'en pouvais vraiment plus, j'allais réellement y passer.

Quand mon flash s'est effacé, quand il ne me reste plus qu'une douce euphorie qui me donne l'impression d'être le maître du monde et de dominer toutes ces marionnettes méprisables qui me regardent, moi, le grand blanc barbu qui rigole dans ses chaînes, alors, j'ordonne au médecin :

« Et maintenant, faites-moi détacher. »

Subjugué, il distribue ses ordres. On me détache.
Je m'assieds sur mon bat-flanc.

« Désinfectez mes plaies, dis-je, vous ne voyez
donc pas que je suis blessé au visage ? »

Il s'exécute. Les autres sont toujours là, comme au
cirque, fonctionnaires, policiers et détenus mêlés,
au coude à coude.

Quand mes plaies sont enfin barbouillées de
mercurochrome, je reprends à l'adresse du
médecin :

« Docteur, vous voyez bien, n'est-ce pas, l'effet
que cette piqûre a fait sur moi ? Vous comprenez
qu'il est capital que je puisse être soigné.

« Alors, je vous le demande à vous, parce que vous
êtes le seul à qui je puisse parler ici, faites-moi
transporter à l'hôpital américain. Là-bas seulement
je pourrai guérir. Il n'est pas raisonnable de me
laisser ici... »

Passionnément, je plaide ma cause. Le fixe de
morphine m'a complètement remis d'aplomb. Je
sais que c'est illusoire et que dans deux heures au
plus, je retomberai en manque. Mais c'est pour ça
qu'il faut que je fasse vite. Je dois absolument
convaincre ce toubib de me faire hospitaliser.

Victoire ! Il me promet de faire le nécessaire. Il se
tourne vers les fonctionnaires qui sont là. Tout le
monde palabre à tue-tête en gesticulant.

Enfin, celui qui paraît être le chef, celui qui m'a
tout à l'heure supplié de me calmer et de l'écouter,
s'approche à nouveau de moi.

« *Mister Duchaussois*, recommence-t-il, nous
allons vous faire hospitaliser, c'est promis. Mais il
est quatre heures du matin, il faut attendre huit
heures, promettez-moi d'être calme.

— D'accord, mais à trois conditions. D'abord,

que je sorte d'ici pour attendre. Je veux aller ailleurs, dans un endroit où il y ait un lit.

« Ensuite, je veux qu'on me donne du coton, de l'alcool, une seringue et un flacon de 10 C. C. de morphine.

— Mais, monsieur Duchaussois, coupe l'autre, affolé, vous vous rendez compte ? »

Je me tourne vers le médecin.

« Docteur, expliquez-lui... »

Re-conciliabules et re-promesses. Puis :

« C'est entendu, vous allez terminer la nuit au poste de garde et on vous y apportera ce que vous demandez. »

Je m'exclame :

« Attendez ! Ce n'est pas tout. On m'a pris des affaires. Ma ceinture (je me garde de dire qu'il y a de l'argent dedans), mes papiers, une caméra, etc. Je veux qu'on me les rende. C'est du vol ! »

On promet aussi. Et, titubant, soutenu par deux sbires à l'air visiblement inquiet d'être aussi près de l'énergumène que je suis, je m'en vais vers le poste de garde.

Là, peu après moi, arrivent l'attirail de drogue que j'ai demandé et toutes mes affaires, caméra y comprise. Et la ceinture est intacte, on n'y a pas fouillé.

Peu avant huit heures, je me fais moi-même un autre fixe de morphine et je suis tout à fait en forme (enfin, à peu près !...) quand deux policiers viennent me chercher.

Le personnage important de tout à l'heure est avec eux.

Il tend aux policiers un papier couvert de tampons officiels.

Il sourit comme je m'en vais. Visiblement, il a l'air ravi de se débarrasser d'un tel enquiquineur !

« Bonne chance pour prouver votre innocence ! » me dit-il comme je passe la porte.

Si je le pouvais, je l'étranglerais. Mais mes gardes me poussent. Dans l'avenue, un taxi attend. J'y monte entre deux flics.

« *American hospital !* » dis-je.

Les policiers parlent aussi au chauffeur. Je pense qu'ils lui traduisent mon ordre. En tout cas, il hoche la tête et il démarre.

La route de l'hôpital américain, je la connais. Aussi, c'est très inquiet que je vois le chauffeur bifurquer au bout d'un moment vers la droite.

Ah ! non. C'est à l'hôpital américain que je veux aller, pas ailleurs ! Je veux aller chez les Européens, moi, pas chez les Népalais !

« *Hospital, yes, yes !* » répètent les deux flics comme je les interpelle.

Je m'obstine :

« *No, American Hospital ! American, I said !* (Américain, j'ai dit !) »

Ils hochent toujours la tête, souriants.

« *Yes, yes* », font-ils, l'air bête comme une vache sacrée.

Je comprends qu'il n'y a rien à faire. Ce doit être à l'hôpital népalais qu'on me conduit. Or, il y a autant de différence à Katmandou entre l'hôpital népalais et l'hôpital américain qu'entre une porcherie et la chambre de Jackie Onassis.

Effectivement, le taxi finit par s'arrêter devant un grand bâtiment. Vu de l'extérieur, ça à l'air moderne et convenable, mais je sais par des hippies qui y ont été soignés que l'intérieur est bien différent.

Je m'apprête à descendre quand le chauffeur me tape sur la main.

« *Money*, sahib ! » fait-il sur un ton impératif.

Money ? qu'est-ce qu'il veut dire ? Ce sont les détenus qui paient le taxi ? Il ne manquerait plus que ça !

Mais un des flics me lance une bourrade.

« *Money* », fait-il lui aussi.

Je dois m'exécuter. 8 roupies, il me demande, le sagouin !

Escorté de mes deux anges gardiens, je me dirige vers l'entrée principale. Je suis tellement contrarié de ne pas être à l'hôpital américain que je manque tourner de l'œil au beau milieu du trottoir. Et c'est presque porté par mes deux sbires que j'entre dans la grande bâtisse.

On a dû être prévenu de mon arrivée car au bureau d'accueil deux autres flics s'approchent en nous voyant, suivis de deux ou trois blouses blanches.

Tout ce beau monde me fait escorte et on me conduit le long d'une cour intérieure envahie par l'éternel bataillon des vaches sacrées, poules, enfants et femmes qui se trouvent amassés ensemble sur tous les lieux, publics ou autres, en Orient.

La salle commune où notre cortège s'arrête ressemblerait à n'importe quelle salle commune d'hôpital en Europe si elle n'était pas, elle aussi, remplie d'un ramassis de déchets humains dignes de la Cour des Miracles.

De chaque côté d'une travée centrale, des corps étendus sur des lits. Il y a de tout. Des vieux et des jeunes. Rien que des hommes. Pas une seule fille ni une seule femme.

On me montre du geste un lit et je me couche.

Les quatre policiers, eux, ne s'en vont pas. Deux s'accroupissent à ma tête, les deux autres à mes pieds, et je m'assoupis enfin.

IV

Je resterai environ trois semaines à l'hôpital de Katmandou avant d'être libéré. Trois semaines absolument démentielles.

D'abord, je ne suis pas soigné. En trois semaines, les seuls médicaments que je recevrai, ce seront des cachets d'aspirine. Tout se soigne à l'aspirine là-bas. C'est la panacée universelle.

C'est aussi le seul médicament gratuit.

A l'hôpital de Katmandou, quand le médecin vous prescrit tel ou tel médicament, à vous de l'acheter ! Si vous êtes suffisamment solide pour tenir debout et si vous avez de l'argent, vous sortez, muni de votre ordonnance, et vous allez à la pharmacie la plus proche.

Et si vous n'avez pas d'argent ? Eh bien, voyons donc, vous vous passez de médicaments, vous êtes mis à l'aspirine, c'est tout.

C'est à l'hôpital de Katmandou que j'ai vraiment senti passer sur moi le vent de la folie.

D'abord, parce que je n'ai jamais cessé de me droguer et que de ce côté-là, mon état n'a fait qu'empirer.

Je n'ai jamais manqué de drogue dans cette salle commune.

Mes fournisseurs ? Qui je veux. En premier lieu, deux des policiers qui me gardent et se droguent eux aussi. Quoique beaucoup moins que moi, cela va de soi, sinon, ils se retrouveraient également, couchés sur une paillasse, à peine capables de faire quelques pas pour aller jusqu'aux toilettes.

Bref, je redeviens un vrai junkie, condamné à l'immobilité, à la fois par son vice et par les ordres de la police. Mais un junkie qui fait travailler sa cervelle à tout berzingue !

Ça, pour en remuer, des idées, dans ma tête, j'en remue ! Au début, de manière pas trop malsaine, et en tout cas tout à fait efficace, puisque je saurai tout de même me tirer de mon mauvais pas, mais sur la fin, j'en arriverai tout net à la limite de la dinguerie.

Aujourd'hui encore, quantité de faits, de causes, d'effets, de motivations, des gestes et des paroles, me restent incompréhensibles.

Mais, en gros, je crois que je peux sans mentir diviser cette période en deux parties.

La première semaine, la rage d'être coffré pour un vol que je n'ai pas commis me fait trouver la force et la lucidité de lutter.

La deuxième semaine, un coup inattendu et fort déplaisant me jette dans un désespoir contre lequel je lutte encore un peu.

La troisième semaine, je commence vraiment à être fou.

Si je classe les choses aussi nettement, grossièrement sans doute, c'est pour qu'on ne perde pas trop, je l'espère du moins, le fil de mon récit.

Dès le premier jour, je me lance dans la bagarre.

Pour commencer, je demande du papier et de quoi écrire. Conciliabule. Je m'énerve. On accède à ma requête. On ne m'ennuiera plus jamais de ce côté-là. J'aurai tout le papier que je voudrai et je pourrai arroser le maximum de gens de mes missives. Ce que je ne manquerai pas de faire !

J'écris d'abord à Monique. Je lui raconte toute mon aventure et la supplie de venir au plus vite me voir car j'ai le plus urgent besoin d'elle pour m'aider à sortir de là.

Puis j'écris à l'ambassadeur. Une belle lettre bien tournée qui m'use beaucoup de matière grise.

Après, je m'adresse à M. Omnès, le consul. Je le conjure de prendre les choses en main personnellement. S'il ne vient pas à mon secours, qui le fera ? Je lui jure sur ce qui m'est le plus cher que je suis innocent, que tout cela n'est qu'une affreuse machination, que le photographe a dû donner mon nom pour se débarrasser des policiers. Trafiquant comme il l'est, il n'a pas intérêt à ce qu'on fouille trop dans ses affaires. Mon nom lui est venu à l'esprit parce que c'est vrai (*Mea culpa*...), j'ai trafiqué moi aussi, mais, je le répète, je me suis amendé, je n'ai qu'un but : entrer au Centre culturel. Je serais le dernier des imbéciles dans ces conditions de voler un malheureux appareil photo.

Et je lui expose comment à mon avis, je peux me tirer d'affaire.

Enfin, j'envoie une longue missive à Robert A... Robert, c'est un ami parisien qui m'a tendu la main, autrefois, quand je suis sorti de prison, à Nice. Je ne l'ai jamais oublié. Il n'a pas eu peur de me soutenir, de me relancer dans la vie. C'est un type bien.

A lui, je peux me confier vraiment à cœur ouvert. Je lui raconte tout et lui avoue que j'ai besoin de ses conseils et de son soutien moral. Je mets tout mon cœur et toute mon âme à lui expliquer dans quelle détresse mon goût des aventures et des expériences m'a plongé. Je lui demande de m'écrire, de ne pas me laisser tomber. J'en ai trop besoin.

Et c'est vrai. Dans ce tourbillon où je me suis jeté par ma faute seule, j'en ai conscience, je mesure combien j'ai besoin du soutien d'êtres équilibrés et droits. Et je n'en connais que deux, vraiment, qui m'aient fait comprendre qu'on pouvait toujours compter sur eux : M. Omnès et mon ami Robert, surtout mon ami Robert.

Un boy de l'hôpital va poster la lettre à Robert et porter les autres à leurs destinataires.

Avant, un des policiers les a parcourues. A fait semblant, devrais-je dire. Car je découvrirai peu après, en lui parlant français, qu'il n'y comprend rien !...

Dès le lendemain, Monique est à mon chevet. Je l'embrasse. Je la remercie de ne pas m'abandonner. Elle pleure en voyant dans quel état je suis.

Sans plus attendre, je mets avec elle mon plan de bataille sur pied.

« Ecoute bien, lui dis-je. Le seul moyen de prouver mon innocence est de confondre ce photographe à qui j'ai soi-disant vendu la caméra.

« J'ai une idée. Le médecin français du Centre qui croit que je l'ai volé parce qu'il m'avait fait entrer dans son appartement et montré ses affaires, a aussi une très belle paire de jumelles.

« Elle a sûrement disparu, elle aussi. Or, on ne m'accuse pas du vol des jumelles. Pourquoi ? Parce que le médecin ne les a pas vues, elles, chez le photographe.

« Or, à mon avis, elles y sont aussi.

« Donc, tu vas aller voir ce médecin, tu vas lui demander de te décrire ses jumelles et de te donner leur numéro d'identification.

« J'espère qu'il acceptera : je crois que oui.

« Puis, tu iras, toi, chez le photographe et tu

demanderas s'il n'a pas des jumelles d'occasion à vendre.

« Munie de la description de celles du toubib et de leur numéro, tu devrais facilement, si elles sont bien chez ce type, les repérer.

« Alors, rachète-les. Demande pour ça de l'argent à Omnès, je suis sûr qu'il t'en donnera. Dans ma lettre, je lui ai expliqué tout ça.

« Tu vois, ça m'étonnerait si, après, vous reveniez en force chez le photographe avec Omnès et le pressiez de questions, lui demandant si c'est moi aussi qui lui ai revendu les jumelles, lui faisant mesurer tous les risques qu'il court à faire un faux témoignage, etc., ça m'étonnerait qu'il persiste à maintenir ses accusations contre moi. En effet, si avec l'appareil photo il a acheté en plus les jumelles, pourquoi n'a-t-il pas déclaré celles-ci ?

« Par conséquent, si j'arrive à prouver qu'il les a, je prouverai du même coup qu'il a menti au moins sur un point. Alors, pourquoi n'aurait-il pas menti sur l'autre ?

« Comprends-tu ? Il doit me croire au fond de la cave de Delli-Bazar, sans contact avec personne. Le fait de voir que je suis soutenu et hors des murs de la prison, ça va le faire réfléchir.

« C'est pour toutes ces raisons que je crois avoir une chance. »

Monique me promet de faire exactement ce que je lui demande. Et elle repart, avec tous mes espoirs.

Le lendemain, pas de Monique. Juste un mot d'elle que m'apporte Krishna : « Courage, je crois que ça va aller. » Ce billet me met un baume au cœur formidable. La venue de Krishna aussi. Le brave petit ! Après ce que je lui ai fait l'autre soir, il n'hésite quand même pas à me venir en aide ! J'ai honte.

Peu après son départ, un boy de l'ambassade m'apporte un mot de M. Omnès. Il va m'aider !

Je passe la nuit dans un état de fébrilité extraordinaire. Je ne ferme pas l'œil. Vers le matin, je demande à un de mes policiers, il s'appelle Chandra, de me trouver de l'opium pour dormir un peu. J'ai de la chance, Chandra est un flic sympathique. Il me trouve une petite boulette d'opium que je cuis à la flamme d'une lampe avant de la diluer dans un peu d'eau pour me l'injecter.

Le surlendemain de mon arrivée à l'hôpital, Monique revient.

Victoire ! Les jumelles étaient bien chez le photographe et, troublé, il a avoué qu'il s'était trompé en m'accusant !

« Le toubib a été chic, me raconte Monique. Et par chance, il se rappelait le numéro de ses jumelles, des « Alpha » ou « Eagle » 14140, m'a-t-il dit. Alpha ou Eagle, il ne se rappelait plus ça au juste, mais les chiffres, il en était sûr.

« Aussitôt je suis allée chez le photographe. Je lui ai demandé des jumelles d'occasion. Il m'en a présenté une paire. Pas la bonne. Je lui ai demandé s'il n'en avait pas d'autres. Et il m'a sorti un stock de vingt ou trente paires !

« J'ai fouillé et j'ai fini par trouver les jumelles du toubib.

« Le signalement y était et c'étaient des Alpha 14140, pas des Eagle.

« J'ai acheté les jumelles avec 50 roupies qu'Omnès m'avait données, et sans rien dire au photographe, je suis vite retournée voir le toubib et Omnès.

« Ce qui les a troublés, c'est que le photographe ait eu tant de jumelles d'occasion. Ça prouvait mieux que tout qu'il était un receleur.

« J'ai réussi à les convaincre de faire chercher la police et nous sommes tous retournés chez le type.

« Paniqué, il n'a fait aucune difficulté pour t'innocenter et donner le nom de son vrai revendeur.

« Un type qui était bien venu au Centre le soir de la projection de *Fanfan la Tulipe*. »

Je me mets à crier :

« Hourra ! Je suis libre ! On va venir me sortir d'ici. »

A côté de moi, mes anges gardiens ont l'air ravi eux aussi. Chandra se met même à rire de bon cœur à gorge déployée, comme si c'était lui qu'on allait libérer. Bon bougre, au fond !

Mais ne suis-je pas prêt dans ma joie à tout trouver bien ? Cette salle commune dans laquelle je me voyais déjà croupir de longues journées et qui me faisait horreur, m'apparaît maintenant comme une pittoresque assemblée dont je ferai un jour la description à des amis avides d'exotisme.

Les quatre flics qui m'exaspéraient sont des potes à moi que je vais devoir quitter bientôt.

Tous ces malades hâves et décharnés que je voyais chargés de tous les microbes, peste et choléra du monde entier, sont de braves types en observation que j'ai envie de réconforter, à qui je dirais bien : « Allons, tout va s'arranger, un peu de patience. »

Le médecin passe. Deux petites infirmières, népalaises comme lui, l'accompagnent. Deux petits laiderons crasseux qui distribuent, l'une à gauche, l'autre à droite, des rations de cachets d'aspirine qu'elles sortent de leurs grandes boîtes.

J'interpelle joyeusement le médecin !

« Hello ! Toubib, on va se quitter ! Alors, vous pouvez garder vos cachets, non ? »

Le toubib se penche, intrigué.

Chandra lui explique, volubile. Il hoche la tête longuement en me regardant droit dans les yeux.

« *Good luck*, me dit-il, *good luck.* »

Je l'attrape par la manche avant qu'il ne reparte.

« Dites-moi, toubib, savez-vous que cette nuit un rat gros comme un matou m'est passé sur le ventre ? »

Il a un haut-le-corps.

« Parfaitement toubib, parfaitement. Et ce n'est pas le premier. Ça grouille de rats dans votre hôpital. Croyez-vous que ce soit très prophylactique ? »

Du coup, il a l'air vexé.

« Nous faisons ce qui est en notre pouvoir, monsieur », me dit-il, hautain.

J'éclate de rire.

« Ha ! ha ! Essayez donc de leur donner de l'aspirine aux rats, ça les liquidera peut-être ! »

Il n'a pas du tout l'air d'apprécier ma plaisanterie, assez douteuse, il est vrai, car ce brave type fait évidemment son possible et manque à peu près totalement de moyens, mais c'est plus fort que moi, l'idée d'être blanchi me fait dire n'importe quoi.

Le toubib se penche vers moi :

« Français, n'est-ce pas ? me demande-t-il, en français, avec un accent à peu près potable.

— Oui, pourquoi ? »

Il se redresse et me fusille du regard :

« Parce que, monsieur, moi faire stage Paris dans grand hôpital, et grand hôpital était plein de cafards. Partout des cafards, partout, lits malades, toilettes, lingeries, partout ! Alors, à vous les cafards, à nous les rats, n'est-ce pas ? Au revoir, monsieur. »

Mince, il m'a eu ! Monique et moi partons d'un fou rire mémorable.

Aussitôt, les quatre policiers rient avec nous.

La salle entière se met à rire. C'est la grande joie collective.

Nous sommes tous pliés en quatre comme des gosses au cirque devant les clowns. Ça fait un tel vacarme que le toubib revient et passe une tête effarée à la porte.

Je lui lance :

« Ce n'est rien, docteur, ils ont vu passer un rat en blouse blanche monté par un cafard blanc avec une croix rouge sur le dos ! »

Il éclate de rire et nous voilà copains.

Monique est encore là quand Krishna arrive. Il m'apporte un énorme carton rempli de gâteaux que Bichnou a préparés exprès pour moi. Je renvoie Krishna préparer ma chambre pour mon retour.

Je fais profiter du festin mes quatre flics et les malades qui sont les plus proches de moi.

Sur ces entrefaites, un officier de police arrive. Je lui lance.

« Alors, vous avez vu, je suis innocent ?

— C'est exact, reconnaît-il, M. le photographe a avoué qu'il s'était trompé.

— Bon, n'en parlons plus, fais-je, grand prince. Je suppose que vous venez me faire libérer ?

— Bien sûr, me dit-il. Je viens vous annoncer votre libération. Les formalités sont en cours. Dans une heure au plus le mandat de sortie sera délivré et vous pourrez rentrer chez vous... A moins que vous ne vouliez rester ici continuer à vous faire soigner ? En toute liberté, évidemment.

— Euh... C'est-à-dire que... Ecoutez, j'ai mon médecin français... »

Il hoche la tête.

« Oui, oui, je vois, vous préférez vous faire soigner par vos compatriotes. »

Je souris.

« C'est à peu près ça.

— Parfait, alors, je vous demande un peu de patience. Et tout sera réglé bientôt.

— Tout ? lui dis-je. Vraiment tout ?

— Que voulez-vous dire ?

— Eh bien, que mon visa de séjour a expiré et que si je veux me faire soigner, il m'en faut un autre. Puis-je compter sur vous pour me le faire donner ?

— Bien entendu. »

Six heures du soir. J'attends toujours. Il y a pourtant près de deux heures maintenant que l'officier de police est venu ici. C'est bien partout pareil dans toutes les polices du monde, lenteur et lourdeur pachydermiques !

Six heures trente. Krishna surgit, essoufflé. Il a couru depuis la maison.

Que se passe-t-il ? Quelque chose de bizarre sûrement... Je ne me suis pas trompé. Ce que Krishna est venu me dire, c'est ceci :

Quand il est retourné à la maison, il a trouvé ma chambre remplie de policiers. Ils fouillaient partout, vidaient l'armoire, soulevaient le lit, sondaient les coussins.

Ce qui avait l'air de les intéresser, surtout, c'étaient mes papiers.

Ceux-ci étaient confiés à l'un d'entre eux, à un interprète, évidemment, qui lisait soigneusement mes lettres, mes notes, etc.

Je blêmis, mais je me reprends vite. Qu'ai-je à craindre, au fond, de cette fouille ? Je n'ai chez moi rien de compromettant. Il y a longtemps que je ne trafique plus quoi que ce soit... La drogue que j'ai chez moi ?... Au Népal, tout cela est en vente libre. On n'a rien à me reprocher à ce sujet-là. Mes lettres, mes notes ?... Non, là non plus rien à craindre, rien que de très ordinaire et banal.

Je respire... Bon, j'ai compris : les salauds, furieux d'être obligés de me remettre en liberté, ont voulu essayer de me coincer d'une autre façon.

Mais ils n'y arriveront pas !

C'est ce que je me dis en serrant les poings et en ricanant. Non, ils ne m'auront pas.

Ce que je vois de clair, dans tout ça, c'est que ça va sûrement retarder ma remise en liberté. Mais alors, pourquoi cet officier est-il venu tout à l'heure ? Savait-il vraiment qu'on allait perquisitionner chez moi ? Ou a-t-il été doublé par d'autres services ? Tout est possible, comme toujours et partout avec toutes les polices du monde.

Je ne m'étonne donc pas trop de ne voir personne venir m'apporter ce soir-là mon mandat de libération.

Mais quand même, les heures se succèdent et je commence à me ronger les sangs. Et s'il se passait autre chose ? Et si le photographe était revenu sur ses nouvelles déclarations ?...

Je me monte d'autant plus la tête que maintenant, je suis seul. Monique et Krishna ont dû repartir. Deux de mes policiers aussi (j'ai oublié de dire que, la nuit, ils se relaient pour me garder à tour de rôle).

Ça ronfle ferme autour de moi. Ça geint aussi. Dans la soirée, on a apporté deux types qui ont eu un accident, des couvreurs tombés d'un toit, je crois, et ils n'arrêtent pas de pleurer. De temps en temps, je vois passer un rat, comme toutes les nuits. Mes deux flics somnolent vaguement, assis en tailleur à côté de moi. Je commence à en avoir marre, mais marre, de tout ça !

Comme de juste, pour me calmer un peu les nerfs,

je ne trouve rien de mieux que de me shooter au maximum. Je secoue un de mes gardiens et je l'oblige à m'accompagner aux toilettes, où je me shoote, debout, contre le mur. Le flic me regarde faire, blasé.

Au matin, je suis dans un état de rage formidable. Car j'ai quand même fini par me rendre compte de ce que ma mentalité d'éternel coupable ne m'avait pas fait réaliser du premier coup : il est incroyable, absolument incroyable, qu'un type reconnu innocent ne soit pas libéré sur-le-champ.

C'est donc qu'il y a autre chose. Oui, mais quoi ?

Le fait que je n'arrive pas à deviner et l'incertitude où l'on me laisse me branchent les nerfs sur une ligne à haute tension.

Huit heures, rien. Neuf heures, rien. Dix heures, rien. Je suis toujours là, entre mes quatre flics.

Enfin, peu avant onze heures, la porte de la salle s'ouvre en grand. Trois officiers de police font leur entrée à grands pas, escortés de deux sans grade. L'un de ceux-ci porte un écritoire sous le bras.

L'autre s'avance vers moi et me dit, dans un excellent français :

« Monsieur Duchaussois, nous avons quelque chose à vous montrer.

— Mon ordre de mise en liberté, je suppose ? »

J'ai assuré mon ton autant que je l'ai pu, mais en fait je sais bien que ce n'est sûrement pas ça, on ne s'adresse pas de cette manière à quelqu'un qu'on libère.

« Pas encore, monsieur Duchaussois. Pas encore », fait l'autre en souriant comme seuls les Asiatiques savent sourire.

J'explose :

« Comment ça, pas encore ? Qu'est-ce que ça veut dire toutes vos histoires ? Je suis innocent, oui ou non ? Vous vous fichez de moi ? Ça va aller très loin, vous savez, cette affaire-là ! J'exige qu'on me libère, et tout de suite. Et puis j'en ai assez de votre foutu hôpital où les rats me courent dessus la nuit et où il n'y a rien d'autre pour vous soigner que de l'aspirine ! J'ai besoin d'être soigné par de vrais médecins dans un vrai hôpital. J'exige, vous entendez, j'exige de sortir d'ici libre immédiatement ! Et avec des excuses encore ! »

Quand j'arrête mes vociférations, haletant après ce qui est un très gros effort dans mon état, un silence général m'entoure.

Tous les flics sont là, debout devant moi, et me regardent fixement.

Tous les malades aussi me regardent. Personne ne dit rien.

On n'entend que mes halètements tandis que je cherche à reprendre souffle.

Un des officiers fait signe à l'interprète.

« Monsieur Duchaussois, commence l'interprète, on ne vous libère pas encore parce qu'on a trouvé ceci dans votre logement. »

Il fait signe à l'autre sans grade qui ouvre son écritoire et en sort un dossier qu'il me tend.

Etonné, je le prends, je l'ouvre et j'y trouve deux lettres.

L'une est écrite sur papier bleu pâle, l'autre sur papier blanc. Elles sont toutes les deux très épaisses. Elles sont toutes les deux datées de Katmandou.

L'une est adressée à Christian, l'ami marseillais chez qui j'étais descendu avant de prendre la route pour l'Orient, il y a maintenant un peu plus d'un an, et l'autre à O'Brian, le Canadien d'Istanbul.

Et toutes les deux sont de mon écriture !

Stupéfait, je lève le nez vers les policiers.

« Mais, dis-je, je n'y comprends rien. Qu'est-ce que c'est ?...

— Lisez. »

Je lis. Cela me prend une bonne vingtaine de minutes et me permet de découvrir que j'ai de ma propre main, (car il n'y a aucun doute possible là-dessus, c'est bien mon écriture) écrit à Christian et à O'Brian pour leur proposer un rocambolesque trafic de drogue !

Au premier je propose, en vingt pages détaillées, un plan de fournitures d'opium, de morphine et d'héroïne qu'il sera chargé d'écouler à Marseille et en France.

Quant à l'autre, je lui propose de lui envoyer des quantités pharamineuses de haschisch !

Ahurissant !

Car je n'ai aucun souvenir d'avoir écrit ces lettres. Et pourtant, elles sont de moi !

C'est tout simplement imbécile.

Christian est tout ce qu'on veut, sauf un type capable de trafiquer de la drogue.

Quant à O'Brian, je l'ai roulé à Istanbul. Il faudrait que je sois devenu fou pour aller me mettre à lui proposer de « travailler » de nouveau avec moi !

Fou. Le mot est là, et c'est certainement le bon.

J'ai dû écrire tout ça, sous effet de drogue, dans un moment de folie.

L.S.D. sans doute. Il n'y a que le L.S.D. pour faire faire des trucs comme ça. Oui, c'est certainement ça qui s'est passé. Un soir, sous effet de L.S.D., j'ai dû me monter dans la tête ces deux invraisemblables scénarios. Deux noms de types me sont revenus, Christian et O'Brian...

Et, méthodiquement, sagement, je me suis attablé pour leur écrire.

542

Après, une fois revenu à mon état normal, ne me souvenant plus de rien, je n'ai évidemment plus songé à ces lettres et je ne les ai pas envoyées.

Comment se sont-elles trouvées dans mes papiers ? Tout simplement parce que, ayant terminé de les écrire, j'ai dû les y ranger soigneusement, afin que personne ne tombe dessus.

Comment ne les ai-je jamais retrouvées, moi-même ?

Parce que j'ai un fichu désordre dans mes affaires.

Seulement voilà : maintenant, je suis avec une belle affaire sur le dos ! Parce que mon passé ne va pas plaider pour moi. Si la police fait contacter O'Brian par Interpol, celui-ci va confirmer que je lui ai vendu du haschisch, enfin, quelque chose que j'ai fait passer pour du haschisch. Et Christian, lui, s'il n'est pas un trafiquant de drogue, n'en est pas pour autant un enfant de chœur.

Je suis dans un beau pétrin.

La police népalaise a sûrement — ou va sûrement — se mettre en contact avec Interpol et la Brigade internationale des stupéfiants. Le Népal, pays qui a des problèmes internationaux parce que producteur et vendeur de drogues, sera ravi de montrer aux étrangers qu'il veille avec efficacité à ne pas « pourrir » le reste du monde avec ses produits hallucinogènes et qu'il contrôle attentivement ce qui se passe chez lui. Bref, je suis le dindon d'une farce où tout le monde trouvera à manger...

« Alors ? me dit l'interprète, comprenez-vous, à présent ? »

Je ne bouge toujours pas. Il faut me laisser le temps de récupérer un peu.

Enfin, je relève la tête, et j'essaie d'être calme.

Aussi posément que je le peux, j'explique ce que je sais être, sans doute possible, la vérité. Le L.S.D., les lettres écrites dans l'inconscience, etc. Mais je me garde bien tout de même de parler de l'affaire d'Istanbul. Ce serait trop bête. Des O'Brian, il y en a des quantités au Canada ou ailleurs et ma lettre ne donne aucun renseignement qui permette d'identifier celui-là. Quant à Christian, lui non plus n'est pas identifiable et c'est, également, un prénom très courant.

Longuement je plaide ma bonne foi, j'avoue mon erreur d'avoir tenté une expérience avec un produit aussi dangereux que le L.S.D. Et je pense sincèrement ce que je dis.

Pour finir, je demande qu'on m'enlève au moins de cet hôpital où je ne suis pas soigné. Je plaide que dans l'état de délabrement où je suis, je ne peux pas aider à faire avancer l'enquête. Qu'on me transporte, encore une fois qu'on me transporte à l'hôpital américain !

Conciliabule entre les flics.

« Il n'en est pas question, conclut l'interprète. Vous êtes très bien soigné ici. Vous ne bougerez pas. L'enquête suit son cours. »

Et tout le monde s'en va, me laissant seul, catastrophé.

V

POUR mes nerfs et mon cerveau exacerbés par des mois de drogue à outrance et d'excès de toutes sortes, le choc est trop violent.

En d'autres temps, j'aurais tenu le coup, j'aurais repris le dessus.

Seulement, en d'autres temps, je n'aurais pas non plus écrit comme un somnambule deux lettres invraisemblables qui prouvent à elles seules les ravages que la drogue a fait dans tout mon être.

C'est ça qui est le plus atroce. Je viens de recevoir la preuve que je peux avoir des moments de folie. Que je ne suis plus sûr de me contrôler toujours. Alors, la question terrible se pose : qu'est-ce qui me dit que ça ne va pas recommencer ? Que je ne vais pas de nouveau avoir des crises de folie ?

L'héroïne et la morphine que je prends maintenant ne suffisent-elles pas, elles aussi, à contribuer au dérèglement d'un organisme aussi mal en point que le mien ?

Je me sens avec terreur devenir quelqu'un qui n'a plus confiance dans son jugement.

Plus tard, en France, un médecin m'expliquera qu'heureusement il n'en est rien. Ce n'est pas parce que la drogue, dans des moments de trop grand excès me fait « débloquer » que je « débloquerai » toujours.

Mais voilà : personne n'est auprès de moi pour me tenir ce langage et me rassurer.

Et la panique me prend.

Tout ceci se passe aux environs du 15 ou 20 novembre 1969.

J'entre dans une période véritablement détraquée. Je serais bien incapable, aujourd'hui, de retracer la succession exacte des événements. Je vais tout de même essayer de donner une idée du calvaire qui a commencé alors et qui ne s'est terminé, miraculeusement, que par mon départ pour Paris, le 10 janvier 1970.

Une chose dont je suis sûr, c'est que longtemps, Monique vient me voir tous les jours à l'hôpital.

Je la vois arriver tous les après-midi. Elle reste avec moi plusieurs heures. Elle m'apporte de quoi manger convenablement. S'il fallait que je compte sur le seul régime de l'hôpital...

Monique est mon seul lien avec le monde extérieur. Car, de longtemps, je ne verrai plus aucun officier de police. Je la charge de me maintenir en contact avec l'ambassade, et avec le consul. Il n'est pas possible qu'on me laisse me débattre tout seul dans mon cauchemar.

En fait, malheureusement, je m'apercevrai vite que je ne peux plus pratiquement compter que sur moi. Et c'est ce qui me permet de mesurer encore plus combien je suis pris au piège.

En effet, je m'en doute bien : l'annonce de la découverte de ces fameuses lettres a dû faire très mauvais effet dans les milieux français. Je n'ai pas besoin d'être très intelligent pour comprendre que je suis grillé complètement. Cette fois-ci, il est bien envolé, l'espoir d'être un jour embauché au Centre culturel. Même si on m'innocente de ce soi-disant trafic, l'enquête aura fouillé mon passé. Et je n'ai pas tout dit à l'ambassadeur, ni au consul ni au directeur du Centre...

Aussi bien intentionnés soient-ils à mon égard, ils vont se méfier tous de moi...

Ah! me voilà dans de beaux draps!

Accusé à tort, coincé par des lettres dont je n'ai pas le souvenir, cerné par une méfiance générale, épuisé par six mois de drogue et de vagabondage à outrance, bravo, Charles, tu t'es fait tout seul un beau costume cousu d'emmerdements!

Tu peux être fier de toi.

Te voilà maintenant avec une nouvelle étiquette : trafiquant de drogue.

Ah! non, c'est trop bête!

Dans ma tête je tourne et je retourne sans parvenir à les dénouer ces écheveaux qui me paralysent.

Jour après jour, la fatigue, l'épuisement, l'énervement, la fureur — et la drogue — me font déraisonner un peu plus.

C'est à cette époque que je me mets à arroser tout ce que je connais à Katmandou de lettres et de missives. J'écris à tout le monde. Au chef de la police, au procureur général, à l'ambassadeur de France, au directeur du Centre culturel, au médecin à cause de qui tout est arrivé. J'écris surtout à M. Omnès. Je les abreuve tous de protestations, de suppliques et de démonstrations par A + B de mon innocence. Je suis devenu un porte-plume qui gratte sans arrêt du papier.

J'écris même au roi du Népal!

Au début, mes lettres sont rageuses, tonitruantes, furieuses mais sensées.

Peu à peu, elles se mettent à dérailler complètement.

Je prends une écriture de malade mental. Serrée, cursive, maniaque, sans alinéas. Alignant phrase après phrase, paragraphe après paragraphe, sans reprendre souffle, et en même temps sautant d'une idée à l'autre.

M. Omnès, plus tard, me rendra la plupart des lettres qu'il a reçues de moi. Je ne les relis pas sans effarement. Je me rends compte de ce que je suis alors devenu.

Un excité en proie au délire de la persécution.

Je vois des espions partout. Je me méfie de mes policiers. Je leur fais subir des tests pour savoir s'ils ne comprennent pas le français. Tests négatifs. S'ils comprennent trois mots d'anglais, c'est bien le maximum ! Mais on ne sait jamais, méfions-nous, méfions-nous !

Bon. Eux sont chargés de faire leur rapport sur mes faits et gestes, mais qui me dit qu'ils ne m'espionnent pas, quand je parle avec Monique ?

J'en suis de plus en plus certain : il y a de faux malades ici. Lesquels ? Celui-là, à droite, qui psalmodie sans arrêt des prières ? Cet autre, un peu plus loin, qui passe ses journées à me fixer d'un regard morne ? Ou bien ce vieux cacochyme dont je m'étonne chaque matin qu'il soit encore vivant ? Je passe des heures à les observer tous, à les étudier. En vain, aucun ne se trahit.

Un soir, la solution me vient d'elle-même. Je me tape sur le front. Suis-je bête ! Pourquoi chercher lequel d'entre eux est l'espion ? Comme s'il n'y avait qu'un seul espion ! C'est pourtant l'évidence même : ils sont tous espions ! Ils sont tous là pour noter ce que je fais et dis, et quand ils sortent de la salle commune, ce n'est ni pour aller aux toilettes ni pour se promener dans la cour.

C'est pour aller faire leur rapport !

Conclusion : se méfier de tous les Népalais quels qu'ils soient.

J'inscris ça en lettres de trois centimètres de haut sur une feuille de mon carnet.

Désormais, quand Monique vient, j'exige que nous ne parlions plus qu'à voix basse. Et encore, il y a certaines phrases que je transcris sur papier au lieu de les prononcer. Je déchire les papiers en mille morceaux aussitôt qu'elle les a lus. Et je les avale.

Ainsi, jour après jour, mon délire s'accroît et je m'enfonce un peu plus dans la démence.

Un matin, un questionnaire arrive de la police qui m'enferme encore plus dans ma certitude d'être persécuté par une bande qui a décidé ma perte à tout prix.

Dans une de mes lettres, j'ai parlé d'un « contact », d'un intermédiaire, un Européen que j'ai rencontré à Katmandou.

La police le recherche partout.

En vain.

Elle me somme de lui donner de plus amples renseignements.

C'est l'interprète que j'ai en face de moi.

Je le regarde en riant. Cette fois je les tiens ! Ils me mentent tous ! Ils cherchent à me rouler. Ils ne m'auront pas !

« Je vous demande pardon, fais-je sur un ton négligent, mais relisez bien ces lettres. Vous me les avez fait lire, à moi. Et je n'y parle d'aucun Européen trafiquant rencontré à Katmandou. »

L'interprète me sort un contretype de mes lettres, me coche au crayon un passage. Et je lis, consterné, que je propose à Christian, comme intermédiaire entre lui et moi, un type, un Anglais, qui a des affaires d'import-export entre l'Orient et l'Europe et sera le passeur de drogue idéal !

De toute évidence, c'est un passage que j'ai dû sauter au cours de ma première lecture, faite sous le coup d'une violente émotion.

Mais c'était il y a une dizaine de jours. Depuis, les petites bêtes qui me trottent dans la tête ont fait leur chemin.

Et, contre toute raison, contre toute logique, je me persuade que ce passage a été truqué, qu'on a imité mon écriture.

Je le hurle à l'interprète. Je me jette sur lui, je l'étrangle à moitié. Mes quatre anges gardiens me maîtrisent. J'écume de rage. On me fait une piqûre.

A mon réveil, Monique est là qui me caresse le front doucement. Je fonds en larmes. Je suis vraiment trop malheureux.

VI

QUAND ai-je décidé de m'évader ?

Cela non plus, je ne me le rappelle pas très bien. Tout ce que je sais aujourd'hui, c'est qu'un jour je demande à Monique de se tenir prête, le soir même à minuit, avec un taxi, sous le mur est de l'hôpital. A l'occasion d'une promenade dans la cour au début de mon séjour ici (depuis, je ne bouge plus de la salle commune, sauf pour aller aux toilettes) j'ai repéré une porte qui n'a pas l'air d'avoir de serrure.

A l'heure dite, je demande à Chandra (c'est lui qui est de garde) de me conduire aux toilettes. Je compte, au tournant du couloir, sauter par une fenêtre qui est toujours ouverte, dans la cour, un mètre plus bas, courir jusqu'à la porte, l'ouvrir et sortir.

Au tournant, je saute brusquement.

Mes jambes sont si faibles que je me retrouve assis par terre, de l'autre côté, et n'ai même plus la force de me relever !

« Pas bien, sahib, pas bien », me dit Chandra en me récupérant.

Il me regarde et hoche la tête, apitoyé...

Après ce coup manqué, je suis si mortifié que je me tiens coi pendant toute la journée du lendemain.

Elle est mauvaise : Monique ne vient pas. Elle ne viendra plus d'ailleurs. Qu'est-il arrivé ? A-t-elle eu peur d'avoir des ennuis en me fréquentant ? L'a-t-on mise en garde contre moi à l'ambassade ou au Centre culturel ? Ou la police l'a-t-elle arrêtée de son côté ?

Une semaine environ se passe encore sans que je sache rien. Je suis à présent continuellement affalé sur ma couche.

Un jour, un médecin français, le docteur Armand, vient me voir. Il a l'air très inquiet de mon état. Il m'adjure d'essayer au moins de réduire ma drogue.

Rien de ce qu'il me dit ne me touche. Je suis trop bas maintenant pour réagir à quoi que ce soit. Je ne retiens qu'une chose de sa visite : il va essayer de convaincre la police de me faire transporter à l'hôpital américain. C'est tout ce qu'il peut pour moi.

Et puis, un beau matin, je revois arriver l'interprète. Il a une feuille de papier en main, couverte de cachets.

« Monsieur Duchaussois, me dit-il, vous allez être libéré. »

Je le regarde, bouche bée. Ça alors ! Encore un mensonge, ou quoi ? Il se moque de moi, celui-là !

« Non, non, réplique l'interprète, ce n'est pas une plaisanterie. Suivez-moi. Nous allons au commissariat, pour les dernières formalités. »

Soutenu par Chandra et un autre de mes gardiens, je le suis, abasourdi. Ça alors ! Cette fois, les choses semblent vraiment sérieuses !

Nous montons tous dans un taxi et nous voici bientôt arrivés devant le commissariat où j'ai été conduit, aussitôt après mon arrestation. Ce coup-ci, on ne me fait pas payer le taxi. Tout de même !

Le commissaire m'attend dans son bureau et me fait entrer tout de suite.

« Nous avons décidé, monsieur Duchaussois, commence-t-il sans préambule, en anglais, qu'il était inutile de vous laisser enfermé, vu votre état de santé. Ceci est une mesure humanitaire et nous souhaitons que vous en serez bien conscient.

— Trop aimable », fais-je, grinçant.

Il ne semble pas remarquer l'interruption et il reprend :

« Vous êtes donc libre de rentrer chez vous, ou si vous le voulez de vous faire soigner dans un établissement de votre convenance.

« Nous avons fait notre enquête. La personne dont vous avez parlé dans votre lettre est au-dessus de tout soupçon. Vous aviez donc raison : c'est dans un moment de... euh ! d'absence, que ces lettres ont été écrites. »

On m'a fait asseoir en face de lui. Je le regarde attentivement et, aussi détraqué que je sois devenu, il y a quand même dans ses déclarations quelque chose qui me semble bizarre.

« Voulez-vous dire que l'affaire est close, que je suis tout à fait libre, blanchi ? »

Il sourit de toutes ses dents.

« Bien sûr, monsieur.

— Mais alors, c'est le juge que je devrais voir, pas vous.

— Cela revient au même, monsieur, dans notre pays.

— Ah ! bon ! très bien. Mais... je n'ai pas de permis de séjour.

— Le voici. »

Il me tend un visa en bonne et due forme pour trois mois.

Trois mois ? Je n'en ai jamais eu autant ! Non, vraiment, tout cela est curieux, très curieux.

Mais je verrai bientôt ou tardivement si ce que je soupçonne est vrai, ou si mes soupçons sont encore un tour que me joue ma folie.

A savoir : à mon avis, on ne me remet en liberté que parce que l'enquête a échoué (et pour cause, je ne le sais que trop). En fait, ils sont toujours persuadés que je suis un trafiquant de drogue et ils veulent me donner l'occasion de me compromettre moi-même. J'en suis sûr, ils vont me suivre partout où j'irai.

Bien entendu, je ne dis rien de tout cela. Et c'est en souriant que je reprends mes papiers et mon beau visa de séjour tout neuf.

On a poussé l'amabilité jusqu'à mettre à ma disposition une voiture de la police qui me conduit chez moi et me laisse à ma porte.

Deux policiers m'aident à monter.

Je n'ai qu'une envie, me coucher, me faire un shoot et adieu la réalité ! Je regarde partout. On a tout visité, c'est visible, mais tout a été remis en place. Je vais à ma pharmacie, elle est intacte : toutes mes drogues y sont.

Alors seulement j'ouvre la fenêtre et je regarde.

Je ne croyais pas être fixé si vite : sur le trottoir d'en face, deux civils qui n'ont vraiment pas l'air de civils font les cent pas...

VII

MONIQUE ayant disparu, je ne peux compter que sur Krishna et la femme de Bichnou. Ils ne me laissent tomber ni l'un ni l'autre. Dès mon retour, Krishna a réapparu et je vois son bon visage souriant se pencher sur moi. La femme de Bichnou, elle, me prépare des petits plats, le plus français possible. Et elle y parvient presque. Bien entendu, j'ai droit aussi aux merveilleuses tartes de son mari.

J'ai envoyé Krishna déposer une lettre au Centre culturel. J'y réclame du secours. Un médecin français vient me voir. Je crois bien que c'est le docteur Armand si mes souvenirs sont exacts, celui qui est déjà venu me voir à l'hôpital. Il me prescrit des médicaments de cheval. Très charitable, il essaie aussi de me remonter le moral, mais ça c'est une autre affaire! Il me fait promettre de me soigner sérieusement.

Après son départ, je fouille dans ma ceinture portefeuille et je fais mes comptes. Tragique. Je n'ai plus que cent cinquante-cinq roupies en tout et pour tout. Je dois déjà soixante roupies à Bichnou pour la location des mois derniers, jamais réglés. J'estime que je vais en avoir pour au moins quinze à vingt roupies de médicaments. Et ma drogue, alors, avec quoi vais-je la payer ? Le temps est bien fini où je pouvais aller faire du trafic. D'abord, je peux à peine marcher. Et puis, surveillé comme je le suis, comment agir ?...

Je me passerai donc des médicaments. Je me soignerai à ma manière. La morphine est devenue trop chère pour moi. Je vais donc faire ce que fait un drogué quand il est à sec. Je vais passer au maximum aux excitants. A la méthédrine.

J'envoie Krishna m'en acheter une quantité importante. Avec quand même un flacon, un seul, de morphine, que je tâcherai de faire durer.

Au bout d'une huitaine de jours, retapé par les soins des Bichnou, je peux recommencer à sortir. Je fais une petite promenade. Ça va à peu près.

Que faire maintenant ? Je suis obligé de me l'avouer, je n'en sais rien. Pour la première fois de ma vie, je suis sans but aucun. Sauf celui de tenir le coup jour après jour, et d'espérer qu'un miracle se produira.

Cette fin de mon séjour à Katmandou, ce mois et demi environ qu'il me reste à passer dans la capitale népalaise avant mon rapatriement sanitaire vers la France, c'est une période qui restera pour moi dans mon souvenir comme une sorte de brouillard traversé d'éclairs de démence brutale et parfois, mais rarement, de lucidité. Je me rappelle d'intolérables souffrances, des désespoirs effroyables, des désillusions incessantes. On ne raconte pas au jour le jour une déchéance qui s'accélère. Il aurait fallu qu'un témoin soit auprès de moi. Il y a bien les policiers qui me suivent quand je sors. Krishna qui me soigne. Mais qui d'entre eux parlera jamais ? Les Français du Centre culturel et de l'ambassade, le docteur Armand, M. Omnès ? Ils ont tout essayé charitablement pour moi, mais que diraient-ils :

qu'ils ont vu un garçon de vingt-neuf ans transformé en junkie se détruire peu à peu, se transformer en loque physique et morale ? Mais j'en suis sûr, ils ont certainement voulu oublier tout ça. On n'aime pas se souvenir, et encore moins parler, d'une déchéance humaine...

Junkie, oui, c'est le seul mot. Je suis devenu un vrai junkie. Bien plus que dans la montagne, où j'avais encore, quand même, un reste de raison et de volonté.

Ne serait-ce que celle de mourir.

A présent, je n'ai même plus cette volonté-là.

Je n'ai plus de volonté du tout. Je ne suis que guidé par mes instincts. Mon cerveau fonctionne comme un moteur épuisé qui passe d'accélérations folles à des ralentis inexplicables, et cale sans cesse, pour repartir soudain, au hasard, Dieu seul sait pourquoi !

Une obsession me tient et une seule : je suis traqué. Le monde entier m'en veut. La preuve ? Le monde a délégué deux sbires pour surveiller tous mes gestes. Et qui me dit que tous les autres, Bichnou, sa femme, ne sont pas eux aussi des espions ? Et Krishna lui-même ? Pourquoi est-il toujours là, près de moi, attentif à mes moindres souhaits, les prévenant même ? C'est bizarre, ça, bizarre, ce gosse qui est toujours dans mes bottes sous prétexte de me servir...

Un matin, j'explose. Krishna a décidé, de son propre chef, de mettre de l'ordre dans ma chambre. Il s'active, efficace, rapide. Il range mes affaires, fait le ménage. Il arrive à ma table. Il se met à empiler mes papiers.

Sur le qui-vive, je l'observe de mon lit. Qu'est-il donc en train de faire, celui-là ?

Ça ne me dit rien qui vaille, ce gosse qui touche à

mes papiers. Ah! tiens, regardons bien ce qu'il fait au juste. Mais pourquoi donc s'attarde-t-il sur mes papiers? Pourquoi les remue-t-il comme ça? Non, non et non. Je n'aime pas ça du tout!

« Krishna! »

Il se retourne vivement.

« Oui, Charles?

— Qu'est-ce que tu fais là?

— Moi mettre ordre, Sahib Charles.

— Pourquoi mettre ordre? Je ne t'ai pas demandé de mettre de l'ordre! Veux-tu laisser ça! »

Effrayé par mon ton, le gosse recule.

« Qu'est-ce que tu as dans la main? »

Krishna tient des feuilles de papier. Je l'ai arrêté alors que, de toute évidence, il les rangeait sur le tas de mes notes et lettres.

« Montre un peu. »

Il me tend vivement les feuillets, que je lui arrache des mains.

C'est un projet de lettre au commissaire de police.

Alors, j'oublie tout. Que Krishna ne sait pas lire l'anglais (mon brouillon est en anglais), que ce gosse m'a donné mille et mille preuves de fidélité, que je n'ai aucune raison de douter de lui. Je ne vois qu'une seule chose : il a entre les mains un texte destiné à la police.

J'éructe :

« Ah! tu m'espionnes toi aussi! Ah! c'est donc ça! ton affection, ta gentillesse, c'est du flan! Toi aussi tu es au service de la police! Combien te paient-ils? Combien? »

Je le tiens à deux mains, sous les aisselles et je le secoue violemment.

Il éclate en sanglots et je prends ses larmes pour un aveu.

« Tu vois, hein, je t'ai découvert, petit salaud! Tu

m'espionnes toi aussi ! Fiche le camp d'ici ! Je ne veux plus te voir. Fiche le camp ou je t'étrangle ! »

Je parle trop vite, je crie trop fort pour qu'il comprenne un traître mot de ce que je lui dis. Mais il prend peur et il a raison ! Je suis capable de tout.

Je l'ai jeté contre le sol. Il se relève, fuit à reculons vers la porte. Et il disparaît.

« Oui, va-t'en, sale gosse, graine d'espion ! Va-t'en, va-t'en ! »

Je suis debout, hurlant comme un damné. Le bruit de la porte qui se referme me calme un peu. Je me rassieds sur mon lit. Je souffle comme un bœuf. Je ricane :

« Bon débarras ! »

Au vacarme que j'ai fait, la femme de Bichnou a accouru. Elle me trouve affalé sur mon lit, haletant. Je n'ose pas lui dire ce qui vient de se passer, car j'ai déjà, dans un instant de lucidité, vaguement compris que je viens de commettre une folie. Je me contente de lui demander du thé.

Et puis, ma folie, quelques minutes interrompue, me reprend. Je suis de nouveau sûr qu'en me débarrassant de Krishna, j'ai chassé un espion que mes ennemis avaient réussi à mettre dans ma chambre. Cette place qu'ils assiègent.

VIII

Deux ou trois jours plus tard, je vois la caméra de télévision.

Je suis en train de rédiger une lettre à M. Omnès quand, réfléchissant aux mots que je vais lui écrire, je lève le nez au plafond.

Je sursaute.

Au beau milieu du plafond, il y a l'objectif, noir et luisant, d'une caméra !

Je blêmis. Les ordures ! Voilà maintenant qu'ils filment tout ce que je fais !

Ah ! mais, attention !... Il ne faut pas que j'ai l'air d'avoir remarqué que je suis filmé ! Ah ! non, ce serait trop maladroit ! Je dois faire comme avant. Continuer d'avoir l'air naturel de quelqu'un qui ne se doute de rien.

Est-ce qu'ils s'imaginent qu'ils vont m'avoir comme ça ? Pas si bête, on ne l'a pas aussi facilement, Charles !

Soyons calme, maîtrisons-nous, soyons plus fort que l'ennemi.

Je rebaisse la tête et je continue à écrire.

Prudence, prudence ! La caméra lit certainement aussi ce que j'écris.

Alors, une seule solution. Ecrire des mensonges...

Pour leur faire croire !... Non, mais, pour qui ils me prennent ! Pour un naïf ?

Je froisse donc la feuille de papier sur laquelle j'avais commencé à écrire et j'entame une nouvelle feuille :

« *Cher Monsieur Omnès, tout va très bien. Je suis parfaitement remis et vous pouvez cesser de vous faire du souci à mon sujet...* »

Je remplis trois pages entières et bien serrées de déclarations lénifiantes de ce genre.

Alors que c'était un appel au secours que je prévoyais d'écrire au consul.

Une fois ma fausse missive écrite, je la plie soigneusement, je la mets sous une enveloppe. J'écris dessus le nom du consul, je vais à la porte, je l'entrouve, j'appelle à voix basse : « Krishna » ! Je fais semblant d'attendre qu'il soit là, semblant de lui donner la lettre, que je fourre vivement sous ma chemise. Et je reviens, l'air négligent, à ma place.

Je jette un regard par en dessus à la caméra. Elle n'a pas bougé. Je réprime un sourire de triomphe.

Ce n'est pas tout. Il faut à présent écrire une vraie lettre à M. Omnès. Oui, mais comment ? La caméra va me repérer.

Suis-je bête ? Si je fermais la fenêtre et si j'écrivais à la bougie ? La caméra ne pourra pas lire. Il n'y aura pas assez d'éclairage.

Attention, attention !... Ils sont sûrement malins. Leur caméra doit être ultra-moderne et capable de lire même des écritures microscopiques et même à la lumière d'une bougie.

Non, ce qu'il faut, c'est me mettre le dos à la caméra et écrire sur mes genoux, recroquevillé, cachant mon papier de mon corps.

Attention, attention !... Et si leur caméra était à infrarouge ? Ils en sont bien capables !

Alors, peu importe que mon dos cache le papier ! Ils liront même à travers mon corps.

Les ordures ! Je me dresse, je gesticule en criant.

Je touche sans le vouloir la tenture de mon ciel de lit.

Tiens, pourquoi la tenture bouge-t-elle ? Qu'est-ce que ça veut dire, ça encore ?

J'attrape la tenture, je l'ouvre d'un coup sec et je m'arrête, incapable de faire un mouvement de plus.

Devant moi, et qui étaient cachés par la tenture, deux flics népalais en uniforme viennent d'apparaître.

Ils sont immobiles. L'un d'eux a un appareil photo en bandoulière et l'autre tient un magnétophone.

Je recule, stupéfait. Les salauds ! Ils viennent maintenant eux-mêmes jusque chez moi !

Sur ma commode, j'ai une grosse potiche chinoise, très belle, achetée un jour dans une boutique de Katmandou.

Je la prends.

Le flic de gauche lève son appareil photo et me mitraille. Clac, clac, clac, il n'arrête pas de me photographier !

« Salaud, salaud, salaud ! »

L'autre tend le micro de son magnétophone vers moi et déclenche le déroulement de sa bande magnétique.

Lancée à toute volée, la potiche fonce vers eux.

Un éclatement de porcelaine étoile la chambre tout entière.

Les flics s'évanouissent comme par enchantement. Je fonce à l'endroit où ils étaient. Plus rien. Ils ont disparu. Derrière eux, le mur est lézardé au point d'impact de la potiche. Et les débris sont répandus partout.

Ce sont des diables! Je suis traqué par des diables!

Je lève les yeux. La caméra est toujours là.

Et elle me suit, comme le canon d'un grand fusil, dans tous mes mouvements!

Impossible de rester là. Il faut que je m'en aille à tout prix.

Je cours hors de ma chambre. Je dévale l'escalier, je fonce dans l'entrée. Une force nouvelle soutient mes jambes qui peu avant, me portaient à peine. Il fait nuit dehors sur le trottoir.

En face, de l'autre côté de la rue, les deux flics de garde sont là dans leurs faux vêtements civils.

Ils sont vrais, eux. Mais c'est justement parce qu'ils sont vrais que leur vue ne me fait pas douter un instant de la réalité des mirages de là-haut, tout à l'heure. Dans l'état de folie où je suis, comment m'imaginerais-je une seule seconde que j'ai eu des hallucinations tout à l'heure dans ma chambre puisque j'ai maintenant la preuve que je suis bien filé?

Je traverse la rue, je sors une cigarette de ma poche, je m'approche des deux flics en civils. Je leur fais signe que je voudrais du feu. L'un d'eux m'en donne.

J'allume ma cigarette. Je dis : « *Thank you.* »

Et je m'en vais.

Par-dessus mon épaule, je vois les deux gaillards qui m'emboîtent le pas à distance.

Ma cigarette grésille vraiment à mes lèvres. Tout est donc réel. Je n'ai donc pas de visions. J'ai bien des flics à mes trousses. Et j'en ai donc d'autres, là-haut, dans ma chambre en ce moment même, qui doivent s'installer dans mes coussins, peinards, à attendre mon retour en rechargeant leur caméra.

Je dois aller voir M. Omnès à tout prix. Il faut qu'il m'aide. Ça ne peut pas durer comme ça. On n'a pas le droit de faire subir ce supplice à un innocent.

A mi-chemin de l'ambassade, je me rends compte qu'il fait nuit, que tous les bureaux doivent être fermés. Je ne trouverai pas M. Omnès. Je vais lui écrire, une vraie lettre, sans espions derrière moi.

Oui mais où ?

Au Cabin ! Il n'y a que là que j'ai une chance d'être tranquille ! Ah ! je vais les avoir ! Ils n'ont certainement pas songé à y mettre une caméra.

Je fonce au Cabin Restaurant et je m'attable au fond, le dos au mur. Mes deux gardes du corps (les vrais, les réels) s'installent à quatre tables de moi.

Je commence ma lettre. J'écris, j'écris, sans répit, je vide toute ma colère et ma détresse, je supplie qu'on m'aide, qu'on me tire de ce guêpier. Dès que j'ai terminé, je me lève et je me dirige vers la sortie.

Une sorte de pressentiment me fait me retourner.

L'œil noir d'une caméra sort du mur, juste au-dessus de la place que je viens à peine de quitter...

Rageusement, une fois dans la rue, je brûle ma lettre.

Je ne crois pas être sorti les cinq ou six jours suivants. Dans mon souvenir, je suis assis sur mon lit, nuit et jour. De temps en temps, la femme de Bichnou frappe et dépose sur le sol un plateau avec du lait, du thé et des gâteaux. Plus de morphine. Heureusement j'ai encore près de deux cents cachets de méthédrine. J'en prends à outrance maintenant : dix à quinze cachets par jour. Je ne vois plus de policiers dans ma chambre, mais la caméra est toujours là.

En l'examinant bien, je m'aperçois qu'elle ne peut

pas atteindre de son faisceau ma tablette de toilette dans l'encadrement de ma fenêtre.

Alors, je monte un scénario. Je m'installe sur mon lit et, sous l'œil de la caméra, du « lecteur », de « l'œil de Moscou » comme je l'appelle maintenant, et des judas que j'imagine cachés dans le mur, je commence de fausses lettres.

Puis, quand je les ai terminées, je vais à la fenêtre et là, j'écris mes vraies lettres. Celles que les « judas » et « l'œil de Moscou » ne peuvent pas voir.

Ce sont celles-là que je fais poster par la femme de Bichnou. De plus en plus affolée, elle ne sait plus où donner de la tête.

Un jour, je vois son mari arriver. Le pauvre diable essaie de me raisonner.

Je hurle :

« Espion ! Espion ! »

Sous mes cris, il bat en retraite. Et je me replonge dans mes écritures, les fausses, et les vraies.

Je couvre le monde entier de fleurs sur les pages que l'œil de Moscou et les judas peuvent voir.

Et aussitôt après, je me réfugie à la fenêtre et là, je recommence :

« Tout ce que je viens d'écrire est faux. Il ne faudra pas en tenir compte. C'était pour les flics. La vérité est sur ces pages-ci et sur rien d'autre. »

Puis je prends peur. Et si un flic, de la maison d'en face me regardait avec des jumelles !

Il ne m'aura pas !

Je monte des échafaudages de carton contre les vitres qui cachent mon papier. On ne peut plus le voir que du ciel. Viendront-ils en hélicoptère ? J'entendrai l'hélicoptère et je me méfierai à temps.

J'ai retrouvé, miraculeusement, au fond de mon sac de voyage, lors de mon retour à Paris, des dizaines et des dizaines de feuillets, froissés, grands et petits, la plupart illisibles, car écrits sur du mauvais papier qui a fait buvard.

En voici quelques feuillets, détachés de ce carnet infernal. Je n'en change pas une ligne.

Je tremble de stupeur en lisant ce que j'ai pu écrire.

Ceci, par exemple :

« *Enfin !*... La « grande farce » se termine. Ou plutôt, réciproquement, la comédie est finie !...

« J'en connais, derrière leur « judas », qui doivent être plutôt « furax » et « déroutés » (ceci a dû être écrit à la fenêtre, quand je « trompais » l'espionnage de la caméra-hallucination). Je viens même de les entendre parler, preuve qu'ils ne dorment pas et que j'ai raison. *Car je suis aussi sûr, ce soir, d'être vu et entendu que certain de — ou ne pas, ou ne plus — être là.*

« *Tout ceci prouve indubitablement* depuis hier et aujourd'hui, que je ne m'avance maintenant plus à la légère !... »

Un peu plus loin :

« Il (le policier) espère que je crois être caché dans ma chambre. Il a dû s'empresser de faire disparaître son « *matériel* » en mon absence. Et en tout cas, je m'en suis très bien assuré aujourd'hui avec certitude. — Il a fallu que je m'amuse toute la journée à... « *redécorer* » ma chambre rien que pour ça et pour trouver ces maudits « *judas* »...

« Dans la grande maison du gardien, il y a aussi un type avec de fortes « jumelles » qui doit saisir par ma fenêtre une grosse partie de mes écrits...

« De toute façon, j'ai assez fouillé et fouillé aujourd'hui, cadre par cadre, trou par trou, clou par clou, rainure par rainure, etc., etc., pour être sûr de mon fait. Le seul remue-ménage d'à côté, il y a trois minutes (sans doute en fait, la mère Bichnou faisant son ménage dans le couloir) me prouve d'un côté leur gêne et d'un autre, me confirme les « judas » que j'ai également trouvés aujourd'hui. Un tout en haut, au coin du pied de mon lit, un en haut, au-dessus de la Kitchenette, un sous l'alphabet népalais (je l'avais épinglé comme un poster au mur de ma chambre) et un que je n'ai pas vu mais dont je suis presque sûr qu'il est sous la grande affiche au-dessus du « Pot » et de la « Poubelle ».

« *Bien* ! Je sais à quoi m'en tenir ! Car en plus je sais également comment et dans quelles proportions je suis suivi. J'ai très bien et méthodiquement étudié leurs manèges ce soir et je sais être *filé* assez serré... *Donc, je sais* maintenant comment et très exactement *pourquoi*, ou pour être franc *par quoi*... Ce qui ne sera pas très gênant si j'en sors. Et j'y compte encore plus que jamais maintenant que je sais exactement où je mets les pieds. Le seul fait d'écrire aussi dangereusement m'oblige d'ailleurs à « *réussir* » sinon gare à toi, *Charlot*. Mais le *moral*, après être passé par toutes les transes opposées, est excellent surtout après quatre jours d'une tension nerveuse extrême, sans pouvoir me défouler sur papier. Ce soir, enfin rassuré, je me décontracte un peu, et surtout, avec au moins tous mes atouts, mes renseignements et mes idées bien en place, en ordre et définies (!). Je ferai de mon mieux, j'apprendrai à « tout ce joli monde » de Katmandou ce qu'un *paranoïaque* passé de « *notoriété publique* » sur la place, et sans doute « *ennemi public n° 1* » dans cet adorable pays, peut encore, seul (ou presque...) et *étranger, démontrer* à ces gens d'ici ou d'ailleurs...

« Je ne crie pas encore victoire et ne veut pas vendre la peau de l'ours avant de l'avoir tué... mais, sans exagérer, il faudrait pour me faire rendre « les armes » à l'avance

qu'ils soient un peu plus « *discrets* » et « *psychologues* »
qu'ils ne l'ont été jusqu'à présent...

« Quoi qu'il en soit, le sort maintenant en est jeté, et ce
dernier coup de *poker* pour moi doit ou me faire avaler
jusqu'à la liquette si je les ai mésestimés ou faire sauter la
banque ! »

Le reste de cette rame de notes délirantes est
illisible aujourd'hui. Il y en a 28 feuillets !

Quant à savoir quel est ce fameux coup de poker
qui allait me faire avaler ma liquette ou sauter la
banque, je n'en ai plus le moindre souvenir aujour-
d'hui...

J'ai aussi retrouvé toute une série de poèmes
écrits durant ces folles journées.

Ecoutez ce que la méthédrine prise à outrance
peut faire germer dans l'esprit d'un drogué :

« Vie
J'eus soif d'un *moi*
et j'ai bu en *toi*
Mais même en *roi*
M'a fui la *foi*
Car aimer en *soi*
Subir ta *loi*
N'est mauvais *aloi*
Qu'un qui
Qu'un quand
Qu'un quoi »

Ailleurs, je me pose la question :

« *Etre ou ne pas être ?*
Si bas mais vaste monde
Fais donc crier à la ronde
De tes pores crachants

En tes abysses angoissants
Par tes déserts brûlants
Sur tes océans grondants
Que le plaisir de te fouler
En un sain matin de rosée
Sous ton aura de lumière
Brillante de mille poussières
Ne doit jamais faire oublier
A l'orgueilleux aux deux pieds
Que lui passe et trépasse
Sur ta peau qui jamais ne se lasse. »

Je donne aussi à quelqu'un (j'ai oublié qui) une

« *Sentimentale leçon*
Hurle ta « *veine* »
Mais susurre ta peine
Hue, sue, et tue
Puis paie ton tribut
Mais ne fais fi
D'une vraie haine apprise
Qui dans sa foi
T'apportera le grand émoi. »

Je lance des invocations de travail à mon corps
torturé par ses excès :

« Echine de douleur
Front moite de sueur
Va et traîne au labeur
Années passées et heures futures
Dieu atroce qui ne leurre
Fais donc d'un petit bonheur
Apprécier à sa vraie valeur
La juste cause d'une fureur
Voulant juste vivre sans pudeur

Si tu ne veux pas d'une cause béate
Faire un avenir sot d'idolâtre
Aime, tue et vit seulement
Mais ne ris point d'un dément
Qui ne voit tel l'illuminé que je suis
La fausse beauté et vraie atrocité qui nuit. »

Et ceci, fruits de mes pérégrinations citadines, et qui se tient mieux, si l'on peut dire :

« *Pur titi*
ou *gris inverti*

Accouplé au réverbère
Je l'aimais de m'aider
Maudit soit-il, il m'exaspère !
Lui pissant dessus, sans regret. »

Un dernier extrait de ce carnet de divagations sous méthédrine :

« Balance
Jugement dernier
Equilibre
Equivalence des contrastes
Echanges matériels
Notion des valeurs
Simple mesure
Fragilité d'une dose ou d'un danger
Justesse d'une chose établie
Influence pharaonique dans l'au-delà
Vérité horizontale
L'un pour ou contre l'autre
Flagrante au passé mais beaucoup plus influente au présent, différente d'une valeur humaine à son avoir.

Apparente force indubitable
Indécision impossible
Maîtresse dans l'art de trancher
Neutralité indiscutable
Droit commercial
Justice — droit d'introduction privé. Alibi moral condamnatoire.
Excuse prive masochiste ou sadique — Conscience sociale.
Par extension : Mouvement
Contrebalancement
Toujours égale mais mouvante distance de deux points sur une ligne horizontale de base et d'arrêt. (Raison non obligatoire de sa raison d'être) ces deux points étant reliés à égale distance logique, symétrique mais non obligatoire à part deux lignes mouvantes de haut en bas et de B en H, toujours verticales à une seconde ligne horizontale, nouvelle en non-utilisation (preuve visuelle mais non caractéristique d'intégrité) ou en utilisation (preuve tangible mais toujours uniquement visuelle et symétriquement parlant logique) à la 1re ligne horizontale de base mais continuellement mouvante sur le point fixe de son exact milieu : milieu primordial puisque support point de coordination et d'équilibre de tout l'appareil de ce point X. Deux lignes superposées s'élèveront exactement à angle droit (90°) avec son support horizontal. L'une invariablement fixe, simple point de repère, généralement support elle-même de tout l'édifice puisque ordinairement transformée en angle rectangulaire dans le petit côté du bas taillé en biseau (arête en haut) sert de point de chute et d'équilibre au milieu exact du support lui-même, horizontal de ses deux embouts pendants et verticaux, eux-mêmes tenant et reliant, à leurs extrémités, généralement par 3 ou 4 fils mobiles, deux plateaux de poids égaux, faisant office eux-mêmes l'un de côté, unitairement

connu et établi soit par simple poids dûment classé et vérifié soit plus bêtement encore par toutes valeurs en réserves... »

La suite de ce texte a disparu, car il ne s'arrête pas là ! J'ai un vague souvenir de sa composition et il me semble que je l'ai écrit parce que j'avais « découvert » la balance idéale, parfaite, qui ne se trompe jamais et qu'il fallait absolument, tout de suite, au plus vite, que j'en transcrive le secret.

Aujourd'hui, quand je relis de tels textes en me disant que c'est moi qui les ai écrits, j'ai des frissons...

En tout cas, si des médecins me font l'honneur de me lire, qu'ils sachent que dans l'intérêt de leurs recherches sur la drogue et ses effets sur l'esprit et l'intelligence, j'ai tout un dossier comme ça à leur soumettre !

Dans ce dossier, je trouve aussi quelques lettres datées des 11 et 12 décembre 1969.

L'une est adressée à l'ambassadeur, l'autre au consul, M. Omnès.

Ils ont bien voulu me les rendre par la suite. Ça vaut mieux. Je leur y annonce ma brutale intention de me suicider.

Je n'ai plus un sou. Il ne me reste plus que trente cachets de méthédrine. Je décide de les absorber d'un coup, et d'attendre la mort.

Je dis adieu à mes correspondants, je les remercie de leur aide et les prie de m'excuser pour tous les soucis que je leur ai causés.

Le 12 décembre au soir, avant de mettre mon projet à exécution, j'écris aussi cette lettre d'adieu à Monique :

« Katmandou, le 12/12/69. Très chère Monique.

Aucun commentaire. Aucune explication. Je n'en peux plus et il n'y en a plus besoin de toute façon.

« Ayant horreur de laisser des dettes derrière moi, je me permets de te rembourser les frais que tu as faits à l'hôpital.

« Utilise ce billet si tu en as vraiment besoin. Sinon garde-le en souvenir d'un gars qui a failli t'aimer. Ne souris pas. Dommage que je ne puisse rien t'expliquer... Je t'embrasse, Charles. »

Je n'ai sans doute jamais envoyé la lettre, ni l'argent qui, si j'en crois le deuxième paragraphe, aurait dû l'accompagner, puisque j'ai encore ce texte et je n'ai pas souvenir d'avoir revu Monique.

Le soir, je sors de chez moi, avec mes trente cachets de méthédrine dans ma poche, et un billet d'une roupie, tout ce qui me reste avec quelques piécettes.

Au Cabin Restaurant, je m'offre avec cette somme un dernier café au lait.

Mes deux flics sont, bien sûr, toujours fidèles au poste à quelques tables de moi.

Au milieu de mon « dîner », je prends cinq cachets. A la fin, cinq autres.

Le froid commence à envahir mes extrémités, mais je suis extraordinairement lucide, heureux même.

J'ai envie de plaisanter. A une table voisine, j'avise deux filles, deux Européennes qu'accompagne Jean-Marie, un hippie qui vit en fabriquant des bijoux et qui, je le sais aussi, est un indic de la police. (Je m'en fiche à présent !)

Je les invite à ma table. Les deux filles, jeunes et jolies, deux nouvelles arrivées, se disant étudiantes, m'observent avec une espèce de stupéfaction. Il est vrai que je ne dois guère être beau à voir. Décharné, fiévreux, les cheveux et la barbe en broussaille, vêtu comme un clochard, je dois avoir l'air d'un pitoyable épouvantail...

Vite, j'avale dix comprimés à la fois.

Le type qui est avec elles se penche à l'oreille de la blonde et lui murmure quelque chose.

La blonde se penche vers sa voisine et lui parle aussi à voix basse.

L'autre tend l'oreille.

« Quoi ? Que dis-tu ? » fait-elle.

Et j'entends, toujours chuchoté, mais assez fort cette fois pour que je comprenne :

« Tu vois, un Junkie, c'est ça... »

Alors, une explosion sauvage me secoue. Je pars d'un rire gigantesque. Je me mets à hurler :

« Oui, un Junkie, c'est ça ! Vous vouliez en voir un, petites salopes, touristes à la manque ! Eh bien, regardez-moi !

« Je suis beau, hein ! Tiens, toi, la blonde, tu veux voir mon bras ? »

Je remonte ma manche et j'exhibe mon bras gauche, aux veines marquées de piqûres et de boursouflures.

Au pli du bras, j'ai un abcès qui vient de sécher, rouge et dur. Un autre perce à côté.

« Regarde ! Regarde !... Et puis, tiens, touche ! »

Je lui prends la main, je la force à toucher mon abcès du doigt.

Elle recule avec un cri de terreur.

« Ah ! ah ! ah ! Tu as peur, hein ? On veut bien voir, mais pas toucher ! Des fois que ce serait contagieux ! »

Je continue comme ça pendant dix minutes. Tout y passe, l'invective, les insultes, les menaces au monde entier. Un attroupement s'est formé autour de moi, les touristes me photographient.

Enfin, saisi d'une quinte de toux qui m'arrache les

poumons, je m'effondre sur la table, la tête entre les bras.

Un flash d'appareil photo me fait sursauter, je lève la tête. Un autre flash m'éblouit. Je hoche la tête, je crache :

« Bande de voyeurs ! Saletés de touristes ! Vous vous régalez, hein ? Ça fera de belles photos à rapporter ! Mais vous n'oserez pas les mettre dans vos albums... Parce que vous êtes des trouillards, des trouillards !... »

Je me lève, je n'ai même plus envie d'engager la bagarre, ni même de parler plus longtemps.

Que dirais-je ? Aucun de ces types ne comprendrait quoi que ce soit. Personne ne comprendrait. Personne.

Je suis seul. *Seul.*

Tout le monde s'écarte. Une double haie se forme au milieu de laquelle je passe, titubant sur mes jambes flageolantes que je sens à peine tant elles sont glacées par la méthédrine.

J'avance vers la sortie. La sortie est loin... Ma marche est lente...

Je me rappelle, à cet instant, une pensée bizarre me vient :

Je me dis : « Je suis le roi, le Roi fou qui passe entre ses sujets ! »

Et je sors en riant aux éclats.

Quelques jours avant mon départ de Katmandou, à l'ambassade, je reverrai les deux filles. Et l'on m'apprendra que l'une des deux est un agent de la Brigade internationale des stupéfiants.

Dehors, la nuit de Katmandou m'attend. Je m'enfonce à travers les rues sans éclairage, au hasard.

Un chien arrive. Puis un autre. Bientôt, ils sont une dizaine à me suivre en aboyant. L'un d'eux accroche une jambe de mon pantalon entre ses crocs.

Je l'envoie valser d'une détente mal assurée.

Il s'enfuit en gémissant. Mais ni les autres ni lui n'osent plus s'approcher.

Rageusement, je ravale cinq comprimés de méthédrine.

Encore cinq et j'en aurai pris trente.

Trente ! C'est la mort, j'en suis sûr. J'espère que je ne souffrirai pas trop.

J'erre de rue en rue. Cela dure des heures... Peu à peu mes jambes s'alourdissent. Je ne peux plus avancer. Mes mains sont gelées, mes pieds aussi. Mes idées s'enfuient.

J'arrive quand même sur une place, la place des Temples. Je me traîne jusqu'au premier temple et je m'assieds sur la première marche de la grande pyramide. Je commence à attendre la mort.

Elle va venir, je le sens. Déjà, j'ai dû m'allonger sur la pierre... Je ne suis plus qu'un bloc de glace... Vite, avant d'être paralysé tout à fait, il faut que j'avale les cinq derniers cachets de méthédrine.

Ça y est, c'est fait. J'en ai trente dans l'estomac. Adieu...

A six heures du matin, les premiers marchands venus dresser leur étal arrivent. L'un d'entre eux s'installe à côté de moi. Je suis à sa place.

En grommelant, il me pousse. Je roule par terre.

Et le choc me réveille !

Je ne suis pas mort !

J'ai les bras et les jambes comme du bois, la tête traversée d'éclairs et un mal terrible à l'estomac, mais je suis vivant !

J'ai avalé trente cachets de méthédrine, une dose

à tuer quatre chevaux à la fois, et je suis encore vivant !

J'ai tout simplement oublié ceci : accoutumé aux drogues comme il l'est, mon organisme est devenu capable de résister à trente cachets de méthédrine...

IX

13 DÉCEMBRE 1969. Il me reste un mois à vivre à Katmandou, puisque c'est le 10 janvier 1970 que je suis rapatrié.

Ces quatre semaines : un tourbillon d'épisodes inexplicables, de pleurs, de cris, de drames. Un déluge de lettres et de suppliques aussi.

Je me rappelle que je continue à être filé par la police et que je vois toujours mes « judas » et ma « caméra-espion », mon « œil de Moscou ».

Je me rappelle encore que par deux fois, M. Omnès me fait envoyer de l'argent.

Je me rappelle que Krishna est revenu quelques jours, puis qu'il a disparu de nouveau.

Je me rappelle aussi que parfois un médecin français vient me voir.

Je viens de relire quelques feuillets d'un carnet petit format dans mon dossier.

Ils sont datés de cette époque-là.

18.12.1969. 13 h 30.
« Leur filature est aussi peu discrète que d'habitude. Quant à hier soir, une véritable farandole de vaudeville à en crever de rire si ce n'était si stupide. Bref ! la grande *farce* continue plus que jamais et, j'espère, se terminera

tout à l'heure chez le consul où je compte aller. Et je lui extorquerai s'il le faut par un scandale le *pourquoi* de tout ça !... Si je peux y aller, bien sûr. »

Puis un peu plus bas, ces « explications » sans queue ni tête :

« Le résultat de l'entreprise avec M. Omnès est incompréhensible !
« Et la suite ?
« Le photographe gaffeur ?
« Le coup de fil à Omnès ?
? ? ? ?
« Rien n'est dit. La Fortune continue. »

Je me méfie tellement de tout et de tout le monde que je ne réponds pas, le 19, à cette lettre de M. Omnès, portée par Krishna et qui m'offre pourtant de me faire soigner, ce que je lui ai réclamé à corps et à cris.
J'ai encore la lettre aujourd'hui. Elle porte cet en-tête gravé : « Ambassade de France du Népal, République Française », et elle est ainsi rédigée, à la date du 19 décembre :

« *Monsieur Charles Duchaussois, je suis désolé que vous ne puissiez venir à l'Ambassade pour y rencontrer le docteur Armand. Ce dernier devant revenir à l'Ambassade à 12 h 30, je vous propose donc de renvoyer ce garçon ici vers cette heure pour guider le docteur Armand chez vous.*

« *En attendant votre réponse, recevez mes vifs souhaits de prompt rétablissement.* »

Enfermé dans mon terrier, je ne veux plus bouger...

Quelques jours plus tard, j'écris ceci sur mon carnet :

« Dans la nuit du 22 au 23-12-1969. 22 heures environ. Plus de montre, donc déjà dérouté, mais j'ai de plus perdu la notion du temps car après mon échec de *samedi* (quel échec ? aucun souvenir) j'ai écrit toute la nuit jusqu'au *dimanche* matin et là, complètement épuisé par une nuit blanche, avec de plus un trop gros supplément de doping, et encore en plus mon manque de nourriture régulière et adéquate (mes jambes en particulier, hier soir, m'ont fait terriblement souffrir).

Terrible tension nerveuse par à-coups suivant les événements ahurissants et décevants, et d'heure en heure plus éprouvante.

Le coup de massue (quel coup de massue ?...) a été tel que je me suis écroulé comme une masse et endormi pour je ne sais même pas combien de temps. Je me réveillais souvent d'un mauvais sommeil, mais en réalité je ne puis dire exactement si j'ai dormi, mal, deux jours et deux nuits, c'est-à-dire jusqu'à mardi matin. Ou seulement un jour et une nuit, c'est-à-dire jusqu'à lundi matin. Une chose en tout cas m'a semblé anormale dans ce mauvais sommeil trop long et de plus dans ma réaction désormais différente aux amphés que j'ai pris depuis. N'ayant plus d'ampoules, ni de quoi en acheter, je me rabats sur mes cachets. Et de plus j'ai pris quelques shoots d'opium, qui endort à la longue plus qu'il ne revigore.

Cet état, je ne vois que ce curieux « thé noir » qui puisse en être la cause. Car très curieusement il me semble avoir changé de goût ou plutôt ne plus en avoir. Je ne sens plus non plus aucun parfum.

Et en plus, d'un seul coup je ne plais plus à M. Krishna !

Où est passé ce maudit Krishna depuis tant de temps ! Il n'est pas normal qu'il ne revienne plus du tout !

Sa soudaine disparition juste en ce moment confirme

bien qu'il était obligé par les flics sans aucun doute de rester tout près de moi pour me surveiller, et que suivant leur plan, ils l'ont retiré de la circulation afin de mieux m'isoler et m'affamer dans mon « trou ».

Pourtant, même s'il est envoyé pour m'étudier d'un peu plus près que par les « *trous* »... tout en remplissant sa mission et en fournissant son rapport sur mon « œil vif », mon « teint coloré », et mon « air décidé », ils ne doivent pas logiquement l'empêcher de me rendre un dernier petit service de porter cette lettre à l'ambassade de France chez M. Omnès lui-même.

Je ne peux tout de même pas me payer le culot de le demander à mes proprios, alors que, sans parler du « reste »... je leur dois déjà plusieurs semaines de loyer, ce qui me fait les éviter plutôt qu'autre chose.

Comment faire ? Bordel de Dieu !

18 heures environ. Je vais sans doute me décider à sortir mettre cette lettre moi-même.

Mais je me sens assez « vasouillard ». Je me suis habillé tout en fumant deux ou trois pipes de ganja pour me donner un peu de nerfs car de l'OP cela m'endormirait et des amphés, j'en ai déjà dix dans le corps aujourd'hui.

Je laisse toujours avec un peu d'appréhension cette chambre en ne sachant jamais si je vais la revoir... Je ne peux jamais savoir avec eux ? Il est possible que me voyant sortir, ils croient que je me suis décidé (à quoi ?) et mettent le paquet... »

La lettre à M. Omnès dont je parle, c'est une lettre de vœux pour Noël et le Nouvel An à son intention et celle de sa femme. Une lettre aussi où je supplie qu'on m'envoie un médecin.

Je n'en ai retrouvé que la toute dernière partie, avec, sur une face, un plan détaillé de mon quartier et de ma rue, à l'intention du médecin, s'il vient, et de l'autre côté, ces mots :

582

« *Joyeux et pantagruélique réveillon...*

Post-scriptum : N'ayant plus une montre-dateur laissée en gage samedi au restaurant, et après une très mystérieuse disparition de l'argent que vous m'avez si obligeamment donné, et étant resté depuis continuellement alité, j'ai à peu près perdu la notion du temps, ce qui fait que je ne sais plus exactement quel jour nous sommes. A 24 heures près, je crois être au milieu de l'après-midi du 23 ou 24 décembre 1969.

Ce qui me fait supposer que dès *ce soir* ou *demain soir* commence la fameuse *nuit du réveillon de Noël*.

Absolument tout bénéficie toujours en cette unique occasion d'une trêve sacrée... N'y aurais-je, moi, pas droit ? »

Quelques heures plus tard, rentré, j'écris :

« *Et voilà... J'attends !* Je n'ai plus que ça à faire !
J'attends ou le docteur ou que l'on vienne m'arrêter.
Attendre.
Attendre !
Je ne peux plus faire que ça !
Plus ils me font croire à leur *forcing* et plus *je me bute et plus j'attends...* »

Ce soir-là, soudain, on frappe à ma porte. Mme Bichnou glisse vite un colis et referme.

Méfiant, je saute sur le colis. Je l'observe... Qu'est-ce que ça peut bien être ? La colère me monte au front. Attention, mais attention !

Encore un coup des flics ?

Ça y est, ils ont décidé de me tuer, cette fois !

Solution géniale, hein ? Ah ! mais, les naïfs ! Qu'est-ce qu'ils croient ? Que je vais marcher à leur nouveau truc ?

Me croient-ils assez naïf pour ne pas deviner que

583

leur colis est piégé ? Et que tout va sauter si je l'ouvre ?

Je ricane.

Les imbéciles ! Ils ne savent pas à qui ils ont affaire.

A un *ancien cambrioleur* ! Les serrures à secret, les fermetures dissimulées, ça me connaît, moi !

Je vais leur faire une de ces petites surprises à ma manière dont ils ne reviendront pas.

Je me tourne vers la caméra, je me mets à l'invectiver.

« Regarde bien. Filme bien, enfoiré d'œil de Moscou ! Tu crois que tu vas filmer ma mort ? Ha ! Ha ! Ha ! »

Je pivote successivement vers les quatre murs et je hurle :

« Et vous, les flics derrière leur judas, regardez-moi aussi et enregistrez ! Je vous réserve une belle surprise ! »

Je prends mon canif et, assis par terre, sans me cacher de mes judas et de mon œil de Moscou, je commence à faire sauter la ficelle. Avec elle, pas de danger. Le mécanisme doit être dedans.

Délicatement, je déplie le papier qui entoure le colis.

Un deuxième papier apparaît, collé celui-là.

Je grince entre mes dents :

« Voilà le moment crucial, méfions-nous... Ecoutons le mécanisme. »

Je porte le paquet à mon oreille.

Rien.

Bizarre...

Ont-ils un système secret ?

On va bien voir.

Doucement, je lacère le deuxième papier, faisant peu à peu apparaître une boîte en carton.

Sur la boîte, il y a une feuille pliée en quatre.

Une feuille au travers de laquelle on voit l'encre des mots inscrits sur l'autre face, et que le papier a bu un peu comme un buvard.

Intrigué, je prends la feuille et je lis ceci :

« Ne pouvant joindre à l'heure qu'il est : 21 heures, le docteur Armand, j'essaierai demain matin (le 25-12-1969) de le contacter.

Que ceci vous fasse patienter.

Vous remerciant de vos vœux, je vous souhaite un joyeux Noël.

Signé : Daniel OMNÈS. »

Sur le coup, je reste muet, la bouche pendante.

Mais je me ressaisis, j'éventre la boîte et j'en sors :

1° un poulet rôti ;

2° une boîte de foie gras ;

3° deux bouteilles de champagne !

Pour être « piégé », ça oui, je l'ai été !

Ah ! le brave type ! Ainsi, grâce à lui j'aurai droit moi aussi à la trêve sacrée de Noël !

J'en ai presque les larmes aux yeux de reconnaissance. Ça me fait un bien fou, ce cadeau.

Vivement, j'ouvre la boîte de foie gras et je commence mon réveillon de Noël, tout seul dans ma chambre.

Tout y passe : foie gras, poulet, et les deux bouteilles de champagne.

Résultat : je m'endors par terre, comme un plomb, et le lendemain, je me réveille avec la plus fameuse gueule de bois que j'aie jamais eue.

Boire du champagne après tant de drogue, ça m'a mis plus à plat que les trente cachets de méthédrine de l'autre jour.

X

Après Noël, tout se précipite. Le cadeau de M. Omnès a eu sur moi un effet qui paraîtra incroyable et qui est pourtant vrai. Ce geste généreux m'a fait revenir à la réalité. Je vois mieux les choses en moi. Mes phantasmes se taisent.

Entre Noël et le Nouvel An, je rencontre M. Omnès. Il a une grande nouvelle pour moi.

A Paris, un organisme officiel, le Comité antidrogue, créé depuis peu, a été mis au courant de mes malheurs par mon ami Robert !

Celui-ci a tellement plaidé ma cause que mon rapatriement a été décidé.

L'argent pour acheter mon billet d'avion va arriver incessamment. On me l'avance. Je le rembourserai à mon retour en France quand je serai guéri.

Les choses vont plus vite que prévu. Le lendemain, toujours sur papier à en-tête de l'ambassade, le consul m'écrit :

« Monsieur, pouvez-vous vous présenter le 2 janvier à 10 heures ? Au sujet de votre rapatriement. Signé : Daniel Omnès. »

Puis, sous ce cachet à l'encre violette : « *French Embassy, Lazimpat, Kathmandu* » ce rajout :

« N.B. Je vous fais porter par le même messager quelques livres qui j'espère vous remonteront. Avec tous mes vœux pour la nouvelle année. D. O. »

Je n'en reviens pas...

Le 2, je suis à l'ambassade. Oui, tout est réglé ! On me donne mon billet d'avion.

Il faut aussi que j'aille chercher une autorisation de sortie à la police népalaise.

J'ai un haut-le-corps.

« Ne vous inquiétez pas, me dit-on en souriant. Tout est terminé de ce côté-là. Vous êtes blanchi. Nous nous en sommes occupés. »

Et l'on me donne cent roupies, de quoi régler toutes mes dettes.

De fait, en rentrant de l'ambassade, j'ai la surprise de voir mes deux anges gardiens qui me sourient !

L'ambassade n'a pas menti. A la police, on me le confirme : je suis tout à fait libre. Mon dossier est classé. On s'excuse.

La stupeur me fait oublier d'un coup toutes mes rages, mes colères et mes éclats des deux derniers mois.

Grand seigneur, j'efface tout.

Sans rancœur. Bye ! bye !

Et voilà comment en quelques minutes, tout mon délire de la persécution a pris fin !

Mon avion s'envole le 10 janvier.

J'ai le temps de tout régler d'ici là.

Je ne raconterai pas mes adieux (et mes excuses) à Bichnou et à sa femme. Impossible de retrouver Krishna. Ça restera mon remords...

Une dernière fois, je fais le tour de Katmandou, je bois une dernière tasse de thé au Cabin Restaurant...

Le 9, je m'achète un gros flacon d'héroïne pure — 480 doses exactement — et une réserve de méthédrine.

Toujours drogué, j'ai peur, à Paris, de me trouver sans rien.

Le 10 janvier 1970, mon avion s'arrache à la piste de Katmandou.

Je suis à bord.

Escales à New Delhi (où je passe dans un Boeing 707), Karachi, Tel-Aviv et Rome.

Le 12 janvier, sous une pluie glaciale, je sors de l'avion sur la piste d'Orly, frissonnant dans mes vêtements de toile.

Mon héroïne et ma méthédrine sont au fond de mon sac, tout simplement.

Je retrouve mon sac sur le plateau roulant de la douane.

Il n'y a pas un douanier...

Je sors.

Un grand type blond se précipite sur moi et me prend aux épaules.

C'est Robert.

Dans le taxi qui m'emporte vers Paris, je ne dis rien. Un flot de pensées m'étouffe.

Me voici donc revenu, sauvé, tiré du gouffre.

Je suis le premier rescapé sanitaire de Katmandou.

Je ne crois pas qu'il y en ait beaucoup d'autres...

J'ai eu une chance insensée.

Et des amis étonnants.

Je sais que là-bas, des dizaines d'autres types et filles comme moi sont restés qui n'auront pas ma chance.

La plupart mourront, junkies, vaincus par la drogue et leurs rêves loupés.

Maintenant, il me faut réapprendre à vivre.

Et pour ça, il faudrait que j'ai le courage de me désintoxiquer.

Je tâte mon sac où j'ai mon héroïne et ma méthédrine.

Ce courage, est-ce que je l'aurai ?...